불안의서書

봄날의책 세계 산문선

Fernando Pessoa
Livro do Desassossego

불안의서書

페르난두 페소아 ｜ 배수아 옮김

봄날의책

아무것도 원하지 않는 능력

김소연 (시인)

"어떤 사람은 커다란 꿈을 품고 살아가, 그 꿈을 잃어버린다. 어떤 사람은 꿈 없이 살다가, 역시 그 꿈을 잃어버린다."

　나는 페소아가 이 글들을 잠들기 전에 썼거나 쓰고 나서 피곤에 겨워 잠을 자야 했을 거라고 짐작한다. 어느 쪽이 되었든 잠이 그 다음 차례로 도사리고 있었을 거라고 짐작한다. 그 잠은 안온한 휴식일 리 없다. 그렇다고 악몽에 가까운 것도 아니다. 단지, 이 세상과 잠시 결별하기 위한 유일무이한 장치였으리라. 잠 속의 꿈은 페소아에게는 다른 세계의 또 다른 현실이다. "지나치게 몰입하여 경험한 삶"에 속한다. 어떤 이유에서였건 수면 직전에 쓰였을 이 책은 어느 정도까지의 각성 상태에 인간이 도달할 수 있는지를 입증하려는 듯하다. 동시에, 지독한 각성 상태가 잠과 꿈과 가장 흡사하다는 것도 입증하려는 듯하다. 또한, 이《불안의 서》의 페르소나인 '소아레스'를 이미 미쳐 있는 자이자 미쳐버린 지 너무나 오래되어 도리어 정상에 가까워진 자라고 간주할 수도 있겠다. 보통의 사람들이 정상적인 척하는 상태로 살아가고 있다고 파악할 때, 그런 사람들에게는 이미 관성이 되어버려 감지될 수 없는 것까지를 볼 수 있는 '진짜 인간'의 상태. 이미 미친 사람만이 도달할 수 있는 각성 상태.
　이 각성 상태 때문일까.《불안의 서》의 페르소나인 소아레스가 가장 즐겨 쓰는 말은 '피곤하다'는 말이다. '피곤하다'는 말만큼이나 '잠과 꿈'이란 말도 즐겨 쓴다. "어느 날 내가, 모든 예술을 하나로 합한 것만큼 천재적인 필력을 부여받는다면, 그때 나는 잠을 위한 찬가를 쓰겠다. 나는 잠보다 더 뛰어난 삶의 쾌락을 알지 못한다. 생명과 영혼의 완전한 소등 상태, 다른 모든 존재와 인간의 완벽한 배제, 기억도 환상도 없는 밤, 과거도 없고 미래도 없는 시간." 어쩌면 이 책은 "잠을 위한 찬가"가 아닐까. "나는 잠자는 듯이 글을 쓴다." "많은 사람들이 오직 지루하기 때문에 일을 하듯이, 때때로 나는 아무 할 말이 없기 때문에 글을 쓴다. 나는 꿈꾸는 상태에 빠진다. 생각하지 않는 자라면 그런 백일몽 속에서 자신을 잃겠지만, 나는 글을 쓰면서 나를 잃는다. 나는 산문으로 꿈을 꿀 수 있기 때문이다." 참혹하고도 가열찬 불안과 상념이 범람할 때, 그리하여 아무것도 생각하지 않는 것과 마찬가지인 듯한 상태가 될 때, 그 무게로부터 완전히 달아날 수 없다면, 달아나는 일과 가장 닮은 행위는 그것에 대하여 무방비하게 감각하고 그걸 기록하는 일일 것이다.

가장 무방비한 감각과 감정을 기록하는 이 작업은 경전과 닮아 있다. 어쩌면 《불안의 서》는 가장 인간적인 방식으로 경전에 도달하고 있다고 표현해볼 수도 있겠다. 많은 경전들과는 전혀 다르게, 그 어떤 경건과 거룩을 치장하지 않은 채로, 가혹한 경고도 없이, 멀고 먼 낙관도 없이, 그러니까 그 어떤 유토피아도 얄짱대지 않는 경전.

그렇다고 이 책을 경전을 읽는 마음으로 읽어서는 안 될 것이다. 독서를 통해 우리가 얻었던 경험들 모두를 배제한 채로 읽을 수만 있다면, 그렇게 하는 것이 가장 좋을 것이다. 그렇게 할 수 없다면, 독서를 통해 우리가 얻었던 어딘지 모를 실망감을 모두 상기한 채로 읽는 것도 좋은 방법일 수 있겠다. 나는 이 《불안의 서》의 중간중간에서 여러 날을 쉬면서, 자주 지난날들의 독서 경험들을 떠올렸다. 먼 훗날, 내가 좀 더 무모해질 수 있는 날이 왔을 때 소중하게 간직해온 모든 책들을 다 버리고 이 책 한 권만을 남겨놓는 장면을 상상하기에 이르렀다. 시선의 새로움 때문에 충격을 얻었던 무수한 책들과 달리, 이 책은 읽는 내내 나를 옭아맸던 것들이 한올 한올 풀리는 듯한 해방감을 느끼게 했기 때문이다. 놀랄 만한 결론과 위대한 혜안도 없는 이 책이 어째서 그럴 수 있었을까.

신기한 것은, 이 《불안의 서》는 언제나 전혀 알 수 없다는 결론에 도달한다는 점이다. 그것이 결론의 유예가 아닌, 진실된 결론에 가닿는다는 점이다. 더욱더 신비로운 것은, 전혀 알 수 없다는 결론에 도달된 모든 문장들에서 오히려 정확한 것을 엿본 지적 쾌락을 내가 번번이 맛보았다는 점이다. 이 (엉망진창인) 세계를 온전히 이해하기를 포기할 권리, 삶의 숭고함에 나를 헌납하여 삶의 노예가 되지 않기 위하여 체념을 선택할 권리, 그러니까 한없이 나약할 권리, 끝없이 불안할 권리, 권태로울 권리와 공허할 권리, 그리하여 질 나쁜 인간의 세상과 거리를 두고 질 좋은 고독을 향유할 권리를 얻어낸 쾌락이었다. 짐작과는 전혀 다른 층위의 해방을 맛본 쾌락이었다.

"언제나 내 삶은 현실의 조건 때문에 위축되어 있다. 나를 옭매는 제약을 좀 해결해보려고 하면, 어느새 같은 종류의 새로운 제약이 나를 꽁꽁 결박해버리는 상태다. 마치 나에게 적의를 가진 어떤 유령이 모든 사물을 다 장악하고 있는 것처럼, 나는 내 목을 조르는 누군가의 손아귀를 목덜미에서 힘겹게 떼어낸다. 그런데 방금 다른 이의 손을 내

7

목에서 떼어낸 내 손이, 그 해방의 몸짓과 동시에, 내 목에 밧줄을 걸어버렸다. 나는 조심스럽게 밧줄을 벗겨낸다. 그리고 내 손으로 내 목을 단단히 움켜쥐고는 나를 교살한다."

나는 내가 가둔 자이며, 나는 나를 가둔 자다. 눈앞에서 열쇠를 흔들며 내가 죄수임을 상기시키는 간수이자, 간수의 관심을 얻고자 구석에 웅크린 채 옴짝달싹하지 않는 죄수다. 나는 나의 영원한 숙적이다. 세상의 피곤하고 추악한 모든 것들과 결별하고 싶지만, 죄수이자 간수인, 숙적인 '또 다른 나'와 결별을 하는 게 우선일지 모른다. 어설픈 현자들은 내가 누구인지를 알아가는 여정이 곧 삶이라고 우리를 속여 왔지만, 실은 내가 누구인지를 망각해야 하는 여정이 곧 삶일지도 모른다. 나를 맴도는 어설프고 주눅 든 나, 나에게 해로운 것만을 달콤하게 권하는 협잡꾼인 나, 나에게 위선 아니면 위악만을 가르치는 감독인 나, 나에게 거짓 눈물과 거짓 한숨과 거짓 웃음을 사탕처럼 던져주는 사육사인 나, 그래서 무엇을 하며 살아도 어딘지 모를 불안과 불쾌감을 그림자처럼 질질 끌고 다녀야 하는 나. 그 모습을 비웃는 구경꾼인 나. 그런 나와 결별을 하기 위해서는 내가 나라는 사실을 포기하는 것만이 방법일지도 모른다. 꽃나무가 더 이상 꽃나무이기를 포기하는 꽃 지는 계절처럼, 장마가 더 이상 장마이기를 포기하는 쨍한 다음날 아침의 맑은 하늘처럼. 포기와 체념의 가장 자연스러운 방법을 알려면 막연한 낙관이 아니라, 더 현명한 환멸에 도착한 이후여야 하리라.

"자신을 안다는 것은 길을 잃는다는 뜻이다. '너 자신을 알라'는 신탁의 말씀은 인간에게는 참으로 어려운 과제다. 헤라클레스에게 부여된 과제보다 어려우며 스핑크스의 수수께끼보다 더욱 불길하다. 의식적으로 자신을 모르기. 이것이 바로 방법이다! 양심에 따라 자신을 모른다는 것은 아이러니의 적극적 수행이다. 더 위대한 것을 나는 알지 못한다. 우리의 자기-자신-모름을 참을성 있게 그리고 강렬하게 분석하고 우리 의식의 무의식을 의식적으로 기록하는 일. 독립적인 그림자의 형이상학, 환멸의 황혼을 시로 기록하는 일보다 진실로 위대한 인간에게 더 잘 어울리는 것은 없다."

그러기 위해서는 현명한 환멸과 치명적 환멸을 구별할 줄 알아야 한다. 자기감정을 탈수하고 자기 꿈을 독수리처럼 내려다볼 줄 알아야 한다. 그게 감정이든 꿈이든 나의 그림자이든 간에, 그것들은 나 없이는 나타날 수 없는 하찮은 것이라는 사실, 나 또한 그만큼이나 아무것도 아니라는 사실을 알아채야 한다. 한번쯤 욕망한 적은 있었으나 나와 인연이 아닌 사물을 대하듯이.

"가족도 아는 사람도 하나도 갖지 않은 쾌적함. 그 기분 좋은 추방의 느낌. 추방된 자의 자부심과 막연한 희열이 집으로부터 멀리 떨어져 있다는 희미한 불편함을 둔화시킨다. 이 모두를 나는 내 방식으로 냉담하게 즐긴다. 내 정신적 입장 중 하나는 우리의 감정을 과도하게 평가하지 않고, 꿈조차도 내려다보기를 원한다는 것이다. 우리가 없으면 꿈도 꿈이 될 수는 없다는 기품 있는 자의식을 잃지 않는다. 꿈에게 너무 많은 의미를 두는 것은 결국 하나의 사물에게 너무 많은 의미를 부여하는 것과 같다. 우리로부터 파생되어 나왔으면서도 스스로 최대한 현실인 척 굴면서 우리의 절대적 호의를 당당히 쟁취한 사물에게."

이 책은 불안에 대한 갖은 해명에 지쳐 있는 누군가가 읽었으면 좋겠다. 불안함에 대하여 충분히 숙고하여 불안의 편에 서 있지만 그 입장마저도 어딘지 모르게 불안한 누군가가 읽었으면 좋겠다. 나와 나 사이를 커다란 괘종시계의 추처럼 똑딱이며 왕복운동을 하고 있어서 그 현기증마저 이제는 관성이 되어버린 누군가가 읽었으면 좋겠다. 가끔은 나와 내가 나란히 벽에 기댄 채 헐렁하게 손을 잡고 앉아서, 창문으로 들어온 네모난 햇빛이 시간과 함께 조금씩 움직여 나와 나의 테두리를 온전히 가두는 느낌을 아는 누군가가 읽었으면 좋겠다. 왜냐하면 이 책은 세상의 모든 현혹으로부터 완전하게 비켜서 있는 이야기이기 때문이다. 현혹의 무상함을 일깨우기 위해 독자를 현혹하지는 않기 때문이다. 이 책은 깨달음을 전달하기 위하여 독자를 현혹하지 않고, 불모의 사막지대를 펼쳐 보이고야 만다. '이 아무것도 없는 사막이야말로 아름답기 그지없구나'라는 감동을 독자는 굳이 느낄 필요가 없다. 단지, 모든 고백들은 "내 비루한 존재가 삶 앞에서 자신을 위장한다"는 현상을 견디기 위하여 적혔을 뿐이니까.

"내가 멍청이 혹은 무식한 자로 여기는 어떤 인간에 대해 사람들은 종종 그가 인간의 평균을 뛰어넘는 능력을 발휘한다고 말하지만 나는 전혀 감동받지 않는다. 간질환자는 발작이 일어나는 동안 초인적인 힘을 발휘한다. 편집증환자는 일반인이 거의 도달할 수 없는 경지의 결론을 이끌어낸다. 종교적 광기에 휩싸인 사람은, 보통 선동가들이 할 수 있는 차원을 넘어서는 거대한 무리의 신자들을 주변에 모을 뿐 아니라, 선동가들을 따르는 무리에게서는 볼 수 없는 자질인 내적 확신까지도 심어줄 수 있다. 그러나 이 모두는 단지 광기는 광기일 뿐이라는 것을 증명한다. 꽃의 아름다움을 아는 나는 사막 한가운데서의 승리보다 패배를 더 선호한다. 사막에서의 승리는 오직 허상으로 인한 영혼의 현혹이기 때문이다."

페소아는 아무것도 원하지 않는 능력을 이 집필을 통해 연마했을 것만 같다. 왜 아무것도 원하지 않는 능력으로 가닿게 되었을까. '페소아는 왜 그렇게 했는가'를 탐구하기 위해 이 책을 읽어가다가 이제 나는 '우리는 왜 페소아처럼 하지 못하는가'로 넘어와 있다.

두 달이 넘도록 《불안의 서》를 읽고 있었다. 두 달 동안 많은 글을 썼지만 신통치 않았다. 나는 페소아의 주술에 걸려서 심각하게 파괴돼 있었다. 그렇지만 이 글을 쓰면서 조금은 복구되고 있다. 쾌적해지기 시작한다. 이 책은 그야말로 불안을 끝까지 가열차게 이야기하고 있지만, 불안을 이해하는 쪽으로 진행되지 않고 불안을 점령하는 쪽으로 진행되었다. 나는 주어진 패턴에 맞추어 뜨개질을 하는 사람처럼 이 책을 순서대로 두 번을 읽었다. "삶이란 타인의 기준에 맞추어 양말을 뜨는 것이다. 하지만 그러는 중에도 생각은 자유다." 소아레스의 페르소나를 통하여 페소아의 문장들을 한 페이지 한 페이지 읽어갔지만, 나는 전혀 다른 시대의 전혀 다른 나라에서 살아가는 전혀 다른 한 사람의 멱살을 잡고서 그의 숨통을 조였다. 아귀힘이 드세질수록 그는 점점 작아졌고 그리고 홀연히 연기처럼 사라졌다. 그동안에 여전히 주어진 패턴에 맞추어 뜨개질을 하는 또 다른 내가 알록달록한 담요 하나를 다 떠놓고서 물끄러미 나를 올려다보았다. 좁은 방 안은 알록달록한 뜨개담요가 점령해 있었다.

방 안에 흩어진 여러 명의 나들. 그 여러 명 중에서 가장 눈에 띄지 않는 희미한 누군가를 발견했다. "나는 나와 나 사이에 있는, 신이 망각한 빈 공간이다." 나는 나와 나 사이에 있어 보기로 했다. 그냥 나와 나 사이에. 나와 나 사이의 빈 공간에. 신이 망각한 이 공간을 발견할 수 있어서 기뻤다.

소아레스가 저물녘을 사랑하듯이, 저물녘에 창 바깥으로 바라보는 길거리 풍경을 사랑하듯이, 인간에 대해 회한밖에 남은 게 없는 듯한 그이지만, 익명의 사람들, 그 소소한 사람들을 사랑하듯이, 사랑할 수밖에 없는 것들을 사랑하듯이, 그 어떤 집요한 사색을 보탤 필요도 느끼지 않은 채로 그것들을 사랑하듯이, 나는 이 책을 읽는 내내 페소아를 사랑했다. 위대할 것도 없고 거룩할 것도 없고 카리스마도 없고 멋지지도 않았지만, 도리어 초라하고 궁색하고 연약하고 파리하기까지 했지만, 페소아의 페르소나 소아레스는 완전했다. 단지, 저물녘의 풍경처럼. 수만 수억 년을 우리 곁에 끊임없이 찾아와준 일몰을 읽는 마음이 되어 페소아와 독대했다. 아직도 지구 어딘가에 무조건적으로 사랑을 할 수밖에 없는 또 하나의 책 한 권이 있다는 사실과 사랑에 빠지게 되었다.

"열정이 배제된, 고도로 다듬어진 삶을 살기. 이상의 전원에서 책을 읽고 몽상에 잠기며, 그리고 글쓰기를 생각하며. 권태에 근접할 정도로, 그토록 느린 삶. 하지만 정말로 권태로워지지는 않도록 충분히 숙고된 삶. 생각과 감정에서 멀리 벗어난 이런 삶을 살기. 오직 생각으로만 감정을 느끼고, 오직 감정으로만 생각을 하면서. 태양 아래서 황금빛으로 머문다. 꽃으로 둘러싸인 검은 호수처럼. 그늘 속은 독특하고도 고결하니, 삶에서 더 이상의 소망은 없다. 세상의 소용돌이를 떠도는 꽃가루가 된다. 미지의 바람이 불어오면 오후의 대기 속으로 소리 없이 날리고, 고요한 저녁빛 속 어느 우연한 장소로 내려앉는다. 더욱 위대한 사물들 사이에서 자신을 망각한다. 이 모두를 확실하게 인식하면서, 즐거워하지도 않고 슬퍼하지도 않는다. 햇살을 주는 태양에게 감사하고, 아득함을 가르쳐주는 별들에게 감사한다. 더 이상 존재하지 않고, 더 이상 소유하지 않고, 더 이상 원하지 않는다. … 굶주린 자의 음악, 눈먼 자의 노래, 우리가 알지 못하는 낯선 방랑자의 기억, 사막을 가는 낙타의 발자국, 그 어떤 짐도 목적지도 없이."

차례

발문

아무것도 원하지 않는 능력 김소연

5

서문

17

텍스트

1～481

주석

789

옮긴이의 글

이름은 하나의 징후다 배수아

793

일러두기

· (?) 포르투갈어판 발행인이 확실하게 읽을 수 없는, 손으로 쓴 부분
· (…) 포르투갈어 원본에서 빠져 있거나 해독이 불가능한 부분
· ( ) 포르투갈어판 발행인이 삽입한 부분
· 본문 ( ) 안의 작은 글씨는 모두 옮긴이주

서문

리스본에는 술을 마실 수 있는 몇몇 레스토랑과 음식점이 있다. 1층은 별 장식 없이 간단하게 꾸민 주점이고 2층은 식사를 하는 공간인데, 튼튼하고 소박한 인상을 주는 것이 마치 철도가 연결되지 않는 작은 마을의 식당 풍경을 연상시킨다. 일요일을 제외하면 손님이 별로 없는 그런 식당에서 종종 나는 아주 기이한 인상의 인물들과 마주친다. 표정 없는 얼굴의 그들은 대개 삶의 주변부를 사는 사람들이다.

조용한 분위기와 적당한 가격에 이끌려, 나는 일정 시기 동안 그런 식당 한 곳을 단골로 다녔다. 그곳에서 7시경 저녁을 먹고 있으면 거의 매번 마주치는 사람이 있었다. 평범한 외모의 그는 처음에는 눈에 잘 띄지 않았지만 시간이 가면서 점차 내 흥미를 불러일으켰다.

서른 살 정도 된 그 남자는 마른 몸매에 키가 큰 편이었다. 그는 앉아 있을 때 몸을 과하게 앞으로 구부정하게 숙이는 습관이 있었지만 서 있을 때는 좀 덜했다. 차림새는 분명 신경을 쓰지 않은 듯했으나, 그렇다고 정말로 아무렇게나 입은 것도 아니었다. 창백하고 무표정한 그의 얼굴은 보기에 따라서 고통의 기색이 있는 듯도 하지만, 그것 때문에 특별히 강렬한 인상을 준다고는 할 수 없었다. 그가 간직한 고통이 어떤 종류인지 규정하기는 힘들었다. 아마도 여러 가지로 해석할 수 있을 것이다. 결핍, 공포 혹은 너무 많은 고통을 당하고 살아온 나머지 무감각해진 감정 자체가 고통일 수도 있다.

그는 늘 저렴한 메뉴를 선택해서 식사를 했고, 다 먹은 뒤에는 직접 만 담배를 피웠다. 그리고 세심하게 주의를 기울여 식당에 있는 다른 손님들을 관찰했다. 그것은 의심하는 시선이 아니라 매우 큰 호기심을 담은 시선이었다. 하지만 다른 사람들을 연구해보겠다는 의도가 아니라 단지 다른 인간 자체에 관심이 있다는 태도였는데, 그렇다고 그들의 행동이나 외모를 기억 속에 새겨두겠다는 뜻은 없어 보였다. 내가 처음 그에게 관심을 갖게 된 계기도 그의 이러한 독특한 관찰의 태도 때문이었다.

나는 그를 자세히 살펴보기 시작했다. 그리하여 알아낸 것은, 그의 얼굴에는 뭔가 막연하긴 하지만 그래도 분명히 어떤 지적인 기운이 스며 있다는 사실이다. 그렇지만 차갑게 말라붙은 공포와 좌절이 그의 얼굴 표면을 딱딱하게 감싸고 있으므로, 그라는 인간에 대해서 더 이상의 내용을 발견하기란 불가능했다.

그러다 우연한 기회에 나는 식당의 웨이터로부터 그 남자가 근처의 어느 상사에서 일하는 회사원이란 말을 들었다.

어느 날 식당 창문 아래쪽 거리에서 작은 소동이 있었다. 젊은이 두 명이 치고받고 싸움을 벌인 것이다. 그때 식당에 있던 사람들이 모두 창가로 달려갔다. 나와 내가 말하는 그 남자도 마찬가지였다. 그 기회에 나는 지나가는 말로 슬쩍 한마디를 던졌고, 그도 비슷한 투로 대꾸를 했다. 그의 목소리는 생기라곤 없었으며, 모든 희망과 기대가 부질없기 때문에 아무것도 기대하지 않는 겁먹은 자의 기색이 역력했다. 어쩌면 저녁마다 레스토랑에서 마주치는 이 남자에게 뭔가 있을지도 모른다고 생각한 내 짐작이 완전한 착각일지도 몰랐다.

그 이후로—왜 그런지 나도 이유를 알 수 없지만—우리는 서로 마주치면 인사를 나누곤 했다. 어느 화창한 날, 둘 다 9시 30분에 저녁식사를 하러 온다는 공통점을 발견한 우리는 그것을 이유로 좀 더 가까워졌고, 어쩌다 보니 대화까지 나누게 되었다. 그는 나에게 혹시 작가냐고 물었고, 나는 그렇다고 대답했다. 나는 그에게 얼마 전에 나온 잡지 《오르페우》[1]에 대해서 이야기해주었다. 그런데 그가 그 잡지를 칭찬하는 것이었다. 아주 잘 알고 있는 듯 상세한 부분까지 들면서 칭찬했으므로 나는 솔직히 크게 놀랐다. 《오르페우》가 다루는 예술을 그 정도로 이해하는 사람은 극히 소수라고, 그래서 크게 놀랐다고 나는 내 느낌을 솔직히 밝혔다. 그러자 그가 대답하기를, 아마도 자신이 그 소수에 포함될지도 모른다고 했다. 그리고 그는 덧붙여 말했다. 사실 《오르페우》에 실린 글들이 자신에게는 아주 새로운 종류는 아니라고. 이어서 그는, 자신은 어디를 가야 할지 무엇을 해야 할지 모르겠고 방문할 친구가 있는 것도 아니고 책읽기에도 흥미가 없기 때문에 저녁이면 주로 세 든 방에서 글을 쓰면서 시간을 보낸다고 수줍게 털어놓았다.

그는 방 두 개[2]를 빌려 살았는데—그 덕분에 삶의 다른 필수적 요소 몇몇은 어쩔 수 없이 포기해야만 했다—방들을 거의 고급스럽다고 할 수 있는 인테리어로 꾸며놓았다. 특히 그가 관심을 기울이는 것은 의자—팔걸이가 달리고, 깊숙하고 부드러운 의자—와 커튼 그리고 카펫이었다. 그는 직접 실내장식을 했는데, 이유는 "권태의 존엄을 계속 유지하기 위해서"라고 했다. 현대적인 실내장식으로 꾸민 방에서 권태는 불쾌함으로 바뀌었고, 마침내는 육체적인 고통으로 변환되었다.

그는 지금까지 단 한번도, 무언가를 목적으로 어떤 행동을 한 적이 없었다. 어린 시절 그는 늘 혼자였다. 단 한번도 사람들의 무리와 어울린 적이 없었다. 조금이라도 고등교육[3]을 받은 적이 없으며 그 어떤 단체에도 속하지 않았다. 그의 삶은 이렇듯 많은 면에서 특이했는데,

엄밀하게 말하자면 모든 면에서 특이하다고 해야 할 것이다. 그의 삶이 우연히도 이런 형태를 갖추게 된 것은 그의 세계관과 본능—둘 다 느림과 고독을 지향하고 있는—때문이었다.

단 한번도 그는 국가나 사회의 요구에 맞설 필요가 없었다. 그는 자기 자신의 본능이 요구하는 것을 비껴갔다. 단 한번도 친구를 가져본 적이 없고, 심지어 여자를 사랑해본 적도 없다. 그가 어떤 식으로든 친밀한 관계를 맺은 존재는 내가 유일했다. 비록 나는 항상 낯선 개성으로 가장한 채 살아왔지만, 즉 그라는 개성으로 가장한 가면 뒤에서 살아왔지만, 그리고 추측건대 그가 나를 절대 진정한 친구로는 여기지 않는 것도 분명했지만, 그럼에도 불구하고 그는 자신이 쓴 책을 남겨주기 위해서 누군가를 자신의 측근으로 끌어들일 필요가 있었다. 그리고 실제로 그는 그렇게 했다. 내가 처음에 그것을 알아차렸을 때는 가슴이 아프기도 했으나 마침내는 모든 것을 오직 심리학자의 관점에서만 보기로 작정했다. 어쨌든 그런 이유일지라도 내가 그의 친구가 되었고, 또 그가 나에게 접근한 원래 목적—자신의 책의 출간—을 위해서 내가 헌신할 수가 있으니 그 생각만으로도 나는 만족을 느낀다.

좀 이상하게 들릴 수도 있지만, 이렇게 해서라도 나라는 자아를 가진 누군가가 그와 마주쳤고 그에게 소용이 될 수 있었다는 상황은 그에게 긍정적으로 작용했다.

페르난두 페소아

사실 없는 자서전

상호 어떤 연관성도 없고 연관성을 구축하고 싶다는 소망조차
배제된 인상만을 이용하여, 나는 사실 없는 내 자서전,
삶 없는 내 인생을 담담하게 털어놓는다. 이것은 내 고백이다.
내가 고백 속에서 아무것도 털어놓지 않는다면,
그건 털어놓을 것이 하나도 없기 때문이다.

— 텍스트 12

1
1930년 3월 9일

내가 태어난 이 시대 대다수의 젊은이들은 신에 대한 믿음을 상실해 버렸는데, 그것은 과거 그들의 조상이 신을 믿게 되었던 것과 동일한 이유 때문이다. 즉 인간은 알지 못한다는, 바로 그 이유 말이다. 인간의 정신은 본래 무슨 일에든 비판을 가하려는 경향이 있는데, 그것은 인간이 느끼는 존재이기 때문이지 사고하는 존재이기 때문은 아니다. 그런 이유로 이제 대부분의 젊은이들은 인간을 신의 대체물로 삼아버렸다. 그러나 나는 어디에 속하든지 항상 그 무리의 가장자리에서만 머물며, 같은 무리에 속한 인간들뿐 아니라 그들의 주변에 있는 커다란 공간도 함께 관찰하는 사람이다. 그러므로 나는 동시대의 다른 이들처럼 신을 완전하게 부인한 적이 없으며, 단 한번도 인간을 신의 대체물로 인정하지 않았다. 나는 비록 증명은 불가능하지만 신이 존재한다고 보며, 따라서 경배를 바칠 수도 있다고 생각한다. 하지만 인간이란 순전히 생물학적 결과, 하나의 생물종 이상은 아니므로, 다른 생물종을 경배하는 일이 부적절한 것처럼 인간에게 경배를 바치는 것 역시 부적절하다고 생각한다. 자유와 평등을 숭배하는 인류의 문화도 마찬가지로 내 눈에는 단지 과거의 동물 우상 혹은 동물의 머리를 가진 신들에게 바치는 숭배의식의 재현으로 보일 뿐이다.

그렇듯 신도 믿을 수 없고 그 밖의 다른 생물종들의 집합도 믿지 않는 채로, 나는 국외자가 되어 사람들이 데카당이라고 부르는 일정한 거리를 유지하면서 살아왔다. 데카당은 무의식을 완전히 상실하는 것이다. 그런데 삶의 기초를 이루는 것이 바로 무의식 아닌가. 만약 심장이 생각을 할 수 있게 된다면, 심장은 그 자리에서 멈추고 말 것이다.

나처럼 존재하는 사람, 삶을 살 줄 모르는 사람은 무엇을 할 수 있을까. 나와 같은 유형의 극소수의 인간에게는 일반적인 삶의 양식을 포기하고 오직 관조를 운명으로 받아들이는 것 말고는 다른 선택의 여지가 없을 것이다. 우리는 종교적인 삶이 무엇인지 모르며, 알 수도 없다. 인간은 이성으로 신을 믿는 것이 아니고 추상적인 믿음 자체가 불가능한데다가 추상적인 대상과 어떻게 교통을 해야 하는지 방법을 모른다. 우리가 영혼을 위해서 할 수 있는 일이란 단지 삶을 미학적인 대상으로 관조하는 것뿐이다. 그리하여, 이 세상에서 벌어지는 성대한 축제의 분위기를 외면하고, 신들에게는 냉담을, 인간에게는 경멸을 던지며, 우리는 그 어떤 의도도 없이 오직 느낌에 탐닉한다. 의미는 없어도 좋다. 우리의 뇌신경이 원하는 대로, 느낌이 더욱 우아하게 정화된 쾌락의 형태가 되도록 돌볼 뿐이다.

자연과학의 기본적인 개념은, 만물은 운명의 법칙을 벗어날 수 없다는 것이다. 인간은 그 법칙에 대해서 독립적으로 반응할 수가 없다. 자연법칙이 이미 정해놓은 그대로 우리의 행동이 자동으로 반응하는 것이기 때문이다. 또한 그 법칙은 오래전부터 인간이 지배당하고 있는 신으로부터의 숙명과도 일치하므로, 허약한 사람이 우람한 운동선수들이나 하는 훈련을 따라 할 수 없듯이 우리는 헛되이 안간힘 쓰기를 포기해버린다. 오직 느낌의 지식욕으로 무장한 신중한 태도로, 우리는 감각의 책 위로 몸을 기울인다.

우리는 아무것도 진지하게 받아들이지 않으며 우리의 느낌만을 유일한 실제로 지각하고 그 안에서 도피처를 구한다. 우리의 느낌을 거대한 미지의 왕국으로 보고 그것을 탐구한다. 우리가 쓰는 산문과 시는 낯선 이의 이해를 구하거나 그들의 의지를 설득하려는 욕망이 아니라, 오직 순수하게 한 명의 독서가에 의해 소리 내어 말해지는 말이다. 그러므로 우리가 관조의 미학뿐 아니라 관조의 방법과 결과의 표현에도 마찬가지로 미학적인 주의를 기울인다면, 그것으로 이미 주관적 책읽기를 즐기기 위한 객관적 토대가 완성된 것이다.

모든 문학작품은 어쩔 수 없이 불완전하다는 것을, 그리고 우리의 미학적 관조 중에서도 우리가 글로 표현하는 것이 가장 불확실한 관조임을 우리는 이미 잘 알고 있다. 하지만 지상의 만물은 모두 불완전하다. 지금, 더 이상 아름다울 수 없을 정도로 아름다운 저 석양은 아직 단 한번도 없었다. 우리를 지금보다 더 부드러운 잠에 빠지게 만드는 산들바람은 아직 한번도 불어오지 않았다. 그리하여 우리는, 변함없는 시선으로 산과 석상들을 응시하며, 하루하루를 책과 함께 즐길 것이다. 만물을 우리의 본질로 내면화하겠다는 그 생각으로 모든 것을 몽상할 것이다. 그러기 위해서 우리는 탄생하자마자 낯설어질 묘사와 분석을, 마치 하루의 마지막에 모든 풍경이 낯설게 변하듯이 그렇게 변해버릴 묘사와 분석을 애써 준비할 것이다. 우리는 그것을 즐길 것이다.

이것은 비니Vigny의 염세적인 세계관과는 다르다. 비니는 인생이 감옥과도 같고, 자신은 그 안에서 죽을 때까지 새끼를 꼬면서 생을 소진해야 한다고 믿었다. 염세적이라는 것은 비극적인 요소를 내포하며, 과장되고 불편한 자세를 취한다. 하지만 우리는 우리가 쓴 글에 대해서 가치 판단을 하지 않는다. 우리는 뭔가 할 일을 만들기 위해서 글을 쓰고 그것은 분명한 사실이다. 하지만 감옥의 죄수가 불행을 견디기 위해서 새끼를 꼬듯이 글을 쓰는 건 아니다. 우리의 글은 지루함을 잊으려고 쿠션에 수를 놓는 소녀의 행위에 가깝다. 그것이 전부다.

나는 인생이 집과 같다고 본다. 명부冥府로부터 올라온 우편마차가 나를 데리러 오기까지 그 안에서 일정 시간을 보내야 하는 집이다. 마차가 나를 어디로 데려갈지 그것은 알지 못한다. 어차피 나는 아무것도 알 수 없기 때문이다. 어쩔 수 없이 이 안에서 대기해야 하므로 이 집은 감옥이 될 수도 있다. 다른 인간들과 마주칠 수밖에 없으므로 이 집은 사교모임의 장소도 될 수 있다. 그렇지만 나는 여기서 나가고 싶어 안달하는 것도 아니고, 여기를 익숙하고 마음 편한 장소로 느끼지도 않는다. 어떤 자들은 방에 틀어박혀서 게으르게 빈둥대며, 잠을 자는 것도 아니면서 침대에 누워 시간이 가기를 기다린다. 어떤 자들은 살롱에 나와서 분주하게 떠들어댄다. 그들 모두 하고 싶은 대로 하라고 놓아두면 그만이다. 살롱에서 들려오는 사람들의 목소리와 음악소리가 내 귀를 기분 좋게 파고든다. 나는 문 옆에 앉아 바깥 풍경을, 그 색채와 소리를 감상하기 위해 눈과 귀를 열어둔다. 나는 홀로 앉아 느린 곡조의 선율을 입 속으로 불분명하게 흥얼거린다. 이곳에서 기다리는 동안 나 스스로가 작곡한 노래다.

우리 모두에게 저녁은 다가올 것이다. 우편마차는 도착할 것이다. 나는 나에게 주어진 산들바람을 마음껏 즐긴다. 그리고 산들바람을 즐길 수 있도록 나에게 주어진 영혼도 마음껏 즐긴다. 나는 더 캐묻지 않는다. 나는 애쓰지 않는다. 내가 지금 여행자의 책에 써넣는 것이 언젠가 다른 이들에 의해 읽히게 된다면, 그래서 그들의 휴식에 도움이 된다면 그것으로 족하다. 아무도 이것을 읽지 않거나 흥미를 느끼지 않는다 해도, 그래도 나는 괜찮다.

2

꿈꾸기 혹은 행동하기. 나는 둘 중 하나를 선택해야 한다. 선택이란 끔찍하다. 내 이성은 꿈꾸기를 혐오하고, 내 감수성은 행동하기를 역겨워한다. 행동이란 내가 부여받지 못한 천성이며, 꿈꾸기란 그 누구도 부여받지 못한 운명이다.

나는 이 두 가지를 모두 끔찍하게 싫어하므로 그중 하나를 선택할 수가 없다. 그런데 나는 종종 꿈을 꾸거나 아니면 행동을 해야만 하는 입장이므로, 한 가지를 다른 한 가지 속에 뒤섞어버린다.

3

   나는 도시의 거리에 고인 긴 여름 저녁의 고요를 사랑한다. 특히 그것이 한낮의 소란스러움과 가장 극명하게 대조를 이루는 장소를 선호한다. 아르세날 거리와 알판데가 거리, 그리고 알판데가 거리의 끝에서 동쪽으로 이어지는 모든 슬픔의 거리들, 고요하고 긴 항구의 길이 중단되는 지점. 여름날 저녁, 미로와 같은 고독의 도시를 헤맬 때면 침울에 잠긴 거리들이 나를 위로한다. 그럴 때 나는 나보다 앞서 이 길을 지나간 시간을 체험한다. 세자리우 베르드[4]와 동시대의 인물이 된 느낌이 들고, 그 느낌을 즐긴다. 나는 그의 시를 마음속으로 음미할 뿐 아니라, 그 시들이 탄생한 배경에 있게 된다. 어둠이 깔릴 때까지 나는 그런 곳을 걷는다. 거리가 자아내는 느낌과 비슷한 삶의 느낌들이 산책 내내 나와 동행한다. 낮 동안 거리는 사람들로 가득하다. 그런 북적거림은 아무것도 말해주지 않는다. 밤이 되면 거리는 부재하는 북적거림의 공간이다. 그런 북적거림 역시 아무것도 말해주지 않는다. 낮이면 나는 아무것도 아니다. 밤이면 나는 내가 된다. 나와 알판데가 거리 사이에는 아무런 차이도 없다. 단지 거리는 거리이고 나는 영혼이라는 차이만을 제외한다면. 하지만 아마도 그 차이는 사물의 본질적 측면에서는 그다지 중요하지 않으리라. 인간과 사물 모두는 동일한 추상적 운명을 갖는다. 비밀의 산술식으로 표기하면 둘 다 마찬가지로 하찮고 무의미한 기호가 된다.

   그럼에도 불구하고 여기에는 뭔가 다른 점이 있다. … 이 느리고 텅 빈 시간, 슬픔이 내 영혼을 가득 채우며 차오르고, 모든 것은 오직 나의 느낌이고, 오직 피상적이기만 할 뿐이라서, 내 힘으로는 세상의 그 무엇도 변화시키지 못하리란 비통한 인식이 내 정신을 점령해버리고 만다. 아, 내 꿈은 나의 현실을 대체해주는 것이 아니라, 꿈 자신이 얼마나 현실과 흡사한가를 알려주는 데 그치고 마는구나. 그리하여 내가 현실과 마찬가지로 꿈마저 외면해버리면, 꿈은 내 의식의 외부에서 출현한다. 마치 지금 거리 끄트머리에서 막 모퉁이를 돌아가는 전차처럼, 혹은 저녁을 향해 무슨 소리인지 알 수 없는 말을 떠들어대는 가두선전원의 외침처럼. 석양의 단조로움을 깨뜨리는 그의 외침은 아라비아의 노래가 되어, 급작스럽게 솟아난 분수의 물줄기가 되어, 정적 속으로 솟구쳐 오른다.

  사랑에 빠진 커플들이 함께 걸어간다. 재봉사 여자들이 둘씩 짝을 지어 지나간다. 젊은 남자들이 뭔가 재밋거리를 찾아서 간다. 해방된 은퇴자들이 일과처럼 행하는 산책길에서 담배를 피운다. 여기저기 상점 문 앞에는 한가한 상점 주인들이 멍하니 서 있다. 신병들이 거리 곳곳을 몽유병자처럼 서성인다. 건장하거나 홀쭉한 몸집인 그 청년들은 몰려다니면서 왁자지껄 떠들어대고, 나중에는 소음 이상의 소동을 일으키는 요란한 무리들로 변한다. 거리에는 평범한 사람들도 돌아다닌다. 이 시간 이곳 거리에 자동차는 드물게만 돌아다니므로, 차 소리가 내 귀에는 음악과 같다. 숨 막히는 평안이 내 심장을 조여온다. 내 안식은 곧 체념이다.
  눈앞에서 벌어지는 그 어떤 일도 나에게 무언가를 말하지 않는다. 모든 것이 내 운명의 눈에는 낯설기만 하다. 심지어 운명 자체도 이들을 모른다. 우연이 던져놓은 돌멩이이며 모르는 목소리의 메아리다. 의미도 생각도 없는 무의식과 재앙이 한꺼번에 뒤섞여 있다. 이것이 삶이다.

4

… 그리고 리스본의 보조회계원인 내 모든 꿈을 아우르는 고결함이
여!

그 반대라 할지라도 나는 괴롭지 않다. 도리어 그것은 나를 해방시
킨다. 그 안에 들어 있는 아이러니는 내 삶을 싱싱하게 만들어주는 즙
이다. 나를 하찮게 여기는 시선을 나는 깃발처럼 들어 올린다. 나를 비
웃는 비웃음은 내 팡파르가 되어 울린다. 그 팡파르 소리와 함께 내 아
침이 열리고, 나는 나 자신을 창조한다.

밤의 축복이여, 그 무엇도 아닌 채로, 위대하고도 위대하여라! 미지
의 광채가 내뿜는 진지한 장엄함… 그 안에서 나는 단번에 고독의 수
도사만이 갖는 고결함을 얻는다. 외딴 황무지에서 홀로 살아가는 은
자는 안다. 그리스도는 바위굴 속에, 세상으로부터 아득히 먼 동굴 속
에 현존함을.

부조리하고 앙상한 내 방 책상 앞에서, 이름 없고 하찮은 사무원인
나는 쓴다. 글은 내 영혼의 구원이다. 나는 멀리 솟아난 높은 산 위로
가라앉는 불가능한 노을의 색채를 묘사하며 나 자신을 황금빛으로 물
들인다. 내 석상으로, 삶의 희열을 대신해주는 보상으로, 그리고 내
사도의 손가락을 장식하는 체념의 반지로, 무아지경의 경멸이라는 변
치 않는 보석으로 나에게 황금의 옷을 입힌다.

5

내 앞, 비스듬한 각도로 놓인 낡은 필기대 위에는, 묵직한 회계장부 두 페이지가 커다랗게 펼쳐져 있다. 나는 피곤한 눈으로, 그리고 더욱 피곤한 영혼으로 그것을 들여다본다. 아무것도 아닌 이 무위의 사물 너머로는 일정한 모양의 서가들이, 일정한 모양의 직원들이 도라도레스 거리까지 죽 늘어선 채 인간들의 질서에 맞추어 일상의 평온함을 유지하고 있다. 갖가지 다양한 소음들이 유리창으로 파도처럼 부딪혀 온다. 그 다양한 소음은 서가 주변의 고요와 마찬가지로 일상의 평온에 속한다.

나는 내 앞에 펼쳐진 장부의 새하얀 두 페이지를 새삼스럽게 들여다본다. 내가 신중하게 거기 써넣은 숫자들이 회사의 대차대조표를 이룬다. 나는 비밀스러운 미소와 함께 생각한다. 인생은 직물의 수납과 금액이 적혀 있는 출납 페이지와 같다고. 선을 그어 삭제하고 수정한 항목들과 직물의 명칭, 숫자 그리고 공란으로 이루어진 삶은 위대한 항해가, 위대한 성인, 모든 시대를 아우르는 위대한 시인의 인생까지도 포괄한다. 그들은 모두 회계장부와는 완전히 무관한 삶의 사람들이며, 세계의 값어치를 매기는 자들의 아득히 추방된 후손이다.

전혀 알지 못하는 어떤 직물의 명칭을 장부에 적어넣을 때, 내 눈앞에는 인더스 강과 사마르칸트의 문이 열린다. 그리고 인더스도 사마르칸트도 아닌 제3의 장소, 페르시아의 4행시가 떠오른다. 4행시의 세 번째 행은 운율을 맞추지 않는다. 그것은 내 불안의 머나먼 지주다. 그러나 나는 장부에 숫자를 잘못 적어넣지는 않는다. 나는 쓰고, 합산한다. 부기는 계속된다. 이 사무실의 한 직원에 의해서, 마지막까지 성실하게 완료된다.

6

나는 삶에게 극히 사소한 것만을 간청했다. 그런데 그 극히 사소한 소망들도 삶은 들어주지 않았다. 한 줄기의 햇살, 전원에서의 한순간, 아주 약간의 평안, 생명을 유지할 수 있을 정도의 빵, 존재의 인식이 나에게 지나치게 짐이 되지 않기를, 타인들에게 아무것도 원하지 않기를, 그리고 타인들도 나에게 아무것도 원하지 않기를. 그런데 이 정도의 소망도 충족되지 못했다. 마치 어떤 사람이 마음이 악해서가 아니라 단지 외투의 단추를 풀고 지갑을 꺼내기 귀찮아서 거지에게 적선을 베풀지 않은 것처럼, 삶은 나를 그렇게 대했다.

적막에 잠긴 내 방에서, 슬픔으로 나는 글을 쓴다. 항상 그랬듯이 혼자이며, 앞으로도 항상 혼자일 것이다. 무의미할 것이 분명한 나의 목소리는 수천의 목소리의 본질을 담을 수 있을 것인가. 굶주림을 고백하는 수천의 목소리를, 내 영혼과 마찬가지로 일상이라는 운명에 굴종한 채 헛된 꿈과 영원히 실현되지 않을 희망을 차마 파기하지 못하고 있는 수백만 영혼의 끝없는 기다림을 담을 수 있을 것인가. 그러한 의문이 드는 순간 나는 내 심장을 의식하므로, 심장은 더욱 빠르게 뛴다. 나는 더 높이 살아가므로, 나는 더 많이 산다. 종교적인 힘이 내 안에서 피어오르는 것을 느낀다. 일종의 기도와도 같은, 탄식과 유사한 어떤 것. 하지만 동시에 내 이성이 불러일으키는 반발도 튀어나온다. … 나는 도라도레스 거리 5층에 있다. 나는 나로 존재하는 것이 피곤하여 나로 존재하지 않는다. 반쯤 글자가 적힌 종이가 앞에 있다. 충족도 아름다움도 없는 인생이 앞에 있다. 그리고 지저분하게 얼룩진 압지押紙 위에는 질 나쁜, 하지만 언제든지 조달 가능한 담뱃가루가 떨어져 있다. 나는 여기 5층의 방에 있다. 여기서 나는 인생에게 묻는다!

말하라, 다른 이들의 영혼이 어떻게 느끼며 살고 있는지! 천재들이나
위대한 작가들은 산문을 어떻게 쓰는지! 나는, 여기서, 이렇게! …

7

오늘도 늘 그렇듯 내 정신의 주성분인 막연하고도 시시한 몽상에 잠겨 나는 이런 생각을 해보았다. 앞으로 영원히 도라도레스 거리로부터 해방되고, 사장인 바스케스 씨로부터, 회계원인 모레이라로부터, 다른 모든 직원들로부터, 배달원으로부터, 그리고 사환아이와 고양이로부터 해방되는 생각을. 몽상 속에서 나는 정말로 해방된다. 그러자 남태평양의 환상적인 섬들이 자신을 발견해달라고 내 눈앞에 드넓게 펼쳐지는 것 같았다. 드디어 휴식이다, 예술적인 소망을 마음껏 펼칠 수 있고 오직 정신의 충족을 위해서 내 전 존재를 쏟아부을 수 있다!

하지만 짧은 점심시간 커피하우스에 앉아 이런 몽상에 빠져 있는 동안 갑자기 우울한 감정이 들면서 이 꿈의 색채가 흐려졌다. 그 감정이란, 해방이 어쩐지 나에게 견디기 힘들 것이란 예감이었다. 그렇다, 나는 정말로 해방된 상황에 있다고 간주하고 말을 하는데, 해방은 어려운 일이다. 바스케스 사장, 모레이라 회계사, 계산대의 보르게스, 이 모든 착실한 사람들, 우체국에 편지를 부치러 가는 유쾌한 사환아이, 일 잘하는 보조원들, 그리고 살갑게 다가오는 고양이까지, 그들 모두는 내 삶의 일부분이 되어버렸기 때문이다. 그들을 완전히 떠나야 한다면 그 자리에서 눈물이 날 것만 같다. 내 존재의 한 조각이 내가 원하든 원하지 않든 그들 가운데 남아 있으며, 그들과의 이별은 절반의 죽음과 비교할 수 있다는 생각을 채 떠올리기도 전에 말이다.

오늘 아침에 내가 이미 모두에게 작별 인사를 했고, 도라도레스 거리와 관련된 내 정체성을 전부 벗어버린 상태라고 가정을 해본다. 그러면 이제 나는 무엇을 할 것인가? 이제 뭔가 다른 일을 해야 할 것이 아닌가? 그러면 어떤 종류의 다른 의복을 걸칠 것인가? 이제 어떤 종류든 다른 의복을 걸쳐야만 하지 않겠는가?

누구에게나 바스케스 사장은 있다. 어떤 이들에게는 그가 눈에 보이고, 어떤 이들에게는 눈에 보이지 않을 뿐이다. 나의 바스케스 사장은 이름이 정말로 바스케스이며, 건강하고 사교성이 좋은 남자다. 간혹 무뚝뚝할 때도 있지만, 결코 뒤끝은 없다. 장점에 치중해서 그를 묘사해보자면—하지만 올바른 평가이기는 하다—정의감이 있다는 것이다. 그것은 이 세상의 많은 천재들과 좌우파를 막론한 대다수 인간 문명의 산물들이 갖고 있지 못한 성질이다. 다른 사람들에게는 허영심과 더 많은 재물, 명예와 불멸을 향한 욕구가 중요할 것이다. … 그러나 나는 내 사장인 인간 바스케스를 더 선호한다. 힘들고 어려운 순간에도 이 세상의 모든 추상적인 사장들보다 더욱 사교적인 바스케스를.

국가기관과 광범위하게 관련된 사업 덕분에 무척 번창하는 회사에 소속된 한 지인이, 최근에 내 수입이 보잘것없음을 알고는 이런 말을 했다. "소아레스, 당신은 착취당하고 있는 겁니다." 그 말은 내 기억속에 남았고, 그래서 나는 곰곰이 생각해보았다. 우리의 삶이 어차피 착취당하는 구조일 수밖에 없다면, 섬유상인 바스케스에게 착취당하는 편이 허영심과 명예, 경멸과 질투 혹은 불가능에게 착취당하는 것보다 덜 비참하지 않겠느냐고.

심지어는 신에게 착취당하는 사람도 많다. 그들은 이 세계라는 공허 속에서 사는 예언자들과 성자들이다.

나는 마치 남의 집으로 들어가는 사람처럼, 낯선 집, 도라도레스 거리의 널찍한 사무실로 돌아간다. 나는 삶으로부터 나를 지켜주는 방호벽에 기대듯이, 책상에 기대어 앉는다. 눈물이 왈칵 쏟아질 듯이 애틋하다. 내가 숫자를 기입하는 회계장부, 내가 사용하는 낡은 잉크병,

약간 떨어진 곳에서 물품송장을 작성하느라 구부정한 등을 하고 앉아 있는 세르지우까지. 이 모든 모습을 나는 사랑한다. 아마도 이것 말고는 사랑할 만한 대상이 없어서일 것이다. 혹은 어쩌면, 바로 그렇기 때문에, 그 어떤 사랑도 영혼에 비길 만한 가치가 없기 때문에, 우리가 감상에 빠져 사랑을 주려고 마음만 먹는다면 밤하늘 별들의 위대한 무심함을 사랑하듯이 내 조그만 잉크병을 사랑하지 못할 이유도 없을 것이다.

8

바스케스 사장. 간혹 나는 설명할 수는 없지만 바스케스가 거는 마법에 사로잡혀버리곤 한다. 낮시간 동안 내가 내 삶의 주인으로 행동할 수 없게 만든다는 점을 제외한다면, 이 남자가 나에게 무슨 의미란 말인가? 그는 나를 잘 대우해주고, 말할 때도 친절하고 온화하다. 우리가 알지 못하는 걱정거리가 있어 갑자기 괴팍한 분위기로 돌변하는 경우를 제외한다면 말이다. 그럴 때 바스케스는 그 누구에게도 친절하지 않다. 그런데 나는 왜 그가 신경 쓰이는 걸까? 그는 모종의 상징인가? 아니면 무언가의 이유인가? 그는 도대체 무엇인가?

바스케스 사장. 지금도 그를 떠올리면 미래의 어느 날 내가 그를 회상하면서 느끼게 될 그런 그리움이 벌써부터 내 가슴에 차오른다. 그때 나는 교외의 작은 집에서 평화롭게 살고 있을 것이다. 지금 내가 행하지 않는 일들을 여전히 행하지 않을 고요를 누릴 것이다. 그리고 계속해서 아무것도 행하지 않았다는 사실에 명분을 부여하기 위해, 지금의 내가 사용하는 핑계와는 다른 핑계를 찾아볼 것이다. 혹은 나는 어느 빈민시설에 수용되어 있을 것이다. 그곳에서 나 자신의 궁극적인 몰락을 기뻐하고 있을 것이다. 자신을 천재라고 생각하지만 사실은 몽상가 걸인에 지나지 않은 자들이 쏟아내는 토사물 틈바구니에 나는 쪼그리고 앉아 있으리라. 투쟁에서 승리를 거둘 힘도 없고, 투쟁 없는 승리를 위해 무조건적인 체념을 받아들일 힘조차 없는 익명의 무리와 함께. 내가 어디에 있게 될지라도 나는 바스케스 사장과 도라도레스 거리의 이 사무실을 그리워할 것이다. 이곳의 단조로운 일상을 추억하는 일은 일생 동안 내가 단 한번도 누려보지 못한 사랑, 단 한번도 내게 허락되지 않은 승리의 기억과도 같을 것이다.

바스케스 사장. 나는 그를 오늘날 여기 이 자리에서 보듯이 미래의 시점으로도 보고 있다. 중간 키에, 몸집이 있으며, 거의 우악스러운 모습이다. 마음을 열어 진심을 보여주는가 하면, 교활하고 퉁명스러우며 친절이 넘치는 다양한 성격을 변덕스럽게 넘나든다. 그는 자신이 가진 재산 여부와는 상관 없이, 털이 숭숭 난 느릿한 손이며 착색된 조그만 근육처럼 퍼져 있는 정맥이며 살집이 퉁퉁하지만 비대하지는 않은 목덜미, 그리고 늘 말끔하게 손질된 짙은색 수염 아래서 팽팽하게 홍조를 띠고 있는 얼굴 등 어느 모로 보나 사장의 외양을 가졌다. 나는 그를 본다. 나는 에너지가 넘치면서도 절도 있는 그의 몸짓을 본다. 외부의 사물들을 속에 담고 생각하는 그의 눈동자를 본다. 어쩌다가 그가 나 때문에 불쾌해하는 일이 생기기라도 하면 나는 하루 종일 마음이 몹시 불편해진다. 그러다가도 그가 환하게 미소를 지어 보이면 내 영혼까지도 덩달아 기쁨이 넘친다. 입을 크게 벌린 그의 인간적인 미소는 수많은 군중이 보내주는 동의의 박수갈채와도 같다.

아마도 내 주변에 바스케스보다 더 대단한 인물이 없기 때문에, 근본적으로는 지극히 평범하며 심지어는 세속적인 인간인 그가 내 마음을 이토록 자주 지배하고 나의 관심사를 나 아닌 다른 대상으로 돌려놓는 것이리라. 나는 상징이 존재함을 믿는다. 나는 어딘가 지금으로부터 아주 먼 삶에서, 이 남자가 나에게 적어도 지금보다 훨씬 더 소중한 역할을 했을 거라고 믿고 있거나, 혹은 거의 믿는 편이다.

9

그렇다, 이제 알겠다! 바스케스 사장은 인생이다. 단조롭지만 불가 피한 인생, 강제적이면서도 알려지지 않은 미지의 인생. 별 볼일 없이 진부한 이 남자는 인생의 진부함을 온몸으로 상징한다. 외부에서 볼 때 그는 나에게 모든 것이다. 외부에서 볼 때 인생이 나에게 모든 것이 기 때문이다.

도라도레스 거리의 사무실이 나에게 인생을 의미한다면, 역시 마찬 가지로 내가 살고 있는 도라도레스 거리의 3층5)은 예술을 의미한다. 그렇다, 예술은 인생과 같은 거리, 하지만 다른 번지에서 산다. 예술 은 인생의 무게를 가볍게 해주지만, 예술 덕분에 인생을 살기가 실제 로 더 쉬워지는 건 아니다. 예술은 인생만큼이나 단조롭다. 단지 다른 번지, 다른 장소에 놓여 있을 뿐이다. 그렇다, 이곳 도라도레스 거리 는 나에게 모든 사물의 전체 의미를 포괄하는 곳이다. 세계의 모든 의 문에 대한 답을 자신 안에 껴안고 있다. 답 자체가 존재하지 않는 다수 의 의문들은 예외로 하더라도 말이다.

10

하찮은 존재이면서 민감한 감수성의 인간인 나는, 악하든 선하든 고귀하든 비천하든, 과격하고도 소모적인 충동에 이끌릴 충분한 자질을 갖추었음에도 불구하고, 단 한번도 변함없이 지속되는 감정을 가져본 적이 없으며 단 한번도 영혼의 본질에 침투할 때까지 계속해서 나를 파고드는 격정을 느끼지 못했다. 내 안의 모든 요소들은 항상 어디로든 향하고 있으며 뭔가 다른 것으로 변화하려는 성질이 있다. 내 영혼에는 마치 성가신 아이와 같은 짐스러운 조급함이 달라붙어 있다. 그것은 쉬지 않고 자라나는 동일한 성질의 불안이다. 모든 것이 나를 옭아매지만, 아무것도 나를 붙들어주지는 못한다. 나는 이 모두를 의식하면서 끊임없이 몽상에 잠긴다. 나는 대화를 나누는 상대방의 극히 미세한 표정의 움직임도 놓치지 않고, 목소리의 아주 사소한 변화도 알아차린다. 나는 상대방의 말을 들으면서도 그에게 귀를 기울이지는 않은 채 속으로는 뭔가 전혀 다른 것을 생각한다. 그러나 우리 사이에 오고간 말 중에서도 어쨌든 아주 일부분은 기억 속에 저장된다. 이런 상황이다 보니 내가 벌써 여러 번이나 했던 이야기를 자꾸만 다시 꺼내거나, 아니면 상대방이 이미 대답을 마친 내용에 대해서 재차 질문을 던지는 일이 종종 발생한다. 그렇지만 나는 상대방이 나에게 말을 할 때 지어 보였던 얼굴 근육의 움직임에 대해서는 단 네 개의 단어로 사진처럼 정확히 묘사할 수가 있다. 비록 그 표정으로 그가 나에게 했던 말의 내용은 전혀 기억나지 않지만 말이다. 또한 내가 그에게 무슨 말을 했을 때 그것을 듣는 상대방의 눈빛이 어떠했는지 역시 정확히 묘사할 수 있다. 하지만 내가 그에게 그 순간 무슨 말을 했는지, 그것은 기억할 수가 없다. 나는 둘이다. 두 개의 나는 간격을 두고 떨어져 있다. 그들은 서로 몸이 붙어 있지 않은 샴쌍둥이와 같다.

11
탄원의 기도

우리는 결코 우리 자신을 실현할 수 없습니다.

우리는 두 개의 아득한 심연입니다. 하늘을 응시하는 우물입니다.

12

나는 전기로 기록될 만한 그런 인생을 살았던 사람들에게, 혹은 직접 자신의 인생을 자서전으로 쓸 수 있는 모든 사람들에게, 비록 이 감정이 확실한지 아닌지는 알지 못하지만, 막연한 질투의 감정을 느낀다. 상호 어떤 연관성도 없고 연관성을 구축하고 싶다는 소망조차 배제된 인상만을 이용하여, 나는 사실 없는 내 자서전, 삶 없는 내 인생을 담담하게 털어놓는다. 이것은 내 고백이다. 내가 고백 속에서 아무것도 털어놓지 않는다면, 그건 털어놓을 것이 하나도 없기 때문이다.

고백할 만한 가치가 있는 것은 무엇이고, 고백을 해서 유용한 것은 과연 무엇인가? 우리에게 일어나는 일이란 모든 이에게 일어나거나, 혹은 우리에게만 일어나거나 둘 중의 하나다. 첫 번째 경우라면 새로울 것이 없고, 두 번째 경우라면 타인들을 납득시킬 수가 없다. 내가 느낌을 글로 쓰는 이유는, 바로 그러한 방식으로 내 느낌의 열기를 낮추기 위해서다. 어차피 아무것도 의미가 없으므로, 내 고백 역시 무의미하다. 나는 내 감각을 재료로 하여 풍경을 만들어낸다. 내 느낌의 휴가를 떠난다. 나는 걱정거리가 있을 때 수를 놓거나, 단지 살아 있기 때문에 양말을 뜨는 여자들을 이해한다. 나이 든 내 숙모님도 긴긴 저녁이면 혼자서 카드점을 보곤 했다. 나에게는 느낌의 고백이 카드점인 셈이다. 나는 카드를 놓는 방식에 따라 운명이 달라진다는 점괘 풀이는 하지 않는다. 나는 카드 자체를 유심히 살피지 않는다. 카드점의 카드에는 원래 특별한 의미가 들어 있지 않기 때문이다. 나는 다양한 색채의 실타래처럼 나 자신을 풀어내거나, 실뜨기를 하는 아이들이 활짝 벌린 손가락으로 실을 꼬아 여러 가지 모양을 만들면서 그것을 손에서 손으로 넘기듯이, 스스로를 실뜨기의 한 형태로 변형한다. 내가 신경 쓰는 것은 오직 한 가지, 엄지손가락이 자신에게 할당된 실의 고리를 놓치지 않는 것이다. 내가 손을 한번 돌리면, 실이 만들어내는 무늬가 단번에 바뀐다. 그러면 나는 처음부터 다시 시작한다.

삶이란 타인의 기준에 맞추어 양말을 뜨는 것이다. 하지만 그러는 중에도 생각은 자유다. 상아 코바늘이 하나하나 코를 완성하는 동안, 마법에 걸린 왕자가 정원을 산책한다. 코바늘로 만들어지는 사물들… 그 사이의 공간들… 텅 빈 채 아무것도 없는….

그 밖의 다른 무엇을 내가 기대할 수 있단 말인가? 끔찍하게도 예민한 감각과 선명한 자의식의 느낌… 나를 파괴할 만큼 예리한 인식, 그리고 오직 사고의 굴절을 야기하는 몽상의 능력… 꺼져버린 의지와, 마치 살아 있는 아기인 양 그 의지를 안고 달래는 신중함을…. 그래, 코바늘의 사물을….

13

내 글쓰기의 측은함은 한 문장 한 문장 우연한 명상의 책에 기록되는 내 어휘들의 측은함보다 덜하지 않다. 물을 마신 후 유리잔 바닥에 가라앉아 있는 정체불명의 찌꺼기처럼, 모든 표현의 바닥에서 나는 별것 아닌 채로 잔존한다. 나는 회계장부를 작성할 때와 마찬가지의 기분으로, 신중하지만 담담하게 글을 쓴다. 끝없는 밤하늘의 별들과 무한한 영혼의 비밀, 미지의 심연을 가진 밤, 아무것도 알 수 없음이라는 깊은 혼돈, 이 모든 것과 비교하면 회계장부를 작성하는 조그만 업무와 지금 내가 쓰고 있는 영혼의 기록은 둘 다 도라도레스 거리라는 제한된 공간에서 일어나는 하찮은 사건의 일부일 뿐이다. 그 위에는 수백만 배나 더 의미심장하며 수백만 배는 더 위대한 우주공간이 말없이 펼쳐져 있다.

이것은 모두 꿈이며 신기루다. 장부를 기입하는 꿈인지 아니면 그럴듯한 산문을 쓰는 꿈인지는 그리 중요하지 않다. 공주가 등장하는 꿈이 왜 사무실 문이 나오는 꿈보다 대단해야만 하는가? 우리가 아는 모든 것은 우리의 감각이며, 그중에서도 우리의 존재는 우리가 모르는 낯선 감각이다. 우리의 삶은 느낌이라는 수단을 통해서 우리가 직접 연기자이자 청중, 그리고 우리가 믿는 신의 역할까지도 담당하는, 시의회의 승인을 받은 멜로드라마일 뿐이다.

14

결코 완성되지 않는 작품은 졸작에 불과할 것임을 우리는 알고 있다. 하지만 설사 그렇다 해도 아예 시작도 하지 않은 작품보다 더 졸작일 수는 없다! 완성된 작품은 최소한 탄생이라도 했다. 분명 대단한 명작은 아닐 것이나 그래도 노쇠한 내 이웃여자의 유일한 화분에 심어진 화초처럼, 초라하게나마 살아가고는 있는 것이다. 그 화초는 이웃여자의 기쁨이다. 그리고 종종 내 기쁨이 되기도 한다. 내가 쓰는 글, 나는 그것이 형편없음을 알아차린다. 그럼에도 불구하고 내 글을 읽은 한두 명의 상처 입은 슬픈 영혼은, 한순간이나마 더욱 형편없는 다른 일을 망각하게 될 수도 있다. 그 정도로 내가 만족하는가 만족하지 않는가는 여기서 중요하지 않다. 어쨌든 내 글은 어떤 방식으로든 역할을 하는 것이다. 인생 전체가 그러하듯이.

권태는 앞으로 도래할 더욱 커다란 권태의 전초적 감정일 뿐이다. 내일 닥쳐올 고민을 오늘 앞당겨서 미리 고민하는 것이다. 그건 혼돈의 소동에 불과하다. … 소용도 없고 의미도 없이, 그냥 혼돈일 뿐이다. …

… 철도역의 벤치에 웅크리고 앉아, 무기력의 외투를 입은 내 모멸이 잠들어 있다. …

… 꿈의 그림이 만들어내는 세상이 있다. 내 지식과 내 삶은 그 그림들로 구성된다. …

지금 이 순간 느끼는 회의는 나를 짓누르지 않으며, 내 안에서 지속

되는 것도 아니다. 나는 시간의 확장에 대한 갈망을 느낀다. 나는 무조
건 나이고 싶다.

15

한 발 한 발, 나는 태어날 때부터 내 것이었던 내면의 풍경을 정복해 나갔다. 조금씩 조금씩, 나는 속수무책으로 빠져 있던 수렁에서 기어 나왔다. 나는 무한한 내 존재를 낳았다. 집게를 들고 나 자신을 나로부터 뽑아내버렸다.

16

카스카이스와 리스본 사이에서 나는 꿈을 꾼다. 바스케스 사장이 에스토릴에 소유한 주택의 세금을 내기 위해 나는 카스카이스로 갔다. 여행을 떠나기도 전에 나는 기대감으로 마음껏 들떴다. 가는 데 한 시간, 오는 데 한 시간이 걸리는 여정 동안 거대한 강변의 다양한 풍경과 강물이 대서양으로 흘러 들어가는 장관을 감상할 수가 있기 때문이다. 하지만 실제로 나는 카스카이스로 가는 도중 추상적인 생각에 잠겨 있느라 창밖 풍경에는 신경을 쓰지 못했으며, 그토록 고대하던 강변 경치를 향해 멍하니 시선을 주고는 있었지만 눈으로 그것을 보고 있지는 않았다. 그리고 지금 돌아오는 길에는 그런 느낌의 규명에 몰두하느라 여념이 없다. 나는 이 여행의 가장 사소한 부분에 대해서도, 도중에 나타난 풍경의 아주 작은 일부에 대해서도 묘사할 수가 없다. 지금 쓰고 있는 이 글조차 망각과 부정 덕분에 간신히 얻어낸 산물이다. 이것이 그 반대의 경우보다 더 나은지 아니면 더 나쁜지 판단할 길이 없다. 나는 그 반대의 경우에 대해서도 마찬가지로 아는 바가 거의 없기 때문이다.

기차는 점점 속력을 늦추고, 카이스 두 소드레 역으로 진입한다. 나는 리스본에 도착했다. 그러나 내 생각은 어떤 결론에 도달하지 못했다.

17

어쩌면 이미 때가 된 것인지도 모른다. 그러므로 나는 단 한번뿐인 최후의 노력을 기울여 내 삶을 바라보아야 한다. 나는 측정할 수 없이 드넓은 사막 한가운데에 있다. 나는, 문학적인 용어로, 어제의 나였던 것에 대해 이야기한다. 그리고 내가 어떻게 해서 그곳에 가게 되었는지 설명해보려고 애쓴다.

18

오직 영혼의 미소와 함께 나는 내 삶을 차갑게 응시한다. 도라도레스 거리에, 그곳의 사무실에, 그곳의 분위기에, 그 사람들에게 영원히 붙잡혀 있는 내 삶을. 나에게 먹을 것과 마실 것을 보장해주고 거처할 곳을 마련해주는 수입이 있고, 꿈꾸고 글을 쓰고 게다가 잠도 잘 수 있는 시간적 여유와 작은 공간이 있다. 신으로부터 또는 운명으로부터 다른 무엇을 더 바랄 수 있을 것인가?

예전에 나는 욕심 많은 계획과 허풍스러운 꿈이 있었다. 하지만 그런 꿈은 하녀나 재봉사들도 모두 갖고 있다. 어차피 꿈은 모든 인간이 공통적으로 갖는 것이니까. 다른 점이라면 꿈을 실현시킬 수 있는 능력이다. 혹은 꿈이 실현되도록 운명이 우리에게 베풀어주는 행운이다.

꿈을 꾼다는 점에서 나는 하녀나 재봉사와 다름이 없다. 내가 그들과 다른 점은 글을 쓴다는 것뿐이다. 그렇다, 그것은 나를 그들과 구분해주는 나 자신만의 현실이며 행위다. 영혼에 있어서는 나는 그들과 차이가 없다.

남쪽 바다에는 섬들이 있으며, 코스모폴리탄적 열정이 있음도 나는 잘 알고 있다. (…)

세계가 내 수중에 있다면, 나는 그것을 도라도레스 거리로 가는 표와 교환할 것이 확실하다.

죽는 날까지 회계원으로 일하기, 아마도 내 운명은 이것이리라. 그에 비하면 시와 문학은, 엉뚱하게 내 머리에 올라앉아 나를 우스꽝스럽게 만드는 나비일 뿐이다. 나비의 아름다움이 찬란하면 할수록, 나는 더욱더 우습게 보인다.

나는 모레이라를 그리워할 것이다. 하지만 급속한 승진의 현기증과 비교하면, 그리움이란 도대체 무엇인가?

내가 바스케스 상사의 최고 회계원이 되는 그날은 내 인생 최고의 날 중의 하루일 것이 분명하다. 나는 씁쓸하면서도 냉소적인 예감이 든다. 하지만 동시에 마음속 우월감 또한 분명해진다.

19

해변의 모래사장 안, 가까이 자리한 숲과 풀밭 가운데, 헛된 심연의 불확실한 구덩이로부터 불타는 욕망의 변덕이 솟아오른다. 그곳에서 사람은 밀밭과 수많은 (sic) 사이에서 선택을 할 필요가 없다. 사이프 러스 나무들 사이의 간격이 점점 벌어진다.

개별적인 어휘들, 혹은 동음同音에 의해 연결된 어휘들의 마법, 내면 의 공명과 서로 이탈하면서도 동시에 겹치는 의미들, 문장들의 광채, 다른 문장의 의미 속으로 파고들어 가 편입되는 문장들, 흔적의 사악 함, 숲의 희망과 저수지의 고요, 어린 시절이라는 나의 피난처에 실려 있는 자산은 그것말고는 전무하다. … 그렇게, 부조리하면서 대담한 드높은 담장 사이, 줄지어 선 나무와 경악스러운 덧없음 사이로, 나 아 닌 어떤 이는 슬픈 입술의 고백을, 그러나 더욱 촘촘하고 구체적인 진 술은 입술 자신이 거부하는 내용을 듣게 될 것이다. 두 번 다시는, 설 사 담장 위에서 내려다보이는 거리에 기사들이 다시 되돌아온다고 해 도, 두 번 다시 지상 최후의 장원에, 창과 창이 맞부딪히는 낭랑한 쇳 소리가 들리는 보이지 않는 장원에 평화는 깃들지 못할 것이고, 거리 이쪽에서 사람들은 그 어떤 다른 이름도 기억해내지 못할 것이다. 동 화에 나오는 무어 여인의 이름, 나중에 죽어버린 아이에게, 살아 있는 생명으로, 초자연적인 신비로, 저녁이면 마법을 걸었던 여인의 이름 만을 제외하고는.

앞으로 도래할 것을 기억하듯 은은하게, 풀밭의 이랑 사이 최후의 패자들이 지나가는 메아리가 울렸다. 그들의 발걸음이 풀의 초록빛을 흔들며 무의 공간을 열어젖혔다. 와야 할 자들은 늙어버렸다. 그리고 젊은 자들은 영영 오지 않을 것이다. 길가에 북이 굴러다녔다. 나팔은 움직이지 않는 창백한 손에 쥐어진 채 아무런 역할을 하지 못하고 있다. 그러나 그 손들에게 아직 생명의 기운이 남아 있었더라면, 손들은 나팔을 땅에 떨어뜨려버렸으리라.

하지만 마법이 시작되자마자 죽은 함성이 다시금 터져 나왔다. 어디로 가야 할지 모르는 개들이 가로수길을 정처없이 돌아다니고 있었다. 모든 것이 어떤 죽음을 슬퍼하는 애도의 행위처럼 부조리하게 보였다. 낯선 꿈속의 공주들이 산책을 나왔다. 공주들은 자유로웠고, 그 어떤 구속도 없었으며, 영원했다.

20

언제나 내 삶은 현실의 조건 때문에 위축되어 있다. 나를 얽매는 제약을 좀 해결해보려고 하면, 어느새 같은 종류의 새로운 제약이 나를 꽁꽁 결박해버리는 상태다. 마치 나에게 적의를 가진 어떤 유령이 모든 사물을 다 장악하고 있는 것처럼. 나는 내 목을 조르는 누군가의 손아귀를 목덜미에서 힘겹게 떼어낸다. 그런데 방금 다른 이의 손을 내 목에서 떼어낸 내 손이, 그 해방의 몸짓과 동시에, 내 목에 밧줄을 걸어버렸다. 나는 조심스럽게 밧줄을 벗겨낸다. 그리고 내 손으로 내 목을 단단히 움켜쥐고는 나를 교살한다.

21

신들의 존재 여부와는 상관없이, 우리는 그들의 노예다.

22

거울 속 모습과 마찬가지로 나의 이미지는 내 영혼과 영원히 결속되어 있다. 내 외모는 구부정하고 쇠약해질 수 있지만, 나 자신은 생각 속의 나 그대로다.

내가 가진 모든 요소는 왕자를 연상시킨다. 이미 오래전부터 회생 불가능하게 죽어 있는 한 사내아이의 닳아버린 앨범 속 영롱한 색채의 그림엽서.

나를 사랑한다는 것은 나를 동정한다는 것이다. 어느 날, 미래의 마지막 즈음, 누군가 나에 관한 시를 쓰게 될 것이다. 아마도 그때에 가서야 나는 내 왕국을 다스리게 되리라.

신이란 우리가 존재한다는 사실, 바로 그것이다. 하지만 그것이 신의 전부는 아니다.

23
부조리한 것

우리는 스핑크스로 변신한다. 비록 잘못된 스핑크스이긴 하지만. 그리하여 마침내 우리가 누구인지 더 이상 알지 못하는 지점에 이르기까지. 우리는 잘못된 스핑크스이고, 우리가 누구인지 모른다는 사실만 남는다. 이렇게 자신과 조화하는 법을 알 수 없을 때만이, 우리는 삶과 조화를 이룰 수 있다. 부조리는 신적인 것이다.

가설을 세우고, 인내심을 갖고 검증하고, 정직하고 엄격하게 통찰한 후, 그 가설을 폐기한다. 행동한다. 그리고 우리의 행동을 유죄시하는 가설을 통해 우리의 행동을 정당화한다. 우리는 일생 동안 하나의 길을 만들고, 그 길을 따라가면서 그 길에 맞서서 행동한다. 우리 아닌 어떤 것, 우리가 되기를 원하지 않는 것에 우리 자신을 맞춘다. 또한 우리의 실체라고 결코 알려지지 않기를 바라는 어떤 것을 참조하면서, 우리의 몸짓과 태도를 선택한다.

읽지 않을 책을 산다. 음악을 들으려는 것도 아니고, 그 자리에 나오는 누군가를 보고 싶은 것도 아니면서 콘서트에 간다. 걷는 것이 피곤할 때, 우리는 긴 산책을 나선다. 우리는 시골로 휴가를 떠난다. 다름 아닌 전원생활이 지루하다는 바로 그 이유 때문에.

24

오늘 나는 내 몸의 신경섬유 하나하나마다 매달려 있는 오래된 공포를 느꼈다. 공포는 순간순간 압도적인 위력으로 자라났다. 나에게 생존의 바탕을 제공해주는 레스토랑이나 식당 1층에서 나는 제대로 식사를 할 수도 없었고 평소처럼 술을 마실 수도 없었다: 내가 포도주병을 반밖에 비우지 않고서 자리를 뜨는 것을 알아차린 웨이터는 몸을 돌려 나에게 인사를 건넸다. "다음에 또 뵙겠습니다, 소아레스 씨. 몸조리 잘하시기를!"

이 간단한 문장에 들어 있는 팡파르 같은 효과는 내 마음을 참으로 가볍게 해주었다. 마치 단 한번의 신선한 바람이 불어와 잔뜩 흐려 있던 하늘의 먹구름을 모조리 걷어가버린 것만 같았다. 그리고 나는 이전에는 결코 그처럼 분명하게는 몰랐던 사실, 커피하우스나 레스토랑의 웨이터, 이발사와 거리 모퉁이에서 일하는 짐꾼들이 즉흥적이고 자연스러운 공감을 표시할 줄 안다는 것을 깨달았다. 그런 공감은 나와 이른바 친분이 두텁다고 하는 사람들, 하지만 그 표현이 실제로는 사실과 부합하지는 않은 그런 관계에서는 기대할 수 없는 종류다.

우정의 색채에도 미세한 차이가 있다.

어떤 사람들은 세상을 지배하고, 어떤 사람들은 세상 자체다. 미국인 백만장자와 카이사르, 나폴레옹이나 레닌, 그리고 사회주의자 읍장님 사이에는 질적으론 차이가 없다. 단지 양적인 차이가 존재할 뿐이다. 우리는 모두 그들의 발 아래에 있다. 우리, 존재감 없는 사람들, 성질 고약한 희곡작가 윌리엄 셰익스피어, 학교 교사인 존 밀턴, 방랑자인 단테 알리기에리, 어제 나에게 소식을 전달해준 짐꾼, 혹은 농담을 건네던 이발사, 그리고 방금 내가 포도주를 반 병만 마신 것을 보고는 내 건강을 챙기는 인사를 하면서 따뜻함을 보인 웨이터, 이 모두가 그들의 발 아래 있다.

25

이 컬러 석판화는 아무런 특별한 점이 없다. 나는 그것을 빤히 바라보지만, 내가 보고 있음을 스스로 의식하지 못한다. 진열장에는 다른 물건들도 많이 있고, 석판화는 그중 하나다. 그것은 내 시야에서 계단의 모습을 가리는 위치, 중앙의 높은 자리에 놓여 있다.

그녀는 봄꽃을 가슴에 끌어안고서 슬픈 눈동자로 나를 똑바로 바라본다. 그녀의 미소에는 광택지 특유의 광채가 난다. 그녀의 뺨에는 더없이 아름답고 화사한 홍조가 떠올라 있다. 그녀 뒤편에는 환하게 푸른 하늘이 펼쳐졌다. 섬세하게 그려진 입은 작았다. 그림엽서에나 어울릴 듯한 분위기 속에서 그녀의 눈은 고통의 빛을 담은 채 변화도 움직임도 없이 나를 빤히 응시한다. 꽃을 들고 있는 팔은 마치 다른 사람의 팔 같았다. 원피스 혹은 블라우스의 깃이 파여 목덜미가 드러나 있다. 그녀의 눈동자는 정말로 슬픔이 가득하다. 그 눈동자가 석판화적 실제라는 아득한 심연의 세계로부터 나를 응시한다. 어떤 진실을 반영하면서. 그녀는 봄과 함께 왔다. 그녀의 슬픈 눈동자는 커다랗지만, 커다랗기 때문에 슬픈 것은 아니다. 나는 발걸음을 옮겨 진열장으로부터 멀어진다. 길을 건넌다. 그리고 주체할 수 없는 격앙에 사로잡혀 뒤를 돌아본다. 그녀는 여전히 자신의 팔에 누군가 갖다놓은 봄꽃을 껴안고 있다. 그녀의 눈동자는 내 삶이 갖지 못한 모든 것을 반영하면서 여전히 슬프다. 멀리서 보니 판화의 색채는 더욱 화려해 보였다. 그녀는 위로 틀어 올린 머리에 짙은 분홍빛 리본을 두르고 있다. 조금 전에는 발견하지 못한 것이다. 인간의 눈 속에는, 설사 석판화의 그림이라고 해도, 뭔가 경악스러운 것이 들어 있다. 어떤 의식의 불가피한 증명, 영혼을 증언하는 비밀스러운 외침. 나는 축축한 잠의 상태로부터 힘겹게 빠져나온다. 한 마리 개처럼 어두운 안개의 입자들을 온몸에서 털어내버린다. 형이상학적 석판화 속 깊고도 깊은 슬픔에 잠긴 눈동자는 멀어져가는 나를 계속해서 가만히 응시한다. 마치 그 자리를 떠나는 것이 내가 아니라 다른 누군가이고 내가 떠날 일은 영영 없으리란 듯이, 그 눈동자는 조금의 동요도 없이 내 모습을 좇는다. 내가 신에 관해서 뭔가를 알고 있다고 확신하는 그런 눈빛으로. 위와 아래에 살짝 볼록한 형태로 솜씨 없는 선이 그어진 판화는 아랫부분이 달력이어서 연도 표시인 1929 둘레의 화려한 구식 도안이 불가피하게 1월 1일이란 날짜를 가리고 있으며, 그 위쪽에서 예의 슬픈 눈동자가 나를 향해 냉소적인 미소를 띠고 있다.

신기하게도 나는 석판화 속 이 얼굴을 이미 알고 있다. 우리 사무실 한구석에 바로 그와 똑같은 달력이 걸려 있기 때문이다. 당연히 내 시선은 자주 달력 위에 가닿았다. 하지만 기묘한 일은, 이 석판화가 원인인지 아니면 그것을 보는 나 자신 때문인지, 사무실의 석판화 속 여인의 눈동자는 그 어떤 고통도 표현하고 있지 않다는 것이다. 그것은 그냥 단순한 석판화일 뿐이다. 왼손잡이 직원 알베스의 머리 위에 걸린 채 무력하고 권태로운 시간을 보내고 있는, 광택지에 인쇄된 하나의 그림일 뿐, 그 이상의 의미는 전혀 없다.

이런 일도 있다고 그냥 웃어넘기고도 싶지만 마음 한편으로는 정체 모를 불쾌감이 든다. 영혼에 갑작스러운 병균이 침입한듯 한기가 든다. 돌연히 마주치는 부조리에 저항할 만한 힘이 나에게는 없다. 어떤 창문으로, 신의 어떤 비밀을 향해, 나는 우연히 몸을 내밀게 된 것일까? 층계참에 있던 그 진열장은 어디를 향하는 비밀의 문이었을까? 석판화 속 눈동자는 무슨 의미를 담고 있었을까? 나는 몸이 덜덜 떨릴 지경이다. 무의식중에 내 시선은 사무실 구석 진짜 석판화가 걸린 곳

61

을 향한다. 나는 두 번 다시 그곳에서 시선을 뗄 수가 없다.

26

모든 감정에 개성을 부여한다. 모든 정신의 상태에 영혼을 부여한다.

그들은 길모퉁이에서 나타났다. 한 무리의 젊은 처녀들이었다. 처녀들은 노래하면서 갔다. 처녀들의 밝은 목소리가 행복하게 울려 퍼졌다. 그들이 누구였는지 나는 알지 못한다. 나는 한동안 아무런 느낌도 없이, 멀어져가는 그들의 목소리에 귀를 기울이고 있었다. 하지만 곧 암울한 슬픔이 내 심장을 조여왔다.

내가 본 것은 그들의 미래였을까? 그들의 무의식이었을까? 그것은 정말로 그들이었을까? 아니면, 그 누구도 말해줄 수 없겠지만, 그것은 그냥, 오직 나였던 것일까?

27

문학, 사유로 채색된 회화, 현실의 결함을 배제하고 재현된 현실인 문학은 나에게 모든 노력을 기울여 도달할 만한 목표다. 그 노력이란 것이 정말로 인간적이라면, 즉 너무 동물적이지 않다면 말이다. 말 속에 하나의 사물을 잡아넣는 행위는 사물에게 힘을 부여하고 대신 공포스러운 성격을 제거해버리는 것이다. 들판은 그것이 언어로 묘사될 때 실제보다 더욱 녹색을 띤다. 꽃을 문장으로 표현할 때 그 문장은 상상의 영역에서 꽃을 정의하는 것이며, 이때 꽃의 색채는 원래 식물세포가 결코 이룰 수 없는 항구성이란 특징으로 치장된다.

움직인다는 것은 산다는 것이다. 말 속에 스며든다는 것은 월등하게 산다는 것이다. 글로 묘사되는 삶이라고 하여 현실성이 희박하지는 않다. 속 좁은 비평가는 이렇게 강조하기를 좋아한다. 송가풍의 시들은 결국 삶은 아름답다는 결론 말고는 말해주는 것이 없다고. 그러나 삶의 아름다움을 말 속에 포착하기란 어려운 일이다. 게다가 아름다운 나날은 항상 거기 있는 것이 아니라 어느새 사라져버리고 만다. 그러므로 우리는 아름다운 나날을 풍요로운 어휘와 찬란한 기억 속에 저장해두었다가, 어느 날엔가 텅 비고 허무한 바깥세상의 공허한 들판과 하늘에 화사한 꽃과 별들을, 아름다운 날에 그랬던 것처럼 뿌려주어야 하는 것이다.

모든 것은 우리 자신이다. 그리고 시간의 다층을 넘어 우리 이후에 오는 이들에게는, 모든 것이 우리가 그토록 열렬하게 상상해오던 그 모습 그대로 기억될 것이다. 즉 우리가 상상력의 구현을 통해서 진정으로 될 수 있었던 그런 존재로 남게 된다는 의미다. 나는 창백한 파노라마가 거대하게 펼쳐지는 역사를 해석의 나열 이상이라고 생각하지 않는다. 아무 생각이 없는 수많은 증인들이 복잡하게 얽혀 어떤 합의를 도출하는 현상에 불과하다. 우리 모두는 작가다. 우리가 무언가를 본다면, 우리는 그것을 쓴다. 본다는 것은 나머지 모두를 포괄할 만큼 복합적이기 때문이다.

이 순간 내 머릿속에는 수많은 결정적인 생각이 떠오른다. 그리고 그만큼이나 많은 수의 진짜 형이상학적인 사물들이 저마다 할 말을 갖고 고개를 드는 바람에, 나는 갑작스럽게 엄청난 피곤을 느끼고 이제 글을 그만 중단하기로, 생각을 중단하기로 결심한다. 모든 것이 제 갈 길로 가도록 그냥 놓아두자. 글이, 열병이 잠을 불러온다. 나는 눈을 감은 채, 잠들지 않았다면 내가 계속해서 했을 말들을, 마치 고양이 처럼 쓰다듬는다.

28

꿈 혹은 음악의 한 줄기 여운. 거의 피부로 느낄 수 있는 어떤 것. 생각을 전혀 허용하지 않는 어떤 것.

29

마지막 빗방울이 여전히 주저하는 몸짓으로 지붕에서 떨어져내린 후 포장된 도로 한가운데서 새파란 하늘빛이 완연하게 반사되는 순간, 거리를 달리는 차량들의 소음이 갑자기 다르게 들린다. 더 높고 더 유쾌한 울림으로 대기가 가득 찬다. 활짝 열어젖혀지는 창들은 태양을 잊지 않았다는 신호다. 이미 좁다란 거리 앞쪽의 모퉁이에서는 가장 먼저 나온 복권판매상들이 큰소리로 손님을 부른다. 맞은편 상점에서 상자에 못을 박아넣는 소리가 청명한 대기에 맑게 울린다.

그날은 모호한 공휴일이었다. 법적으로는 공휴일이지만 아무도 특별히 휴일로 생각하지 않았다. 그래서 느긋한 휴식과 일상적인 작업이 나란히 공존했다. 나는 할 일이 없었다. 아침에 일찍 일어난 나는, 존재를 위해 스스로를 무장하는 일로 시간을 보냈다. 방 안에서 왔다 갔다 서성였으며, 드높은 몽상에, 서로 아무런 연관이 없는, 실현 불가능한 일들에 관한 몽상에 잠겼다. 내가 단념해버린 몸짓들, 내가 맹목적으로 실행에 옮겼던 불가능한 계획들, 이루어졌을 뻔한 길고 심층적인 대화들이 몽상 속에서 실제가 되었다. 위대함도 편안함도 아닌 공상, 희망도 목적도 없는 시간 때우기를 위해 휴일 오전의 내 발걸음을 낭비했다. 큰소리로 말해진 내 조용한 말은 앙상한 내 은둔의 수도원을 공허한 반향으로 채우며 반복되는 메아리를 만들어냈다.

지금 한 인간으로서 내 외모를 객관적으로 관찰해보면, 다른 모든 인간들에게 가까이 다가가서 관찰할 때의 느낌과 마찬가지로 한심하고 우습게 보인다. 나는 포기해버린 잠을 위한 간소한 옷 위에, 내 아침의 야간경비원 역할을 해주는 낡아빠진 가운을 걸쳤다. 오래된 실내화는 구멍투성이인데 특히 왼쪽이 심하다. 이렇듯 사후死後의 차림새로 주머니에 두 손을 넣은 나는 긴 보폭으로 성큼성큼 걸으며, 내 조그만 방 중앙대로의 길이를 측정했다. 무용한 공상으로 나를 채웠다. 모든 사람들이 하듯이, 헛된 몽상의 꿈속으로 나를 맡겼다.

단 하나뿐인 창문을 열어두어서 신선한 공기가 들어오게 했다. 여전히 지붕에 고인 빗물의 묵직한 물방울이 바닥으로 떨어지는 소리가 들린다. 비는 물러갔지만 청량한 기운을 대기에 남겨놓았다. 하늘은 마음을 매혹시키는 푸른빛이었다. 패배한, 혹은 스스로 쇠약해진 비가 남겨놓은 구름은 상 조르즈 성(11세기에 지어진, 리스본 구시가지를 내려다보는 성채) 방향으로 물러나면서, 하늘 전체라는 구름의 공인된 경로를 깨끗하게 비워놓았다.

이제는 환하게 밝아진 기분을 느껴야 하는 그런 순간이었다. 그렇지만 무언가가 내 가슴을 짓누르고 있다. 원인을 알 수 없는 그리움, 결코 사그라들지 않는 불특정한 어떤 욕구. 이 감정이 살아나 자신의 정체를 드러내기 위해서는 시간이 필요할 것이다. 내가 위쪽 창문으로 몸을 내밀고 거리를 내려다보았을 때, 그러나 실제로 거리를 바라본 것은 아니었을 때, 갑자기 나는 축축하게 젖은 걸레들 중 하나가 된 느낌이었다. 오물을 닦아낸 다음 말리기 위해 창가에 걸어두는 걸레, 하지만 사람들이 그 존재를 잊어버리는 바람에 말라서 쭈글쭈글해질 때까지 창턱에 그대로 오래오래 방치되어 있으면서, 어느새 창턱 자체의 오물로 변해버린 걸레.

30

나는 고백한다. 나는 건조한 감성의 사람이라고. 그것이 슬픈지 어떤지는 모르겠다. 하나의 형용사는 나에게 실제로 누군가의 영혼이 흘리는 눈물보다도 중요하다. 내 스승인 비에이라는 (…)[6]

그렇지만 종종 나는 그와 다른 사람이 되기도 한다. 그런 때 나는 눈물을 흘린다. 어머니가 없는 사람처럼, 단 한번도 어머니를 가져보지 못했던 사람처럼 뜨거운 눈물을 흘린다. 고인 눈물로 인해 불타는 듯 아픈 내 두 눈은, 내 마음속에도 역시 불타는 아픔을 유발시킨다.

나는 어머니를 기억하지 못한다. 어머니는 내가 한 살 때[7] 죽었다. 내 감수성이 황폐하게 찢기고 상처 입은 것은 이렇듯 따스함의 부족 때문이며, 더 이상 내 기억 속에 없는 머나먼 입맞춤에 대한 헛된 그리움 때문이다. 나는 인위적으로 만들어졌다. 매번 나는 낯선 젖가슴에 안겨 잠에서 깨어났고, 내 응석은 항상 먼 길을 돌아서, 인색한 방법으로만 받아들여졌다.

아, 나일 수도 있는 그 어떤 타인에 대한 그리움이 내 마음을 갈가리 찢고 광폭하게 휘저어놓는다! 진심에서 우러난 사랑의 입맞춤을 내 어린 얼굴에 듬뿍 받을 수 있었다면, 그러면 나는 지금쯤 어떻게 달라져 있을까?

그 누구의 아들도 아니었다는 아픔이, 아마도 내 감성의 환경을 냉담으로 조성해버렸을 것이다. 어린 아기인 나를 껴안았던 이는, 나를 몸이 아닌 심장으로 껴안아줄 수가 없었다. 그것은 단 한 사람, 멀리 무덤 속에 누워 있는 그 여인만이 할 수 있었던 일이다. 운명이 허락해주기만 했다면, 나의 것이었을 여인.

나중에 나는 사람들로부터 어머니가 미인이었다는 말을 들었다. 사람들이 그런 말을 했을 때, 나는 아무런 대꾸도 하지 않았다고 한다. 그 당시에 이미 나는 육체와 영혼이 다 자란 상태였다. 하지만 감정에 대해서는, 아직도 잘 모르고 있었다. 사람들로부터 종종 그런 말을 듣기는 했지만 아직은 삶의 불가해한 다른 측면에 대해서는 별 생각이 없었던 것이다.

아주 멀리 살았던 아버지는 내가 세 살이 되었을 때 자살했다. 나는 그를 한번도 본 적이 없다.[8] 아직도 나는 아버지가 왜 그토록 멀리 떨어져 살았는지 알지 못한다. 그리고 그 이유를 알아보려고 한 적도 없다. 아버지의 부고가 전해졌을 때, 점심식사를 하고 있던 식탁의 분위기가 갑자기 심각한 침묵으로 바뀌었던 것이 기억난다. 부고를 듣고 난 후 계속해서 식사를 하면서 사람들은 내 얼굴을 간혹 쳐다보았다. 나는 그들의 시선에 답하면서도 그들이 왜 그러는지 확실한 이유를 알지 못하고 있었다. 나는 보통 때보다 더욱 예의를 차리며 식사를 계속했다. 혹시 내가 미처 알아차리지 못하는 순간에도 다른 이들이 계속해서 나를 쳐다볼 가능성이 있었기 때문이다.

이것이 바로 나다. 원하든 원하지 않든, 내 숙명적 감수성의 어두운 밑바닥 모습인 것이다.

31

건물 뒷부분에서, 시계가 느릿하게 네 번을 치는 맑은 소리가 들린다. 건물은 사실상 죽어 있는 상태나 마찬가지다. 모두 다 잠들어 있으니까. 자정 이후 네 시간이 지나가고 있으나 아직도 나는 잠들지 않았다. 잠들 수 있을 거라고 기대하지도 않는다. 어떤 일에 신경을 집중하느라 잠을 못 자는 것도 아니고, 몸에 부담이 갈 만한 일이 있어 편안한 휴식이 불가능한 것도 아니다. 그런데도 나는 내 몸의 낯설고 뻣뻣한 침묵에 갇힌 채 여기 어둠 속에 누워, 가로등 불빛과 어우러진 희미한 달빛 때문에 더욱 깊은 고독을 느끼는 중이다. 나는 생각을 할 여력이 없다. 그만큼 졸리고 피곤하다. 나는 감정을 느낄 여력이 없다. 그 정도로 나는 잠이 부족하다.

내 주변을 둘러싼 것은 오직 밤을 부정하는 헐벗고 관념적인 우주뿐이다. 한편으로는 피곤에, 그리고 다른 한편으로는 불안에 지친 나는 육신의 감각만으로 사물의 비밀인 형이상학적 인식을 건드려본다. 내 영혼은 때때로 마비된다. 그러면 일상의 흉측한 내용들이 내 의식의 표면을 점령하고, 나는 불면의 몽롱한 상태로 회계장부를 작성해나간다. 한번은 절반쯤 잠든 혼수에서 깨어나니 내 의사와 상관없이 나타난 화려한 색채의 모호하고도 시적인 그림들이 소리도 없이 생각의 모든 영역을 날아다니고 있었다. 내 눈은 완전히 감기지 않았다. 멀리서 비치는 한 줄기 빛이 내 멍한 시선을 흐릿하게 감싼다. 그 빛은 아래쪽, 인적 없이 텅 빈 길가에 홀로 타오르는 램프의 불빛이다.

그만두기, 잠들기, 이런 경계적인 의식을 더 나은 멜랑콜리한 상상으로 대체하기, 나를 모르는 누군가에게 몰래 귓속말하기! … 그만두기, 흘러가기, 시냇물처럼 날렵하게, 드넓은 대양의 밀물과 썰물처럼, 그리하여 어느 밤의 해안에 가시적으로 당도하기, 사람들이 정말로 잠이 드는 그런 밤의 해안에! … 그만두기, 알려지지 않은 상태로 오직 피상적으로만 존재하기, 멀리 떨어진 가로수길에서 흔들리는 나뭇가지, 가볍게 지상으로 떨어지는 이파리들, 낙하하는 모양이 아니라 그 소리로 낙하를 알아차리는, 먼 곳의 샘에서 솟아나는 높고 좁다란 바다, 그 밖의 모든 불특정한 밤의 공원들, 끝없는 혼돈 속에서 길을 잃고, 암흑이 만들어낸 자연의 미로로…! 그만두기, 영원히 그만두어 버린 채로 있기, 그러나 좀 다른 형태로 살아남기, 예를 들면 어느 책의 페이지로, 풀어헤친 머리 한 가닥으로, 반쯤 열린 창문 가까이 자라는 담쟁이 식물의 흔들림으로, 모퉁이길 고운 자갈 위를 걷는 무심한 발걸음으로, 잠들기 시작한 마을에서 높이 피어오르는 마지막 연기로, 이른 아침 길가에 떨어져 있는 마부의 잃어버린 채찍으로…. 불합리, 혼란, 소멸, 모든 것이 혼재하지만, 그 어느 것도 삶은 아니다. …

그리고 나는 내 방식으로, 잠도 휴식도 없이 잠이 든다. 환상이 주는 무성적인 삶. 불안한 내 눈꺼풀이여. 말없는 가로등 램프에서 반사된 먼 불빛이 더러운 바다의 고요한 거품처럼 내 눈동자 위에서 계속 어른거린다.

나는 잠들고 나는 잠들지 않는다.

내 뒤쪽, 침대의 가장자리에는 집의 침묵이 영원과 닿아 있다. 나는 시간이 낙하하는 소리를 듣는다. 한 방울 한 방울씩. 떨어지는 방울 소리를 듣는 것이 아니라, 낙하 행위 자체의 소리를 듣는다. 내 육신의 심장은 모든 사물과 나 자신의 과거에 대해서 아무것도 알지 못한 채 꺼져버린 기억에 의해 육체적으로 짓눌려 있다. 베개 위에 움푹한 구덩이를 만들며 놓인 내 머리는 질료적이다. 내 피부와 베갯잇이 마치 어둠 속의 사람들처럼 서로서로 맞닿아 있다. 내 머리가 누르고 있는

쪽의 귀가 정확하게 나의 뇌를 파고든다. 극심한 피로감으로 나는 눈꺼풀을 깜박거리며 뜬다. 내 속눈썹이 팽팽하게 부풀어 오른 베개의 예민한 흰색 위에서, 극도로 희미하여 감지할 수조차 없는 어떤 소리를 만들어낸다. 나는 한숨처럼 숨을 내쉰다. 내 호흡이 이루어진다. 그것은 나 자신으로부터 나온 호흡이 아니다. 나는 느끼지도 않고 생각하지도 않으면서 고통을 앓는다. 건물의 시계가, 무한의 한가운데에 자리 잡은 유한한 장소에서 대수롭지 않은 사건인 듯이 메마르게 30분을 알린다. 모든 것이 지나치게 과도하다, 지나치게 깊고, 검고, 차갑다!

나는 시간을 관통하여 살아간다. 침묵을 관통하여 살아간다. 형체 없는 세상이 나를 지나쳐간다.

돌연히, 마치 신비의 아이처럼, 밤에 대해 아무것도 모르면서 수탉이 운다. 나는 이제 잠들 수 있다. 왜냐하면 아침이 내 안에 있으니까. 입가에 미소가 떠오르는 것을 느낀다. 베개의 주름이 내 얼굴에 가볍게 밀린다. 나는 나를 삶에게 넘겨줄 수가 있다, 나는 잠들 수 있다, 나는 나를 신경 쓰지 않아도 된다. … 안개처럼 피어나면서 정신을 흐릿하게 만드는 피곤이 밀려온다. 희미하게 사라져가는 의식 사이로 나는 조금 전 들었던 수탉의 울음을 기억해낸다. 혹은, 그것은, 실제로 수탉의 두 번째 울음소리였을 수도 있다.

32
불안한 밤의 심포니

모든 것이 잠들었다. 마치 우주 자체가 실수의 산물인 것처럼. 불확실하게 펄럭이는 바람은 형체 없는 깃발이었다. 깃발은 존재하지 않는 병영 위에 걸려 있었다. 하나의 무無가 바람이 휘몰아치는 가운데 찢겨 나갔고, 유리창의 창틀이 요란하게 덜컹거리며 비상사태가 임박했음을 알렸다. 모든 것의 심연에서 신의 무덤인 밤은 침묵했다(그를 향한 동정심이 영혼을 채웠다).

그리고 갑자기, 우주의 새로운 질서가 도시 위에 나타났다. 바람이 바람과 바람의 사이에서 휘파람 소리를 냈고, 인간은 잠에 취한 채 높은 곳으로 파도처럼 몰려가는 상상에 잠겼다. 그러자 밤은 천장의 다락문처럼 아래로 떨어지며 닫혔다. 위대한 안식이 도래하여, 이 모두를 잠으로 뒤덮으려는 욕구를 탄생시켰다.

33

갑자기 시작된 가을의 첫날, 어둠이 유난히 이르게 찾아오고, 늘 하던 일상의 작업을 마치려면 평소보다 더 늦게까지 일해야 한다는 느낌이 든다. 이즈음이면 나는 사무실에서도 어스름과 그것이 암시하는 무위, 아무것도 하지 않고 보내는 시간에 대해서 생각하기를 즐긴다. 어둡기 때문이다. 어둠은 집과 잠, 그리고 해방을 의미하기 때문이다. 넓은 사무실에 불이 밝혀지면서 어둠이 물러가고, 비록 이미 날은 어두워진 다음이나 우리는 하루의 일과를 계속 진행한다. 그러면 나는 이 모두가 마치 타인의 기억 속에서 일어나는 일인 것만 같다. 그렇게 앞뒤가 맞지 않는 묘한 행복감을 느낀다. 나는 책을 읽듯이 차분하게 장부를 기입해나간다. 그리하여 마침내 읽던 책을 덮고 침대로 갈 수 있으리라는 예감이 들 때까지.

우리 모두는 외부의 환경에 예속된 노예다. 햇살이 화창한 날은 설사 좁은 카페에 앉아 있을지라도 우리의 눈앞에 너른 들판이 활짝 펼쳐진다. 들판의 그늘 속에서 우리는 내면을 향해 몸을 수그리고, 우리 자신이라는 문 없는 집 안에서 힘겹게 스스로를 지킨다. 저녁이 시작되면 석양은 서서히 펼쳐지는 부채처럼 번져 나가고, 아직은 낮의 사물들 한가운데 있을지라도 우리의 마음 깊은 곳에는 이제 휴식이 필요하다는 의식이 싹튼다.

그러나 노동은 사그라드는 법이 없다. 노동은 저절로 더욱 활기를 띤다. 우리는 이제 더이상 일하는 것이 아니다. 대신 우리에게 선고된 행위 안에서 모종의 휴식을 발견하는 단계에 이른다. 내가 숫자를 써넣는, 줄이 그어진 커다란 용지 위에 운명이 순서대로 적혀 있다. 내 늙은 숙모님들이 세상과 담을 쌓고 살던 낡은 집이 거기 있다. 숙모님들이 나른한 10시에 마시는 차가 갑작스럽게 눈앞에 나타난다. 잃어버린 어린 시절의 석유램프가 아마포를 덮은 탁자 위에서 타오른다. 램프의 불빛 때문에 음영이 생겨 모레이라의 모습이 어두운 그늘 속으로 사라져버린다. 드넓은 공간을 환하게 비추는 검은 전깃불 아래 선명하게 보이던 모레이라가. 차가 나온다. 숙모님보다 더 늙은 하녀는 잠이 덜 깬 모습으로 차를 가지고 온다. 낮잠을 방해당해 언짢다는 것을, 오랜 하녀생활 덕분에 터득한 인내심과 요령으로 기분 나쁘지 않게 표시하면서. 나는 이렇듯 죽어버린 과거의 시간을 통과하면서, 착각하는 법 없이 항목이나 합계를 장부에 정확히 기재한다. 그러면서 다시 회상으로 잠겨든다. 내 안에서 길을 잃는다. 먼 밤들을 헤매며 나를 망각한다. 의무와 세상에 오염되지 않고, 처녀처럼 비밀과 미래 속에서 머문다.

지출과 수입이 낯선 대상으로 변해버리는 이런 느낌은 참으로 감미로워서, 이럴 때 누군가로부터 질문이라도 받으면 나도 마찬가지로 감미롭게 대답을 한다. 나라는 존재가 진짜로 텅 비어버린 것처럼, 나는 내가 들고 다니는 타자기에 불과하며 활짝 열린 내 자아와 마찬가지로 간편하게 운반할 수 있는 어떤 것임을 암시하듯이 아주 부드럽게 대답한다. 그 어떤 것도 지금의 꿈에서 나를 깨어나게 하지 못한다. 꿈은 너무나도 감미로워, 말을 하면서, 장부를 기입하면서, 질문에 대답을 하면서, 잡담을 하면서도 나는 내 모든 행위 뒤에 숨은 채 계속해서 꿈을 꿀 수가 있다. 이 모든 행위를 관통하면서, 나는 오래전 망각 속으로 사라진 차를 계속해서 마신다. 차 마시는 시간은 서서히 종말을 향한다. 사무실이 문을 닫을 시간이 다가온다. … 펼쳐져 있던 장부를 천천히 덮으며, 나는 흘리지 못한 눈물 때문에 피곤한 눈길을 들어올린다. 사무실 업무가 끝남과 동시에 내 꿈도 막을 내린다는 사실에

76

감정이 복잡하게 뒤섞인다. 내가 장부를 덮음과 동시에, 다시는 불러올 수 없는 과거의 시간도 그와 함께 사라지는 것이다. 나는 잠에서 완전히 깬 맑은 정신으로 생의 침대에 오르게 된다. 홀로, 아무런 안식도 없이. 운명이 다하는 어두운 밤 한꺼번에 밀려오는 두 개의 조수처럼, 그리움과 아득한 슬픔의 감정이 밀물과 썰물이 되어 내 의식 속에서 뒤섞인다.

34

종종 나는 생각한다. 도라도레스 거리를 영영 떠나지 못할 거라고. 글로 쓰자마자, 이 생각은 마치 영원처럼 느껴진다.

즐거움도 아니고, 명예도 아니며, 권력도 아니다. 자유, 오직 자유 뿐이다.

신앙이라는 망상을 피해 이성이라는 망상으로 달아나는 것은, 감옥을 바꾸며 수감되는 일에 불과하다. 우리를 낡아빠진 토착의 우상으로부터 해방시키는 예술은, 고결한 이상과 사회적인 고뇌로부터도 역시 해방시킨다. 그들 역시 또 다른 우상이기 때문이다.

개성을 발견하기 위해 개성을 잃는 것—신앙은 이런 운명의 증표다.

35

… 인간을 위해 일하는 인간들, 각자의 조국을 위해 서로 치고받는 인간들, 문명의 존속을 위해 생명까지 내놓는 인간들에 대해, 바닥을 알 수 없이 지독한 경멸의 구역질이 치밀어 오른다. …

… 유일한 실제는 자신의 영혼뿐이고 나머지 외부세계와 타인들은 전부 정신의 소화불량으로 인해 야기된 미학적 쓰레기이며 꿈인 척하고 나타나는 악몽에 불과하다는 것을 알아차리지 못하는 인간들에 대해 구역질 나는 경멸을 느낀다.

무언가를 이루고야 말겠다고 그악스럽게 애쓰는 행위라면 나는 어떤 것이든지 거부감을 느낀다. 간혹 극단적인 그런 행위를 목격하면, 나는 충격과 경악이 온몸으로 발현되는 것을 억누를 수 없다. 전쟁, 생산적이고 결연한 노동, 다른 이들을 지원하겠다고 나서는 행동…. 이 모두가 나에게는 오직 뻔뻔함의 산물로만 여겨진다. (…)

내 영혼의 실제와 비교하면 그 밖의 현실과 사물은 오직 용도를 위한 것, 피상적인 것이란 느낌만을 받는다. 가장 살아 있으며 가장 빈번하게 나와 조우하는 내 꿈의 무제한적이고 순수한 위대함과 비교하면 그런 것들은 오직 속되고 진부할 뿐이다. 나에게는 꿈이 실제보다 더한 실제다.

36
1930년 2월 5일

내 셋방의 초라한 벽도, 내가 앉아서 일하는 사무실의 낡아빠진 책상들도, 너무도 자주 지나다녀 익숙해진 나머지 이제는 영원히 불변하는 상징처럼 보이는 도심 거리들의 빈곤도, 그 어떤 것도 일상의 황폐함만큼 빈번하게 정신적 구토를 유발하지는 않는다. 내 일상의 주변에 머무는 사람들, 낮 동안의 삶을 함께하고 대화를 나누면서 나와 친분을 만든 사람들, 그러나 나를 알지는 못하는 그들로 인해, 나는 종종 정신의 목구멍을 틀어막는 육체의 가래 덩이를 실제로 느낀다. 그들 삶의 앙상함과 단조로움은 내 외적인 삶과 나란히 진행된다. 그들은 내 삶도 자신들과 똑같다고 굳건하게 믿으면서, 나에게 강제로 죄수복을 입히고 교도소 독방에 감금하여, 나를 사이비 성자로, 그리고 걸인으로 만들어버린다.

나는 통속성의 개별적 특징에 흥미를 가질 때가 많다. 내가 만나는 모든 상대방에게서 그런 요소들을 명백하게, 그리고 구체적으로 읽을 수 있기를 바라는 애정 어린 소망이 있다. 비에이라의 기록에 의하면, 소자[9]는 "독특함으로 표현되는 범속함"이라고 말하지 않았던가. 나는 시인의 영혼을 갖고 있는데, 고대 그리스인들은 그런 영혼의 유무로 시와 정신의 시대를 규정했다. 하지만 또한 내가 피상적 사물에 불과하다는 우울한 인식에 사로잡히기도 한다. 그럴 때면 이 세상 전체가 더러운 진흙과 비의 밤으로 변해버리고, 나는 외딴 시골의 황량한 기차역에 고독하게 앉아 내가 올라탈 삼등열차를 기다리는 처량한 신세로 전락한다.

그렇다, 나의 비밀스러운 미덕은, 자신에 대해서 곰곰이 생각하지 않기 위해서 최대한 객관적인 태도를 유지하는 것이다. 하지만 다른 미덕과 마찬가지로, 그리고 마음의 짐과 마찬가지로, 내 미덕은 쇠퇴의 단계를 알고 있다. 그리하여 나는 자문한다, 어떻게 하면 그럼에도 불구하고 계속해서 살아갈 수 있을 것인가? 여기 이 사람들 사이에서 이 사람들과 똑같이 살면서, 이들의 쓰레기 환영과 실제로 타협할 수 있는 내 비겁함은 어디에서 온 것일까? 먼 등대의 불빛처럼 문득 해결책이 떠오른다. 상상력 중에서도 여성적인 측면이 제공하는 그런 해결책이다. 자살, 도피, 포기, 귀족적 개인의 위대한 몸짓들, 기어 올라갈 발코니가 없는 존재들을 위한 싸구려 영웅소설.

그러나 더 나은 현실을 사는 이상적인 줄리엣은, 내 혈육인 허구의 로미오의 코앞에서 드높이 난 문학적 담화의 창문을 닫아버렸다. 그녀는 아버지에게 순종하고, 아버지는 그의 아버지에게 순종한다. 몬터규 집안과 캐풀렛 집안의 싸움은 계속된다. 발생하지 않은 사건들 위로 막이 내린다. 나는 집으로 돌아간다. 내 방으로, 나에게 방을 세놓은 부재하는 지저분한 여주인에게로, 거의 얼굴을 본 적이 없는 그녀의 아이들에게로, 내일 아침에야 만날 내 동료들에게로 돌아간다. 상사 직원의 겉옷 깃을, 당연한 듯이 시인의 목덜미 위로 끌어올린다. 늘 같은 구두방에서 구입하는 장화를 신은 발로 무의식중에 차가운 빗물 웅덩이를 피한다. 마음속에서 여러 감정이 복잡하게 뒤섞인다. 또다시 우산과 영혼의 존엄을 잊었기 때문이다.

37
고통의 막간극

구석에 던져진 어떤 것, 길거리에 떨어진 넝마, 내 비루한 존재가 삶 앞에서 자신을 위장한다.

38

나는 다른 이들의 나-아님이란 성격을 질투한다. 모든 불가능 중에서 가장 불가능한 일이므로 그것은 내 일상의 욕망이 되었고, 모든 슬픔의 시간을 채우는 좌절이 되었다.

탁하게 이글거리는 부연 태양빛이 눈으로 쏟아지면서, 본다는 내 육체적 느낌을 불태워버렸다. 열기가 뿜어내는 노란색이 검은 초록의 나무들 앞에 고요하게 버티고 있었다. 꼼짝도 없이 정지한 사물들 (…)

39
1930년 2월 21일

마치 운명이라는 외과의사의 손이 나를 수술하여 낡은 맹목을 벗고 돌연 새로운 시야를 갖게 해준 듯이, 갑자기 나는 내 익명의 생으로부터 시선을 돌려 존재의 환한 인식을 바라본다. 그리고 내 모든 행위와 생각이 예전의 나였던 것이 한낱 미혹이었음을, 헛된 망상에 불과했음을 깨닫는다. 그토록 많은 것을 보지 못했다니 놀라울 뿐이다. 예전에 내가 그토록 수많은 무엇이었음이 놀라우며, 그리고 지금, 마침내 내가 아닌 그 무엇을 보게 되었음이 놀랍다.

나는 태양이 구름을 뚫고 나온 순간의 너른 들판을 바라보듯이, 그렇게 지나간 내 일생을 응시한다. 심사숙고한 행동, 가장 명징한 표상, 가장 논리적인 계획이라고 여겼던 것들이 지금 돌이켜보니 타고난 허황함, 숙명적인 멍청함, 엄청난 무식함에서 조금도 벗어나지 않았음을 깨달을 때, 나는 가히 형이상학적인 충격을 느낀다. 단 한번도 나는 연기를 하지 않았다. 나는 연기되는 역할 그 자체였다. 나는 배우가 아니었다. 배우의 연기였다.

나의 모든 행동 모든 생각, 내 존재의 전부는, 어떤 상상의 인물에게 나를 바치는 일련의 굴종이었다. 나는 그 상상의 인물이 바로 나라고 간주했다. 내 행동은 그 인물의 의지로부터 나오는 것이었기 때문이다. 그 의지도 비록 환경의 제약을 받기는 했지만, 나는 환경이란 숨을 쉬기 위해서 어차피 필요한 공기와 같은 것이라고 생각했다. 그러나 급격한 통찰의 이 순간, 나는 갑작스럽게 자신이 시민권자로 살고 있던 어느 장소에서 유배형을 받고 고립된 인간이 된다. 내 생각의 가장 깊숙한 곳에서는 나는 내가 아니었다.

생에 대한 냉소적 공포가 나를 사로잡는다. 내 의식을 압도해버리는 낙담의 감정이다. 나는 착각이고 과오였다. 나는 진짜 삶을 살아본 적이 없으며, 나에게 주어진 시간을 의식과 생각으로 채우는 방식으로만 존재해왔다. 나는 실제처럼 생생한 꿈을 꾸다가 막 깨어난 사람, 혹은 지진이 일어나는 바람에 그동안 빛이라곤 거의 없는 지하감옥에만 갇혀 있다가 엉겁결에 지상으로 나오게 된 사람 같았다.

나는 잠에 취한 발걸음으로 흔들거리며, 느끼는 것과 보는 것 사이를 왔다갔다 돌아다녔을 뿐이다. 내 진짜 정체는 그것이었다. 지독한 통찰이 나를 우울하게 짓누른다. 코앞에서 기다리고 있는 유죄판결처럼 실제의 무게가 되어 나를 짓누른다.

진짜로 존재한다는 느낌, 자신의 영혼이 실제 존재자임을 깨닫는 느낌, 그런 느낌을 그대로 묘사하기란 참으로 어렵다. 어떤 인간의 어휘를 사용해야 하는지 알 수가 없다. 나는 지금 열이 난다는 환각 속에 있는 것인가, 아니면 반대로 그동안 내내 열병처럼 달아오르던 내 일생의 잠이 드디어 사라진 것인가. 나는 알지 못한다. 그렇다, 나는 반복해서 말한다, 나는 갑작스럽게 어느 낯선 장소에 있게 된 여행자와 같다. 그는 자신이 어떻게 그곳에 왔는지 알지 못한다. 기억을 상실한 채 오랜 시간을 건너뛰어 다른 존재가 되어버린 그런 사람들의 입장을 나는 잘 이해할 수 있다. 나 역시 오랜 세월 동안, 태어나서 의식을 갖게 된 이후로 줄곧 다른 존재로 살아왔다. 그리고 지금에서야 나는 다리 한가운데서 정신이 들었고, 다리 아래 흐르는 강물을 내려다보면서, 지금껏 나였던 그 다른 인간보다 지금의 내가 더 영속적인 존재임을 깨달은 것이다. 그렇지만 나는 이 도시를 모른다. 거리들은 낯설다. 이것은 치유될 수 없는 재앙이다. 다리 난간에 기댄 채 진실이 나를 그대로 스쳐 지나가기를 기다린다. 그리하여 내가 다시 아무것도 아닌, 만들어낸, 사고력을 갖춘, 자연적인 실체로 회복되기를 기다린다.

한순간이 그렇게 흘렀다. 그리고 이제 내 주변에는 익숙한 가구들, 늘 보던 낡은 벽지의 문양이 있다. 먼지투성이 유리창을 통해 햇살이 비쳐든다. 잠시 동안 나는 진실을 들여다보았다. 잠시 동안 나는 나 자신으로 있었다. 그것은 위대한 남자들이라면 평생 동안 하고 있는 일이다. 그들의 말과 그들의 행동을 나는 떠올려본다. 그들 역시 현실의 악마가 내미는 시험을 성공적으로 통과했을지, 나는 그것이 궁금하다. 자신을 모른다는 것, 그것이 삶이다. 자신을 거의 모른다는 것, 그것은 생각이다. 자신을 안다는 것, 마치 정화의 순간을 체험하듯이 돌연 자신을 깨닫는 것, 그것은 내면의 모나드(단자), 영혼의 마술적 언어에 관해 순간적인 표상을 획득한 것이다. 하지만 이러한 순간의 빛은 모든 것을 태우고, 모든 것을 집어삼켜버린다. 심지어 우리를 우리 자신으로부터 떼어내어 발가벗겨버린다.

비록 짧은 순간이었지만 그렇게 나는 나 자신을 보았다. 이제 나는 내가 누구였는지 더 이상 말할 능력이 없다. 그리하여 최종적으로, 모든 의미가 잠 속에 있다고 생각하기 때문에, 나는 피곤하다. 왜 그런지는 나도 모른다.

40

종종 나는 이유는 알 수 없는 죽음의 예후를 느낀다. … 아마도 그것은 통증의 형태로 물화되지 않은, 그보다는 차라리 마지막에 정신적인 단계로 승화되는 어떤 미지의 질병일 것이다. 또한 그것은 사람을 극단적으로 깊이 잠들게 만드는 피곤의 증상일 가능성도 있다. 일반적인 잠으로는 결코 충족되지 않는 피곤. 어쨌든 나는 내가 병자라고 느낀다. 병세가 너무 악화되어 이제는 그 어떤 저항이나 회한도 없이, 오직 허약한 손을 이불 위에 펼쳐놓고 손가락 아래 이불천의 감촉을 음미할 힘밖에 남아 있지 않은….

우리가 죽음이라고 부르는 것의 실체는 어떤 모습일까, 나는 생각에 잠긴다. 나는 죽음의 비밀을 말하는 것이 아니다. 그것은 어차피 이해할 수 없는 대상이니까. 내가 말하는 것은 사람이 삶을 떠날 때의 육체적인 감각이다. 인간은 죽음에 대한 공포가 있다. 그러나 그 공포는 막연하다. 보통의 인간은 그것에 굴복하지 않는다. 하지만 보통의 인간이 병들거나 늙으면, 그는 무無의 심연을 거의 들여다보지도 않고서 그것의 공허함을 인정해버린다. 이것은 인간에게 상상력이 부족하기 때문이다. 하지만 어느 사상가가 죽음을 잠에 비유한 일도 그리 크게 나을 바가 없다. 죽음이 잠과 비슷한 점이 없는데 왜 하필이면 잠이란 말인가? 잠의 본질은 인간이 거기에서 깨어난다는 것이다. 하지만 죽음에서 깨어나는 일은, 우리가 알고 있는 한 없다. 죽음이 잠과 같다면 인간은 죽음에서 깨어난다는 것을 전제하고 있어야 한다. 하지만 그것은 보통 인간이 갖고 있는 죽음에 대한 개념과 일치하지 않는다. 보통 인간은 죽음을 깨어날 수 없는 잠으로 본다. 그것은 무를 의미한다. 그러나 내가 이미 말한 대로, 죽음은 잠과 다르다. 잠을 자면서 인간은 살아 있기 때문이다. 우리 중 누구도 죽음을 어떤 일에 비유해서 설명할 수는 없다. 왜냐하면 아무도 죽음을 경험해보지 못했고, 따라서 죽음과 유사한 성격을 갖는 그 무엇도 알 길이 없기 때문이다.

죽어 있는 사람을 볼 때, 나는 여행을 떠난 자가 떠오른다. 시체는 나에게 벗어놓은 옷가지와도 같다. 누군가 길을 떠났다. 그는 자신이 한때 입고 있었던 단 한 벌뿐인 옷을, 가져갈 필요가 없었다.

41
1930년 3월 14일

빗소리에서 정적이 피어난다. 정적은 회색빛 단조로운 크레셴도를 이루며 내가 바라보고 있는 좁은 거리 가득히 퍼져간다. 나는 맑은 정신으로 깨어서, 마치 세상의 모든 사물에게 기대듯이 창가에 몸을 기댄 채 서서 잠들어 있다. 지저분한 파사드와 대조를 이루며, 그리고 열린 유리창과는 더욱 극명한 대조를 이루며 흐르는 빗물, 어둡게 번득이는 빗줄기에서 내가 느끼는 이 감각의 정체가 무엇인지 나는 내 안에서 찾아보려 한다. 그러나 나는 내가 느끼는 것을 알지 못할 뿐 아니라, 내가 무엇을 느끼고 싶어하는지조차 모르고 있다. 나는 내가 생각하는 것을 알지 못할 뿐 아니라, 내가 무엇인지도 모르고 있다.

내 삶의 모든 때늦은 통한이 멍한 내 시선 앞에서, 그동안 매일매일 수많은 예상치 못한 순간을 위해 늘 입고 다녔던 자연스러운 명랑함이란 의복을 벗는다. 나는 종종 기쁘고 만족스러울 때도 있지만 그럼에도 불구하고 항상 슬픔을 느끼고 있음을 깨닫는다. 내 안에서 이것을 깨달은 존재는 내 뒤에 서 있으며, 창문에 기대선 내 위로 몸을 숙이고, 내 어깨 위 그리고 내 머리 위로 몸을 기울이며, 내 것보다 더욱 내면적인 눈동자로 회색빛 음울한 대기에 무거운 파도 모양을 형성하면서 흘러내리는 빗줄기를 응시한다.

모든 의무를 무시하거나 포기해버리는 것이 가능할까, 우리에게 아무것도 요구하지 않는 의무라 할지라도 말이다. 고향의 모든 포근함을, 우리의 것이 아닌 포근함까지도 물리쳐버리기, 그리고 거대한 광기의 진홍빛과 상상 속 황제의 거짓 레이스 사이에서 모호하고 불분명한 흔적으로 살아가기… 밖에서 내리고 있는 저 비의 고뇌를 느끼지 않는 무엇이 되기, 내면의 공허라는 고통도 느끼지 않는… 영혼도 없고 생각도 없이, 그리고 느낌이 없는 느낌, 산을 둘러싸고 이어지는 길을 따라 걷기, 가파른 산비탈 사이 계곡을, 아득하게 그리고 숙명적인 기운으로… 그림과 같은 풍경 한가운데서 길을 잃기, 먼 배경에서, 그리고 색채 속에서, 없는 존재가 되기….

유리창 이쪽에 있는 나는 감지할 수 없는 가벼운 한 줄기의 바람이, 수직으로 떨어지는 빗줄기를 대기 중에서 불균일한 모양으로 흩뜨린다. 내 눈에는 보이지 않는 하늘의 한 조각이 밝아온다. 내가 그것을 알아차린 이유는, 맞은편 창문의 살짝 지저분한 유리 뒤로 벽에 걸린 달력의 숫자를, 조금 전까지는 볼 수 없었던 그 숫자를 희미하게나마 알아볼 수가 있었기 때문이다.

나는 잊는다. 나는 보지 않는다, 그리고 생각하지도 않는다.

비가 그친다. 하지만 미세한 다이아몬드 조각 같은 가벼운 물방울이 날아서 떨어진다. 마치 저 높은 곳에서 누군가 커다란 푸른색 식탁보에서 빵가루를 털어내는 것만 같다. 이제 맞은편 창문을 통해서 달력이 똑똑히 보인다. 달력 그림은 한 여자의 얼굴이다. 그 밖의 모든 것도 쉽게 알아볼 수 있다. 내 기억에 남아 있는 모습이기 때문이다. 게다가 광고 속의 그 치약은, 제일 유명한 상표이기도 하다.

그러나 맞은편 방을 집중해서 보기 전에 나는 무엇을 생각하고 있었던가? 나는 알지 못한다. 의지? 노력? 인생? 태양광선이 나타난다. 햇빛의 기세로 보아 하늘이 거의 새파랗게 개었음이 분명하다. 그래도 안식은 없다. 앞으로도 영영 안식은 없으리라! 내 마음 때문에, 팔려 나간 농지의 끄트머리에 있던 낡은 우물 때문에, 낯선 집 다락방에서 보낸, 먼지가 자욱하게 덮인 유년기의 기억 때문에, 안식은 없으리라. 그리고 나는, 애통하여라! 안식을 갖고 싶다는 소망을 한번도 가져본 적이 없다. …

42

항상 똑같은 이 삶에, 먼지에, 결코-변하지-않음이라는 표면의 오물에 달라붙어 있으려는 내 고집은 단지 위생관념의 부족 때문에 오는 것이리라.

우리는 몸을 씻듯이 우리의 운명 또한 씻어내야 하고, 삶을 속옷처럼 갈아입어야 한다. 영양분을 섭취하고 잠을 자는 것처럼 삶의 유지를 위해서가 아니라, 우리가 위생이라고 부르는, 가치 환산이 불가능한 자긍심 때문이다.

많은 사람들은 위생관념의 부족을 의식적 선택의 문제가 아닌, 그들의 지성이 어깨를 으쓱거리고 말 정도로 대수롭지 않은 것으로 받아들인다. 그리고 삶의 우중충한 동일성도 당사자들이 직접 그런 삶을 원했거나 아무런 삶도 원치 않았기 때문이 아니라, 단지 그들의 자기인식이 둔해서 어쩌다 보니 그런 방향으로 흘러갔다고 생각하는 경향이 있다.

대개의 돼지들은 자신이 돼지라는 사실에 저항한다. 그렇지만 그들은 돼지로 살아가기를 포기하지도 않는다. 너무나 겁에 질린 사람이 위험으로부터 달아나지 못하는 것처럼, 그들은 어느 한계 이상으로 고조된 감정 상태로 인해 그 자리에 그냥 머물러 있는 것이다. 내가 그렇듯이 많은 돼지들도 운명이라는 진흙 속에서 뒹군다. 그리고 자신의 무능력에 도취된 채, 삶의 진부함을 결코 포기하지 못한다. 그들은 뱀에 대한 생각에만 집요하게 사로잡혀 있는 새와 같다. 카멜레온의 끈적끈적한 혓바닥의 사정권에 들어설 때까지 오직 맹목적으로 나무 둘레를 빙빙 돌기만 하는 파리와도 같다.

그렇게 나는 내 의식적인 무의식으로 하여금, 나의 일상적 삶이라는 나무 둘레를 빙빙 도는 산책을 시킨다. 그렇게 나는 내 운명이 스스로의 발걸음으로 산책을 하도록 둔다. 나는 그 자리에 멈추어 서 있다. 내가 가만히 머물러 있으므로, 내 시간은 헛되이 흘러가버린다. 그 무엇도 이런 단조로움에서 나를 구출해줄 수 없다. 그 무엇도 하지 못한다. 오직 단조로움에 대한 나 자신의 짧은 언급을 제외하고는. 내 독방에는 유리창이 있다. 그것으로 족하다. 나는 그 유리 위에, 어쩔 수 없는 그 먼지 위에 내 이름을 대문자로 쓴다. 그렇게 매일 죽음과의 협정에 서명한다.

죽음과의 협정? 아니다, 그건 죽음과 체결한 것이 아니다. 나와 같은 삶을 사는 사람은 죽지 않는다. 그는 사라진다. 그는 시든다. 그는 무성無性의 것이 된다. 그가 있던 장소는 그 없이 남는다. 그가 거닐던 거리는 남지만, 그의 모습은 더 이상 볼 수 없다. 그가 살던 집에는 그의 없음이 거주한다. 이것이 전부다. 그리고 우리는 이것을 무라고 부른다. 하지만 우리는 부정어로 이루어진 이 비극에 배우로 출연할 수 없고, 관객으로 박수를 보낼 수도 없다. 왜냐하면 우리는 이 비극이 정말로 무인지 영영 확신할 수 없을 테니까. 우리는 진실과 삶을 근근이 이어가는 자들이며, 유리창 안쪽과 바깥쪽에 앉은 먼지이고, 운명의 손자들, 신의 의붓자식이기 때문이다. 신이 짝을 맺은 영원한 밤은 우리의 진짜 아버지인 혼돈의 미망인이다.

도라도레스 거리를 벗어나, 계속해서 불가능한 어떤 곳을 향해 걸어간다. … 필기대에서 몸을 일으키고, 미지의 것을 향한다. … 그러나 이 모든 일들 사이에도 이성은 틈입한다. 위대한 책이 말한다, 우리는 존재했다고.

43
1930년 3월 23일

추상적 지성은 피곤을 유발한다. 그 피곤은 육체적인 피곤처럼 우리를 짓누르지 않고, 정서적인 피곤만큼 우리를 불안하게 하지 않지만 다른 어떤 피곤보다도 더욱 끔찍하다. 그것은 세상에 대한 의식으로 발생한 중량이다. 영혼으로-호흡할-수-없음의 상태다.

그리하여 바람이 구름을 찢어놓듯이, 그동안 우리가 삶에 대해 갖고 있던 모든 심상들이 해체된다. 미래에 대한 기대로 부풀었던 야망과 계획들이 재와 안개처럼 흩어지고, 단 한번도 존재하지 않았고 존재할 수도 없을 어떤 것이 되어 조각조각 날아가버린다. 그리고 이 패배의 자리에, 별이 빛나는 텅 빈 밤하늘의 화해할 수 없는 검은 고독만이 황량하게 자리 잡는다.

삶의 비밀은 우리를 고통스럽게 하고, 다양한 방식으로 충격과 공포를 준다. 때로 그것은 형체 없는 유령처럼 우리를 덮친다. 공포 중에서도 가장 지독한 공포에 사로잡힌 영혼은, 무-존재의 형체 없는 화신을 두려워하며 떤다. 종종 그것은 우리의 뒤에서 다가온다. 우리가 뒤돌아보지 않을 경우에만 그것은 우리의 눈에 보인다. 우리가 진실을 알아보지 못한다는 것, 그것이 가장 소름 끼치는 진실이다.

그러나 오늘 나를 말살하고 파괴하는 것은 그처럼 고상하지도 않을 뿐더러 그보다 더욱 극심하게 나를 좀먹는 종류다. 그것은 생각하고 싶지 않다는 욕망이며, 그 무엇도 아니었기를 바라는 소망이며, 육체와 영혼의 모든 세포가 겪는 의식적인 절망이다. 그것은 영원한 독방에 갇혀 있다는 돌연한 인식이다. 독방이 이 세계의 전부라면, 도피의 욕구는 어디로 향해야 한단 말인가?

이어서 나를 사로잡는 것은, 저항할 수 없이 강력하고 기괴한, 악마보다 더욱 앞서는, 일종의 악마주의다. 어느 날, 시간과 본성이 휘발되고 없는 어느 날, 신으로부터의 도주로를 발견하기를, 그리하여 우리 안의 가장 심오한 것이 더 이상 존재 혹은 무-존재의 일부로 남아 있지 않기를 바라는 강렬한 욕망.

44

의식을 자유롭게 허공에 풀어두는, 그런 졸음의 상태가 있다. 정확하게 묘사할 수는 없지만 나는 종종 이러한 상태의 기습을 받곤 한다. 뭔가 추상적인 것이 사람을 공격하는 것이 가능하다면 그건 공격이 맞다. 나는 가만히 앉아 있는 것 같은데 사실은 길을 걷고 있다. 항시 깨어 있는 내 의식은 내 곁에서 휴식하는 육체처럼 낮게 가라앉았다. 나는 마주오는 사람을 알아서 피할 수 있는 상태가 아니다. 내 우연과 우연히 마주친 사람이 뭔가를 물어온다고 해도 나는 말로, 혹은 혼자서 속으로라도, 그 질문에 대답할 수 있는 상태가 아니다. 나는 어떤 욕구 혹은 희망을 품을 만한 상태가 아니다. 이것은, 이런 표현이 가능하다면, 내 총체적 의지의 움직임이며, 설사 총체가 아닌 일부 의지라 해도 나를 구성하는 모든 원소의 주성분에 해당하는 그런 의지가 작용한 것만은 분명하다. 나는 생각을 하거나, 감정을 느끼거나, 뭔가를 원할 수 있는 그런 상태가 아니다. 나는 걷는다. 나는 계속해서 걷는다. 목적 없이 걸어다닌다. 내 움직임만 보아서는 내가 사실은 모종의 정지 상태에 있음을 절대 알아차릴 수가 없다(다른 사람들이 그것을 알아차리지 못한다는 것을, 나는 알아차린다). 영혼이 부재하는 이 상태는, 누워 있거나 기대고 있는 사람에게는 자연스럽고도 편안하다. 하지만 거리를 걸어가고 있는 사람에게는 묘하게 불편하다. 심지어는 고통스럽기까지 하다.

이것은 마치 관성에 취한 상태와 같다. 취하는 행위에도, 그리고 취함 자체에도 희열을 느끼지 못하는 취기다. 이것은 마치 병든 상태와 같다. 치유를 희망하지 않는 투병이며 즐거운 사망이다.

45

열정이 배제된, 고도로 다듬어진 삶을 살기. 이상의 전원에서 책을 읽고 몽상에 잠기며, 그리고 글쓰기를 생각하며. 권태에 근접할 정도로, 그토록 느린 삶, 하지만 정말로 권태로워지지는 않도록 충분히 숙고된 삶. 생각과 감정에서 멀리 벗어난 이런 삶을 살기. 오직 생각으로만 감정을 느끼고, 오직 감정으로만 생각을 하면서. 태양 아래서 황금빛으로 머문다. 꽃으로 둘러싸인 검은 호수처럼. 그늘 속은 독특하고도 고결하니, 삶에서 더 이상의 소망은 없다. 세상의 소용돌이를 떠도는 꽃가루가 된다. 미지의 바람이 불어오면 오후의 대기 속으로 소리 없이 날리고, 고요한 저녁빛 속 어느 우연한 장소로 내려앉는다. 더욱 위대한 사물들 사이에서 자신을 망각한다. 이 모두를 확실하게 인식하면서, 즐거워하지도 않고 슬퍼하지도 않는다. 햇살을 주는 태양에게 감사하고, 아득함을 가르쳐주는 별들에게 감사한다. 더 이상 존재하지 않고, 더 이상 소유하지 않고, 더 이상 원하지 않는다. … 굶주린 자의 음악, 눈먼 자의 노래, 우리가 알지 못하는 낯선 방랑자의 기억, 사막을 가는 낙타의 발자국, 그 어떤 짐도 목적지도 없이. …

46
1930년 3월 24일

담담한 심정으로 나는 다시 카에이루[10]의 소박한 문장들을 읽는다. 그가 살고 있는 작은 마을의 의미를 노래한 문장들은 어떤 영감, 어떤 해방과도 같다. 그는 말한다, 그 마을이 너무 작으므로 그곳에서는 도시에서보다 세상을 더 많이 볼 수 있노라고. 그런 점에서 그 마을은 도시보다도 더욱 큰 셈이라고….

"나는 나 자신만큼이 아니라
내가 볼 수 있는 것만큼 크다."[11]

특별히 작정하지 않고 저절로 떠오른 듯한 이러한 문장은, 살아오면서 무의식중에 내 안에 덧붙여진 모든 형이상학을 씻어내어 나를 정화시킨다. 이것을 읽은 후, 나는 좁은 골목길로 난 창으로 다가가서 위대한 하늘을, 하늘의 수많은 별들을 바라보았다. 나는 자유다. 빛나는 광채가 날개를 펄럭이자 내 육신 전체가 그 진동을 느낀다.
"나는 내가 볼 수 있는 것만큼 크다!" 매번 온 정신을 집중하여 이 문장을 떠올릴 때마다, 모든 천체를 포함한 우주가 새로이 구축되고 있다는 느낌이 점점 더 강하게 든다. "나는 내가 볼 수 있는 것만큼 크다!" 까마득히 깊은 느낌의 우물에서 솟아난 정신은, 마침내 저 높은 하늘의 별들에게까지 도달하는구나! 우물에 비친 채 반짝이는, 어떤 의미로는 이미 우물 속에 있는 것이기도 한 별들에게! 이러한 정신의 점유란 그 얼마나 위대한가!
그리고 이제, 보는 것이 무엇인지 이해하게 된 나는, 하늘 전체에 드넓게 펼쳐진 형이상학적 객체들을 관찰한다. 노래하면서 죽고 싶다는 욕구가 내 안에서 깨어났음을 확신한다. "나는 내가 볼 수 있는 것만큼 크다!" 그 속성상 나에게 속한 사물인 흐릿한 달빛이, 검푸른 지평선을 특유의 불확실성으로 탁하게 물들이기 시작한다.

나는 두 팔을 들어 올린 채 내가 알지 못하는 미지의 야성을 호출하고 싶다. 초자연적인 신비의 주문을 외치고 싶다. 텅 빈 질료의 거대한 공간에 완전히 새롭게 확장된 개성을 선포하고 싶다.

그러나 나는 마음을 가라앉힌다. 나는 진정할 것이다. "나는 내가 볼 수 있는 것만큼 크다!" 이 문장은 내 안에 그대로 남아 내 영혼을 채우고 있다. 이 문장에 나는 모든 느낌을 기댄다. 그러자 내면으로부터 솟아난 형용하기 어려운 평화가, 바깥 도시 위를 비추며 점점 퍼져 나가는 냉엄한 달빛처럼, 내 존재 위에서 말없이 나를 비춘다.

47

… 복잡하게 뒤엉킨 내 슬픈 혼돈의 감정 속에서…

몰락의 슬픔, 완전한 피폐와 거짓된 체념으로 힘들다. 극히 미세한 거슬림에도 격한 불쾌를 느낀다. 흐느낌을 억지로 억누를 때와 같은 고통. 혹은 진실을 폭로할 때와 같은 고통. 꿈으로 점철된 내 영혼에 체념의 풍경이 펼쳐진다. 단념의 몸짓들이 늘어선 가로수길, 단 한번도 아름다운 꿈으로 꾸어지지 못한 아름다운 꽃들의 화단, 회양목 울타리처럼 고립된 길들을 갈라놓는 모순들, 샘이 고갈된 오래된 연못과 같은 추측들, 모든 것이 엉망으로 흐트러져 있다가, 복잡하게 뒤엉킨 내 슬픈 혼돈의 감정 속에서 초라하게 등장한다.

48

이해하기 위해서, 나는 나를 파괴했다. 이해한다는 것은 사랑을 잊는 것이다. 나는 레오나르도 다 빈치의 말보다 더 오류이면서 동시에 더 의미심장한 것을 알지 못한다. 그의 말에 따르면 우리가 무엇을 이해했을 경우, 우리는 그것을 오직 사랑하거나 혹은 오직 미워할 수 있을 뿐이라고 한다.

고독은 나를 파괴한다. 사교는 나를 압박한다. 다른 사람이 함께 있는 자리에서 내 생각은 궤도를 이탈한다. 내 분석적인 주의력을 모두 동원하여도 전혀 묘사할 수 없는 방식으로, 모종의 정신적 부재로 나는 그의 현존을 꿈꾸기 때문이다.

49

나는 고립이 그려놓은 자화상이다. 다른 사람과 함께 있으면, 그가 누구든 상관없이, 내 사고는 즉시 느려진다. 평범한 사람은 타인과 대화를 나누면 감정을 표현하고 논리적 사고를 전개하는 데 자극이 되겠지만, 나에게는 그런 대화가 일종의 반-자극 역할을 한다. 두 개의 어휘를 이렇게 붙여놓는 것이 어법에 맞는지는 모르겠다. 혼자 있으면 나는 수없이 많은 뛰어난 표현과 그 누구도 묻곤 않을 질문에 대한 즉각적인 대답, 누구와도 나누지 않을 지적이면서도 재기 넘치는 풍요로운 영감의 대화가 전부 가능하다. 하지만 이 모든 것도, 누군가 육체를 가진 다른 사람이 앞에 마주앉아 있으면 완전한 사라져버린다. 나는 더 이상 생각을 이어갈 수가 없다. 나를 어떤 식으로 표현해야 할지 알 수가 없다. 그리고 잠시 뒤에는 극심한 피곤만을 느낀다. 그렇다, 타인과의 대화는 나를 졸리게 만든다. 오직 내 상상의 유령 친구들만이, 오직 꿈속에서 진행되는 대화만이 현실이고 진실이며, 고유한 개성을 갖는다. 그런 대화에서만이 정신은 거울 속에 비친 상처럼 현존한다.

게다가 타인과 이야기를 해야 한다는 생각 자체가 나에게는 큰 부담이 된다. 예를 들어 친구와의 간단한 저녁식사 약속조차 나를 이루 말할 수 없는 공포와 신경과민으로 몰아넣기에 충분하다. 모든 종류의 사회적인 의무, 장례식 참석이나 사업상의 회의, 혹은 아는 사람이든 모르는 사람이든 누군가를 역으로 마중 나가는 행위, 이런 것을 상상하기만 해도 그날 하루 종일, 경우에 따라서는 이미 전날 저녁부터, 나는 이미 안정감을 잃어버리고 만다. 걱정이 되어 잠도 잘 수 없다. 그런데 그 일이 실제로 닥치면 대개 별문제 없이 원활하게 진행이 되고, 내가 미리 걱정하고 조바심칠 이유는 사실상 전혀 없었다고 판명이 난다. 그러나 매번 똑같은 과정이 반복된다. 이미 여러 번이나 그와 같은 일이 있었지만 그 경험으로부터 나는 결코 아무것도 배우지 못한다.

 "내 습관은 사람이 아니라 고독에 의해서 규정된다." 이 말이 루소의 것인지 아니면 세낭쿠르의 것인지는 잘 모르겠다. 누구의 말이든 그 사상가는 나와 같은 영혼의 소유자까지는 아닐지라도, 같은 유형의 인간인 것만은 확실하다.

50

푸르고 흰 빛을 내는 반딧불이는 일정한 간격을 두고 자기 자신을 뒤쫓는다. 시골의 밤은 온통 깜깜하다. 소음이 없는 거대한 빈 공간. 공기에서는 기분 좋은 냄새가 난다. 모든 사물에 깃든 평화는 고통스럽고도 음울하다. 형체 없는 권태가 나를 질식케 한다.

나는 시골로 여행하는 일이 거의 없다. 시골에서 하루 종일 보낸 적이 한번도 없다시피하고 하룻밤을 지내고 온 적은 말할 것도 없다. 하지만 오늘, 한 친구가 자신의 초대를 내가 받아들이지 않는 것을 절대 용인하지 않았기 때문에, 나는 할 수 없이 여기로 와서 그의 집에서 머물게 되었다. 마치 큰 파티에 초대받은 수줍은 남자처럼. 나는 즐거웠고, 신선한 공기와 너른 자연 풍경을 보며 기쁨을 느꼈다. 점심과 저녁 식사도 훌륭하고 맛있었다. 그런데 지금 어둠 속에서, 불빛이 없는 내 방에서, 이 불확실한 장소는 나를 공포로 채우고 있다.

내가 잠자는 방의 창문은 탁 트인 벌판을 향해 나 있다. 모든 벌판과 마찬가지인 벌판이다. 거대하고 불명확한 별들의 밤, 소리로 들리지는 않지만 피부에 느껴지는 가벼운 바람이 분다. 나는 창가에 앉아 나의 감각을 이용해 저 바깥의 우주적인 무를 바라본다. 시간 속에는 모종의 불안감을 조성하는 하모니가 숨겨져 있다. 그것은 눈에 보이는 불가시적인 전체로부터 시작하여, 내가 몸을 기대고 있는, 흰색으로 색칠한 페인트가 떨어져 나간 창들의 살짝 골이 패인 목재에까지 영향을 미친다.

보지는 않고 생각만 할 때, 나는 참으로 자주 이러한 평화를 그리워했다. 그러나 지금, 할 수만 있다면 그리고 그것이 무례한 짓이 아니기만 하다면, 당장 이 평화로움에서 달아나고 싶은 심정이다! 얼마나 자주 나는 저 아래 그곳, 좁은 골목길과 높은 집들이 빽빽하게 들어찬 도시에서 믿어왔던가, 평화와 소박함, 결정적인 그 무엇이 이곳 자연 속에 있다고, 문명의 식탁보 때문에 그 아래 놓인 채색 소나무 목재의 감촉이 잊혀지는 거라고! 그런데 지금, 바로 여기, 건강하고 기분 좋은 나른함을 느낄 수 있는 이곳에서 나는 불안하고 답답하다. 지금 나에게 없는 것이 그리워 가슴이 터질 듯하다.

나만이 이런 느낌을 갖는지, 아니면 문명으로 인해 새 삶을 얻는다고 느끼는 모든 이가 나처럼 생각하는지는 알 수 없다. 그러나 나나 혹은 나처럼 생각하는 이들에게는 이제 인공적인 것이 자연적으로 느껴지는 반면 자연 자체는 어느 정도 낯선 존재가 되었다. 더 정확히 설명하면, 인공적인 것이 저절로 자연적인 것으로 성질이 바뀌었다기보다는 자연적인 것이 뭔가 다른 존재로 변해버렸다고 해야 하리라. 나는 자동차를 포기할 수 있다. 자동차 없이도 살 수 있다. 삶을 간편하게 해주는 기계 문명의 산물인 전화나 전보를 포기할 수 있고 그런 것 없이도 살 수 있다. 애호가들에게는 삶의 즐거움이 되는 축음기와 라디오 등 환상의 부산물들도 마찬가지다.

그런 물건들은 내 관심을 유발하지 못한다. 나는 그런 물건들을 갖고 싶어하지도 않는다. 그러나 나는 테주 강을 사랑한다. 대도시는 대개 큰 강을 끼고 있기 때문이다. 나는 하늘을 즐긴다. 그 하늘을 도심 거리의 어느 건물 5층 창으로 올려다볼 수 있기 때문이다. 그라사 혹은 상 페드루 드 알칸타라[12]에서 바라본, 달빛 아래 고요하게 잠든 도시의 지붕들이 만들어내는 불균일한 윤곽선과 비교할 만한 것을, 시골의 삶이나 자연은 나에게 결코 줄 수 없을 것이다. 찬란한 햇빛을 받은 도시 리스본의 다양한 색채는 그 어떤 꽃의 아름다움도 따라갈 수가 없다.

나체의 아름다움을 찬미할 줄 아는 것은 오직 옷을 입고 사는 문화권뿐이다. 저항이 에너지로 작용하는 것처럼 수치심이 관능으로 작용한다.

인위성은 자연을 즐기는 데 도움이 된다. 내가 이 넓은 들판을 보면서 향유한 쾌락은 내가 이곳에 살지 않기 때문이다. 단 한번도 구속을 받아보지 못한 자는 자유를 실감하지 못한다.

문명은 우리에게 자연을 교육한다. 인공은 자연의 존엄을 가르친다.

그러나 우리는 인공적인 것 자체를 자연적인 것으로 혼동해서는 안 된다.

고도로 진화한 인간 영혼의 자연성은 자연과 인공 사이의 조화에 있다.

51

어둡게 흐린 하늘이 테주 강 남쪽에 무겁게 가라앉아, 쉴 새 없이 움직이는 흰색 갈매기들의 활기찬 활공과 검은 대조를 이루었다. 그러나 날은 이제 더 이상 비가 쏟아질 것 같지는 않았다. 무섭게 위협하던 비구름 덩어리는 모두 강 반대편으로 물러났고, 이미 내린 빗물로 살짝 젖어 있는 도심 거리의 포도가 하늘을 향해 환한 미소를 보내고 있었다. 북쪽 하늘 먼 곳에서는 창백한 색이 사라지고 대신 푸른색이 자리 잡기 시작했다. 봄날의 싱그러운 대기에는 가벼운 냉기가 스며 있었다.

측정할 수 없는 공허의 시간, 나는 끊임없는 상상의 연상작용 속으로 자발적으로 걸어 들어간다. 그것은 무의미하기는 하지만, 그 명료한 무의미 속에는 갠 날에 느끼는 고독한 냉기의 일부가 억류된다. 멀리 보이는 검은 하늘, 그리고 떠오르는 어떤 직관, 흰 갈매기들이 이루는 암흑에의 대조가 깊은 심연에서 사물들의 비밀을 불러내오는 암시가 아닐까 하는.

남쪽의 검은 하늘을 응시하고 있으니 불현듯 내면의 문학적인 의도에 반하는 어떤 기억이 되살아난다. 사실인지 오류인지 알 수 없는 그 기억은 내 안에서 또 다른 하늘이 떠오르게 만든다. 아마도 내가 현세가 아닌 다른 삶에서 목격한 것이 분명한 북쪽의 높은 하늘, 규모가 작은 강이 흐르고, 슬픈 갈대들이 우거졌으며, 도시의 모습은 보이지 않는다. 내가 전혀 알지 못하는, 야생오리가 있는 미지의 자연 풍경이 내 상상 속을 흘러간다. 어떤 독특한 꿈을 꿀 때처럼 선명한 의식으로 나는 이 상상의 풍경을 아주 친근하게 느낀다.

갈대가 우거진 강변, 그곳은 사냥꾼과 공포에 질린 사냥감을 위한 지역이다. 불규칙한 모양의 강변은 깔끔하지 못한 작은 곳이 되어 납빛 섞인 누르스름한 강물 안쪽으로 불쑥 튀어나왔다가, 장난감처럼 조그만 보트를 세우는 진흙투성이 만으로 다시 후퇴하곤 한다. 짙은 초록빛 수초 사이로 퇴적토가 잔뜩 쌓였고 그 위에서 수면이 번득인 다. 강물 속으로 걸어 들어가는 것은 불가능하다.

생기 없는 회색빛 하늘은 암울한 기운을 풍긴다. 하늘 여기저기를 조각내고 있는 구름은 하늘 자체보다도 더욱 어둡다. 한 점의 바람도 느껴지지 않지만, 그럼에도 불구하고 바람은 분다. 맞은편 강변은 긴 섬처럼 보인다. 그 뒤로 훨씬 더 큰 강이, 인적이 없는 테주 강이 흐른 다! 진정한 다른 강변이 멀리 흐릿하게 모습을 보인다.

그쪽으로 가닿은 사람은 아무도 없으며, 앞으로도 아무도 가닿지 못할 것이다. 설사 내가 시간과 공간을 역행하여 세상으로부터 도피 하고 이 풍경 속으로 들어갈 수 있다고 해도, 저 반대편 강변으로는 가 닿을 수 없을 것이다. 거기서 나는 헛되이 기다리고만 있으리라. 내가 알지 못하는 무언가를. 그리고 최후의 순간, 서서히 밤이 다가오면서, 구름은 하늘의 거대한 덩어리로부터 해체되어 지상을 향해 가라앉는 다. 그러자 더할 수 없이 짙은 암흑의 색채가 풍경을 물들인다.

이곳에서 나는 갑작스럽게 그곳의 냉기를 느낀다. 냉기는 내 몸을 타고 흐르며 뼛속으로 파고든다. 나는 심호흡을 하면서 깨어난다. 증 권중개소 옆 주랑에서 나와 엇갈린 그 남자는, 아무것도 설명할 능력 이 없는 인간이 갖는 의심의 눈빛으로 나를 바라본다. 그사이 더욱 어 두워진 검은 하늘은 남쪽 강변 위로 깊숙하게 내려앉는다.

52

바람이 일었다. … 처음에 그것은 어떤 진공의 목소리처럼 울렸다. … 공간의 구멍을 통과하는 날카로운 휘파람 소리, 고요한 대기 사이에 벌어진 균열의 틈새. 그런데 흐느낌이, 세계의 심연으로부터 올라오는 흐느낌이 있다. 유리창이 부르르 떨린다는 느낌, 그리고 그것이 실제로 바람이었다는 느낌. 소리가 커진다. 둔중한 통곡, 울음, 그러나 점점 더 깊어가는 밤에 비하면 그 울음은 울음이 아니라 사물의 삐걱거림에 불과하다. 가장 미세한 입자들의 파쇄, 세계의 종말을 구성하는 하나의 원자로.

그리고 다시금 (…)

53

날이 밝기 전 밤을 휩쓰는 폭풍처럼 기독교가 인간의 영혼을 휩쓸어 버렸을 때, 인간은 기독교가 야기하는 보이지 않는 파괴력을 느꼈다. 하지만 그 위력의 실제 규모를 깨달았을 때는 이미 상황이 다 지나가 버린 다음이었다. 어떤 사람들의 견해에 의하면 진짜 피해는 기독교가 사라졌기 때문에 비로소 발생했다고 한다. 하지만 그것은 피해가 공식화되는 계기였을 뿐이지, 그 때문에 피해가 생긴 것은 아니다.

그리하여 영혼의 세상에 피해가 가시적으로 남았고 불행이 명백화되었다. 그 어떤 밤도 거짓 사랑으로 영혼을 덮어주지 않았다. 영혼은 서로의 맨얼굴을 바라보았다.

뒤를 이어서, 낭만주의라고 부르는 질병이 젊은 영혼들을 덮쳤다. 그것은 환상이 없는, 신화가 없는 기독교였다. 발가벗은, 메마르고 병적인 속성을 가졌다.

낭만주의가 가진 여러 재앙 중 하나는, 우리가 필요로 하는 것과 우리가 소망하는 것을 혼동한 일이다. 우리는 살기 위해서, 삶을 유지하기 위해서, 생명의 존속을 위해서 반드시 필요한 일들이 있다. 그리고 우리는 모두 완전한 삶을, 무조건 행운을, 꿈의 실현을, (그리고⋯) 소망한다.

필요한 것을 갖기를 원한다면 그것은 인간으로서 당연하다. 그리고 마찬가지로, 반드시 필요하지는 않지만 갖고 싶어할 만한 것들을 소망한다 해도, 역시 인간으로서 당연하다. 그런데 만약, 우리가 필요하고 또 우리가 갖고 싶어할 만한 것을 동시에 절실하게 소망하면서, 거기에다 더해서 완전함까지 충족되지 않는다고 마치 빵이 부족한 것처럼 괴로워한다면, 그것은 질병이라고 해야 한다. 바로 그것이 낭만주의의 재앙이다. 낭만주의자들은 달을 향해서 휘파람이라도 불 기세다. 그렇게 하면 달님이 그들에게로 내려오기라도 할 것처럼.

"과자를 먹어치우면서 동시에 그것이 남기를 바랄 수는 없다."

정치의 저열한 차원과 우리 영혼의 가장 깊숙한 곳, 어디서나 모두 그와 똑같은 재앙이 펼쳐진다.

현실 세계를 살던 비기독교인들은 사물과 자신들의 이러한 병적 상태에 대해서 전혀 알지 못했다. 그들 역시 인간이었으므로 불가능한 것을 소망할 수밖에 없었지만, 그것을 요구하지는 않았다. 그들의 종교는 (…) 오직 신비주의의 심장부에서만, 그리고 일반 백성으로부터는 멀리 떨어진 채 교단에 받아들여진 사람들 사이에서만, (…) 종교의 초월적 속성에 관한 지식이 전승되었다. 그것들이 세계의 공허로 영혼을 채운다.

54

낭만주의자들이 그러했듯이, 개인주의로 팽배한 독특한 개성을 발휘하면서 살아보려고 나는 꿈속에서 참으로 여러 번이나 시도를 했다. 그런데 그것을 시도해볼 때마다 그들을 흉내 내고 싶다는 발상 자체가 너무도 한심하여 나는 큰소리로 웃곤 했다. 평균치의 인간이라면 누구나 독특한 개성의 소유자, 옴므 파탈homme fatal이 되기를 꿈꾼다. 낭만주의란 우리의 일상을 지배하는 질서를 반대 방향으로 돌려놓을 뿐이다. 거의 모든 인간은 마음속 깊은 곳에서 자신만의 제국주의를 꿈꾼다. 모든 남자들이 자신의 말에 복종하고, 모든 여자들이 자신에게 몸을 바치고, 그리고 특히 지독히 고귀한 몽상가에 속하는 자라면, 모든 시대의 모든 백성이 자신을 신으로 숭배하기를 바란다. … 그런 공상의 미학적 가능성에 대해 웃어넘길 수 있을 만큼 꿈에 대해서 충분히 알고, 또 그럴 만한 정신력도 갖고 있는 나와 같은 사람은 지극히 소수다.

낭만주의에 대한 최대의 고발은 아직 나오지 않았다. 그것은 인간 본성의 내적 진실을 겉으로 드러낸다는 점이다. 그들의 과장, 그들의 유치함, 감동시키고 유혹하는 그들의 다양한 능력은, 그들의 실체가 영혼 깊숙한 곳에 숨겨진 것의 외적 모방이라는 점에서 나온다. 그들은 그 모방품을 구체적으로 눈앞에 제시하고, 심지어는 존재의 가능성이 운명이 아닌 다른 무언가에 달려 있을 수도 있다고, 그렇게 보이도록 만들어버린다.

나는 종종, 유명해지면 참 좋을 텐데라는 생각을 한다. 남들이 내 비위를 다 맞춰준다면 얼마나 기분이 좋을까, 승자가 되어 우뚝 설 수 있다면, 그 얼마나 날아갈 듯한 마음일까! 하지만 동시에 그런 공상의 유혹을 비웃어버리곤 한다. 나는 스타가 되는 꿈속에 잠길 때마다, 이 도시의 거리처럼 익숙하고 가까운 어떤 사람이 나를 향해 던지는 커다란 비웃음 소리를 듣는다. 유명해진 나를 상상해보면, 그 상상 속에서 내가 보는 것은 유명한 회계원이다. 최고 영예의 꼭대기에 올라앉은 나를 그려보면, 어느새 나는 도라도레스 거리의 사무실 안에 있고, 동료들이 내 앞길을 막아선다. 수많은 군중이 나에게 찬사의 함성을 보낸다. 그들의 박수갈채와 환호성이 여기 5층에 있는 내 귀에까지 도달한다. 그 소리는 내 싸구려 방의 초라한 가구들과 주변의 허름한 사물들, 부엌에서 일할 때나 몽상에 잠길 때 늘 나를 왜소하게 만드는 일상의 진부함을 두드려댄다. 위대한 스페인의 몽상가들과는 달리 나는 한번도 허공에 거대한 모래성을 쌓지 않았다. 대신 낡아서 테두리가 반질반질해진, 더 이상 짝도 맞지 않아 이제는 카드놀이를 할 수도 없는 그런 카드로 성을 쌓아 올렸다. 그 성은 무너지지 않았다. 늙은 하녀가 신경질적으로 눈짓을 하면 그제서야 한 손으로 카드 성을 탁자 한쪽으로 치워버릴 뿐이다. 운명의 저주처럼 차 마시는 시간이 닥쳤으므로 하녀는 반쯤 걷어놓았던 식탁보를 다시 식탁 위로 펼쳐야 했기 때문이다. 그렇지만 이런 장면을 상상하는 것도 사실은 헛된 짓에 불과하다. 왜냐하면 나는 시골에 집을 갖고 있지 않으며, 저녁의 한가로운 시간에 함께 식탁에 둘러앉아 휴식의 맛을 음미하면서 차를 마실 수 있는 그런 나이 든 숙모님도 없기 때문이다. 나의 꿈은 이렇듯 스스로의 비유와 수사에 걸려 저절로 좌초하고 만다. 나의 제국은 단 한번도 낡은 카드장을 넘어선 적이 없다. 내가 거둔 승리는 나에게 찻주전자 하나, 혹은 늙어빠진 고양이 한 마리조차 가져다주지 못했다. 나는 내가 살아왔던 것처럼 그렇게 죽게 될 것이다. 변두리에서 나온 잡동사니와 함께, 수신자 없는 우편물들과 함께, 무게로 달아서 팔려

나갈 것이다.

 그래도 최소한, 모든 사물의 심연이 갖는 무한한 가능성 안으로, 마치 위대한 꿈의 후광인 양 내 실망의 후광을 이끌고 들어갈 수 있다면, 불신의 광채를 몰락의 깃발인 양, 그것도 기운이 다 떨어진 쇠약한 손으로 치켜들고는, 약자들의 피로 질척한 웅덩이를 건너, 우리의 몸이 개미지옥의 모래 속으로 가라앉는 중에도, 변함없이 깃발을 높이 치켜들고 앞으로 나갈 수 있다면. 그것이 저항인지, 도전인지, 혹은 절망을 과시하는 몸짓인지는 아무도 모른다. 아무도 모른다, 인간은 아무것도 알 수 없기 때문이다. 모래가 기수의 몸을 빨아들인다. 깃발을 들지 않은 다른 인간들의 몸과 함께. 모래는 모든 것을 삼켜버린다. 내 인생, 내 글 그리고 나의 영원을.

 나는 승리의 깃발인 양, 몰락의 자의식을 들고 간다.

55

비록 나 자신도 영혼 깊은 곳에서는 낭만주의자의 후손이긴 하지만, 그럼에도 불구하고 오직 고전주의 작품을 읽을 때만 만족을 느낀다. 고전주의자들의 간소함, 명확한 표현을 대하면 나는 기묘하게도 위안을 얻는다. 그들을 통해서 나는 널찍한 방들을 다 돌아다니지는 않고 오직 바라보기만 하는, 포용력이 큰 어떤 삶에 대해서 즐거운 상상을 할 수가 있다. 거기서는 설사 이교도의 신들이라 해도 신비한 기운을 잃어버리고 만다.

과장된 지적 탐욕이 작용하여 실제보다 더욱 부풀려서 해석한 느낌과 감정들, 그중에는 인간이 갖고 있을 거라고 섣불리 간주해버린 그런 종류의 느낌들도 포함된다. 자연 풍경과 동일시되는 심장, 전체 신경계의 해부학적 노출, 뭔가를 하고 싶다는 소망을 의지인 양 사용하고 뭔가를 획득하고 싶어하는 욕심을 사상으로 활용하기. 이런 종류의 글은 나에게는 매우 상투적이고 뻔하게 보일 뿐이다. 그러므로 다른 이들이 그런 글을 써놓았을 때 나는 새롭다거나 흥미롭다는 생각이 들지 않고, 그렇다고 그것을 편하게 받아들일 수도 없다. 그런 글을 대할 때마다 내가 그것을 보고 있다는 사실 자체가 역겹고, 제발 다른 느낌을 얻고 싶다는 소망이 치밀어 오른다. 그리고 내가 고전주의 작품을 읽으면, 그것은 바로 그 다른 느낌이 나에게 주어졌다는 의미다.

나는 부끄러움 없이, 그리고 솔직하게 고백한다. … 샤토브리앙의 그 어떤 문장도, 라마르틴의 어떤 시구도, 내 생각을 그대로 소리 내어 말하는 듯한 그 어떤 책들도, 마치 나에게 일부러 들으라는 듯 너무도 흔하게 낭송되는 유명한 시들도, 비에이라가 쓴 작은 산문 하나만큼 나를 전율로 떨게 만들지는 못했노라고. 호라티우스의 정신을 충실히 계승한 우리의 소수 고전주의 작가들의 송가처럼 나를 감동으로 몰고

가지는 못했노라고.

나는 읽는다, 그리고 나는 해방된다. 나는 객관성을 원한다. 나는 나라는 하나의 개별체로 존재하기를 멈춘다. 내가 읽는 것은, 나에게 전혀 흥미롭지는 않지만 어쩔 수 없이 종종 내 목을 조이곤 하는 양복과는 달리, 압도적이고 위대한 외부세계의 명료함이다. 모든 이들의 눈에 보이는 태양, 고요한 표면과 그늘진 얼룩을 가진 달, 바다에 가서야 끝이 나는 드넓은 공간들, 흔들리는 초록 이파리를 머리에 인 나무들의 흔들리지 않는 검은 직립, 농장에 딸린 연못의 동요 없는 평화, 계단식으로 정돈된 산비탈 위 포도나무가 우거진 길들.

나는 읽는다, 모든 것을 포기한 사람처럼. 왕좌를 물러나는 왕이 바닥에 벗어놓은 왕관과 망토처럼 위대함의 광채로 빛나는 사물은 없으리라. 그러므로 나는 내 권태와 꿈의 트로피를 현관 모자이크 위에 내려놓고 계단을 올라갈 것이다. 오직 내 시선의 고결함만이 나를 사로잡을 것이다.

나는 읽는다, 지나가는 사람처럼. 고요하게 침묵하면서 고통을 앓는 고전주의 작가들을 대하면 나는 성스러운 여행자의 마음이 된다. 나는 축복받은 순례자이며 목적 없이 존재하는 세상의 목적 없는 관조자다. 나는 길을 떠나면서 마지막으로 만난 거지에게 슬픔이라는 최대의 적선을 베풀었던, 위대한 유배를 선고받은 왕자다.

56
1930년 4월 5일

항상 어딘가가 아픈 사람인 이 회사의 공동 출자자는, 병가를 내고 쉬고 있는 중에 갑자기 무슨 기분이 들었는지 난데없이 우리 사무실 직원 모두의 사진을 보고 싶다고 했다. 그래서 그저께 우리 모두는 유쾌한 사진사의 지시에 따라, 바스케스의 사장실과 일반 사무실을 분리하는 허름한 판자 칸막이의 지저분한 흰색 앞에 나란히 섰다. 가장 중앙에는 바스케스가 섰고, 그의 양옆으로 처음에는 누가 설 것인지 순서를 한참 고려했지만 점차 바깥으로 갈수록 직위나 중요도에 대한 생각 없이, 매일매일 사무실에 출근해서 자질구레한 일거리들을 처리하는 자질구레한 인간 군상들이, 그들 삶의 최종 의미가 무엇인지는 오직 신들만이 알고 있는 그런 자들이 되는 대로 와서 섰다.

오늘 나는 출근이 약간 늦었고, 사진사가 두 번의 셔터누름으로 고정시켜 얼어붙게 만든 그 장면에 대해서는 전혀 기억이 없는 채로 사무실로 들어섰는데, 뜻하지 않게 이른 시각 나타난 모레이라가 한 출장담당과 함께 고개를 숙이고는 뭔가 거무스름한 것들을 정신없이 들여다보고 있었다. 나는 단번에 그것이 첫 번째로 인화된 사진임을 알아차렸다. 최고로 잘 나온 사진 하나를 두 장 뽑은 것이다.

사진 속의 나를 보는 순간, 나는 진실이 괴로워졌다. 물론 대개의 사람들이 그러듯이 나도 처음부터 내 모습을 찾아보았다. 나는 단 한번도 스스로의 신체적인 조건이 남달리 뛰어나다고 여긴 적은 없다. 하지만 바로 그 순간처럼, 내가 잘 알고 있는 다른 이들의 육체와 얼굴이 일상적인 모습으로 죽 늘어서 있는데 그 가운데 박힌 내 육체가 타인들의 것과 비교해서 그토록 아무것도 아니며 그토록 심하게 보잘것없다고 느껴본 적도 없다. 나는 마치 초췌한 예수회 교도처럼 보인다. 비쩍 마른 내 무표정한 얼굴에는 지성도 강렬함도 보이지 않고, 똑같은 물결처럼 죽 늘어선 다른 얼굴들과 구별되는 그 어떤 특징도 없다. 똑같은 물결이라니, 아니 그건 맞지 않다. 그중에는 분명 개성이 강한 얼굴들이 있다. 바스케스 사장은 그가 살아가는 모습 그대로 보인다. 널찍한 얼굴은 근엄하지만 인간미가 있고, 시선은 강렬하다. 뻣뻣한 콧수염이 그의 인상을 완성해준다. 이 남자의 강렬함과 영리함은, 사실상 참으로 진부하여 이 세상의 수많은 남자들에게서 그대로 볼 수 있는 성질인데, 이 사진에서는 지극히 인상 깊게 포착되어 마치 그의 심리적 여권인 듯 느껴진다. 두 명의 출장담당은 매우 근사하게 나왔다. 그리고 지역 영업자도 잘 나오긴 했지만, 모레이라의 한쪽 어깨에 몸이 거의 가려버렸다. 그리고 모레이라를 보라! 내 상사인 모레이라, 단조로움과 고집불통의 정수인 그조차 나보다 훨씬 더 개성이 풍부하게 보이지 않는가! 심지어 사환까지도―내가 질투심이 아니라고 생각하려 애쓰는 이 감정을 억누르기가 너무도 힘이 든다―얼굴에 자신감과 솔직함이 가득하다. 그것은 종이 스핑크스같이 꺼져가는 내 앙상한 얼굴의 초라함과는 엄청난 거리만큼이나 차이가 있다.

이것은 도대체 무슨 의미일까? 필름은 착각하지 않는다는 사실, 그건 어떤 종류의 진실일까? 차가운 렌즈가 포착하는 이 확신의 정체는 무엇일까? 그렇게 존재할 수 있는 나는 누구일까? 솔직히 … 사진 전체를 홈집 내는 이물질이 아닌가?

"사진이 아주 잘 나왔네요." 하고 모레이라가 나에게 말했다. 그리고 그는 다시 지역 영업자에게 동의를 구했다. "소아레스 씨 얼굴 그대로네요, 안 그런가요?" 지역 영업자는 미소 -띤 얼굴로 친절하게 고개를 끄덕이면서, 나를 쓰레기로 만들어버렸다.

57

오늘, 내가 살아온 지난 삶을 되새겨 생각해보니 나 자신이 한 마리의 동물처럼 느껴진다. 바구니 속에 담긴 채 누군가의 팔에 안겨 교외선 열차를 타고 두 정류장 거리를 이동한다. 바보 같은 상상이다. 하지만 그것이 묘사하는 삶은 더더욱 바보 같다. 그런 바구니는 대개 반구형 뚜껑이 두 개로 나뉘어 있어서, 속에 든 동물이 꼼지락거리면 뚜껑의 이쪽 끝 혹은 저쪽 끝이 살짝 들리는 구조다. 하지만 바구니를 들고 있는 팔이 뚜껑 위에 길게 놓여 있어서, 힘없는 동물이 마비된 나비의 날갯짓 이상으로 사지를 움직이지 못하도록 막는다.

이 바구니를 묘사하는 동안, 나는 내가 자신에 대해서 얘기하고 있다는 것을 잊고 말았다. 바구니는 내 눈앞에 똑똑히 있다. 그리고 바구니를 든 하녀의 갈색으로 그을린 살찐 팔도 똑똑히 보인다. 하지만 솜털로 뒤덮인 그녀의 팔 이상을 훔쳐보는 건 불가능하다. 그녀에 관해서 더 이상은 알 수가 없다. 나는 편치가 않다. … 내가 꼬물거리며 담겨 있는 이 바구니의 꼬아놓은 매듭 모양과 하얀색 손잡이에서 갑작스럽게 생기 넘치는 신선함을 느끼지 않았다면(…). 동물인 나는 내가 두 정류장 사이 어딘가에 있음을 안다. 나는 편안하게 쉰다. 아마도 열차의 좌석처럼 보이는 것 위에서. 사람들은 내 바구니 위에서 이런저런 얘기를 나눈다. 마음이 놓인 나는 잠을 청한다. 다음 정류장에 도착하여, 내가 들어 있는 바구니가 들어 올려질 때까지.

58
1930년 4월 6일

환경은 사물의 영혼이다. 모든 사물은 자신만의 표현을 가지며, 그 표현은 사물의 외부로부터 사물에게로 온다.

모든 사물은 세 줄이 교차하는 지점이다. 그 세 개의 줄이 사물을 형성한다. 일정 분량의 질료, 우리가 사물을 지칭하는 방식, 그리고 사물이 자리 잡고 있는 환경. 내가 글을 쓰고 있는 이 책상은 나무라는 물질이며, 내 방의 다른 가구들처럼 하나의 가구다. 이 책상에 대한 내 인상을 재현하자면, 다음과 같은 진술들로 이루어진다. 나무로 만들어졌다는 것, 그 나무 덩어리를 내가 책상이라고 부르며 그것에게 어떤 용도와 목적을 부여한다는 것, 그리고 그 위에 놓인 물건들과 그 물건들의 배열에 책상의 외적인 영혼이 있고, 물건들은 책상에 자신의 존재를 반영하며, 책상으로 침투하고, 마침내 책상으로 변신한다는 것. 책상의 색채, 색채의 희미해짐, 그리고 얼룩과 균열, 이 모두는 분명 외부에서 온 것이 확실하지만 책상의 재료인 나무가 그러는 것보다 훨씬 더 많은 영혼을 책상에게 부여한다. 또한 영혼의 내부라고 할 수 있는 책상이라는 존재성, 책상의 개성도 외부로부터 책상에게 주어진 것이다.

나는 사물을 관찰할 때 우리가 영혼 없는 물체로 간주하는 것들을 인간으로 혹은 문학으로 오인하여 영혼을 부여하지 않는다. 하나의 사물이란 간주되는 대상을 의미한다. 그러므로 나무가 느낀다, 강물이 달아난다, 석양이 우울하다, 혹은 고요한 바다(사실은 푸른색이 아닌 하늘 덕분에 푸르게 보이는)가 미소 짓는다(바다의 외부에 있는 태양의 빛 덕분에)와 같은 표현은 아마도 잘못된 것이리라. 마찬가지로 사물에게 아름다움을, 색채를, 형태를, 그리고 심지어는 존재성까지 부여하는 것 역시 잘못된 일이다. 바다는 소금기 있는 물이다. 석양이란 이 위도와 경도의 위치에서 태양빛이 줄어드는 현상이다. 내 눈앞에서 놀고 있는 아이는 세포들로 이루어진 지적인 무더기다. 더욱 자세히 표현하자면, 아이는 원자의 움직임이라는 시계태엽장치이며 극소 미니어처 형태로 재현된 수백만의 태양계, 그 안에서 전류를 띠고 있는 기묘한 하나의 집적물이다.

모든 것은 외부로부터 온다. 그리고 어쩌면 이제는 인간의 영혼조차, 환한 빛을 발하면서 우리의 육신이라는 똥무더기를 지상으로부터 분리시켜주는 태양광선은 더 이상 아닐 것이다.

이런 생각은 여기에서 어떤 결론을 도출할 능력을 가진 사람들에게나 어울리는 철학을 함유한다. 나는 그런 사람이 아니다. 나는 단지 논리적인 가능성에 대한 명료한 착상들을 두서없이 떠올리는 것뿐이다. 돌담 곁 거무튀튀한 흙바닥, 축축하게 젖어 뭉개진 시커먼 지푸라기 같은 똥무더기 위에 찬란한 햇빛이 비칠 때, 모든 우중충한 사물이 황금빛으로 빛나게 되는 그 순간의 가능성에 대해서.

그것이 나다. 생각하기를 원할 때, 나는 본다. 내 영혼의 깊은 곳으로 내려가기를 원할 때, 나는 내려가고 있던 나선형 계단 가운데서 문득 멈추어 선다. 그리고 스스로를 잊은 채 건물 가장 높은 층에 난 창 밖으로 태양을 바라본다. 지붕들로 이루어진 너른 풍경을 마지막 작별의 붉은색으로 물들이고 있는 태양을.

59

꿈의 영향 아래서 꿈을 추구하다 보면 간혹 삶의 일상적 수준을 넘어서기도 하는데, 그럴 때마다 나는 그네를 타는 아이처럼 한껏 위로 들려진 느낌을 받는다. 하지만 곧이어서 그네 위 아이와 마찬가지로 다시 시립공원의 바닥으로 내려앉으며 내 패배의 현장과 마주하게 된다. 펄럭이는 전쟁의 깃발도 없고, 검을 한번 휘두를 만한 기운도 남아 있지 않은 채.

내가 우연히 마주치는 대다수의 인간들 역시, 침묵하는 입술의 움직임, 멍하니 방황하는 눈동자의 불안, 어쩌다가 간혹 알아들을 수 있는 웅얼거림으로 추측컨대, 마음속에 깃발 없는 군대와 함께 전쟁을 벌이고 싶은 욕구가 있다. 그들 모두는—나는 고개를 돌려 이 가엾은 패배자들의 등짝을 주시한다—종국에는 나와 마찬가지로 진창과 갈대 사이에 꼬꾸라지면서 엄청난 참패를 겪게 된다. 그들의 강변을 비쳐주는 달빛도 없고, 물웅덩이가 불러주는 노래도 없다. 비참하고 졸렬한 패배일 뿐이다.

그들은 나와 마찬가지로 격앙된 슬픈 심장을 갖고 있다. 나는 그들을 잘 안다. 그들은 상점점원이고 사무직원이며, 작은 점포를 가진 자영업자, 간혹은 자기도취의 황홀경에 빠져 스스로도 깨닫지 못하는 승리감에 휩싸인 채 이야기에 열을 올리는 커피하우스와 주점의 정복자이기도 하며, 자기과시의 과묵함 때문에 침묵할 일도 아닌데 쓸데없이 침묵하는 자이기도 하다. 가장 가엾은 인간인 그들은 모두 시인이다. 그들의 눈에 내가 그렇게 보이듯이 내 눈에도 그들은, 우리들 공통의 불행인 자신과의 불화를 힘겹게 끌고 가는 신세로 보인다. 내 미래와 마찬가지로 그들의 미래도 과거에 묻혀 있다.

나를 제외한 모두가 점심을 먹기 위해 자리를 떠버린 지금 이 순간,

나는 사무실에서 별다른 일을 하지 않고 창밖을 내다보는 중이다. 흐릿한 유리창을 통해 어느 노인이 맞은편 인도에서 흔들거리는 걸음걸이로 천천히 이쪽으로 다가오는 광경이 보인다. 노인은 술에 취한 사람처럼 걷지 않는다. 그는 꿈을 꾸듯이 걷는다. 그는 존재하지 않는 것에 주의를 기울인다. 아마도 그는 여전히 희망을 품고 있으리라. 만약 신들이 그들의 불공정함 속에서나마 공정하다면, 설사 불가능한 꿈이라고 해도 우리의 꿈을 지켜줄 것이다. 설사 그 꿈이 하찮아 보인다고 해도 그래도 우리에게 원하는 꿈을 선사할 것이다. 오늘 나는 아직 늙지 않았으므로, 남쪽 섬나라와 불가능한 인도의 풍경을 꿈꿀 수 있다. 하지만 내일이면 신들은 나에게 조그만 담배상점의 주인이 되는 꿈을 선사할지도 모른다. 혹은 연금을 받는 은퇴자로 교외에 집을 가지고 사는 꿈을. 이 모든 꿈은 사실상 같은 꿈이다. 꿈은 전부 하나이기 때문이다. 신들이 내 꿈을 변화시킨다 해도 꿈의 행위 자체를 앗아가는 것은 아니다.

이런 생각에 빠져 있는 사이, 내 주의를 끌었던 노인은 사라져버렸다. 그의 모습은 이제 보이지 않는다. 나는 창문을 열고 그를 찾아보려고 한다. 그래도 그의 모습은 눈에 들어오지 않는다. 그는 가버렸다. 그는 나를 상대로 하나의 시각적 상징으로 임무를 다한 것이다. 이제 임무를 완수했으니, 그는 모퉁이를 돌아서 가버렸다. 누군가 나에게, 노인이 궁극의 모퉁이를 돌아서 가버렸고, 노인은 사실 이 자리에 결코 있지 않았다고 말한다면, 나는 지금 창문을 닫는 이 동작으로 그 말을 수긍하며 받아들이리라.

완수했는가?

가엾은 반신반인, 언어와 고결한 생각으로 제국을 얻는 잡화점 점원들이여, 당장 방세와 먹을 것을 위하여 다급하게 돈이 필요하구나! 그들은 죽음 앞에 방치된 군대와 같다. 그들의 사령관은 영광의 승리를 꿈꾸었으나, 지금 갈대늪에 흩어져 허우적대는 그들에게 남은 것은 오직 위대함의 이미지와 더불어 한때 모종의 집단에 속했다는 자의식, 그리고 한번도 얼굴을 본 적이 없는 사령관이 실제로 그들에게 무슨 짓을 했는지 전혀 깨닫지 못한다는 공허한 진공 상태뿐이다.

누구나 다 한순간은 한때 자신이 추종했던 사령관이 되는 것을 꿈꾼다. 그래서 모두들 진흙구덩이에서 허우적대면서도 그 누구도 이루지 못할 승리의 인사를 한다. 치우는 것을 잊은 더러운 식탁 위 빵부스러기처럼 외면당하는 신세이면서도 누구나 다 승리의 인사를 보낸다.

그들은 마치 꼼꼼하게 청소하지 않아 지저분해진 가구 틈바구니의 먼지처럼 일상의 틈새를 채운다. 한낮의 익숙한 햇빛 속에서 그들은 불그스름한 마호가니 목재 위 회색 벌레처럼 빛난다. 새끼손가락 손톱만으로도 그들을 없애버릴 수가 있다. 아무도 그렇게 하지 않는 것은 단지 귀찮기 때문이다.

멀리 높은 것을 꿈꾸는 가엾은 내 동료들, 내가 그들을 얼마나 질투하면서 경멸하는지! 내 심장은 다른 이들에게 속한다. 자신의 꿈을 자기 자신에게만 말할 수 있고, 시를 짓는다 해도 자기 자신을 위해서만 지을 수 있는 더욱 가엾은 이들에게. 남에게 내보일 수 있는 책은 한 권도 없고, 그들이 가진 유일한 문학은 오직 자신의 영혼뿐인 이들, 삶의 권한을 획득할 수 있는 미지의 초월적인 시험을 결코 통과하지 못하므로 결국은 질식의 죽음을 죽는 이들, 그들 가엾은 이들에게….

많은 이들은 영웅이 되기도 한다. 다섯 명의 사내를 어제 거리 모퉁이에서 때려눕혔기 때문이다. 어떤 이들은 유혹자다. 심지어 존재하지 않는 여인들조차 이들에게 저항하지는 못한다. 이들은 자신이 하는 말을 믿는다. 아마도 이들이 말을 하는 것은 스스로의 말을 믿기 위해서일 것이다. 다른 이들은 (…) 이들에게 세계의 정복자는, 그것이 누구든간에, 인간이라는 존재 자체다.

이들 모두가 하나의 그릇 속에 담긴 뱀장어처럼 서로 위아래로 얽혀서 꿈틀거린다. 그러나 결코 그릇의 가장자리를 넘어 밖으로 나올 수는 없다. 이들 중 몇몇에 관해서는 신문이 자주 떠들어댄다. 하지만 절대로 명예를 얻지는 못한다.

이들은 행복하다. 바보를 위한 마법의 꿈 일부를 할당받았기 때문이다. 하지만 나와 같이 환상 없는 꿈을 꾸는 이들에게는 (…)

60
고통의 막간극

나에게 행복한가 묻는다면, 나는 대답하리라. 아니라고.

61

고상하다는 것은 부끄러워한다는 것이다. 명예롭다는 것은 거래할 수 없음을 의미하고, 위엄 있다는 것은 살기 위한 술수를 부리지 않음을 의미한다.

오직 거리두기인 권태만이, 그리고 경멸인 예술이, 한 줄기 만족감의 미풍으로 우리의 존재를 빛나게 한다.

우리 육신의 부패가 발산하는 인광의 도깨비불도 최소한 우리의 암흑을 밝혀주기는 한다.

오직 불행만이 상승한다, 불행으로부터 나온 권태만이 고대 영웅의 아득한 후손처럼 문장紋章을 갖는다.

나는 내 안에서 단 한번도 외부로 드러나지 않았던 몸짓의 우물이다. 단 한번도 입술을 움직여 생각하지 않았던 말의 우물이다. 내가 끝까지 꾸는 것을 잊어버린 꿈의 우물이다.

나는 폐허 아닌 다른 것으로는 한번도 존재해본 적이 없는 집들의 폐허다. 그 집들을 지어 올리는 도중에 이미 사람들은 완성된 집에게 염증을 느꼈다.

향락한다는 이유로 향락자들을 증오하고, 우리 자신은 그들처럼 즐거워할 능력이 없다는 이유로 즐거워하는 자들을 증오한다면… 이러한 인공적인 경멸, 이러한 평균치의 증오는 다듬어지지 않은, 대지를 더럽히는 석주石柱에 불과하다. 그 석주 위에 우리들 권태의 조각상이 그 무엇과도 비교할 수 없이 자랑스럽게 서 있다. 그늘진 형상, 얼굴, 미소, 정체불명의 신비.

삶을 그 누구에게도 털어놓지 않는 자들에게, 축복 있으라.

62
1930년 4월 10일

평범한 인간들은 나에게 실제로 구역질을 유발한다. 그런데 다른 종류의 인간은 없다. 종종 나는 이런 구역질을 더욱 심화시키고 싶은 욕구에 사로잡힌다. 울렁거리는 구토증을 해소하기 위해 자발적으로 구토를 해버리는 것처럼 말이다.

누군가는 감옥을 견딜 수 없는 것처럼, 나는 새로이 밝아오는 하루의 진부함이 견디기 힘들다. 그럴 때 나는 이른 아침 아직 문을 열지 않은 상점들이 늘어선 거리를 천천히 돌아다니며 어린 처녀들과 청년들이 서로 나누는 문장의 조각들에 귀 기울이는 것을 좋아한다. 그것은 내 열린 사색의 보이지 않는 학교이며, 냉소의 희사물이 떨어져내리는 것과 같다.

항상 같은 문장이 같은 순서로 진행된다. ⋯ "그래서 말이야, 그녀가 말했어⋯" 그들의 억양은 모종의 계약을 누설한다. "만약 그가 그렇지 않다면, 그러면 너는⋯" 그러면 대답하는 목소리는 항변으로 높아지는데, 나는 들을 수가 없다. "네가 그렇게 말했잖아, 그래 넌 그랬어⋯" 재봉사 처녀의 앙칼진 목소리가 찢어지게 울리며 장담을 한다. "우리 어머니가 그러는데, 자기는 절대 안 그럴 거래⋯" ―"내가?" 기름종이에 싼 점심도시락을 들고 있는 청년의 꾸며낸 놀라움은 나를 설득하지 못하니 분명 언행이 거친 저 금발머리 여자도 설득하지 못할 것이다. "뭐 어쩌면 그랬을지도 몰라⋯" 이어서 세 명 혹은 네 명의 소녀가 음탕하게 웃어대는 소리가 내 귀를 아프게 파고든다. (⋯) "그래서 말이야, 내가 그 남자 앞에서 딱 버티고 서서 면상에다 대고 말해 줬어, 그래, 면상에다가 날려줬다구, 이봐, 당신⋯" 그런데 이 가엾은 인간은 거짓말을 하고 있다, 왜냐하면 그의 사무실 상사가―그가 말하는 싸움의 상대방이 나는 알지 못하는 어느 회사 사무실에서 일하는 그의 상사라는 사실을 나는 그의 목소리에서 눈치 챌 수 있다—책상들의 경기장인 사무실 내에서 이런 허수아비 검투사의 행동을 절대 용인해주지 않았을 것이기 때문이다. "그런 다음에 난 담배 피우러 화장실로 갔지." 그리고 엉덩이에 시커먼 얼룩이 묻은 그 남자는 낄낄 웃는다.

혼자서 혹은 몇몇이 짝을 지어 지나가는 다른 사람들은 조용하다. 혹은 서로 대화를 나눈다. 나는 그들의 말을 알아듣지 못한다. 그런데도 낡아빠진 직관의 투명성 덕분에 모든 목소리들이 나에게는 명확하게 청취 가능한 것이 된다. 우연히 내 눈에 들어온 것들, 추악하고 집요하게 내 시선을 사로잡은 것들을 나는 감히 소리 내어 말하지 못한다. 심지어는 이렇게 글로 써서 옮길 용기조차 없다. 설사 내가 쓰자마자 그것을 지워버린다고 해도 말이다. 나는 그것을 입 밖으로 꺼내 말할 수가 없다. 설사 이미 한번 구역질을 불러일으켰다고 해도, 그것은 한번으로 너무나 족한 행동이다.

"저 사내는 너무 살이 쪄서, 발 아래 계단이 보이지도 않을 지경이지." 나는 고개를 든다. 이 젊은이는 최소한 묘사라는 걸 할 줄 안다. 묘사를 할 때 사람들은 느낄 때보다 우월하다. 묘사 속에서 자기 자신을 잊기 때문이다. 내 구역질이 점차 사그라든다. 나는 그 사내를 바라본다. 내 시선은 사진기처럼 명확하게 그 사내를 찍는다. 순결한 구어체 표현이 나를 살린다. 내 이마를 스치고 흐르는 공기여 칭송받으라, 그 사내는 너무도 뚱뚱하여, 층계가 하나하나의 계단으로 이루어져 있음을 볼 수도 없구나. 인류가 지금 손으로 앞을 더듬으며, 비틀거리며 오르고 있는 것은 바로 그 계단일 것이다. 현혹하는 경사로를 넘어서면, 삶의 뒷마당에서 궁지의 늪으로 전락한다.

　간교하고 사악한 험담, 결코 할 수 없는 일들을 했다고 뻐기는 요란한 허풍, 무의식적인 의식으로 무장한 비루한 군상들의 자기만족, 불결한 성생활, 원숭이의 킥킥거림처럼 조야한 농담들, 스스로의 하찮음에 대한 끔찍할 정도의 무지…. 이 모두가 나에게 역겹고 저열한 짐승을 연상시킨다. 의도하지 않은 꿈속에서 만들어진 짐승, 곰팡이 핀 욕망의 축축한 빵껍질 사이에서 머리를 치켜드는, 뜯어먹고 남은 감정의 찌꺼기인 그것.

63
1930년 4월 10일

인간 영혼의 전 생애는 그림자 속에서의 움직임이다. 우리는 자의
식의 황혼을 산다. 우리가 무엇인지, 혹은 우리가 스스로를 무엇이라
고 생각하는지에 대한 그 어떤 확신도 없이. 우리 중 최고의 인간들이
라 해도 허영심을 품고 있으며, 우리가 선명하게 알아차리지 못하는
실수를 숨기고 있다. 우리 모두는 막간에 벌어지는 그 무엇이다. 다들
어떤 특정한 문틈으로, 아마도 무대장치인 듯한 것을 엿보고 있다. 세
계는 밤의 목소리처럼 정체불명의 혼돈이다.

지금 내가 다른 글에서와는 달리 유난히 자신하면서 쓰고 있는 이
페이지를 다시 한번 읽어보자, 이런 의문이 자연스럽게 떠오른다. 이
게 무슨 소리인가, 그래서 어떻다는 건가? 내가 감정을 느낀다면, 나
는 누구인가? 내가 존재한다면, 내 안에서 죽는 것은 무엇인가?

저 멀리 위에 군림하면서 인간의 삶을 골짜기로 만들어버리려는 그
누군가처럼, 저 먼 어느 꼭대기에서 나를 내려다보는 나는 세계 전체
와 더불어 규정할 수 없는 하나의 모호한 풍경을 이룬다.

내 영혼의 심연이 열리는 이 시간, 예를 들자면 한 통의 작별의 편지
와 같은 극히 사소하고도 사소한 일들마저 내 마음을 어둡게 덮는다.

나는 언제나 막 잠에서 깨어나기 직전의 느낌이다. 나는 스스로 나
자신의 껍데기처럼 느낀다. 추론은 나를 질식시킨다. 내 목소리가 소
리 없이 잦아들지만 않는다면 커다랗게 비명을 지르고 싶다. 그러나
깊고도 깊은 잠이 나를 붙들고 있다. 잠은 마치 구름처럼 하나의 감각
에서 다른 감각으로 흘러가며, 너른 들판의 반쯤 그늘진 풀들을 오색
의 영롱한 태양빛과 초록빛으로 물들인다.

나는 맹목적으로 찾아 헤매는 사람이다. 그러나 어디에서 무엇을

찾으려는 건지는 알지 못한다. 우리는 존재하지 않는 동무들과 숨바꼭질을 한다. 어딘가에 투명한 트릭이 있으며, 광채를 발휘하는 신이 있다. 이 모두를 우리는 오직 들어서 알 뿐이다.

그래, 헛된 시간을 기록한 페이지들을 나는 다시 읽는다. 짧은 평화와 자그마한 환상, 자연의 풍경으로 전이된 커다란 희망, 들어서지 않은 방과 같은 애수, 특정한 목소리들, 한없는 피곤, 그리고 아직 기록되지 않은 복음.

누구나 다 자신만의 허영심을 갖고 있다. 이 허영심 덕분에 사람은 다른 이들도 자신과 유사한 영혼을 갖고 있음을 잊어버린다. 나의 허영심은 몇 페이지의 글이며, 몇 단락의 글이고, 숨길 수 없는 회의다. …

내가 이 글을 다시 읽는다고? 거짓말! 나는 그럴 자신이 없다. 나는 그럴 수 없다. 무엇 때문에 그렇게 해야 하는가? 이 페이지에 적힌 인간은 나 아닌 다른 자다. 이미 나는 여기 적힌 것을 더 이상 이해하지 못한다. …

64

불완전한 내 페이지들 위로 나는 눈물을 흘린다. 그러나 내가 어쩌다가 완전한 경지에 도달했다 할지라도, 이것을 읽는 후대는 그 완전함보다는 내 눈물 때문에 더욱 강하게 감동받을 것이다. 그리하여 그들은 내게서 눈물을 빼앗아가고, 그 결과 글쓰기도 빼앗아버릴 것이다. 완전함은 드러나는 것이 아니다. 성인은 눈물을 흘린다. 성인은 인간이다. 신은 침묵할 뿐이다. 그래서 우리는 성인을 사랑할 수 있지만, 신은 아니다.

65

신적인 후광을 지닌 이 수줍음, 이 세상 모든 보물의 (…) 수호녀이
자 영혼의 훈장이다.

아, 얼마나 나는 소망했는가, 최소한 하나의 영혼이라도 약간의 독,
불안 그리고 근심으로 감염시킬 수 있기를. 그것은 내 만성적인 무능
력을 조금이나마 위로해줄 텐데. 내 삶의 목적은 부패일 것이다. 그런
데 과연 내 글이 단 하나의 영혼이라도 사로잡을 수 있을까? 나말고
이것을 읽는 자가 또 누가 있단 말인가?

66
어깨 으쓱거리기

대개 우리는, 잘 모르는 것에 대해서 상상할 때 이미 알고 있는 것의 이미지를 거기에 대입하는 경향이 있다. 우리가 죽음을 잠이라고 부른다면, 그것은 겉으로 보기에 죽음의 상태가 잠과 비슷하기 때문이다. 우리가 죽음을 새로운 삶이라고 부른다면, 그것은 죽음이 현생의 삶과는 구별되는 무엇이기 때문이다. 우리는 현실에 대해 작은 오해를 재료로 하여 믿음을 상상하며 희망을 지어 올리고, 마치 가난한 아이들이 공상의 놀이를 하듯이 빵껍질을 케이크라고 부르며 그것을 먹고 살아간다.

하지만 삶이란 원래 그런 것이다. 최소한 인간이 문명이라고 부르는 특별한 삶의 시스템은 모두 마찬가지다. 문명의 속성은 사물에게 잘못된 명칭을 붙인 다음 그 결과에 대해서 곰곰이 생각하는 데 있다. 그리고 잘못 붙여진 이름은 진실한 꿈과 결합하여 새로운 세계를 창조한다. 사물들은 다른 것이 된다. 우리가 그들을 다른 것으로 바꾸어 버렸기 때문이다. 우리는 실제를 생산한다. 질료는 처음 그대로다. 하지만 예술적 가공이 질료에게 형태를 부여하므로 질료는 그대로 머물 수 없다. 소나무 목재로 만든 탁자는 소나무이나, 그럼에도 불구하고 탁자다. 우리는 탁자 앞에 앉는 것이지 소나무 앞에 앉는 것이 아니다. 사랑은 성적인 본능이지만, 그럼에도 불구하고 우리는 성적인 본능으로 사랑하는 것이 아니라 뭔가 다른 종류의 감정이 거기에 개입할 거라고 추측하면서 사랑한다. 그리고 이 추측이 실제로 그 어떤 다른 종류의 감정이 되는 것이다.

나는 길을 걸어가고 있었다. 그런데 그때 어떤 미묘한 빛의 효과가 있었거나 아니면 어떤 불특정한 소리가 들려왔다. 혹은 우연히 나를 스치고 지나갔던 어느 향기가 떠올랐거나 알 수 없는 외부의 영향이 있었거나 아니면 불현듯 내 귀에 되살아난 어떤 멜로디가 있었다. 이런 불명확한 요소들이 나에게 영감을 주어 나로 하여금 지금 커피하우스에 편안하고 느긋하게 앉아 이 글을 쓰게 만든다. 내가 원래는 무엇을 생각하려고 했는지, 혹은 생각의 방향을 어느 쪽으로 잡으려 했는지조차 알 수가 없다. 가벼운 안개가 대기 중에 퍼져 있는 축축하고 따스한 날이다. 슬픔의 날이지만 위협적이지는 않으며, 오직 한없이 단조로운 날. 그 무엇이라고 규명하기 어려운 느낌이 나를 아프게 한다. 내게는 논지가 부족하다. 무엇을 위한 논지인지는 알 수 없다. 내 신경계에는 의지가 없다. 내 자의식의 저변에는 슬픔이 있다. 신중함이 부족한 이런 글들을 종이에 옮겨 적고 있는 것은 이런저런 것들을 말하고 싶어서가 아니라, 단지 나 자신의 산만함과 무관심을 어딘가에 집중시키기 위해서다. 뭉툭한 연필의 부드러운 필체로 나는 흰색 샌드위치 포장지를 어느새 가득 채워 나간다. 그 포장지는 내가 식사로 주문한 샌드위치를 싸고 있던 것이며, 나는 뭉툭해진 연필을 뾰쪽하게 깎을 만큼 충분히 감상적이지 않다. 글을 쓰기 위해서 이보다 더 나은 종이는 필요없다. 오직 흰색이기만 하면 된다. 나는 만족스럽다. 등을 의자에 기대고 앉는다. 하루는 저물어간다. 비도 없이 단조롭게, 흐릿하고 불확실한 저녁의 색조 속으로…. 나는 글쓰기를 멈춘다. 내가 멈추므로, 나는 더 이상 쓰지 않는다.

67

나는, 표피 환영에 사로잡힌 채, 스스로를 인간으로 느낄 때가 자주 있다. 나는 기쁘게 세상의 다른 것들을 만나고 투명하게 존재한다. 나는 수면에서 헤엄친다. 내 월급을 기쁘게 받아들고 기쁘게 집으로 돌아간다. 나는 보지 않고도 날씨를 감지한다. 유기체적인 모든 요소가 나를 행복하게 만든다. 나는 돌이켜 음미할 뿐이지 생각하지는 않는다. 그런 날, 나는 공원에서 모든 사물을 마음껏 즐긴다.

시립공원에는 무언가 독특하고도 애처로운 것이 있어서, 나는 그것을 정말로 느끼고 감지할 수 있다. 나라는 자신도 감지할 줄 모르는 내가 말이다. 공원은 문명의 균열이다. 자연이 겪는 익명의 변화다. 그곳에는 식물들이 자라나지만 동시에 도로, 포장도로도 있다. 그곳에는 나무가 있지만 그 아래 그늘에는 벤치가 놓였다. 이곳, 도시의 사방을 향해 뚫린 넓은 통행로에서 벤치는 더욱 커다랗게 보이며 거의 항상 누군가가 앉아 있다.

정밀하게 계산하여 오밀조밀 심어놓은 꽃들 자체를 반대하는 마음은 없다. 그러나 꽃을 공공연한 목적으로 활용하는 것에는 거부감이 든다. 화단이 폐쇄된 공원 안에 있다면, 나무들이 봉건제의 피난처를 초록으로 뒤덮는다면, 벤치들이 비어 있다면, 그렇다면 내가 공원을 이렇듯 목적 없이 관찰하면서도 분명 어떤 위안을 느낄 수 있을 텐데. 그러나 이곳 도심의 공원은 나를 둘러싼 온실과도 같다. 갖가지 색의 나무와 꽃들이 차지한 공간은 그들이 야생 상태를 유지할 만큼 넉넉하지는 않고, 야생을 아예 벗어나기에는 너무 넓다. 아름다움의 본령인 생기가 사라져버린 아름다움이 거기 있다.

하지만 이러한 풍경이라도 온전히 나에게 속하는 날이 있다. 그런 날 나는 마치 희비극 속의 배우와도 같다. 의도적으로 비극의 연기를 하면서, 속으로는 정말로 더욱 행복한 기분을 느끼기 때문이다. 내 생각은 궤도를 벗어나 멀리 날아가며, 나는 어딘가에 돌아갈 집을 갖고 있다는 상상에 빠진다. 그러다 그 사실을 잊으면 특정한 목적을 위해 만들어진 평범한 인간으로 되돌아갈 것이다. 여벌의 양복을 말끔하게 솔질해 걸어두고, 신문을 처음부터 끝까지 샅샅이 읽을 것이다.

그러나 환상은 오래가지 않는다. 원래 환상의 속성이 그렇기 때문이고, 그리고 저녁이 다가오기 때문이다. 꽃들의 화려함과 나무의 그늘, 길과 화단의 기하학은 모두 색채를 잃고 희미해지면서 움츠러든다. 극장의 커튼처럼 드리워 있던 낮의 햇빛이 사라지면서, 내 망상의 그림들과 나의 인간됨 위로 저녁별이 장식된 커다란 무대가 돌연히 나타난다. 내 눈동자는 무정형의 객석을 잊은 채, 서커스에 온 아이처럼 신이 나서 최초의 공연을 기다린다.

나는 해방되었고, 나는 실패했다.

나는 느낀다. 오한이 난다. 나는 나다.

68

피곤하다. 모든 환상에 지치고, 환상들이 불러오는 모든 증세에 지친다. 환상 자체에 내재된 상실, 환상을 갖는다는 것의 무익성, 상실하기 위해 환상을 가져야만 한다는 선행피곤, 환상을 가졌다는 사실이 주는 근심, 환상의 종말에 대해 충분히 알고 있으면서도 환상을 가졌다는 지적인 수치.

삶의 무의식을 의식하는 것은 지성에게 바치는 가장 오래된 공물이다. 지성의 무의식적 형태들, 돌연한 영감, 명상의 파도, 신비 그리고 철학, 이 모두는 우리 육신의 간과 신장이 반사적으로 분비물을 배출할 때와 동일한 자동성을 따른다.

비가 쏟아진다. 더 강하게, 점점 더 강하게 비가 쏟아진다. … 바깥의 어둠 속에서 실제로 무엇인가가 붕괴하여 천지가 내려앉기라도 한 듯이….

불규칙한 언덕처럼 들쑥날쑥 쌓인 도시의 축적물들이 오늘 내 눈에는 평원으로 보인다. 편평한 비의 평원. 눈길이 향하는 곳 어디나 비의 색채로 물들어 있다. 세상은 흐릿하게 퇴색한 검은빛이다.
기이한 느낌이 든다. 기이하게 추운 느낌이다. 이 순간 내 눈에는 안개가 풍경 자체인 듯이 보인다. 집들을 휘감고 있는 안개가 집들 자체인 듯이 보인다.

내가 더 이상 내가 아니게 된다면, 그러면 나는 무엇일까 생각한다. 그러자 문득, 모종의 경직과도 같은 선행신경증이 육체와 영혼을 엄습한다. 미래의 죽음을 기억하고, 그 기억이 나의 내면을 얼어붙게 만든다. 예감의 안개 속에서, 나는 죽은 질료가 된다. 빗속에서, 바람의 애도 속에서 나는 죽는다. 내가 더 이상 느끼지 못할 추위가 내 심장을 후벼판다. 바로 지금 이 순간, 그러한 것처럼.

무엇인가를 이룰 만한 능력이 전혀 없는 나지만, 그래도 지각을 해 방시키고 지속적으로 갱신하는 능력은 갖고 있다.

오늘, 노바 두 알마다 거리를 따라 내려가는데, 한 남자의 등이 불현 듯 내 눈앞에 나타났다. 평범한 남자의 평범한 등이다. 소박한 형태의 겉옷을 걸치고 내 앞에서 지나가는 한 행인의 등이 우연히 내 눈에 들어온 것이다. 그는 왼팔에 낡은 서류가방을 안았고, 오른손에 접어든 우산으로는 발걸음에 맞추어 땅바닥을 디디며 걷고 있었다.

순간적으로 그 사람에 대한 애정이 솟구치는 것을 느꼈다. 모든 인간이 갖고 있는 보편적인 중간치를 향한 애정, 바로 그런 애정이다. 일하러 가는 가장이라는 진부한 일상성, 가난하지만 행복한 그의 가정, 그의 삶에 불가피하게 침투해 있는 기쁘고도 슬픈 요소들, 분석하지 않고 삶을 바라보는 자의 무결함, 그리고 옷으로 감싸인 그의 등이 풍기는 동물적인 소박함을 향한 애정.

나는 창을 바라보듯이 그 남자의 등을 바라보았다. 마치 창밖에 이런 생각이 놓여 있고, 그래서 내가 남자의 등을 통해 그것을 하염없이 바라보는 것처럼.

잠자는 사람을 보고 있을 때 나는 이와 똑같은 느낌을 받는다. 잠자는 인간은 아이로 되돌아간다. 잠을 잘 때는 그 어떤 악도 행할 수 없고 삶을 지각하지도 않기 때문에, 잠을 자고 있는 동안만은 최대의 범죄자나 최대로 이기적인 인간도 자연의 마법 덕분에 성스럽게 변한다. 그래서 잠자는 이를 살해하는 것과 아이를 살해하는 것 사이에는, 내 관점으로 볼 때 뚜렷한 차이가 없다.

지금 이 남자의 등은 잠들어 있다. 지금 내 앞에서 나처럼 걸어가고 있는 그의 전 인격은 잠들어 있다. 그는 무의식중에 걷는다. 우리 모두가 잠들어 있기 때문에, 그 또한 잠들어 있다. 우리의 전 생애는 꿈이다. 자신이 무엇을 하는지 아는 사람은 아무도 없으며, 자신이 무엇을 원하는지 아는 사람도 없고, 자신이 무엇을 알고 있는지 아는 사람도 없다. 우리는 생애의 잠을 잔다. 우리는 운명의 영원한 아이다. 그래서 나는, 이런 느낌을 가지고 생각하다 보면, 아이의 영혼을 가진 인간 전체에게, 이 사회의 잠자는 삶 전체에게, 모든 이에게, 모든 것에게 형체 없는 무한한 애정을 품는 것이다.

의도도 없고 결말도 없는, 인간 전체와의 무조건적이고 직접적인 연계가 이 순간 나를 엄습한다. 마치 신의 눈동자가 인간을 보면서 느낄 만한 그런 애정이 내게 솟아오른다. 나는 유일하게 자의식을 가진 존재로서, 깊은 연민으로 모든 인간을 응시한다. 불쌍한 존재인 인간을, 불쌍한 존재인 인간의 삶을. 우리 모두는 여기서 무엇을 찾아 헤매고 있단 말인가?

폐로 호흡할 줄만 아는 나약한 생명으로 태어나 어느덧 도시를 건설하고 마침내 제국을 세우기까지 삶이 벌이는 모든 소란과 의도하는 모든 목적이 나에게는 불현듯 다가온 꿈이며, 현실과 현실 사이에 놓인 짧은 막간, 절대자의 하루와 하루 사이에 있는 휴식으로 느껴진다. 추상적인 모성본능의 화신인 양, 저녁이면 나는 선한 아기와 악한 아기 위로 몸을 굽힌다. 잠 속에서 그들은 모두 하나이며, 잠 속에서 그들은 내 아기다. 나는 마음이 뭉클하여, 나 자신을 열고 무한하게 펼친다.

나는 남자의 등에서 시선을 돌리고, 거리를 오가는 다른 사람들을 둘러본다. 그리고 여전히 아무것도 모른 채 내 앞을 걸어가는 그 남자의 등에서 유발된 그 부조리하면서도 차가운 애정을 가지고, 나는 모든 사람을 부드럽게 껴안는다. 모든 것은 하나이며 모든 것은 같다. 그 남자, 시끄럽게 재잘거리며 출근길을 재촉하는 소녀들, 웃으면서 사무실로 향하는 남자들, 무거운 장바구니를 들고 집으로 가는 커다란 가슴의 하녀들, 하루의 첫 배달에 나선 심부름꾼 소년들. 이들 모두는 하나이며, 같은 무의식을 갖는다. 그들은 단지 외피로만 다양할 뿐이다. 보이지 않는 손가락에 의해 움직이는 마리오네트처럼 다양한 얼굴과 육체로 움직이고 있는 동일한 하나일 뿐이다. 그들 모두는 각자의 길을 간다. 그러면서 다들 각자의 행동을 통해 의식을 표현한다. 하지만 그들은 사실상 아무것에도 의식을 느끼지 못한다. 아무도 자신이 의식이 있다는 것을 의식하지 못하기 때문이다. 똑똑한 사람이나 멍청한 사람이나, 모두 한결같이 멍청하다. 늙은 사람이나 젊은 사람이나, 모두 한결같이 같은 나이대에 속한다. 남자들이나 여자들도 모두 마찬가지로 하나의 성별을 갖는다. 그것은 존재하지 않는 성별이다.

71
1930년 4월 13일

나는 항상 타인들과의 공감대 형성이 극심하게 부족한데, 그것은 대다수의 타인들이 느낌으로 생각하는 데 반해 나는 생각으로 느낀다는 차이에 기인한다.

보통 평범한 사람들에게 느낌은 산다는 것이고, 생각은 삶을 이해한다는 것이다. 하지만 나에게는 생각이 삶이고, 느낌은 생각을 위한 영양분과도 같다.

그나마 내가 가진 극히 부족한 감동의 능력을 불러일으키는 대상은 놀랍게도 대개 나와 정반대의 기질을 가진 사람들이지, 나와 유사한 정신세계의 소유자들은 절대 아니다.

문학에서 보자면 나는 다른 무엇보다도 고전주의 작품을 좋아하는 독자인데 그들과 나는 유사성이 가장 덜하다. 샤토브리앙과 비에이라의 책 중에서 단 하나만을 선택해서 읽어야 한다면, 나는 주저없이 비에이라를 고르겠다.

누군가 나와 다르면 다를수록, 그는 나에게 더욱 현실적으로 보인다. 그가 나의 주관성에 그만큼 덜 의존하기 때문이다. 나는 범속한 인간이 되기를 거부하며 또 그들과 일정한 거리를 유지하면서 살지만, 그럼에도 불구하고 그런 인간들을 대상으로 세심한 관찰을 계속하는 것도 마찬가지 이유 때문이라고 설명할 수 있다. 나는 그들을 증오하기 때문에 그들을 사랑한다. 나는 그들의 실체를 결코 느끼고 싶지 않기에 그들을 즐겨 관찰한다. 회화 속에서 환상적으로 묘사된 풍경이 편안한 침대인 경우란, 거의 없다.

72

아미엘[13])은 말했다. 풍경은 영혼의 어떤 상태라고. 하지만 이 문장은 겨우 평균치인 몽상가가 운좋게 떠올린 빈약한 비유를 연상시킨다. 풍경은 풍경으로 있는 한, 영혼의 상태이기를 멈추어버린다. 객관화란 창조하는 것이다. 한 편의 완성된 시를 두고 그것이 시를 완성하려는 생각의 상태라고는 누구도 말하지 않는다. 본다는 것은 아마도 꿈의 한 형태일 것이다. 그러나 우리가 그것을 '꿈꾸다' 대신 '본다'는 말로 부르는 이유는, 우리가 꿈과 보는 것의 차이를 구별할 수 있기 때문이다.

그런데 무엇 때문에 이런 언어심리학적 추측을 벌이는 걸까? 풀은 나와는 상관없이 자라난다. 풀들 위로 비가 내리고, 풀이 자라난, 혹은 자라나고 있는 들판에 황금빛 햇살이 내리쬐기만 하면 말이다. 측정할 수도 없는 오랜 시간 동안 산들은 그 자리에 있었다. 호메로스가 살갗에 느꼈던 것과 같은 바람이, 설사 호메로스가 실존 인물이 아니었다고 해도, 오늘도 들판 위로 불어온다. 그러므로 영혼의 상태가 하나의 풍경이라고 말하는 편이 더 올바를 것이다. 이 문장은 장점이 있다. 이론의 거짓말을 빌려오지 않고 대신에 은유의 진실을 채택한다는 것이다.

세상 전체를 비추는 태양빛 속에 높다랗게 위치한 상 페드루 드 알칸타라 전망대에서 도시를 내려다보고 있는 나에게, 이 우연한 문장이 그대로 내려왔다. 매번 이토록 드넓은 공간을 눈앞에 둘 때마다, 170센티미터의 키와 61킬로그램의 몸무게라는 내 신체 조건을 망각하고 아득히 펼쳐진 공간을 내려다볼 때마다, 내 입가에는 꿈을 꿈이라고 꿈꾸는 모든 인간들을 향한 형이상학적 미소가 깊게 아로새겨진다. 고결한 이성의 힘으로 나는, 절대적 외계라는 진실을 사랑한다.

뒤편 배경으로 자리 잡은 테주 강은 푸른 호수이며, 강 건너편의 산맥은 봉우리가 편평하게 깎인 스위스의 고원이다. 포수 드 비스푸 선착장을 출발한 조그만 배 한 척이—검은색 화물선이다—내 시야에는 보이지 않는 강 하구 쪽을 향해서 간다. 내 육신이 사라지는 그날까지, 모든 신들이여, 외적 실제를 볼 줄 아는 태양처럼 찬란하고 투명한 시야를 간직하게 해주십시오. 나 자신의 사소함을 아는 직관과 사소한 것으로 존재하면서 행복을 생각할 줄 아는 즐거움을 잊지 않도록 해주십시오.

73
1930년 4월 14일

자연에 있는 높은 산 정상에 다다르면, 우리는 뭔가 특권을 얻은 느낌이 든다. 우리는 발을 디디고 선 산보다 더 높이 솟아 있다. 자연의 최고봉이, 최소한 이 지역의 최고봉이, 이 자리에, 우리의 발아래에 있다. 우리가 그곳에 서면 우리는 볼 수 있는 세계의 왕이 된다. 우리를 둘러싼 모든 것이 우리보다 낮다. 인생은 가파른 비탈이다. 인생은 우리 자신이 다다른 구릉과 산들의 발치에서 누워 쉬고 있는 평원이다.

우리를 구성하는 모든 것은 우연이고 계략이며, 우리가 다다랐던 위대한 고지를 우리는 갖고 있지 않다. 아무리 높은 곳에 올라가도 우리는 우리 자신보다 더 커지지 않는다. 도리어 우리가 발로 디딘 것 자체가 우리를 높여준다. 우리가 높아진 것은 우리가 더 높은 곳에 올라섰기 때문이다.

부자가 되면 사람은 숨쉬기가 더 편안하고, 유명해지면 사람은 더 자유롭다. 심지어는 귀족 작위조차 조그만 산의 역할을 한다. 모든 것은 현혹이지만, 현혹은 결코 우리의 작품이 아니다. 우리는 산을 오르거나, 혹은 산으로 올려지거나, 혹은 산 위에 있는 집에서 태어나는 것이다.

반면에 정말로 위대한 자는 계곡에서 하늘로 이르는 거리와 산 정상에서 하늘로 이르는 거리가 사실은 차이가 없다고 깨달은 사람이다. 홍수가 나서 물이 범람하면, 그때는 산 위에 있는 것이 좋겠으나, 만약 제우스 신이 분노의 번갯불로 우리를 벌하려 하거나 아이올로스의 바람(아이올로스는 오디세우스가 이타카로 항해하는 데 방해가 되는 바람을 자루 속에 감금시켰다)이 풀려나기라도 한다면, 우리는 계곡에서 피난처를 찾을 수 있으며 땅바닥에 배를 깔고 납작 엎드리는 편이 가장 안전할 것이다.

정말로 현명한 자는 정상을 정복할 만큼 튼튼한 근육을 갖고 있으면서도 통찰력으로 그것을 거부하는 사람이다. 그는 시선으로 모든 산들을 차지하고 그 자리에 있기만 함으로써 모든 계곡을 장악한다. 산정상에서 황금빛으로 빛나는 태양은, 산 위에서 그 빛을 온몸으로 받는 사람보다 계곡에 있는 그에게 더욱더 찬란한 광채가 된다. 숲 속에서 우뚝 솟아난 성은 그 안에 갇힌 채 성 자체를 잊어버리는 사람보다, 계곡 아래에서 그것을 올려다보는 그에게 더욱 아름답다.

나는 이런 생각에서 위안을 찾는다. 삶은 나를 위로해주지 않기 때문이다. 육체와 영혼의 방랑자인 내가 도심 저지대의 거리를 지나 테주 강변으로 걸어갈 때, 은유와 상징이 현실에 섞여 들어간다. 이미 지평선 아래로 가라앉은 마지막 태양빛 속에서 수많은 겹의 영롱한 햇살을 등진 리스본의 언덕들이, 낯선 명예처럼 빛나는 후광을 이고 있다.

74
뇌우

가만히 정지한 구름들 사이로 나타난 푸른 하늘 한 조각, 투명한 흰색 수증기 조각들이 하늘의 푸른색을 어지럽히고 있었다.

사무실 뒤편 영원의 꾸러미를 끈으로 묶고 있던 배달원이 일을 잠시 중단한다. …

"이런 뇌우는 내 평생 단 한번밖에 본 적이 없네요." 하고 통계적인 논평을 내렸다.

차가운 침묵. 거리에서 들려오던 소음이 예리한 칼로 싹둑 잘려나가버린 것 같았다. 호흡의 우주적인 정지, 그것은 길게 이어지는 총체적인 불편함과 같았다. 우주 전체가 입을 다물었다. 한순간 동안. 영원한 한순간 동안. 침묵은 어둠을 까맣게 그을렸다.

갑자기, 생기를 띠고 살아나는 강철(…)

전차들이 지나가는 금속성 딸랑거림은 얼마나 인간적인가! 암흑의 심연에서 부활하여, 소박하게 비를 맞고 있는 거리 풍경은 얼마나 즐거워 보이는가!

오 리스본, 나의 고향이여!

속도의 희열과 공포를 느끼기 위해서 나는 번개처럼 달리는 자동차나 기차를 탈 필요가 없다. 단지 내가 타고났으며 둔감해지지 않도록 신경 쓰고 있는 놀라운 추상적 능력과 전차만 있으면 충분하다.

나는 전차를 탈 때, 항상 내 안에 대기하고 있어서 언제든지 즉각 불러낼 수 있는 분석력으로 전차의 개념과 속도의 개념을 분리시킬 수 있다. 그 둘을 철저하게 분리시켜서 아예 완전히 다른 두 가지 실제 사물로 만들어버린다. 이렇게 되면 그때부터 나는 더 이상 전차를 타고 달리는 것이 아니라 속도라는 탈것 속에 앉아서 달리는 것이다. 그냥 달리는 것이 좀 지겨워서 빠른 속도에 한번 도취되고 싶다면 이 아이디어를 순수한 속도의 모방품에 적용하면 된다. 그러면 내 마음대로 전차의 속도를 올리고 내리는 것이 가능하며 심지어는 기차가 낼 수 있는 최고시속 이상으로 달리는 것도 가능하다.

실제로 위험을 감수하고 모험을 하는 것은 공포스럽다. 하지만 나를 정말로 괴롭히는 것은 과도한 공포감 자체보다는 스스로 내 예민함을 과도하게 의식하여 신경 쓰게 되는 일이다. 그것은 나를 방해하고 나라는 인간의 인성을 훼손한다.

나는 절대 위험에 몸을 담지 않는다. 나는 위험을 지루하게 여기게 될 것이 두렵다.

석양은 지성의 현상이다.

나는 종종 우리 자신에 대한 우리 의식의 지형도가 미래에 어떤 가
능성을 열어젖힐지 (이중적인) 즐거움을 갖고 생각해본다. 내 견해에
의하면 자신의 느낌을 연구하는 미래의 역사학자는 아마도 영혼의 자
의식을 대하는 자신의 태도를 가지고 엄정한 학문적 이론을 만들어낼
수 있을 것이다. 아직 우리는 그런 난해한 학문의 기초 단계에 머물러
있다. 감정의 화학인 그것은 오래전 연금술의 시대부터 학문의 한 분
야로 발전해왔는데 말이다. 미래의 과학자들은 자기 내면의 삶을 극
히 비판적으로 탐구할 것이다. 그는 자기 자신을, 분석을 위한 초정밀
도구로 간주할 것이다. 사고라는 강철과 청동말고 자신을 분석하기
위한 초정밀도구에 어울릴 만한 물질이 또 있는지는 모르겠다. 내가
말하는 강철과 청동은 정말로 강철과 청동을 의미하는데, 단지 정신
의 강철과 청동이어야 한다. 아마도 그것이 유일하게 적합한 재료일
것이다. 엄격한 내면 분석을 실행하기 위해서는 이러한 초정밀도구를
더욱 확실하게 적용해야 하고 그것을 구체적으로 체계화할 필요가 있
을 것이다. 그리고 정신 또한 당연하게 일종의 실제적인 질료로 환원
시켜서 어떤 공간 내부에 존재하도록 만들어야 한다. 이 모든 것은 우
리가 내면의 감각을 아주 섬세하고 예리하게 다듬을 수 있다는 전제
하에서 가능하다. 내면의 감각이 극단적으로 발달하다 보면, 질료적
사물로 채워지지만 자기 자신은 비실제적인 그런 공간이 정말로 창조
되거나, 혹은 드러나게 될 것이다. 그런 내면 공간이 단순히 다른 공간
의 새로운 차원으로만 그칠지, 그 점은 나도 알 수 없다. 어쩌면 미래
의 과학 연구는, 모든 실제는 곧 한 공간에 대한 여러 개의 차원이라
고, 물질도 정신도 아닌 하나의 같은 공간에서 파생한 여러 차원이라
고 결론을 낼지도 모른다. 하나의 차원에서 우리는 육체로서 살고, 다

른 차원에서는 영혼으로 산다. 그 밖에도 우리가 다양한 형태로 존재하는 또 다른 차원들이 있을 수도 있다. 나는 종종 이런 상상에 빠지는 것이 즐겁다. 과연 이것이 어떤 결말로 이어질지 호기심이 생겨 끝없이 공상의 나래를 펼치곤 한다.

아마도 언젠가는 지금 우리가 신이라고 부르는 존재가, 모든 논리의 건너편에서 공간적·시간적으로 현실을 초월하여 공공연히 자신을 주장하는 그것이, 우리 자신의 존재 방식의 하나이며 다른 차원의 실제에서 탄생한 우리 자신의 감각이라는 사실이 밝혀질지도 모른다. 나에게는 매우 가능성이 높아 보이는 추측이다. 그때가 되면 꿈조차도 우리가 살아가는 하나의 다른 차원이거나, 혹은 두 개의 차원이 교차되는 지점으로 받아들여질 것이다. 육체가 높이, 나비 그리고 길이로 존재하듯이, 우리의 꿈도 이상, 자아 그리고 공간으로 존재할 것이다. 공간은 꿈의 현실화이고, 이상은 꿈의 비실제적인 성분이며, 그리고 자아는 꿈을 우리 자신의 것으로 표시하는 내면의 차원이 된다. 우리들 각자의 자아는 아마 신적인 차원일 것이다. 이 모두는 복잡해 보이긴 하지만 정해진 어느 때가 오면 분명 밝혀질 내용이다. 오늘날의 몽상가는 미래에 도래할 최후 논증의 위대한 선구자다. 당연히 나는 미래에 도래할 최후 논증 학문이란 것을 믿지 않는다. 하지만 그건 여기서 논의하고자 하는 주제가 아니다.

종종 나는 이런 유의 형이상학적 상상을 마치 진지한 학자가 학문을 다루듯이 성실함과 경외심을 갖고 집중해서 추진한다. 내가 하고 있는 것을 실제로 연구하는 학자도 있을 수 있다. 하지만 나는 그것이 전혀 자랑스럽지 않다. 자랑스러움은 과학의 엄격한 공정성에 단점으로 작용하기 때문이다.

77

시간을 즐겁게 보내기 위하여, 그리고 나에게는 과학을 생각하거나 과학적인 상상을 불러일으키는 사물들을 특별한 목적 없이 추적하면서 시간을 보내는 것만큼 큰 즐거움이 없으므로, 나는 자주 지나칠 만큼 상세하게, 남들이 눈치 챌 정도로 집요하게 내 영혼의 삶을 조사해보기 시작한다. 별 생각 없이 시작한 그런 시간 때우기 상상은, 간혹 슬프고 때로는 고통스럽기까지한 결말로 나를 이끈다.

나는 내가 다른 사람들에게 남기는 전반적인 인상을 조사해보기로 한다. 그래서 결론을 얻는다. 대체로 나는 사람들에게 호감을 주는 편이다. 심지어 어떤 사람에게는 모종의 특별한 존경심까지도 불러일으킨다. 하지만 그들의 호감은 살아 있는 진짜 호감이 아니다. 그 누구도 진심으로 내 친구가 되지는 않는다. 그렇기 때문에 많은 이들이 나를 존경할 수 있는 것이다.

78

어떤 느낌들은 잠이다. 마치 안개처럼 우리 정신의 지평선에 자욱하게 퍼지며 우리의 사고를 방해하고, 행동을 방해하고, 우리가 명확하게 존재하는 것을 방해한다. 우리는 마치 전혀 잠들지 않았던 것 같다. 하지만 우리 안에는 꿈과 같은 그 무엇이 계속 남아 있으며 한낮의 태양이 정지해 있는 우리 감각의 표면을 따뜻하게 데운다. 그것은 존재하지 않는 상태에 대한 도취다. 의지는 쓰레기통과 같다. 누군가 정원으로 가다가 무심코 발로 건드리는 바람에 다 쏟아져버리고 만다.

우리는 시선을 준다. 하지만 보는 것은 아니다. 인간 짐승들로 우글거리는 긴 거리는 땅바닥에 누운 커다란 간판처럼 보인다. 간판 위에 꼬물거리며 움직이는 철자들은 어떤 의미도 전달하지 못한다. 집들은 단지 집일 뿐이다. 우리는 우리가 본 것에 의미를 부여할 수가 없다. 하지만 그게 무엇인지 보기는 본다.

목공소 문 앞에서 망치 두드리는 소리가 이상하게 가까이 들린다. 망치 소리의 반향이 아주 긴 간격을 두고 울린다. 쓸모없는 메아리다. 수레의 무거운 소리가 한낮의 뇌우를 연상시킨다. 목소리는 성대가 아닌 허공에서 나온다. 저 뒤편에 있는 강물은 피곤하다.

우리가 느끼는 것은 권태가 아니다. 고통도 아니다. 그것은 다른 개성을 가지고 잠들고 싶다는 소망, 오른 월급과 함께 만사를 잊고 싶다는 소망이다. 우리는 아무것도 느끼지 못한다. 우리에게 속한 두 개의 다리를 반사적으로 움직여 포장도로를 디디고, 신발 속에 들어 있는 두 발을 감지하는 것은 모두 우리 신체의 하부기능인 자동성에 불과하다. 아니 어쩌면 그 자동성조차 느낌은 아닐 것이다. 마치 손가락을 귓속에 집어넣은 것처럼, 눈 주변을 짓누르는 머릿속의 압박감이 있다.

영혼이 코감기에 걸린 것 같다. 병에 걸렸다는 문학적인 이미지를 그려본다. 그러자 인생이 앞으로 진행하는 것이 아니라 다시 회복되는 시간이었으면 하는 소망이 생긴다. 회복을 생각하자 교외에 있는 시골집들이 떠오른다. 집들의 정겨운 내부는 거리로부터, 바퀴들이 만드는 소음으로부터 멀다. 그렇다, 우리는 아무것도 느끼지 못한다. 우리는 우리가 들어가야 할 문을 의식적으로 지나쳐 간다. 우리는 잠자는 것처럼 걷는다. 우리 몸을 다른 방향으로 돌릴 수가 없다. 우리는 모든 것을 지나쳐 간다. 그런데 거기 가만히 있는 너 곰인형아, 탬버린은 어디에 두었니?

79

지금 막 시작된 뭔가 희미한 것이, 썰물의 냄새에 실려 테주 강 위로 퍼지며 도시 저지대까지 불쾌한 기운을 실어 날랐다. 미지근한 바닷물이 차갑게 고여 있는 듯한 역겨운 비린내. 나는 위장에서 삶을 느꼈다. 내 후각은 눈 뒤로 가서 자리 잡았다. 저 높은 곳에는 텅 빈 하늘 속 구름이 몇 점, 이상스러운 흰색이 섞인 잿빛 회오리가 되어 흘러갔다. 비겁한 하늘은 들리지 않는 허공의 뇌우처럼 대기를 위협했다.

심지어는 갈매기들의 비행도 정지되어 있었다. 갈매기들은 공기보다도 가벼워 보였고, 누군가 하늘에 일부러 풀어놓은 것 같았다. 숨 막히는 질식의 풍경은 아니었다. 하루는 우리의 불안 속에서 저물었다. 공기 중에는 점차 선선한 기운이 맴돌았다.

나에게 강요된 삶의 산물인 내 초라한 희망! 그것은 지금 이 시간 이 공기와 같고, 안개 없는 안개와 같으며, 유리잔 속의 폭풍우와도 같다. 나는 비명을 지르고 싶다. 이 풍경과, 이런 사색과 결별하고 싶다. 그러나 내 의식 속에서조차 바다는 이런 냄새를 풍기고 있다. 내 안에 있는 썰물의 바다는, 지금 내가 오직 후각을 통해서 보고 있듯이, 항상 이렇게 시커멓게 악취 나는 속을 드러낸 모습이다.

만족을 욕망하다니, 얼마나 앞뒤가 들어맞지 않은가! 의도적인 감각으로 의식을 풍자하려 하다니! 오직 내 후각과 내 의식으로 삶의 괴로움을 말하기 위해, 그리고 〈욥기〉에 나오는 간단하면서도 함축적인 문장 "내 영혼이 삶에 지쳤다!"를 말하지 않기 위해, 강물과 공기를 생각한 것이 아닌가.

80
고통의 막간극

모든 것이 나를 피곤하게 만든다. 심지어 나를 피곤하게 하지 않는 것들도 나를 피곤하게 만든다. 그렇게 내 기쁨은 내 고통처럼 고통스럽다.

내가 한 명의 아이일 수만 있다면, 농가의 연못에 종이배를 접어 띄울 것이다. 연못에 있는 농부들의 포도덩굴 정자에서. 풀로 엮어 만든 정자의 지붕은 햇빛과 초록빛 그늘의 줄무늬로 얕은 연못의 검은 수면에 체스판을 형성한다.

나와 삶 사이에는 엷은 유리문이 있다. 그래서 나는 삶을 똑똑하게 인식하고 이해하지만, 그것을 만져볼 수는 없다.

내 슬픔에 대해서 생각해본다? 생각하는 것도 하나의 수고일 텐데, 왜 그래야 하는가? 게다가 슬픔에 잠긴 사람에게 수고란 더더욱 힘든 법이다.

나는 기꺼이 포기하고 싶은 매일의 몸짓을 결코 포기하지 않는다. 포기란 수고로운 일이다. 나는 수고를 감당할 만한 영혼의 능력이 없다.

이 자동차의 운전수가 아님을, 이 열차의 기관사가 아님을, 얼마나 자주 나는 괴로워했는가! 가상으로 만들어낸 평범한 다른 인간이 아님을 괴로워하면서 단지 내 삶이 아니라는 이유로 그들의 삶에 황홀하게 사로잡힌다. 다른 존재의 삶이 내 의지력과 나를 관통(?)한다!

만약 내가 그들 중의 하나라면 삶을 이 정도로 끔찍하게 여기지 않으리라. 삶 전체를 상상하는 것이 내 생각의 어깨를 이 정도로 무겁게 누르지는 않으리라.

내 꿈은 천둥이 치고 우박이 쏟아질 때 몸을 숨기는 우산처럼 어리석은 도피처에 불과하다. 나는 그토록 느려빠졌고, 딱하고, 몸짓은 참으로 빈약하고, 행동은 참으로 미약하다.
내가 나 자신 안으로 숨어들면 들수록, 내 모든 꿈의 소로는 불안을 향해 나를 이끈다.

그토록 꿈에 사로잡혀 사는 나에게조차, 꿈들이 나를 벗어나 달아나버리는 시간들이 있다. 그러면 사물들이 일순 분명해진다. 나를 둘러싼 안개가 걷힌다. 눈에 보이는 모든 모퉁이와 모서리가 내 영혼의 살갗에 상처를 낸다. 인식 가능한 모든 단단한 것들이 나를 아프게 한다. 내가 그것을 단단하다고 알아차리기 때문이다. 눈에 보이는 사물의 모든 무게가 내 영혼에 무겁게 얹힌다.

누군가 내 삶으로 나를 때리고 있는 것 같다.

81

거리에는 수레들이 삐걱거리며 지나간다. 각각의 수레가 만드는 느릿느릿한 소음이 내 몽롱한 정신과 화합을 이루는 듯하다. 점심시간이다. 하지만 나는 사무실에 남아 있다. 날은 따스하지만 흐리고 구름이 가득하다. 나는 이 소리에, 내 몽롱함과 연관이 있을 법한 그 어떤 이유에서, 이날의 모든 것이 그대로 들어 있음을 본다.

82

어떤 막연한 사랑의 몸짓이—그 몸짓이 덜 쓰다듬어줄수록, 그 손길은 더욱 부드럽다—간헐적으로 불어오는 저녁의 산들바람으로 내 이마와 내 이성에 부채질을 해주는 것인지 나는 알지 못한다. 내가 아는 것은 단지, 이 순간 내가 앓고 있는 권태가 자꾸만 상처를 쓸면서 아프게 하는 옷보다 더 편하게 내 몸에 맞다는 것이다.

살짝 불어오는 공기의 흐름에도 고통을 당하는 초라한 감수성은 잠시 동안이라도 편히 쉬고 싶다! 하지만 인간의 감수성이란 원래 그런 것이다. 갑자기 생긴 돈이나 기대하지 못했던 미소라 해도 지금 나를 스치며 지나가는 산들바람이 내게 주는 의미보다 더 많은 것을 다른 인간들에게 줄 수는 없으리라.

나는 잠에 대해서 생각할 수 있다. 꿈에 대한 꿈을 꿀 수 있다. 모든 사물의 객관성을 더 명료하게 관찰한다. 삶의 외부에 대한 내 감정을 더 편하게 받아들인다. 그것은 단지, 거리 모퉁이 바로 앞에서 방향을 튼 산들바람이, 내 피부 위를 기분 좋게 스치고 지나가기 때문이다.

우리가 사랑하는 모든 것, 우리가 상실한 모든 것이, 사물이든, 존재든, 의미든, 그 모든 것이 우리의 피부 위를 이렇게 스치면서 우리의 영혼으로 안착한다. 이것은 신의 사건이다. 오직 나에게 일순간 상상의 편안함을 선사한 산들바람만이 모든 것을 능숙하게 상실할 수 있는 능력을 가지며 그것이 가능한 순간을 알고 있다.

83

덧없는 삶을 휘몰아치는 회오리와 소용돌이여! 도심 한가운데 커다란 광장에서 여러 가지 색들이 어울리며 뒤섞인 인파가 물살이 된다. 굽이쳐 흘러가고, 물웅덩이를 형성하고, 시냇물로 모여들어, 마침내 큰 강을 이룬다. 내 눈동자는 이곳저곳을 포착하면서 마음속으로 물의 그림을 스케치한다. 내 생각으로는 곧 비가 쏟아질 것만 같으므로, 이러한 불특정한 움직임들을 재현하기에 물의 그림은 다른 어떤 방식보다도 더욱 적절하다.

묘사하고 있는 바로 그것을 정확히 의미하는 위의 마지막 문장을 쓰고 있는데, 문득 이런 생각이 들었다. 언젠가 내가 책을 출간한다면, 내 책의 끝에 주석을 달면서 "오류" 표시 아래 "오류 아님"을 몇 개 배치하는 것도 괜찮으리라. 그리고 주석을 다는 것이다. 무슨무슨 페이지의 "이러한 불특정한 움직임들"이란 구절은, 단수 수식어와 복수 명사가 결합한 옳은 표현이다, 라고. 그런데 그것이 내가 생각한 내용과 무슨 상관이 있단 말인가? 아무런 상관이 없다. 그래서 나는 더 이상 그것에 관해서 생각하지 않는다.

광장의 한가운데(sic), 바퀴 달린 커다란 성냥갑 같은 전차들이 종소리를 내며 돌아다닌다. 전차 위에 달린 비스듬한 전신주는 어린아이가 일부러 꽂아놓은 타고 남은 성냥개비처럼 보인다. 커다란 금속성 휘파람과 함께 전차가 다시 움직인다. 광장 중앙의 동상 주변으로 검은 빵부스러기처럼 흩어져 있던 비둘기들이 바람의 공격을 받기라도 한듯 어수선하게 소용돌이치며 날아오른다. 총총거리는 연약한 발 위에 얹힌 묵직한 몸집.

그들은 그림자다, 그림자…

가까이서 관찰하면 모든 인간은 단조로운 방식으로 다들 다르다. 비에이라의 말에 따르면, 프레이 루이스 드 소자가 이것에 대해 "독특함으로 표현되는 범속함"이라고 묘사했다고 한다. 여기 이 인간들은 자신들의 범속함으로 독특하다. 《대주교의 생애》[14] 스타일과는 반대인 것이다. 나는 이 모두에 우울함을 느끼지만, 동시에 아무래도 상관없다고도 생각한다. 다른 모든 생명들처럼 나 또한 오직 우연히 여기 있는 것이다.

동쪽에서 도시의 모습이, 일부만 보이긴 하지만, 거의 수직으로 솟아오르며 움직임 하나 없이 요새 위를 덮친다. 창백한 태양빛은 숨겨져 있다가 돌연히 나타난 수많은 집들의 윤곽을 어른거리는 희미한 후광으로 부옇게 둘러싼다. 하늘은 축축하게 젖은 흐릿한 푸른색이다. 아마도 오늘 중에 비가 또 한번 내리겠지만 어제처럼 심한 폭우는 아닐 것이다. 바람이 동쪽에서 불어오는 것 같다. 가까운 시장에서 풍기는 무른 과일과 채소 냄새가 섞여 있기 때문이다. 광장 동쪽 편에는 서쪽 편보다 더 많은 수의 외지인들이 돌아다니고 있다. 헝겊으로 감싼 듯한 총소리를 내면서 상점들의 셔터가 위로 쿵하고 떨어진다. 왜인지는 알 수 없지만 그 소리를 들으니 이런 문장이 떠올랐을 뿐이다. 보통 그런 소리는 셔터가 아래로 떨어지면서 내는 소리이기 때문이다. 그런데 지금은 셔터가 위로 올라가고 있는 것이다. 모든 것은 다 나름의 이유가 있다.

갑자기 나는 세상에 혼자가 된다. 나는 세상 전체를 정신의 지붕 위에서 내려다본다. 나는 세상에 혼자다. 본다는 것은 옆으로 떨어져서 선다는 것이다. 명확하게 본다는 것은 움직이지 않고 가만히 서 있다는 것이다. 분석한다는 것은 이방인이 된다는 것이다. 사람들이 지나간다. 그 어떤 접촉도 없이. 나를 둘러싼 것은 오직 대기뿐이다. 나는 지극히 고독하다. 너무도 고독하여 내 몸과 내 옷 사이의 비어 있는 공간의 허전함을 느낄 수 있을 정도다. 나는 한 명의 아이다. 나는 잠옷 차림으로 간다. 손에는 빈약하게 타오르는 등불을 든 채, 텅 빈 커다란 집안을 가로질러 간다. 나를 둘러싼 그림자들이 사는 집, 오직 그림자들만이, 죽은 사물의 아들과 내 손에 들린 등불의 아들들이 사는 집. 심지어 햇빛 찬란한 이곳에서조차 그 그림자들은 나를 둘러싸고 있다. 하지만 여기서 그들은 모두 인간이다.

84

오늘 나는 느낌이 휴식을 취하는 동안 내 산문의 형태에 대해서 곰곰이 생각해보았다. 나는 어떻게 쓰는가? 나는, 다른 많은 이들과 마찬가지로, 허황된 소망을 갖고 있었다. 나만의 방식과 나만의 규범을 갖고 싶다는 소망이었다. 물론 나는 그런 방식이나 규범을 갖고 있지 않으면서도 글을 썼다. 하지만 그런 글은 다른 사람들의 글과 구별되지 않는다.

오후의 자기분석을 통해서 나는 내 글의 스타일이 두 가지 기본 원칙 위에 있다는 결론을 내렸다. 나는 즉시 이 원칙들을, 고전주의 기법에 따라, 전반적인 글쓰기 기술 전체를 받쳐주는 보편타당한 토대로 삼았다. 그 원칙이란 다음과 같다. 인간이 느끼는 것을 정확히 인간이 느끼는 느낌 그대로 표현한다. 그것이 명확하다면 투명하고 명확하게, 그것이 불명확하다면 불명확하게, 그것이 혼돈에 싸여 있다면 혼돈스럽게. 그리고 문법을 법칙이 아닌 도구로 이해한다.

한번 상상을 해본다. 내 앞에 남성적인 얼굴을 가진 한 소녀가 있다. 일반적인 인간이라면 이렇게 말할 것이다. "이 소녀는 사내애처럼 생겼다." 마찬가지로 일반적인 다른 인간, 하지만 말이 곧 표현이라는 사실을 잘 인식하고 있는 인간은 이렇게 말할 수도 있다. "이 소녀는 사내아이다." 역시 표현의 의무를 잘 알고 있는데다가 의미심장함과 속박되지 않은 상상력에 좀 더 강력하게 이끌리는 유형이라면, 소녀를 "이 소년dieser Junge"이라고 말할 것이다. 그러나 나라면 한 걸음 더 나가서 "이 소년dieses Junge(문법의 틀을 깨고 남성 명사(소년)에 중성(소녀) 관사를 사용함)"이라고 말하겠다. 그리하여 명사와 꾸밈어는 성과 수에서 일치를 이루어야 한다는 가장 기초적인 문법 규칙을 훼손할 것이다. 나는 이것을 올바르게 말한 것이다. 사진을 찍듯이, 절대적인 진술을 한 것이다. 진부한 규칙을 넘어, 일상의 규범을 초월하여. 나는 말을 한 것이 아니다. 나는 표현한 것이다.

문법이 활용을 구속할 때, 올바른 구분과 잘못된 구분을 가른다. 예를 들어 문법에서 타동사와 자동사가 구분되는 식이다. 하지만 스스로를 표현의 인간이라고 믿는 사람은, 보통 인간짐승들이 그러하듯 자신이 느낀 것을 암흑 속에서 그냥 보는 것이 아니라 사진처럼 찍어내기 위하여 종종 타동사를 자동사로 활용해야만 한다. "내가 존재한다"고 말하고 싶을 때 나는 "나는 있다" 라고 한다. "나는 유일한 영혼으로 존재한다"고 말하고 싶을 때 나는 "나는 나다" 라고 한다. 하지만 내가, 자기지향과 자기형성의 존재, 신으로부터 부여받은 의무인 자기창조를 이행하는 실재로서 존재한다고 말하고 싶을 때, 나는 어쩔 수 없이 존재동사를 타동사로 활용해야만 한다! 그러면 나는 승리감에 취하여, 모든 문법 규칙의 위에 올라서서 이렇게 말할 것이다. "나는 나를 있다." 나는 세 개의 짧은 어휘로 철학을 펼쳐 보였다. 이것이 마흔 개의 문장을 가지고 아무것도 의미하지 못하는 것보다 훨씬 낫지 않은가? 철학과 표현법에서, 여기서 더 이상 무엇이 필요한가?

자신이 느끼는 감정을 생각할 줄 모르는 인간이라면 문법을 따르는 편이 낫다. 문법의 모든 규칙들에 통달한 인간이라면 그냥 문법을 사용하게 놓아두라. 로마의 황제 지기스문트가 연설을 할 때 어떤 자가 황제의 문법 오류를 지적하자 이렇게 말했다고 전해진다. "나는 로마의 황제다. 당연히 나는 문법보다 더 높다." 그날 이후로 역사는 그를 지기스문트 슈퍼 그라마티캄super grammaticam으로 불렀다. 얼마나 대단한 상징인가! 그러므로 자신이 말하는 바를 말할 줄 아는 자는 누구나, 자신의 방식으로, 로마 황제인 것이다. 그런 칭호가 기분 나쁠 것은 없다. 정신의 존재는 곧 그 자신의 존재다.

85

풍요한 문학적 성과를 이룬 사람들, 아니면 최소한 내가 알고 있거나 혹은 이름을 아는 이들이 발표한 글이나 완성된 저작물을 보고 있으면, 정체 모를 질투심이 내 안에서 솟아나는 것을 느낀다. 경멸 섞인 감탄과 같은, 복합적으로 뒤엉킨 양면적인 감정이다.

온전한, 하나의 완성된 작품을 쓸 능력은 나에게 다른 어떤 감정보다도 먼저 질투심을 불러일으키는 것이 분명하다. 설사 아주 엄청나게 뛰어나지는 않다 해도 대부분의 경우 아주 형편없지는 않기 때문이다. 그런가 하면 불충분한 작품을 대할 때는 아이를 마주하는 기분이다. 비록 다른 모든 인간들처럼 부족한 존재지만 그래도 그것은 우리의 아이이고 앞으로도 그럴 것이다.

그리고 자기비판의 경향으로 인해 나 스스로의 부족함과 실수를 유일하게 볼 수 있는 당사자인 나는, 오직 존재하지 않는 것에 대한 구절과 요약문을 파편의 형태로 쓸 수 있을 뿐이므로, 내가 쓰는 몇 안 되는 빈약한 글 속에 들어 있는 나 자신 또한 불충분하다. 설사 형편없는 것이라 해도 어쨌든 온전한 하나의 작품일 테니까 완성된 형태를 갖춘 작품이 더 나은가, 아니면 차라리 무능력을 고백하는 말의 침묵이, 영혼의 완전한 숨죽임이 더 나을 것인가.

86

삶의 모든 것은 퇴화의 과정이 아닌지 질문해본다. 존재한다는 것은 결국 다가간다는 것, 그것의 앞에, 혹은 그것의 주변에.

기독교가 변형된 신플라톤주의의 타락한 형상이고 로마시대의 영향 아래 유대화된 헬레니즘이었듯이, 노쇠하여 암을 일으키는 우리의 시대는 호응하면서 그리고 동시에 저항하면서 모든 위대한 의도로부터 유일하게 비켜난 시대다. 의도가 파산한 그 자리에서, 파산을 불러온 그 시대가 자라났다.

오케스트라의 음악과 함께, 우리는 막간의 삶을 산다.

그런데도 나는 5층의 내 방에서 이 모든 문명으로 무엇을 만들어내려는 것인가? 모든 것은 나에게 바빌론의 공주들이나 마찬가지인, 결국 꿈일 뿐이다. 인간의 일에 몰두하는 것은 허무하다. 수천 번 허무하다. 그것은 현대의 고고학이다.

나는 안개 속에서 사라질 것이다. 아무도 알지 못하는 이방인처럼. 인간의 섬이 되어 바다의 꿈으로부터 멀어질 것이다. 존재의 과잉을 실은 한 척의 배가 되어, 모든 사물의 표면을 항해할 것이다.

87
1930년 5월 6일

이미 한참 전부터 나는 형이상학을 잠재적인 광기의 한 종류로 여긴다. 우리가 진실을 알면, 우리는 진실을 볼 것이다. 나머지 다른 것은 모두 시스템이고 거기 딸린 부속일 뿐이다. 우리는 우주의 불가해성을 받아들여야 한다. 그것을 이해하려 든다는 것은 인간보다 열등해지겠다는 생각이다. 인간이라면 그것이 이해할 수 없는 종류임을 알고 있어야 하기 때문이다.

사람들은 낯선 쟁반에 담긴 소포처럼 신앙을 나에게 배달한다. 나는 그것을 받아야 하지만, 열어서는 안 된다. 사람들은 쟁반에 담긴 독서용 칼처럼 과학을 나에게 배달한다. 그 칼로 책의 페이지를 찢어서 펼쳐 보면, 거기에는 아무런 글자도 적혀 있지 않다. 사람들은 상자 속에 담긴 먼지처럼 의심을 나에게 배달한다. 하지만 무엇 때문에 상자 속에 먼지만 들어 있단 말인가?

지식이 부족하기 때문에, 나는 쓴다. 그리고 내 느낌이 요구하는 대로 진실의 숭고한 추상적 개념들을 활용한다. 느낌이 명확하고 결정적이라면 당연히 나는 유일한 신들에 대해서 이야기할 것이며, 그리하여 내 느낌을 세계의 다양한 의식 내부로 가지고 들어갈 것이다. 느낌이 심오하다면 당연히 나는 유일한 신에 대해서 이야기할 것이며, 그리하여 내 느낌을 유일한 의식에 수용되도록 할 것이다. 이 느낌이 생각이라면 당연히 나는 운명에 대해서 이야기할 것이며, 그리하여 내 감정을 좁은 틈새로 밀어넣을 것이다.

간혹 문장의 리듬은 신들이 아니라 신을 필요로 한다. 그런가 하면 '신들'이라고 하는 두 음절이 절대적으로 요구되는 순간도 있다. 나는 어휘로 세상을 교체한다. 그런데 이번에는 내적인 운율을 강렬히 원한다. 또는 리듬의 축적, 느낌의 충격을 원할 때도 있다. 매번 경우에 따라서 다신교, 혹은 일신교가 발언권을 갖는다. 신들은 스타일이라는 기능을 수행한다.

88

설사 신이 존재하지 않는다 해도, 신이 어디에 있는지 알고 싶다. 나는 기도할 것이고 눈물을 흘릴 것이다. 내가 저지르지 않은 범죄를 회개하고, 반드시 모성적이라고는 할 수 없는 종류의 애무를 받을 때처럼, 용서를 즐길 것이다.

눈물을 솟구치게 하는 허벅지. 크고, 엄청나게 크고, 뚜렷한 형체도 없고, 한여름밤처럼 광활하면서도 친근하고, 난롯가인 듯이 따스하며, 여성적인… 그곳 상상의 영역 너머에 있는 것에 대해 눈물을 흘릴 수 있다. 설명할 수 없는 좌절에 대해, 존재하지 않는 사랑과, 어떤 끔찍한 공포가 불러일으킨 전율, 내가 알지 못하는 그 어떤 미래 공포에 대해…

다시 한번 더 아이로 돌아가기, 다시 한번 더 늙은 유모의 품에 안기고, 가만가만 흔들리는 요람에 누워 이야기를 들으며 잠들기, 점점 희미해지는 내 주의력이 마침내 이야기의 흐름을 더 이상 따라가지 못할 때까지, 엄청난 위험이 도사린 이야기들이 밀밭처럼 연한 금빛의 내 어린 머릿속으로 밀려 들어온다. … 거대하고, 영원하고, 결정적이며, 신의 위대한 형상으로 존재하는, 실제적 사물의 최후, 그 슬픔과 몽롱함의 심연에서…

어떤 허벅지와 어떤 요람, 혹은 내 몸을 감싸는 따스한 팔… 나를 눈물 흘리게 만들려는 듯 조용히 노래하는 어떤 목소리… 난롯불의 바스락거림… 겨울의 온기… 내 의식의 부드러운 탈선… 그리고 소리 없이, 광활하게 펼쳐지는 침묵의 꿈, 마치 별들 사이를 순회하는 고요한 달처럼…

예술적 기교와 말과 이미지, 문장과 같은 내 장난감들을 주의 깊게 정성스런 손길로, 입 맞추고 싶은 애정과 함께 구석으로 치워버리면, 나는 참으로 작아진 느낌, 커다란 방 안에서 혼자 무방비로 놓여 있다는 느낌을 받는다. 슬퍼진다. 바닥을 알 수 없는 아득한 슬픔의 심연으로 추락한다! …

그런 장난감이 없다면, 나는 도대체 누구인가? 느낌의 길거리에 내버려진 불쌍한 고아, 현실의 모퉁이에서 오들오들 떨며, 슬픔의 계단으로 밀려나 잠이 들고 환상의 빵으로 끼니를 때운다. 내 아버지에 대해서 나는 이름만 알고 있다. 그의 이름이 신이라고 나는 들었지만, 그것은 나에게 아무런 의미가 없다. 종종 밤이 되어 내가 고독을 느낄 때 나는 그의 이름을 소리쳐 부르며 눈물을 흘린다. 내가 사랑할 수 있는 그의 이미지를 상상해보려고 노력한다. … 하지만 그럴수록 내가 그를 모른다는 사실만 분명해질 뿐이다. 아마도 그는 내 상상의 이미지와는 닮지 않았으리라. 아마도 그는 영영 내 영혼의 아버지가 되지는 못할 것이다. …

이 모두는 어떤 식으로 종말을 맞을까? 내 불행을 끌고 걸어가는 이 거리, 추위에 떨면서 웅크리고 앉은 이 계단, 내 누더기 속으로 비집고 들어오는 밤의 차가운 손이여… 언젠가 신이 나를 데려갈 때, 그리고 나에게 온기와 애정을 선사할 때… 그 순간을 나는 간혹 상상해본다. 그런 생각만으로도 기쁨에 겨운 나머지 나는 눈물을 흘리며 운다. … 그러나 바람은 거리를 휘몰아치고, 낙엽이 우수수 떨어진다. … 고개를 들어 위를 바라보니 아무런 의미도 지니지 않은 냉랭한 별들이 하늘에 떠 있다. … 아무도 없이, 오직 나 혼자다. 가엾은 버림받은 아이, 일생 동안 그 어떤 사랑도 아이를 입양하지 않았고, 어떤 놀이 친구도 아이를 원하지 않았다.

나는 죽을 만큼 춥다. 나는 버림받은 나 자신을 더 이상 견딜 수 없다. 오 바람이여, 나에게 어머니를 데려다 다오. 밤의 뒤편에 있는 고향으로, 내가 한번도 보지 못한 고향으로 나를 실어가 다오. 오 위대한 침묵이여, 나에게 유모를 되돌려 다오, 내 요람을, 내 자장가를 돌려 다오. …

89

더 높은 경지에 있는 인간에게 어울리는 유일한 행위는, 무익하다고 생각하는 일에 집요하게 매달리는 것이다. 아무런 성과도 거두지 못할 훈련에 자신을 내던지고, 이미 무의미함을 알고 있는 철학과 형이상학적 규범을 혹독하게 준수하는 것이다.

90
1930년 5월 14일

현실을 환상의 한 종류로 받아들이고 환상을 현실의 한 종류로 받아들이기. 이것은 쓸데없는 일이면서 동시에 불가피한 일이다. 관조적인 삶이 가능하기 위해서는 우선 삶의 실제 사건들을 도달하지 못할 결과의 산발적인 전제로 간주해야 한다. 하지만 동시에 관조적인 삶은 반드시 실제적이지는 않은 꿈의 성격에도 모종의 관심을 기울여야만 한다. 우리가 꿈에 대해서 갖는 관심 자체가 바로 우리를 명상적인 인간으로 만들기 때문이다.

모든 사물은 사람이 그것을 관찰하는 방식에 따라 기적이 될 수도 있고 장애물이 될 수도 있다. 모든 것이 될 수도 있고 아무것도 아닐 수 있다. 방법이 될 수도 있고 문제가 될 수도 있다. 사물을 항상 다른 관점에서 바라본다는 것은 사물을 새롭게 갱신한다는 것이며 다층화한다는 것이다. 그러므로 관조적인 인간은 자신이 사는 마을을 한번도 떠나지 않고서도 전체 우주를 손안에 둘 수 있다. 하나의 세포 안에 무한이 사막처럼 펼쳐진다. 하나의 돌 위에서 우주적인 잠에 빠져든다.

그러나 사색의 순간이 있다. 사색하는 인간은 누구나 그런 순간을 알고 있다. 모든 것이 소진되어버리고, 모든 것이 늙고, 모든 것이 아직 한번도 본 적이 없는 것의 데자뷔로 변해버리는 순간. 우리가 무엇에 대해서 사색하면 할수록, 사색을 통해서 사물을 변화시킬수록, 그것은 더더욱 우리 사색의 대상으로 남을 뿐이다. 어느 순간 삶에 대한 그리움이 우리를 엄습한다. 우리는 인식 없이 인식하기를 원한다. 오직 감각으로 사색하기를 원한다. 마치 우리들 자신이 물이고 사색의 대상이 스펀지인 것처럼 대상으로부터 빠져나오는 그 감촉과 느낌만

175

으로 사색하기를 원한다. 그리고 우리에게는 밤도 찾아온다. 생각이 많아짐에 따라 생각이 유발하는 크나큰 감성의 피곤도 점점 증가한다. 하지만 밤은 안식이 아니며, 달도 별도 없다. 모든 것이 뒤집혀버린 듯한 밤이다. 무한은 안쪽으로 뒤집혀 움츠러들고 낮은 한번도 본 적이 없는 웃옷의 검은 안감이 되어버렸다.

그렇다, 더 나아졌다. 자신이 알지 못하는 것을 사랑하는 인간이라는 달팽이, 자신이 얼마나 혐오스러운지 깨닫지 못하는 거머리로 살아가는 일은 앞으로 계속 더 나아질 것이다. 무지를 살아가고, 망각하기 위해서 느낀다! 얼마나 많은 이야기들이 오래전 범선의 흰색과 초록색 항적航跡 속에서 사라져버렸던가. 고대 선실의 눈 아래 코가 되어, 높이 매달린 키의 차가운 타액이 되어!

91
1930년 5월 15일

도시의 성벽 너머 탁 트인 벌판을 한번 보는 것만으로도, 나는 긴 여행을 하는 사람들보다 훨씬 더 자유로워진 기분이 든다. 모든 시점이 규정할 수 없는 바닥면을 가진 피라미드의 거꾸로 선 꼭짓점처럼 펼쳐진다.

지금은 웃어 넘길 수 있지만 과거에는 참을 수 없이 분노하곤 하던, 그런 일들이 있다. 그중의 하나는, 오늘날도 여전히 종종 겪는 일이지만, 인습적인 삶에 뿌리부터 찌들어버린 행위의 인간들이 시인과 예술가를 집요하게 비웃는 것이다. 신문에서 철학자들이 흔히 떠들어대는 바와는 달리, 그런 인간들의 행동은 반드시 우월감에서 나오는 것이 아니라 많은 경우 호의에서 나오곤 한다. 마치 철모르는 아이를 딱하게 여기듯이, 삶의 실질적인 요소에 서툰 사람들에게 충고라도 하듯이 말이다.
이것은 과거에 나를 무척 화나게 만들었다. 나는 마치 바보처럼 지레짐작했고, 정말 바보이기도 했다. 꿈을 꾸면서 사는 자들, 꿈의 문학화 작업에 열중하는 자들을 대하는 그들의 비웃음이 우월감에서 나온다고 생각했기 때문이다. 하지만 그건 전혀 다른 감정의 반영이었다. 예전에 나는 그들의 미소를 우월의식으로 생각해서 모욕으로 받아들였지만, 지금은 도리어 그 안에서 무의식적인 의심을 읽는다. 어른이 종종 아이에게서 자신보다 더 뛰어난 정신적 예리함을 발견할 때 그러하듯이 꿈을 꾸고 그 꿈을 글로 쓰는 일에 몰두하는 우리에게서 그들은 어떤 다름을 발견하는데 그 다름이 어딘지 미심쩍고 낯설게 보이는 것이다. 그들 중에서도 지적으로 뛰어난 사람들은 우리의 우월성을 분명히 인식했다고 나는 믿는다. 하지만 그런 자들도 우월감 깃든 미소로 그 느낌을 지워버린다.

우리의 우월성은 많은 몽상가들 스스로가 우월성으로 간주하는 그런 성격의 것이 아니다. 꿈이 현실보다 우월하기 때문에 몽상가가 행위의 인간보다 우월한 것은 아니라는 말이다. 몽상가의 우월성은 꿈이 행위보다 실용적이라는 데 있다. 그리고 몽상가가 행위의 인간보다 삶으로부터 포괄적이고 다층적인 즐거움을 발견할 능력을 훨씬 더 많이 갖추었다는 데 있다. 더 쉽게 표현하자면, 몽상가가 원래는 진짜 행위의 인간이다.

사실상 삶의 본모습은 정신의 상태이며 우리가 행하고 생각하는 모든 일은 우리가 그것에게 승인한 만큼의 유효성을 가진다. 그러므로 가치는 결국 우리 자신에게 달려 있는 셈이다. 몽상가는 지폐를 나누어주는 사람이다. 그가 나누어주는 지폐는 실제 세계의 지폐와 같은 방식으로 그의 정신이라는 도시에서 유통된다. 삶이라는 인조 연금술의 세상이 어차피 금이 아닌데 내 영혼의 지폐가 금으로 환전되지 않는다 해도 그것이 무슨 문제가 될 것인가? 우리 모두가 떠난 자리를 대홍수가 채울 것이다. 하지만 우리 모두 다 떠나간 다음의 일이다. 모든 것이 오직 픽션일 뿐임을 아는 자들, 그래서 다른 누군가가 쓰기 전에 자신의 이야기를 소설로 쓰는 자들은 행복하다. 비밀스럽게 글을 쓰기 위해 궁정대신의 신분에 정박한 마키아벨리처럼.

92
(물레를 가지고 놀던 어린 시절)

나는 단지 꿈을 꾸었을 뿐이다. 그것이, 오직 그것만이 내 삶의 의미다. 내게 진실로 중요한 것은 오직 한 가지, 내면의 삶이다. 내 꿈의 창을 열고 거리를 내다보고 있으면 나는 나 자신마저 잊어버린다. 모든 걱정과 근심도 나를 떠나 훨훨 날아가버린다.

오직 몽상가가 되기만을 나는 바라고 있었다. 사람들이 나에게 삶을 이야기하면 나는 한번도 귀를 기울이지 않았다. 언제나 내가 있는 그곳이 아닌 다른 어떤 곳, 내가 될 수 없는 다른 어떤 것에 속한다고 느꼈다. 내가 갖지 못한 모든 것이, 설사 아무리 사소하더라도, 나에게 시적인 느낌을 불러일으켰다. 오직 무無를 제외하고는 그 어떤 것도 사랑하지 않았다. 상상할 수 없는 것을 제외하고는 그 어떤 것도 욕망하지 않았다. 내가 삶에서 바란 것은 단 한 가지, 내가 감지하기 전에 삶이 내 곁을 조용히 스쳐 지나가주는 것뿐이었다. 사랑에게 내가 바란 것은 단 한 가지, 먼 꿈으로 존재하기를 멈추어달라는 기원뿐이었다. 비현실인 내 마음속 풍경의 먼 그리움이 항상 나를 매혹시켰다. 꿈의 풍경 속 아득한 지평선에서 희미하게 보이는 수로들은, 나머지 다른 풍경들과 비교할 때 꿈의 몽롱함으로 유난히 충만했다. 그 몽롱함 덕분에 나는 그것을 사랑할 수 있었다.

나에게 가상의 세상을 만들어준 광기는 여전히 나와 함께 있으며, 내가 죽은 이후에야 나를 떠날 것이다. 오늘 나는 서랍 속에 실뭉치도 체스 말들도—그중에서 비숍과 나이트는 서랍 위로 불쑥 솟아날 것이다—늘어놓지 않는다. 그리고 그렇게 하지 않음을 후회한다. … 하지만 대신 내 환상의 공간에, 추운 겨울 따스한 난로 곁에서 몸을 녹이는 사람처럼 행복에 겨워, 신뢰할 수 있는 살아 있는 말을 놓는다. 그들은 내 내면의 거주자들이다. 내 안에는 벗들로 이루어진 세계가 들어 있다. 나 자신만의 실제의 세계, 미리 정해져 있기는 하나 한편으로 아직은 열린 상태이기도 한 삶의 여정이 들어 있다.

그중 몇몇 벗은 어려움과 싸우는 중이고, 몇몇은 검소하고 다채로운 보헤미안의 삶을 영위한다. 다른 몇몇은 출장을 다니는 외판원이다(환상 속에서 나는 계속 여행길에 있는 외판원이 된다. 그것은 마음속으로 내가 가장 열망하는 일이지만 아쉽게도 현실에서는 이루어지지 않는다!). 혹은 그들은 내 안의 포르투갈 작은 시골 마을 여기저기에 살고 있으나 내가 사는 도시로 와서 나와 마주친다. 나는 그들을 알아보고, 반갑게 그들을 안는다. … 이런 장면들을, 방을 왔다갔다 하면서 소리내어 이야기하고 몸동작까지 곁들여 꿈꾼다면 … 이들을 만나고, 반갑게 인사하고, 기뻐서 껑충거리며 뛰는 장면을 꿈꾸고 머릿속에 그려보면, 어느새 내 눈동자는 빛난다. 나는 팔을 벌리고, 그 무엇과도 비교할 수 없는 압도적인 행복감을 껴안는다.

아, 한번도 존재하지 않았던 것을 향한 그리움보다 더 괴로운 감정은 없으리라! 나 자신의 실제 과거를 떠올릴 때마다, 죽어버린 내 어린 시절의 시체 위에서 눈물을 흘릴 때마다, 내가 느끼는 것은…. 고통스러울 정도로 격렬하게 떨리는 마음의 열정을 안고, 나는 내 초라한 꿈속의 형상들을 위해서 운다. 심지어는 덜 중요한 인물들, 내 가상의 삶에서 한번 정도만 얼핏 본 형상들, 꿈의 거리를 산책하던 내가 모퉁이에서 한번 마주쳤거나 아니면 성문 거리를 지나가는 모습을 본 것이 전부인 그런 인물들을 위해서도.

아무리 깊은 그리움이라 해도 무엇인가를 살아나게 할 수 없음에 나는 분노한다. 내 꿈의 벗들, 환상의 삶에서 나는 얼마나 많은 것을 그들과 공유했고 상상의 커피하우스에 모여 앉아 얼마나 흥미롭고 놀라운 대화를 나누었던가. 내가 그토록 깊은 의식적 유대를 맺고 있는 그들이 사실은 그 어떤 차원의 세계에도 존재하지 않음을 깨닫는 순간, 나는 불가능성을 창조한 신에게 맞서 눈물의 분노를 느낀다!

오 죽어버린 지난날이여. 내 안에서 여전히 살아 있으나 오직 내 안에서만 살아 있었던 날들이여! 작은 시골집 정원에 피어난 꽃, 그러나 그 집은 오직 내 안에서만 존재했구나! 채마밭과 과수원, 농장에 딸린 작은 소나무 재배지, 그 모두는 단지 내 꿈에 불과했구나! 상상의 여름 휴가, 시골 풍경을 즐기는 느린 산책길, 그것은 실제로는 단 한번도 있지 않았구나! 길가의 나무들, 들판 가운데로 난 길, 바위들, 지나가는 농부들… 오직 꿈인 것들, 내 기억 속에 새겨진 상상의 그림들이 나를 고통스럽게 한다. 그리고 나 자신, 그런 것들을 꿈꾸느라 많은 세월을 몽상으로 보낸 나는, 이제 내가 꿈꾸었던 것들을 추억하면서 세월을 보내고 있다. 실제로 나는 꿈을 그리워하며, 과거의 꿈을 생각하며 운다. 현실의 삶은 단지 죽음이다. 삶은 관 속에 누운 채 장례식을 기다린다.

그런가 하면, 반드시 내면의 것만은 아니었던, 그런 풍경과 삶이 있다. 대단한 예술적 가치는 없는 그저그런 회화들, 내가 대부분의 시간을 보낸 공간에 걸려 있던 그저그런 수준의 석판화들, 그들도 내 안에서 하나의 현실을 이루었다. 그들은 나를 더욱 슬프고 고통스럽게 만들었다. 실제이든 아니든 그런 장면의 일부가 되지 못하므로 나는 우울에 잠겼다. 더 이상 아이가 아닌 나는 어째서, 침실에 걸린 판화 속

인물이 되어 달빛 비치는 숲가에 서 있지 못했을까? 어째서 내가 그 숲 속 영원의 (설사 좀 형편없는 솜씨라 해도) 달빛이 비추는 강가 은신처에서, 깊숙이 늘어진 수양버들의 가지 아래 보트를 타고 지나가는 한 남자를 본다는 상상을 할 수가 없었을까? 꿈을 온전히 꿀 수 없었다는 점이 나를 괴롭혔다. 내 그리움은 좀 다르게 보였다. 내 절망 또한 마찬가지로 좀 다르게 나타났다. 불가능의 고통은 그 결과 또 다른 형태의 공포가 되었다. 이 모두가 최소한 신 안에서 하나의 의미를 가진다면, 그리고 우리의 소망에 호응하여 실현될 수만 있다면, 정확히 어느 방향인지 알 수는 없지만, 본질적으로 그리움과 몽상의 방향인 바로 그 수직의 시간 안에서! 이 모든 것으로 구성된 단 하나의 낙원이라도 있었으면, 오직 나 한 사람만을 위한 낙원일지라도! 내가 꿈꾸는 그 벗들을 만날 수 있다면! 내가 창조해낸 거리를 걷다가 닭들의 울음소리에 정신이 들고, 아침이 밝아오는 소리로 분주한 시골집에서 잠이 깬다면…. 모두가 신의 뜻이며, 신의 의지이고, 신의 완벽한 조화 속에서 존재하며, 모두가 내 것이기 위한 최적의 형태로 있으나, 내 꿈조차 성취시킬 수 없다. 이 남루한 현실을 내포하는 내적 공간에는 항상 어떤 차원이 결여되어 있기 때문이다.

나는 쓰고 있던 노트에서 고개를 든다. … 아직 이른 시간이다. 정오도 되지 않은, 일요일의 한낮. 삶의 불행이 내 육신을 파고들어, 나는 고통스럽다. 왜 고통받는 자들을 위한 섬은 없단 말인가, 오래된 가로수길은 왜 없단 말인가, 그것은 꿈을 상실한 자들에게만 허가된 장소인가? 살아야 하고 행동해야 한다, 설사 아주 약간일지라도. 삶에는 다른 사람들 역시 실제로 존재하므로, 싫어도 그들과 접촉을 해야 한다! 하지만 나는 내 영혼이 필요로 한다는 이유로 여기 머물면서 이런 글을 쓰고 있다. 이것들을 말로 옮기지 않고, 의식으로 옮기지 않고, 나라는 자아를 음악과 같이 불분명한 형태로 구축하면서 오직 꿈으로만 몽상할 능력을 나는 갖지 못했다. 말을 찾아냈다는 느낌이 들 때마다 나는 마법의 강물처럼 부드러운 경사로를 흘러 내려간다. 아래로, 점점 더 아래로, 머나먼 무의식을 향하여, 종착지도 없이 마침내 신에게 가닿을 때까지.

93

내 느낌의 강도는 내가 느끼고 있다는 의식의 강도보다 항상 더 약했다. 나는 고통 자체보다도 고통스러워하고 있다는 그 의식을 더욱 고통스러워했다.

내 감정의 생애는 이미 태어날 때부터 사고의 영역으로 유인되어 있었다. 그곳에서 나는 느낌에 따른 삶의 인식을 더욱더 광범위하게 체험해왔다.

생각에 감성이 실리게 되면 생각은 감성 자체보다도 더욱 예민해진다. 내가 느낌을 체험하는 틀이 되었던 의식 체계는 내 느낌의 방식을 더욱 일상적인 것으로, 더 피부에 밀착한 것으로, 더 짜릿한 것으로 만들었다.

사고하면서 나는 스스로를 메아리와 심연으로 만들었다. 나를 더욱 깊게 만듦으로써, 나를 더욱 다층화했다. 가장 사소한 사건들, 빛의 작은 변화, 돌돌 말리며 떨어지는 마른 잎새, 시들어버린 꽃이파리, 성벽 반대편에서 들려오는 목소리 혹은 발걸음이, 그것에 귀 기울이는 자의 발걸음과 연합을 이룬다. 그리고 낡은 농장의 반쯤 열려 있는 문, 달빛 아래 모여 있는 집들의 아치문을 통해 보이는 안뜰, 나에게 속하지 않은 이 모두가 내 예민한 사색을 사로잡아 반향과 그리움의 사슬로 결박한다. 이런 감각 하나하나를 느낄 때마다 나는 매번 다른 사람이 된다. 매번 달라지는 불특정한 인상으로 나를 고통스럽게 갱신한다.

나는 내 것이 아닌 인상으로 살아간다. 나는 체념을 남용하는 자이고, 내가 나로 존재하는 것과 같은 방식으로 매번 다른 이가 된다.

94
1930년 5월 18일

살아간다는 것은 다른 존재가 된다는 의미다. 어제 느낀 것처럼 오늘도 똑같이 느낀다면, 그것은 느낌이 불가능해졌다는 의미다. 어제처럼 오늘도 같은 느낌이라면, 그것은 느낀 것이 아니라 어제 느꼈던 것을 오늘 기억해낸 것이며, 어제는 살아 있었지만 오늘은 그렇지 않은 것의 살아 있는 시체가 되었음을 의미한다.

하루의 모든 내용을 칠판에서 지워내는 일, 매일 새롭게 시작하는 아침을 사는 일, 우리 감정의 처녀성을 반복해서 부활시키는 일, 그것이, 오직 그것만이 존재와 소유의 가치가 있다. 우리가 불완전한 방식으로 존재하기 위하여, 그리고 불완전한 이 존재를 소유하기 위하여.

지금 밝아오는 이 아침은 이 세상 최초의 아침이다. 따스한 흰빛 속으로 창백하게 스며드는 이 분홍빛은, 지금껏 단 한번도 서쪽의 집들을 향해서 비춘 적이 없었다. 집들의 유리창은 무수한 눈동자가 되어, 점점 떠오르는 햇빛과 함께 퍼져가는 침묵을 지켜본다. 이런 시간은 지금껏 단 한번도 없었다. 이런 빛도 없었으며, 지금 이러한 내 존재도 아직 한번도 없었다. 내일 있게 될 것은 오늘과 다를 것이며, 오늘과 다른 새로운 시선으로 채워진 눈동자가 내일 내가 보는 것을 자신 속에 담아낼 것이다.

도시의 높은 언덕들! 거대한 건축물들을 붙잡아 더욱 거대하게 만드는 가파른 비탈들, 계단 모양으로 쌓여 뭉쳐 있는 갖가지 색의 건물들, 그림자와 화염으로 이루어진 햇빛이 건물들을 모아 무늬를 짠다. 너희는 오늘이다. 너희는 나다. 왜냐하면 내가 바로 너희를 보고 있기 때문에. 내일 너희는 (내일의 내가?) 될 것이다. 두 척의 배가 엇갈려 지나갈 때 서로 알아차리지 못한 그리움을 뒤에 남겨두듯이, 뱃전에 기대선 나는 그렇게 너희를 사랑한다.

95
1930년 5월 18일

나는 알려지지 않은 시간을 보냈다. 밤에 한적한 해변을 산책하는 동안 느슨한 연상들이 이어졌다. 인간을 살게 했던 모든 생각들, 인간을 더 이상 살지 않게 했던 모든 감정들이 바닷가 명상의 시간 동안 나를 통과하고 지나갔다. 마치 이야기의 불명확한 개요가 감각을 통과하듯이.

나는 내 안에서 삶을 관통했다. 모든 시대의 치열함이, 모든 시대의 불안이 나와 동행하며 내 귓가에서 속삭이는 바다를 따라 산책했다. 인간이 원했으나 행하지 않은 일들, 인간이 행함으로써 파괴한 것들, 인간의 영혼이었으나 그 누구도 말하지 않은 것들, 이 모두가 내 영혼의 느낌을 가득 채웠고, 영혼과 더불어 나는 밤의 바닷가를 걸었다. 사랑하는 사람이 연인에게서 느끼는 낯선 거리감, 아내가 남편에게 끝내 숨기는 것들, 한번도 아이를 낳지 않은 어머니가 아이에 대해서 상상하는 것, 오직 미소만이 나타내주는 것, 혹은 올바른 시간이 아닌 때 또는 결핍된 감정 상태일 때만 나타나는 것, 이 모두가 나의 바닷가 산책에 동행했고, 나와 함께 되돌아왔다. 쉼없이 부서지는 파도는 위대한 배경음악을 연주하면서 내가 잠 속에서 모든 것을 체험하도록 만들었다.

우리는 우리가 아닌 것들이다. 삶은 짧고도 음울하다. 밤의 파도가 만드는 소리는 밤의 소리다. 파도는 얼마나 많은 것을 영혼에 느껴왔을까. 어둠 속에서 부서지는 텅 빈 거품의 둔중한 굉음과 함께 쉼없이 부서지는 헛된 희망들! 무언가를 이룬 이들은 얼마나 많은 눈물을 흘렸을까, 무언가를 성취한 이들은 얼마나 많은 눈물을 뿌렸을 것인가! 그들 모두가 해변을 산책하는 나에게 밤과 심연의 비밀을 털어놓았다. 우리는 얼마나 많은가! 우리는 또 얼마나 많은 착각을 하는가! 우리 안의 바다가 파도친다. 존재의 밤, 파도 소리가 우리의 해변을 울린다. 격정으로 뒤덮인, 우리 자신인 해변! 인간이 잃은 것, 인간이 추구했을 것, 인간이 충족하고 이루었다고 오인했던 것, 인간이 사랑하고 잃은 것, 그리고 잃어버린 다음에, 잃어버렸기 때문에 사랑하게 된 것, 그리고 다시, 한번도 사랑한 적이 없음을 깨닫게 된 것, 우리가 느끼고 있으면서 생각한다고 믿었던 것, 우리가 감정으로 간주했던 모든 기억들, 밤의 거대한 심연으로부터 커다란 소음을 불러일으키며 싱싱하게 솟구치는 바다, 그리고 내 한밤의 바닷가 산책 동안 너른 해변으로 곱게 퍼지며 밀려오던 바다….

누가 알 수 있을까, 자신이 무엇을 생각하는지, 그리고 자신이 무엇을 원하는지를? 누가 알 수 있을까, 자신이 자신에게 무슨 의미인지를? 음악은 얼마나 많은 것을 우리에게 암시하는가? 하지만 아무것도 암시할 수 없어도 괜찮다! 밤은 우리에게 얼마나 많은 기억을 불러일으키는가, 우리는 운다, 하지만 그런 일은 절대 일어나지 않았다! 마치 드넓은 수평선의 평화로부터 솟아나는 목소리처럼 파도가 밀려오고, 요란한 소리와 함께 부서지며, 다시 잔잔하게 가라앉는다. 파도의 거대한 물갈퀴가 보이지 않는 해변 모래 속으로 잦아들면서 사라진다.

이 모든 사물을 공감할 때, 나는 얼마나 많이 죽는가! 육신이 없는 인간으로 돌아다닐 때, 내 심장이 해변처럼 고요하게 정지할 때, 모든 사물의 전체 바다가, 우리가 살아 있는 이 밤 커다란 비웃음처럼 요란하게 파도친 후 조용히 잦아들 때, 이 영원한 밤의 바닷가 산책길에서, 나는 얼마나 많이 느끼는가!

96

나는 꿈속 풍경을 현실과 마찬가지로 똑똑하게 본다. 그러므로 내가 꿈을 생각한다는 것은 현실을 생각한다는 뜻이다. 내가 삶이 지나가는 것을 본다면, 그것이 바로 내 꿈이다.

어느 누군가 다른 누군가에 대해 말했다. 그에게는 꿈의 형상이 너무도 윤곽이 또렷하여, 실제 삶의 형상들처럼 손을 내밀어 잡을 수도 있을 정도라고. 왜 나에게 그런 말을 대뜸 적용하는지 이해할 수는 있지만, 그럼에도 불구하고 내 경우에 완전히 들어맞지는 않는다. 나에게 꿈의 형상은 현실 삶의 형상과 똑같지 않다. 꿈의 형상은 현실 형상의 곁에 나란히 있다. 모든 삶은, 꿈의 것이든 세상의 것이든 구별 없이, 자신만의 실제를 갖는다. 둘 다 진짜이지만, 둘은 서로 다르다. 그것은 멀리 있는 사물과 가까이 있는 사물 간의 관계와 마찬가지다. 꿈의 형상은 나에게 더 가깝다. 그러나 (…)

97

진실로 아는 자는, 외적인 사건들이 그에게 거의 해를 끼치지 않도록 내적 환경을 조성한다. 그러기 위해서 그는 원래의 사실 자체보다도 그에게 더 가까이 있는 현실이란 갑옷으로 스스로를 무장해야 한다. 따라서 사실은 그 갑옷을 투과하면서 변형된 상태로 그에게 도달한다.

98

오늘 나는 아주 이른 시간에 얼떨떨한 상태로 급격히 잠에서 깨어났다. 나는 얼른 침대에서 빠져나왔다. 설명할 수 없는 불쾌한 기분이 내 목을 조이고 있었다. 꿈 때문이 아니었다. 현실의 어떤 사건도 그런 기분을 유발할 수는 없었다. 나락처럼 까마득하고 절대적인 불쾌감이지만 그래도 뭔가 이유가 있는 불쾌감이었다. 내 어두운 심연에서 알 수 없는 힘들이 서로 보이지 않는 살육을 벌이고 있었다. 그래서 내 존재는 전쟁터가 되었으며, 보이지 않는 적들이 서로 충돌하면서 그 충격이 나를 뼛속까지 뒤흔들었다. 잠에서 깨자마자 삶 전체에 대한 구토감이 실제로 육체를 강타했다. 살아야 한다는 공포가 나와 함께 침대에서 몸을 일으켰다. 모든 것이 텅 비었다. 그 어떤 문제에 대해서도 해결책이 없으리라는, 강철같이 냉혹한 느낌이 들었다.

심각하게 불안한 상태인 나는 극히 작은 몸짓을 하는데도 부들부들 떨었다. 이성을 잃을까 봐 두려웠다. 하지만 광기보다 더욱 두려운 것은 이 상황 자체였다. 내 몸은 전체가 소리 없는 비명이었다. 심장이 마치 스스로 말을 하는 것처럼 뛰었다.

한참 동안, 정신없이 여기저기 걸음을 옮기며, 매번 다르게 걸어보려고 헛되이 시도하면서 넓지도 않은 방을 끝에서 끝까지 맨발로 여러 번 왕복하고, 구석의 문이 복도와 바로 연결되는 내실을 무의미하게 대각선으로 가로질렀다. 불확실한 동작으로 휙휙 걷다가 무심코 옷장 위에 놓인 솔을 건드렸으며, 의자를 하나 넘어뜨리고, 한번은 흔들거리는 손으로 내 영국식 침대 가장자리의 단단한 철제 장식물을 쳐버리기도 했다. 담배에 불을 붙이고 무의식중에 연기를 빨아들였다. 그리고 담뱃재가 사이드테이블 위에 떨어진 것을 발견하고 나서야,—내가 그 위로 몸을 기울이지 않았다면, 어떻게 재가 그 위로 떨어졌을 것인가?—나는 내가 넋이 나가 있었음을, 혹은 명칭이나 성질이 그와 유사한 상태에 있다는 것을 깨달았고, 내가 예전에 갖고 있었을 자의식이 심연과 맞닿을 만큼 심각하게 훼손되었음을 알았다.

아침이 다가옴을 느꼈다. 차갑고 미약한 햇살이 세상으로 스며들기 시작하자 지평선이 흐릿한 푸른빛으로 모습을 드러냈다. 그것은 사물들이 보내는 고마운 입맞춤과 같았다. 이 햇살이, 시작되는 이 실제의 하루가 나를 해방시켰기 때문이다. 해방시켰다, 무엇으로부터인지는 나도 알지 못하지만. 아직 알지 못하는 내 노년에게 팔을 뻗어왔고, 허위로 꾸며낸 내 어린 시절을 쓰다듬었으며, 넘쳐흐르는 내 감수성이 애걸하여 얻은 휴식을 보호해주었다.

오 아침이여, 삶의 아둔함에, 삶의 위대한 부드러움에 나를 눈뜨게 하는구나! 내 눈앞, 그리고 눈 아래에서 오래된 좁은 골목길이 점점 밝아오는 것을 보고 있으니 눈물이 흐를 것만 같다. 길모퉁이 식품점의 블라인드가 서서히 퍼져 나가는 햇빛을 받아 지저분한 갈색 정체를 드러냈다. 내 마음은 현실의 동화를 대한 듯이 편안해진다. 이제 마음은 자신을 확신할 것이다. 더는 자신을 느끼지는 않을 것이다.

아침이여, 아침의 고뇌여! 어떤 그림자가 사라지는가? 어떤 비밀이 스스로를 누설했는가? 아무것도 그러지 않았다. 단지 영혼의 어둠을 밝히는 성냥처럼 첫 번째 전차가 들어오는 소리가 들리고, 내 첫 번째 행인들의 요란한 발소리가 들릴 뿐이다. 구체적인 현실이 나에게 친절하게 일러주고 있다. 내가 이런 나로 있어서는, 안 된다고.

99

1930년 6월 12일

모든 것이, 심지어 보통 때라면 우리에게 휴식을 주던 것들까지도 우리를 피곤으로 몰아가는 그런 시간이 있다. 우리를 피곤하게 하는 것은 원래가 피곤을 유발하는 것이기 때문에 당연하고, 휴식을 주는 것은 얻겠다는 생각에 몰두하다 보니 피곤해진다. 모든 종류의 공포나 고통에 앞서는 영혼의 절망적인 낙담 상태가 있다. 공포와 고통을 피해가면서 자기 자신에게 외교적인 태도를 유지하는 사람, 자신의 권태로부터 잘 비켜서는 사람들만이 그러한 상태를 알고 있는 듯하다. 그런 식으로 그들은 세상에 대항하여 갑옷을 두른 존재로 변해버리므로, 어떤 돌연한 인식의 순간이 닥치면 두터운 갑옷은 그들을 무겁게 짓누르는 짐이 되고 삶은 전도된 공포가 된다. 그들이 잃어버렸던 바로 그 고통이 되어 그들을 엄습한다.

나는 바로 그런 지점에 와 있다. 여기서 이 글을 쓰고 있는 것은 이렇게라도 하여 내가 살아 있다는 사실을 최소한 확인이라도 하고 싶은 마음 때문이다. 지금 이 순간까지 하루 종일 잠에 취한 듯이 일을 했고, 꿈에 취한 듯이 계산을 했으며, 몽롱함에 잠긴 채 장부를 작성했다. 하루 종일, 삶은 나에게 짐이었다. 내 눈동자 위에 얹힌 짐, 내 관자놀이를 누르는 짐. 눈에는 잠이 그득하고 몸 속, 관자놀이 뒤편에는 압박감이 사라지지 않는다. 특히 위장에서 예민하게 인식하는 한없는 구토감과 절망적인 패배의식.

삶이란 질료의 형이상학적 착각이며, 비활동성 오류다. 나는 단 한 번도 어느 하루가 나를 나로부터 벗어나게 해줄 것인지, 혹은 지금 내가 여기 쓰고 있는 것처럼, 어떤 식으로든 나 자신을 부인하는 내 언어의 빈 잔에 축배를 채워주지 않을지, 기대를 가진 적이 없다. 나는 단 한번도 하루를 그런 식의 소망과 함께 바라본 적이 없으며, 날이 화창한지 흐린지 알지도 못한 채 허리를 굽히고 앉아 주관으로 다가오는 바깥 슬픔의 거리, 버림받은 거리 위로 사람들이 지나가는 소음을 듣고 있을 뿐이다. 나는 아무것도 모르며, 내 가슴은 찢어진다. 나는 일하던 것을 멈추었고, 이대로 꼼짝도 하고 싶지 않다. 비스듬히 기울어진 필기대 표면에는 존경스러운 세월의 흔적을 가리면서 혼탁한 흰색 압지가 모서리에 고정되어 있다. 나는 삐죽삐죽한 글자들, 집중과 부주의가 압지 위에 남겨놓은 다양한 자국들을 자세히 들여다본다. 반대로 써 있거나 뒤집혀져 있는 내 서명도 보인다. 여기저기 숫자들이 흩어져 있다. 내 부주의한 펜 끝에서 나온 별 의미없는 그림들 몇 개. 이 모든 것을 나는 뚫어져라 관찰한다. 마치 압지라고는 구경도 못한 시골 사람이라도 된 것처럼. 내 뇌는 시각을 주관하는 중추기관 뒤에서 굼뜨게 움직인다.

내면 깊숙한 곳에서부터 극심한 피로감이 치밀어 오른다. 피로감의 부피가 너무도 커서 내 안에 그것을 위한 공간이 부족할 정도다. 나는 아무것도 원하지 않고, 아무것도 갖고 싶지 않다. 심지어는 벗어나고 싶은 것조차, 나에게는 없다.

100
1930년 6월 13일

나는 늘 현재를 산다. 미래에 대해서는 알지 못하고, 과거는 더 이상 나에게 속하지 않는다. 전자는 모든 일을 해치울 수 있다는 가능성처럼 나를 짓누르고, 후자는 아무것도 아닌 현실과도 같다. 나는 희망도 없고 그리움도 없다. 오늘날까지 내 인생이 어떠했는지 나는 잘 알고 있다. 여러 번, 참으로 여러 번이나 내 소망과 정반대의 모습을 보여주었던 삶이었으니 어떻게 내일의 일을 추측할 수 있단 말인가? 단지 내가 추측하지 않은 일, 내가 원하지 않은 일, 외부에서 나에게 가해지는 일, 심지어는 종종 나 자신이 스스로 유발하여 일어나는 외부로부터의 충격만을 나는 추측할 수 있다. 내가 기억하는 내 과거는 아무것도 없다. 그러나 과거가 되풀이될 수 있기를 나는 헛되이 소망해왔다. 나는 오직 나 자신의 흔적이었고, 나 자신의 신기루였다. 내 과거는 내가 될 수 없었던 모든 것이다. 그 어떤 사라진 순간도 나에게 그리움의 감정을 불러일으키지 않는다. 감정이 있으려면 그 순간이 존속해야 한다. 순간이 지나가고 나면, 새로운 페이지가 펼쳐진다. 이야기는 계속 이어지지만, 텍스트는 다른 것으로 바뀐다.

도시의 나무 한 그루가 만드는 짧고 검은 그림자, 우중충한 수조로 떨어지는 가벼운 물소리, 잘 손질된 공원의 초록빛 풀밭 위로 내려앉는 은은한 황혼, 너희 모두는 이 순간 나에게 전 우주도 같다. 너희가 내 의식적 감각을 모두 차지해버리기 때문이다. 감각 이외에 나는 삶에서 아무것도 바라지 않는다. 전혀 예상하지 못했던 이 오후, 공원에서 뛰어노는, 모르는 아이들의 외침소리가 주변 거리의 멜랑콜리에 뒤섞여 들려오고, 높은 나뭇가지들 너머로는 고대 하늘의 둥근 천구, 그 안에서 별들이 다시금 타오른다.

101

우리의 삶이 창가에 영원히 서 있는 것이라면, 가만히 서 있는 연기처럼 영원히 그렇게 있을 수 있다면, 항상 똑같은 황혼을 바라보면서, 언덕의 윤곽선들 위에 고여 있는 고통과도 같이 그렇게 … 수많은 시간이 다 지날 때까지 그렇게 서 있을 수만 있다면! 그 어떤 행동도 하지 않고, 우리의 입술이 말로 더럽혀지지 않고도, 불가능의 건너편에 있는 것이 가능하기만 하다면!

사위가 점점 어두워지는 것을 보라! … 모든 사물의 긍정적인 안식이 나를 분노로 채운다. 숨을 몰아쉴 때마다 쓰디쓴 맛이 난다. 내 영혼이 나를 아프게 한다. … 먼 곳에서 연기가 서서히 피어올라 공기 중에 흩어진다. … 음울한 권태가 내 생각을 네게서 떼어놓는다. …

모든 것이 얼마나 불필요한가! 우리와 세계, 그리고 둘 모두의 비밀이.

102
1930년 6월 27일

우리에게 삶이란, 우리가 그 안에서 보는 것을 의미한다. 농부에게는 들판이 자신의 전부이며, 곧 그의 제국이다. 그러나 제국만으로는 양이 차지 않는 카이사르의 눈에는 제국이 하나의 들판에 불과하다. 가난한 자는 제국을 차지하고, 위대한 자는 들판을 차지한다. 우리가 실제로 차지하는 것은 우리 자신의 감각뿐이다. 우리가 본 것이 아니라 우리가 감각한 것을 토대로 하여 우리는 우리 삶의 현실을 그에 맞추어 구축해야 한다.

나는 분명한 의도를 갖고 이 말을 한다.

나는 많은 꿈을 꾸었다. 너무 많은 꿈을 꾼 탓에 피곤하지만, 꿈을 꾸는 것 자체가 피곤하지는 않다. 그 누구도 꿈꾸는 행위로 인해 지치지는 않는다. 꿈은 망각이기 때문이다. 망각은 억압하지 않는다. 망각은 잠 없는 꿈이고, 우리는 그 안에서 깨어 있다. 꿈 속에서 나는 모든 것을 이루었다. 지금은 잠에서 깨어났지만, 그것이 뭐 어떻단 말인가? 나는 얼마나 많은 카이사르였던가! 명예로운 자들, 그들은 얼마나 옹졸한가! 카이사르, 너그러운 해적의 관용 덕분에 목숨을 구한 그는 나중에 그 해적을 찾아내 체포하고 십자가에 매달아버린다. 세인트 헬레나 섬에 유배 중이던 나폴레옹은 유언장을 작성할 때, 예전에 웰링턴 장군의 암살을 기도했던 범죄자에게 유산을 남긴다. 오 위대함이여, 훔쳐보기가 취미인 내 이웃집 여자의 영혼보다도 나을 것이 없구나! 오 위대한 사내들이여, 오 다른 세상 여자 요리사의 위대한 사내들이여! 나는 얼마나 많은 카이사르였던가, 지금도 여전히 그 꿈은 멈추지 않았다!

나는 얼마나 많은 카이사르였던가, 비록 단 한번도 진짜 카이사르는 아니었지만! 오직 꿈속에서 나는 진실로 황제였으며, 그런 이유로 실제로는 단 한번도 그 무엇이 아니었다. 나의 군대는 참패했지만, 그 참패는 흐릿한 그림자였으며 그 누구도 목숨을 잃지 않았다. 그 어떤 깃발도 빼앗기지 않았다. 꿈속에서 나는 깃발을 가진 그 어떤 군대도 보지 못했다. 내 시각의 귀퉁이는 항상 조금씩 잘려 나간 상태다. 이곳, 도라도레스 거리에서, 나는 얼마나 많은 카이사르였던가! 한때 나였던 수많은 카이사르들이 내 환상 속에서 계속해서 살아간다. 그러나 한때 실제로 카이사르였던 자들은 모두 죽었다. 이곳 도라도레스 거리, 즉 현실의 세계는 그들을 모른다.

나는 내 방 발코니 없는 창밖으로 빈 성냥갑을 아득한 저 아래 심연의 거리로 집어던진다. 그리고 의자에서 일어나 귀를 기울인다. 마치 뭔가를 말하려는 것처럼 의미심장하게, 성냥갑이 길 위에 떨어지는 소리가 울린다. 거리는 인적 없이 비어 있다. 나는 그것을 안다. 도시의 기본적인 소음을 제외한 다른 소리는 전혀 들려오지 않기 때문이다. 이것은 전형적인 일요일의 도시 모습이다. 수많은 소리들이 있지만, 개별적인 소리들을 구분해낼 수는 없다. 하지만 그 모두는 저마다 나름의 정당성을 가진다.

우리 인간 최고의 사색이라는 것도 얼마나 빈약한 세상의 사실에 토대하고 있는가! 내가 점심식사에 늦었다는 사실, 내 성냥이 다 떨어졌다는 사실, 정해진 시간에 식사를 하지 못했으므로 기분이 안 좋아서 내 손으로 성냥갑을 길거리로 내던져버렸다는 사실, 일요일의 대기에서 빈약한 석양을 암시하는 기운이 느껴진다는 사실, 나는 아무 이름 없는 존재라는 사실, 이 세상에서, 그리고 형이상학 전체에서.

하지만 나는, 얼마나 많은 카이사르였던가!

103

마치 온실의 식물처럼, 나는 내 증오를 재배한다. 나는 삶에 동의하지 않는다. 나는 그 점이 자랑스럽다.

104

아주 약간의 어리석음이 없이는 아무리 눈부신 아이디어도 널리 퍼지지 못한다. 집약적인 사고는 어리석다, 그것이 집약적이기 때문이다. 지성의 상당 부분을 세금으로 국경선에 내려놓지 못한다면, 아무도 집약성의 차단기를 통과하지 못한다.

젊은 시절, 우리는 이중의 존재였다. 주목의 대상이 될 수 있는 우리의 타고난 지성이 무경험에서 오는 우둔함, 지성의 두 번째이자 더 낮은 형태인 우둔함과 공존했다. 우리가 나이 든 이후에야 그 둘은 하나가 된다. 청년기의 행동이 항상 불완전할 수밖에 없는 것은, 청년기의 무경험 때문이 아니라 그 둘이 합치하지 못한다는 점에 있다.

오늘날 뛰어나게 지적인 사람에게 남아 있는 선택은 단 하나, 체념뿐이다.

105
체념의 미학

타협이란 굴복을 의미한다. 정복은 타협을 의미하며, 그러므로 곧 정복당하는 것이다. 그러므로 모든 정복은 불합리하다. 누구든 정복자가 되면 그들을 싸움과 승리로 이끌었던 바로 그 절망의 힘을 잃게 된다. 그들은 정복으로 족하다. 그 정도로 만족하는 자는 타협을 한 자, 승자의 정신을 갖지 않은 자다. 정복하는 자는 결코 승자가 아니다. 강함이란, 늘 용기를 잃어버리는 자들의 것이다. 최선의 것, 가장 눈부신 선홍색은 포기다. 모든 왕국 중의 왕국은 평범한 삶을 포기하고 다른 인간들을 포기한 제왕, 무거운 왕관을 뒤집어쓰고 통치를 유지함으로써 제국을 짓누르지 않는 제왕의 나라다.

106

정신이 여전히 멍한 상태로 타인들의 계산서와 내 인생의 부재를 기입하던 장부에서 고개를 쳐들면, 종종 나는 육체적인 역겨움을 강하게 느낀다. 그것은 내가 오랫동안 몸을 굽힌 채로 일을 한 탓에 순간 발생했겠지만, 단순히 숫자로 인한 멀미나 환멸을 넘어선 어느 지점을 가리키고 있기도 하다. 인생은 쓸모없는 약처럼 나를 역겹게 한다. 그리고 나는 느낌으로 알아차린다. 하려고 하는 의지만 있다면 이 역겨움을 얼마나 간단하게 쫓아버릴 수 있는지를.

우리는 행동으로, 즉 우리 자신의 의지로 살아간다. 의지를 발휘할 수 없는 자들은, 그들이 천재든 걸인이든 간에, 모두 무력함의 형제들이다. 겨우 보조회계원에 불과한 내가 무엇 때문에 나를 천재로 포장해야 하는가? 세자리우 베르드[15]는 주치의에게 자신을 상사직원인 베르드 씨라고 부르지 말고, 시인 세자리우 베르드로 불러달라고 했다. 그는 쓸데없는 자존심의 언어에, 그런 유의 말들이 다 그렇듯 허영심의 악취가 코를 찌르는 언어에 정신이 팔렸던 것이다. 하지만 그 불쌍한 남자는 변함없이 상사직원 베르드 씨였고 또 그렇게 살았다. 시인 베르드가 탄생한 것은 그가 죽은 다음의 일이다. 그의 사후에야 사람들이 그의 시를 높이 평가해주었기 때문이다.

행동하는 것, 이것이야말로 진짜 영리한 선택이다. 나는 내가 원하는 것이 될 수 있으리라. 하지만 그러자면 그게 뭐든지 일단 원해야만 한다. 성공은 오직 성공함에 있는 것이지, 성공의 가능성 속에 있는 것이 아니다! 모든 큼지막한 땅덩어리는 앞으로 궁전이 지어질 자리이겠지만, 궁전을 실제로 지어 올리기 전까지는 거기에 궁전은 없는 것이다!

눈먼 자들이 내 자존심을 돌로 쳐죽였다. 걸인들이 내 환멸을 발로 짓밟았다.

"나는 당신을 오직 꿈속에서만 원합니다." 사랑하는 여인을 향해 침묵할 용기가 없는 자들은, 영영 그녀에게 보내지는 못할 연서에서 이렇게 말한다. "나는 당신을 오직 꿈속에서만 원합니다." 이것은 내가 오래전 어느 날 썼던 시의 한 구절이다. 입가에 미소를 띠면서 나는 옛 기억을 되살린다. 나는 이 미소를 결코 해명하지 않는다.

107

나는 여자들이 자신들 입으로 사랑한다고 말하는, 그런 유형에 속한다. 하지만 여자들은 실제로 그런 사람을 눈앞에 두면 전혀 알아보지 못한다. 나와 같은 유형은 그러므로 여자들이 설사 알아본다 해도 결코 인정하지 못할, 그런 영혼이다. 나는 내 느낌의 섬세함을 견딜 수 없으며, 경멸을 가지고 그것을 주시한다. 나는 사람들이 흔히 낭만적인 시인은 그럴 것이라며 상상하는 특징을 모두 갖추고 있다. 비록 진짜 낭만적인 시인이 될 기질은 없는데도 말이다. 많은 소설에서 부분적으로나마 줄거리를 이끌어가는 등장인물들은 나의 면모를 그대로 가지고 있다. 하지만 내 삶에서나 내 영혼에서, 나는 결코 주인공의 운명을 타고나지 않았다.

나는 결코 나 자신에 대해서 상상하지 않는다. 하지 않은 상상에 기인한 어떤 상상을 해본 적도 없다. 나는 나 자신이란 의식의 유목민이다. 처음으로 양 떼를 몰고 나간 날, 내 마음의 왕국 가축들은 길을 잃고 흩어져버렸다.

우리의 유일한 비극은 스스로를 결코 비극적으로 느끼지 못한다는 사실이다. 나는 세상과의 공존을 항상 선명하게 인식한다. 하지만 내가 세상과 공존해야 한다고는 한번도 분명히 느끼지 못했다. 그런 까닭에 나는 결코 평범한 인간이 될 수 없었다.

행동하는 것은 휴식하는 것이다.

모든 문제에는 해답이 없다. 문제가 존재한다는 것은 해답의 부재를 미리 전제하는 것이다. 사실을 찾는다는 것은 사실이 없다는 뜻이다. 생각한다는 것은 존재할 수 없다는 의미다.

때때로 나는 강가의 파수 광장16)에서 몇 시간이고 헛된 사색에 잠겨 시간을 보낸다. 내 조급함은 이러한 고요로부터 나를 자꾸만 끌어내려 하지만 굼뜬 성향이 나를 그 자리에 붙들어둔다. 바람의 속삭임이 목소리처럼 들리고, 육체적으로 기진맥진한 이러한 상태는 관능의 기억을 되살린다. 영원히 해소되지 않는 어떤 불명확한 욕구에 대해서, 끊임없이 변화하면서 단 한번도 충족되지는 않는 그리움에 대해서 생각에 잠긴다. 나를 가장 고통스럽게 하는 것은 고통스러워할 수 있음, 이것이다. 나에게는 내가 욕망하지 않는 바로 그것이 결핍되었다. 이것이 진짜 고통이 아니기 때문에, 나는 고통스럽다.

부두, 오후, 바다의 냄새, 모두가 한꺼번에 내 깊은 불안의 합성물 안으로 몰려들어 온다. 양치기의 없음이 나에게 양치기를 상기시킨다. 있을 수 없는 양치기의 피리 소리는 지금 양치기가 부재하는 이곳에서 가장 아름답게 들린다. 작은 강가에 펼쳐진 먼 전원 풍경이 한 시간 뒤 나를 다시 고통에 잠기게 만든다, 마치 이것 (…)

108

인생은 위장의 메스꺼움으로 감지된다. 스스로의 영혼은 근육 속에 불쾌감으로 내재한다. 정신의 좌절이 격렬할 때, 육신 안에서 머나먼 파도의 들썩거림이 유발되면서 정신을 대행하는 통증이 번져간다.

나는 나를 의식한다. 어느 날, 자신을 의식하는 고통은,

쇠약과 구토
그리고 참혹한 욕망[17)

이 된다. 시인은 그렇게 노래한다.

109
(폭풍)

어둠 속에 잠긴 고요, 과도하게, 창백하다. 가까이, 빠르게 달리는 몇 대의 마차 사이로 점차 한 대의 우레와 같은 굉음. 가까운 곳에 있는 먼 하늘을 실제로 지나가는 하찮고도 우수에 잠긴 메아리.

그리고 다시, 아무런 경고도 없이, 전자기적 광선이 번득인다. 빛이 떨린다. 심장이 뛴다. 산소를 찾아 발버둥친다. 하늘 위에서 유리종이 만곡을 이루는 커다란 파편으로 조각난다. 다시금 둔중한 비의 장막이 지상의 소음들을 무자비하게 뒤덮는다.

(바스케스의 법칙) 그의 얼굴은 흐릿하며, 음험한 초록으로 복잡하다. 나는 모종의 형제애와 같은 감정으로 그를 똑똑히 바라본다. 내 가슴속 호흡이 힘겨워진다. 나 또한 그처럼 보일 것임을, 잘 알기 때문이다.

110
1930년 7월 20일

많은 꿈을 꾸고 난 다음날, 나는 눈을 뜨고 거리를 걷고 있지만 여전히 꿈의 영향에서 벗어나지 못했으며 꿈의 날개에 감싸인 상태다. 내 발은 나 스스로도 놀랄 만큼 무의식중에 자동적으로 걸음을 옮기지만 사람들은 그것을 전혀 알아차리지 못한다. 내가 신비의 유모 손을 꼭 잡고 일상의 길을 걷고 있기 때문이며, 포도를 딛는 내 발걸음 소리가 해석 불가능한 의도를 가진 꿈의 판타지와 하나가 되어 울리기 때문이다. 그럼에도 불구하고 나는 흔들림 없이 또박또박 걷는다. 사람들의 말에 제대로 답변한다. 나는 존재한다.

그러나 내가 차나 행인들을 피하려고 특별히 조심할 필요가 없을 때, 그 누구와도 대화를 하고 있지 않을 때, 문을 통과하려고 정신을 집중할 필요가 없을 때, 즉시 나는 꿈의 물결 위를 표류하는 뾰쪽한 종이배가 되어 떠다닌다. 야채수레의 삐걱거림으로 살아나는 아침을 몽롱하게 의식하며, 나는 현기증 나는 환영 속으로 다시 빠져든다.

그리고, 삶의 한가운데서, 꿈은 놀라운 영화가 된다. 나는 도시 저지대 어느 비현실의 거리를 따라 내려간다. 존재하지 않는 삶의 실제는 잘못된 기억이라는 부드러운 흰 천으로 내 이마에 감겨 있다. 나는 스스로를 오인한 항해사다. 나는 내가 한번도 있지 않았던 모든 장소를 정복했다. 지금 나를 앞으로 이동시키는, 불가능을 추구하면서 걷게 만드는 이 몽롱함이 신선하고 부드러운 바람처럼 느껴진다.

누구나 자신의 술을 갖는다. 나에게는 존재가 술이다. 나 자신이라는 감정에 취한 채, 나는 걷는다. 유유히, 그러면서도 단호하게. 시간이 되면, 나는 다른 사람들처럼 사무실로 출근한다. 일하지 않을 때, 나는 강변으로 가서 다른 사람들처럼 강물을 내려다본다. 나는 다른

사람들과 다르지 않다. 그 모든 사실 위로, 내 하늘이 있다. 나는 비밀
스러운 별들로 나를 채운다. 나만의 무한한 공간을 만들어낸다.

111

오늘날 모든 사람은, 도덕적 신념이 확고하거나 피그미족의 외형과 같은 기형적 정신세계의 소유자가 아니라면, 사랑을 한다면 낭만적으로 한다. 낭만적인 사랑은 수백 년 이어진 기독교의 영향 중에서 가장 세련된 산물이다. 이런 사랑을 무지한 사람에게 설명해야 할 경우, 본질뿐 아니라 그것의 발전 과정도 한 벌의 의상에 비유할 수가 있다. 삶의 여로가 겹치는 사람들 모두에게 입힐 목적으로 영혼과 환상이 재단하는 의상, 정신의 작용에 의해 모두들 그것이 자신에게 꼭 맞다고 생각하게 되는, 그런 의상.

그러나 의상은 영원하지 않고, 일정 시간 동안만 의상으로 역할을 한다. 머지않아서 우리가 창조한 이상의 옷은 닳아버리고, 옷을 입고 있던 사람이 가진 현실의 육체가 햇빛 아래 드러난다.

따라서 낭만적인 사랑은 환멸로 향하는 길이다. 오직 예외라면 처음부터 환멸을 계산하고 있는 경우, 그래서 이상을 끊임없이 바꾸어가며 영혼의 작업장에서 끊임없이 새로운 의상을 지어내어 그것을 걸치는 사람에게 끊임없이 새로운 이미지를 부여하는 경우뿐이다.

112
1930년 7월 25일

우리는 아무도 사랑하지 않는다. 그 누구도 사랑하지 않는다. 우리는 오직 누군가에 대해서 우리가 갖고 있는 그 이미지를 사랑한다. 우리는 우리 자신의 이상, 즉 자신을 사랑하는 것이다.

이것은 사랑의 모든 영역에 해당한다. 성적인 사랑을 할 때 우리는 타인의 육체를 통해서 즐거움을 얻고자 한다. 성적인 사랑이 아닐 때 우리는 우리가 가진 이미지를 통해서 즐거움을 얻고자 한다. 수음행위는 혐오스럽게 보이지만, 엄밀하게 말해서 그것은 사랑의 가장 논리적 표현인 셈이다. 수음하는 사람은 뭔가를 명분으로 내세우지도 않고, 스스로를 속이지도 않는 유일한 자다.

유창한 말이나 몸짓처럼 불확실하고 모순적인 매개를 통해 맺어진 두 영혼의 관계는 놀라울 만큼 다양한 층위를 갖는다. 서로를 인식하는 그 순간조차 우리는 서로에 대해서 거의 아는 것이 없다. 두 사람은 "당신을 사랑해." 하고 말한다. 혹은 그렇다고 속으로 생각하고 느낀다. 하지만 두 사람은 그것을 서로 다른 이미지, 다른 생명체와 연결하여 생각한다. 상대방의 영혼이 발산하는 추상적 인상의 합계 내에서 서로 다른 색채, 다른 냄새, 다른 향기와 연결시키는 것이기도 하다.

나는 마치 존재하지 않는 사람인 것처럼, 이런 현상을 눈앞에서 분명히 볼 수 있다. 내 생각은 환상의 살점을 벗어버린 해골처럼 앙상한 나신이며, 인상이 만들어내는 영향에서 완전히 자유롭다. 내가 여기서 관찰하고, 그런 후에 곧장 폐기해버릴 이 내용은 아무것에도 근거하고 있지 않다. 최소한 내 의식의 일차적인 표면에서는 그렇다. 어쩌면 이것은 한 상사 직원이 사랑의 열병에 빠져 하는 소리일 수도 있다. 어쩌면 신문에 실린 어느 외국 연애소설에서 따온 문장일지도 모른

다. 어쩌면 늘 내 감각에 달라붙어 있긴 하지만 내 육체에서 기인한 것
이 아닌 그 불명확한 구역질이 원인일 수도 있다. …

베르길리우스의 주석자는 틀렸다. 특히 이해한다는 행위가 우리를
피곤하게 한다. 삶이란 생각하지 않는 것이다.

113

이틀 그리고 사흘, 마치 사랑의 시작과도 유사한…

유미주의자들의 관심사는 오직 그들이 느끼는 감각에 있다. 거기서 더 나아간다는 것은 질투와 고통, 격앙의 영역으로 들어서는 것이다. 이런 감정의 전방에서 인간은 종종 깊이 없는 사랑의 온갖 달콤함을 맛본다. 그것은 피상적인 향유이며 욕망의 공허한 향기다. 이런 식으로는 모든 사랑의 비극에 내재된 위대한 성질이 휘발되어버린다. 유미주의자는 관심을 갖고 비극을 지켜보기는 하지만, 스스로 고통을 겪고 싶어하지는 않는다. 자신의 상태에 신경 쓰다 보면 판타지에 대해 신경을 충분히 쓸 수 없기 때문이다. 일상성을 초월하는 인간이 지배권을 갖는다.

위와 같은 이론에 나는 기꺼이 동조할 수 있으리라. 그것이 원래 이런 모습은 아니라는 확신, 내 이성의 귀를 마비시키기 위해 일부러 거창한 소음으로 포장했기 때문에 이렇게 보인다는 확신만 있다면 말이다. 이런 이론을 펼치는 이유가 오직 내 수줍음이며 내 무능력임을 이성이 눈치 채지 못하도록.

114
인공의 미학

삶은 삶의 인상을 훼손한다. 위대한 사랑을 체험하게 된다면, 나는 결코 그것에 대해서 말할 수 없으리라.

당신들 앞에 지금 내가 페이지 위로 정처 없이 펼쳐 보이는 나라는 자아가 실제로 존재하는지, 아니면 오직 나 자신의 미학적인 이미지, 그것도 잘못된 이미지에 불과한지, 나조차 알지 못한다. 삶이란 원래 그런 것이다. 나는 타인 속에서 미학적인 나를 경험한다. 나는 내 존재가 알지 못하는 물질로 동상을 세우듯이 내 삶을 세운다. 나는 너무도 나 자신이 아닌 것으로 벗어났고 내 자의식은 너무도 예술 그 자체로 되어버렸으므로, 나는 종종 스스로를 알아보지 못한다. 이 비현실 뒤에 있는 나는 누구인가? 나는 알지 못한다. 물론 누군가이긴 하겠지. 내가 더 이상 삶에 연연하지 않고, 행동하지 않고, 느끼지 않는다면, 그러면, 독자여 내 말을 믿으라. 추측으로 이루어진 내 개성의 프로필을 위조할 필요도 없이 나는 지금의 내가 아니라 내가 되고자 했던 내가 될 것이다. 내가 삶에 굴복하면, 그것은 자기파괴로 이어질 것이다. 나는 예술작품이 되기를 원한다. 내 육신으로 작품이 되지 못한다면, 최소한 영혼만이라도 그렇게 되고 싶다. 그리하여 나는 침묵과 낯설음으로 나를 건설했으며, 나를 온실 안에 넣고 신선한 공기와 직사광선으로부터 보호하였다. 그 안에서 내 인공의 성격은 아득한 아름다움을 지닌 기괴한 꽃으로 피어날 수 있다.

종종 나는 생각한다. 내 꿈들을 서로서로 연결할 수 있다면, 그렇게 함으로써 영원히 이어지는 삶을 창조해낸다면, 탁자에 둘러앉은 상상의 벗들, 가공의 인간들로 이루어진 삶을 만들어낼 수 있다면 얼마나 황홀할까. 그렇다면 나는 지금의 이 거짓된 삶을 살아낼 것이다. 고통스러워하는 동시에 즐기면서, 꿋꿋하게 살아낼 것이다. 불행이 닥치면, 더 커다란 행운이 밀려들 것이다. 나에게는 그 무엇도 현실이 아니게 된다. 모든 것은 자신만의 숭고한 논리가 있으며, 모든 것은 환희로운 허위의 리듬을 따른다. 영혼의 도시 어딘가, 정지한 열차 곁 플랫폼에서, 내 안의 먼 곳, 한없이 먼 그곳에서…. 모든 것은 외부의 삶처럼 분명하고 필연적이지만, 죽어가는 태양의 아름다움을 지닌다.

115

우리의 삶은 타인들에게 비밀로 남도록 만들어졌다. 그래서 우리를 잘 아는 사람들이, 더 가까운 곳에서 우리를 다른 사람으로 오인하게 된다. 나는 그 점을 특별히 의식하지는 않으면서 모종의 예술적 직감으로 내 삶을 자연스럽게 그런 식으로 형성해왔다. 나 자신조차 나를 금방 알아차릴 수 없는 비밀스럽고 희미한 개인으로.

116

쓴다는 것은 망각이다. 문학은 삶을 무시하는 가장 기분 좋은 방식
이다. 음악은 마음을 달래준다. 시각예술은 활기를 준다. 활동적 예술
(춤이나 연극)은 즐거움을 준다. 그러나 문학은 삶으로부터의 멀어짐
이다. 문학이 삶을 잠으로 만들기 때문이다. 반면에 나머지 모든 예술
은 삶의 편이다. 어떤 예술은 더 가시적이고 더 활기찬 형태를 지니므
로, 또 어떤 예술은 인간의 삶 그 자체로부터 나온다는 이유로.

하지만 문학만은 아니다. 문학은 삶을 그럴싸한 모습으로 보여줄
뿐이다. 소설은 존재하지 않았던 것의 이야기다. 드라마는 이야기 없
는 소설이다. 시는 감정과 아이디어의 언어적 표현이다. 그런데 그 언
어는 아무도 필요로 하지 않는 언어다. 그 누구도 시로 이야기하지 않
기 때문이다.

117
1930년 7월 27일

대부분의 사람들은 본 것이나 생각한 것을 말할 수 없어서 괴로워한다. 이 말은 곧, 나선형 곡선을 말로 정의 내리기보다 더 어려운 일이 없다는 의미이기도 하다. 그래서 문학이 없다면 손짓으로, 빙빙 돌며 끝없이 위로 올라가는 어떤 형태를 허공에 그려 보임으로써 용수철의 회전을 하나하나 형태로 나타내야 한다. 하지만 말한다는 것이 새롭게 한다는 의미임을 우리가 안다면, 나선형 곡선을 정의하기는 훨씬 쉬워진다. 그것은 위를 향해 올라가는 모양의, 영원히 닫히지 않는 하나의 원이다. 대부분의 사람들은 그런 식으로 정의를 내릴 생각을 하지 못한다. 왜냐하면 그들은 정의 내리기란 다른 이가 원하는 말을 해 주는 것이지 정의를 내리기 위해 필요한 말을 하는 것은 아니라고 생각하기 때문이다. 자세히 말하자면, 나선형 곡선이란 상승하며 이어지는, 결코 원을 완성해버리지 않는 가상의 원이다. 아니다, 이 정의 역시 너무 추상적이다. 나는 구체적으로 하겠다. 그래야 만사가 정확해진다. 나선형 곡선은 무無를 휘감고 돌면서 수직으로 상승하는 한 마리 뱀 아닌 뱀이다.

모든 문학은 삶을 실제의 것으로 만들려는 시도다. 우리는, 설사 알지 못하고 행동하고 있을 때라도, 직접적인 현실로 존재하는 이 삶이 절대적으로 비현실임을 잘 알고 있다. 들판, 도시, 이상은 완전히 인공의 산물이다. 우리 자신의 복합적 감각의 소산일 뿐이다. 우리가 문학으로 만들어내지 않는다면 모든 인상은 전달 불가능하다. 아이들이야말로 지극히 문학적인 존재다. 아이들은 자기 느낌 그대로를 말하지, 다른 사람들이 느끼는 방식을 따라 하지 않기 때문이다. 나는 언젠가 한 아이가, 울고 싶다고 말하려는 것을 들었다. 그 아이는 어른들의 화법처럼 "울고 싶어요." 하지 않았다. 그건 바보들이나 하는 말이란다. 대신 아이는 "눈물이 되고 싶어요"라고 말했다. 이 문장은 참으로 문학적이라서 마치 유명한 시인이 꾸며놓은 표현 같다. 시인이 눈물을 흘릴 상황에 놓이기만 하면, 눈꺼풀을 넘쳐흐르는 눈물의 따뜻한 현존이 즉각적으로 거기 있게 된다. "나는 눈물이 되고 싶어요!" 모든 어린아이들은 이렇듯 자신만의 방식으로 나선형 곡선을 정의할 줄 안다!

말하라! 말할 수 있으라! 글로 씌어진 목소리와 정신의 그림을 통해서 존재할 수 있으라! 그것이 삶의 가치를 결정한다. 그 외의 나머지가 바로 남자와 여자들이며, 사랑이라고 오인되는 것이고, 인공적으로 꾸며진 허영, 분해되고 망각되는 술책이다. 돌멩이 하나를 들었을 때 그 아래 바글거리는 구더기처럼 무의미하게 푸른 하늘 그 거대한 추상의 바위 아래서 인간들이 쉴 새 없이 꼼지락댄다.

118

아무도 내 글을 읽지 않는다는 사실 때문에 나는 우울한가? 나는 삶으로부터 주의를 돌리기 위해 글을 쓴다. 그리고 그것이 놀이의 규칙이기 때문에 나는 내 글을 출간한다. 만약 내일 내 모든 원고가 전부 사라져버린다면 나는 마음이 아플 것이다. 그러나 그 아픔은, 글 속에 내 전 인생이 들어 있다고 간주하는 사람들이 짐작하는 것보다는 덜 격렬하고 덜 광적일 것이다. 아마도 그것은 아이를 잃어버린 어머니의 경우와 다르지 않을 것이지만, 몇 달 뒤 어머니는 예전과 다름없는 형태로 다시(?) 돌아온다. 모든 망자들을 포용하는 거대한 대지는, 모성애는 덜하겠지만, 내가 쓴 글 또한 포용한다. 이 모두는 의미를 갖지 않는다. 나는 확신한다. 삶을 관조했던 많은 이들은, 아직 잠자리에 들지 않은 삶이라는 아이를 재우기 위해 그리 큰 인내심을 발휘하지는 않았지만, 아이가 잠속에 빠지자마자 찾아올 그 평안은 간절히 그리워했다고.

119

아미엘의 일기[18]에는 그가 발표한 책들에 대해서 나오는데, 나는 그것을 읽을 때마다 어딘지 불편했다. 그 점 때문에 아미엘이란 작가의 이미지에 커다란 균열이 생겨버린다. 그것만 아니라면 아미엘은 얼마나 대단했겠는가!

그래서 나는 아미엘의 일기를 읽을 때마다, 늘 나로 인해서 고통스럽다.

세레르[19]가 정신의 과실을 "의식 중의 의식"이라고 묘사했다고 아미엘이 말한 부분을 읽자, 나는 그것이 내 영혼을 그대로 반영하는 말이라는 느낌이 들었다.

120

나는 모든 인간들이 남의 고통이나 곤궁을 볼 때 반사적으로 느끼는, 거의 측량할 수 없을 정도로 희미한 악의적인 기쁨을 활용할 때가 있다. 내 고통에 대해서 곰곰이 생각하고 고통을 충분히 객관화시켜서, 나 자신이 우스꽝스럽거나 초라하게 느껴질 경우 그 고통을 마치 내 것이 아니라 남의 일인 듯 간주하고 즐겨버리는 것이다. 그렇게 감정을 불가능에 가까운 방식으로 묘하게 뒤바꾸어버리면 남의 고통과 비참함을 대할 때 누구나 갖는 그런 지극히 인간적인 사악한 기쁨에서 벗어날 수 있다. 나는 다른 사람들의 굴욕 때문에 마음이 아픈 일은 없다. 대신 미학적인 불쾌감이 인다. 그것은 숨겨진 형태의 분노다. 그 이유는 내가 동정심을 느껴서가 아니라, 스스로를 굴욕적으로 만드는 이는 나에게뿐만 아니라 다른 사람들에게도 굴욕적인 태도를 취하기 때문이다. 다른 사람들에게 굴종하는 자는 나를 화나게 만든다. 어떤 인간이 다른 누군가의 존엄을 희생시켜서 웃음을 얻는다는 그 형태 자체가 나를 괴롭힌다. 인간은 그럴 권리가 없다. 다른 사람이 내 존엄을 훼손하여 웃음을 얻는 것은 나에게 문제가 되지 않는다. 왜냐하면 나는 외부로부터 나를 방어하기 위해 경멸이라는 유용한 갑옷으로 무장하고 있기 때문이다.

장벽보다 더욱 위압적인 건물 높이의 창살로 나는 내 존재의 정원을 둘러쌌다. 그래서 타인들을 관찰하는 데는 전혀 이상이 없지만 타인들이 내 영역으로 들어오지는 못한다. 그들은 나에게 영원한 타인으로 머물러 있게 된다.

그 어떤 행동도 하지 않기 위해 신중하게 돌아가기, 이것이 내 일생의 과제였다.

나는 국가에게도 인간에게도 굴복하지 않았다. 나는 수동적인 저항을 유지했다. 국가는 나를 오직 행동하는 개체로 여길 수 있을 뿐이다. 그러므로 내가 행동하지 않는 이상, 국가는 나에게서 아무것도 얻을 수 없다. 이제는 더 이상 사형으로 인간을 처벌하는 시대가 아니므로- 기껏해야 국가는 나에게 불쾌감 정도를 선사할 수 있다. 그런 일이 벌어질 경우 나는 정신을 더욱 강력하게 무장하고, 더욱 깊이 내 꿈으로 몰입하여 살아간다. 그러나 아직은 그런 일이 일어나지 않았다. 국가는 단 한번도 나를 괴롭히지 않았다. 아마도 운명의 도우심이었으리라.

121

정신의 활동력이 왕성한 사람은 다 그러하듯이, 나는 정주적 삶을 향한 유기적이고 숙명적인 애정으로 뭉쳐 있다. 새로운 삶이나 모르는 장소를 나는 혐오한다.

122

여행에 대한 상상만으로도 나는 구토를 느낀다.

나는 내가 한번도 보지 않은 것들을 이미 모두 보았다.

나는 내가 아직 보지 않은 것들을 이미 모두 보았다.

지속되는 새로움에 대한 권태, 사물과 이상의 기만적인 다양함 뒤에서 만물의 영원한 균일성을 발견하게 되는 권태, 모스크와 사원과 교회의 놀라운 유사함, 오두막과 성의 동등한 가치, 예복을 걸친 왕이나 나체의 야만인 모두에게 동일한 육체의 구성, 삶 자신에 대한 삶의 영원한 호응, 내가 체험하는 모든 것, 변화하도록 규정된 모든 것의 정지 상태.

풍경은 반복이다. 짧은 거리를 기차로 여행할 때조차 나는 풍경에 대한 냉담함과, 다른 사람이라면 시간 때우기용으로 적당했을 책에 대한 냉담함 사이를 무서울 만큼 무의미하게 왔다갔다 반복한다. 삶에 대한 막연한 구역질을 느낀다. 모든 움직임이 구역질을 더욱 가중시킨다.

오직 존재하지 않는 풍경만이, 오직 내가 결코 읽지 않을 책만이 피곤을 유발하지 않는다. 인생은 내 뇌에 도달하지 않은 몽롱함이다. 나는 뇌를 비워두었다. 그 안에서 내가 슬픔을 느낄 수 있도록.

아, 존재하지 않는 자들, 그들이 여행을 해야 한다! 아무것도 아닌 존재를 위해서, 삶은 강물처럼 흘러가는 것이 되어야 한다. 그러나 생각하고 느끼고 감각이 살아 있는 자들은 모두, 기차와 자동차, 배들의 소름 끼치는 히스테리 때문에 잠들지도, 깨어 있지도 못한 상태다.

모든 종류의 여행에서, 심지어 아주 짧은 여행에서 돌아올 때도, 나는 꿈으로 가득 찬 잠에서 깨어나는 것만 같다. 정신이 멍하고, 혼돈스럽고, 서로 뒤엉키고 겹친 느낌들, 눈앞에 나타난 이미지들에 취한 상태로.

긴장을 풀기 위해 필요한 영혼의 건강이 나에게는 없다. 영혼과 육체 사이에서 움직이기 위한 그 무언가가 결핍되어 있다. 움직임이 나를 거부하는 것이 아니라, 움직임에 대한 욕구의 결핍이다.

강물을 건너가고 싶다는 소망을 얼마나 자주 품었던가. 여기 테헤이루 두 파수에서 건너편 카실랴스까지 십여 분 거리를. 하지만 매번 인파에 대한 두려움이, 나 자신과 내 계획에 대한 두려움이 나를 엄습했다. 한두 번 나는 실제로 건너편으로 가기도 했다. 언제나 가슴을 졸이는 불안과 함께. 그러나 내가 안심하고 땅에 발을 디딜 수 있었던 것은, 언제나 다시 이편으로 되돌아온 다음의 일이었다.

감각이 지나치게 예민한 자에게 테주 강은 끝없는 대서양이며, 카실랴스는 다른 대륙, 혹은 다른 우주다.

123

체념은 해방이다. 원하지 않음은 능력이다. 내 영혼이 이미 나에게 주지 않은 중국을, 그 무엇이 나에게 줄 수 있겠는가? 내 영혼이 나에게 중국을 줄 수 없다면, 그 무엇도 나에게 중국을 줄 수 없다. 나는, 만약 그래야 할 경우 내 영혼으로 중국을 보게 될 것이다! 나는 동양에서 부귀를 찾아다닐 수 있지만, 영혼의 부귀함은 찾을 수 없다. 내 영혼의 부귀는 나 자신이다. 나는 내가 있는 곳에 있다, 동양과 함께 혹은 동양이 없이.

느끼지 못하는 자는 여행을 해야 한다. 그래서 여행기라는 것들이 그토록 빈약한 경험으로 채워지는 것이다. 여행기는 오직 쓰는 사람의 상상력의 한도 내에서만 쓸모가 있다. 저자가 상상력이 있다면 그는 우리를 매료시킬 수 있다. 그는 자신이 상상해낸 자연 풍경을 사진을 찍듯이 상세하게 묘사하고, 그것과 더불어 자신이 직접 보았다고 생각하는 자연 풍경을 어쩔 수 없이 덜 상세하게 묘사한다. 내면을 들여다볼 때를 제외하면 우리 모두는 근시안이다. 오직 꿈의 눈동자만이 안경을 필요로 하지 않는다.

우리의 목가적인 체험은 근본적으로는 단지 두 종류뿐이다. 보편성과 특수성. 보편성의 묘사란 모든 인간 영혼과 경험이 공통적으로 겪는 일을 묘사한다. 밤과 낮이 지나가는 드넓은 하늘, 강물의 흐름, 어디나 다 똑같이 처녀처럼 신선하게 흐르는 물, 바다, 심연의 비밀과 고귀한 위엄을 담고서 저 먼 곳까지 물의 산맥이 되어 일렁이는 파도, 사계절, 들판, 얼굴과 몸짓들, 복장과 미소, 사랑과 전쟁, 유한하기도 하고 무한하기도 한 신들, 형체 없는 밤, 세계의 근원인 어머니, 사실, 모든 것이기도 한 그 정신의 괴물…. 이런 유사한 보편성의 사물들을 묘사할 때, 내 영혼은 원초적이고 신적인 언어, 모든 것을 이해하는 아담의 어법으로 말한다. 하지만 혼돈으로 뭉친 바벨의 언어를 말해야 할 때가 있다. 리스본의 산타 주스타 리프트를 묘사할 때, 랭스의 대성당을, 주아브 병사들의 바지를, 혹은 트라수스몬테스 지방의 포르투갈어가 어떠한지를 설명할 때다. 이것은 우리가 오직 발바닥으로만 감지할 수 있는, 하지만 머리로는 감지하지 못하는 불균일한 표면이다. 산타 주스타 리프트의 보편성은 그것이 인간의 삶을 편안하게 해주는 기계라는 점이다. 랭스의 대성당에 깃든 진실은 랭스도 대성당도 아닌, 인간 영혼의 심오함에 바쳐진 그 건축물의 종교적 위엄에 있다. 주아브 병사들의 바지에는 의복의 화려한 색채라는 심상이 영원히 달라붙어 있다. 그것은 인간이 갖는 일종의 언어이며, 그 언어가 사회에서 통용될 때의 단순성은 어떤 의미에서는 새로운 종류의 나체나 마찬가지다. 반면에 다양한 방언이 가지는 보편성이란 각자의 지방에서 타고난 기질대로 살아가는 여러 사람들의 목소리와 음색, 가까운 사이의 인간들이 보여주는 이질성, 대대로 내려오는 각양각색의 생활습관들, 민족간의 차이, 국가들의 다채로움에 해당한다.

우리들 안의 영원한 여행자는 우리의 풍경이고, 그것이 우리 자신이다. 우리가 소유한 것은 아무것도 없다. 우리는 우리 자신조차 소유하지 못한다. 우리는 아무것도 갖지 않았다. 우리 자신이 아무것도 아니기 때문이다. 우리의 어떤 손을 어떤 우주를 향해 뻗어야 할 것인가? 우주는 내 것이 아니다. 내가 바로 우주다.

124
(무관심 혹은 그와 유사한 것)

가치를 지닌 모든 영혼은 삶을 극단까지 몰고가기를 원한다. 주어진 것으로 만족하는 겸손한 삶은 노예에게나 어울린다. 더 많이 원하는 것은 아이들에게나 어울린다. 더 많이 정복하는 것은 바보에게나 어울린다. 왜냐하면 정복한다는 것은 (…)

삶을 극단으로 몰고간다는 것은 최대치에 이르도록 산다는 것이다. 그렇게 하려면 세 가지 방법이 있다. 고귀한 영혼을 가진 자라면 그중 한 가지를 선택할 수 있다. 극단적인 점유를 통해서 극단적으로 살기, 오디세우스와 같은 방랑자가 되어 모든 체험 가능한 감각을 통해서 살기, 그리고 외면화할 수 있는 모든 형태의 에너지를 통하여 살기. 그러나 이 세계의 모든 시대를 통틀어, 모든 피곤을 담은 피곤한 눈동자를 달 수 있었던 자, 모든 것을 모든 방식으로 소유했던 자는 거의 없었다.

그런데 극히 소수의 자들은 삶이 그들에게 몸과 마음을 다 바치도록 할 수가 있다. 그들은 질투를 모른다. 그들은 삶이 주는 사랑을 전적으로 확신하기 때문이다. 고귀하고 강한 영혼을 가진 자라면 누구나 다 이것을 소망할 것이다. 하지만 영혼이 그 소망을 현실화시킬 수 없다고 결정 내리면, 삶 전체를 모두 차지하기에는 힘이 부족하다고 판단한다면, 그렇다면 아직 나머지 두 방법이 남아 있다. 첫 번째는 완전한 포기의 길, 완벽하고 엄격한 체념과 금욕의 길이다. 행동과 에너지로는 온전하게 소유할 수 없는 것들을 감각의 영역에 비축하면서, 고상하게 행동하는 것이 아니라 무수히 범람하는, 무의미한 대중들처럼 무용하고 불충분한 파편으로 머무는 길이다. 두 번째는 완벽한 균형을 지키는 길이다. 절대적 조화의 한계를 최대치로 추구한다. 그러면 의지와 느낌의 극단을 향한 욕구는 지성의 능력 안에 축적되고, 그의 모든 야심은 전 생애를 사는 것이 아닌, 전 생애를 느끼는 것도 아닌, 오직 전 생애를 정돈하는 것, 내면과 외면의 합일 안에서 전 생애를 이행하는 것에 맞추어진다.

많은 고귀한 영혼들에게 행동의 충동을 대신해주는 인식의 충동은 감각 능력의 영역에 속한다. 지성의 힘으로 에너지를 대신하고, 의지와 느낌 사이의 연결을 차단하며, 물질적 삶이 내보이는 몸짓에서 관심을 거둔다. 이것은 할 수만 있다면, 삶 자체보다도 가치롭다. 삶에서는 이 모든 것을 갖기가 참으로 어렵고, 그중 일부밖에 소유하지 못하면 우리는 슬픔에 빠질 수밖에 없다.

아르고의 영웅들은 말했다, 반드시 필요한 일은 항해이지 삶이 아니라고. 병적인 차원의 감각 능력이라는 아르고호에 올라탄 우리는 이렇게 말해야 한다. 반드시 필요한 일은 느끼는 것이지, 사는 것이 아니라고.

125

주군이여,[20] 당신의 범선은 여행을 떠난 적이 없습니다. 항해는 곧 난파와 같은 의미이고, 내 사색은 이 책과 함께 이미 그 난파를 겪었습니다. 그들은 어떤 곳도 돌아 항해하지 않았고, 대담한 자의 대담함, 무모한 자의 상상력도 없이, 내가 생각 속에서 돌았던 곳을, 내 (…) 노력이 질주했던 그 먼 해안을 보지 않았습니다.

주군이여, 인간은 당신의 결단력을 이 현실 세계에서 발견합니다. 내 결단력은 망자들의 세계에서 발견될 것입니다.

당신의 아르고호 전사들은 괴물들과, 그리고 공포심과 맞서 싸웠습니다. 나 역시 생각의 항해 중에 괴물들과 공포심과 맞서 싸워야 합니다. 추상의 심연으로 향하는 길, 모든 사물의 밑바닥에는 우리 인간이 상상할 수 없는 두려움, 그 어떤 지상의 체험도 가르쳐주지 않았던 공포가 있습니다. 우리 모두를 알 수 없는 곳으로 이끄는 공통의 바다, 그곳에 있는 곳은 아마도 세계의 진공으로 향하는 추상의 길보다는 더 인간적일 것입니다.

살던 곳을 뺏기고, 집으로 가던 길에서 추방당하고, 항상 변함없는 삶의 쾌적함으로부터 떨어져 나와 영원의 홀아비가 된 당신은 이미 멸망했는데, 당신의 사자들은 마침내 세계의 끝 대양의 종착점에 도달했습니다. 그들은 질료적으로 새로운 하늘을, 새로운 땅을 바라봅니다.

나 자신의 길에서 멀리 벗어난 나 역시 내가 사랑하는 삶을 바라보다가 눈 멀어진 채로,(…) 마침내 사물의 공허한 종말, 세계의 경계 너머 측량할 수 없는 강변, 추상의 심연으로 향하는 장소 아닌 장소의 문에 도달했습니다. 주군이여, 나는 보이지 않는 이 심연으로 들어섰습니다.

나는 최고의 발견인 이 작품으로 당신의 포르투갈 이름을 추모합니
다. 오, 아르고 전사들의 창조자여.

126
1930년 12월 10일

나는 기나긴 정체 상태에 대해서 알고 있다. 그것은 다른 많은 사람들처럼 급한 편지에 엽서로 답장을 하느라 하루 종일 시간을 허비한다는 뜻이 아니다. 혹은 그렇게 하는 사람은 거의 없겠지만, 내게 유용하고 쉬운 것, 혹은 내게 편하고 유용한 것을 긴 의자 위로 밀어놓는다는 뜻도 아니다. 그것은 나 자신과의 부재하는 합의이며, 매우 미묘한 종류에 속한다. 나는 영혼의 정지 상태에 있다. 의지, 감정, 생각은 중지되었고, 중지라는 현상이 영원한 나날들 위로 이어진다. 단지 내 영혼의 무성적 삶이, 말, 몸짓, 습관 등이 나를 타인들에게로 데려다주고, 타인을 통해서 내 삶이 나에게 표현된다.

이러한 그림자의 시간 동안 나는 생각할 수도 느낄 수도 원할 수도 없다. 오직 숫자를 쓰고 선을 죽죽 그을 뿐이다. 나는 아무것도 느끼지 않는다. 사랑하는 사람의 죽음은 마치 외국어로 일어나는 사건과 같다. 나는 무엇을 해야 할지 모른다. 마치 잠을 자는 듯하다. 내 몸짓, 내 말, 내 의식적인 행동이 그 어떤 유기체의 말초적인 호흡, 본능으로 움직이는 반사작용에 그치고 마는 듯하다.

그렇게 하루하루가 흘러간다. 그 모두를 다 계산해보면 얼마나 많은 시간이 내 생애에서 헛되이 흘러갔을까? 이런 마비 상태에서 벗어나는 순간 종종 이런 의문이 든다. 어쩌면 나는 내가 생각하는 것만큼 적나라한 나신은 아닐지도 모르며, 내 진실한 영혼의 영원한 부재를 감싸주는, 손에 잡을 수 없는 무언가가 아직 남아 있을지도 모른다. 생각과 감정과 의지는, 훨씬 더 풍부한 종류의 생각과 훨씬 더 개인적인 감정이나 의지와 비교하면 진짜 나 자신이라는 미로에서 길을 잃고 헤매는 상태, 즉 마찬가지로 정체 상태에 불과한 것일지도 모른다.

사실이 무엇이든, 나는 그것이 일어나게 놓아둔다. 있을 수 있는 신이나 신들에게, 나는 내가 누구인지에 대한 문제를 넘겨버린다. 운명이 무엇을 원하든, 우연히 무엇을 만들어내든, 나는 잊혀진 약속을 충실히 따른다.

127

나는 분노하지 않는다. 분노는 강한 자들의 일이다. 나는 좌절하지 않는다. 좌절은 고귀한 자들의 일이다. 나는 침묵하지 않는다. 침묵은 위대한 자들의 일이다. 나는 강하지도 않고 고귀하지도 않으며 위대하지도 않다. 나는 오직 아프며, 나는 오직 꿈꾼다. 나는 약하기 때문에 비탄에 잠긴다. 또한 나는 예술가이기 때문에, 내 비탄소리가 울려 퍼지는 것을 기쁘게 듣는다. 나는 예술가이기 때문에 아름답게, 내 상상의 세계와 가장 밀접한 형태가 되도록 꿈을 꾼다.

나는 아이가 아님을 아쉬워한다. 내가 아이라면 나는 내 꿈을 믿을 것이며, 내가 바보가 아님을 믿을 것이다. 내가 아이라면 나는 주변에 몰려 있는 사람들을 전부 내 영혼의 바깥으로 밀어낼 것이다. (…)

꿈이란 나에게 항상 현실이다. 지나치게 몰입하여 경험한 삶이다. 그리하여 나는 꿈속의 삶에서 가짜 장미에게 가시를 부여한다. 그 실수가 내게서 꿈의 기쁨을 앗아가버린다.

오색으로 채색된 유리창조차 바깥의 소란스럽고 낯선 삶을 가려주지 못한다.

염세적 사고를 만든 자는 행복하다! 그들은 뭔가를 완성했다는 사실로 명분을 얻었고, 세계의 고통을 설명하면서 기뻐하고, 자신을 고통 안에 편입시킨다.

나는 세계에 대해서 슬퍼하지 않는다. 나는 우주의 이름으로 저항하지 않는다. 나는 염세주의자가 아니다. 나는 고통받고, 나는 슬퍼한다. 그렇지만 고통이 규칙에 속하는지, 혹은 고통이 인간적인 것인지는 알지 못한다. 그러나 누가 나에게 신경 쓸 것인가?

나는 아프다. 하지만 마땅히 그래야 하는 것인지는, 알지 못한다.
(사냥당하는 노루.)

　나는 염세주의자가 아니다. 나는 슬프다.

128

나는 이해받기를 항상 거부해왔다. 이해받는다는 것은 몸을 파는 행위다. 내가 아닌 어떤 다른 자로 중요하게 취급받는 편이, 예의와 자연스러움을 가진 인간으로 오인되는 편이 더 좋다.

나를 가장 화나게 하는 일은 사무실에서 이질적 존재로 간주되는 것이다. 나는 내가 동료들과 다르지 않다는 그 아이러니를 즐기고 싶다. 나는 그들과 똑같이 취급되는 속죄의 의상을 원한다. 나는 아무도 나를 알아보지 못하는 그 십자가형을 원한다. 성자나 은둔자들보다 더욱 미묘한 순교의 행위가 있다. 육신의 고행이나 욕망의 고행과 동급인, 그런 깨달음의 고행이 있다. 모든 다른 고행과 마찬가지로 그 또한 환희의 감정과 연결된다. (…)

129

아침의 희미한 빛이 비쳐드는 넓은 사무실에서 배달원은 그날 처리할 소포를 끈으로 묶었다. "어휴 번개 한번 요란하군." 하고 그는 혼잣말을 중얼거렸는데 그것은 마치 "모두들 안녕하세요?" 하는 인사처럼 큰소리였다. 이 잔인한 무뢰한이여. 내 심장이 다시 뛰기 시작했다. 묵시록의 시간은 지나갔다. 호흡이 돌아왔다.

얼마나 해방된 느낌인가. 무시무시한 번쩍거림, 침묵, 귀청을 찢는 요란한 천둥소리. 가까이 왔다가 어느새 다시 멀어지는 천둥은 우리를 모든 지나간 것으로부터 해방시켜버렸다. 신조차 더 이상 존재하지 않았다. 나는 폐 전체를 이용해서 숨을 내쉬었다. 사무실 공기는 답답했다. 배달원 외에도 다른 직원들이 이미 출근해 있음을 알아차렸다. 모두들 입을 다물고 있었다. 갑자기 뭔가가 부르르 떨리는 듯한 희미한 소리가 정적을 깼다. 그것은 커다랗고 두꺼운 회계장부의 페이지가 넘어가는 소리였다. 모레이라가 뭔가를 살펴보려고 장부를 뒤적인 것이다.

130

만약 내가 부유함의 병풍 덕분에 운명의 강풍으로부터 보호받아, 삼촌의 정직한 손에 이끌려 리스본의 한 사무실로 오지 않았더라면, 그리고 그곳에서 절대 다른 자리로 이동하지 않았더라면, 기나긴 여정을 거쳐 마침내 시에스타처럼 평화로우며 딱 내가 살아갈 수 있을 만큼의 월급을 받는 자리, 모범적인 보조회계원이라는 싸구려 정상에 도달하지 않았더라면 얼마나 좋았을까.

만약 그런 과거가 있지 않았다면 오늘 이 페이지를 쓸 수 없을 것임을 나는 잘 알고 있다. 이 글은 어쨌든 실현된 무엇이며, 그렇기 때문에 더 좋은 상황에서라면 내가 오직 꿈으로만 꾸고 말았을 허상의 페이지들보다는 낫다고 할 수 있다. 진부함은 모종의 지성이며, 현실은, 특히 지루하거나 혹독할 경우, 영혼의 자연적 속성이다.

회계원으로 일을 한 덕분에 나는 생각과 느낌의 많은 부분에서 도움을 받았다. 뿐만 아니라 그 일로 인해서 나라는 존재를 부인하는 것을, 그것으로부터 달아나는 법도 배웠다.

내 정신에 영향을 미친 문학을 나열해보라는 질문지의 빈칸을 채워야 한다면, 나는 우선 세자리우 베르드의 이름을 리스트의 가장 위에 쓰겠다. 하지만 바스케스 사장의 이름도 잊지 않을 것이다. 그 밖에 회계원 모레이라, 출납담당 비에이라, 사환 안토니우의 이름도 마찬가지다. 그리고 이들 모두의 거주지인 리스본의 이름을, 크게 대문자로 기입하겠다.

세자리우 베르드와 마찬가지로 내 동료들 역시 내 세계관이 형성되는 데 보정계수를 제공한 인물이라고 할 수 있다. 보정계수라는 것은 전문용어인 듯한데(당연히 정확한 의미는 나도 모른다), 엔지니어들이 수학적 처리를 위해 사용하는 것이지만 삶에도 적용할 수 있다. 내가 생각하는 이 개념대로라면, 원래 내가 말하려던 바와 부합한다. 이 개념이 틀리다면, 맞는 거라고 일단 간주를 하자. 의도는 잘못된 비유를 보상해준다.

내 삶의 외양을, 내게는 계명이나 마찬가지인 명확함을 유지하면서 관찰해보면, 마치 캔디 포장지나 시가의 옆구리에 두른 리본처럼 알록달록한 허물로 생각할 수 있다. 대화 내용을 우리의 머리 위로 다 듣고 있는 하녀가 식탁보 위를 한번 쓱 쓸어버리면, 빵 부스러기와 현실의 찌꺼기와 함께 몽땅 쓸려가버릴 운명의 물건. 그것들은 쓰레받기 속으로 떨어진다는 특권 덕분에, 마찬가지 운명을 타고난 다른 사물들과 구별된다. 신들의 대화는 이러한 빗질 위쪽에서 계속 이어진다. 세속의 하찮은 일상적 사건에는 전혀 관심을 두지 않고서.

그렇다, 내가 부유했다면, 많은 보호를 받았다면, 말끔하고 공들여 단장한 외모를 가졌다면, 나는 빵 부스러기에 뒤섞인 알록달록한 종이라는 짧은 에피소드조차 되지 못했을 것이다. 나는 운명의 접시 위에 그냥 놓여 있고 말았을 것이다. 사람들은 "아니, 괜찮아요." 하면서 나를 사양하고, 나는 찬장 속에 들어앉은 채 늙어갔을 것이다. 하지만 이렇게, 사용 가능한 성분을 씹어삼킨 후 사람들이 나를 던져버리면, 나는 한때 그리스도의 몸이었던 그 먼지들과 더불어 쓰레기통으로 사라질 수 있다. 그리고 이제 앞으로 무슨 일이 일어날 것인지, 어떤 별들이 올 것인지, 나는 상상조차 할 수 없다. 그래도 무언가는, 일어날 것이다. 올 것이다.

131

어떤 할 일도 없고, 무엇을 할 수 있을지 생각할 의지도 없으므로, 나는 이 종이에 내 생각들을 누설한다.

메모

비에이라 스타일인 말라르메의 감수성. 호라티우스의 몸을 가진 베를렌느가 꿈을 꾸는 것 같다. 달빛 아래에 있는 호메로스.

모든 것을 모든 방식으로 느끼기. 느낌으로 생각할 수 있기와 생각으로 느낄 수 있기. 고통을 꾸며내기. 올바르게 쓰기 위해서 명확하게 보기. 위장과 전략의 자아를 입기. 모든 서류를 동원해 자신을 타인으로 등록하기. 요약하자면, 그 어떤 느낌도 외부로 새어 나가지 않게 하기, 신의 경지가 될 때까지 느낌을 깎아내버리기. 그런 후 다시 싸서 진열장에 넣어두기. 지금 내 자리에서 보이는 저 점원이 조그만 용기에 든 새 상표의 구두광택제를 진열장에 넣듯이.

이 모든 생각들은, 가능하든 가능하지 않든 이제 종말을 고한다. 내 앞에 현실이 있다. 현실은 점원도 아닌 점원의 손이며(점원의 모습은 보이지 않는다), 가족과 운명을 소지한 어느 영혼의 기묘한 촉수다. 그것은 거미줄 없는 거미처럼 더듬거리며, 상품을 진열장에 늘어놓기 위해 뻗어 나간다.

그러다가 광택제 용기 하나가 바닥에 떨어진다. 그것이 우리 모두의 운명이다.

132

　세상이라는 무대, 사물의 끊임없이 변화하는 해안선을 자세히 들여다보면 볼수록 나는 사물이 가지고 있는 허구의 성질을, 현실의 모든 면을 즐기고 있는 위조된 높은 명망을 확신하게 된다. 이런 관찰을 하다 보면 아마도 모든 사색가들이 경험하듯이, 인습과 유행, 문명과 진보의 복잡한 진행, 제국과 문화의 거창한 뒤엉킴이 오색의 다양한 퍼레이드가 되어 나타난다. 이 모두는 나에게 신화처럼 보인다. 그림자와 망각 사이에서 나타난 꿈의 허구처럼 보인다. 하지만 이들 죽은 목적—설사 목적이 이루어진다 해도 이미 죽은 상태이므로—이 지향하는 최고의 단계가 불교식 체념의 황홀경인지는 알 수 없다. 사물의 공허를 깨달은 순간, 부처는 황홀경에 휩싸여 말했다. "나는 모든 것을 안다." 그러나 황제의 냉정함을 충분히 터득한 세베루스는 "omnia fui, nihil expedit"라고 했다. 그것은 "나는 모든 것이었다. 그 무엇도 수고할 가치가 없었노라"는 뜻이다.

133

… 세계, 본능적 힘의 똥구덩이, 그럼에도 불구하고 태양빛을 받은 밀짚처럼 황금빛으로 반짝이며, 환하고 그리고 어두운 광채를 발한다.

내 생각이 옳다면, 전염병과 폭풍우, 전쟁, 그리고 종양은, 무의식적인 미생물을 매개로 하여, 혹은 무의식적 번개와 폭우, 혹은 무의식적 인간을 매개로 하여 발생하는, 다 같은 종류인 어떤 맹목적인 힘이다. 나에게 지진과 대량학살 간의 차이는, 칼에 의한 살인과 단도에 의한 살인 정도의 차이일 뿐이다. 사물 안에 내재한 괴수가 산에 있는 바위 하나를 움직이듯이(좋은 의도일 수도 있고 나쁜 의도일 수도 있지만, 괴수에게 이 두 가지를 구분하는 것은 의미가 없다), 한 사람의 마음에 있는 질투와 탐욕을 건드린다. 바위는 굴러 떨어지고 한 명의 인간을 죽게 한다. 탐욕 혹은 질투는 한 인간의 팔을 무장시킨다. 그 팔이 한 명의 인간을 죽게 한다. 그게 세상이다. 본능적 힘의 똥구덩이, 그럼에도 불구하고 태양빛을 받은 밀짚처럼 황금빛으로 반짝이며, 환하고 그리고 어두운 광채를 발한다.

모든 사물의 핵심이 분명한 이 피비린내 진동하는 냉혹에 대응하기 위하여, 신비주의자들은 거부의 개념을 발견했다. 세상을 거부하고 세상에 등을 돌린다. 우리가 늪을 향해 등을 돌린 채로 늪 가장자리에 서 있듯이. 부처가 그랬듯이 세상을 거부한다. 세상의 절대적 현실성을 부인한다. 그리스도가 그랬듯이 세상을 거부한다. 세상의 상대적 현실성을 부인한다. 거부한다. (…)

내가 세상으로부터 바란 것은 오직 하나, 나에게 아무것도 요구하지 말아달라는 것이다. 내가 갖지 못한 오두막 앞에 앉아 나는 비추지 않는 햇빛을 쬐었다. 나는 내 피곤한 현실이 몰고올 미래의 노년을 향유했다(아직은 그 단계에 이르지 않았음을 기뻐하면서). 아직 죽지 않았고 희망할 수 있다는 사실만 있으면 삶의 빈자들은 충분하다. (…)

　(…) 꿈꾸지 않을 때는 오직 꿈만으로 기뻐하고, 세계로부터 멀리 떨어진 꿈속에 있을 때는 오직 세계만으로 기뻐한다. 이리저리 쉴 새 없이 흔들리는 추는 그 어디에도 정착할 줄을 모르며, 하나의 중심과 쓸데없는 운동이라는 이중의 숙명에 영원히 붙잡힌 상태다.

나를 찾아 헤매지만 발견하지 못한다. 나는 완벽한 꽃병을 더욱 길게 늘여주는 국화의 시간에 속한다. 신은 내 영혼이 무엇인가를 장식하도록 결정지었다.

특별히 선택된 어떤 과장되고 화려한 것이 내 정신의 성격을 좌우하고 있는지는 알지 못한다. 의심의 여지없이 나는 장식적인 요소를 사랑한다. 그 안에서 내 영혼의 성분과 일치하는 무엇을 감지하기 때문이다.

가장 소박한 것, 정말로 최대로 소박할 뿐 조금이라도 덜 소박하지
않은 것들. 그것을 내가 읽으면 복잡해진다. 그리고 나는 "안녕하세
요"라는 인사를 할 용기가 없다. 마치 엄청나게 무례한 말인 것처럼,
내 목소리는 밖으로 나오지 못하고 꺼져버린다. 이것은 일종의 존재
의 수치심이다. 다르게 표현하는 것은 불가능하다!

인간의 감각을 지속적으로 분석하다 보면 새로운 유형의 느낌이 생
겨난다. 감각 자체를 배제하고 오직 이성으로만 분석하는 자에게 그
것은 인공적으로 느껴진다.

일생 동안 나는 형이상학적 무였으며, 내 진지함은 가소로웠다. 비
록 많이 원했음에도 불구하고, 나는 그 어떤 일도 진지하게 만들지 않
았다. 나는 사악한 운명의 놀이터였다.

무명의 정열, 비단의 정열, 화려하게 수놓인 비단의 정열! 이처럼
자신의 정열을 묘사할 수 있다면! 자신의 정열을 묘사할 수 있다면!

모든 것에 대한 신적이 연민이 내 영혼에 안착한다. 고요하고 열정
적인 욕망, 꿈꾸는 자의 육체 속에서 꿈의 저주를 느끼며 숨 막히게 흐
느끼는 슬픔 … 나는 시를 썼던 모든 시인을 증오 없이 증오한다. 이상
이 실현되는 것을 보려 했던 모든 이상주의자를, 자신이 원하는 것을
이루었던 그 밖의 모든 성취자들을 증오 없이 증오한다.

조용한 거리를 정처 없이 떠돈다. 영혼과 육체가 피곤을 느낄 때까

지 계속 걷는다. 내가 잘 알고 있는 그 극한의 고통이 나를 고통스럽게 할 때까지. 고통은 사람이 자신을 느끼는 것을, 그래서 막연한 모성애로 서글픈 자기연민에 빠지는 것을 즐긴다.

잠자라! 잠이 들어라! 편히 쉬어라! 추상적 의식이 되어, 오직 스스로의 편안한 호흡만을 의식하라. 세계도 없고, 천체도 없고, 영혼도 없이. 오직 감각의 죽은 바다가 되어, 별들의 부재를 잔잔하게 비추라!

136

느낌이라는 짐이여! 느껴야 한다는 이 짐이여!

137

 … 내 감각의 과도한 예민함, 혹은 감각 표현의 예민함, 혹은 더 자세히는, 그 사이 어디쯤에 있으면서 표현을 바라는 내 소망에 따라 오직 표현되기 위한 허구의 감정을 발생시키는 지성의 예민함. 아마도 이 예민함은, 나 아닌 내 존재를 밝히는 내 안의 메커니즘에 불과할 것이다.

138

우리가 보통 박식함이라고 할 때는 지식의 축적을 통한 그런 박식함을 의미하는데, 그와 비교해서 문화라고 부르는 지성의 박식함도 있다. 하지만 이 외에도 감수성의 박식함 또한 존재한다.

감수성의 박식함은 인생의 경험과는 아무런 관련이 없다. 경험이 우리에게 가르쳐주는 것은, 역사가 그렇듯이, 거의 없다. 진실한 경험은 현실과의 접촉을 줄이면서 그 접촉에 대한 분석을 더욱 강화하는 데 있다. 그럼으로써 우리의 감수성은 심화되고 확장된다. 모든 것이 우리 안에 들어 있기 때문이다. 우리가 할 일은 그것을 찾는 것, 찾는 방법을 아는 것이다.

여행은 무엇이고, 무슨 의미가 있는가? 모든 석양은 다 같은 석양이다. 석양을 보기 위해서 콘스탄티노플까지 갈 필요는 없다. 여행이 주는 해방감이라고? 그런 해방감은 리스본에서 교외인 벤피카로만 나가도 느낄 수 있다. 그것도 리스본에서 중국으로 가는 여행자보다 훨씬 더 강렬하게. 왜냐하면 해방이 내 안에 있는 것이 아니라면, 나는 어디로 가도 그것을 얻지 못할 것이기 때문이다. 칼라일[21]은 말했다. "모든 거리, 심지어 엔테풀의 거리도 당신을 세상의 끝으로 데려다준다." 하지만 엔테풀의 거리를 끝까지 따라가다 보면, 결국 엔테풀로 되돌아오게 된다. 우리가 있는 엔테풀이 바로 우리가 찾아 나섰던 그 세상의 끝이기 때문이다.

콩디야크[22]는 그의 유명한 책을 다음과 같은 문장으로 시작한다. "우리가 아무리 높이 상승해도, 아무리 깊이 하강해도, 우리 자신의 감각을 넘어서 더 멀리 나갈 수는 없다." 우리는 우리 자신으로부터 탈출할 수 없다. 우리들 자신의 감각과 상상력을 이용해 스스로를 다르게 하는 것을 제외하면, 우리는 결코 다른 누군가가 되지 못한다. 진

진실한 풍경은 우리가 스스로 만들어내는 것이다. 우리가 풍경의 창조자일 경우에만 우리는 풍경의 진짜 모습을, 그것이 창조된 원래의 모습을 볼 수 있다. 나는 세계의 일곱 구역[23]에는 흥미가 없고, 그것들을 실제로 볼 수도 없다. 나는 여덟 번째 구역을 여행한다. 그것이 내 세계다. 세계의 모든 대양을 다 다녀본 사람이라고 해도, 결국은 단조로운 자기 자신을 돌아다닌 것에 불과하다. 나는 이미 모든 대양을 넘어선 곳으로 항해를 다녔다. 나는 이미 지구상에 있는 모든 산맥들보다 더 많은 산을 보았다. 나는 이미 존재하는 모든 도시들보다 더 많은 도시를 여행했고, 비현실의 커다란 강들이 사색에 잠긴 내 시선 아래서 도도하게 흘러갔다. 내가 여행을 한다면, 여행을 떠나지 않은 상태에서 이미 내가 보았던 이 모두의 창백한 복제품만을 보게 될 것이다.

다른 이들은 자신이 여행하는 나라에서 이름 없는 이방인이다. 나는 내가 여행한 나라에서 익명의 여행자라는 비밀스러운 즐거움뿐 아니라, 그 나라를 지배하는 왕과 같은 명예까지도 누렸다. 나는 그곳의 백성이었고, 규범이자 풍습이었고, 모든 나라들의 모든 역사이기도 했다. 풍경, 집들, 모두를 나는 보았다. 내가 모든 것이었기 때문이다. 내 상상력을 재료로 하여 신 안에서 창조된 그 모두였기 때문이다.

139

이미 오래전부터 나는 아무것도 쓰지 않는다. 이미 몇 달 전부터 나는 살아 있지 않다. 생각과 감정의 아득한 휴면 상태에서 사무실과 생리적 현상 사이를 왕복할 뿐이다. 불행하게도 이런 상태는 나에게 전혀 안식을 주지 못했다. 부패의 과정으로 발효가 일어난다.

이미 오래전부터 나는 단지 글을 쓰지 않고 있을 뿐만 아니라, 더 이상 존재하지도 않고 있다. 이제는 꿈조차 거의 꾸지 않는 것 같다. 이제 거리는 나에게 그냥 거리다. 사무실에서 일을 하고, 내 모든 신경을 오직 일에만 바친다. 비록 수시로 한눈을 파는 건 여전하지만 말이다. 나는 일을 하면서 머리 한쪽으로는 보통 때처럼 사색에 잠기는 대신 잠을 잔다. 그러나 여전히 나는 일 뒤편에 숨어 있는 다른 존재이기도 하다.

이미 오래전부터 나는 더 이상 존재하지 않는다. 나는 완벽하게 조용하다. 누구도 나를 나 자신과 구별해내지 못한다. 나는 마치 뭔가 새로운 것, 혹은 미루어두었던 일을 완수하는 것처럼 호흡하며 그것을 즉각 느낀다. 나는 의식에 도달한다. 의식을 소유하는 것에 도달한다. 아마도 내일 나는 다시 나 자신으로 깨어나 존재를 이어갈지도 모른다. 하지만 그것이 나를 더 행복하게 만들지, 아니면 덜 행복하게 만들지는 알지 못한다. 나는 아무것도 모른다. 나는 산책자의 머리를 들고, 성벽이 있는 언덕 위 맞은편 하늘에서 저물어가는 태양을 본다. 수십 개의 창에 석양빛이 반사되며 차가운 불길로 타오른다. 단단하게 펄럭거리는 이들 화염의 눈동자 주변으로 전체 언덕이 저물어가는 하루의 빛 속에 부드러운 형체로 누워 있다. 최소한 나는 슬픔을 느낄 수 있고, 내 슬픔이 지나가는 전차의 급작스러운 소음과─나는 그것을 귀로 보았다─교차한 것을, 우연히 들려온 젊은이들의 목소리, 살아 있는 도시가 잊어버린 웅얼거림과 엇갈려 지나간 것을 의식할 수 있다.

이미 오래전부터 나는 더 이상 내가 아니다.

140

종종 나는 감각의 한가운데서, 대개는 급작스럽게 엄습하는 극심한 삶의 피로에 사로잡히는데, 그것이 너무도 지독하여 어떻게 극복해보려는 엄두를 내지 못한다. 자살은 의심스러운 해결책으로 보인다. 비록 무의식을 선사해주긴 하지만 죽음도 충분하지는 않다. 피로가 원하는 것은 가능할 수도 있고 불가능할 수도 있는 내 존재의 종결이 아니라, 그보다 더욱 끔찍하고 심화된 것, 완전히 불가능한 것, 즉 결코 존재하지 않았던 것으로 만들어버리는 것이다.

종종 나는 대체로 혼돈스러운 힌두 철학에서, 무無보다 더욱 부정적인 이러한 갈망을 읽었다는 인상을 받기도 한다. 하지만 거기에는 그들이 생각하는 것을 표현하기 위한 예리한 감각이 부족하거나, 혹은 그들이 느끼는 것을 실제로 감각하기 위한 통찰력이 부족하다. 사실은 나는, 내가 힌두 철학에서 발견했다고 생각하는 것을 똑똑히 볼 수는 없다. 사실은 나는, 이러한 치명적 감각이 유발하는 부조리한 암흑을 말로 표현하는 최초의 인물이 바로 나라고 생각한다.

나는 그것을 글로 씀으로써 그것을 치유한다. 그렇다, 실제로 깊은 음울은, 단순한 감정의 차원이 아니라 지성의 표현으로서의 음울이라면, 그것에 언어의 옷을 입힌다는 아이러니한 치료제가 늘 있기 마련이다. 설사 문학에 다른 효용가치는 전혀 없을지라도, 그래도 최소한 이런 치료제의 역할 하나만은 확실하다. 비록 소수의 인간에게만 적용되는 것이긴 하지만.

불행하게도 이성의 고통은 감정의 고통보다 덜 아프다. 불행하게도 감정의 고통은 육체의 고통보다 덜 아프다. 내가 '불행하게도'라고 한 것은 인간의 존엄이 사실상 반대의 것을 요구하기 때문이다. 어떤 비밀이 가진 불안한 감각도 사랑이나 질투, 그리움만큼 아프지는 않으며, 육체를 조여오는 공포심처럼 숨 막히지는 않고, 분노나 야망처럼 사람을 변화시키지도 않는다. 그러나 또한 영혼을 찢어발기는 그 어떤 고통도 치통이나 복통 그리고 (추측이긴 하지만) 출산의 고통과 같은 생생한 실제의 고통이 될 수는 없는 것이 사실이다.

우리의 이성은 어떤 정서와 감각을 고상하게 만들고 다른 것들 위로 끌어올리기도 한다. 하지만 이성이 분석을 확장하여 그들을 비교하게 되면 반대로 그들을 끌어내리는 결과가 된다.

나는 잠자는 듯이 글을 쓴다. 내 전 생애는 아직 서명을 마치지 않은 영수증이다.

도살장으로 끌려가기 전, 수탉은 닭장 안에서 자유의 송가를 소리 높여 외친다. 사람들이 그에게 두 개의 횃대를 설치해주었다는 이유로.

141
비 내리는 풍경

하나하나의 빗방울은 잃어버린 내 삶을 대신하여 자연이 흘리는 눈물이다. 어떨 때는 방울방울 떨어지다가 하루의 슬픔으로 무작정 대지를 뒤덮으려는 물줄기처럼 한꺼번에 쏟아지기를 반복하는 이 빗속에는, 내 불안의 어떤 요소가 있다.

비는 내리고 또 내린다. 내 영혼은 빗소리를 듣는 것만으로 젖어버린다. 이토록 많은 비… 빗소리를 느끼는 감각을 따라, 내 육신이 물처럼 흐른다.

불안한 냉기가 얼음 같은 손을 내 가난한 심장에 올린다. 회색빛(…) 시간이 길게 늘어나며, 세월의 강둑을 한없이 범람한다. 순간이 순간을 질질 끌고간다.

이 비!

낙숫물은 매번 조그만 폭포를 토해놓는다. 빗물받이관이 자리한 내 의식을 통해서, 물살이 거세게 소리 내며 흘러간다. 느릿느릿 훌쩍이면서 비는 유리창을 두드린다. (…)

차가운 손이 내 목을 조른다. 삶을 호흡하려는 나를 저지한다. 내 안의 모든 것이 죽는다. 심지어는 꿈을 꿀 수 있다는 인식조차도! 내 육체는 전혀 편안하지 않다. 내가 의지하고 있는 모든 부드러운 부분이 날카로운 모서리가 되어 영혼을 찌른다. 내가 바라보는 모든 시선이 고갈된 하루의 빛 속에서 어둡다. 고통 없이 죽기에 적당한 빛이다.

142

꿈의 가장 천박한 점은 누구나 다 꾼다는 것이다. 밝은 낮에 일거리와 일거리 사이 틈이 생기기만 하면 가로등에 기대어 꾸벅꾸벅 졸던 배달원이, 어둠 속에서 뭔가를 골똘히 생각하고 있다. 그의 의식을 관통하는 생각이 무엇인지 나는 안다. 한여름 햇살이 비쳐드는 사무실의 고요한 권태 속에서 장부에 숫자를 기입해넣고 있을 때, 순간순간 내 마음을 사로잡아버리는 바로 그 생각이기 때문이다.

143

내 동정심은 기이함과 부적절함을 추구하며 꿈꾸는 자보다는, 개연성이 있고 정당하며 가까이 있는 대상을 꿈꾸는 자를 향한다. 거창한 스타일로 꿈꾸는 자는 미쳤기 때문에 자신의 꿈을 그대로 믿으면서 행복해하거나, 혹은 오직 공상을 하는 행위 그 자체에 몰두하면서 아무것도 말해주지 않는 공상을 영혼의 음악으로 여기고 흡족해하는 사람이다. 하지만 가능한 것을 꿈꾸는 자는 진짜 환멸에 빠질 가능성이 있다. 내가 로마 황제가 아니었다는 사실은 나에게 그리 심각한 고민은 아니다. 그렇지만 내가 매일 9시경에 거리 오른쪽 모퉁이를 돌아 나타나는 그 재봉사 여자에게 단 한마디 말도 붙여보지 못했다는 것은, 분명 훨씬 더 커다란 아픔이다. 불가능을 약속하는 꿈은 아예 처음부터 우리가 꿈에 도달하는 것을 막아버린다. 하지만 가능성을 약속하는 꿈은 스스로 삶 속으로 침투해들어와 오직 그 안에서 해법을 발견해낸다. 전자는 배타적이고 독립적이며, 후자는 사건들의 우발성에 굴종한다.

그래서 나는 불가능한 풍경을, 내가 한번도 실제로 본 적이 없는 끝없이 펼쳐진 광대한 사막을 사랑한다. 과거 시대의 역사는 나에게 티 한점 없이 맑은 기적과도 같다. 왜냐하면 나는 그것이 이 시대에 결코 실현되지 않을 것임을 잘 알기 때문이다. 존재하지 않는 것을 꿈꾸기 위해서, 나는 잠을 잔다. 존재할 수도 있는 것을 꿈꾸기 위해서, 나는 잠에서 깨어난다.

점심시간, 사무실은 텅 비었다. 나는 돌출형 창문 밖으로 몸을 내밀고 거리를 내려다본다. 그리곤 분주하게 오가는 사람들을 눈으로 느낀다. 하지만 먼 생각의 바다를 헤엄치고 있기 때문에 눈앞의 그들을 보는 것은 아니다. 나는 팔꿈치에 고개를 묻고 잠이 든다. 창턱 때문에 팔이 아프다. 나는 아무것도 모르는 상태로 위대한 언약을 감지한다. 나는 의식이 없는 채로 제각각의 외양을 가진 수많은 사람들로 가득한, 가만히 정지한 거리를 감지한다. 마차에 그득 쌓인 상자들, 인근 창고 문 앞에 쌓인 자루들, 가장 멀리 보이는 모퉁이 상점 진열장 안 은은하게 반짝거리는 유리병, 그리고 거기 담긴, 아무도 좋아할 것 같지 않은 적포도주. 내 정신은 물질계로부터 멀어진다. 나는 상상력으로 연구한다. 거리를 지나가는 사람들은 조금 전에 이곳을 지나간 바로 그 사람들인데, 어떤 누군가의 모습을 늘 변화시키면서 나타나는 그들은 이동하는 얼룩이고, 불명확한 목소리이며, 지나가버리기만 하고 절대 발생하지는 않는 사건들이다.

사물이 감각을 관통하기도 전에, 감각적 의식으로 모든 것을 감지하기… 다른 사물들의 가능성… 갑자기 내 뒤에서 사무실 문이 열리고, 사환의 도착이라는 형이상학적 사건이 돌연하게 발생한 것이 감지된다. 내가 생각하지 않은 내 사색을 그가 무참히 방해했기 때문에 나는 그를 죽일 수조차 있을 것이다. 나는 몸을 돌리고, 한없는 증오를 담아 그를 가만히 쏘아본다. 잠재적 살인의 긴장에 싸인 내 귀에, 별 대수롭지 않은 것을 내게 이야기하는 그의 목소리가 들린다. 그는 사무실 뒤쪽에서 나에게 미소 지으며 좋은 하루가 되라고 인사한다. 나는 그가 전체 우주만큼이나 증오스럽다. 내 눈꺼풀은 고뇌로 무겁다.

144
1931년 2월 1일

며칠 동안 줄곧 비가 내린 후, 하늘은 그동안 저 높고 광대한 은신처에 숨겨두었던 푸른빛을 다시 꺼내 보인다. 시골길처럼 곳곳에 웅덩이들이 누워 있는 거리와 깨끗하고 화창한 대기는 더러운 길거리를 기분 좋게 만들고 겨울의 진부한 하늘을 이른 봄빛으로 채우는 대립의 기운이 가득하다. 일요일이다. 나는 할 일이 없다. 심지어는 꿈조차 나를 유혹하지 못한다. 그 정도로 이 하루가 아름답다. 나는 이날을 마음껏 즐긴다. 그러기 위해서 내 이성을 감각에 모두 바친다. 나는 해방된 수금원처럼 산책에 나선다. 나는 젊어지는 기쁨을 만끽하기 위해, 내가 늙었다고 느낀다.

일요일의 대광장에는 새로운 유형의 하루를 즐기기 위한 축제 분위기가 한창이다. 상 도밍구 성당에서는 이제 막 미사가 끝났고, 곧 이어서 다음 미사가 시작된다. 몇몇 사람이 밖으로 나왔고, 다른 사람들은 아직 안으로 들어가지 않았다. 지금 밖으로 나오는 사람들을 쳐다보고 있는 이들이 아닌 다른 일행을 기다리기 때문이다.

이 모든 것은 하찮은 광경이다. 평범한 삶 전체가 그렇듯이, 이것들은 단지 비밀과 첨탑의 잠에 불과하다. 과업을 완수한 선구자가 되어 나는 첨탑 위에서 내 관조의 너른 평원을 응시한다.

어린 시절, 나는 이 성당의 미사에 참석했다. 어쩌면 다른 성당일 수도 있지만 여기가 맞을 것이다. 의무감에 단 한 벌뿐인 좋은 양복을 차려입은 나는, 즐길거리라곤 하나도 없는 미사의 모든 것을 즐겼던 기억이 난다. 나는 피상적인 삶을 살았고, 내 양복은 새것으로 깨끗했다. 어머니의 손을 잡고 가는 사람, 죽을 운명이지만 그것을 알지 못하는 사람이 다른 무엇을 바라겠는가?

과거 나는 이 모두를 즐겼다. 아마도 그렇기 때문에 지금에 와서 그 때의 즐김을 이해하는 것 같다. 마치 거대한 비밀로 향하는 기분으로 나는 미사에 참석했다. 그리고 미사가 끝나면 탁 트인 개활지로 나오 듯이 성당에서 나왔다. 실제로 그러했고, 지금도 그러하다. 단지 한 사람, 성인이 되어 더 이상 신을 믿지 않는 사람의 영혼이 과거를 기억 하면서 눈물을 흘린다. 오직 그런 영혼만이 허구와 혼란, 번민 그리고 차가운 묘석에 대해서 알고 있다.

그래, 내가 과거의 모습을 기억하지 못한다면, 지금의 내 모습을 견 디지 못할 것이다. 여전히 미사를 마치고 물밀듯이 나오는 이 많은 낯 선 이들, 그리고 다음 미사에 참석하려고 줄을 서서 기다리는 듯한 이 많은 사람들, 이들은 모두 배다. 강변에 있는 내 집 열린 창문 아래, 느 리게 흐르는 강물 위에서 이들이 떠간다.

기억들, 일요일, 미사, 기쁨, 과거의 것, 이미 사라져버렸으므로 그 대로 남아 있었고, 내 것이었으므로 결코 과거로 흘러가버리지 않은 시간의 기적…. 평범한 지각의 부조리한 대화, 자동차들의 요란한 침 묵 속에서 갑자기 메아리로 울려 퍼지는 마차 바퀴 소리, 시간의 모성 적 패러독스 덕분에 오늘도 여전히, 나 자신과 내가 잃어버린 것 사이 에서 존재하는, 나라고 불리는 자의 돌아보는 시선 속에서….

145
1931년 2월 2일

인간은 더 높이 올라갈수록 더 많이 포기하게 된다. 정상에는 그 한 사람을 위한 자리밖에 없다. 그가 완벽하면 할수록 그는 더더욱 자기 자신이다. 그가 자기 자신일수록, 그만큼 덜 다른 사람일 수 있다.

이런 생각이 든 것은 신문에서 어떤 유명한 남자의 위대하고 파란만장한 생애에 대한 기사를 읽은 다음이다. 미국의 백만장자인 그는 거의 모든 인물로 살아보았다. 그는 획득하려고 시도한 것은 무엇이든 손에 넣었다. 돈, 연애, 호의, 헌신, 여행, 수집. 돈은 만능이 아니지만 돈을 벌기 위해서 필요한 조건인 개성적인 매력은, 실제로 거의 모든 것을 가능하게 한다.

그 신문을 커피하우스의 테이블에 내려놓을 때, 내가 몇 번 얼굴을 본 적이 있는 그 대리상이 오늘도 구석자리에서 점심을 먹고 있는 것을 보았다. 그러자 문득, 저 사람 역시 자신의 궤적 내에서는 신문에 나온 백만장자와 똑같지 않은가 하는 생각이 들었다. 백만장자가 갖고 있는 것은 그도 모두 갖고 있다. 물론 더 적은 규모이기는 하지만, 그래도 자신의 처지에서는 충분히 걸맞은 분량으로. 그들 두 남자는 모두 동일한 것, 즉 성공을 이루었다. 지명도에서조차 그들은 서로가 서로에게 뒤지지 않는다. 왜냐하면 이곳에서도 누군가 좀 특별한 점이 있으면 다 알아보기 때문이다. 세상의 모든 사람들이 그 백만장자의 이름을 안다. 하지만 리스본 상업계에서도 지금 점심을 먹고 있는 저 남자의 이름을 모르는 사람은 없다.

그 두 남자는 자기 자리에서 팔을 뻗어서 움켜쥘 수 있는 모든 것을 획득했다. 단지 두 사람의 팔 길이가 차이가 날 뿐이다. 그것만 제외하면 그들은 모든 점에서 동일하다. 이런 유형의 인간을 질투하는 일에 나는 단 한번도 성공하지 못했다. 나는 항상 그 어떤 세력권 내에도 없는 것을 얻으려 했고, 그 누구도 살지 않는 곳에서 살고자 했으며, 살아 있을 때보다 죽음 이후에 더욱 삶을 즐기자는 생각을 유지해왔다. 한마디로 말해 불가능한 것, 불합리한 것을 이루고 싶어하며 세계의 현실을 장애물처럼 뛰어넘어버리고자 한 것이다.

누군가 나에게 삶이 끝난 이후 쾌락의 지속은 아무 의미 없는 공허일 뿐이라고 말한다면, 나는 가장 먼저 이렇게 대답하겠다. 나는 그것을 모른다. 왜냐하면 인간이 어떤 방식으로 어떻게 살아남는지는 아무도 모르기 때문이다. 그리고 이어서 이렇게 대답하겠다. 미래의 명성에 기뻐하는 것이 곧 현재의 기쁨이다. 명성은 그 자체로 미래적인 것 아닌가. 더군다나 그것은 자랑스러운 기쁨이다. 사후의 명성은 아무런 물질적 이익을 가져다주지 않기 때문이다. 지나치게 몽상적으로 들릴 수도 있다. 하지만 설사 그럴지라도 그 기쁨이 현재 주어진 것을 즐기는 기쁨보다 훨씬 더 큰 것도 사실이다. 시를 한 편도 쓰지 않은 미국의 백만장자는 후세가 그의 시를 높이 평가할지도 모른다는 상상을 아예 할 수가 없다. 리스본의 대리상은 후세가 그의 그림에 감동을 받으리라는 생각을 하지 않는다. 그는 그림을 한 점도 그리지 않았기 때문이다.

이 과도적 삶에서는 무명의 인물인 나는, 이 페이지를 읽으면서 미래를 미리 즐길 수 있다. 나는 실제로 글을 쓰기 때문이다. 아버지가 아들 때문에 자랑스러워하듯이, 나는 미래의 명성 때문에 자랑스러워한다. 나는 최소한 명성을 기대해볼 수 있는 어떤 무엇을 갖고 있기 때문이다. 이런 생각을 하면서 나는 탁자에서 일어선다. 내면의 위엄에 가득 차서, 보이지 않는 내 위대함으로 디트로이트와 미시간 그리고 리스본의 전 상업지구를 뒤덮으며 우뚝 선다.

그러나 내가 처음부터 이런 생각을 하지는 않았음을 깨달아야 한다. 처음에 나는 인간이 살아남기 위해서는 지극히 작은 존재로 머물러 있어야 한다고 생각했다. 처음의 생각과 지금의 생각은 결국 마찬가지다. 둘 다 결국 같은 결론에 이른다. 명성은 훈장이 아니라 동전이다. 한 면에는 인물이, 다른 면에는 액수가 적혀 있다. 액수가 높은 동전은 없다. 지폐뿐이다. 그러나 지폐의 액수도 결코 크지는 않다.

이런 형이상학적 심리 분석으로 나와 같은 평범한 정신들은 위로를 받는다.

146

어떤 사람은 커다란 꿈을 품고 살다가, 그 꿈을 잃어버린다. 어떤 사람은 꿈 없이 살다가, 역시 그 꿈을 잃어버린다.

147

무엇인가를 이루기 위한 노력이 실행에 옮겨지는 순간, 원래의 목적은 실종되어버린다. 삶이 모든 것을 휘어잡고 뭐든지 자신을 향하도록 강제해버린다. 그리하여 노력은 다른 노력이 되고, 다른 목적에 복무하게 된다. 심지어는 원래 하려고 했던 것과 완전히 반대 지점에 도달해버리기도 한다. 그러므로 오직 하찮은 수준의 목적만이 노력을 기울일 가치가 있다. 그런 목적만이 자신을 있는 그대로 성취하도록 허용하기 때문이다. 내가 큰돈을 버는 일에 노력을 기울이려 하면, 아마도 어느 정도는 목적을 이룰지도 모른다. 그 목적은 다른 모든 양적인 목적들처럼, 인간과 관련이 있든 없든, 하찮은 것이며, 도달할수 있고 검증 가능하다. 하지만 조국을 위해 봉사하고, 인간 문화를 풍요롭게 하고, 인류를 더 낫게 개량하고 싶다면, 그런 희망을 나는 어떻게 실현시킬 수 있을까? 이 경우 나는 그 방식은커녕, 목적의 정당성조차 확신할 수가 없다. (…)

148

비기독교인에게 완전한 인간이란 자신의 모습대로의 완전함을 갖춘 인간이고, 기독교인에게는 자신이 아닌 모습으로 완전함을 갖춘 인간이다. 불교도에게 완전한 인간이란 더 이상 인간이 존재하지 않는 상태의 완전함이다.

자연은 영혼과 신 사이의 간극이다.

인간이 표현하고 묘사하는 모든 것은 완전히 지워진 텍스트에 딸린 주석이다. 페이지 모서리에 적힌 주석의 의미만으로 우리는 텍스트의 내용을 어느 정도 추정해볼 수 있다. 그러나 일말의 의심은 항상 잔존한다. 가능한 해석은 너무도 많다.

149
1931년 3월 3일

많은 사람들이 인간에 대해서 정의했다. 많은 경우 동물과 비교하는 방식이다. 그래서 대부분의 정의는 대개 이런 식의 문장이 되곤 한다. "인간은 ~하는 동물이다." 빈자리에는 우리 인간을 규정하는 수식어가 들어간다. "인간은 병든 동물이다." 이것은 루소의 말인데, 부분적으로 옳다. "인간은 이성을 가진 동물이다." 이것은 교회에서 하는 말인데, 부분적으로 옳다. "인간은 도구를 사용하는 동물이다." 칼라일의 이 말 역시 부분적으로 옳다. 하지만 이런 유의 정의는 늘 불충분할 뿐 정확히 들어맞지는 않는다. 이유는 매우 간단하다. 인간을 동물과 비교하는 것은 쉬운 일이 아니다. 둘 사이의 확실한 기준이 없기 때문이다. 동물과 마찬가지로 인간의 삶 역시 무의식적으로 진행된다. 외부에서 동물의 본능을 조종하는 바로 그 기본법칙이 인간의 지성을, 역시 외부에서, 조종한다. 지성은 진화하는 본능 이상의 것으로는 보이지 않고, 따라서 그냥 다른 본능처럼 무의식적이지만 본능보다는 완전함이 덜하다. 아직 충분한 진화를 거치지 않았기 때문이다.

"모든 것은 어리석음에서 유래한다." 그리스 시대의 말이다. 그리고 사실, 모든 것은 어리석음에서 유래한다. 수학만이 예외다. 수학은 죽은 숫자와 텅빈 공식만을 다루므로 그 덕분에 온전하게 논리적일 수 있다. 나머지 과학은 전부 어스름 속에서 뛰어노는 아이들이다. 새의 그림자를 잡으려 한다거나 바람에 흔들리는 풀잎을 가만히 붙잡아놓는 행위들이다.

인간과 동물의 차이를 명확하게 정의한다는 것은 짐작과는 달리 어려운 일이지만, 비범한 인간과 범속한 인간을 구분하는 것은 어렵지 않다.

지성의 어린아이 시절, 대중지식인들의 저서와 반종교적인 저술들을 탐독하던 시기에 읽었던 생물학자 헥켈의 문장을 나는 한번도 잊어본 적이 없다. 그것은 대략 이런 의미였다. (지금 내 기억이 정확하다면 칸트나 헤겔 같은) 비범한 인간과 평범한 인간의 차이는, 평범한 인간과 원숭이의 차이보다 훨씬 더 크다. 나는 이 문장을 한번도 잊어본 적이 없다. 왜냐하면 그것이 진실이기 때문이다. 사색가들 사이에서는 하찮은 존재인 나와 리스본 인근의 농부 사이의 간극은, 농부와—심지어 원숭이조차 아니고—고양이, 혹은 농부와 개 사이의 간극보다 의심의 여지없이 더 크다. 고양이에서 시작하여 나 자신까지 전부, 우리 중 그 누구도 자신만을 위해 부여된 삶을 살거나, 자신만을 위해 결정된 운명을 타고난 이는 없다. 우리 모두는 동일하게 무언가 다른 것으로부터 파생한 존재다. 우리의 몸짓에는 타인들의 그림자가 드리워 있다. 그것은 육체에 새겨진 타인의 영향이며, 그들의 느낌의 결과다. 그러나 나와 농부 사이에는 질적으로 확연한 차이가 있다. 그것은 내가 가진 추상적 사고, 그리고 사심을 벗어난 감정 때문이다. 하지만 농부와 고양이 간의 정신적 차이는 경계가 희미하고 불명확하다.

비범한 인간은 일단 아이러니라는 표지만으로도, 비속한 인간과, 그리고 비속한 인간의 형제뻘인 동물과 다르다. 아이러니는 우리가 우리의 의식을 의식하며, 우리의 의식이 두 상태를 넘나든다는 첫 번째 징표다. 소크라테스가 "나는 내가 아무것도 모른다는 것을 안다"는 말로 각인시킨 첫 번째 상태와, 산체스[24]가 "나는 내가 아무것도 모르는지 결코 알지 못한다"로 각인시킨 두 번째 상태. 첫 번째 상태에서 우리는 우리 자신을 교조적으로 의심한다. 그리고 모든 비범한 인간이 이 상태에 도달한다. 두 번째 상태에서 우리는 우리 자신을 의심할 뿐 아니라 우리의 의심 자체도 의심한다. 극히 소수의 자들만이 이 지점에 도달했다. 짧으면서도 참으로 길었던 그 순간 동안 우리 인류는 지구의 다양한 표면에서 태양과 밤을 목격했다.

자신을 안다는 것은 길을 잃는다는 뜻이다. "너 자신을 알라"는 신탁의 말씀은 인간에게는 참으로 어려운 과제다. 헤라클레스에게 부여된 과제보다 어려우며 스핑크스의 수수께끼보다 더욱 불길하다. 의식적으로 자신을 모르기. 이것이 바로 방법이다! 양심에 따라 자신을 모른다는 것은 아이러니의 적극적 수행이다. 더 위대한 것을 나는 알지 못한다. 우리의 자기-자신-모름을 참을성 있게 그리고 강렬하게 분석하고 우리 의식의 무의식을 의식적으로 기록하는 일. 독립적인 그림자의 형이상학, 환멸의 황혼을 시로 기록하는 일보다 진실로 위대한 인간에게 더 잘 어울리는 것은 없다.

그러나 우리는 아직도 자꾸만 착각에 빠지고, 분석은 예리함을 상실한다. 다음번 길모퉁이에서 진실이, 설사 거짓 진실이라 해도, 불쑥 등장하기를 기다린다. 이런 것이 삶 자체보다 우리를 더욱 피곤하게 한다. 이런 피곤은 삶의 모든 인식과 관조의 피곤을 합한 것보다 더욱 지독하다.

나는 생각 속 정돈되지 않은 인상들을 나 자신에게 들려주고 있던 탁자에서 일어선다. 나는 몸을 일으키고, 내 몸으로 내 몸을 지탱하면서 창가로 다가간다. 창은 주변 집들의 지붕보다 더 높이 나 있다. 내 눈 아래 서서히 시작되는 밤의 고요 속에서 잠자리에 들고 있는 도시가 펼쳐진다. 커다랗고 하얀 달 아래, 다양한 모양의 집들과 테라스가 슬픈 바다처럼 일렁인다. 얼음같이 차가운 달빛이 세계의 비밀을 비추고 있다. 모든 것을 드러내고 있다. 모든 것은 그림자다. 여기저기 보이는 빛의 얼룩, 거짓의, 불균일하고 불합리한 틈새의 여백들, 가시적인 것들의 부조리함. 한 줄기 바람도 불지 않고, 비밀은 더욱 커 보인다. 내 추상적 사고는 구역질이 난다. 나에게든 누구에게든 인식의 빛을 밝혀주는 글은 단 한 페이지조차 쓰지 못하리라. 흐릿하고 가벼운 구름이 마치 무언가를 덮으려는 몸짓으로 달을 스쳐 지나간다. 이 지붕들처럼, 나는 아무것도 모른다. 이 모든 자연처럼, 나는 좌초했다.

150

인간 지성의 형상을 입은 본능적 존재의 완고함. 그것은 나에게 심오한 관조의 정반대 지점을 가리킨다. 의식의 부자연스러운 가면은 그것이 은폐할 수 없는 무의식을 더더욱 선명하게 보여줄 뿐이다.

탄생부터 죽음까지 인간은, 동물의 운명을 결정하는 것과 똑같은 바로 그 외형의 노예로 살아간다. 인간은 일생 동안 사는 것이 아니라 연명한다. 비록 그것이 동물들이 하는 것보다 더 높은 수준이고 다양한 차원에서 이루어지기는 하지만 말이다. 인간은 특정한 규범을 준수한다. 그런 규범이 있다는 것, 자신이 그 규범을 따른다는 것을 조금도 모르는 채로. 인간의 생각과 감정, 행동은 무의식적이다. 그들이 의식이 갖지 않아서가 아니라, 이중의 의식을 갖지 못하기 때문이다.

삶이 환영이라는 막연한 추측, 더 이상의 다른 것이 아니라 바로 그 추측이 위대한 인간을 만든다.

생각이 자유롭게 부유하도록 놓아두는 방식으로, 나는 평범한 삶의 평범한 이야기들에 대한 사색에 잠긴다. 의식의 밑바닥에 가라앉은 열정의 노예들, 외부 환경의 노예들, 그리고 그들 자잘한 입자들을 서로 충돌하게 만드는 사회적·반사회적 충동에 사로잡힌 노예들을 떠올린다.

나는 얼마나 자주 마주쳤던가, 삶의 부조리, 하찮음 그리고 언어적 무지가 그대로 실려 있는 말을 매번 똑같이 반복하는 사람들을. 항상 물질적 쾌락과 연결되는 말. "삶에서 이것을 가져가는도다…." 삶의 어디서 가져간단 말인가? 어디로? 무엇을 위해서? 이런 질문을 던져서 그들을 몽롱한 상태에서 깨어나게 만드는 것은 안쓰럽기까지 하다. … 그것은 오직 물질주의자만이 가능하다. 그런 말을 하는 사람이라면, 설사 무의식중에 나왔다 해도, 물질주의자일 수밖에 없기 때문이다. 물질주의자는 삶에서 무엇을, 어떻게 가져가기를 원하는가? 돼지고기 커틀릿, 붉은 포도주 그리고 우연히 엮인 그저그런 인연을 몽땅 어디로 가져간단 말인가? 그가 믿지도 않은 하늘나라로 가져갈 것인가? 썩어가는 살덩이말고 다른 아무것도 넘겨주지 못할, 그의 생명 전체를 구성하는 잠재적 성분이었던 흙속으로? 이보다 더 비극적이고 인간의 본성을 정확하게 누설하는 말은 또 없다고 생각한다. 만약 식물이 자신들이 햇빛을 즐기는 것을 의식하고 있다면, 바로 그렇게 말을 할 것이다. 동물이라면 밤에 돌아다니는 즐거움에 대해서 인간처럼 말할 수 있을 것이다. 누가 알겠는가, 나 또한, 지금 내가 쓰는 이 글은 오래 존속할 거라는 막연한 느낌을 가지고 있으며, 이 글을 썼다는 기억이야말로 내가 "삶에서 가져갈 품목"이라고 속으로 생각하고 있을지. 평범한 인간의 아무짝에도 쓸모없는 시체는 결국 보편의 흙으로 돌아가니, 마찬가지로 아무짝에도 쓸모없는 내 글의 시체 또한, 비록 읽히기 위해 쓰였지만 결국은 보편의 망각 속으로 사라질 운명이다. 한 사람의 돼지고기 커틀릿, 그의 포도주, 그의 여자친구라고? 그것들을 조롱하고 있는 나는 도대체 누구인가?

무지를 공유하는 우리의 형제들, 제각각 다르지만 같은 핏줄, 제각각 다른 외모이지만 같은 유전자, 그런 우리 중 누가 다른 이를 부인할 수 있는가? 사람은 자기 아내를 부인할 수는 있다. 그러나 어머니는 부인할 수 없다. 아버지도 부인할 수 없으며 형제도 마찬가지다.

151

느릿한 달빛 아래, 천천히 부는 바람을 따라 사물은 천천히 움직이고, 사물의 움직임에 따라 그림자들도 함께 움직인다. 아마도 그건 내 위층 집에서 빨랫줄에 널어놓은 빨래들의 흔들림일 것이다. 그러나 그림자는 셔츠에 대해서 아무것도 알지 못한다. 모든 사물과 침묵의 하모니를 이루면서, 납득할 수 없는 형체로 펄럭일 뿐이다.

나는 창의 덧문을 열어두었다. 아침에 일찍 일어나기 위해서다. 그러나 아직까지도, 늙어버린 밤에서 더 이상 아무런 소리도 감지할 수 없을 때까지도 나는 잠들지 못했고, 그렇다고 완전하게 정신이 맑은 것도 아니다. 내 방의 그늘 뒤편으로 달의 모습이 보인다. 그러나 달빛은 창을 뚫고 방으로 들어오지 못한다. 마치 공허한 은색으로 가득 찬 낮의 모습 같다. 내 침대에서 보이는 맞은편 건물의 지붕이 거무스름한 흰빛으로 어른거린다. 저 높은 곳으로부터 내려온 인사의 들리지 않는 여운처럼, 슬픈 평화로움이 견고한 달빛 속에 가라앉아 있다.

보지도 않고, 듣지도 않고, 멀리 달아나버린 잠의 너머로 두 눈을 감은 채 나는 생각해본다. 그 어떤 진실의 언어로 저 달빛을 묘사할 수 있을까. 노인들은 말하리라, 달빛은 희거나 혹은 은빛이라고. 그러나 우리의 시각을 혼동시키는 달빛은 사실 수많은 색채의 혼합이다. 내가 침대에서 일어서서 차가운 유리창 밖을 내다보면, 저 위, 고독한 높은 하늘에는, 보나마나 분명히 잿빛의, 푸르스름한 흰색의, 광택 없는 노란 달이 흘러가고 있으리라. 갖가지 다양한 모양으로 펼쳐진 어두운 지붕들 위에 뜬 달은 수동적으로 몸을 맡기는 집들을 곧 흑백으로 물들이며, 적갈색 높다란 기와지붕들을 곧 색채 없는 색채로 덮게 된다. 아래쪽 거리에는 고르지 않은 모양으로 울퉁불퉁 깔린 발가벗은 포석들의 평화로운 심연, 그곳에서 달빛은 아무런 색채가 없다. 단지 포석의 거무스름한 잿빛이 반사된 푸른빛뿐. 지평선 깊숙한 곳은 검푸른색의 천공과 달리 진푸른색일 것이다. 유리창에 와서 부딪히는 빛은 검은색을 띤 노란색이다.

내가 눈을 뜨면, 나를 피해 달아나기만 하는 잠이 돌연히 눈동자를 엄습한다. 여기 침대에서 보는 달빛은 눈 오기 직전 색채가 되어버린 대기와 같다. 진주모 섬유들이 그 안에서 느릿하게 자라난다. 내 느낌으로 생각해보면 그것은 권태이며, 불명확한 흰빛 위로 눈꺼풀을 닫듯이 점점 어두워지는 하얀 그림자다.

152

매번 뭔가를 끝까지 완수해낼 때마다 나는 스스로 깜짝 놀라곤 한다. 나는 놀라면서 우울에 빠진다. 완벽을 추구하는 내 본성은 무슨 일을 완결한다는 것을 용납할 수가 없다. 심지어는 무슨 일을 착수하는 것조차 금지해버린다. 하지만 처음에는 그런 의식을 하지 못하고 일단 작업을 시작하고 만다. 그러므로 내가 뭔가를 이룬다면 그것은 결코 강한 의지의 산물이 아니라 도리어 의지가 빈약한 탓이다. 나는 통찰력이 부족하기 때문에 일을 시작하게 되고, 그것을 멈출 용기가 부족하기 때문에 끝까지 가는 것뿐이다. 이 책은 내 비겁함의 결과다.

내가 한참 생각을 하다가 자꾸만 자연 풍경을 떠올리면서 생각을 중단해버리는 이유는, 현실의 혹은 허구의 인상에 어울리는 다양한 풍경이 내 창의력의 무능을 외면해버릴 수 있는 탈출구이기 때문이다. 이 책의 언어는 나 자신과의 대화에서 나오는데, 그렇게 혼자만의 대화에 빠져 있던 도중에 순간적으로 타인과 대화를 나누고 싶다는 강한 욕망을 느끼면, 바로 지금처럼, 나는 지붕들 위에 폭포처럼 쏟아지는 빛을 향해 말을 건다. 소리 없는 산사태로 무너질 듯하여 더욱 가까이 보이는 도시의 비탈 위, 부드럽게 휘어진 모양으로 서 있는 높다란 나무들에게 말을 건다. 급격하게 경사를 이루며, 플래카드처럼 겹겹이 서 있는 집들에게 말을 건다. 하나하나의 창문은 플래카드의 철자와 같다. 죽어가는 태양이 축축한 접착제를 이용해 이 모두의 표면에 금박을 붙여놓았다.

더 잘 쓰지도 못한다면, 무엇 때문에 나는 쓰고 있는 것인가? 그러나 내가 쓸 수 있는 것을 쓰지 않고, 그리하여 내가 나 자신보다 더 열등한 것으로 머물러 있는다 해도, 그렇다 해도 무엇이 달라질 것인가? 현실의 산물을 추구하는 나는 기를 쓰면서 발버둥 치는 하찮은 평민이다. 어두운 방안에 홀로 남을 것이 두려운 사람처럼, 나는 감히 침묵할 용기가 없다. 나는 노력보다 훈장을 더욱 높이 평가하는 사람이며 남의 깃털을 집어와 자신을 꾸미고 싶어한다.

나에게 글쓰기는 자기경멸이다. 하지만 나는 글쓰기를 놓지 않는다. 나에게 글쓰기는 혐오하면서도 끊을 수 없는 마약과 같다. 경멸하면서도 발을 빼지 못하는 악덕과 같다. 불가피한 독이 있다. 글쓰기는 미묘한 삶의 유형이다. 영혼의 성분, 꿈의 숨겨진 폐허에서 채취한 약초, 생각의 무덤에서 꺾어온 검은 양귀비꽃, 저승의 강변에서 요란하게 가지를 흔드는 음란한 나무의 길쭉한 잎사귀들로 이루어진.

그렇다, 글쓰기는 나에게 상실이다. 하지만 상실 아닌 것은 없다. 잃는 것은 모두의 운명이기 때문이다. 그러나 나는 기쁨 없이 잃는다. 익명의 시냇물로 태어나 강어귀에서 바다로 합쳐지는 강물과 달리, 나는 파도가 남기고 간 해변의 물웅덩이처럼 모래 속으로 사라져 갈 뿐 결코 바다로 되돌아가지는 않는다.

153

안간힘을 써서 의자에서 일어선다. 하지만 여전히 의자가 내 몸에 매달려 있는데, 그것이 주관성의 의자이므로 지독하게 무겁다는 느낌을 벗어날 수가 없다.

154

나에게 나는 누구인가? 단지 내 감각의 하나일 뿐이다.

구멍 난 양동이처럼 내 심장이 나도 모르게 텅 비어버린다. 생각?
느낌? 규정된 것들은 전부 얼마나 지겨운가!

155
1931년 3월 10일

많은 사람들이 오직 지루하기 때문에 일을 하듯이, 때때로 나는 아무 할 말이 없기 때문에 글을 쓴다. 나는 꿈꾸는 상태에 빠진다. 생각하지 않는 자라면 그런 백일몽 속에서 자신을 잃겠지만, 나는 글을 쓰면서 나를 잃는다. 나는 산문으로 꿈을 꿀 수 있기 때문이다. 느낌이 배제된 이러한 상태로부터 나는 여러 가지 솔직한 느낌을 창조한다. 여러 가지 진짜 정서를 창조한다.

사람은 공허 속에서 삶을 느끼는데, 어느 순간 그 공허는 구체적 밀도에 도달한다. 행동하는 위대한 사람들에게, 특히 모든 행동에 정열의 일부가 아닌 전부를 바치는 성인들에게, 삶의 무위를 느끼는 감정은 무한한 차원으로 이어진다. 그들은 밤과 별들의 화관을 쓰고 고요와 고독의 성유를 바른다. 겸허하게 말해서 나 자신과 같은 그런 행동 없는 위대한 이들에게는, 같은 감정도 무한한 소립자로 축소되어버린다. 우리는 감각을 고무줄처럼 잡아 늘인다. 그리하여 감각의 거짓된, 탄력 있는 내구성의 모공까지도 목격하게 된다.

두 부류의 사람들은 모두 이런 순간, 단순한 인간 종의 특성을 가질 뿐 행동하는 인간도 행동하지 않는 인간도 아닌 그냥 평범한 대다수 인간들처럼, 잠을 갈망하게 된다. 잠은 신과의 융합이다. 사람들이 무어라고 부르던 상관없이 잠은 열반의 상태다. 감각을 영혼의 원자학처럼 세밀하게 맞추는 식이거나 아니면 의지의 음악처럼 단조로움이란 글자의 철자를 더디게 바꾸면서 내내 진행되는 식이거나 상관없이, 잠은 감각의 느린 분석이다.

글을 쓰는 동안 나는 아무것도 보이지 않는 진열장 앞에 선 사람처럼 말을 고르면서 시간을 허비한다. 나에게 허용된 것은 오직 절반만큼의 의미, 표현의 파편뿐이다. 그것은 보지 못한 섬유의 색깔이며 내가 알지 못하는 사물을 조합하여 만든 조화의 전시품이다. 나는 쓴다. 아이의 죽음 때문에 넋이 나간 어머니처럼, 나는 나를 흔들어 재운다.

정확한 일자는 알지 못하지만 언젠가 나는 이 세상에 살고 있는 나를 발견했다. 나는 태어나서부터 그날까지의 생애를 아무 의식 없이 보냈던 것이다. 내가 어디 있는지 물으면 모두들 나에게 거짓을 말했고, 이 사람의 말과 저 사람의 말이 서로 달랐다. 내가 무엇을 해야 할지를 물으면 모두들 솔직하게 대답을 해주지 않았으며, 다들 하는 말이 제각각 달랐다. 그래서 당황한 내가 엉거주춤 제자리에 멈추어 서면, 아무도 모르는 길을 내가 계속해서 가지 않는 것을, 그러면서 돌아서지도 않는 것을 모두 의아하게 여기곤 했다. 나, 어느 교차로에서 문득 정신이 든 나는, 내가 어디서 왔는지를 몰랐다. 문득 정신이 들고 보니 나는 무대 위에 있었고, 내 역할이나 대사에 대해서 전혀 알지 못하는 상태였다. 타인들은 유창하게 자기들 대사를 낭독했지만, 사실 그들이라고 해서 배역에 대한 이해가 나보다 더 나은 것도 아니다. 나는 시종의 분장을 하고 있었는데, 여왕을 보지는 못했다. 사람들은 그것이 내 잘못이라고 했다. 내 손에는 전달해야 할 전언이 들려 있었으며, 그것이 아무것도 적히지 않은 빈 종이라고 내가 말을 하자 사람들은 나를 비웃었다. 나는 아직도 사람들이 왜 비웃었는지 알지 못한다. 원래 모든 종이는 아무것도 적히지 않은 빈 종이인지, 아니면 원래 모든 전언은 받는 사람이 알아서 추측하는 것인지, 아직도 나는 알지 못한다.

마침내 나는, 존재하지 않는 난롯가에 앉듯이, 교차로의 표지석 위에 주저앉았다. 오직 혼자서, 나는 사람들이 내게 던진 거짓말로 종이

배를 접기 시작했다. 누구도 나를 믿으려 하지 않았다. 심지어는 내가 거짓말쟁이라고 믿는 사람도 없었다. 믿으려 하지 않았다. 내 행위의 타당성을 뒷받침해줄 호수는 없었다.

잃어버린 무익한 언어들, 모호한 공포의 그림자와 연결된 무분별한 은유들…. 내가 알지 못하는, 어딘가의 가로수길에서 보냈던, 좋았던 시간의 흔적…. 어둠 속에서 황금빛으로 타오르던 램프, 꺼져버린 빛의 기억…. 바람이 아니라 흙 속을 향해서 건네지던 말이 기운 없는 손가락에서 흘러내린다. 보이지 않는 영원의 나무에서 떨어지는 시든 이파리처럼…. 멀리 있는 농장의 연못을 그리워함이여…. 한번도 발생하지 않았던 일에 대한 애틋함이여….

삶이여! 삶이여! 페르세포네의 침대에서라면 편히 잠들 수 있을지도 모른다. …

156

부서진 내 삶의 기억을 호숫가에서 지키고 있는 압제의 여왕은 누구인가? 나는 훨훨 날아가는 내 안식의 푸른 시간에 가닿지 못하는 가로수길의 시종이다. 멀리 보이는 범선이 내 테라스에서 물결치는 바다를 완성한다. 남쪽 구름들 속에서 나는 노를 놓치듯이 영혼을 잃는다.

157

내 안에 스스로 하나의 국가를 건설한다. 정치, 정당, 혁명, 스스로 이 모든 것이 되고, 국민인 나를 위해 진짜 범신론적 신이 되고, 국민의 육체와 영혼, 그리고 국민이 딛고 선 대지의 본질과 행위가 되며, 국민이 행하는 것이 된다. 모든 것이 된다. 그들이 되고, 그들 아닌 것이 된다. 슬프도다, 내가 이루지 못할 꿈이 또 하나 있구나. 내가 그것을 이루게 된다면, 아마도 그때 나는 죽을 것이다. 이유는 알 수 없지만 그런 종류의 성취 이후에 인간은 살아 있지 못할 것이다. 신과의 대적, 신의 주권을 찬탈하여 스스로 모든 것이 되어버리는 신성모독은 그토록 위대하다.

감각의 예수회를 창조하는 것은 얼마나 큰 즐거움인지!

은유는 많은 경우 길거리의 인간보다 더욱 실제적이다. 책 속에 숨어 있는 삽화들은 많은 경우 평범한 남자와 여자들보다 더욱 가시적으로 살아간다. 문학의 문장들은 많은 경우 인간과 같은 개성을 자체에 갖추고 있다. 나는 내 글을 읽으면서도 종종 놀라움에 얼어붙곤 한다. 문장들은 그 정도로 선명하게 살아 있는 존재처럼 모습을 드러내고, 밤이면 내 방의 벽에 뚜렷한 그림자를 형성한다. … 내가 쓴 글들을 소리 내어 읽으면 문장들이 만들어내는 울림을 도저히 간과할 수 없으며, 그것이 절대적 외양과 완전한 영혼을 갖춘 그 무엇으로부터 전적으로 유래했음을 알게 된다.

왜 나는 종종 앞뒤가 맞지 않는 모순적인 꿈과 꿈의 연구방식을 이어나가는가? 아마도 그건 내가 거짓된 것을 진실된 것으로 지각하는 데 매우 익숙해서일 것이다. 나는 꿈을 실제로 본 것처럼 생생하게 감지할 수 있는데, 그 대가로 진실과 거짓을 구별하는 인간의 오판능력(내 생각에 의하면)을 지불했기 때문이다.

뭔가를 실제로 느끼려면, 눈이나 귀 혹은 그 밖의 다른 감각으로 선명하게 보고 감지하는 것만으로 충분하다. 심지어는 서로 부합하지 않는 두 가지 사실을 동시에 인식하는 것도 가능하다. 모순은 아무런 문제가 되지 않는다.

많은 인간들은 자신이 회화 속 인물이 되지 못함을, 카드 그림 속 형상이 되지 못함을 꽤 오랫동안 괴로워하는 경향이 있다. 오늘의 시간을 살면서 중세의 인물이 되지 못함을 무슨 저주처럼 받아들이는 사람들이 많다. 나도 예전에는 그것 때문에 고통스러워했지만 지금은 아니다. 나는 그 문제를 넘어설 만큼 성숙했다. 하지만 아직도 나를 괴롭히는 것은, 서로 다른 시간과 공간을 가진 서로 다른 우주에 속한 서로 다른 두 왕국의 두 명의 왕이 되어 그들 각각의 꿈을 동시에 꿀 수 없음이다. 이 일이 불가능하다는 것은 나에게는 고통이며 굶주림의 맛이다.

불가해한 것을 꿈꾸고 그것을 명확히 언어화하는 것은, 그 분야에 능통한 나조차 흔하게 겪지 못하는 위대한 승리 중의 하나다. 그렇다, 예를 들어서 나는 동시에, 각각 별개이며 뒤섞이지 않는 방식으로, 어느 강변에서 산책하고 있는 남자이자 동시에 그와 동행하는 여자가 되는 것을 꿈꾼다. 동시에, 똑같은 선명함으로, 똑같은 방식으로, 따로따로 개별적으로 있는 나를 보기 원한다. 두 존재에 똑같이 감정이 입할 수 있기를 원한다. 남쪽 바다를 항해하는 의식을 지닌 배이자 동시에 어느 책의 한 페이지가 되기를 원한다. 얼마나 부조리할 것인가! 그러나 이 세상의 모든 것이 부조리하다. 그 꿈은 차라리 가장 덜 부조리한 종류에 속하리라.

158

비록 꿈속에서나마 저승의 신 하데스처럼 페르세포네를 납치했던 남자에게, 여자의 사랑이란 꿈 자체와 얼마나 다를 것인가?

셸리와 마찬가지로 나도 안티고네를 이미 한참 전부터 사랑해왔다. 현세의 모든 사랑은 나에게는 오직 상실의 기억을 자극할 뿐이었다.

159

너무도 멀게 느껴지는 바람에 마치 과거에 읽은 책의 한 부분이나 낯선 사람의 입에서 나오는 체험과 다를 바 없는 청년 시절, 나는 사랑으로 인해 두 번의 비통한 굴욕을 즐겼다. 오늘날 이만큼 성숙한 위치에서 멀다고도 가깝다고도 할 수 없는 그 시간을 내려다보면, 젊은 시절 일찌감치 환상을 벗고 냉정해질 기회를 얻은 것이 어쨌든 나에게 좋은 경험이었다는 생각이다.

사실 아무런 사건도 일어나지 않았다. 오직 나에게 일어난 일만이 있었다. 가슴속의 깊은 고통은 겉으로 볼 때 수백만의 인간이 똑같이 겪는 일에 불과하다. 하지만 (…)

아주 이른 나이에 나는 감수성과 이성의 동시적이고 공통적인 경험을 바탕으로, 상상의 삶이야말로 좀 허약해 보이기는 하지만 그래도 나와 같은 천성에는 가장 적합하다는 확신을 얻었다. (상상의 결과 생겨난) 내 판타지의 허구는 지겨워질 수는 있지만 고통이나 굴욕을 주지는 않는다. 상상의 연인은 거짓의 미소를 짓는 것이 불가능하기 때문이다. 속임수의 몸짓을 하지 않으며, 계산에서 나온 다정함을 보이지 않는다. 그들은 우리를 결코 떠나지 않는다. 심지어 우리를 위해 존재하기를 멈추는 법도 없다.

우리 영혼이 가장 두려워하는 것은 우주적 질서의 파괴다. 그것이 무너지면 태양과 별들이 궤도를 잃고 우리의 머리 위로 쏟아져 내린다. 감정을 느끼는 모든 영혼에게 언젠가는 그러한 묵시록의 재앙이 엄청난 위력의 공포와 함께 닥칠 것이다. 그때 하늘과 전 우주가 절망에 빠진 그들을 짓밟는다.

자기 스스로는 우월하다고 느끼지만 운명으로부터는 하찮은 존재보다 더욱 하찮게 취급당하는 것, 이러한 상황에서 그 어떤 인간이 인간임을 자랑스러워할 수 있겠는가?

　어느 날 내가, 모든 예술을 하나로 합한 것만큼 천재적인 필력을 부여받는다면, 그때 나는 잠을 위한 찬가를 쓰겠다. 나는 잠보다 더 뛰어난 삶의 쾌락을 알지 못한다. 생명과 영혼의 완전한 소등 상태, 다른 모든 존재와 인간의 완벽한 배제, 기억도 환상도 없는 밤, 과거도 없고 미래도 없는 시간 (…)

160
1931년 4월 8일

    이날 온종일, 무심하게 흩어진 구름을 따라 흘러간 암울한 하루, 혁명의 말이 모든 것을 지배했다. 사실이든 아니든 그런 이야기들이 쉬지 않고 들려오면서 나는 하루 내내 경멸과 구토감이 뒤섞인 육체적인 불쾌감에 시달렸다. 누군가 반항을 하고 소란을 피우면 뭔가를 바꿀 수 있다고 믿는다는 점, 그것이 내 이성을 힘들게 했다. 나는 항상, 형태가 무엇이든간에 폭력이야말로 인간의 아둔함을 드러내는 대표적 상징이라고 생각해왔다. 따라서 모든 혁명가는 바보이며, 비록 정도가 덜하기는 하지만 모든 개혁가도 마찬가지다.

    혁명가 혹은 개혁가는 모두 똑같은 착각에 빠져 있다. 인간의 전부에 해당하는 삶 혹은 거의 전부에 해당하는 존재를 장악하거나 변화시킬 능력이 없는 인간이, 자신의 외부로 도피하여 다른 인간들 혹은 외부세계를 변화시키려 하는 것이기 때문이다. 모든 혁명가와 모든 개혁가는 도피자다. 외부와의 싸움에 뛰어든다는 것은 자기 자신과 투쟁할 능력이 없다는 뜻이다. 사회를 혁신한다는 것은 자기 자신을 더 낫게 개량할 능력이 없다는 뜻이다.

    진실로 감성적이고 이성적인 인간은 세계의 혐오스러움과 불의가 더 이상 견딜 수 없을 때, 당연히 그것들이 가장 자명하게 출몰하는 장소, 즉 자기 자신 안에서 그것과 대결을 벌이려고 시도한다. 그리고 일생 동안 그 일에 몰두한다.

    모든 것은 우리의 세계관에 달려 있다. 우리의 세계관을 바꾸는 것이 곧 우리의 입장에서 세계를 바꾸는 것이며, 그것이 곧 세계를 바꾸는 것이다. 우리의 세계는 우리의 입장에서 본 세계일 뿐, 그 외의 다른 것이 결코 아니기 때문이다. 한 페이지의 글을 아름답고 유려하게 쓰기 위하여 우리가 마음에서 호출하는 내면의 정의감, 죽어버린 우리의 느낌을 다시 되살리기 위한 실제의 개혁, 이것이 진실이다. 이것이 우리의 유일한 진실이다. 세상의 다른 일들은 오직 풍경이다. 우리의 느낌을 둘러싸는 액자이며 우리의 사고를 포장하는 껍질일 뿐이다. 들판과 집, 플래카드와 사람들의 의상을 포함한 사물과 존재의 화려한 풍경인지, 아니면 진부한 어휘와 닳아버린 몸짓을 지닌 채 어느 한순간 표면으로 반짝 떠올랐다가 즉시 인간 언어의 근본적 어리석음이라는 밑바닥으로 가라앉아버리는 단조로운 영혼의 색채 없는 풍경인지 상관없이 말이다.

혁명? 변화? 내가 진심으로, 간절하게 염원하는 것은 오직 한 가지다. 하늘을 회색으로 뒤덮은 납처럼 무거운 저 구름이 얼른 사라져주는 것이다. 나는 구름 사이로 푸른 하늘이 보고 싶을 뿐이다. 그것은 확실하고 분명한 진실이다. 왜냐하면 진실은 아무것도 아니며, 아무것도 되고 싶어하지 않기 때문이다.

161

집단의 도덕을 말하는 언어만큼 나를 불쾌하게 만드는 것은 없다. '의무'라는 말만 들어도, 나는 초대하지 않은 손님이 찾아온 것만큼 기분이 나빠진다. 게다가 '시민적 의무' '단결' '인도주의' 등등의 종류는, 누군가 쓰레기통을 내 머리 위로 쏟아버린 것만큼이나 역겹다. 그런 개념들이 나와 어떤 연관이 있을 거라고, 내가 그것들에게 가치를 부여할 뿐만 아니라 심지어 의미를 두고 있을 거라고, 누군가 그렇게 간주할 수도 있다는 생각만으로도 나는 마음에 심각한 상처를 받는다.

얼마 전 나는 한 장난감 가게 진열장에서, 바로 위와 같은 개념들의 실체를 연상시키는 몇몇 상품을 보았다. 인형 식탁 위에 모형 음식을 담은 장난감 접시들이 놓여 있었다. 감각적이고, 자기중심적이며, 허영심이 있고, 이야기를 할 줄 알기에 타인들의 친구가 되며, 삶을 살 줄 알기에 타인들의 적이 되는 인간, 왜 이런 인간이 감각도 없고 소리도 낼 줄 모르는 인형과 놀아야 하는가?

통치에는 두 가지 기본원칙이 있다. 고삐를 조이는 것과 속이는 것이다. 위의 애매한 개념들이 가진 문제점은, 고삐를 조이는 것도, 속이는 것도 아니라는 데 있다. 그들은 일단 도취시키고 들어가는데, 그건 분명 기존의 통치와는 다른 종류의 통치다.

내가 무언가를 증오한다면, 그것은 개혁가다. 개혁가는 세계의 피상적인 재앙을 알아차리고 그것을 고치려 하지만 결과적으로는 근본적인 문제를 더욱 심화시키는 인간이다. 의사는 병든 육신을 건강한 육신의 기준으로 끌어올리려고 한다. 하지만 무엇이 사회의 병든 상태이고 건강한 상태인지, 우리는 알지 못한다.

나는 장식미술 풍경화의 마지막 학파가 되어 인류를 관찰한다. 나는 한 인간과 한 그루의 나무 사이에 본질적인 차이가 있다고 보지 않는다. 당연히 둘 중에서 내 사색의 눈에 더욱 장식적이고 흥미롭게 보이는 쪽을 선호한다. 내 관심의 대상인 나무가 베어질 경우, 한 인간의 죽음보다 나를 더욱 슬프게 할 것도 당연하다. 그래서 희미해져가는 석양이 나에게는 한 아이의 죽음보다도 더욱 가슴이 아픈 것이다. 나는 느끼기 위하여 내 느낌을 배제한다.

하루가 다 끝나갈 무렵, 색채가 깃든 가벼운 바람이 불어오는 시간이다. 이런 순간에 어설픈 글이나 적고 쓰고 있으니 거의 죄책감을 느낄 정도다. 사실 색채를 띤 것은 바람 자체가 아니다. 그것은 바람이 주저하며 실려오는 대기다. 하지만 내 눈에는 바람이 색채를 띤 것으로 보이므로 그렇게 표현을 한다. 나는 절대적으로 내 눈에 보이는 것을 말해야 한다. 나는 나이기 때문이다.

162

우리가 삶에서 불쾌함을 느낄 때, 바보짓을 하거나, 아무 생각 없이 행동하거나, 자신의 소임을 망각해버렸을 때, 그럴 때 우리는 단순히 운이 나빴을 뿐이라고, 그런 불행한 사건은 우리의 영혼에 본질적으로 어떤 영향도 끼치지 못한다고 생각해야 한다. 우리는 삶의 괴로움을 마치 치통이나 티눈처럼 받아들여야 한다, 그것들이 설사 우리 몸에 달라붙어 있을지라도 외부적인 존재이며, 우리의 유기체적 성격에만, 즉 우리의 육신에만 문제가 되기 때문이다.

어떤 점에서는 신비주의와도 상통하는 이런 사고방식을 확립하게 되면 우리는 세계 앞에서 안전할 뿐 아니라 우리 자신으로부터도 안전해진다. 우리 안의 피상적이고, 낯설고, 상반되는 것들, 따라서 우리 안의 적들을 물리칠 수 있기 때문이다.

호라티우스[25]는 말했다. 의로운 이는 주변 세계 전체가 무너져 내릴지라도 흔들리지 않는다. 기이한 그림이지만, 그것이 의미하는 바는 옳다. 주변의 모든 것이 무너져 내린다면 함께 공생하는 우리 존재의 명분이 무너져 내리는 것이겠지만, 그래도 우리는 흔들리지 말아야 한다. 우리가 의인이라서가 아니라, 우리는 우리 자신이기 때문이다. 우리 자신이 된다는 것은 무너져 내리는 외부 사물에 영향을 받지 않음을 의미한다. 설사 그들이 우리의 존재 이유 바로 위로 쏟아져 내릴지라도 말이다.

최고의 인간에게 삶은 대결을 거부하는 꿈이다.

163

　직접적인 경험은 상상력이 없는 인간들을 위한 은신처 혹은 탈출구다.

　호랑이 사냥꾼이 처할 수 있는 위험에 대해서 읽다 보면 강도가 너무 약해서 느껴지지 않는 것을 제외한 다른 모든 위험, 감각할 수 있는 모든 종류의 위험을 나는 실제로 느낀다.

　행동하는 인간은 이해하는 인간의 비자발적 노예다. 사물은 인간이 부여한 만큼의 가치만 소유한다. 그래서 어떤 이들은 사물을 창조하고, 다른 이들은 그 사물에 특별한 의미를 부여하여 사물들이 살게 만들어주는 것이다. 이야기하는 것은 창조하는 것인 반면 산다는 것은 오직 살아지는 것에 불과하다.

164

비활동은 모든 것을 잊게 만드는 위로다. 행동하지 않음은 우리에게 전부를 준다. 상상은 행동 속에서 사멸해버리지 않는 한 이 세계 전부다. 누구도 전 세계의 왕이 될 수는 없다. 만약 그렇다면 그것은 꿈속에서뿐이다. 그런데 우리는, 자기 자신을 진실로 아는 자라면 누구나 세계의 왕이 되고 싶어한다.

생각은 하면서도 존재하지 않는 것, 이것이 왕관이다. 소망하면서도 가지려고 하지 않는것, 이것이 왕관이다. 우리가 포기하는 것이 우리에게 속한다. 우리는 그것을 꿈속에서, 존재하지 않는 영원한 햇빛 아래 보관하기 때문이다. 존재할 수 없는 달빛 아래 영원히 보관하기 때문이다.

165

내 영혼이 아닌 것은 내가 그것을 원하는지 여부와 상관없이 전부 무대를 꾸미는 장치이며 장식에 불과하다. 비록 다른 사람들도 나와 마찬가지로 살아 있는 인간이라고 내 이성은 말을 하지만, 무의식적이기 때문에 더욱 실제인 내 자아는 타인에게 한 그루 아름다운 나무보다도 덜한 의미를 부여한다. 나는 이미 오래전부터 인간을 둘러싸고 움직이는 모든 것, 역사적인 대규모 비극이나 그로부터 파생한 효과들을, 알록달록한 채색띠 장식품 혹은 그 위에 그려진 영혼 없는 인물들이라고 간주해왔다. 중국에서 일어난 참혹한 사건은 결코 나를 우울하게 만들지 못한다. 페스트와 핏자국으로 아무리 심하게 얼룩져 있다고 해도, 그것은 나에게 너무도 먼 무대장식이다.

노동자의 데모 행렬, 나는 아이러니한 슬픔을 갖고 그 광경을 회상한다. 나는 그들의 정당성을 높이 평가할 수 없다. 군중집회의 정당성 자체를 믿기가 힘들기 때문이다. 어떤 감정의 주체가 될 수 있는 것은 오직 홀로 있는 개별 인간뿐이다. 자제력을 잃은 성난 멍청이들의 무리가 한꺼번에 고래고래 소리를 지르고 구호를 외치며, 냉담하게 한쪽에 비껴선 내 무관심을 지나 앞으로 돌진했다. 불현듯 구역질이 났다. 그들 중 아무도 진정으로 참혹한 자는 없었다. 진실로 고통받는 자는 모이지 않는다. 그들은 연대를 형성하지 못한다. 고통받는 자는, 홀로 아프다.

얼마나 한심한 집단인지! 인간성도 고통도 모두 부족하지 않은가! 그들은 지극히 현실적이었고, 그래서 더 신뢰가 가지 않았다. 그들을 내세워 소설의 장면을 묘사하는 것도, 무대의 배경을 꾸미는 것도 불가능했다. 그들은 삶의 강물 위를 떠다니는 표류물이었다. 그들과 시선을 마주하는 것은 피곤했다. 나는 역겨웠고, 동시에 우월감을 느꼈다.

　인간의 삶을 주의 깊게 관찰해보면, 동물의 삶과 차이가 전혀 없다는 사실을 발견하게 된다. 인간의 삶이나 동물의 삶이나 무의식중에 사물과 세계에 의해 휘둘린다는 점은 동일하다. 둘 다 중간중간에 잠시 쉬어가는 시간이 있고, 둘 다 매일매일 신체적 조건에 따른 똑같은 일과를 반복한다. 둘 다 자신들이 생각하는 바를 넘어서서 생각할 줄을 모르며, 자신들의 삶 그 자체를 넘어서서 살 줄을 모른다. 고양이는 햇빛 속에서 기지개를 켜고 그 안에서 잠을 잔다. 인간은 온갖 복잡함이 뒤섞인 삶 속에서 기지개를 켜고 그 안에서 잠을 잔다. 인간도 동물도 운명으로 정해진 자신의 존재, 그 법칙을 벗어나지 못한다. 아무도 존재의 짐을 벗어던질 시도를 하지 못한다. 가장 위대한 부류의 인간은 명예를 사랑한다. 하지만 그것은 자기 자신의 불멸성이라는 명예가 아니라, 위대한 자조차 결코 이루지 못할 추상적인 불멸의 명예다.

　이러한 생각에 자주 몰두하다 보면, 평소에는 본능적으로 거부하던 유형의 인간들에게 감탄을 보낼 수밖에 없다. 신비주의자와 금욕주의자들, 모든 종류의 티베트 은둔자들, 모든 종류의 기둥 고행자(기둥 위의 성자라고도 한다. 일종의 금욕 수행의 방법으로 기둥 위에 올라서서 생을 보내는 초기 동방기독교의 수도자)들 말이다. 비록 기괴한 방식이기는 하지만 그들은 동물적인 법칙으로부터의 해방을 시도한다. 비록 바보스러운 방식이기는 하지만 햇빛 속에서 기지개를 켜면서 죽음에 대한 생각 없이 죽음의 순간을 기다리는 삶을 거부하려고 실제로 무언가를 시도한다. 그들은 기둥 위에 올라서 있으면서 뭔가를 찾아 헤매며, 빛 하나 없는 굴 속에서도 머나먼 그리움으로 수척하다. 그들은 비록 스스로에게 고통을 부과한 순교자이지만, 자신들이 모르는 그 무엇을 얻고자 원한다.

그와는 달리 대체로 더 복잡하면서 동물적인 삶을 사는 우리 모두
는, 연극에 등장한다는 사실 자체에 과시적인 만족감을 느끼는 말 없
는 연기자가 되어 무대를 엄숙하게 가로지른다. 개와 인간, 고양이와
영웅, 벼룩과 천재가 모두 "우리는 존재한다. 아무것도 생각하지 않으
면서"(우리 중 가장 뛰어난 자들은 오직 생각 자체만을 생각한다)라
는 작품을 별들의 위대한 침묵 아래서 공연하는 중이다. 우리와 다른
고통과 희생의 신비주의자들은 최소한 그들의 육체와 일상을 통해 비
밀의 마법적 현존을 감지한다. 그들은 눈에 보이는 태양을 거부함으
로써 해방을 얻었다. 그들은 세상의 공허로부터 자유로워졌으므로 충
족을 이루었다.

　그들에 관해서 말을 하면, 나는 스스로 신비주의자에 다가가게 된
다. 하지만 오늘 우연히 떠오른 영감에 따라 써놓은 이 글 이상이 되지
는 못한다. 나는 인류 전체가 그렇듯이 영원히 도라도레스 거리에 속
한 존재일 것이다. 나는 시에서든 산문에서든 언제나 하급사무원으로
기록될 것이다. 신비주의를 말하든 말하지 않든, 나는 언제나 장소에
속한 비굴한 인간이며 내 감각과 감각을 느낄 수 있는 시간의 노예일
것이다. 말 없는 거대한 하늘의 푸른 천막 아래서 나는 언제나 하인으
로 머물 것이다. 이해하지 못하는 제례의 완수를 위해 삶의 예복을 차
려입고 이유도 모르는 채 정해진 몸짓과 걸음을 수행하면서, 행사가
끝난 뒤, 혹은 이 행사를 위한 내 역할이 끝난 뒤 마침내 공원 뒤편에
있는 커다란 가건물 속에 들어가 맛난 과자를 씹어먹을 수 있기만을
고대하는 하인으로 머물 것이다.

167

모든 사물의 단조로움이 나를 지독히 음울하게 만들어, 마치 지하 감옥에 갇혀 있는 듯한 기분이 든다. 하지만 그 단조로움은 사실 다른 어떤 것도 아닌 바로 나 자신의 단조로움이라고 해야 한다. 우리가 어제 본 얼굴이라 해도 오늘 그것은 다르게 보인다. 오늘은 어제와 다르기 때문이다. 모든 날들은 모두 다르며, 지금껏 이 세상에는 똑같은 날이 단 하루도 없었다. 모든 것이 일관되게 유사해지는 동일함이란, 비록 그렇게 느껴질 뿐인 허위의 동일함이라 해도, 오직 우리의 영혼 안에서만 가능하다. 세계는 다양한 사물과 다양한 윤곽으로 이루어진다. 그러나 우리가 근시안이라면 세계의 불투명한 안개는 영원히 걷히지 않는다.

나는 달아나고 싶다. 내가 아는 것으로부터, 내 것으로부터, 내가 사랑하는 것으로부터 달아나고 싶다. 나는 홀연히 떠나고 싶다. 불가능한 인도나 모든 것이 기다리는 남쪽의 섬나라가 아니라, 어딘가 알려지지 않은 곳, 작은 마을이나 외딴 장소, 지금 여기와는 아주 다른 곳으로. 나는 이곳의 얼굴들을, 이곳의 일상과 나날을 더 이상 보고 싶지 않다. 나는 낯선 이방인이 되어 내 피와 살 속에 뒤섞인 위선에서 벗어나 쉬고 싶다. 휴식이 아니라 생명으로서 잠이 나에게 다가오는 것을 느끼고 싶다. 바닷가의 작은 오두막, 아니 험난한 산비탈 벼랑의 동굴이라 할지라도 내 이런 소망을 채우기에는 충분하다. 그러나 안타깝게도 내 의지는 그렇지 못하다.

삶은 노예제다. 여기서는 무조건 그것을 따라야 하고 피할 길도 없으며 반항할 수도 없기에, 다른 법칙은 삶에는 존재하지 않는 셈이다. 많은 이들이 노예로 이 세상에 태어난다. 어떤 이들은 살면서 노예가 되고, 어떤 이들에게는 노예 상태가 주어진다. 우리 모두가 자유에 대해서 느끼는 비겁한 사랑은 우리가 얼마나 노예제에 깊이 물들어 있는지를 보여준다. 만약 우리에게 자유가 주어지면 우리는 깜짝 놀라서 즉시 거부해버리고 만다. 이곳의 단조로움을 떠나 자신만의 오두막이나 동굴에서 자유롭게 있고 싶다고 방금 말했던 나 자신조차도, 그 단조로움이 내 것이며 영원히 내게 달라붙어 있을 것을 잘 알고 있으면서 과연 정말로 오두막이나 동굴로 떠날 수가 있을까? 나는 나로 인하여, 내가 있는 곳에서 숨막힘을 느낀다. 질식의 원인이 나를 둘러싼 사물이 아니라 다름 아닌 나 자신의 폐라면, 그렇다면 어느 곳에서 더욱 자유롭게 숨을 쉴 수가 있단 말인가? 순수한 태양과 탁 트인 들판이 그립다고, 눈에 보이는 바다와 선명하게 그어진 수평선이 그립다고 크게 외치는 나 스스로도, 낯선 침대에서 잠을 잘 자고 낯선 음식도 잘 먹을 거라고 과연 장담할 수 있는가? 더 이상 5층을 내려갈 일이 없고, 더 이상 거리 모퉁이 담뱃가게에 들를 일이 없으며, 한가롭게 어슬렁거리는 이발사와 인사를 나누지 못해도 아무렇지 않을 거라고, 그 누가 장담할 수 있는가? 우리를 둘러싼 환경은 우리의 일부다. 그것은 우리 육체의 감각과 삶의 감정으로 침투하여, 거대한 거미의 고운 타액으로 우리를 가까이 있는 것에 연결시킨다. 느린 죽음의 침대에 우리를 칭칭 묶어버린다. 바람이 침대를 가볍게 흔든다. 모든 것은 우리이며, 우리는 모든 것이다. 그러나 모든 것이 무라면, 그 모두가 다 무슨 소용이란 말인가? 한 줄기의 햇살, 급작스러운 그늘을 던지면서 자신의 지나감을 알리는 한 조각의 구름, 어디선가 불어오는 미풍, 미풍이 사라진 후 뒤따르는 고요, 이 얼굴과 저 얼굴, 이 목소리와 저 목소리, 간간히 들리는 웃음소리, 그리고 밤, 무의미하게 떠오르는 별들의 일그러진 상형문자들.

··· 그리고 나는 두려움에 가득한 채로 삶을 증오하며, 매혹된 채로 죽음을 경외한다. 나는 뭔가 다른 것이 될 수도 있는 무를 경외한다. 그것이 무 자체이기 때문에, 그리고 동시에 무언가 다른 것이기 때문에 경외한다. 그 안에서는 공허와 공포가 하나를 이룰 수 있으며, 육신에 사로잡힌 영원한 영혼의 숨결을 내 관 속에 가두어버리고, 완결이란 형태로 불멸의 것을 고통스럽게 만들 수 있다. 악마의 영혼이 상상으로 만들어낸 지옥은 이러한 혼돈에서 탄생했을 것이다. 서로 모순되며, 서로를 몰락시키는 두 가지 공포의 혼합에서.

천천히 그리고 맑은 정신으로, 나는 내가 쓴 모든 글을 한 편 한 편 다시 읽어본다. 전부 하찮게만 보인다. 차라리 쓰지 않았더라면 더 좋았을 글이다. 현실로 구현된 모든 것에는, 그것이 제국이든 문장이든 간에, 단지 현실에서 탄생했다는 그 이유 하나만으로 최악의 현실성이 달라붙게 된다. 그것은 바로 모든 것은 소멸한다는 사실이다. 하지만 지금 내 글을 다시 읽고 있는 이 느림의 순간, 나는 그 사실이 가슴 아프지 않다. 나를 아프게 하는 사실은 이 글을 쓰느라 수고할 가치가 없었다는 것, 그리고 글을 쓰면서 흘려보낸 시간 동안 내가 가졌던 환상, 이 글이 가치로울 것이라는 환상이 글을 쓰면서 도리어 파괴되어 버렸다는 것이다.

우리가 무슨 일을 이루기 위해 애쓰는 것은 욕심 때문이다. 그러나 우리는 이 욕심에 부응하지 못한 채 비루하게 남거나, 혹은 욕심을 채웠다는 착각 속에서 부유한 바보가 된다. 최선을 다한 내 글이 형편없다는 사실이 나를 아프게 한다. 나와 꿈꾸는 수준이 같은 어느 다른 이가 썼으면 훨씬 더 나을 것이라고 생각하니 마음이 아프다. 예술이든 삶이든 우리가 이루는 것은, 이루었다고 우리가 믿는 것의 불충분한 복제품이다. 그것은 외적으로든 내적으로든 완성에 도달하지 못한다. 반드시 그래야 하는 절대적 법칙에 어긋날 뿐 아니라, 우리가 가능할 거라고 간주하는 상대적 법칙조차 충족시키지 못한다. 우리는 내적으로뿐 아니라 외적으로도 텅 비었다. 징후와 언약에 묶인 천민들이다.

어느 고독한 영혼의 힘으로 나는 한 페이지 한 페이지 이 은둔의 글을 써나갔으며, 내 글에서 나온 것이 아닌, 내가 썼다고 믿는 것에서 나온 거짓의 마법을 한 음절 한 음절 체험했던가! 그 어떤 냉소적인 마법에, 어떤 광기에 휩싸였길래 나는 스스로를 시인이라고 착각하게 되었을까! 생이 주는 모든 굴욕에 복수를 가한다는 환상 속에서, 펜보다 더 빠른 속도로 글이 탄생하던 그 날개 달린 순간에! 그런데 오늘, 마침내 이것을 다시 읽어보는 순간, 나는 갈가리 찢긴 내 꼭두각시 인형들의 실체를 본다. 지푸라기가 삐죽삐죽 튀어나온 누더기 몰골, 아예 처음부터 존재하지도 않은 듯이, 내장까지 전부 들어내졌다. …

170
1931년 6월 30일

마지막 비구름이 남쪽 하늘로 물러가자, 구름을 쓸어간 바람만이 남았다. 변치 않는 화창한 햇살이 도시의 언덕으로 되돌아왔고, 색색의 건물 창가에는 흰 시트들이 내걸리면서 팽팽한 리넨 천이 바람에 힘차게 펄럭거린다.

나조차도 나에게 흡족해졌다. 사무실에 정시에 출근하겠다는 원대한 목표를 지닌 채 나는 집을 나왔다. 그러나 오늘은 생활에 내재한 강박이 다른 종류의 강박, 지구의 여러 장소에서 각각의 위도와 경도에 따라 제시간에 맞추어 태양을 떠오르게 하는 기분 좋은 강박과 결합했다. 나는 불행하다고 느끼지 않을 수 있기 때문에 행복했다. 나는 유유히, 확신에 차서 거리를 따라 내려갔다. 내가 알고 있는 사무실, 내가 알고 있는 사무실 사람들 전부가 내게는 확신이었기 때문이다. 자유롭다는 느낌이 드는 것도 이상하지 않았다. 무엇으로부터의 자유인지는 알 수 없지만 말이다. 프라타 거리 길가에 팔려고 내놓은 바구니 속 바나나가 햇살을 받아 노랗게 빛이 났다.

원래 나는 사소한 일에 만족하는 사람이다. 예를 들어서 비가 그치고 이 행복한 남쪽에 찬란한 태양빛이 가득한 순간, 검은 얼룩이 생긴 덕분에 바나나의 노란색이 더욱 짙게 보이고 사람들이 이야기를 나누며 바나나를 파는 광경, 프라타 거리에 인도가 있고 그 뒤편으로 테주 강이 푸르게, 초록과 금빛이 섞인 색채로 흘러가며, 거대한 우주 공간의 이 조그만 귀퉁이가 익숙하고도 아름다운 것.

언젠가, 이 모든 광경을 내가 더 이상 보지 못하는 날이 올 것이다. 인도 가장자리에는 여전히 바나나가 놓이고, 바나나 파는 여자들의 농담 소리와 맞은편 인도 모퉁이에 신문팔이 소년이 나란히 펼쳐놓은 신문들은 변함없는데, 거기에 내가 더 이상 없는 날이 올 것이다. 물론 그날의 바나나는 오늘의 이 바나나가 아닐 것이며 바나나 파는 여자들도 마찬가지고, 심지어 한 남자가 등을 구부정하게 굽힌 채 읽고 있는 신문도 오늘과는 다른 날짜의 신문일 것이다. 그러나 그들은 생명이 아니기 때문에 형태는 변할지라도 계속해서 존재한다. 나는 생명이기 때문에 항상 같은 나이지만 결국 사라지게 된다.

나는 바나나를 사면서 이 시간을 마음껏 기념할 수도 있다. 햇살 전체가, 마치 원천도 없이 허공에 생겨난 빛의 폭포처럼 바나나 위로 한꺼번에 쏟아져 내리는 것 같다. 하지만 나는 의례를 치르는 것이 두렵다. 상징적인 행위가 두렵고, 거리에서 물건을 사는 행위가 두렵다. 상인이 바나나를 제대로 포장을 못 해줄 것 같고, 내가 바나나를 사는 올바른 방법을 모르므로 나에게 바나나를 제대로 팔지 않을 것 같다. 가격을 물어보면 내 목소리를 이상하게 생각할지도 모른다. 그러므로 태양이 빛나고 사야 할 바나나가 있는 한, 그리고 삶이 햇빛 아래서 바나나를 사는 행위 이상의 것이 아니라 해도, 그래도 역시 쓴다는 것은 삶을 감행하는 것보다는 더 낫다.

아마도 나중에… 그래 나중에… 아마도 다른 누군가가…. 나는 알지 못한다. …

171

대부분의 사람들이 평생 껴안고 살아가는 멍청함보다 나를 더 놀라게 하는 것은, 그 멍청함 속에 들어 있는 지성이다.

겉으로 보기에 단순한 사람들의 단조로운 인생 행로는 끔찍할 뿐이다. 지금 나는 이 소박한 레스토랑에서 식사를 하면서, 조리대 너머의 요리사와 내 옆에서 서빙을 하는, 적어도 30여 년은 이 식당에서 일해온 나이 먹은 웨이터를 바라본다. 이들은 어떤 삶을 살고 있는가! 거의 40년 동안이나 이 사람은 하루 종일 주방에서 일을 했고, 아주 잠깐씩만 쉴 수 있었으며, 잠자는 시간도 부족했고, 고향으로 몇 번 여행을 떠났다가, 별다른 주저나 생각 없이 곧장 되돌아왔고, 조금씩 푼돈을 쌓아두지만 감히 써버릴 생각은 못한다. 그가 마침내 요리사 일을 그만두고 갈리시아에 마련해둔 조그만 토지로 돌아가야 한다면 그는 병이 들고 말 것이다. 그는 40년간 리스본에 살았지만 극장은커녕 폼발후작 광장에조차 나가본 적이 없다. 서커스의 광대를 보았던 일생의 단 하루가, 그의 삶의 내면에 지워지지 않는 자취로 남아 아직도 계속 이어지는 중이다. 그는 결혼을 했다. 언제 했는지 왜 했는지 그것은 나는 알지 못한다. 아들 넷과 딸 하나를 두었다. 그가 나를 향해서 조리대 너머로 몸을 숙일 때, 그의 미소는 커다랗고 엄숙하며 만족감 넘치는 행복으로 충만하다. 그는 조금의 꾸밈도 없다. 그가 자신을 꾸며야 할 이유도 전혀 없다. 그가 행복하다면, 그건 그가 정말로 행복하기 때문이다.

그리고 늙은 웨이터, 방금 내 앞에 그의 웨이터 인생의 백만 번째 커피를 내려놓았을 그는 어떠한가? 한 사람은 주방이라는 작업공간에 있고 다른 사람은 레스토랑의 홀이라는 작업공간에 있을 뿐, 이 두 명은 4미터 혹은 5미터 정도 떨어져서 일한다는 점을 제외한다면 아주 흡사한 삶을 살고 있다. 또 다른 차이라면 웨이터는 아이가 둘밖에 없고, 요리사보다는 더 자주 갈리시아로 여행을 떠나며, 요리사보다는 리스본을 더 많이 알고 있다는 점이다. 그는 또 포르투에도 4년간 살았다. 그 역시 요리사와 마찬가지로 행복하다.

나는 슬픔과 놀라움을 가지고 이들의 삶의 파노라마를 바라본다. 이들의 생이 나에게 경악과 동정, 반발을 불러일으키지만, 경악도 동정도 반발도 하지 않는 사람들이야말로 그런 감정을 느낄 정당한 권리가 있는 당사자임을 나는 알아차린다. 그들이 실제로 그런 삶을 살고 있기 때문이다. 이것이 바로 문학의 주된 착각이다. 다른 사람들이 우리와 같을 거라고, 그들도 우리와 같이 느껴야 한다고 추측하는 것이다. 그러나 다행스럽게도 모든 인간은 각자가 오직 그 자신일 뿐이며, 단지 천재들에게만 다른 몇몇 인간으로 더 존재할 수 있는 능력이 주어졌다.

우리에게 일어나는 모든 일은 여건과 상황에 따른 것이다. 거리에서 우연한 사건이 발생하면 이 레스토랑의 요리사는 문으로 달려간다. 그리고 내가 창의적인 생각에 잠겨서, 훌륭한 책을 읽으면서, 아무 쓸모도 없는 멋진 공상에 빠져서 시간을 보내는 것보다 더 오랫동안 정신을 빼앗긴다. 인생의 본질이 단조로움이라면, 사실은 그가 나보다 더 많이 단조로움을 피하며 사는 것이다. 게다가 더욱 손쉽게 말이다. 진실은 그에게도 나에게도 있지 않다. 어차피 진실은 그 누구에게도 없기 때문이다. 하지만 행복은, 그건 단연코 그에게 있다.

현자는 그의 삶을 단조롭게 형성한다. 그렇게 하면 조그만 일이 터질 때마다 기적을 보는 듯한 특권을 누릴 수 있기 때문이다. 사자 사냥꾼은 세 번째 사자를 잡은 이후부터 더 이상 모험심을 느끼지 못한다.

단조로운 요리사는 길거리에서 누가 뺨을 때리는 싸움을 벌이기만 해도 자그마한 묵시록적인 사건으로 받아들인다. 리스본을 한번도 떠나본 적이 없는 자는 전차를 타고 교외인 벤피카로만 나가도 정말로 끝없는 여행을 나선 것만 같다. 그런데 어느 날 신트라로 갈 일이 생기면, 아마도 화성으로 여행하는 기분일 것이다. 전 세계를 항해하는 사람은 5000마일이 넘어서면서부터 더 이상 아무것도 신기하게 느껴지지 않는다. 항상 새로운 것만 그의 눈에 들어올 수 있기 때문이다. 새로움 그리고 더욱 새로움, 그러나 영원한 새로움 속에서는 다들 낡은 것이다. 새롭다는 추상적 개념은 인간이 두 번째 새로운 것을 목격하는 순간 이미 바다에 버려진 신세다.

진실로 지혜로운 자라면 전 세계라는 연극을 의자 위에 앉아서 즐길 수가 있다. 읽지도 않고, 누구와 말을 할 필요도 없고, 오직 자신의 감각만을 사용하면 된다. 그리고 슬픔 없는 상태를 유지할 수 있는 영혼을 타고나면 된다.

존재가 단조로워지지 않도록, 존재를 단조롭게 형성해야 한다. 극히 작은 하나의 사건이 파문을 일으킬 수 있도록, 일상을 고요하게 만들어야 한다. 지루하고, 변화 없고, 무익한 노동의 일과에 몰두하는 내 안에서 탈주의 환영이 피어난다. 꿈속에서 그리던 머나먼 섬들의 이미지, 다른 시대에 열렸던 공원의 축제, 다른 자연의 풍경, 다른 감정들, 다른 나. 그러나 장부에 숫자를 하나 기입한 후 다음 숫자를 적어넣기까지 그 짧은 공백 동안 나는 깨닫는다. 내가 설사 그 모든 것을 다 소유한다 해도 그중 아무것도 나에게 속하진 않는다는 것을. 현실적으로 바스케스 사장은 꿈속의 왕보다도 더욱 많은 가치가 있다. 현실적으로 도라도레스 거리의 사무실은 존재하지 않는 공원의 커다란 가로수길보다 더욱 많은 가치가 있다. 내가 바스케스 사장 밑에서 일하는 한, 나는 꿈속의 왕을 꿈꿀 수가 있다. 내가 도라도레스 거리의 사무실에 출근하는 한, 나는 존재하지 않는 자연 풍경을 마음속으로 향유할 수가 있다. 하지만 내가 꿈속의 왕을 소유해버린다면, 더 이상 꿈꿀 무엇이 남아 있겠는가? 내가 존재하지 않는 자연 풍경을 소유해버린다면, 어떤 불가능의 풍경을 더 향유할 수가 있겠는가?

한결같은 단조로움, 지루하고 똑같은 일상, 어제와 오늘의 결코 다르지 않음, 내가 살아 있는 한 이것은 나를 영원히 떠나지 않으리라. 그 덕분에 내 영혼은 생생하며, 작은 것들이 주는 자극을 크게 느낀다. 우연히 눈앞을 날아가는 파리 한 마리에 즐거워하고, 어느 거리에선가 간간히 들려오는 웃음소리가 흥겹고, 사무실 마감시간이 다가올 때의 엄청난 해방감, 그리고 휴일이면 끝없는 평안과 휴식을 만끽한다.

나는 아무것도 아니기 때문에, 모든 것이 되는 나 자신을 상상할 수 있다. 내가 실제로 뭔가 대단한 존재였다면 나는 그것을 상상할 수가 없으리라. 보조회계원은 로마제국의 황제가 되는 꿈을 꾼다. 하지만 영국 왕은 그런 꿈을 꿀 수 없다. 왕이 되고자 하는 꿈의 가능성을, 영국 왕이라는 자리가 이미 차지해버렸기 때문이다. 그의 현실이 그에게서 느낌을 앗아갔기 때문이다.

172

가파른 길을 올라가면 풍차 방앗간이 나온다. 그러나 힘들게 노력해도 아무것도 보이지 않는다.

어느 초가을 오후, 하늘은 마지막 남은 열기의 흔적을 차갑게 비춘다. 느림의 구름은 궁륭의 빛을 흐릿하게 덮는다.

운명이 나에게 준 것은 단 두 가지뿐이다. 몇 권의 회계장부와 꿈꾸는 능력.

173

꿈은 모든 환각제 중에서 가장 자연적이므로, 가장 역겹기도 하다. 꿈은 그 어떤 약물보다도 더 가볍게 우리의 습관으로 침투한다. 누군가 건네준 독약처럼, 원하지 않게 찾아온 꿈을 음미한다. 꿈은 아프지 않다. 창백하게도, 멍하게도 만들지 않는다. 그러나 꿈을 섭취한 영혼은 치명적인 병에 걸리고 만다. 독이 없이는 더 이상 살아갈 수 없는 지경에 이른다. 이제 영혼 자신이 바로 독이다.

안개 속에서 벌어지는 한 편의 연극처럼(…)

나는 꿈속에서 배웠다. 일상의 파사드(…)에 그림의 왕관을 씌우고 평범한 것을 비범하게 표현하며, 간단한 것을 복잡하게 묘사하고, 죽은 모퉁이와 가구에 인공의 태양빛을 비추며, 내가 실려서 흘러가는 문장들을, 나에게 들려주는 자장가인 양 음악으로 만드는 법을.

174
1931년 7월 2일

밤새 잠을 설치고 난 다음날은, 아무도 우리를 편하게 대하지 못한다. 달아난 잠은 우리라는 인간에게서 중요한 그 무엇도 함께 가지고 가버렸다. 심지어는 우리를 둘러싼 무생물인 공기에서조차 잠재적인 신경질이 감지된다. 우리와 심각하게 불화하는 장본인은 바로 우리 자신이며, 우리들 사이에는 외교적으로 치장한 침묵의 전투가 벌어진다.

오늘 나는 내 다리와 피곤을 질질 끌고 거리를 걸어갔다. 내 영혼은 뒤엉킨 실뭉치로 쪼그라들었다. 지금의 나와 과거의 나, 내 자아는 이름을 잊었다. 이것이 내 아침이라면, 나는 단지 잠을 자지 못했다는 사실을 인식할 뿐이다. 무질서하게 중첩된 시간대의 혼돈이 내 내면의 대화에 깊은 침묵을 부과한다.

아, 타인들의 거대한 공원이여, 많은 사람들을 위해 가꾸어진 정원이여, 나에 대해서 결코 알지 못할 사람들이 거니는 아름다운 가로수 길이여! 간헐적인 잠으로 이루어진 불면의 밤들, 단 한번도 과잉이 될 엄두를 내지 못한 사람인 나는 밤과 밤 사이에 고여 썩어간다. 꿈이 잠으로부터 갑자기 깨어나면, 명상에 잠겨 있던 나는 놀라 소스라친다.

나는 수도원과 같은 고립된 집이다. 그림자가 되어 수줍게 달아나는 유령들의 집이다. 나는 항상 그들의 옆방에 있다. 그들이 같은 방에 있는 경우, 내 주변에서는 커다란 나무들의 이파리가 바람에 술렁이는 소리가 들려온다. 나는 꿈꾸고, 나는 발견한다. 나는 꿈꾸기 때문에 발견한다. 내 어린 시절이여! 너희들도 놀이용 앞치마를 걸치고 있구나!

이 모든 한가운데로 나는 걸어간다. 잠에 취한 채, 방황하는 나뭇잎처럼. 한 줄기 바람이 느리게 불어와 나를 길에서 쓸어낸다. 나는 저물어가는 황혼의 막바지처럼 풍경 속 사건들 사이를 이리저리 헤매인다. 눈꺼풀의 무거움이 질질 끄는 발걸음으로 전이된다. 나는 걷고 있으므로 잠들고 싶다. 입술이 빗장을 지른 듯 내 입은 닫혀 있다. 내 헤매임은 배의 난파와 닮았다.

그래, 나는 잠들지 못했다. 그러나 내가 잠을 자지 않았고 지금도 잠을 자지 않는다면 나는 나에게 더욱 확실한 내가 된다. 이 우연하고도 상징적인 영원 속에서, 내가 나를 기만하는 이 반半영혼의 상태에서, 나는 진실로 나다. 이 사람 저 사람 행인들이 마치 나를 아는 것처럼 쳐다본다. 그러나 모두 낯선 얼굴들이다. 나 역시 눈꺼풀 아래 감지되는 안와에서 발생하는 시각으로 그들을 마주본다. 그러나 나는 이 세상에 대해서 그 무엇도 알기를 원하지 않는다. 나는 피곤하다, 너무도 피곤하다, 죽을 만큼 피곤할 뿐이다.

175

내 세대가 태어났을 때, 심장과 두뇌를 가진 인간에게 세상은 아무런 지지대도 되어주지 못했다. 앞선 세대가 이룩한 파괴 작업이 효력을 발휘하여, 우리가 막 태어난 세상은 우리에게 종교에서, 도덕에서, 그리고 정치에서조차 그 어떤 확실함도 보여주지 못했다. 그리하여 우리는 형이상학적 공포, 도덕적 공포, 정치적 불안 속에서 태어났다. 외적인 양식에 취하고 이성과 과학의 방식에 취한 우리 앞 세대는 기독교 신앙의 모든 기초를 전복시켰다. 그들의 성서 비판은 처음에는 텍스트에 대한 비판이었다가 이후 점차 기독교신화 비판으로 옮아갔고, 복음과 복음 이전의 유대교 문헌들을 불확실한 신화와 전설이자 역사적 자료에 불과한 것으로 축소시켜버렸다. 과학적 시각으로 무장한 그들의 비판은 차츰 복음서라는 독창적인 "학문"이 갖는 착오와 투박한 비전문성을 하나하나 밝혀냈고, 또한 모든 형이상학적 문제점을 공개적인 논의 대상으로 삼은 토론의 자유는 종교적 문제들을 형이상학적 자연의 영역으로 휩쓸고 들어가버렸다. 그들은 "실증주의"라고 불리는 불확실한 이론에 취하여 도덕 전체를 비판했고 삶의 모든 규율을 샅샅이 들쑤셨는데, 학설들의 그런 충돌 후에 남은 것이라곤 만물에 대한 불확실성과 아무것도 확실하지 않다는 슬픔, 이 두 가지뿐이다. 이렇게 무절제한 정신에 뿌리부터 뒤흔들린 사회는, 당연한 결과로 정치적으로도 무절제함의 희생자가 될 수밖에 없다. 그리하여 우리는 사회 개혁의 욕망으로 들끓는 이 세계에서 눈을 떴다. 기쁨에 들뜬 사람들은 자신이 전혀 알지 못하는 자유를 정복하는 일에, 결코 명확하게 정의 내릴 수 없는 진보를 장악하는 일에 동참하고 나섰다.

우리 부모 세대의 조야한 비판주의는 우리를 기독교 신자가 될 수 없도록 만들었지만, 그렇다고 하여 우리가 그로 인해 행복해진 것도 아니다. 이전 세대의 비판적 사상 덕분에 우리는 전래의 도덕을 의심하게 되었지만, 그렇다고 하여 도덕이나 인간 공동체의 규율을 마구 훼손해도 좋은 건 아니었다. 비판주의는 정치적 문제를 미결 상태로 두었지만, 우리의 정신이 이 문제를 무시하게 놓아두지도 않았다. 우리 부모들은 마음껏 찢어발기고 파괴했다. 그들이 속한 시대는 아직 견고한 과거의 흔적이 남아 있었기 때문이다. 그들이 파괴한 것은 사회를 강력하게 만들었던 어떤 힘인데, 바로 그 힘 덕분에 그들은 건물 벽에 금이 가는 것도 알아차리지 못한 채 파괴 행위에 몰두할 수 있었다. 우리는 그들의 파괴와 그 결과를 유산으로 물려받았다.

지금 세상은 오직 바보들, 자아도취자들, 책동가들이 쥐고 있다. 삶의 권리, 승리의 권리를 얻기 위해서는 정신병원에 입원할 때와 어느 정도 동일한 조건이 필요하다. 사고 능력의 부재, 도덕심의 부재 그리고 과잉 흥분 상태.

176
이성의 숙소

믿음과 비판 사이의 중간쯤에 이성의 숙소가 있다. 이성이란 믿음 없이도 이해할 수 있는 어떤 것에 대한 믿음이다. 그것은 여전히 믿음에 속한다. 이해한다는 것은 이해 가능한 것이 있음을 전제하기 때문이다.

177

형이상학적 이론은 설명할 수 없는 것을 설명한다는 환상을 우리에게 잠시 동안 제공하고, 윤리적 이론은 덕행의 길로 연결되는 문이 어떤 것인지 마침내 깨달았다는 착각을 1시간 동안 제공하며, 정치적 이론은 수학을 제외한다면 그 어떤 문제에도 해법이 존재할 수 없음에도 불구하고 우리가 문제를 마침내 해결했다고 하루 동안 믿게 만든다. … 삶을 대하는 우리의 태도는 이러한 의도적인 무용한 행위들로 요약할 수 있다. 그것은 한마디로, 최소한 고통이 현존한다는 사실만이라도 어떻게든 인식에서 지워 보려는 발버둥에 해당한다.

하나의 문명이 최고점에 다다랐음을 가장 잘 드러내는 것은, 이제는 그 어떤 노력도 소용이 없노라고 구성원들이 스스로 인식하는 지점이다. 법이 우리를 조종하기 때문이며, 그 무엇도 법을 폐기하거나 제지할 수 없기 때문이다. 그러므로 우리는 아마도 노예일 것이다. 우리보다 더 강하지만 더 낫지는 않은 신들에게 포박당한 노예. 신들은 우리와 마찬가지로, 자비와 정의를 신경 쓰지 않고 선과 악 모두에 관심이 없는 추상적 운명에게 굴복해버린 상태다.

178

우리는 죽음이다. 우리가 삶이라고 생각하는 것은 실제 삶의 잠이며, 우리 실제 존재의 죽음이다. 망자들은 죽는 것이 아니라 다시 태어나는 것이다. 세상은 우리를 혼동시킨다. 지금 산다고 믿는 자는 죽어 있다. 지금 죽는 자는 이제 삶을 시작하게 된다.

잠과 삶 사이의 관계는 우리가 삶으로 지칭하는 것과 죽음으로 지칭하는 것 사이의 관계와 같다. 우리는 자고 있으며, 이 삶은 우리가 꾸는 꿈이다. 이것은 시적인 은유가 아니라 실제다.

우리가 숭고한 행위로 치는 일들은 모두 죽음의 한 부분이며, 모두 죽음에 속한다. 삶의 무가치함을 고백하는 것보다 더 위대한 이상이 무엇인가? 삶을 부정하는 것보다 더 위대한 예술이 무엇인가? 하나의 조각상은 하나의 죽은 몸이다. 그것은 불변의 질료 속에 죽음을 잡아 두기 위하여 창조되었다. 우리는 삶 속에 완전히 잠겨서 쾌락을 느낀다고 여기지만, 사실 그것은 우리가 삶과의 연관을 끊어버리고 우리 자신 속으로 잠길 때 느끼는 쾌락이며 흔들리는 죽음의 그림자가 주는 쾌락이다.

산다는 것은 죽어가는 것이다. 우리가 새롭게 얻는 하루는, 삶의 줄어드는 하루이기 때문이다.

우리는 꿈의 거주자다. 우리는 존재하지 않는 숲에서 길을 잃고 헤매는 그림자다. 그 숲 속의 나무들은 집들과 규범, 이념, 이상 그리고 철학의 형태를 띤다.

단 한번도 신과 조우하지 않는다. 신이 존재하는지 여부조차 결코 알지 못한다! 세상에서 세상으로, 육신에서 육신으로, 언제나 아첨하는 환영 속에서, 언제나 착각 속에서 위안을 받는다.

하지만 진실도 없고, 평안도 없다. 결코 신과 하나가 되지 않는다!

결코 완전한 평화를 얻지는 못하지만 항상 약간의 평화를 맛보며, 항상 평화를 그리워하기만 한다!

179

인간은 아이 같은 본능이 있기 때문에, 설사 우리 중 가장 자존심이 드높은 자라고 할지라도 그가 인간이고 미치광이가 아닌 이상, 오 자비로우신 신이여! 세상의 비밀과 혼돈을 헤치고 어떤 식으로든 자신을 이끌어줄 부성적인 손길을 그리워하게 된다. 우리 모두는 삶의 바람이 한번 휘몰아치면 허공으로 떠올랐다가 다시 땅바닥에 내려앉는 먼지나 다름없다. 그래서 우리는 어떤 단단한 지지대, 우리의 작은 손을 편안히 맡길 수 있는 어떤 다른 손을 간절히 바란다. 시간은 불확실하며, 하늘은 멀기만 하고, 인생은 언제나 낯설기 때문이다.

우리 중 가장 높은 자리에 오른 자조차 사물의 허무함과 불확실함을 뼈저리게 깨닫고 있다.

아마도 우리를 이끄는 것은 단지 환영일지도 모른다. 그것이 무엇이든간에, 우리의 의식은 결코 아니다.

180

어느 날 내가 생계 문제가 확실하게 보장되어, 자유롭게 글을 쓰고 출간도 할 수 있게 된다면, 그러면 아마도 글을 쓸 시간도 거의 없고 출간은 생각도 못하는 지금의 불확실한 삶을 그리워하게 될 것이다. 지금의 무의미한 삶이 영원히 돌아오지 못할 과거라서가 아니라, 모든 생명체는 자신에게 맞는 존재가치와 자신만의 고유한 기쁨이 있기 때문에 나는 지금을 그리워할 것이다. 만약 인간이 현재와는 다른 더 나은 삶을 시작하게 된다면 현재의 고유한 기쁨은 덜 행복하고 현재의 이 가치는 덜 소중해진다. 그러다 보면 마침내 인간은 기쁨과 가치를 더 이상 기쁨과 가치로서 느끼지 못하게 된다. 대신 결핍감이 인간의 마음을 차지한다.

어느 날 내가 내 의도의 십자가를 지고 골고다 언덕을 오를 수 있다면, 나는 골고다 언덕 위에서 또 다른 골고다 언덕을 발견할 것이며, 골고다 언덕이 나에게 아직 무의미한 허상이었고 닿을 수 없는 장소였던 그 시절을 그리워할 것이다. 나는 분명 어떤 의미에서는 지금보다 덜한 존재가 될 것이다.

나는 피곤하다. 거의 텅 빈 사무실 안, 무의미한 노동의 하루가 나를 무겁게 짓누른다. 직원 두 명이 병가를 냈고 나머지는 자리에 없다. 구석자리에 있는 심부름꾼 아이를 제외한다면 사무실에는 나 혼자다. 내가 이 시간을 그리워할 수 있는 어느 날을, 나는 의미 없는 그리움을 가지고 그려본다.

어쩌면 존재할지도 모르는 신들에게 빌고 싶다. 나를 금고 속에 넣어 이 자리에 보관해달라고. 삶의 환상과 행복으로부터 나를 지켜달라고.

181

하루가 밤에게 자리를 내어주기 직전, 마지막 빛이 던지는 희미한 그림자 속에서 점점 짙어지는 도시의 어스름을 아무런 생각 없이 헤매는 것을 나는 좋아한다. 그 어떤 치유도 없다는 듯이, 나는 오직 걷는다. 내 감각보다 내 환상이 더욱 반기는 어떤 흐릿한 슬픔이 나와 함께 걷는다. 나는 걸으면서 마음속 책의 페이지를, 읽지는 않고 그냥 넘긴다. 책 속의 텍스트 사이에는 피상적 인상의 그림이 끼워져 있고, 나는 그 그림들로부터 영원히 결론을 내리지 못하는 하나의 관념을 서서히 형성한다.

어떤 사람은 눈으로 보는 것과 같은 속도로 책을 읽는다. 그런 식으로 마지막 페이지에 다다른다면 그는 책의 모든 것을 보지 못했다. 내 영혼의 내부에서 저절로 페이지가 넘어가고 있는 책에서 나는 그늘진 이야기들을, 다른 방랑자의 기억을, 석양과 달빛에 관한 조각난 묘사들을 가져온다. 비단처럼 매끄러운 형상들이 지나가는 공원과 가로수 길 가운데서, 그들이 지나가고 있는…

나는 이 권태와 저 권태를 구분하지 않는다. 나는 거리와, 저녁과, 꿈속의 책을 동시에 관통하여 걸어가며 동시에 이 모두를 실제로 디디며 간다. 나는 배를 타고 먼바다로, 망명과 안식의 길을 떠난다.

갑자기, 길게 구부러진 거리 양편으로, 죽은 등불이 빛을 밝힌다. 그러자 내 슬픔의 농도가 단번에 짙어진다. 책이 끝났다. 추상의 거리에 드리운 끈끈한 대기에서 외부의 감정 한 줄기가, 아둔한 운명의 타액인 양, 내 영혼의 의식으로 방울져 떨어진다.

밤으로 진행하는 순간, 도시의 삶은 얼마나 다른가. 밤이 다가오는 것을 바라보는 인간의 영혼은 얼마나 다른가. 불확실하게, 비유적으로, 비현실을 인식하면서, 나는 계속해서 간다. 나는 누군가가 이야기한 내용이다. 너무도 능숙하게 이야기되었기에, 이 세계라는 소설의 어느 장 첫머리에서 살과 피를 얻었다. "매일 이 시간이 되면, 한 남자가 천천히 거리를 따라 걸어가는 모습이 보이곤 한다. …"

　나는 삶과 어떤 연관이 있는가?

182
막간극

삶을 시작하기도 전에, 나는 삶을 포기해버렸다. 심지어 꿈속에서 조차 삶이 매력적으로 보이지 않았기 때문이다. 꿈꾸기에 지친 나는 끝없는 길의 끝에 마침내 다다랐다고, 그렇게 피상적인 잘못된 판단을 내려버렸다. 나는 내 강변을 뛰어넘었고, 나 자신을 범람했으며, 이제 어디로 가야 할지 알지도 못한 채 그 자리에 그대로 멈추어 서 있다. 나는 과거의 나 자신이다. 단 한번도 현재의 내가 있다고 느끼는 곳에 있어보지 못한다. 그래서 나를 찾아보려 하면, 나를 찾는 당사자가 누구인지를 알 수가 없다. 모든 일에 권태를 느끼고 그것이 나를 약하게 만든다. 나는 내 영혼으로부터 추방당한 것 같다.

나는 나를 관찰한다. 나는 나 자신의 유일한 관객이다. 내 감각이 외부의 사물처럼 내 시선을 넘어서서, 어떤 시선인지는 알지 못하지만, 앞으로 나간다. 나는 나의 모든 것이 권태로울 뿐이다. 모든 사물들은 비밀의 뿌리 가장 깊숙한 곳까지 내 권태의 색채를 띤다.

호렌 여신(그리스 신화 속 시간의 분할을 감독하는 여신)이 나에게 준 꽃들은 이미 시들었다. 나는 행동을 취해야 하지만, 그냥 느릿하게 꽃이파리를 잡아 뜯고 있다. 이토록 많은 노쇠함이여!

모든 행위는, 설사 아주 미약한 것이라도 내게는 영웅의 모험처럼 지독하게 힘들게만 느껴진다. 아주 자그마한 것이라도 어떤 몸짓을 취한다는 상상을 하기만 해도, 실제로 그 일을 하려고 든 것과 같은 심한 피로가 몰려온다.

나는 아무것도 이루고 싶은 욕심이 없다. 나는 삶이 아프다. 나는 행복하지 않다. 내가 있는 곳에서도 그렇고, 내가 있을지도 모르는 곳에서도 그렇다.

이상적인 존재의 상태는 아무런 행동도 할 필요가 없이, 오직 분수인 척하는 것이다. 그러면 제자리로 낙하하기 위하여 공중을 향해 솟아오르기만 하면 된다. 햇살의 헛된 반짝거림, 고요한 한밤의 소음이 되는 것이다. 꿈꾸는 자가 꿈속에서 강물을 생각할 수 있도록, 그리하여 잠든 입가에 무아지경의 미소를 띨 수 있도록.

183

이 뜨끈하고 기만적인 하루가 울적하게 시작된 이후, 테두리가 희미한 검은 구름은 짓눌린 도시의 하늘을 내내 빙빙 돌고 있었다. 한 겹한 겹 쌓인 두터운 구름층은 강어귀에 닿을 만큼 위협적으로 내려앉았으며, 변신한 태양에 맞서 희미한 저항을 벌였던 거리의 비극적 결말을 선점해버렸다.

우리가 점심식사를 하러 갈 때 이미 창백한 대기에서 불길한 기미가 보였다. 갈기갈기 찢긴 구름 조각들이 거무스름한 전위부대가 되어 앞으로 돌진했다. 하늘은 상 조르즈 성까지, 비록 그다지 깨끗한 푸른빛은 아니지만 어쨌든 구름 한 점 없었다. 햇빛이 내리쬐지만 아무도 그다지 즐거워하는 것 같진 않았다.

1시 반, 다시 사무실로 돌아올 때쯤 하늘은 이전보다 더욱 개었지만, 그건 구시가지에 국한되었다. 그리고 강어귀 하늘도 구름이 덜해진 것이 확실했다. 하지만 도시 북쪽은 작은 구름들이 서로 뭉쳐 형성한 하나의 커다란 구름덩이가 회백색의 갈퀴가 달린 뭉툭한 검은 팔로 도시를 음침하고 무자비하게 뒤덮고 있었다. 구름은 금방이라도 태양을 가릴 것만 같았다. 앞으로 도래할 일을 기다리면서 도시의 목소리는 말을 잊었다. 반면에 동쪽 하늘은 조금 더 화창하거나, 혹은 화창하게 보였다. 대신 훨씬 더 불쾌하게 후덥지근했다. 어둑하고 널찍한 사무실에서도 사람들은 땀을 흘렸다. "뇌우가 오려는 모양이야." 하고 말하며 모레이라가 장부의 페이지를 넘겼다.

3시경, 태양은 이미 기능을 완전히 멈추었다. 그래서 전깃불을 켜야만 했다. 여름이라는 점을 생각하면 슬픈 일이다. 처음에는 상품을 포장하는 사무실 뒤편에, 그리고 나중에는 물품인도증을 정확히 작성하고 운송번호를 기입하기가 점차로 어려워지는 사무실 중간에 전등 스위치를 올렸다. 그리고 마지막으로, 4시가 가까워 오자, 가장 특권층인 창가 좌석의 우리들조차 더 이상 원활하게 글자를 읽을 수가 없었다. 그래서 결국 전 사무실의 전등이 켜졌다. 사장실에 있는 바스케스 사장도 등뒤 바람막이를 내렸고, 사무실을 지나가면서 말했다. "모레이라, 사실 난 오늘 벤피카²⁶⁾로 가야 하는데, 가지 않기로 했어. 금방이라도 한바탕 쏟아질 것 같으니 말이야." "아닌 게 아니라 그쪽 방향에서부터 시작될 것 같네요." 아베니다²⁷⁾ 근처에 살고 있는 모레이라가 대답했다. 그때 거리의 소음이 갑자기 또렷해지면서, 평소와는 좀 다른 느낌으로 들려왔다. 왠지는 알 수 없지만, 평행도로를 달리는 전차의 종소리에 약간의 슬픔이 담겨 있었다.

184
1931년 8월 22일

여름이 끝나고 가을이 시작되는 시기, 날은 덥고 대기는 무거우며 사물의 색채가 흐릿해진다. 늦은 오후는 금세 눈에 띄는 거짓의 광채를 차려입는다. 그것은 아무것도 아닌 무에서 튀어나온 그리움이 뱃길의 물살처럼 구불거리며 자신을 무한복제하는 음흉한 몽상에 비유할 수 있다.

그런 오후, 나는 바닷물처럼 급격하게 밀려오는 감정을 느낀다. 권태보다도 더 견디기 힘든 그것을 지칭할 만한 이름은 없다. 어디쯤인지 위치를 짐작하기 힘든 절망의 감정, 영혼 전체가 난파하는 듯한 감정이다. 자비로운 신이 나를 떠난 것 같고, 모든 실체가 죽어버린 것만 같다. 감지할 수 있는 우주의 사물은 내가 사랑했던 것의 시체가 된다. 마지막 색채를 완전히 잃지 않은 구름은 아직은 따스한 빛을 지니고 있는데, 그 안에서 모든 것이 무가 되어 사라진다.

내 권태로움은 경악으로 바뀐다. 내 지루함은 공포가 된다. 내 땀은 차갑지 않다. 그러나 내 의식은 그것을 차갑게 감지한다. 이것은 육체적인 불쾌감이 아니라 영혼의 불쾌감이다. 그것이 너무도 지독하여 내 모든 땀구멍에서 땀이 솟고 온몸이 덜덜 떨릴 지경이다.

권태로움은 그렇게 무시무시하다. 살아 있다는 것은 그토록 절대적인 경악이어서, 그 어떤 진정제도 그 어떤 해독제도 그 어떤 위안도 소용없으며, 심지어 망각으로 방책을 삼는 일조차 상상할 수 없다. 잠드는 것이 가장 두렵다. 죽는 것이 가장 두렵다. 걷는 것도 서 있는 것도 둘 다 불가능하기는 마찬가지다. 희망하는 것과 의심하는 것은 냉기와 재의 관계다. 나 자신은 텅 빈 병들로 가득한 선반이 된다.

그렇지만, 내 일상의 눈동자가 환하게 소멸하는 하루의 죽은 인사를 마주할 때, 내 마음은 얼마나 미래를 그리워하는가. 희망의 장례행렬이 아직 황금빛 속에 잠긴 잔잔한 하늘의 침묵을 통과해간다. 공허와 허무의 수행자들이 붉게 이글거리는 푸른 하늘을 가득 날아오르고, 희게 펼쳐진 너른 평원 위를 창백한 빛으로 채운다!

내가 무엇을 원하는지, 무엇을 원하지 않는지, 나는 알지 못한다. 원한다는 것이 무엇인지 더 이상 나는 알지 못한다. 원한다는 것이 어떤 것인지 더 이상 나는 알지 못한다. 보통 우리가 무엇을 원하는 것을, 혹은 무엇을 원하고자 원하는 것을 당연하게 여기는 그 감정과 생각이 무엇인지 나는 더 이상 알지 못한다. 내가 누구인지 내가 무엇인지 나는 알지 못한다. 무너진 담장에 깔린 사람처럼, 나는 내 머리 위로 무너져 내린 전 우주의 허무에 깔려 있다. 그렇게 나는 간다, 나 자신의 발자국을 따라서, 밤이 올 때까지, 그리하여 다른 것이 된다는 아늑한 감정이 한 줄기 미풍처럼, 막 시작된 나 스스로에 대한 조바심을 관통하며 불어올 때까지.

이런 부드러운 밤이면 높이 떠오르는 커다란 달이여, 공포와 불안으로 창백하구나! 천상의 아름다움이 주는 막연한 평화로움이여, 뜨끈한 대기의 차가운 냉소여, 달빛으로 흐릿하고 별빛으로 수줍은, 이 검푸른빛이여!

185
막간극

이 잔인한 시간이 견딜 만한 것으로 줄어든다면, 혹은 치명적인 것으로 늘어나버린다면. 아침이 결코 밝아오지 않는다면. 내가, 그리고 내가 속해 있는 방과 대기가 밤으로 승화해버린다면, 절대적 암흑이 되어버린다면. 그리하여 내 그림자조차 남지 않는다면, 영원히 죽지 않을 어떤 것을 기억 속에서라도 더럽히지 못하도록.

186

신들은 정녕, 오 내 슬픔이여, 운명에 어떤 의미가 있기를 원했던가! 그게 아니라면 운명 자신이 신들에게 어떤 의미가 있기를 원했던가!

종종, 한밤중에 잠에서 깰 때면, 내 운명을 잣고 있는 보이지 않는 손을 느끼곤 한다.

나는 전 생애를 무덤 속에서처럼 보냈다. 내 안의 그 무엇도 무언가를 방해하지 않는다.

187

내 삶의 주된 비극은, 모든 다른 비극과 마찬가지로, 운명의 아이러니에 있다. 나는 마치 저주처럼 실제의 삶을 거부한다. 나는 마치 조야한 해방인 것처럼 꿈을 거부한다. 하지만 내가 실제로 사는 방식은 실제 삶 중에서도 가장 속되고 가장 진부하다. 그리고 내가 꿈으로 사는 방식은 가장 강렬하고 가장 굳건하다. 나는 낮잠을 자면서 술에 취하는 노예와 같다. 하나의 몸에 깃든 이중의 비참함이다.

그래, 나는 똑똑히 인식할 수 있다. 이성의 섬광이 삶의 암흑으로부터 비상한다. 그러면 나는 삶을 규정하는 가까운 사물들의 정체를 분명하게 인식할 수 있다. 내 삶의 전부라고 할 수 있는 도라도레스 거리의 비열함, 뒤처짐, 태만함 그리고 거짓된 모습을. 직원들의 뼛속까지 초라함이 스며드는 이 사무실, 한 명의 죽은 인간이 살고 있다는 사실을 제외하면 아무런 사건도 일어나지 않는 윌셋방, 내가 주인을 알 뿐만 아니라 찾아오는 사람들끼리 서로를 다 알고 있는 모퉁이의 식료품 가게, 오래된 선술집 문 앞에서 어슬렁거리는 젊은이들, 아무런 성과도 없는 근면함과 똑같은 모양새의 나날들, 여기저기 잘못 설치되어 삐걱거리는 무대장치로만 이루어진 연극, 똑같은 인물들이 벌이는 일상의 끈적이는 반복….

그러나 나는 알고 있다. 이런 환경에서 벗어난다는 것은 그것을 장악하거나 거부하는 것임을. 나는 현실을 벗어날 수 없기 때문에 환경을 장악할 수 없다. 그리고 나는, 꿈의 내용과는 상관없이 계속해서 꿈을 꿀 것이고, 그리하여 내가 있는 그곳에 늘 머무를 것이기 때문에 이 환경을 거부할 수도 없다.

꿈, 나 자신에게로 달아나는 수치심, 영혼의 찌꺼기를 마치 삶인 양 붙들고 있는 비겁함. 하지만 타인들은 고도로 진화한 식물처럼 고요히 휴식하는 잠의 상태에서나 그것을 만난다. 죽음의 형상을 입은 채 코를 골면서.

어떤 고귀한 몸짓도 닫힌 문 뒤에서 일어날 뿐이고, 어떤 헛된 소망도 결국은 진정으로 헛될 뿐이다!

카이사르는 야망의 정체를 이렇게 정의했다. "작은 마을의 일인자가 되는 편이 로마에서 이인자가 되는 것보다 더 낫다." 나는 작은 마을에서도 로마에서도 아무것도 아닌 존재다. 모퉁이 식료품점 상인은 최소한 아순상 거리에서부터 비토리아 거리까지는 나름 알려진 인물이다. 그는 한 블록 구간에서만큼은 카이사르이다. 나는 그보다 더 우월한가? 아무것도 아닌 무의 존재는 우월도 열등도, 그 어떤 비교도 허용하지 않는데, 그건 어떤 이유에서일까?

그는 이 블록 전체에서 카이사르이고, 거기에 걸맞게 여자들은 그에게 호감을 갖는다.

내가 원하지 않는 일을 하면서, 내가 가질 수 없는 것을 꿈꾸면서, 그렇게 멈추어버린 시계처럼 부조리하게, 나는 자신을 질질 끌고간다. (…)

연하지만 단호한 내 감성만이, 길지만 내내 의식이 분명한 꿈만이 (…) 그늘 속에 잠긴 내 특권 전체를 형성한다.

188

   평범한 한 인간에게 삶은 고된 것이긴 하겠지만, 최소한 그는 살아가는 동안 이런저런 생각을 해야 할 필요는 없다. 이것은 행운이다. 삶을 그 자체로 사는 것, 대개의 사람들이 그렇듯이, 고양이나 개처럼 모습 그대로 받아들이는 것, 고양이나 개처럼 만족할 수 있는 것.

   생각한다는 것은 파괴하는 것이다. 생각의 과정은 생각 자체를 희생시킨다. 생각이란 분해하는 것이기 때문이다. 인간이 생각으로 삶의 비밀을 발견할 수 있다면 약간의 동요만 일어도 즉시 영혼을 포박해버릴 수천 개의 올가미를 알아차릴 것이고, 그러면 삶을 살아가기는커녕 그 자리에서 손가락 하나조차 움직일 수가 없으리라. 인간은 공포에 떨며 죽어가리라. 다음날 단두대형을 받는 것이 두려워 스스로 목숨을 끊었던 모든 자살자들처럼.

189
비 오는 날

대기는 베일에 감싸인 노란빛이다. 탁한 흰색을 투과해서 보이는 흐릿한 노란색이다. 사실 대기의 회갯빛 속에는 노랑의 흔적이 거의 없다. 하지만 회갯빛의 창백함이 풍기는 슬픔 속에는, 약간의 노랑이 깃들어 있기 때문이다.

190

　익숙하게 정해진 시간이 어떤 계기로 늘어나게 되면, 정신은 냉정한 새로움을, 살짝 불쾌한 즐거움을 선사받은 기분이다. 6시에 사무실을 나오는 일에 늘 익숙한 자는, 어쩌다가 5시에 퇴근을 하게되면 그야말로 정신적인 휴일을 맞은 듯하고, 그 여분의 시간 동안 자신을 어떻게 사용해야 할지 모른다는 사실 때문에 마음이 아프기까지 하다.

　어제 나는 4시에 사무실을 나왔다. 좀 떨어진 교외에서 처리할 일이 있었기 때문이다. 그리고 5시에 교외의 볼일을 마쳤다. 나는 그 시간에 돌아다니는 것에 익숙하지 않았으므로, 마치 모르는 도시에 와 있는 느낌이었다. 내가 잘 알고 있는 건물 파사드 위로 느릿하게 움직이는 빛이 신경을 거스르면서 부드럽게 반짝이고, 낯설게 변한 도시의 행인들이, 어젯밤 함선에서 상륙한 수병들이 내 앞을 스쳐 지나갔다.

　그 시각, 아직도 사무실은 일이 한창일 때였다. 나는 사무실로 되돌아갔다. 동료들은 벌써 작별인사까지 마치고 떠난 내가 돌아오자 당연히 깜짝 놀라며 바라보았다. 왜 다시 돌아온 거지? 그냥 돌아왔어. 그곳에서, 나에게는 정신적인 존재가 아닌 그들 사이에서 나는 자유로웠다. 그들 사이에서 나는 느낌을 가질 필요가 없었다. … 어떤 의미에서 사무실은 내 집이기도 했다. 집이란 인간이 별다른 느낌을 갖지 않는 장소가 아닌가.

191

종종 나는 서글픈 유쾌함으로 생각해본다. 언젠가 더 이상 내가 살아 있지 않을 미래에, 내 글이 칭송받고 길이 읽히게 될 날을. 드디어 나를 '이해'해주는 사람들이 생기니, 그들은 진실된 의미의 내 사람들, 나를 있게 하고 사랑해주는 가족이란 울타리가 될 것이다. 하지만 그때까지는 너무도 멀고, 이미 한참 전에 나는 죽은 몸일 것이다. 망자의 살아생전 운명이었던 거부감을 호감이 상쇄시키지 못한다면, 나는 단지 모사품으로만 이해될 것이다.

아마도 언젠가 어떤 사람들은 이해할 것이다. 내가 다른 인간들과는 달리 자연으로부터 번역의 의무를 부여받았고, 그에 따라 우리 세기의 일부분을 번역해온 것이라고. 그러면 그들은, 내가 일생 동안 이해받지 못한 자였으며 불행하게도 거부와 냉담의 한가운데서 살았고, 그것은 참으로 안타까운 일이라고, 그렇게 기록할 것이다. 그런데 미래의 어느 날 나를 이해하여 그런 글을 쓰는 사람이라 할지라도, 미래의 시대에 나와 같은 작가가 있다면 지금 동시대인들이 나를 이해하지 못하는 것처럼 그 작가를 이해하지 못할 것이다. 인간은 오직 죽어버린 조상에게서만 어떤 유용한 장점을 배우기 때문이다. 우리는 삶의 올바른 방법을 오직 망자들에게만 전달할 수 있다.

이 글을 쓰는 지금은 오후이고, 막 비가 그쳤다. 대기에는 명랑한 기운이 움트고, 피부에 와닿는 감촉이 너무도 선선하다. 하루가 끝나 간다. 회색이 아닌 창백한 푸른빛을 향해. 길바닥조차 희미한 푸른색으로 물든다. 사는 것은 아프다. 하지만 그 아픔은 멀리에 있다. 당장 몸으로 느껴지는 것은 아니다. 이곳저곳의 진열장에 불이 밝혀진다. 저 위쪽 층의 사람들은 아래쪽 노동자들이 하루 일을 마치는 모습을 창

밖으로 내려다본다. 내 몸을 스치고 가는 거지는, 내가 누구인지 알았다면 놀랐을 것이다.

건물 파사드에 반사되는 하늘은 덜 창백하고 덜 푸르다. 그 안에 들어 있는 불명확한 시간에는 저녁의 성분이 조금 더 풍부하다.

하루여, 흔들리지 않는 네 종말을 향해서 걱정말고 가라. 이제 믿는 사람들 그리고 방황하는 사람들 모두 나머지 일을 마무리 짓고, 고통과 함께 무의식의 행복을 느낄 것이다. 걱정말고 네 종말을 향해서 가라. 꺼져가는 빛들의 파도여, 이 쓸모없는 오후의 멜랑콜리여, 내 마음을 뒤덮는 베일 없는 안개여, 걱정말고 네 종말을 향해서 가라. 부드럽게, 이 수채화 같은 오후 불분명하게 흩어진 옅은 푸른색 창백함이여, 가볍게 가라앉아라. 부드럽고 슬픈 몸짓으로 편평하고 차가운 땅 위로 내리거라. 걱정말고 네 종말을 향해서 가라. 보이지 않는 회색으로, 음울에 젖어, 지루하게, 과잉이면서 경직이 아닌 채로!

  사흘 동안이나 좀처럼 수그러들지 않고 펄펄 끓던 폭염은 중간중간 번개가 번득이는 쾌적하지 못한 휴식기로 바뀌었다. 그러다 뇌우가 완전히 물러가고 나자 사물의 표면은 일제히 밝은 광채를 띠면서 가볍게 반짝거렸고, 온화하고도 신선한 느낌이 반가움을 불러일으켰다. 삶을 앓는 영혼도 이런 순간에는 종종 설명할 수 없는 갑작스러운 안도를 느낄 때가 있다.

  우리는 뇌우가 번득이는 기후대라고, 나는 상상해본다. 뇌우는 우리의 머리 위에서 위협하지만, 번개는 다른 곳으로 떨어진다.

  사물의 텅 빈 무한함, 하늘과 땅의 거대한 망각…

익명으로 나는 삶의 단계적 몰락을 차츰차츰 밟아왔으며, 내가 되고자 원했던 것들의 느린 난파를 겪어왔다. 내가 스스로에 대해서 말을 한다면, 그것은 진실을 말하기 위해서 어떤 꽃도 필요하지 않은 죽은 진실 중의 하나가 될 것이다. 내가 지금껏 한번이라도 사랑했던 것 혹은 한순간이라도 꿈꾸었던 것들의 정체는 무에 불과했으며, 위층 화분에서 떨어진 흙덩이처럼 가시적인 먼지가 되어 내 손을 떠나 창문 아래로 부서져 내리지조차 않았다. 운명은 나로 하여금 뭔가를 사랑하게 하고 욕망하게 만들려고 애를 쓴 것 같지만, 다음날이 되면 그 시도가 얼마나 부질없었는지 내 눈앞에 고스란히 펼쳐지곤 했다.

나는 자신을 지켜보는 냉소의 관객이기는 하지만, 삶을 끌어가는 일에 한번도 흥미를 잃지는 않았다. 그리고 아예 처음부터 무의미한 희망은 실망으로 종결된다는 것을 알기에, 나는 실망과 희망을 동시에 향유한다. 나는 그것들의 쓰고도 달콤한 맛을, 쓴맛의 대조 때문에 단맛이 더욱 강하게 느껴지는 그 이중의 맛을 동일하게 즐길 수 있도록 특별한 쾌락을 감수한다. 나는 수많은 패전을 겪음으로써 더욱 노련해진 사악한 장군이다. 새로운 전투가 벌어지기 전날 밤에 이미 흐뭇한 마음으로 불가피한 철수 계획을 공들여 꼼꼼하게 짜놓는다.

어떤 악령이 내 운명을 장악했기에 오직 가질 수 없는 것만을 갈망하는 괴로움을 주었단 말인가. 거리에서 우연히 결혼하고 싶어지는 소녀를 마주치게 되면, 그래서 한순간이나마 그녀가 정말로 내 아내라면 어떨까, 지극히 담담하게 상상을 해보게 되면, 내가 공상에 빠져들고 열 걸음 정도 지나서 소녀는 거의 항상 남편이나 혹은 애인임이 분명해 보이는 남자와 만나는 것이다. 낭만주의자라면 이 장면을 가지고 한 편의 비극을 만들어내고, 이방인이라면 이것을 희극으로 받아들일 수도 있으리라. 하지만 나는 이것을 희비극으로 바라본다. 나는 내적으로는 낭만주의자이면서 스스로에게는 이방인이기 때문에, 계속해서 냉소의 페이지를 넘긴다.

어떤 사람은 희망 없는 삶은 상상할 수 없다고 말한다. 어떤 사람은 희망을 가지면 인생이 공허해진다고 말한다. 모든 희망과 모든 희망 아닌 것을 포기해버린 나에게 삶은 오직 나를 가두는 껍데기이며 피상적인 그림일 뿐이다. 나는 인생을, 마치 줄거리 없이 오직 눈을 즐겁게 하기 위해 연출된 연극인 양 바라본다. 어떤 요소가 결여된 무용, 바람에 흩날리는 나뭇잎, 구름 속에서 스스로 색을 바꾸는 햇빛, 도시의 여러 구역에서 우연의 경로에 의해 그려지는, 오래된 거리들의 뒤엉킴.

넓은 의미에서 나는 내가 쓰는 산문이다. 나는 문장과 구절로 나를 풀어놓는다. 나는 나의 마침표이며 나의 쉼표이고, 불안정한 상태로 그림을 찾아 헤매는 여정에서 신문지로 왕의 옷을 만들어 입고 있는 아이다. 그리고 글자들로 리듬을 만들어낼수록 나는 꿈속에서 활짝 만개했던 시든 꽃의 화관을 머리에 쓴 광인이 된다. 그럼에도 불구하고 나는 헝겊인형처럼 말이 없다. 자의식을 갖게 된 인형은 자꾸만 고개를 흔들어, (인형 머리의 중요한 부위를 차지하는) 모자에 달린 방울이 조그맣게 종소리를 울리게 만든다. 그것은 죽은 자의 삶이며, 운명에 대한 극히 미미한 암시다.

내 감성의 의식을 차지한 평화로운 불만족의 한가운데서 출몰한 공허함과 권태감은 얼마나 자주 나와 마주치면서 이런 생각을 할 수밖에 없도록 만들었던가! 희미하게 사라지며 울려 퍼지는 음향 뒤편의 목소리를 듣는 자가 된 나는, 인간의 삶이기에는 너무도 낯선 이 삶을 의식해야만 살아갈 수 있는 운명의 비통함에 얼마나 자주 빠져 들어갔던가! 얼마나 자주 나는 나 자신이기도 한 내면의 망명지에서 깨어나면서 알아차렸던가, 그 누구에게도 아무것도 아닌 자라서 참으로 다행이라고. 최소한 진정한 고뇌를 알고 있는 사람은 행복하다. 권태가 아닌 피곤을 느끼는 자는 만족할 수 있다. 고통받는다고 믿는 대신에 실제로 고통을 받는 자, 그는 자살을 한다. 그렇다, 쇠약해져가는 대신에, 자살을 선택한다!

나는 소설의 인물이 되었다. 나는 읽혀진 삶이다. 내가 무엇을 느끼든 나의 그 느낌은 자의가 아니므로, 나는 어떠한 느낌이 들었다고 표현한다. 내가 무엇을 생각하든, 그것은 즉시 그림과 연관된 글로 변한다. 그림은 그것을 용해하고, 다른 의미로 전이되는 리듬으로 승화시킨다. 나는 지속적으로 나 자신을 구축하는 작업을 통해서 나를 파괴해왔다. 나는 지속적으로 나를 사고하는 행위를 통해서 내 사고 자체가 되었지만, 나 자신이 된 건 아니다. 나는 내 안의 수심을 재고 있다가 측량기를 떨어뜨려버렸다. 그래서 매일매일 자신에게 묻는다. 나는 과연 깊은가 깊지 않은가. 이제 내가 가진 측량기는 내 시선뿐이다. 나는 깊은 우물의 검은 수면에 비친 내 얼굴을 응시하며, 수면의 얼굴은 그것을 응시하는 나를 응시한다.

나는 게임용 카드와 같다. 너무 오래되어 색깔도 흐릿하고, 이미 옛날부터 아무도 사용하지 않기에 다 사라지고 오직 한 장만 남아 있는 카드. 나는 의미가 없다. 나는 스스로의 가치를 알 길이 없다. 비교할 만한 다른 카드가 전혀 없으므로 내가 무엇인지 알아낼 방법이 없다. 나를 발견하기 위해서 달리 도움을 구할 만한 대상도 없다. 그리하여,

나를 그림에서 그림으로, 한번은 좀 더 진실에 가깝게, 그리고 한번은 덜 가깝게 묘사하면서, 나는 서서히 나 자신이 아닌 그림으로 변해갔다. 나는 내가 누구인지에 대해서, 더 이상 내가 아닌 것으로 될 때까지 말한다. 나에게 내 영혼은 오직 글을 쓸 때만 필요한 잉크다. 그러나 내 반응은 점점 약해지고, 나는 다시 체념에 빠진다. 나는 내 안으로 후퇴한다. 아무것도 아닌 나 자신 안으로. 흘리지 않은 눈물이 굳어버린 내 눈동자를 뜨겁게 태운다. 느끼지 못하는 공포심이 바싹 마른 내 목구멍에 거칠게 걸려 있다. 그러나 나는 무엇 때문에 내가 눈물을 흘렸는지 알지 못한다. 하지만 만약 내가 실제로 눈물을 흘렸다면, 눈물을 흘리지 않았을 이유는 또 무엇인지 알지 못하리라. 허구는 그림자처럼 나를 따른다. 그리고 나는 오직 잠들고 싶다.

194

　내 심장과 영혼을 조여오는 거대한 피곤을 느낀다. 한번도 나 자신
이었던 적이 없는, 나라고 불리는 어떤 인간이 슬픔을 느낀다. 그를 향
한 기억을 일깨우는 이 그리움의 감정이 어떤 종류인지 알 수가 없다.
나는 추락했다. 나는 희망과 확신에 충돌했다. 모든 석양의 순간마다.

195

현실의 삶에서 피크위크 씨나 워들 씨(찰스 디킨스의 소설 *The Pickwick Papers*의 주인공)를 만나 악수를 나누지 못한다고 실제로 속상해하는 인간들이 있다. 나도 그들 중의 한 명이다. 나는 그 소설을 읽고, 내가 그들의 시대에 살지 못함을, 이 사람들과, 이 진정한 사람들과 동시대를 보내지 못함을 정말로 애통해하며 눈물을 흘리기도 했다.

소설 속의 드라마는 항상 아름답다. 그 속에는 진짜 피가 흐르지 않는다. 죽은 자의 육신은 썩지 않으며, 부패조차 부패가 아니다.

설사 피크위크 씨가 우습게 보일지라도, 그는 우습지 않다. 그의 우스꽝스러움은 소설 속에서만 작용한다. 아마도 소설은 완전한 현실이 자신이 우리를 통해서 창조한 삶 그 자체일지도 모른다. 아마도 우리는 그 창조의 완성을 위해서 존재하는 도구일지도 모른다. 문명은 예술과 문학을 불러오기 위해서 존재하는 듯이 보인다. 문명을 말하고 문명이 남기는 것은 결국 언어이기 때문이다. 그런데 이들 소설의 비현실적 주인공들이 현실이 아닐 이유가 무엇이겠는가? 그럴 수 있다는 가능성을 상상하기만 해도 내 정신의 영역은 깊은 고통을 느낀다. …

196
1931년 9월 3일

느낌 중에서 가장 괴로운 종류와 감성 중에서 가장 고통스러운 것은 둘 다 가장 부조리한 유형에 속한다. 불가능하다는 바로 그 이유 때문에 불가능한 것을 욕망하고, 한번도 존재하지 않았던 것을 그리워하고, 존재했을 수도 있는 것을 바라고, 타인이 되지 못함을 아파하고, 이 세계의 존재 자체에 불만을 갖는다. 영혼의 의식에 해당하는 이 모든 어중간한 색조는 우리 안에 고통의 풍경을, 우리 자신의 모습이기도 한 영원의 석양을 만들어낸다. 그러므로 우리의 자부심은 어둑한 빛 속에 버려진 들판이다. 배 한 척 없는 쓸쓸한 강변 갈대숲, 투명한 물빛 너머 한참 떨어진 맞은편 강둑의 윤곽이 어둠 속에서 희미하다.

이 감정이 서서히 광기로 변모하고 있는 슬픔의 표현인지, 혹은 어쩌면 우리가 오래전에 살았을지도 모르는 세계의 메아리가 서로 겹치고 뒤섞여서 나타나는 것인지는 알 수가 없다. 이런 풍경은 꿈속을 사는 사물들처럼 부조리하게 보이지만 실상은 그렇지 않음을 우리는 스스로에게 설명할 수가 있다. 우리는 과거에 우리 아닌 다른 존재였을지도 모른다. 그 존재의 완전함을 오늘날 우리는 불완전한 그림자로 감지한다. 과거의 견고함은 사라졌다. 이제 그것은 우리가 생명을 부여한 이차원상의 그림자 위에서 불분명한 상상으로 흐릿하게 존재할 뿐이다.

감정에 대한 이런 상념이 우리의 영혼을 미친 듯이 괴롭게 한다는 것을 나는 잘 안다. 그것에 해당할 만한 다른 종류의 상상은 없다. 우리의 심상에는 그것과 유사한 다른 어떤 대상도 존재하지 않는다. 그것은 아무도 모르는 형벌처럼, 무슨 이유로 누구에 의해서 내려지는지 알 수 없는 형벌처럼 우리를 짓누른다.

이런 감정을 느끼고 나면, 삶에 대한, 그리고 삶의 표현에 대한 피할 수 없는 혐오감, 욕망에 선행하는 욕망에 대한 역겨움, 그리고 모든 종류의 감정에 대한 이름 없는 불쾌감을 얻는다. 이런 미묘한 비애에 잠겨 있으면 꿈속에서조차 행복한 연인이나 영웅이 되지 못한다. 모든 것이 공허해진다. 심지어 공허함을 상상하는 것조차 공허하다. 모든 것이 우리가 이해할 수 없는 언어로, 수수께끼와 같은 소리로 말해지는 것 같다. 인생은 텅 비었다. 영혼은 텅 비었다. 세계는 텅 비었다. 신들은 죽음보다 더 큰 죽음을 죽는다. 모든 것은 공허보다도 더욱 공허하다. 모든 것은 존재하지 않는 사물들의 혼돈이다.

이런 생각에 잠긴 채 혹시 현실이 내 갈증을 해소해주지 않을까 하여 주변을 둘러본다. 표정 없는 집들, 표정 없는 얼굴들, 표정 없는 몸짓들이 보인다. 돌, 육체, 생각, 모두가 죽어 있다. 모든 움직임은 정지다. 아무것도 나에게 무언가를 말하지 않는다. 아무것도 나에게 친근하지 않다. 나에게 낯설기 때문에 아니라, 그것이 무엇인지 내가 모르기 때문이다. 나는 세상을 잃었다. 내 영혼의 밑바닥에는 이 순간 내 유일한 현실인 보이지 않는 깊은 음울이 가라앉는다. 어두운 방안에서 누군가 울고 있는 것과 같은, 그런 슬픔이다.

197

　나는 시간을 매우 고통스러운 무엇으로 받아들인다. 어떤 대상을 떠날 때, 나는 늘 과도한 감상을 갖게 된다. 몇 개월 동안 내가 세를 들어 살았던 초라한 방, 엿새 동안 휴가를 보낸 시골 호텔의 탁자, 심지어는 기차를 기다리느라 두 시간이나 허비했던 어느 역사의 슬픈 대합실까지도, 항상 그랬다. 그리고 삶의 아름다운 면은 나에게 형이상학적인 고통을 준다. 내가 그것들을 떠날 때면 내 신경은 모든 예민한 촉수를 치켜세우며, 내가 이것들을 다시는 보지 못할 거라고, 적어도 바로 이 순간과 같은 이런 모습으로는 결코 다시 갖지 못할 거라고 나에게 알려주는 것이다. 내 영혼의 심연이 입을 벌린다. 신의 시간이 내뿜는 차가운 입김이 내 창백한 얼굴을 스친다.

　시간! 과거! 거기에는 무언가가 있다. 하나의 목소리, 하나의 노래, 가끔씩 풍겨오는 어떤 향기가 내 영혼의 커튼을 열어젖히고 기억을 들어 올린다. … 한때 나였던 것, 그리고 두 번 다시는 내가 될 수 없는 그것을! 한때 내가 가졌던 것, 그리고 두 번 다시는 내가 가질 수 없는 그것을! 죽은 자들! 어린 시절 나를 사랑했으나 지금은 죽은 자들. 지금 그들을 떠올려보면 내 영혼은 오한을 느낀다. 나는 모든 마음으로부터 추방당한 자다. 홀로 나 자신의 밤을 헤매면서, 닫혀 있는 모든 침묵의 문 앞에서 걸인처럼 흐느낀다.

198
휴가지의 산문

작은 해변이 있다. 그것은 미니어처처럼 조그만 두 개의 절벽으로 세상과 단절된, 더 작은 만을 형성한다. 이곳은 내가 사흘간의 휴가를 보낼 도피처다. 해변으로 가려면 원시적인 층계를 내려가야만 한다. 층계의 위쪽은 나무로 되어 있고, 중간쯤에는 바위를 계단 모양으로 깎고 가장자리에 녹슨 쇠로 난간을 만들어놓았다. 그 낡은 계단을 내려갈 때마다, 특히 바위계단이 발밑에 느껴질 때는 더더욱, 나는 내 존재를 떠나 나 자신을 발견하곤 했다.

신비주의자들은, 혹은 최소한 그들 중 몇몇은, 영혼의 최고 순간이 있다고 말한다. 그런 순간에 영혼은 감성이나 혹은 기억력의 도움을 받아, 지나간 생의 어느 한 찰나, 어느 한 징표, 혹은 그림자를 회상해낸다는 것이다. 그런 순간에 영혼은 모든 사물의 근원과 시작에 더 근접한 시간으로 회귀하기 때문에 어떤 의미에서는 더욱 어린아이와 같아지면서 해방감을 느낀다.

요즈음은 자주 사용되지 않는 그 층계를 내려가 항상 인적이 없는 작은 해변으로 천천히 다가갈 때마다, 어쩌면 나 자신이라고 할 수도 있는 모나드(단자)에 가까이 가기 위하여 마법의 의례라도 행하는 기분이 들었다. 내 기질 속에서 욕망으로 혐오감으로 그리고 불안으로 계속 형태를 전환하며 나타나던 일상의 특정 징표들은 살인자가 법을 피하듯이 나에게서 달아났고, 어둠 속에서 색채를 잃어 거의 알아보지 못할 정도가 되었다. 나는 어제를 기억하기 힘들어졌고, 심지어 매일 내 안에서 살아가는 어떤 본질을 내 것이라고 자각하기 힘들 만큼 내적 거리감을 느끼게 되었다. 지속적인 기분의 변화, 일관되게 일관적이지 않은 습관, 타인들과 나누는 대화, 세상과 사회의 규칙에 적응하던 일, 이 모두가 내가 행한 것이 아니라 어디에선가 읽은 내용처럼 느껴진다. 출간된 자서전의 생명력 없는 페이지, 혹은 소설의 중간쯤에 줄거리의 힘이 빠지면서 우리가 잠시 집중을 잃게 될 때 등장했다가 마침내 저 밑바닥으로 가라앉아 간신히 꿈틀거리는 무의미하고 자잘한 에피소드로만 느껴진다.

해변에는 바람소리와 파도소리뿐이다. 바람은 존재하지 않는 비행기처럼 저 높은 상공을 지나간다. 그곳에서 나는 새로운 형태의 꿈에 자신을 맡기고 있었다. 안개처럼 부드러우면서도 경이로운 것, 심오한 인상을 남기는 것, 이미지도 없고, 감정도 없이, 하늘과 물처럼 오직 순수하기만 한 어떤 것, 거대한 진실의 근원에서 솟아나 점점 번져가는 대양의 소용돌이처럼 널리 울려 퍼진다. 멀리서 반짝이는 비스듬한 푸른 수면은 가장자리로 갈수록 초록빛이 짙어지는데, 그 초록빛 속에는 다른 종류의 탁한 초록 색조가 얼룩처럼 스며 있다. 파도는 옅은 갈색 모래사장에서 요란한 소리와 함께 부서지면서 격노에 의해 정화된 거품을 분출한다. 자신 안에서 세상의 모든 파도와의 합일을 이루며 수천 개로 갈라진 팔을 길게 뻗는다. 자신의 근원인 자유로 되돌아오는 모든 행위, 신적인 것에 대한 모든 그리움, 오직 좋기 때문에 혹은 뭔가 다른 이유로 행복한, 고통 없는 지나간 모든 불특정한 상태의 기억, 거품과 안식, 죽음으로 구성된 영혼을 가진 그리움의 육신. 이 모든 것, 혹은 난파자들의 섬인 삶을 둘러싼, 이 모든 무.

그리고 나는, 내 모든 감각으로 보았던 것들로부터 멀리 떨어져서, 잠 없는 상태로 잠을 잤다. 내 자아의 황혼, 나무들 아래서는 물이 흐르는 소리, 커다란 강들의 침묵, 슬픈 저녁의 냉기, 흰 가슴의 무거운 호흡 그리고 그 가슴이 꿈꾸는 어린 시절의 잠과 명상 속에 잠긴 채.

199

　가족도 아는 사람도 하나 갖지 않은 쾌적함. 그 기분 좋은 추방의 느낌, 추방된 자의 자부심과 막연한 희열이 집으로부터 멀리 떨어져있다는 희미한 불편함을 둔화시킨다. 이 모두를 나는 내 방식으로 냉담하게 즐긴다. 내 정신적 입장 중 하나는 우리의 감정을 과도하게 평가하지 않고, 꿈조차도 내려다보기를 원한다는 것이다. 우리가 없으면 꿈도 꿈이 될 수는 없다는 기품 있는 자의식을 잃지 않는다. 꿈에게 너무 많은 의미를 두는 것은 결국 하나의 사물에게 너무 많은 의미를 부여하는 것과 같다. 우리로부터 파생되어 나왔으면서도 스스로 최대한 현실인 척 굴면서 우리의 절대적 호의를 당당히 쟁취한 사물에게.

200

일상의 삶은 집과 같다. 일상은 어머니다. 높이 솟은 숭고한 시의 산 위로 힘들게 올라 초월과 신비의 절벽을 헤매다 돌아오면, 일상의 맛은 더욱 좋아지며 따스한 삶의 냄새가 난다. 거주지로 돌아오면 행복한 바보들이 웃으며 반긴다. 또 다른 한 명의 바보가 되어 그들과 어울려 술을 마시고, 신이 창조한 모습 그대로 우리에게 속하게 된 전체 우주에 만족해한다. 세상의 나머지 일들은 정상에 도달한 다음 아무것도 할 일이 없어 다시 내려오기 위해 산을 열심히 오르고 있는 자들에게 맡겨버린다.

내가 멍청이 혹은 무식한 자로 여기는 어떤 인간에 대해 사람들은 종종 그가 인간의 평균을 뛰어넘는 능력을 발휘한다고 말하지만 나는 전혀 감동받지 않는다. 간질환자는 발작이 일어나는 동안 초인적인 힘을 발휘한다. 편집증환자는 일반인이 거의 도달할 수 없는 경지의 결론을 이끌어낸다. 종교적 광기에 휩싸인 사람은, 보통 선동가들이 할 수 있는 차원을 넘어서는 거대한 무리의 신자들을 주변에 모을 뿐 아니라, 선동가들을 따르는 무리에게서는 볼 수 없는 자질인 내적 확신까지도 심어줄 수 있다. 그러나 이 모두는 단지 광기는 광기일 뿐이라는 것을 증명한다. 꽃의 아름다움을 아는 나는 사막 한가운데서의 승리보다 패배를 더 선호한다. 사막에서의 승리는 오직 허상으로 인한 영혼의 현혹이기 때문이다.

무의미한 꿈이 암시하는 내면 때문에 나는 빈번하게 놀라고 충격을 받는다. 신비주의와 명상의 풍경이 육체의 구토를 불러일으킨다. 나는 그런 꿈에 빠져 있던 내 방에서 서둘러 달려 나와 사무실로 달아난다. 그리고 모레이라의 얼굴을 보자마자, 마치 구원의 항구에라도 도착한 기분이 든다. 곰곰이 잘 생각해보면, 나는 모레이라를 별들의 세계 전체보다 더 좋아한다. 실제를 진실보다 더 좋아하며, 삶을 그것의 창조자인 신 자체보다 더 좋아한다. 신이 나에게 이런 삶을 주었기에, 내가 이렇게 살고 있는 것이다. 꿈이 나에게 오기 때문에, 나는 꿈을 꾸는 것이다. 하지만 나는 꿈속에서 내 개인의 무대 이외의 다른 것을 보는 굴욕을 범하지 않으며, 비록 포도주를 마시고 있긴 하지만 그것을 삶의 양식이나 필수품이라고 생각하지도 않는다.

201

 평소에는 환한 햇살이 내리쬐는 것이 보통인 이 도시에, 오늘은 이른 아침부터 안개가 내렸다. 줄지어 선 집들의 윤곽, 버려진 공간들, 저마다 높이가 다른 도로와 건물이 태양빛에 의해 점점 금색을 띠는 가벼운 안개의 외투로 감싸였다. 그렇지만 정오가 가까워올수록 안개는 점점 희미해지면서 측량할 수 없이 엷은 그림자의 베일이 되어 물러가버렸다. 오전 10시가 되자 주저하듯 연한 하늘의 푸르스름한 빛만이 한때 안개가 있었다는 사실을 암시할 뿐이었다.

 은폐의 가면이 떨어져 나가자마자 도시의 얼굴이 새로운 생명을 얻었다. 이미 시작된 하루가 활짝 열린 창문으로 들어서듯 한꺼번에 밝아왔다. 도시의 소음 속에 가벼운 변화가 일어났다. 새로운 종류의 소음이 더해졌다. 첨가되었다. 푸르스름한 색조가 포도 위를 스치고 행인들의 비개성적인 아우라 속으로 스며들었다. 태양이 온기를 뿌렸다. 그러나 그 온기는 아직 축축하고, 이제는 더 이상 없는 안개의 보이지 않는 필터를 통과한 상태였다.

 도시의 깨어남은, 안개의 유무와 무관하게, 시골 들판 위로 널리 퍼지는 아침의 붉은 노을보다 더욱 내 마음을 움직인다. 그것은 단순한 깨어남 훨씬 이상의 것이다. 들판에서 태양 광선은 풀잎이나 덤불, 나무이파리의 표면을 비추면서 처음에는 어지럽게 흔들리지만 곧 촉촉하게 광채 나는 황금빛 색채로 물든다. 그러나 햇빛이 도시의 유리창에 비치면서 수천 조각으로 부숴질 때 발휘되는 찬란한 빛의 효과, 오색의 빛이 일렁이는 담벼락과 수많은 색채 속에 잠긴 지붕들이 아침을 위대하게 만드는 광경은 세상의 그 어떤 현실과도 다르며, 시골의 아침보다도 더욱 가슴 두근거리는 미지의 기대감을 불러일으킨다. 시골의 아침노을은 나를 기쁘게 한다. 도시의 아침노을은 나를 기쁘게 하며, 기쁘게 하지 않는다. 그래서 단순히 기쁜 것보다 더 기쁘다. 왜냐하면 그때 내 안에서 피어나는 더 큰 희망은, 다른 모든 희망과 마찬가지로, 실제가 아니라는 살짝 비통하고도 애수에 젖은 맛을 갖고 있기 때문이다. 시골의 아침은 실제다. 그러나 도시의 아침은 언약이다. 전자는 살게 하고, 후자는 생각하게 한다. 모든 저주받은 위대한 자들처럼 나 역시 생각이 삶보다 더 가치롭다고 느끼게 될 것이다.

202
1931년 9월 14일

여름의 마지막 며칠 동안 무더운 날씨가 이어지더니, 어느새 늦은 오후가 되면 완연히 부드러운 색조가 먼 하늘에 퍼지면서 거의 감지하기 어려운 차가운 공기를 실은 가을의 전령이 느껴지곤 했다. 아직 나뭇잎들은 초록을 완전히 벗어버리지는 않았고 낙엽이 되어 떨어지지도 않았다. 눈앞에서 벌어지는 외부의 죽음을 통해 우리 자신의 죽음을 예감할 때 어쩔 수 없이 엄습하는 그 막연한 공포감도 아직은 도래하지 않았다. 실제로 힘든 일을 하고 난 다음 느끼는 나른한 피곤, 혹은 우리의 마지막 몸짓에 침전되어 있는 가벼운 졸음과도 같은 나날이었다. 아, 우수에 잠긴 냉담한 저녁들, 가을은 사물들 안에서 채 시작하기도 전에, 우리 안에서 이미 시작되고 있다. …

지상에 내리는 모든 가을은 두 번 다시 오지 않을 우리 최후의 가을에 점점 근접한다. 그 점은 여름도 마찬가지다. 가을은 자신의 모습을 통해서 모든 것의 소멸을 환기시킨다. 그러나 여름은 한번 응시하는 것으로 충분하다. 그런 다음 우리는 여름을 잊는다. 아직 가을이 온 것은 아니다. 아직은 누렇게 변한 낙엽이 허공에 날리지도 않고, 곧 겨울이 도래하리라는 축축한 슬픔이 대기에 넘실대지도 않는다. 그러나 분명 그 안에는 선행하는 슬픔의 기색이 섞여 있다. 그것은 여행을 떠나기 위해 옷을 차려입은 우수와도 같다. 와해되는 사물의 색채와 변화한 바람의 느낌으로 우리의 집중력은 산란되고, 밤이면 피할 수 없는 우주의 편재 위로 더 오래된 고요가 내려와 덮인다.

그렇다, 우리 모두는 사라질 것이다. 완전히 소멸할 것이다. 감정과 장갑을 착용하는 존재는 아무것도 남지 않으리라. 죽음과 지방정치를 논하는 존재들은 흔적도 없이 사라질 것이다. 햇빛이 성인의 얼굴과 행인들의 각반을 똑같이 비춘다. 그 햇빛이 사라지면 무엇이 성인의 얼굴이었고 무엇이 행인의 각반이었는지 전부 암흑 속에 묻히고 아무도 알지 못하게 되리라. 아득한 바람 속에 이 세계 전체가 마른 나뭇잎이 되어 소용돌이치며 흩날린다. 손으로 기운 옷가지처럼 수많은 왕국이 있구나. 왕좌 모양으로 틀어 올린 아이의 금발머리도 제국의 힘을 상징하는 왕홀과 함께 치명적인 소용돌이 속으로 휩쓸린다. 모든 것은 헛되다. 보이지 않는 존재의 앞뜰 열린 문을 통해서 더 안쪽의 닫힌 문을 볼 수 있을 뿐이다. 우리 안에서 전체 우주를 감각하게 만들어주는 크고 작은 사물들이 손도 없이 바람의 노예가 되어 미친 듯이 흩날리며 춤을 춘다. 모든 것은 그림자이고 휘몰아치는 먼지바람이다. 바람에 날리는 사물들의 소리 외에 다른 목소리는 들려오지 않는다. 바람이 남겨놓은 고요 외에 다른 고요는 보이지 않는다. 나뭇잎처럼 가벼운 종류의 사물들은 그만큼 대지와 덜 연관되어 있으므로 안뜰의 공중 높은 곳까지 날려 올라갔다가 무거운 사물들의 소용돌이 바깥쪽으로 내려앉는다. 먼지와 같이 거의 눈에 보이지 않고 가까이 다가가야 서로를 간신히 구별할 수 있는 미세한 종류의 사물은 소용돌이 내에서 하나의 층을 형성한다. 그리고 또 다른 종류는 작은 나뭇가지들로, 이리저리 휘몰아치다가 여기저기 산발적으로 떨어진다. 어느 날, 사물의 인식이 종말을 맞는 날, 이곳의 닫힌 문이 열릴 것이고, 우리들 자신이었던 모든 것은, 별이든 쓰레기통이든 모두 집 밖으로 쓸려 나가고, 존재가 새로운 시작을 맞게 될 것이다.

나의 심장은 잘못 부착된 이물질처럼 나를 아프게 한다. 내 두뇌는 내가 느끼는 모든 것을 잠들게 한다. 그렇다, 가을의 시작이다. 내 영혼과 대기는 활기도 없고 미소도 없는 냉담한 빛으로 가득 찬다. 황혼의 하늘에 드문드문 떠 있는 구름의 불규칙적인 테두리가 노랗게 빛난다. 그렇다, 가을의 시작이다. 가을과 함께 투명해진 이 시간, 모든 사물의 이름 없는 불충분함을 깨닫는 투명한 인식이 온다. 가을, 그래 가을이다. 가을은 시작되거나 혹은 이미 시작되었다. 모든 몸짓이 있기도 전에 이미 피곤을 앞서 감지하고, 꿈이 있기도 전에 실망을 느낀다. 나는 무엇을 기대할 수 있으며, 무슨 근거로 기대를 가질 수 있는가? 나에 대한 생각에 잠긴 채 나는 안뜰의 먼지와 나뭇잎들과 함께 휘날리면서 무無의 무의미한 궤도를 회전하며, 살아 있는 존재로서 깨끗한 포석 위를 자박자박 소리 내어 걷고 있다. 어디인지 알 수 없는 곳에서 저물어가는 태양빛을 비스듬하게 받아 황금색으로 물든 포석 위를.

내가 생각한 모든 것, 내가 꿈꾸었던 모든 것, 내가 행하거나 행하지 않은 모든 것, 이 모두는 가을이 되면 타버린 성냥개비처럼 보도 위에 흩어지고 바람에 날려 사라진다. 혹은 꾸깃꾸깃 뭉쳐진 쓸모없는 종이가 된다. 모든 위대한 제국, 혹은 나른한 심연의 아이들이 장난감으로 고안해낸 모든 종교와 철학이 된다. 내 영혼이었던 모든 것, 내가 열망했던 모든 것에서부터 내가 사는 초라한 방까지, 내가 섬겼던 신들, 마찬가지로 내 위에 있었던 바스케스 사장까지, 이 모두가 가을이면 떠나간다. 모두가 가을에, 가을의 부드러운 냉담함 속에서 떠나간다. 모두가 가을이면, 그렇다, 가을이면….

203

우리는 결코 알지 못한다. 하루가 끝날 때, 우리 안의 그 무엇이 허무한 고통이란 형태로 끝이 나는지. 우리가 단지 그림자들 사이의 허상에 불과한지. 현실이란, 충격으로 깨어지기 전까지는, 호수 위 갈대밭에 야생오리 떼가 내려앉지 않는 거대한 침묵에 불과한지. 우리는 아무것도 알지 못한다. 어린 시절의 이야기조차 기억에 남아 있지 않다. 단지 해초만이 가득하다. 미래의 하늘이 부드러운 몸짓으로 다가온다. 잔잔한 미풍 속에서 불확실성이 서서히 열리며 별이 나타난다. 고립된 사원에서 신에게 봉납된 횃불이 흐릿하게 펄럭인다. 버려진 농장의 저수지가 햇빛 속에서 고요하게 정지한 호수로 변한다. 그 누구도 한때 나무둥치에 새겨졌던 이름을 더 이상 알지 못한다. 모르는 자들의 특권이 아무렇게나 찢어발긴 종잇조각처럼 들판 위로 날아가다가 우연한 장애물에 걸려 멈춘다. 다른 이들이 그들을 앞서 살았던 다른 이들과 마찬가지로 같은 창문 밖으로 몸을 내밀게 된다. 어두운 그림자를 잊은 자는 계속해서 잠들면서, 그가 한번도 보지 못한 태양을 갈구한다. 그리고 어떤 행동도 하지 않기를 감행하는 나는 후회 없이 죽으리라. 축축한 갈대숲에서, 강가의 진흙과 나 자신의 몽롱한 피곤으로 더럽혀진 채, 넓게 펼쳐진 가을 저녁 불가능의 국경에서. 이 모든 것을 통하여, 나는 백일몽 뒤편에서 앙상한 공포처럼 쉭쉭거리는 내 영혼을 느끼리라. 세계의 어둠 속에서 헛되이, 맑고도 깊은 소리로 울부짖는 그것.

204
1931년 9월 15일

구름… 오늘 나는 하늘을 의식한다. 어떤 날에 나는 하늘을 느끼기만 하고 바라보지는 않는다. 내가 도시까지 모두 포괄하는 광범위한 자연에서 사는 것이 아니라, 단지 도시 안에서 살기 때문이다. 구름… 오늘 구름은 현실의 본질 그 자체로 보인다. 나는 마치 하늘을 관찰하는 것이 내 숙명적 과업이라도 되는 양 그렇게 집중해서 하늘을 쳐다보고 있다. 구름… 구름은 서쪽 강 하구에서 요새가 있는 동쪽으로, 산산이 찢어진 혼돈의 형태로 흘러간다. 산산이 찢어져서 뭔지 알 수 없는 것의 선발대를 형성하는 구름들은 흰색으로 보이지만, 소리가 요란한 바람에 의해 뒤늦게 흩어지는 느린 구름들은 거의 검은빛이다. 그런가 하면 마치 그 자리에 머물고 싶다는 듯이, 자신의 그림자 때문이 아니라 형태 자체가 그늘인 구름은 어둡거나 탁한 흰색이다. 그들이 막힌 집들 사이에 놓인 잘못된 공간에 그늘을 만들며 지나간다.

구름… 나는 존재함을 모르는 채로 존재한다. 나는 죽기를 원하지 않는 채로 죽게 될 것이다. 나는 나 자신과 자신 아닌 것 사이의 공간이다. 내가 꿈꾸는 것과 삶이 나로 형성해놓은 것 사이의 공간이다. 아무것도 아닌 사물 사이의 관념적이고 육체적인 평균값이다. 나 또한 아무것도 아니기 때문이다. 구름… 내 느낌은 불안하고, 내 생각은 불쾌하여라. 내 의지는 아무런 목적이 없다! 구름… 아직도 구름은 흘러간다. 어떤 구름은 아주 거대한데, 건물들이 가리는 바람에 구름의 실제 크기를 충분히 감지할 수가 없다. 불특정한 크기의 다른 구름들, 두 개가 하나로 뭉쳤거나 아니면 한 개가 두 개로 나뉘었거나 하는 구름들이 지친 하늘 높은 곳에 무의미하게 떠 있다. 그리고 커다란 구름에 비하면 장난감처럼 크기가 작고 모양도 균일하지 않아 기묘한 놀이용

361

공처럼 보이는 구름들이, 이제 하늘의 한쪽 면에 차갑게 고립되어 몰려 있다.

구름… 나는 나에게 질문하고 나를 부정한다. 내가 행한 일들은 무의미했다. 내가 행할 일들은 정당하지 않다. 존재하지 않는 사물들을 혼란스럽게 해석하는 일로 낭비하지 않았던 삶의 시간을, 나는 산문을 쓰면서 탕진했다. 그런 산문 덕분에 나는 미지의 우주를 내 것으로 만든다. 나는 객관적으로 그리고 주관적으로 나 자신이 참을 수 없다. 나는 모든 것이, 모든 사람이 참을 수 없다. 구름… 그것이 전부다. 붕괴하는 고도, 그것은 오늘 공허한 대지와 존재하지 않는 하늘 사이의 유일한 현실이다. 내가 구름에게 강요한 권태의 묘사할 수 없는 파편들, 짙은 안개의 색채 없는 위협, 벽 없는 병원의 더러운 솜뭉치들. 구름… 그들은 나와 마찬가지로, 하늘과 대지 사이에 놓인 파괴된 통로다. 번개가 있건 없건, 보이지 않는 충동에 따라 작동한다. 구름은 흰빛으로 세상을 환하게 밝히며, 암흑으로 검게 뒤덮는다. 지상의 소란으로부터 멀리 떨어졌으나 아직 천상의 고요를 얻지는 못한 채 그 둘로부터 이탈해버린 중간계의 허구. 구름… 아직도 그들은 하늘을 지나가는 중이다. 여전히, 영원히 지나가고 있다. 자신들의 창백한 실뭉치를 감았다 풀었다 반복하면서, 산산조각 난 허구의 하늘을 어지럽게 흩트리며 멀리 몰고간다.

205
1931년 9월 16일

죽어가는 보랏빛 속에서 하루가 흐르며 저물어간다. 그 누구도 내가 누구인지 말해주지 않으리라. 내가 누구였는지 아는 사람도 없으리라. 나는 알려지지 않은 어느 미지의 산에서 미지의 계곡으로 내려왔다. 내 발자국은 저녁이 느리게 도래할 무렵 숲 속 개활지로 나 있었다. 내가 사랑한 모든 이가 그늘 속에 남겨진 나를 잊었다. 마지막 배에 관해서 아무도 알지 못했다. 그 누구도 쓰지 않았을 편지에 대해서, 우체국의 그 누구도 알지 못했다.

그런데 모든 것은 거짓이다. 다른 이들이 이미 이야기하지 않은 어떤 것도 그들은 이야기하지 않았다. 한때 희망에 차서 허위의 해안으로 출발한 자, 다가올 안개와 우유부단함의 아들에 관해서도 더 이상 자세한 소식을 듣지 못한다. 나는 마법사들 중 하나의 이름을 갖는다. 그 이름은, 다른 모든 것들과 마찬가지로, 그림자다.

206
숲

아, 방은 단 한번도 실제인 적이 없었다. 잃어버린 내 어린 시절의 방! 그것은 안개처럼 날아가버렸다. 어둠 속에서 또렷하게 떠오르는 내 실제의 더 작은 방 흰 벽 속으로 질료 자체가 통째로 스며들어버렸다. 삶과 하루처럼, 마부의 발걸음과 그가 휘두르는 불명확한 채찍 소리처럼. 아직 잠에서 채 깨어나지 못한 동물이 그 소리를 듣자, 누워 있는 동물의 몸에서 근육이 먼저 솟구치며 꿈틀거린다.

207

우리가 진실이라고, 옳다고 여기는 많은 일들이 우리들 꿈의 흔적일 뿐이고, 잠에 취한 우리의 이성이 생각 없이 흔들거리며 돌아다니는 것에 불과하구나! 도대체 그 누가 진실이 무엇인지, 옳은 것이 무엇인지 알 수 있는가? 우리가 아름답다고 여기는 많은 것들이, 장소와 시간에 따라 달라지는 일시적인 가치에 지나지 않는다! 우리에게 속해 있다고 망상하는 많은 것들이, 본성상 우리와는 아주 판이하며, 우리는 그들의 단순한 거울, 투명한 껍질에 지나지 않는다!

착각하는 우리의 능력, 그것을 곰곰이 생각하면 할수록, 나는 산산이 부서진 확신의 고운 모래 알갱이가 피곤한 손가락 사이로 흘러내리는 것을 더욱 선명하게 느낀다. 이 생각이 느낌으로 바뀌며 정신이 흐려지면, 세상 전체가 그늘로 이루어진 안개처럼, 거리 모퉁이와 구석진 곳에 희미하게 고인 황혼빛처럼, 막간극[28]의 허구처럼, 그리고 영영 밝아오지 않는 아침노을처럼 보인다. 모든 것이 내 안에서 절대적인 무엇으로, 스스로의 죽음을 죽는 것으로, 개별 개체들의 침묵으로 변화한다. 내가 잊기 위하여 생각을 전이시켜놓은 감각조차 일종의 잠이다. 막연하고, 부수적이며, 중간적인 것, 그림자와 혼돈의 우연한 조우인 것.

금욕자와 은둔자들을 이해하게 되는 이러한 순간, 나는 모든 힘을 절대자를 위해 동원하거나 능력을 솟게 만드는 믿음에게 바치는 사람도 이해할 것 같다. 이러한 순간 나는 할 수만 있다면 모든 슬픔의 미학을 창조할 것이다. 멀리 있는 다른 고향 땅 밤의 부드러움으로 걸러진, 내면을 울리는 자장가의 리듬을 창조할 것이다.

오늘 나는 거리에서, 예전에 서로 자기들끼리 다툼을 벌였던 두 명의 친구를 차례로 마주쳤다. 그들은 둘 다 나에게, 어떻게 해서 다툼이 일어나게 되었는지 그 연유를 설명했다. 둘 다 나에게 진실을 이야기했다. 둘 다 나에게 자신들의 이유를 해명했다. 둘 다 잘못이 없었다. 둘 다 전혀 아무런 잘못도 하지 않았다. 상대편에게 보이지 않는 것을 보았다는 이는 아무도 없었다. 상황을 한쪽 입장에서만 본 이도 아무도 없었다. 둘 다 사정을 객관적으로 보고 있었다. 둘 다 사정을 상대편과 같은 관점으로 보고 있었다. 그런데도 불구하고 둘 다 서로 다른 것을 보고 있었다. 그렇기 때문에, 둘 다는 모두 옳았다.

중의적으로 존재하는 진실이 나를 혼란에 빠뜨렸다.

208

지식을 갖추었건 그렇지 못하건 우리 모두는 형이상학적 존재이며, 원하든 원하지 않든 우리 모두는 도덕심을 갖고 있다. 내 도덕심은 극히 단순하다. 타인에게 선행도 악행도 가하지 않는다. 타인에게 해를 끼치지 않는다. 다른 사람도 나와 같은 권리, 즉 참견당하지 않을 권리를 갖고 있음을 인정하기 때문만이 아니라, 자연으로부터 주어진 불행만으로도 이 세계가 필요로 하는 해악의 분량은 충분히 차고 넘치기 때문이다. 우리 모두는 세상이라는 한 배에 탄 공동 운명체다. 우리가 모르는 항구를 떠난 그 배는, 우리가 알지 못하는 다른 항구로 향하는 중이다. 그러므로 우리는 단체여행자들이 그렇듯이 서로에 대해 예의를 지키고 호의를 베풀어야 한다. 나는 타인에게 선행을 베풀지 않는다. 선행이 무엇인지 알지 못하기 때문이다. 그리고 내가 스스로 선행을 베푼다고 믿는다 해도 그것이 과연 선행이었는지 확신할 수 없기 때문이다. 내가 적선을 행할 때 그것이 어떤 나쁜 효과를 발휘하지 않는다고 어떻게 확신하는가? 내가 교육을 하거나 학생들에게 강의를 할 때 그것이 아무런 나쁜 영향을 미치지 않는다고 그 누가 장담할 수 있는가? 나는 의심을 버리지 못한다. 도움을 주거나 남을 가르치는 일은 어떤 점에서는 타인의 생을 부정적으로 간섭하는 행위라고 생각하기 때문이다. 선함이란 기질적인 변덕이다. 설사 인간적인 친절함에서 나온 선행이라고 해도, 우리의 변덕을 위해 타인을 희생시키는 것은 우리의 권리가 아니다. 자선은 타인에게 강요하는 행위이므로, 나는 단호하게 자선에 반대한다.

내가 도덕적 신념으로 인해 어떤 선행도 행하지 않는다면 타인들로부터 그런 호의를 기대해서도 당연히 안 된다. 병이 들면, 나는 가장 먼저 행여 누군가 나를 돌봐야겠다는 마음이 들까 봐 겁이 난다. 그것은 내가 타인에게 가장 하고 싶지 않은 행위이기 때문이다. 나는 단 한 번도 아픈 친구를 찾아간 적이 없다. 그리고 내가 아플 때 누가 병문안을 오면 성가시고 불쾌했으며, 나 자신의 극히 개인적인 영역을 침범당한 기분을 느꼈다. 나는 누군가로부터 선물받는 것을 좋아하지 않는다. 그것은 나로 하여금 역시 뭔가를 선물해야 한다는 의무감을 갖게 만든다. 나에게 선물을 준 사람에게건 혹은 다른 사람에게건 상관없이 말이다.

나는 지극히 사교적인 성격인데, 지극히 부정적인 방식으로 그렇다. 나는 유화적인 편이다. 그렇지만 내 원래 성격보다도 더욱 유화적일 수는 없고, 그러고 싶지도 않다. 나는 모든 존재들에게 시각적으로 호감을 느끼고 이성으로 다정함을 느낀다. 하지만 마음에서 우러나오는 것은 아니다. 나는 아무것도 믿지 않으며, 아무것도 희망하지 않고, 아무것도 사랑하지 않는다. 정직함이란 정직함을 모두 가진 정직한 자들, 신비주의란 신비주의를 모두 가진 신비주의자들, 혹은 다르게 말해서 모든 정직한 자들이 가진 정직함, 모든 신비주의자들이 가진 신비주의가 나를 역겹게 한다. 신비주의의 기세가 드세져서 다른 사람을 정말로 설득하려 한다든지, 또는 진리를 발견하겠다고 세상을 바꾸겠다고 나서는 경지에 이르면, 나의 구토감은 실제로 거의 육체적인 차원으로 발전한다.

나는 가족이 없는 것을 행복으로 여긴다. 그래서 나는 누군가를 사랑해야 할 의무가 없다. 아마 상황이 반대라면 나는 피할 수 없는 짐을 진 기분이었으리라. 나는 오직 문학적으로만 그리움을 느낀다. 나는 눈물로 내 어린 시절을 회상한다. 하지만 그것은 문학의 리듬을 가진 눈물이며, 그 안에서 산문의 스케치가 이루어진다. 나는 어린 시절을 피상적인 대상으로 기억하고, 피상적인 대상을 통해서 기억한다. 나는 피상적인 사물들을 기억한다. 나에게 어린 시절의 경험을 감동스럽게 재현해주는 것은 시골 저녁의 고요함이 아니다. 그것은 차를 마시기 위해 차려진 테이블이며, 그 주변의 가구들이며, 사람들의 얼굴과 움직임이다. 내가 그리운 것은 그림들이다. 그렇기 때문에 낯선 이의 어린 시절도 나 자신의 것처럼 내게 감동스럽기는 마찬가지다. 양쪽 다 순전히 시각적인 사물로 이루어진, 나로서는 어차피 설명 불가능한 과거의 현상이고 그것의 인식이 나에게 순전히 문학적인 행위라는 점에서 감동인 것이다. 나는 감동받는다, 그건 맞다. 하지만 내가 기억하기 때문이 아니라, 보기 때문이다.

　나는 한번도 누군가를 사랑해본 일이 없다. 내가 가장 사랑한 것은 나 자신의 감각이다. 의식적으로 본다는 상태, 깨어 있는 청각의 인상, 소박한 외부세계가 향기를 이용해서 나에게 과거의 사물들을 들려줄 때(냄새는 기억을 쉽게 불러온다), 이런 것들은 나에게 뒷집 빵가게에서 빵을 굽는다는 식의 단순한 사실을 넘어서 더 많은 현실과 더 많은 느낌을 전달한다. 예를 들면 어느 아득한 날 오후, 나를 아주 많이 사랑해주었던 삼촌의 장례식에서 돌아오는 길에 왜인지 이유를 알 수 없는 채로 내가 느꼈던 그 부드럽고 가벼운 해방감과도 같은 것을.

　이것이 내 도덕이다. 혹은 내 형이상학이다. 혹은 다르게 말해서 나 자신이다. 나는 모든 것을, 심지어 나 자신의 영혼조차 그냥 지나쳐버리는 한 사람이다. 나는 아무것에도 속하지 않는다. 나는 아무것도 소망하지 않는다. 나는 아무것도 아니다. 비인칭의 감각들이 모인 추상의 중심점, 세상의 다양함으로 시선을 향하고 그것을 응시하는, 바닥으로 떨어진 거울, 그럼에도 불구하고 나는 내가 행복한지 불행한지 알지 못한다. 하지만 어차피 그 둘은 나에게 하나다.

209

함께 일하고, 함께 행동하고, 다른 사람들과 늘 함께한다는 것은 형이상학적 시각으로는 병적인 충동에 해당한다. 모든 개인에게 주어진 영혼은 타인들과의 관계로 인해 고통받아서는 안 된다. 존재한다는 신적 사실은, 공존한다는 사탄적 사실에 점령되어서는 안 된다.

내가 타인들과 공동으로 행동한다면, 최소한 나는 한 가지를 잃게 된다. 그것은 혼자서 행동하기다.

다른 사람에게 내 속마음을 털어놓는다는 건 나를 작게 만드는 것이다. 비록 겉으로는 나를 크게 만드는 행위처럼 보일지라도 말이다. 함께 산다는 것은 죽는 것이다. 내 자의식만이 나에게는 실제다. 이 자의식 속에서 다른 사람들은 모두 불확실한 현상에 지나지 않는다. 그런 타인들에게 현실적인 실제를 부여한다는 것은 질병에 가깝다.

무슨 수를 써서라도 고집을 관철시키려 하는 아이들은 신과 가깝다. 이들은 존재하기를 원하기 때문이다.

우리 성인들의 삶은 자선행위에 한정되어 있다. 우리 모두는 타인들의 자선에 기대어 살아간다. 우리는 우리의 개성을 공존의 난장으로 탕진한다.

모든 말해진 말이 우리를 배반한다. 유일하게 만족할 만한 의사소통의 형태는 글로 작성된 말이다. 그것은 영혼과 영혼을 잇는 다리의 석재가 아니라 별들 사이의 광선이기 때문이다.

설명한다는 것은 믿지 않는다는 것이다. 모든 철학은 영원의 (…) 기호 아래 움직이는 외교사절이다. 외교사절과 마찬가지로 철학 또한 본질상 위조된 사물이다. 이때 사물은 사물 자체로 존재하는 것이 아니라 오직 철저하게 목적을 위해서 활용되는 어떤 것일 뿐이다.

시를 발표한 시인에게 가장 위엄 넘치는 운명은, 그에게 타당할 법한 명성에 도달하지 않는 것이다. 진실로 더욱 위엄 있는 운명은 시를 아예 발표하지 않는 것이다. 하지만 이 말은 그가 시를 쓰지 말아야 한다는 뜻은 아니다. 시를 쓰지 않으면 그는 시인이 아닐 테니까. 내가 의미하는 것은 천성이 시인이므로 시를 쓰는 시인, 하지만 정신적 체질로 인하여 자신이 쓴 것을 발표하지는 않는 그런 시인이다.

쓴다는 것은 꿈을 만질 수 있는 형태로 바꾼다는 것이다. 쓴다는 것은 우리의 창조적 특성에 대한 가시적 보상(?)으로서 하나의 외부세계를 만들어낸다는 것이다. 출간한다는 것은 이 외부세계를 타인들에게 준다는 것이다. 그러나 타인들과 우리가 공유하는 외부세계가 이미 진짜 외부세계라면, 가시적이고 만질 수 있는 질료의 세계가 왜 필요하겠는가? 내 안에 있는 우주가 타인들에게 무슨 소용이 있겠는가?

210
낙담의 미학

출간이란, 그 자신의 사회화다. 참으로 비루한 갈망이다! 그럼에도 비현실적인 행위다. 출판사는 돈을 벌고, 인쇄소는 책을 찍어낸다. 최소한 비일관성이란 장점 하나는 있다.

정신적인 깨우침을 얻는 나이가 되면, 인간은 행동하고 사고하는 주체로서 스스로를 자신의 이상적 모델에 맞추어서 형성한다. 그런데 현대세계의 피상적인 (…) 소음에 직면하여 우리의 귀족적 영혼이 갖는 전체 논리를 느림의 이상만큼 잘 구현해주는 것은 없다. 느림의 특징은 우리 이상의 비활성 성분이라고 할 수 있다. 하찮아 보인다고? 그럴지도 모른다. 하지만 그것은 하찮은 대상에게 모종의 유혹을 느끼는 바로 그런 자들만을 불안하게 만든다.

211

열광이란 저속하다.

열광을 표현하는 것은 부정직에 대한 우리의 권리를 침해한다.

우리는 우리가 언제 정직한지 결코 알지 못한다. 어쩌면 우리는 전혀 정직하지 않다. 오늘 우리가 어떤 특별한 이유로 정직하다 해도, 내일이면 아주 다른 이유 때문에 정직할 것이다.

나 자신은 결코 신념을 가진 적이 없다. 내가 가진 것은 언제나 인상뿐이었다. 감격적인 석양을 한번이라도 목격했던 장소를, 나는 결코 증오할 수가 없다.

인상을 표현한다는 것은 우리가 인상을 가졌다는 뜻이 아니라, 우리가 인상을 가졌다고 우리 스스로를 설득하는 것을 의미한다.

212

의견을 가짐은 자신을 스스로에게 팔아넘긴다는 것을 의미한다. 아무런 의견도 갖지 않음은 존재한다는 것이다. 모든 종류의 의견을 전부 가진다는 것은 시인임을 의미한다.

213

모든 것이 내게서 휘발되어 날아간다. 내 전 생애가, 내 기억이, 내 환상과 그것이 포함된 내용이, 내 개성이 모두 내게서 날아가버린다. 끊임없이 내가 다른 누구라는 느낌에 사로잡힌다. 내가 다른 누구라는 느낌을 갖고 있다는 느낌에 사로잡힌다. 내가 나를 다른 누구로 생각한다는 느낌에 사로잡힌다. 나는 다른 연극의 무대장치 앞에서 벌어지는 어떤 연극을 보고 있다. 그리고 무대 위에 있는 것은, 바로 나 자신이다.

종종 나는 종이더미가 잔뜩 들어 있는 복잡한 서랍 속에서, 십 년 십오 년 혹은 그보다 더 오래전에 내가 쓴 원고들을 발견하곤 한다. 그들 중 대부분은 내가 아니라 마치 다른 사람이 쓴 글 같다. 그 안에서 나 자신의 모습을 발견할 수가 없다. 누군가 그것을 썼는데, 그 누군가는 바로 나다. 나는 그것을 느낄 수는 있지만 그 느낌은 마치 나와는 별개인 어떤 다른 사람의 생을 살면서 그 글을 썼다는 것이다. 지금은 낯선 꿈에서 깨어나듯이 그 생에서 깨어나버렸다.

내가 아주 젊었던 시절에 쓴 글들도 나는 자주 발견하곤 한다. 열일곱, 혹은 스무 살 시절에 쓴 메모들. 그것들은 대개 강렬한 표현력을 지녔다. 인생의 그 단계에 내가 그런 표현력을 갖고 있었음을, 나는 지금 기억하지 못한다. 사춘기를 막 통과한 직후의 나로부터 나온 문장들, 문장의 겹침들은, 세월과 사건의 흔적으로 점철된 지금의 내가 쓴 글처럼 보인다. 그렇지만 나는 지금의 내가 당시의 나와 같은 사람이라고 단정할 수 있다. 과거의 나와 비교하면 지금은 커다란 발전을 이루었다고 망상을 하고 살았는데, 과거의 나와 지금의 내가 같은 인간이라면, 그렇다면 그 발전은 어디에 있단 말인지 문득 의문이 든다.

나를 무가치하게 만들고 짓누르는 비밀이 바로 거기에 있다.

얼마 전에도, 우연히 발견한 과거의 글 한 편이 나를 충격에 빠뜨린 적이 있다. 분명히 기억하지만, 내가 적어도 언어 자체와 관련하여 특별한 사고를 하게 된 것은 분명 겨우 몇 년 전부터다. 그런데 서랍 첫 번째 칸에서 우연히 발견한 아주 오래된 원고에서 이러한 사고가 분명히 강조되어 드러나 있지 않은가. 아마도 나는 과거에 나 자신을 잘 모르고 있었던 것이리라. 어떻게 나는 이미 오래전에 알았던 것을 다시 알게 되었단 말인가? 어떻게 나는 이미 어제 오인한 나를 오늘 다시 알아차리게 되었는가? 모든 길이 미로처럼 뒤섞이고, 나는 내 길 위에서 길을 잃는다.

생각이 방황하도록 풀어놓는다. 나는 내가 쓰는 글이며, 이미 내가 쓴 글이라고 나는 확신한다. 나는 기억한다. 내 안에 있다고 주장하는 자에게 나는 질문한다. 감각의 플라톤주의에서 보았을 때 우리를 향해 유난히 기울어진 또 하나의 다른 회상이 존재하는 것인지, 이전의 삶에 대한 또 다른 회상이 지금의 삶의 구성하고 있는 것은 아닌지….

신이여, 신이여, 나는 누구를 보고 있는가? 나는 얼마나 많은가? 나는 누구인가? 나와 나 사이에 놓인 이 공간은 무엇이란 말인가?

214

또다시 나는, 예전에 써놓은 글을 발견했다. 이미 십오 년이나 전에 프랑스어로 작성한 것이다. 나는 한번도 프랑스에 간 적이 없다. 나는 한번도 프랑스 사람과 친하게 지낸 적이 없다. 그래서 오직 혼자서 공부하는 것말고는 달리 프랑스어를 익힐 기회가 없었다. 요즘도 나는 예전과 마찬가지로 프랑스어를 읽는다. 나는 나이가 들었고, 사고가 더 원활해졌다. 그러니 발전을 이룬 것이 맞으리라. 하지만 까마득한 시절에 쓴 그 글은, 오늘날 내가 갖지 못한 정확한 프랑스어 구사능력을 보여준다. 스타일도 아주 유려하여, 프랑스어로는 내가 다시 그렇게 흉내를 낼 수도 없을 지경이다. 완벽한 문장과 문단 전체, 정확한 형식과 묘사가, 지금은 그렇지 않지만 당시에는 내가 이 언어를 완전하게 습득하고 있었음을 보여준다. 하지만 나는 한때 내가 프랑스어에 능숙했다는 사실을 기억하지 못한다. 이것을 어떻게 설명할 수 있을까? 내 안의 누가, 나를 대신한 것일까?

우리의 삶에는 내적인 경로가 있고, 우리가 우리 스스로를 관통해서 앞으로 나아간다는 것, 그리고 우리가 과거에 다양한 존재였다는 상상은 그냥 단순한 사물과 영혼의 유동성이론에 불과하다는 것을 나는 안다. … 하지만 여기서 우리는, 한 개인이 마음의 강변 사이를 마냥 흘러간다는 것 이상의 이야기를 하려고 한다. 여기에는 다른 종류의 절대성이 있다. 나에게 속한 낯선 본질이 있다. 나이 들어 가면서 상상력과 감정, 어떤 특정한 지성, 어떤 특정한 종류의 감각은 상실될 수밖에 없다. 이것은 마음을 아프게 하지만, 사실 특별히 이상한 일은 아니다. 하지만 나 자신의 글이 남의 것인 양 읽힌다면? 깊은 심연의 밑바닥에 있는 내 모습이 내 눈에 보인다면, 그러면 나는 어느 가장자리에 서 있단 말인가?

나는 다른 메모를 발견한다. 이번에는 단순히 그것을 쓴 일을 기억 못하는 것이 아니라—이제 그 정도는 놀랄 일도 아니다—내가 그런 글을 쓸 수도 있었다는 사실이 기억 나지 않는다. 나는 충격을 받는다. 몇몇 문장은 아예 완전히 다른 정신세계를 보여준다. 나는 마치 오래된 사진을 발견한 기분이다. 그것이 내 사진이라는 것은 알지만, 그 속에서 나는 완전히 다른 신체, 완전히 다른 표정을 갖고 있다. 그럼에도 불구하고 그것은 부정할 수 없는 나다. 경악을 불러일으키는 나다.

215

　나는 서로 모순되는 의견들을, 제각각 다른 종교관을 대변한다. 그러므로 나는 그 어떤 경우에도 생각하지 않고, 이야기하지 않고, 행동하지 않는다. … 나를 대신하여 생각하고, 이야기하고, 행동하는 것은 언제나 내 꿈 중의 하나다. 그 속에서 나는 적절한 순간에 나 자신을 몸으로 구현한다. 내가 이야기를 하면, 한 명의 나-타인이 말을 하는 것이다. 오직 거대한 무기력만이, 끝이 없는 공허만이, 살아 있는 모든 것 앞에서 갖게 되는 압도적인 불능만이, 나를 실제의 나로 느끼게 한다. 실제의 행동에 부합하는 몸짓을 나는 알지 못한다. (…)

　나는 단 한번도 존재하는 법을 배우지 못했다.

　나는 내가 원하는 모든 것을 이룬다, 그것이 내 안에 머물러 있는 한.

　이 책을 읽는 동안 당신이 음탕한 관능의 악몽 속을 지나가고 있다는 인상을 받기를, 나는 소망한다.

　한때 윤리적이었던 것이, 오늘날의 우리에게 아름다움이 되었다. … 한때 사회적이었던 것이 오늘날의 개인이다. …

　이미 내 안에 수많은 형태의 황혼이, 황혼이 아닌 황혼까지도 포함하여, 자리 잡고 있는데, 게다가 나는 내 안의 그 황혼들을 바라볼 뿐만 아니라, 스스로가 내 내면의 하나의 황혼이기도 한데, 무엇 때문에 황혼을 바라보아야 하는가?

216

저물어가는 태양이 산산이 와해된 구름 위로 빛을 흩뿌린다. 흩어진 구름이 하늘에 가득하다. 온갖 색채가 혼재하는 부드러운 반사광이 대기의 모든 층을 다양한 색으로 채우고, 우수 어린 드넓은 하늘을 무심하게 떠다닌다. 절반쯤 색조가 있고 절반쯤 그늘진 높다란 지붕 꼭대기에는, 서서히 허물어지는 마지막 햇살이 지붕의 색도 햇살 자체의 색도 아닌 오묘한 색으로 빛나고 있다. 도시의 소음계 위로 거대한 침묵이 자리 잡는다. 도시도 이제 점차 고요해질 것이다. 색채와 소음 너머 저편에서, 모든 것이 깊은 침묵 속에 심호흡을 한다.

태양의 눈길 바깥쪽에 선 집들의 평범한 색깔이 회잿빛으로 물든다. 이들의 다양한 회잿빛 속에는 싸늘함이 스며 있다. 계곡처럼 보이는 거리의 으슥한 곳에서 가벼운 불안이 졸고 있다. 졸면서 쉬고 있다. 높이 뜬 구름의 낮은 층 속에서 역광의 그림자가 보이기 시작한다. 단지 다른 구름들 위로 흰 독수리처럼 둥실 떠다니는 작은 구름들만이 먼 햇빛을 받아 황금빛 미소를 지을 뿐이다.

내가 삶에서 찾아 헤맸던 모든 것을, 나는 더 이상 찾지 않는다. 나는 꿈속에서 망각한 무언가를 넋을 잃고 찾아 헤매는 사람이다. 내가 찾고 있는 그것은, 그것을 찾아 헤매는 손의 움직임보다도 덜 실제적이다. 각각 다섯 개의 손가락이 달린 희고 긴 손은 찾고, 뒤지고, 뭔가를 집어들었다가 다시 내려놓으면서 존재한다.

내가 한때 소유했던 모든 것은, 전체가 제각각 다른 방식으로 균일한 드높은 저 하늘과 같다. 무로 이루어진 넝마조각, 아득하고 어렴풋한 빛의 손길에 놓인 거짓 삶의 부스러기를 향해 죽음은 저 멀리서 총체적 진실을 머금은 황금빛 슬픈 미소를 보내온다. 내가 한때 소유했던 것은 결국 추구할 줄-모름이 전부였다. 황혼의 늪을 지배하는 영주

이자 텅 빈 무덤의 도시에 버려진 왕자였다.

　내 모든 존재, 한때 나였던 모든 존재, 혹은 내가 나라고, 나였다고 생각하는 모든 존재는, 이 생각을 하는 순간, 또는 높이 뜬 구름 속 빛이 갑작스럽게 꺼져버리는 순간, 비밀을, 진실을, 행운을, 그리고 아마도 삶이 자리 잡은 장소인 나는-아무것도-모름 그 자체를 상실해버린다. 그리고 나에게 남은 것은 오직 갖가지 모양의 높은 지붕들을 천천히 쓰다듬는 부재하는 태양의 손길뿐이다. 그리하여 마침내, 모든 내면의 그림자가 지붕의 폐쇄된 윤곽선 안에서 모습을 드러내게 될 때까지.

217

우리의 감수성을 움직이는 것이 무엇이든, 그리고 설사 그것이 기분 좋은 체험이라고 해도, 내게는 수수께끼처럼 느껴지는 그 감수성이란 것의 고유성을 방해할 뿐이다. 반드시 큰 걱정거리뿐 아니라 자잘한 속상함도 우리의 관심을 우리 자신으로부터 벗어나게 하고, 우리가 무의식중에 항상 추구하고 있는 영혼의 평화를 어지럽힌다.

우리는 대부분 우리 자신의 바깥에서 산다. 삶이란 지속되는 산란이다. 그러나 삶은 우리를 우리 자신이라는 중심으로 끌어당긴다. 우리는 행성이 되어 아득하고 부조리한 타원을 그리면서 우리 스스로의 둘레를 돈다.

218

나는 시간과 공간보다 더 나이 들었다. 나는 의식이기 때문이다. 사물이 나로부터 유래했다. 자연은 내 감각의 첫 번째 후손이다.

나는 찾는다. 그리고 발견하지 못한다. 나는 원한다. 하지만 할 수 없다.

나 없이도 태양이 떠오르고 그리고 진다. 나 없이도 비가 내리고 바람이 울부짖는다. 계절과 달, 시간은 나로 인하여 있는 것이 아니다. 그것들이 사라지는 것 역시 나 때문이 아니다.

나는 내 안에 있는 세계의 주인, 그러나 그것은 세속의 토지처럼 내가 소지하고 다닐 수가 없는 세계다. …

219

내 영혼, 감각이 분주하게 일어나는 이 장소는, 내가 나를 다른 종류의 꿈속에 등장하는 또 다른 꿈으로 인식하는 그 피곤의 시간 동안, 종종 의식 속에서 나와 함께 밤의 도시를 산책한다. 가스불이 희미하게 밝혀진 거리, 간혹 지나가는 차량들의 소음이 들려올 뿐이다.

내 육신과 함께 골목과 뒷길을 돌아다니는 동안, 영혼은 지각의 복잡한 미로에서 길을 잃는다. 이 모두는 상상의 비현실성과 존재의 허위를 고통스러운 방식으로 일깨울 수 있다. 이 모두는 우리에게, 추상적 이성으로가 아니라 (…) 구체적인 형상으로, 우주가 차지하는 장소가 텅 빔보다 더욱 텅 비게 되는 그 지점까지도 전부 보여줄 수 있다. 이 모두는 와해된 내 정신 속에서 객관적으로 일어난다. 왜인지는 알 수 없지만, 좁고 넓은 거리가 뒤섞인 이 객관적 망조직은 나를 겁먹게 만든다. 줄줄이 늘어선 가로등, 나무, 어두운 창들, 열렸거나 닫힌 문들, 여러 가지 모양의 밤의 형체들은 근시인 내 눈에는 더욱 불명확해 보이며, 더욱 위협적이고 더욱 불가해하며 더욱 비현실적인 주관적 인상을 남긴다.

청각에 와 부딪히는 어휘의 조각들 속에 질투와 욕망, 진부함이 소용돌이친다. 거의 알아들을 수 없는 속삭임이 (…) 내 감각으로 파도치며 밀려들어온다.

다른 것들과 공존하고 있다는 의식, 내가 나를 실제로 움직일 수 있다는 의식이 점점 사라져간다. 청각만이 예민해진 채, 거의 볼 수는 없는 상태로, 본질을 재현하는 그림자들 사이를, 그리고 그 본질이 그림자이기도 한 장소들 사이를 배회한다. 날은 서서히 어둡고 창백해진다. 이 모든 것들이 어째서 영원한 시간과 무한한 공간과 더불어 존재할 수 있는지, 나는 점점 더 이해할 수 없다.

수동적인 사고의 연상작용에 잠겨 있던 중, 나는 이 공간과 이 시간에 대해서 지극히 분석적이고 합리적인 의식을 가진 나머지 그 합리적 의식 속에 스스로 함몰해버린 인간들이 떠올랐다. 기괴한 점은 플라톤, 스코투스 에리게나스,[29] 칸트, 헤겔과 같은 사람들은 바로 여기 있는 이런 인간들과 함께 살았고, 바로 이러한 밤을 보았으며, 그리고 분명 지금 내가 이 생각에 잠겨 있는 이 도시와 본질적으로 크게 다르지 않을 도시에서 살았는데, 그들은 이 모든 주변을 잊은 채 주변의 인간들과는 완전히 다른 인간이 되었다는 것이다. (…) 그럼에도 불구하고 그들은 우리와 같은 인간 종에 속한다.

심지어 이곳에서 이런 생각에 잠겨 걷는 나조차도, 무서우리만큼 선명하게 느끼고 있다. 나는 이방인이고, 낯설며, 불확실한 (…) 존재라는 것을.

나는 고독한 순례의 길을 끝낸다. 작은 소리에 개의치 않는 광활한 고요가 나를 엄습하고 나를 장악한다. 사물 자체의 무한한 피곤, 내가 여기 있다는 단순한 사실에 대한, 이 상황에 놓여 있음(…)에 대한 무한한 피곤이 내 정신을 육체 속으로 짓눌러댄다(…) 나는 거의 비명을 지를 뻔한다. 내가 태양 아래로 가라앉고 있음을 느낀다(…), 우주의 무한함이나 시간의 영원함이 아닌, 게다가 이름을 붙이거나 어떻게든 측정 가능한 그 어떤 사물과도 관련이 없는 절대적인 아득함의 태양 아래로. 까마득한 정적이 장악해버린 그러한 공포의 순간, 나는 내 존재의 질료를 알지 못한다. 나에게 익숙한 행위가 무엇인지, 일상적으로 내가 바라고 느끼고 생각하는 것이 무엇인지 알지 못한다. 나는 나 자신으로부터 멀리 떨어져 나온 느낌이다. 손이 닿지 않는 먼 곳으로 떨어져 나왔다. 싸워야 한다는 도덕적 강박, 체계화하고 이해해야 한다는 지성의 발버둥, 더 이상 내가 이해하지는 못하지만 한때 이해했음을 기억할 수는 있는, 내가 아름다움이라고 부르는 그 무언가를 창조해야 한다는 끊임없는 예술적 욕망, 이 모두는 현실에 대한 내 감각을 비껴간다. 이 모두는 나에게, 텅 비고 낡은 껍데기만큼의 가치도 없는 듯이 보인다. 나는 나를 영혼의 진공, 영혼의 환영 정도로만 느낄 뿐이다. 나는 어느 본질이 자리한 장소, 의식의 어둠이다. 그 안에서 한 고독한(…) 벌레가 최소한 따스한 빛의 기억만이라도 되살려보려고 헛되이 애쓰고 있다.

220
고통의 막간극

꿈, 무엇을 위한 것인가?

나는 무엇이 되었나? 아무것도 아닌 것.

밤마다 정신의 유령이 된다. 밤마다(…)

윤곽이 없는 내면의 상태, 꿈의 질료가 없는 외부의 꿈.

221

언제나 나는 냉소의 몽상가였고, 내면의 약속을 지키는 법이 없었다. 언제나 나는 한 명의 타인으로, 나를 모르는 낯선 이로, 우연히 거기 있게 된, 내가 나라고 부르는 어떤 사람의 관찰자로서 내 꿈의 몰락을 즐겼다. 나는 내 믿음을 결코 믿지 않았다. 내 손에 모래를 가득 담고 그것을 황금이라 불렀으며, 손가락 사이로 그 황금이 흘러내리도록 놓아두었다. 말은 내 유일한 진실이었다. 말이 말해지면, 그것은 모두 실행된 것이다. 나머지는 모두, 그 이전과 마찬가지로 모래일 뿐이었다.

영원한 꿈꾸기가 아니라면, 끊임없는 소외의 과정으로서의 삶이 아니라면, 나는 기꺼이 스스로를 현실주의자라고 칭할 수 있다. 외부의 세계를 독립된 국가로 여기는 그런 사람말이다. 그러나 나는 스스로에게 이름을 주고 싶지 않다. 내 존재를 모종의 어둠 속에 풀어놓고 아무도, 설사 나 자신조차도 결코 예측할 수 없는 상태로 교활하게 머물고 싶다.

영원히 꿈꾸는 행위는 어떤 면에서는 내 의무이기도 하다. 왜냐하면 나는 자신의 관찰자 이상의 존재가 아니고 그 이상이 되고 싶지도 않으므로, 내가 할 수 있는 최고의 공연을 나에게 베풀어야만 한다. 그리하여 나는, 고대 장식으로 꾸며진 거짓의 무대에서 황금과 비단으로 치장하고 상상의 방들을 돌아다닌다. 이것은 꿈이다. 부드럽게 흔들리는 빛의 유희와 보이지 않는 음악으로 창조된 꿈.

기꺼이 허용된 입맞춤의 추억처럼, 나는 어린 시절 연극에 관한 비밀스러운 추억을 간직하고 있다. 무대 위 푸르스름한 달빛 아래 존재하지 않는 궁전의 테라스가 있다. 주변은 넓은 정원이 그려져 있다. 이 모두를 마치 실제인 것처럼 살아내느라 나는 내 영혼을 소진했다. 내 정신적 체험의 결과물을 부드럽게 채색하는 음악은 무대를 뜨겁게 달아오른 현실로 실어간다.

무대는 푸르스름한 달빛에 잠겨 있었다. 무대에 누가 등장했는지는 기억나지 않는다. 나는 베를렌과 페산냐[30]의 시구에서 어떤 연극을 연상하고 그것을 오늘 떠올린 기억 속 무대 풍경과 연관시킨다. 하지만 그 작품은 내가 잊어버린 그 연극이 아니다. 당시 실제로 무대에 올랐고 푸른 음악이 자아내는 현실과는 관련이 없었던 그 연극이 아니다. 그것은 나 자신의 유동적 연극이며, 대규모의 달빛 야외 무도회, 은색과 밤의 푸른색으로 이루어진 막간 희극이었다.

그리고 삶이 왔다. 그날 저녁 사람들이 나를 '뢰벤'[31]식당으로 데려갔다. 내 그리움의 혀 위에는 아직도 그날의 비프스테이크 맛이 감돌고 있다. 내가 생각하기에 그런 비프스테이크는 이제 아무도 요리하는 사람이 없고, 그래서 나 또한 그것을 먹지 않는다. 모든 것이 뒤섞여 녹아내린다. 아득한 어린 시절의 체험, 맛있는 저녁식사, 달빛 가득한 무대, 미래의 베를렌이자 오늘날의 내가 불분명한 대각선으로, 과거의 나와 현재의 나 사이에 놓인 이 허구의 공간으로 융해된다.

222

돌풍이 휘몰아치는 날, 거리의 소음이 저마다 시끄러운 말을 쏟아 내는 날, 그런 날들처럼.

눈부시게 번득이는 빛 속에서 거리는 움찔거리며 몸을 비틀었다. 한 번의 굉음과 함께 터져 나온 메아리는 세계를 둘러싼 창백한 어둠을 떨게 만든다. … 자욱한 빗줄기는 쓸쓸할 만큼 냉혹하게 쏟아지고 그 안의 검은 대기는 시간이 갈수록 더더욱 짙고 더더욱 흉하다. 차갑고, 미지근하고, 덥다. 모든 것이 동시에 느껴졌다. 사방에서 대기가 길을 잃었다. 순간, 금속성의 빛줄기가 널직한 사무실을 날카롭게 관통하며 인간의 평화로운 육체에 균열의 금을 그었다. 등줄기를 싸늘하게 만드는 공포의 순간도 잠시, 사방에서 미친 듯이 굴러 떨어지는 바위 덩이처럼 천둥이 견고한 고요를 찢어발겼다. 빗소리가 감미로운 목소리로 잦아들었다. 거리의 소음이 희미해지면서 불길한 예감이 들더니, 다시 빛이 번쩍이면서 재빠르게 지나가는 노란 광선이 숨 막히게 거무스름한 대기를 뒤덮었다. 그래도 이번에는 다들 안도의 숨을 내쉴 수 있었다. 세상을 뒤흔드는 무서운 파괴의 주먹이 어딘가 다른 곳에 떨어지는 소리가 들렸기 때문이다. 마치 그것이 분노의 작별인사였던 것처럼, 이후로 뇌우는 더 이상 이곳에 머물지 않았다.

… 질질 끄는, 다 죽어가는 천둥소리, 점점 더해가는 빛 속에서 섬광을 잃고, 번개는 먼 하늘에서 잦아들었다. 알마다[32]에서 침묵을 되찾았다. …

눈을 멀게 하는 과도한 번득임이 폭발했다. 머릿속과 공간(?)이 얼

어붙었다. 모든 것이 얼어붙었다. 심장들이 멈추었다. 우리 모두는 과
도하게 민감하다. 고요는 죽음만큼이나 공포스럽다. 점점 더 강하게
쏟아지는 빗소리는 눈물처럼 우리를 편하게 한다. 납덩이처럼 무거운
공기.

223

　무표정한 번개의 검이 넓은 실내를 음침하게 베어냈다. 그리고 뒤를 이은 천둥이—모두의 숨이 멎었다—심연을 향해 굉음을 토한 후, 멀리 물러갔다.

　빗소리의 흐느낌이 거세졌다. 미사의 연도煉禱 사이에 들리는 여인의 울음이다. 이곳 건물 안에서 발생하는 모든 소음이, 불안하고도 뚜렷하게 들려왔다.

224

… 이것은 우리가 현실이라고 부르는 환상의 에피소드다.

이틀 전부터 쉬지 않고 비가 내린다. 차가운 회색의 하늘에서, 영혼을 우울하게 만드는 색채의 비가 쏟아진다. 이틀 전부터… 나는 느낌으로 인하여 슬프다. 창가에 서서 떨어지는 빗방울 소리를 들으며 그것에 대하여 생각한다. 내 마음은 무겁고 내 기억은 영혼에 고통을 줄 뿐이다.

나는 피곤한 것도 아니고 피곤할 이유도 없다. 그런데도 지금 잠을 자고 싶다는 엄청난 욕구를 느낀다. 행복하던 어린 시절, 옆집의 뜰에는 알록달록한 깃털의 말하는 앵무새가 살았다. 비가 오는 날에도 앵무새는 뭔가를 줄곧 떠들어댔다. 분명 어딘가 안전한 처마 밑에서, 어떤 감정을 담은 까옥거림을 완강하게도 멈추지 않았다. 그것은 발명되기 이전의 축음기 소리처럼 구슬픈 분위기를 자아냈다.

지금 내가 슬프기 때문에, 아득한 어린 시절의 그 앵무새를 기억에서 불러내왔는가? 아니다. 실제로 지금 내 방 맞은편 집 뜰 어디에선가 앵무새가 삐딱하게 우는 소리가 들려왔기 때문에, 나는 어린 시절의 앵무새를 생각한 것이다.

혼란스럽다. 나는 내가 기억을 한다고 믿지만, 사실은 좀 다른 방식으로 그것을 생각하는 것이다. 나는 보지만, 알아보지는 못한다. 나는 넋이 빠져 있지만, 똑똑히 보고 있다.

나는 손바닥을 차가운 유리창에서 떼고 우중충한 창가에서 떨어진다. 어스름이 불러일으킨 마법으로 인해, 갑자기 나와, 그리고 바깥 이웃집 뜰의 앵무새, 그리고 과거의 집 안이 나타난다. 불변성 앞에서 눈이 감기며 나는 잠이 든다. 나는 실제로, 그것을 살았다.

225
1931년 10월 16일, 17일

그래, 이제 태양이 저문다. 아무 생각 없이 느긋하게 나는 알판데가 거리의 끝까지 걷는다. 테레이루 두 파수[33)]의 빛이 나를 향하는 순간, 태양이 사라진 서쪽 하늘이 똑똑히 보인다. 회백색으로 변해가는 푸른 하늘에는 초록빛 흔적이 어른거린다. 테주 강 건너 왼편의 언덕 위로는, 흐릿한 장미색 안개가 공처럼 뭉쳐 갈색으로 변해가는 중이다. 내가 모르는 깊은 평안이 추상적 가을의 대기를 차갑게 점령한다. 내가 평안을 모르기 때문에, 평안은 나를 위해 자신은 평안이 아니라는 상상을 준비해두었다. 그것은 막연한 즐거움을 준다. 하지만 현실에는 평안도 없고 평안 아닌 것도 없다. 오직 하늘뿐, 모든 종류의 창백한 색채를 가진 하늘뿐. 청백색, 푸르게 변해가는 초록, 초록과 푸른색 사이의 회잿빛, 구름이 아닌 구름의 먼 색조 속에서 사라져가며 희미한 붉은빛으로 탁하게 변하는 옅은 노랑. 이 모든 색채는 알아차리기가 무섭게 흩어지고 마는 그림을 형성한다. 무와 무 사이의 활기찬 간주곡이 허공 높은 곳, 하늘의 명암이 근심으로 그늘진 곳에서 벌어진다. 뚜렷한 경계 없이, 애매하고도 무제한으로.

나는 느낀다. 그리고 나는 잊는다. 모든 것을 바라는 모든 인간의 갈망이 차가운 공기의 아편처럼 나를 관통한다. 외적인 봄으로 인해 나는 내적인 엑스터시 상태로 돌입한다.

저무는 태양이 조금씩 조금씩 가라앉는 강어귀까지, 희미하고 차가운 초록을 푸르게 물들이는 흰빛이 꺼져가는 중이다. 공기는 결코 도달하지 못할 것들 앞에서 멈추어 있다. 하늘의 풍경은 저 높은 곳에서 침묵을 지킨다.

이런 시간, 내가 스스로를 범람하는 물결로 느끼는 순간, 나는 예술의 모든 규율에 따라, 축복받은 상태로 그 어떤 장애도 없이 자유롭게 글을 쓸 수 있기를 소망했다. 아니 그렇지 않다, 멀고, 높고, 와해되어 가는 이 하늘이야말로 이 순간 모든 것이다. 내 감정은, 너무 많은 감정들이 뒤엉켜 혼돈의 뭉치를 이루고 있는 내 감정은, 이 아무것도 아닌 무위의 하늘이 내 안의 호수에 반사된 모습일 뿐이다. 가파른 절벽으로 둘러싸였고, 고요하고, 죽은 시선을 가진 호수. 그 안에서 무아지경에 빠진 절벽들이 자신의 모습을 들여다본다.

그토록 여러 번, 수없이 많이, 바로 지금과 마찬가지로 나는 감정을 느끼지 않도록 억눌러왔다. 단지 감정이 있기 때문에 공포심을 느낀다. 나의 여기 있음에 대한 불안, 미지의 것에 대한 그리움, 모든 감정의 석양, 나 자신의 외부의식은 회색 슬픔으로 변색한다.

아, 누가 나를 존재로부터 구원할 것인가? 나는 죽음을 원하지 않는다. 나는 삶도 원하지 않는다. 나는 뭔가 다른 것, 내 갈망의 근원에서 번쩍이는 것을, 인간의 손이 닿지 않는 높은 동굴 속 다이아몬드일 수도 있는 것을 원한다. 현실과 비현실의 우주와 하늘이 짊어진 전체 근심, 그것의 전체 무게, 어느 알려지지 않은 군대의 깃발, 상상의 대기 중에 서서히 희미해져가는 색채, 그리고 전기를 띤 듯 희게 경직된 상상의 초승달이, 멀고도 무감각한 세상으로부터 솟아오른다.

이 모두가 진실한 신의 부재를 말한다, 높은 하늘의 텅 빈 시체, 그리고 닫힌 영혼에 불과한 부재, 영원한 감금, 도피할 수 없다, 당신이 영원하기 때문에!

226

종종 밤이면 도시의 거리 이곳저곳을 다니며, 늘어선 집들을 내 영혼 나름의 방식으로 관찰하는 일에서 지극한 쾌락과 즐거움을 느낀다. 저마다 다양한 모양의 건물들과 세부 장식들, 모든 집의 발코니를 다르게 보이게 하는 창문의 불빛과 갖가지 화분. 그것들을 바라보면서 내 의식의 입술 위로 이런 구원의 비명이 터져 나올 때, 나는 도저히 전달할 수 없는 크나큰 기쁨에 몸을 떤다. 아무것도, 이들 중 그 아무것도 현실이 아니야!

227
1931년 10월 18일

나는 예술 장르 중에서 시보다는 산문을 더 즐겨 쓴다. 이유는 두 가지가 있다. 첫 번째는 순수하게 개인적인 이유다. 나는 시를 쓸 수 없기 때문에, 다른 선택의 여지가 없다. 이와 대조적으로 두 번째는 보편적인 이유인데, 첫 번째 이유의 단순한 그림자이거나 그것을 다르게 변장시킨 것이 아니다. 두 번째 이유를 좀 더 살펴보는 것도 나쁘지는 않다. 그것은 모든 예술적 가치의 내적 의미와 닿아 있기 때문이다.

나는 시가 음악에서 산문으로 넘어가는 중간적 형태라고 본다. 음악과 마찬가지로 시는 리듬의 법칙의 지배를 받는다. 그 법칙은 설사 엄격하고 경직된 운율법이 아니라 해도, 일정한 형태 안에 글을 집어넣고 다듬기 위한 기본적인 규칙, 속박, 자동적인 제약으로 작용하게 된다. 산문에서 우리는 자유롭게 이야기한다. 음악적인 운율을 적용하면서 생각을 펼칠 수 있다. 시적 리듬을 글에 도입하면서도 그것의 바깥에서 머물 수 있다. 종종 들어가는 시적 운율은 산문을 방해하지 않는다. 하지만 간혹 들어가는 산문적 운율은 시를 비틀거리게 만든다.

산문은 예술의 모든 형태를 포괄한다. 첫째로는 말 속에 세계의 모든 것이 들어 있기 때문이고, 다음으로는 자유로운 말 속에 세계를 묘사하고 사고하는 모든 가능성이 들어 있기 때문이다. 산문에서 우리는 모든 것을 번역하여 재현한다. 색채와 형태는 회화에서 직접적인 그 본래의 모습으로, 내적인 차원 없이 묘사된다. 리듬은 음악에서 자신의 모습 그대로 직접적으로 전달되며, 동시에 또 다른 형태를 창조하거나 관념적인 두 번째 형체를 가질 수는 없다. 건축이 기존의 딱딱하고 외형적인 사물을 토대로 만들어내야만 하는 구조도 우리는 리듬을 담아, 유예와 연상이란 기법을 활용하여 유동적인 스타일을 생성할 수 있다. 아우라도 성체聖體 변화도 이루지 못한다면 조각가는 실제성을 작품 속으로 가져올 수가 없다. 그리고 마지막으로 시인은, 그들이 신비주의 교단의 입회자라 할지라도, 시의 위계와 의례에 고개를 숙여야 한다.

이상적인 문명세계에서는 산문이 유일한 예술이 될 것이라고 나는 생각한다. 우리는 석양을 석양인 채로 놓아두고, 오직 그것을 말로 이해하고 납득할 수 있는 색채와 음악으로 번역하는 데 예술을 사용할 것이다. 우리는 몸을 몸인 채로 놓아두지 조각상으로 만들지는 않을 것이다. 몸은 살아 있는 원래의 윤곽을 유지하고 온기를 간직할 것이다. 우리는 그것을 보고 느낄 수 있다. 우리는 우리가 거주하기 위한 집만을 세울 것이다. 그것이 집의 원래 용도다. 시는 사라지지 않고 남아 있을 것이다. 그로 인해 아이들이 나중에 산문에 더 잘 다가갈 수 있도록. 시는 뭔가 어린아이에게 어울리는 것, 기억술과 관련 있는 것, 보조자이자 출발점이기 때문이다.

게다가 우리가 흔히 마이너라고 부르는 예술 장르들도 산문 속에서 저마다의 반향을 만들어낸다. 춤추고 노래하는 산문이 있고, 자기 스스로 낭송을 하는 산문도 있다. 춤추는 말의 리듬 속에서, 완전한 혼돈이자 관능 속에서 생각이 꿈틀거리며 자신을 드러낸다. 그처럼 산문에는 연극적인 요소가 있다. 주인공인 말이 리드미컬한 몸짓으로, 불가해한 우주의 신비를 자신의 육체적 성분으로 만들어버린다.

228

모든 것은 서로 연관되어 있다. 고전주의 작품을 읽을 때 그 안에서 석양에 관해서는 한마디도 나오지 않더라도 나는 수많은 석양을, 석양의 모든 색채를 이해하게 된다. 본질과 소리와 형체의 가치를 구별할 줄 아는 통사적 능력과 하늘의 푸른색이 실제로는 초록이며 푸른색과 초록색의 혼합 속에는 노란색이 섞여 있음을 알아차리는 지각능력 사이에는 모종의 관련이 존재한다.

구별하는 능력과 우아함을 추구하는 능력은 근본적으로 같은 것이다. 통사적 능력이 없으면 지속적인 감성도 불가능하다. 불멸성은 문법학자들에게 달려 있다.

읽는 것은 타인의 손을 통해서 꿈꾸는 것이다. 건성으로 읽는 것은 우리를 이끄는 그 낯선 손에서 달아나는 것이다. 피상적인 교양이야말로 훌륭하고 심오한 독서를 위한 최선의 전제조건이다.

삶은 얼마나 비열하고 음험한가? 생각해보라, 삶의 비열함과 음험함은 당신의 의사에 반해서 당신에게 주어졌다는 것, 당신의 의지와는 조금도 상관없이 진행된다는 것, 심지어는 당신의 의지가 갖는 환상조차 개의치 않는다는 점만으로도 충분히 설명된다.

죽음이란 완전히 다른 것이 됨을 의미한다. 그러므로 모든 자살은 비겁하다. 자살은 우리를 전적으로 삶의 손아귀에 양도하는 것이다.

230

　예술은 모든 삶의 활동으로부터 빠져나옴을 의미한다. 예술은 감성의 지적 표현이고, 감성은 삶의 의도적 표현이다. 우리가 갖지 못한 것, 감행하지 못한 것, 도달하지 못한 것을 우리의 꿈이 가능하게 해준다. 이 꿈으로 우리는 예술 작품을 창조한다. 종종 감성은, 비록 행위에 깃든 감성으로 국한한다 할지라도, 너무도 강렬하여 행위만으로는 감성을 충족시킬 수가 없다. 삶에서 조금밖에 표현되지 못한 이런 과도한 감성이 예술 작품을 창조하는 것이다. 그런 점에서 보면 두 종류의 예술가가 있다. 자신이 갖지 못한 것을 예술에 투영하는 예술가와 자신이 과도하게 가진 것을 예술에 투영하는 예술가다.

231

뭔가를 쓴 다음에 곧 써놓은 것이 형편없다는 생각이 든다면, 그것은 영혼의 엄청난 비극이다. 게다가 그 글이 자신이 쓸 수 있는 최고 수준임을 인지한다면, 비극도 최대치가 된다. 하지만 어떤 글을 쓰기 전에 그것이 어차피 불완전한 실패작이 될 것임을 미리 알고 있다면, 그리고 글을 쓰면서 그것을 눈으로 직접 확인하게 된다면, 그러면 정신적 고통과 굴욕의 최고봉을 체험하는 것이다. 나는 지금 쓰고 있는 글을 부족하다고 느낄 뿐 아니라, 앞으로 내가 쓸 미래의 글도 마찬가지로 부족한 수준일 것임을 안다. 내가 이런 사실을 미리 아는 것은 철학적 지식과 육체의 직감 덕분이다. 글라디올러스 꽃으로 장식된 어두운 내면의 성찰 덕분이다.

그런데도 왜 나는 글을 쓰는가? 체념의 예언자인 나는 아직도 완벽한 체념을 배우지 못했기 때문이다. 아직도 나는 시와 산문에 대한 애정을 체념할 줄을 모른다. 나는 써야만 한다, 마치 벌을 받는 것처럼. 나에게 내려진 최대의 벌은, 내가 무엇을 쓰든지 그것은 아무것도 아니며, 실패작일 수밖에 없고, 정체가 불분명할 것임을 미리 안다는 점이다.

어린 시절부터 나는 시를 썼다. 형편없는 글이었지만 나는 완벽한 글이라고 생각했다. 두 번 다시는 내가 완벽한 글을 썼다는 기만적인 즐거움에 빠지지 않을 것이다. 오늘날 내가 쓰는 글은 그때보다는 훨씬 나아졌다. 심지어는 지금 최고의 작가라고 하는 사람들이 쓰는 것보다 더 낫기도 하다. 그렇지만 역시, 이유는 알 수 없지만, 내가 쓸 수 있는 수준, 내가 써야만 하는 그 수준보다는 엄청나게 뒤떨어져 있다. 어린 시절의 형편없는 시를 생각하면 죽은 아이를 떠올리듯 눈물이 난다. 죽은 아들 혹은 흔적 없이 사라져버린 최후의 희망을 떠올리듯이.

우리가 삶으로 계속 걸어 들어갈수록, 모순적이긴 하지만, 두 가지 진리에 대한 확신이 점점 더 강해진다. 첫 번째 진리는 삶에 비하면 모든 문학과 예술적 창안들이 파리하다는 것이다. 문학과 예술이 주는 쾌락이 삶 자체의 쾌락보다 고급스럽기는 하지만, 그것은 삶에서 느끼지 못하는 느낌을 선사하고 삶에서는 결코 일어나지 않는 일이 벌어지는 꿈과 마찬가지다. 꿈속의 모든 것은 깨고 나면 기억도 나지 않고 그리움도 없으므로, 인간이 그것을 가지고 제2의 삶을 사는 것은 불가능하다.

두 번째 진리는 다음과 같다. 고귀한 영혼들은 삶의 모든 것, 모든 장소와 모든 살아 있는 감정들을 포함한 삶 전체를 체험하고 싶어하는데 이것을 객관적으로 이루기는 불가능하다. 삶의 전체적 체험은 오직 주관적으로, 그리고 부정을 통해서만 가능하다.

이 두 개의 진리는 서로가 서로를 배척한다. 현명한 자는 이 두 가지를 서로 통합하려는 희망을 포기하고, 둘 중 어느 하나를 배척하는 일도 하지 않는다. 하지만 그는 둘 중 어느 하나를 따라야 하고, 자신이 따르지 않은 진리를 그리워하게 될 것이다. 그렇지 않으면 두 가지를 모두 포기하고 스스로를 초월하여 자신만의 해탈을 이루어야 한다.

삶으로부터 자연스럽게 받은 것 외에 아무것도 바라지 않으면서 고양이의 본능에 따라 살아가는 자는 행복하다. 태양이 비치면 빛을 좇고 햇빛이 없으면 어딘가에 있는 온기를 찾아간다. 상상력을 위해서 개성을 포기한 자, 낯선 삶을 지켜보면서 기쁨을 느끼는 자는 행복하다. 전부 다는 아닐지라도, 타인들의 인상이 펼치는 외적 연기를 경험하는 자는 행복하다. 그리고 마지막으로, 모든 것을 체념한 자, 그 무엇을 위해서도 제약받거나 사용되지 않을 수 있는 자는 행복하다.

농부, 소설의 독자, 순수한 고행자, 이들 셋은 삶의 행복을 아는 사람이다. 이들 셋 모두 자신의 개성을 포기했기 때문이다. 첫 번째는 본능에 따라서 살기 때문에 비개성이고, 두 번째는 상상의 세계에서 살기 때문에 망각된 존재이고, 세 번째는 삶을 사는 것도 아니고 죽은 것도 아닌, 잠든 상태이기 때문이다.

어떤 것도 내게는 충분하지 않다. 어떤 것도 나를 위로하지 않는다. 존재했던 것이든 그렇지 않았던 것이든 더 이상 나는 관심이 없다. 나는 영혼을 원하지 않고, 영혼을 포기하지도 않을 것이다. 나는 내가 원하지 않는 것을 원한다. 그리고 내가 갖지 않은 것을 포기한다. 나는 무도 아니며 전부도 아니다. 나는 내가 갖지 않은 것과 내가 원하지 않는 것 사이를 이어주는 다리다.

233

… 모든 위대한 존재가 내포한 장엄한 슬픔. 의미심장한 인생이나 드높은 산에, 불멸의 시 혹은 깊은 밤에.

234

우리는 죽을 수 있다. 사랑하기만 했다면.

235

나는 단 한번 진심으로 사랑을 받았다. 우정이라면 항상 모든 사람들로부터 얻고 있다. 심지어 한두 번 스치듯 만난 사이라 해도 나에게 무관심하거나 건성이거나, 냉정하게 대하는 사람은 거의 없다. 그러니 나는 다정한 벗들이 많다고 할 수 있을 것이다. 그리고 그들의 우정은 약간의 정성만 들인다면 얼마든지 애정이나 호의로 변화시킬 수도 있다. 그러나 나는 단 한번도 그렇게 만들기 위해 수고를 기울이고 싶지 않았다. 그럴 만한 인내심이나 정신적인 노력을 발휘하고 싶지 않았다.

최근에 들어서야 나는, 내 영혼의 수동성이 수줍음 때문임을 알아차렸다. 우리는 이 정도로 자신을 잘 모르는 채로 살아간다. 하지만 그 다음 또 깨달은 것은, 수줍음보다는 모종의 지겨움, 삶의 권태와는 또 다른 짜증스러움이 더욱 결정적 이유라는 것이다. 나는 일관적인 감정을 유지할 만큼 인내심이 강하지 못하다. 특히 그것이 끊임없이 마음을 쓰는 노력이 있어야만 유지될 경우 더더욱 불가능하다. '왜 그래야 하는가?' 하고 생각하지 않는 그 무엇이 내 안에서 생각했다. 나는 지적인 민감함과 심리적인 통찰력이 충분하므로, "방법"의 중요성을 잘 알고 있다. 하지만 "방법의 방법"에 대해서는, 아직도 전혀 이해하지 못하는 상태다. 내 의지박약의 이유는 항상 의지를 원하는 의지력이 부족하기 때문이다. 내 감성도, 지성도, 의지 자체도, 삶을 살아가는 데 중요한 그 어떤 성질도 마찬가지다.

어느 날 나는 사악한 기회로 인해 내가 사랑을 하고 있다고 믿게 되었다. 게다가 내 사랑이 정말로 화답을 받았다는 결론까지 내려버렸다. 처음에 나는 마치 화폐로 교환할 수 없는 큰 복권에 당첨이 된 듯 당황하고 얼이 빠졌다. 그리고 이어서, 그 어떤 인간도 피할 수 없는,

가벼운 허영심을 느꼈다. 그러나 이런 지극히 자연스러워 보이는 감정의 흥분 상태는 곧 지나가고, 뭔지 모르게 불쾌하고, 지루함과 굴욕감, 그리고 피곤함과 유사한 그런 정의하기 힘든 복잡한 기분이 나를 엄습했다.

마치 운명이 나에게 익숙하지 않은 초과근무를 부과한 것 같은 지루함이었다. 나에게 어떤 새로운 의무를 부과한 다음에, 황당하게도 그것이 특권이라고 말장난을 치는 바람에 나는 화가 치밀지만 어쩔 수 없이 운명에게 감사의 인사를 보내야만 하는 것이다. 불안하게 비틀거리는 인생의 단조로움만으로는 충분하지 않아서, 거기다가 어떤 특정 감정의 강제적인 단조로움을 더해서 기존의 지루함을 더욱 강화시키고 있다는 생각이 들었다.

그리고 굴욕, 그래 굴욕이 있었다. 내가 납득하기 힘든 이 감정의 원인을 이해하기까지는 어느 정도의 시간이 걸렸다. 사랑받고 싶다는 욕구가 내 안에서 스스로 솟아나야 했다. 누군가 나를 사랑할 만한 인물로 알아봐주었다는 우쭐한 기쁨으로 나를 채워야 했다. 하지만 놀라움이 더 컸을지 아니면 우쭐대는 기분이 더 컸을지 끝내 알지 못하고 말았던 최초의 짧은 착각의 순간을 제외하고는, 나는 오직 만사가 다 굴욕스러울 뿐이었다. 마치 실제로는 다른 사람이 받은 상을 내가 받았다고 생각되는 굴욕이었다. 그 상은 원래 받을 운명을 타고 태어난 자에게만 가치 있는 상이었다.

그중에서도 내가 가장 지독하게 느낀 것은 피로였다. 피로가 지루함보다 더 심했다. 나는 그동안 경험 부족으로 인하여 늘 잘못 받아들이고 있던 샤토브리앙의 말을 순식간에 이해하게 되었다. 샤토브리앙은 작중인물인 르네에 대해서 이렇게 말한다. "사랑받는 것은 그를 피곤하게 했다." 나는 이 문장이 내 처지를 말해주는 것임을 충격 속에서 알아차렸다. 이것이 담고 있는 진실을 도저히 부인할 수가 없었다.

사랑받는 것은, 진실로 사랑받는 것은 얼마나 피곤한가! 타인의 감성을 짐처럼 받아주는 입장이 되는 것은 얼마나 피곤한가! 정녕 늘 자유롭기를 원했는데, 갑자기 감정에 일일이 호응해주어야 하고 점잖게 굴어야 하고 절대로 회피해서는 안 된다는 책임을 짊어지게 된다. 그 누구도 네가 감성의 왕이면서 동시에 인간의 영혼이 줄 수 있는 최고의 것을 물리쳐버린다는 생각을 하지 않도록 말이다. 우리의 존재를 전적으로 타인과의 관계에 종속시켜 바라본다는 것은 얼마나 피곤한가! 감정을 억지로 느껴야 한다는 것은 얼마나 피곤한가! 그 어떤 화답이 없을지라도 어쨌든 조금은 사랑을 하고 있어야 하니 그 얼마나 피곤한가!

그 일은 나에게 올 때와 마찬가지로 그렇게 허망하게 지나가버렸다. 그것은 아무것도 남기지 않았다. 내 머리에도 내 가슴에도 그 어떤 흔적이 없다. 그것은 내가 인간이기 때문에 본능적으로 인식하고 유추할 수 있는 삶의 법칙 이상의 다른 경험은 전혀 제공하지 않았다. 그 것은 내가 지금 슬픔으로 회상할 수 있을 기쁨도, 마찬가지로 슬픔으로 추억할 수 있을 고뇌도 안겨주지 않았다. 지금 생각해보면 그것은 내가 어딘가의 책에서 읽은 내용과 같고, 누군가 다른 사람에게 일어난 일인 것만 같다. 절반이 떨어져 나가고 없기 때문에 절반밖에 읽지 못했으나, 어차피 처음 절반에 모든 내용이 다 들어 있으므로 아무런 문제가 되지 않는 소설인 것만 같다. 처음 부분은 의미가 없었고, 빠진 부분 역시, 거기서 무슨 사건이 일어나든간에, 소설 전체에 그 어떤 의미도 미치지 못한다는 것이 분명해 보이므로.

내게 남아 있는 감정은 오직 하나, 나를 사랑했던 인간에 대한 고마움이다. 하지만 그것은 놀랍고 추상적인 고마움이다. 감성적이라기보다는 이성적인 감사의 마음이다. 나 때문에 어느 한 인간이 고통받았을 것을 생각하면 마음이 불편하다. 마음이 불편할 뿐이다. 그 이상도 그 이하도 아니다.

내 생애에 다시 한번 더 그런 자연스러운 감정의 조우가 이루어지리라고는 생각하지 않는다. 만약 내가 두 번째 경우를 바란다면, 그것은 순전히 첫 번째의 경험을 철저하게 분석하고 난 뒤니 이번에는 과연 어떤 느낌을 갖게 될지 관찰하고 싶기 때문이다. 아마도 첫 번째보다는 느낌이 덜할 것이다. 혹은 반대로 더 강하게 느낄지도 모른다. 만약 운명이 나에게 두 번째 기회를 준다면, 그냥 받아들일 것이다. 느낌에 대한 호기심 때문이다. 내용이 어떻게 진행되는가는, 전혀 호기심이 생기지 않는다.

236

아무것에도 굴복하지 않기, 어떤 인간에게도, 어떤 사랑에게도, 어떤 이념에게도. 항상 거리를 두고 독립을 유지한다. 설사 존재한다고 해도 진리를 믿지 않으며, 진리의 유용함도 믿지 않는다. 내 생각에 이것이야말로, 생각이 없이는 살 수 없는 인간을 위한 정신적이고 내적인 삶의 올바른 상태다. 어딘가에 속한다는 것은 진부함을 의미한다. 믿음, 이상, 여인, 직업, 이것들은 전부 감옥과 사슬을 의미한다. 존재란 자유롭게 있는 것을 의미한다. 심지어는 명예욕조차 우리가 그것을 명예롭게 생각하는 순간 짐이 되고 만다. 우리가 뭔가를 자랑스럽게 생각하자마자, 그것은 사람들이 우리를 끌어당기는 끈이 된다. 그러므로 절대, 끈을 만들지 말아야 한다. 우리 자신과 연결하는 끈조차도 거부해야 한다! 타인들로부터는 물론 우리 자신으로부터도 자유로워야 한다. 절정의 희열 없이 관조하여야 한다. 결론 없이 사고하며 신에게 구속받지 않아야 한다. 그렇게 우리는 감옥의 마당에서, 우리의 형리가 잠시 한눈을 파는 틈에 얻어낸 희귀한 황홀의 순간을 경험한다. 내일이면 단두대로 간다. 내일 아니면 모레. 그러므로 햇빛 아래서 곧 종말을 맞을 우리의 평안을 산책시키고, 기꺼이 자발적으로 모든 소망과 의미를 잊는다. 태양은 우리의 반듯한 이마를 금빛으로 물들이고 바람은 희망을 버린 자의 몸에 신선하게 불어올 것이다.

나는 펜대를 책상 위로 던진다. 펜대는 비스듬한 책상 위를 도르르 굴러 내 앞으로 다시 돌아온다.

나는 이 모두를 단번에 느꼈다. 내가 느끼지 않는 이 분노의 몸짓 속에서, 내 기쁨이 발휘된다.

237
삶의 법칙에 관한 메모

타인을 지배해야만 한다는 생각은 타인을 반드시 필요로 한다는 의미다.

우두머리는 종속된 자다.

외부 요인을 자신에게 전혀 첨가하지 않고 개성을 확장하는 법. 타인에게 뭔가를 부탁하지도, 명령하지도 않는다. 그렇지만 타인이 필요한 경우, 직접 타인이 된다.

우리의 욕구를 최소한으로 끌어내리기, 어떤 점에서도 타인에게 종속되지 않도록.

절대적으로 그런 삶은 분명 불가능하다. 하지만 상대적으로는 불가능하지 않다.

사무실의 경영자를 예로 들어보자. 그는 타인 없이도 일을 해나갈 수 있어야 한다. 그는 타자기로 글을 써야 하고, 회계장부를 작성하며, 사무실을 비질해야 한다. 그가 타인이 필요한 것은 시간 절약을 위해서이지 자신의 능력이 부족해서가 아니다. 그는 견습생에게 말한다. "이 편지를 우체국에 가서 부치고 오도록." 이것은 우체국을 오가느라 길바닥에 시간을 헛되이 흘려버리고 싶지 않아서이지, 우체국이 어디 있는지 몰라서가 아니다. 또 직원에게는 이렇게 말한다. "어디어디로 가서 이러이러한 일들을 처리해주시오." 이것은 그런 일을 하는 데 드는 시간을 절약하기 위해서이지, 그가 그 일을 어떻게 하는지 몰라서가 아니다.

미덕은 절대로 합당한 보상을 주지 않고, 죄는 절대로 합당한 벌을 내리지 않는다. 게다가 보상이나 벌은 모두 합당한 것이 아니다. 미덕이나 죄는 우리의 신체기관이 발산하는 불가피한 표현, 이 사람 혹은 저 사람이 선하거나 악하게 태어나는 벌을 받았다는 표현이다. 그래서 모든 종교는, 아무것도 아닌 존재이며 아무것도 할 수 없고 따라서 아무것도 이룰 수 없는 이들에게 내리는 보상이나 벌을, 과학이 설명할 수 없고 믿음조차 우리에게 구체적인 그림을 제시하지 못하는 완전히 다른 세상에다 마련해놓는다.

그러므로 우리가 올바른 믿음에 대해서 이야기한다면, 그것은 우리들 자신의 영향력 행사를 포기하겠다는 말이다.

타르드[34]는 말했다. 삶은 무익함을 수단으로 하여 불가능성을 추구하는 과정이라고. 우리는 언제나 불가능한 것을 좇아야 한다. 그것이 우리의 숙명이기 때문이다. 우리는 무익함의 도움을 받아 그것을 좇아야 한다. 그곳으로 이끄는 유용한 길은 어디에도 없기 때문이다. 그러므로 우리는, 찾을 수 있는 것은 아무것도 추구하지 않고, 우리의 도정에 있는 그 무엇도 애정이나 우수 어린 회상의 대상으로 삼지 않도록 스스로를 비상시켜야 한다.

모든 것이 우리를 지치게 한다. 오직 깨달음만이 그렇지 않다, 하고 고전 주해자는 말했다. 그러므로 우리는 깨달아야 한다. 더욱 깊이 깨달아서, 그 깨달음을 통하여 꽃다발과 화환을 엮자. 언젠가는 시들어버릴, 우리들 깨달음의 스펙트럼으로 이루어진 빛의 화환을.

239

모든 것이 우리를 지치게 한다. 오직 깨달음만이 그렇지 않다. 이 문장의 의미는 종종 납득하기 어렵다.

꼬리를 물고 이어지는 사고는 우리를 지치게 한다. 우리가 생각을 하면 할수록, 분석하고 분류하면 할수록 우리는 점점 더 하나의 결론으로부터 멀어지기 때문이다.

그러면 우리는 오직 관성에 따라 움직이는 상태로 전락한다. 그런 상태에서는 오직 눈앞에 주어지는 것을 이해하려고만 한다. 그것은 미학적인 관심에 불과하다. 흥미도 없으면서 이해하려고 하고, 이해된 그것이 진실인지 아닌지를 고민하지 않기 때문이다. 이해된 그것이 겉으로 드러내는 구체적인 외양 이상의 것, 즉 그것이 우리에게 궁극적으로 전달하는 정신적 아름다움의 위상을 보지 못한다.

사고는 우리를 지치게 한다. 우리 자신의 의견을 갖거나 행동하기 위해 생각하려는 의지는 우리를 피곤하게 한다. 그렇지만 비록 일시적일지라도 타인의 충동에 굴복하기 위해서가 아니라 그들의 영향력을 감지하기 위해서 타인의 의견을 가져보는 것은 우리를 지치게 하지 않는다.

밤새도록, 조금도 쉬지 않고 비가 요란하게 쏟아졌다. 잠들지 못하고 뒤척이는 불면의 밤 내내 차가운 비의 단조로움이 유리창을 두들겨댔다. 한 줄기 강한 돌풍이 허공 높은 곳을 날카롭게 채찍질하면, 빗물은 파도 모양으로 부르르 떨면서 유리창 표면에 날렵한 손자국을 남겼다. 그리고 이어서 둔중한 메아리가 들리며 바깥세계는 죽음과도 같은 잠 속에 가라앉았다. 내 영혼은 항상 동일하게, 사람들 사이에 있을 때나 이불과 침대 사이에 있을 때나 상관없이, 늘 세상을 고통스럽게 의식한다. 날은 밝을 줄을 모른다. 행복이 올 줄을 모르는 것처럼. 이 시각, 태양은 영영 떠오를 것 같지가 않다.

아, 날이 정말로 영영 밝아오지 않고 행복이 정말로 영영 오지 않았으면! 그리하면 최소한 우리가 바라던 것이 충족됨으로써 얻는 실망만은 피할 수 있을 텐데!

갑작스럽게, 이 늦은 시간 포도 위를 힘겹게 덜컹거리는 마차 바퀴의 소음이 거리 끝에서부터 들려오더니, 내 창 아래를 요란하게 지나서 거리 반대편 끝을 향해, 영원히 찾아오지 않을 듯한 내 잠의 끝을 향해 서서히 사라져갔다. 간혹 건물 입구의 문이 열리는 소리가 들렸다. 빗물에 철벅거리는 발걸음 소리, 젖은 옷의 바스락거림. 발걸음이 내 방으로 다가올수록 그런 소리들은 더욱 커지고 사나워졌다가, 다시 잦아들었고, 그리고 고요가 찾아왔다. 비는 계속해서 내렸다. 끝없이 내렸다.

잠들지 못한 내 잠에서 눈을 뜨면, 어둡게 보이는 벽 위로 꿈의 파편들이, 창백한 빛이, 검은 그림자들이, 거의 아무것도 아닌 형체들이 어지럽게 흩어졌다. 낮에보다 더 커 보이는 가구들이 부조리한 어둠 속에 희미한 덩어리처럼 서 있었다. 희지도 않고, 그렇다고 밤보다 더

검지도 않은 문은 완전히 다른 어떤 것으로 자신을 암시하고 있었다. 창문을 때리는 빗소리가 들렸다. 하지만 창문이 보이지는 않았다.

　빗소리는 신선하고, 흐름이 있었으며, 불명확했다. 그 소리 속에서 시간은 점점 느리게 흘러갔다. 내 영혼의 고독이 자라났다. 점점 넓게 퍼지며, 내 느낌의 영역을, 갈망의 영역을, 꿈의 영역을 차지해버렸다. 어둠 속에서 내 불면을 공유하는 희미한 사물들, 그들이 내 슬픔 안에 자리를 잡았고, 그들이 고통을 느끼기 시작했다.

241
삼각형의 꿈

빛은 극단적으로 느릿한 노랑을 띠었다. 탁하고 흐릿하다. 사물 사이의 간격이 더 넓어졌고, 소음은 평소와 다르게 더욱 기이하면서 서로 산산이 흩어진다. 어떤 소리가 들린다고 알아차린 순간, 소리는 마치 싹둑 잘려 나가기라도 한듯 돌연히 사라져버렸다. 분명 더욱 뜨거워진 열기는, 열기임에도 불구하고 차갑게만 보였다. 내려놓은 창의 덧문 좁다란 틈새로 보이는 유일한 한 그루 나무는 과도한 기대를 품은 자세로 서 있다. 나무의 초록은 보통의 초록과는 다른 초록이며, 사방은 침묵이 겹겹이 둘러쌌다. 대기는 꽃잎처럼 닫혔다. 공간 자체의 구조 안에서, 평면과 유사하게 이차원인 사물들 간에 형성된 어떤 독특한 상관관계가 소리, 빛, 색채가 공간을 이용하는 양식을 변화시키고 파괴했다.

　우리의 불경스러운 꿈, 그 누구도 차마 입을 열어 고백하지 못하지만 불면의 밤 내내 불쾌한 유령처럼 출몰하는, 우리 영혼의 뒷마당에서 매일 벌어지는 일상의 치욕이자 억눌린 감성이 양산하는 질척이고 끈적거리는 고름인 우리의 꿈 이외에도, 너무도 하찮고 끔찍하여 말로 할 수 없는 온갖 것들을, 우리가 약간의 수고만 들인다면 영혼 밑바닥에서 금방 인식할 수가 있다!

　인간의 영혼은 그로테스크한 정신병동이다. 영혼의 부끄러움이 우리가 아는 모든 부끄러움과 우리가 명명한 모든 부끄러움을 모조리 다 합한 것보다 크지 않다면, 그리하여 영혼이 진정으로 자신을 솔직하게 드러낼 수 있다면, 그렇다면 진실은 말해주리라, 영혼은 우물이지만, 불명확한 메아리를 내포한 심연의 우물이고, 그 안에 소름 끼치는 존재들이, 생명도 없이 오직 미끈거리는 물체, 실체 없는 달팽이, 우리의 주관성이라는 더러운 분비물이 우글거릴 것이다고.

243
1931년 11월 4일

괴물의 카탈로그를 만들고자 하는 사람은, 불면의 밤 지친 영혼에게 엄습하는 그것들의 사진을 말로 찍으면 된다. 잠을 잔다는 알리바이가 없는 꿈처럼, 그것들은 일관성이 없다. 그것들은 박쥐처럼 영혼의 수동성 위로 둥둥 떠다니거나, 흡혈귀처럼 굴종의 피를 빨아먹는다.

그것들은 산비탈 쓰레기에서 자라는 애벌레이고, 계곡을 가득 채운 그늘이며, 운명이 남겨놓은 흔적이다. 심지어는 그것들을 돌보고 키워내야 하는 영혼조차 구역질을 느낄 만큼 징그러운 구더기가 되기도 한다. 어떨 때는 유령의 모습으로 나타나 무無의 주변을 음침하게 빙빙 돌기도 하고, 어떨 때는 뱀이 되어 잃어버린 감정의 부조리한 은신처에서 재빨리 기어 나온다.

오직 공간을 채우기 위한 기만의 허상들. 그것들의 유일한 목적은 우리를 무용하게 만드는 것이다. 그것들은 우리 영혼에 뿌려진 심연의 의심, 거기에 동반하는 축 늘어진 차가운 주름이다. 그것들은 연기처럼 사라지고 발자국처럼 흩어진다. 그것들은 우리의 의식을 구성하는 척박한 질료의 산물일 뿐이다. 종종 그것들은 내면의 불꽃놀이와 같다. 잠시 동안 꿈과 꿈 사이에서 불꽃을 일으킨다. 나머지는 모두 그것들을 인식하는 우리의 무의식적 의식이 만들어내는 것이다.

영혼은 풀린 매듭처럼 자신 안에서 존재하지 못한다. 위대한 자연 풍경은 내일에 속하고, 우리는 이미 주어진 삶을 살았다. 대화는 중단되면서 좌초하고 말았다. 삶이 이런 것이라고 그 누가 예상할 수 있었을까.

나를 찾는 순간, 나를 잃는다. 믿는 순간, 나는 의심한다. 내가 얻은 것을 나는 소유하지 못한다. 나는 산책을 하듯이 잠이 들지만, 나는 깨어 있다. 마치 잠을 잔 것처럼, 나는 잠에서 깨어난다. 나는 나에게 속하지 않는다. 궁극적으로 삶은 기나긴 불면이다. 우리가 생각하고 행하는 모든 일은 전부 명료한 혼수 상태에서 일어난다. 잠을 잘 수 있었다면 나는 행복할 것이다. 지금 이런 생각을 하는 것은 내가 잠을 잘 수 없기 때문이다. 육중한 납덩어리인 밤은, 내 꿈의 말 없는 이불로 나를 눌러 질식시킨다. 내 영혼은 숨이 막힌다.

이런 기분이 다시 편해지면, 늘 그렇듯이 새로운 하루가 시작될 것이고, 늘 그렇듯이 너무 늦어버릴 것이다. 모든 것은 잠들면서 행복한데, 나만은 그렇지 못하다. 자리에 누워서 잠시 쉬는 것뿐, 감히 잠을 자려는 엄두도 내지 못한다. 실체 없는 괴물들의 거대한 머리가 내 본질의 밑바닥에서 기어 올라온다. 심연에서 기어 나온 극동의 용, 논리의 외부로 축 늘어진 새빨간 혓바닥과 내 죽은 삶을 빤히 바라보는 움직임 없는 눈동자, 그러나 내 삶은 괴물의 눈을 바라보지 않는다.

묘석, 제발 묘석으로 나를 덮어다오! 내 무의식과 삶을 완벽히 감금해다오! 다행히도 차가운 유리창 덧문 틈새를 통해 창백한 빛줄기가 서서히 지평선의 그늘을 끌고가는 것이 보인다. 다행히도 이제 날이 밝았다. 나는 그토록 힘들던 불안 속에서 거의 안식을 느낀다. 도시 한가운데서 부조리의 수탉이 운다. 창백한 하루가 내 희미한 잠 속에서 시작된다. 언젠가 나는 잠들게 되리라. 바퀴소리가 들리는 것을 보니 벌써 마차가 지나다니는구나, 내 눈꺼풀은 잠든다. 하지만 나는 아니다. 모든 것은 궁극의 운명이다.

244

은퇴한 소령. 이보다 더 좋은 것은 상상할 수가 없다. 인간이 항상 오직 은퇴한 소령으로만 있을 수 없는 현실이 안타깝다!

완전한 존재에 대한 갈증 때문에 나는 헛된 슬픔의 상태로 빠져들었다.

삶의 비극적 진부함.

내 호기심—종달새의 자매.

석양에 대한 무의식적 두려움, 아침놀의 수줍은 장막.

자리에 앉자! 이곳에서는 더 많은 하늘을 볼 수 있다. 별들로 가득한 드높은 창공의 무한함은 위로를 준다. 그것을 바라보고만 있어도 삶의 고통은 덜해진다. 살 고운 부채가 삶에 들뜬 우리의 뜨거운 얼굴에 한숨처럼 부드러운 바람을 보내준다.

245

　인간의 영혼은 고통의 불가피한 희생자다. 설사 영혼이 고통에 대비하고 있었다고 해도, 고통스러운 충격은 영혼을 꼼짝 못하게 엄습해버린다. 여자는 본성상 원래 지조가 없고 바람기가 많다고 일생 동안 말하고 다니던 남자도 어느 날 실제로 사랑에 배반당하게 되면 슬프고도 비통한 충격에 빠진다. 마치 여자의 변치 않는 정절을 항상 철석같이 믿고 있었다는 듯이 말이다. 모든 것이 공허하고 텅 비어 있다고 느끼는 그런 사람도, 자신의 글이 아무런 반향을 불러일으키지 못하게 공허하며 자신의 감정을 전달하는 것이 불가능할 뿐 아니라 가르침을 주려는 노력 또한 아무 성과가 없다는 것을 깨닫게 되면 맑은 하늘에서 떨어지는 벼락을 맞은 듯한 충격을 느낀다.

　이런저런 불행을 겪은 인간이 말이나 글에서 마치 그들이 그 불행을 미리 확신하고 예견했다는 듯이 언급했을 때, 그것이 무조건 정직하지 못하다고 여겨서는 안 된다. 지성의 문장이 갖는 정직함은 즉흥적이고 자연스럽게 튀어나오는 감정과는 전혀 다르다. 아마도 인간의 영혼은 그러한 삶의 충격들을 이미 알고 있었을 것이다. 영혼은 고통을 느끼기를 원하고, 굴욕을 당하기를 원하며, 삶의 정당한 몫으로 고뇌를 원하기 때문이다. 우리 모두는 혼돈의 능력, 그리고 고통의 능력을 똑같이 갖추었다. 감정을 느끼지 않는 자만이 고통을 피할 수 있다. 가장 높고, 가장 고귀하고, 가장 뛰어난 예지력을 갖춘 자는, 자신이 예지했으면서도 무시한 것을 견디고 버텨내는 자다. 사람들은 그것을 삶이라고 부른다.

246

우리에게 일어나는 모든 것을, 눈으로 읽는 것이 아니라 삶으로 읽는 소설 속 사건이나 에피소드라고 생각한다. 이 태도 하나만으로도 우리는 세월의 심술을, 현상의 변덕을 극복할 수가 있다.

행동하는 삶은 모든 자살 중에서도 가장 불편한 것으로 보였다. 나에게 행동이란, 부당하다고 판결이 난 꿈에게 다시 무뚝뚝한 유죄판결을 내리는 것과 같았다. 외부세계를 지배하고, 사물을 변화시키고, 본질을 극복하고, 인간에게 영향력을 행사하는 행동은 나에게는 언제나 백일몽보다도 더욱 모호할 뿐이었다. 모든 행동 속에 깃들어 있는 무용함은 이미 어린 시절부터 나 스스로를 포함한 모든 것으로부터 유리되고자 했던 내가 가장 선호하던 시금석이었다.

행동이란 자기 스스로에 대항하는 반응이다. 영향력 행사란 집을 떠나는 것이다.

현실의 실질적 성분이 일련의 감각인 곳에서 상업이나 산업, 사회적·가족적 결속과 같이 단순한 것들이 복잡하게 존재한다는 사실을, 나는 한번도 납득하지 못했다. 진실의 이상을 향하는 영혼에 비하면 그것들은 마음이 고통스러울 정도로 이해할 수 없는 사물이다.

248

세계라는 외부적 삶에 참여하는 일을 나는 단념해버렸다. 그리고 그 단념이 야기한 것 중의 하나는 독특한 심리적 현상이다.

관심이 없는 어떤 일과 관련해 행동하기를 단념하면, 나는 외부세계를 완벽하게 객관적으로 관찰할 수가 있다. 그 무엇도 중요하지 않고 그 무엇도 변화를 정당화시켜주지 않으므로, 나는 아무것도 바꾸지 않는다.

그래서 나는 이러한 (…)

18세기 중엽부터 점차로 끔찍한 질병이 인간 문명들 위로 퍼지기 시작했다. 17세기나 이어져 내려온 기독교적 지향의 환멸, 5세기 동안 쉬지 않고 진행된 이교도적 지향의 경시. 가톨릭은 기독교의 정신을 구현하는 데 실패했고 르네상스는 이교도정신을 살리지 못했으며 종교개혁은 보편성을 구현하지 못했다. 모든 꿈들이 난파했다. 이룩한 모든 성과물이 수치스러웠다. 삶을 살아야 한다는 것은 재난이었다. 타인들과 우리의 삶을 공유해야 하는 것은 참으로 비루했고, 타인들이 가진 삶은 우리가 공유하기에는 지나치게 비루했다.

이 모두가 우리 영혼에 쌓였고 영혼을 독으로 물들였다. 경멸스러운 사회에서 오직 경멸스러운 방식으로만 행해지는 행동에 대한 반감이 우리의 정신을 가득 채웠다. 영혼의 더 높은 행위는 위축되었고, 오직 생명력 강한 저열한 행위만이 무탈하게 살아남았다. 전자는 침체했고, 후자가 세계의 통치권을 이어받았다.

그리하여 사고의 이류급 요소로부터 어떤 종류의 문학과 예술이 탄생했다. 그것이 낭만주의다. 행위의 이류급 요소로부터 어떤 종류의 사회적 삶이 탄생했다. 그것이 현대식 민주주의다.

명령의 천직을 타고난 영혼에게 남은 것은 오직 하나, 모든 행동을 단념하는 것이다. 창조력이 사멸하는 사회에서 창조의 천직을 타고난 영혼은, 오직 꿈으로 세계를 구축하고 자신의 영혼의 내부를 관찰하는 볼모의 삶을 형성할 뿐이다.

"낭만주의자"들은, 좌절한 위대한 인물이든 혹은 자신을 공공연하게 낭만주의자로 밝힌 하찮은 인물이든 우리에게는 다 마찬가지로 보인다. 하지만 그들의 공통점은 외관상의 감상주의 하나뿐이다. 한 무리에게는 감상주의가 지성을 활용할 줄 모르는 무능력으로 나타나고,

다른 무리에서는 지성의 결핍으로 나타난다. 샤토브리앙, 위고, 비니, 미슐레는 모두 동일한 시대가 거둔 수확이었다. 샤토브리앙은 위대한 영혼이지만 하찮은 영혼으로 전락했고, 위고는 하찮은 영혼이지만 시대의 바람을 타고 위대함을 획득했다. 비니는 천재였으나 어쩔 수 없이 망명길에 올라야만 했다. 미슐레는 여인이었으나 천재적인 남자로 살도록 강요당했다. 모든 이의 아버지인 장 자크 루소 안에는 두 가지 경향이 공존했다. 창조적인 지성과 노예적 감상주의가 동시에 그의 개성으로 균등하게 작용했다. 하지만 그의 사회적 감각은 지성을 꾸준하고 명확하게 펼쳐 보인 그의 이론을 손상시켰다. 그가 지성을 활용해서 한 일이라곤, 그러한 감상성과 공존해야 하는 재앙을 불평한 것뿐이다.

루소는 현대적인 인간이다. 그렇지만 다른 그 어떤 현대적 인간보다도 더욱 뚜렷한 특색이 있다. 그는 자신을 좌절시킨 나약함으로부터, 그를 위하여 그리고 우리를 위하여 참으로 슬프게도, 승리의 원동력이 된 힘을 끌어냈다. 그의 일부가 앞으로 전진했고, 그것이 승리를 거두었다. 하지만 도시의 성문으로 들어서는 그의 승리의 깃발에는 "패배"라는 글자가 펄럭인다. 스스로를 승자로 자처할 입장이 못 되는 그는 지배자의 위대함이자 정복자의 명예인 왕관과 왕홀을 반납했다. 그런 식으로 그는 내적인 규정을 준수했다.

II

우리는 한 세기 반 동안이나 체념과 폭력에 시달리는 세계에서 태어났다. 우월한 자들의 체념과 열등한 자들이 거둔 승리의 폭력이다.

이보다 더 고귀한 특성은 현대에는 등장할 수가 없다. 행동으로도 생각으로도 불가능하다. 정치적 영역에서도 사변적 영역에서도 모두 불가능하다.

귀족계층의 영향력이 몰락하면서 예술을 대하는 조야함과 냉담함이라는 태도가 생겨났고, 그 결과 우아한 감수성의 예술은 더 이상 설자리가 없어졌다. 영혼이 삶과 접촉하면서 점점 더 많은 고통이 양산되었다. 모든 노력은 시간이 갈수록 고통만을 불러오게 된다. 왜냐하면 노력이 처한 외부조건이 점점 더 끔찍하게 추악해지기 때문이다.

고전주의 이상의 몰락은 모든 인간을 잠재적인, 따라서 형편없는 예술가로 만들었다. 견고한 구조와 주의 깊은 원칙 엄수가 예술의 척도이던 때는 소수의 인간만이 예술가가 되려고 시도할 수 있었다. 그리고 그들 중 상당수가 실제로 아주 훌륭했다. 하지만 예술이 더 이상 창조적 행위가 아니라 단지 감정의 표현으로 받아들여지는 시대에는 누구나 예술가가 될 수 있다. 감정은 누구나 갖고 있기 때문이다,

250

심지어 나조차도 뭔가를 창조하려고 했을때,(…)

유일하게 진정한 예술은 구조다. 그러나 현대의 환경은 우리의 정신에서 구조성이 생성되는 것을 방해한다.

그리하여 과학이 발전했다. 오늘날 구조는 오직 기계에서만 발견된다. 오직 수학적 증명에서만 논리적 연관을 갖춘 진술이 존재한다.

창조력은 기반이, 현실을 받쳐주는 버팀목이 필요하다.

예술은 하나의 과학이다. …

예술은 리듬 속에서 아프다.

나는 책을 읽을 수 없다. 주체할 수 없는 내 비판적 성향이 오류나 결핍, 그리고 더 잘 쓸 수 있는 가능성들만을 찾게 되기 때문에. 나는 꿈을 꿀 수 없다. 내 꿈은 삶과 너무도 유사하므로 나는 꿈을 현실과 동일선상에 놓아버리고, 그러면 비현실성이 즉시 두드러지게 되어 꿈은 가치를 잃는다. 나는 인간과 사물을 비판 없이 무심하게 관찰하면서 기쁨을 느낄 수가 없다. 더 깊이 파고들고자 하는 내 욕구가 엄청나게 크고, 그런 욕구 없이는 흥미 자체가 유지되지 않으므로, 욕구를 채움으로써 흥미를 잠재우거나, 아니면 흥미가 저절로 지칠 때까지 기다려야 한다. (…)

나는 형이상학적 사색에 만족할 수 없다. 왜냐하면 모든 가설이 나름의 명분이 있고 정신적으로 얼마든지 가능함을 경험을 통해 잘 알고 있기 때문이다. 가설을 구축하는 정신의 예술에 몰두할 수 있기 위해서는, 우선 형이상학적 사색의 목표가 진리의 추구라는 점을 잊어버려야 할 것이다.

나를 행복하게 만드는 행복한 과거의 기억. 하지만 현재는 아무런 기쁨도 주지 않고 아무런 흥미도 유발하지 않는다. 현재에는 꿈도, 지금과는 다른 그 어떤 가능한 미래도, 혹은 행복한 과거가 아닌 다른 종류의 과거를 갖게 될 미래도 없다. 나는 무덤 속 같은 일생을 살아간다. 나는 내가 한번도 있어보지 못한 낙원의 깨어 있는 유령이며, 미래의 희망이 사산된 육신이다.

고통을 견디면서 자신과 하나로 남아 있는 자는 행복하다, 불안으로 인해 변화를 겪었으나 자신과 분리되지는 않은 자는 행복하다, 불신하면서도 믿는 자는 행복하다, 그는 아무런 조건 없이 햇빛 아래 앉아 있을 수 있다.

251
미완의 자서전[35]

처음에 나는 형이상학적 사색에 몰두했으며 나중에는 과학적인 사상에 사로잡혔다. 최종적으로 사회적(…). 하지만 진실을 찾아가는 그 어떤 단계에서도 확신이나 편안함을 발견하지는 못했다. 내 독서량은 빈약했고, 흥미 있는 분야를 충분히 연구하지 못했다. 내가 읽은 얼마 안 되는 책들도 나를 피곤하게 할 뿐이었다. 다들 똑같이 과학적인 근거를 바탕으로 했고, 다들 똑같이 옳은 말처럼 들리고, 다들 똑같이 임의로 사실들을 선택하여 그것들이 사실 전체를 대표하는 듯이 말을 펼치면서 저마다 모순되는 수많은 이론을 주장하고 있는 것이다. 책을 읽다가 피곤해진 눈동자를 들어 올리면, 혹은 산만해진 내 사고력을 외부세계로 향해 돌리면, 내 눈에 보이는 것은 오직 한 가지였다. 그것은 내 독서의 유익함을, 내 생각의 거짓을 벌했다. 노력이라고 부르는 내 상상의 꽃잎을 한 장 한 장 뜯어내버렸다. 사물의 무한한 복잡함이여, 결코 측정할 수 없는 총량(…), 설사 과학적 이론을 세우기에 필수적인 몇 안 되는 사실이라 해도, 그 안에 도사리고 있는, 검증 불가능성의 확고함이여.

* * *

나는 아무것도 발견하지 않는 실망을 점차 발견하게 되었다. 내가 찾아낸 것은 이성도 논리도 아닌, 단 한번도 자기합리화를 위한 논리조차 추구한 적이 없는 회의주의였다. 하지만 나는 회의주의를 버릴 생각은 한번도 한 적이 없다. 왜 그래야만 하는가? 건강하다는 것이 무엇이길래? 지금의 이 정신 상태가 병적이라는 확신을 나는 그 어디에서도 얻지 못했다. 설사 그렇다 하더라도, 건강이 질병보다 더 소망할 만한 것이고 더 논리적이라고 (…) 누가 우리에게 보장을 해주는가? 누구나 건강을 더 선호한다면, 그러면 선천적으로는 건강했던 내가 지금은 왜 병들었는가? 설사 건강이 더 좋다고 하더라도, 자연이 분명 어떤 이유로 인해, 만약 자연이 이유라는 것을 갖고 있다면, 나를 병들게 만들었는데, 내가 그런 자연에 맞서 대항해야만 하는 뚜렷한 이유는 무엇인가?

오직 무위無爲만이, 나에게 반박할 수 없는 설득력을 가지고 있었다. 나 자신이 무위로 인해 체념을 이룬 자라는 희미한 의식이 날마다 점점 더 강한 기세로 나를 점령했다. 무위의 형체를 추구하고, 모든 개인적인 노력으로부터, 모든 사회적인 책임으로부터 달아날 준비를 갖추기. 이런 (…) 질료를 토대로 하여 나는 내 존재의 조각상을 상상으로 만들어 세웠다.

나는 기분과 욕망이 이르는 대로 이런저런 미학적 삶을 추종하는, 그런 책들을 손에서 놓았다. 그리고 몇 안 되는 작품을 읽으면서 그 안에서 내 꿈을 위해 유용한 요소들을 찾아내고 배워 나가기 시작했다. 내 빈약한 경험 중에서 내면의 아득한 허상의 그림자를 멀리 운반해주는 그런 것들만을 마음에 유지하려고 애를 썼다. 내 모든 생각과 모든 일상 경험의 장으로부터 오직 감각만을 걸러내기 위해 노력했다. 내 삶을 아름다움의 수행으로 만들었고, 그 아름다움은 오직 순수하게 개인적인 성격에 맞추었다. 그리하여 그것이 오직 나 자신에게만 속하는 것이 될 수 있도록.

그리고 나는 마음의 쾌락주의를 더욱 발전시키기 위하여, 모든 종류의 사회적 감수성을 피하려고 노력했다. 하찮은 감정들에 대항할 수 있도록 스스로를 점점 단단히 무장시켰다. 본능의 요구는 냉담하게 외면했으며 (…)의 다급한 호소도 마찬가지였다.

　타인들과의 접촉은 최소한의 수준으로 제한했으며, 삶에 대한 사랑을 버리기 위해 최선을 다했다(…). 그리고 명예를 얻고 싶다는 욕망은, 마치 피곤에 지친 인간이 잠자리에 눕기 전 옷을 벗듯이, 그렇게 하나하나 벗어버렸다.

* * *

　관념적 지식과 (…) 과학을 습득하면서 나는 정신에 몰두하는 영역으로 건너왔다. 그것은 내 불안한 평정심을 격렬하게 뒤흔들었다. 신비주의와 카발라교(유대 신비주의)의 책을 읽으며 보낸 밤들은 불길했다. 그들을 읽다 보면 나는 종종 어느 부분에서 얼어붙어 꼼짝도 할 수 없었으며, 온몸이 덜덜 떨려왔다. (…) 장미십자회의 의식과 신비, 카발라교와 성전기사단의 (…)한 상징, 이 모두가 내 마음을 오랫동안 짓눌렀다. 여러 날 동안 나를 괴롭히던 열이 형이상학의 악마적 관념을 바탕으로 한 사념의 독성에 의해 더욱 뜨겁게 들끓었다. 마법, (…) 연금술, 고통스러운, 거의 초감각적인 감각, 매 순간 최고 경지의 신비가 나에게 자신의 비밀을 풀어놓는 듯했고, 그것이 내 삶에 필수불가결한 신기루이자 자극으로 작용했다. 나는 형이상학의 하부체계인 광적인 엑스터시로 빠져 들어갔다. 그것은 혼돈을 불러일으키는 유추와 명료한 사고를 위한 함정들로 가득한 장소였다. 비밀스럽고도 위대한 풍경이 펼쳐졌다. 그 안에서 초자연의 휘황한 광채가 번득였으며, 광채의 가장자리는 불가사의하게 신비의 기운을 풍겼다.

434

감각은 나를 늙게 만들었다. ··· 사고는 나를 소진시켰다. ··· 내 삶은 형이상학적 열병이 되어버렸다. 끊임없이 사물의 숨겨진 의미를 찾아내면서 비밀스러운 유사 불꽃과 유희했다. 피어나기 시작하는 명료함과 일반적인 통합의 방식을 자꾸만 뒤로 밀쳐버리면서 스스로 자기경멸의 길로 들어섰다(?).

나는 무서울 만큼 대담하게 다층적인 정신의 무절제 상태로 전락했다. 이제 어디서 피난처를 구할 것인가? 아무 곳에서도 희망이 보이지 않는다. 내가 잘 모르는 어떤 것에게 나는 스스로를 바쳐버렸다.

내 소망을 집중하고 제한하여 더욱 섬세하게 정제시키고 싶었다. 무한에 도달하기 위하여—그것이 도달 불가능하다고는 생각하지 않는다—우리는 항구가 필요하다. 규정되지 않은 어떤 곳을 향해 우리가 출발할 수 있는, 단 하나의, 유일하고도 확실한 항구.

이제 나는 나 자신이라는 종교의 은둔자다. 한 잔의 커피, 한 개비의 담배, 그리고 내 꿈이 우주와 별들과 일과 사랑을, 심지어는 아름다움과 명예마저도 훌륭하게 대체해준다. 내가 필요로 하는 자극은 더 이상 하나도 없다고 말할 수 있다. 내 영혼은 내부에 아편을 갖는다.

내 꿈은 어떤 종류인가? 나는 알지 못한다. 나는 스스로를 강요하여 어느 특정 지점에 도달하도록 만들었다. 그곳은 내가 무엇을 생각하는지 알지 못하며, 무엇을 꿈꾸는지 알지 못하고, 무엇을 보는지도 알지 못하는 장소다. 내 꿈은 아주 멀리서 오는 듯이 보인다. 점점 더 먼 곳으로부터 오며, 점점 더 모호해지고, 점점 더 불명확하며, 점점 더 볼 수 없는 것이 되어간다.

삶에 대한 그 어떤 이론도 세우지 않는다. 삶이 좋은 것인지 나쁜 것인지는 알지 못하며, 깊이 생각해보지도 않았다. 내 눈에 삶은 혹독하고 슬프며, 그 사이사이에 안락한 꿈이 자리 잡고 있다. 다른 사람이 삶을 어떻게 생각하는지, 내가 알아야 할 이유가 무엇인가?

타인의 삶은 오직 내 꿈을 위해서 복무한다. 꿈속에서 나는 내가 생각하는 삶을 산다. 그 삶은 그들에게도 적합할 것이다.

252

생각한다는 것은 그럼에도 불구하고 행동하는 것이다. 오직 그 어떤 적극적 행위도 개입하지 않는 절대적인 꿈에서만이, 마침내 우리 자신의 의식조차 진창 속으로 가라앉고 마는 절대적 꿈에서만이, 오직 거기에서만, 이 미지근하고 축축한 비존재에서만, 모든 행위를 완벽하게 체념하는 것이 가능해진다.

이해하려 하지 않고, 분석하지 않고 … 스스로를 자연과 마찬가지로 응시하기. 스스로의 감각을 풍경과 마찬가지로 응시하기. 이것이 지혜다.

253

… 우리로 하여금 그 어떤 이론도 갖지 않게 만드는, 이 성스러운 본
능…

254

늦은 오후 거리를 걷고 있으면 사물을 장악한 질서가 기괴한 실제를 난데없이 난폭하게 들이대는 바람에 내 영혼은 여러 번이나 충격을 받곤 했다. 그렇게 나를 깜짝 놀라게 만드는 것은 자연물이 아니라 거리의 배열이나 간판과 글자들, 의복을 걸치고 말을 하고 행동을 하는 인간들, 신문 그리고 이 모든 것들이 내포하는 어떤 논리였다. 혹은 거리가 질서정연하게 배치되어 있다는 사실, 간판이나 글자들이, 어떤 특정 행위가, 인간이나 사회가 존재하며 그것들이 서로 어울려 알려진 경로를 함께 따르고 있고 새로운 길을 개척한다는 사실이었다.

조금 더 가까이서 들여다보면 인간은 개나 고양이와 같이 무의식적으로 살아가고 있다는 결론을 내리게 된다. 인간은 말을 하지만, 개미나 꿀벌의 집단을 이끄는 그런 무의식보다 한참 뒤떨어진 다른 종류의 무의식을 이용하여 사회라는 조직 속에서 살고 있는 것이다. 그러자 마치 환한 불이 켜지는 것처럼, 세계를 창조하고 세계를 꿰뚫어보는 지성의 존재가 어떤 유기체 혹은 엄격한 논리를 따르는 물리법칙과 마찬가지로 명확하게 이해되었다.

이런 일이 일어날 때마다 어쩔 수 없이 나는 옛 문장을 떠올리게 된다. 어떤 스콜라 철학자의 말인지는 기억하지 않는다. Deus est anima brutorum. 신은 동물의 영혼이다. 작가는 이 놀라운 문장으로, 지성이 없거나 아니면 극히 초보적인 수준일 뿐인 그런 하등생물들의 본능을 인도하는 확실성에 대해서 말한다. 그러나 우리 모두는 하등생물이다. 언어와 사고는 새로운 형태의 본능이며, 따라서 그만큼 확실성이 부족하다. 스콜라 철학자의 이 아름답고도 적확한 문장은, 다음과 같이 확대할 수도 있다. 신은 모든 것의 영혼이다.

우주가 거대한 시계 메커니즘이라는 엄청난 사실을 생각할 줄 아는 자가 그 시계를 만든 시계공의 존재를 부인한다는 것은 나에게 납득이 가지 않는다. 볼테르조차도 그를 믿지 않은 적은 없었다. 그런데도 인간이, 계획에 없었던 듯이 보이는 특정 사실들이 일어났다는 이유로(그런데 그것들이 계획에 없던 것인지를 확신하기 위해서 인간은 반드시 원래 계획의 내용을 알고 있어야 한다) 불완전함이란 요소를 그 최고 지성의 탓으로 돌리는 것은 이해할 수 있다. 비록 나는 받아들일 수는 없지만, 그래도 납득할 수는 있다. 세상의 악을 바라보면서 창조적 지성의 무한한 선의를 의심하는 것도 마찬가지로 이해할 수 있다. 그것을 받아들일 수는 없지만 역시 이해는 가능하다. 그러나 이 지성의 존재, 즉 신 자체를 부인하는 것은 나에게는 일종의 어리석음으로 보인다. 다른 모든 영역에서 압도적으로 뛰어난 지성인이라 해도, 어떤 영역에서만은 정신이 어리석음에 훼손을 당한다. 예를 들어서 항상 오판을 해버린다거나, 혹은 (미적인 감수성이 문제가 될 경우) 음악이나 회화 또는 시를 전혀 이해하지 못하는 것이다. 이미 말했듯이, 나는 불완전한 시계공도, 선하지 못한 시계공의 논증도 받아들이지는 않는다. 불완전한 시계공을 부인하는 이유는, 비록 우리의 눈에 세계가 무의미하고 잘못된 지배 아래 굴러가는 것으로 보일지라도 우리가 그의 전체 계획을 알지 못하는 한 당장 눈에 보이는 대로 판단할 수는 없기 때문이다. 모든 사물에는 분명 하나의 계획이 들어 있다. 그런데 그중에는 별 의미 없어 보이는 사물도 있다. 모든 것이 의미를 가진다면 그것의 무의미 또한 하나의 의미가 아니겠는가? 우리는 의미를 볼 뿐이지, 계획을 보는 것이 아니다. 우리가 계획을 알지 못하는데, 어떤 사물은 계획을 따르지 않는다고 어떻게 말할 수 있겠는가? 마치 섬세한 리듬을 갖춘 어느 시인이 리듬을 설계하려는 목적으로 리듬에 어긋난 시구를 삽입할 수 있는 것과 같은 이치다. 시인은 자신의 목적에서 멀어진듯이 보이는 방법으로 목적을 이룬다. 리듬 자체보다도 형태적 통일성을 우선하는 순결주의 사상의 비평가는, 이 시를 실패작이라 부른다. 마찬가지로 창조자가 형이상학적 운율의 장엄한 흐름 속에 삽입해놓은 어떤 것이, 우리의 제한적 이성의 눈에는 리듬에 맞지 않는다고 보이는 것이다.

또한 나는 이미 말했듯이 선하지 못한 시계공의 논증도 받아들이지 않는다. 이것은 반박의 어려움을 인정할 수밖에 없지만, 사실은 단지 어렵게 보이는 것뿐이다. 우리가 먼저 알아야 할 것은 악이 무엇인지 우리는 충분히 모르고 있다는 점이다. 무엇이 선이고 무엇이 악인지 우리는 확신을 가지고 말할 수 없다. 확실한 것은 오직, 고통은 설사 선을 위한 것이라 해도 그 자체로 재앙이라는 것, 그리고 그것은 우리에게 이 세상의 악에 대한 명분을 제공한다는 것이다. 실제로 창조자의 선의를 의심하기 위해서는 우리를 괴롭히는 치통 하나만으로 충분하다. 이러한 논증에 들어 있는 근본적인 오류가, 신의 계획에 대한 우리의 전적인 무지, 무한한 정신이면서 지적인 존재가 어떤 것인지 짐작하지 못하는 우리의 무지 때문임이 분명해 보인다. 악의 존재와 악이 존재하는 원인은 서로 별개다. 둘의 차이는 아마도 너무나 미묘해서 소피스트 식으로 들리긴 하겠지만, 그래도 둘을 구분하는 것이 옳다. 악의 존재 자체는 부인될 수 없다. 하지만 악의 존재가 악하다는 것은 부인될 수 있다. 문제의 여지가 계속 남아 있다는 것은 인정한다. 하지만 그것은 우리의 불완전함이 계속되기 때문이다.

255

삶이 우리에게 베푼 것 중에 우리가 신들에게—삶 자체를 준 것에 대한 감사와는 별도로—특히 감사를 올려야 할 것이 있다면, 그것은 바로 무지의 재능이다. 우리는 우리 자신을 모르고 우리들 서로에 관해서도 모른다. 인간의 영혼은 어둡고 미끈거리는 심연이며, 세계의 표면에서는 결코 길어 올릴 수 없는 우물이다. 자신을 정말로 알게 되면 그 누구도 자신을 사랑하지 않으리라. 무지의 결과이며 정신의 혈액인 허영이 없다면 우리 영혼은 빈혈로 죽어갈 것이다. 그 누구도 타인을 알지 못한다. 그것은 도리어 다행이다. 누구든지 타인을 알게 된다면, 그 타인이 누구든지, 어머니든 아내든 혹은 자식이든 상관없이, 타인 안에서 형이상학적 숙적의 모습을 발견하고 말 것이다.

우리는 서로의 마음을 거의 모르기 때문에 서로 어울려서 살 수 있다. 행복한 결혼생활을 하는 많은 부부들이 만약 상대방의 영혼을 들여다볼 수만 있다면, 낭만주의자들의 주장처럼 그들이 서로를 이해하게 된다면, 설사 사소한 것이라 해도 그로 인해 어떤 위험이 야기될지 전혀 알지 못한 채로 서로의 말을 진심으로 이해하게 된다면, 그들은 어떻게 될까? 세상의 그 어떤 결혼도 정말로 좋은 결혼은 아니다. 모든 부부는 마음속 깊숙한 곳, 영혼이 악마에게 속한 바로 그 지점에, 실제의 남편과는 아무런 공통점이 없는 꿈에 그리는 이상적 남자의 이미지를 숨겨놓고 있고, 실제의 아내와는 완전히 다른 외양인, 수시로 변하는 세련된 여인의 모습을 숨겨놓고 있다. 행복한 이들은 욕구가 충족되지 않음을 의식하지 못하는 자들이다. 덜 행복한 이들은 그것을 의식하지만 인정하지 않는 자들이다. 단지 몸짓과 대화에서 한두 번 드러나는 설명 없는 돌발이, 단지 이상스러운 쌀쌀이, 숨겨진 악마를 고대의 이브를 귀족 기사를 그리고 요정 실프를 일시적으로 그리고 피상적으로 불러내고 있을 뿐이다.

우리가 살아낸 삶은 흐르는 오해다. 존재하지 않는 위대함과 존재할 수 없는 행복 사이의 유쾌한 중간이다. 우리는 만족한다. 느끼고 생각을 하면서도 영혼의 존재를 믿지 않을 수가 있기 때문이다. 삶의 가면무도회에서 마음에 드는 가면을 쓰면, 우리는 그것으로 충분하다. 무도회에서는 오직 그것이 중요하기 때문이다. 우리는 빛과 색채의 노예다. 우리는 춤을 추면서 진실 속에 있는 듯 움직인다. 우리는 아무것도 감지하지 못한다. 만약 뭔가를 감지한다면 우리는 그 자리에 홀로 멈추어 서고 더 이상 춤을 추지 않을 것이다. 우리는 감지하지 못한다. 바깥 세상에 펼쳐진 차갑고 드높은 밤을, 자신보다 더 오래 살아남을 누더기를 걸친 유한한 육신을, 우리가 자신의 존재라고 여기는 모든 것이 사실은 우리 혼자서만 진짜라고 믿는 우리 자아의 내적 패러디에 불과함을.

우리의 모든 행동과 말, 우리의 모든 생각과 감정은 똑같은 가면과 의상을 걸치고 있다. 설사 걸친 것을 몸에서 벗어버린다 해도 우리는 영영 나체가 될 수 없다. 나체란 영혼의 현상이지 옷을 벗는 것이 아니기 때문이다. 그렇게, 영혼과 육신에 걸친 여러 겹의 의상이 새의 깃털처럼 우리와 함께 자라나는 동안, 우리는 행복하거나 불행하게, 우리가 누군지 알지 못한 채로 살아간다. 진지한 놀이에 빠진 아이들을 보고 즐기듯이 우리를 보면서 즐길 목적으로 신들이 우리에게 부여한 짧은 기간 동안.

우리 중 누군가는, 비록 아주 드문 순간일지라도, 한번의 해방의 행위로, 혹은 저주에 깔려 신음하는 중에 갑자기 보게 된다. 우리의 모든 존재는 우리가 아니며, 우리의 확신은 우리의 착각이고, 우리의 옳다고 믿는 것은 우리의 혼동임을. 찰나의 순간 우주의 나체를 보아버린 그 사람은 하나의 철학을 창안하고, 하나의 종교를 몽상한다. 철학은 널리 퍼져 나가고 종교도 마찬가지다. 철학을 믿는 자는 철학을 곧 눈에 보이지 않게 될 옷처럼 활용하고, 종교를 믿는 자는 종교를 곧 잊어버리고 말 가면처럼 쓰고 다닌다.

우리와 타인들은 서로 알지 못하고, 그래서 즐겁게 서로 이해하면서 계속해서 원무를 춘다. 쉬는 시간 동안 서로 대화를 나눈다. 인간적이고, 아무것도 아니면서 진지하게 들리는 거대한 별들의 오케스트라. 하지만 이 모든 장관을 주최한 자들은 경멸스럽게 시선을 돌린다.

오직 그들만은 알고 있다. 우리는 그들이 우리를 위해 창조한 환상에 갇힌 죄수라는 사실을. 그러나 환상의 이유가 무엇인지, 왜 이런저런 환상이 존재하는지, 그들은 왜 그 환상을 설계했고 왜 그것을 우리에게 넘겨주었는지, 그것은 분명 그들 자신도 알지 못한다.

256

　나는 항상 비밀스러움에 대하여, 음모, 외교, 비밀단체, 심령술 등의 종류에 대해 거의 육체적인 거부감을 느껴왔다. 특히 마지막 두 가지가 나를 화나게 한다. 그들은 자신들이 신들과 영적 지도자, 혹은 조물주인 데미우르고스(고대 철학, 특히 플라톤주의에서 말하는 만물의 창조주)와 하나가 되었고 오직 자신들만이 세계의 기반이 되는 거대한 비밀을 알고 있다고 착각하기 때문이다.

　나는 그들의 주장을 믿을 수 없다. 하지만 누군가는 그들의 말을 믿을 것이다. 이들이 모두 미쳤거나 혹은 착각 속에 빠졌다고 생각하면 안 될 이유라도 있는가? 그들이 숫자가 많기 때문에? 하지만 집단환각이란 것도 분명히 존재한다.

　보이지 않는 것들의 지도자나 전문가에게서 내가 가장 놀라는 점은, 우리에게 비밀을 전달하거나 넘겨준다는 명목으로 그들이 써놓은 글이 형편없다는 것이다. 나는 한 인간이 악마를 장악할 수 있다는 생각은 전혀 하지 않지만, 포르투갈어라면 사정이 다르다. 악마를 다루는 것이 어떻게 문법을 다루는 것보다 쉬울 수가 있단 말인가. 그 자신이 말하듯이 오랜 세월 동안 집중력과 의지력을 기울여 공부한 덕분에 별들이 전하는 비전을 볼 수 있게 되었다면, 그보다 훨씬 덜 수고로울 것이 분명한 통사적 비전은 왜 보지 못한단 말인가? 심오한 마법의 교리와 의식에는 글쓰기를 방해하는 무엇이라도 있단 말인가? 명확한 글쓰기라는 표현은 아예 하지도 않겠다. 보아하니 불명확함이야말로 심령술의 최고 법칙인 듯하니 말이다. 하지만 그래도 최소한 난해하고 독특한 분야의 특징일 수 있는 우아함과 유려함은 있어야 하지 않겠는가. 영혼의 모든 에너지를 신들의 언어를 연구하는 데 몽땅 소비해버려서, 인간 언어의 색채와 리듬을 연구할 에너지는 단 한 방울

445

도 남지 않았단 말인가?

나는 그토록 기초적인 능력도 갖추지 못한 영적 지도자라는 사람들에게 신뢰가 가지 않는다. 그들은 내 눈에, 보통 사람만큼의 문장력도 구사하지 못하는 이상한 시인들과 다를 바가 없다. 나는 그들이 이상하다고 생각한다. 하지만 그들 스스로가 직접 자신들이 이상함을 입증해주었으면 좋겠다. 보통 사람보다 뛰어난 능력을 가졌기 때문에 이상한 것이지 그 반대라서 이상한 건 아니라고 말이다.

위대한 수학자들도 종종 덧셈을 틀리곤 했다는 말이 있다. 하지만 내가 여기서 지적하는 것은 착각이 아니라 무지에 관해서다. 위대한 수학자가 2 더하기 2가 5라고 답한다면 그건 우리가 모두 알다시피 부주의 때문이다. 하지만 그가 덧셈이 무엇인지 모른다고, 혹은 덧셈을 어떻게 하는지 모른다고 한다면 나는 이해할 수 없을 것이다. 바로 이것이 엄청난 신도를 거느린 심령술 교주에게서 느낀 점이다.

257

사색은 비범할 수 있지만, 반드시 우아할 필요는 없다. 하지만 우아함이 덜하면 덜할수록 타인에게 미치는 영향력도 줄어들게 된다. 섬세함이 결여된 능력은 단순한 용량에 불과하다.

258

그리스도의 발을 건드렸다는 것은 구두점을 잘못 찍은 데 대한 변명이 되지 못한다.

만약 누군가가 술이 취한 상태에서만 글을 잘 쓸 수 있다면, 나는 말하겠다. 그렇다면 술을 마시라고. 그러면 그가 술을 마시면 간에 좋지 않다고 대답할 것이다. 그러면 나는 다시 묻는다. 간이 무슨 상관인가? 당신의 간은 당신이 사는 동안만 살아 있는 죽은 사물이 아닌가. 그런데 당신이 쓰는 시는, 당신이 살아 있든 죽어 있든 상관없이 살아간다.

259

나는 언어로 표현하기를 좋아한다. 더 정확하게는, 말을 다루기를 좋아한다. 말은 내가 건드릴 수 있는 몸이며, 눈에 보이는 세이렌이고, 육체를 입은 관능이다. 아마도 실제의 관능이 나에게 전혀 관심을 보여주지 않고 정신적인 관심뿐만 아니라 심지어는 꿈속에서까지 나를 외면하기 때문에 내 안에서 쌓이던 욕구는 마침내 말의 리듬을 창조해내는 욕구, 그리고 타인들의 말에서 리듬을 듣는 욕구로 바뀌었을 것이다. 누군가가 언어로 훌륭한 표현을 만들어내는 것을 들으면 나는 등줄기에 서늘한 소름을 느낀다. 그렇게 피알류[36]와 샤토브리앙의 작품 중 상당한 부분이 내 혈관을 짜릿한 생명으로 채운다. 그들이 주는 비교할 수 없는 쾌락은 나를 고요하게 몸서리치는 광란의 상태로 몰아넣는다. 차가운 완벽함을 갖춘 비에이라의 문장들도 나를 바람 속의 가지처럼 떨게 만든다. 나는 흔들림을 당한 사물이 겪는 수동적 무아경으로 빠져든다.

진실한 열정을 가진 사람들이 그렇듯이 나는 고통과 쾌락을 동시에 느끼며 스스로를 송두리째 내어주는 자기체념을 사랑한다. 나는 그런 식으로 글을 쓴다. 뭔가를 굳이 생각하려고 하지 않고 일종의 백일몽에 사로잡혀서, 말의 무릎에 올라앉은 작은 소녀처럼 말이 쓰다듬는 손길에 나를 내맡긴다. 말은 의미를 두지 않고 문장을 만든다. 말이 물처럼 부드럽게 흘러가며 몰아의 강줄기를 이루는 것을 느낄 수 있다. 물살이 물살과 뒤섞이며, 자신을 버린다. 다른 것으로, 항상 다른 것으로 바뀌어가면서 다른 것을 뒤쫓는다. 그렇게 관념과 이미지가, 표현력 앞에서 부르르 떨면서, 나를 관통하여 지나간다. 흐릿하게 탈색된 비단천이 소리를 내면서 따라간다. 천 위에는 빛으로 얼룩진 불분명한 생각이, 달빛처럼 은은하다.

삶이 주는 것, 혹은 삶이 취하는 그 무엇도 나를 눈물 흘리게 하지 않는다. 반면에 몇몇 산문들은 그럴 수 있다. 기억을 되살리면 그날 저녁이 눈앞에 떠오른다. 소년이던 내가 어느 책에서 최초로 솔로몬 왕에 관한 비에이라의 유명한 글을 읽었던 저녁이. "솔로몬은 궁궐을 지었다.……" 나는 혼돈에 몸을 떨면서, 계속해서 마지막까지 읽었다. 그리고 내 눈에서는 행복의 눈물이 쏟아졌다. 그 어떤 행복도 그런 눈물을 불러오지 못할 것이고, 그 어떤 삶의 고뇌도 나를 그렇게 울게 하지는 못하리라. 우리의 명확하고도 위엄찬 언어가 주는 엄정한 감동, 사색에 입힌 불가피한 말의 의상, 마치 경사로를 따라 흐르는 물처럼 어휘가 주는 울림의 기적은 이상적인 색채와 같았다. 나는 이 모두에게, 어떤 사람들이 정치적 열정에 사로잡히듯이 강렬하고도 본능적으로 사로잡혔다. 그리고 이미 말했듯이 나는 눈물을 흘렸다. 그리고 그 일을 기억하는 오늘, 나는 다시 눈물을 흘린다. 하지만 지금의 내가 전혀 그리워하지 않는 어린 시절에 대한 그리움 때문이 아니라, 바로 그 순간의 느낌이 그리워서다. 앞으로 어쩌면 그런 위대한 교향악적인 확신의 글을 처음으로 읽고 감동받는 경험을 할 수 없을지도 모른다는 우울 때문이다.

나는 정치적인 감수성도, 사회적인 감수성도 갖고 있지 않다. 하지만 어떤 의미에선 두드러지는 애국자라고 할 수 있다. 내 조국은 포르투갈어다. 포르투갈이 외세의 공격을 받아 점령당한다 해도 지금처럼 조용히 살 수만 있다면 내게는 전혀 문제가 되지 않는다. 내가 엄청난 지옥의 증오를 품게 되는 유일한 대상은, 형편없는 포르투갈어를 쓰는 자들도 아니고, 간소화된 정서법[37])을 채택하는 자들도 아니고, 바로 형편없는 글이 적혀 있는 하나의 페이지다. 마치 그것이 비문으로

450

이루어진 한 인간인 양, 마치 그것이 Y자가 빠진 정서법[38]이자 구타를 불러일으키는 한 인간인 양, 마치 그것이 침 뱉는 족속, 구역질 나는 가래침인 양, 나는 그것을 증오한다.

정서법은 살아 있는 생명이나 마찬가지다. 글자는 눈으로 보고 귀로 들으면서 완성된다. 그리스-로마식 음역音譯은 철자에 진짜 왕의 망토를 예복으로 둘러준다. 그리하여 그것을 여왕으로, 귀부인으로 만든다.

260

1931년 12월 1일

예술은 우리가 느끼는 것을 타인들에게 느끼도록 만드는 것이다. 타인들을 자기 자신이라는 내면에서 벗어나게 하고, 그들이 특별한 해방의 느낌을 가질 수 있도록 우리의 개성을 제공하는 것이다. 내가 뭔가를 깊이 느끼면 느낄수록, 그것을 전달하기란 더더욱 어려워진다. 내 마음속 가장 깊숙한 느낌은 전달 자체가 절대적으로 불가능하다. 그러므로 누군가 타인에게 내 느낌을 전달하기 위해서는, 그것을 우선 언어로 옮겨놓아야 한다. 즉 내가 느낀 것을 글로 표현을 해서, 그것을 읽는 사람이 내가 느꼈던 그 감정을 느낄 수 있도록 만들어야 한다. 그런데 예술 작품을 접한다고 해서 그 타인이 반드시 이런저런 특별한 인물일 가능성이 있는 것이 아니라, 그야말로 보통 사람, 모든 사람들과 똑같은 공통의 성질을 가진 그런 사람이므로, 나는 내 느낌을 인간의 보편느낌으로 전환시켜야 한다. 비록 이 과정에서 내가 원래 느꼈던 것의 진짜 본질이 변형될지라도 말이다.

추상적인 것을 이해하기란 어렵다. 독자의 주의를 그곳으로 돌리기도 쉽지 않다. 그래서 나는 내가 생각한 추상성을 간단한 예를 들어서 구체화시킨다. 어떤 이유에서, 아마도 장부 정리를 하느라 피곤했기 때문에, 혹은 아무것도 아닌 존재인 것이 너무도 지루하여, 갑자기 막연한 슬픔이 밀어닥친다고 가정해보자. 혹은 나 자신에 대한 두려움이 엄습하여 혼란스럽고도 불안하다고 가정해보자. 이런 감성을 최대한 그대로 살려 글자로 옮기면, 그것이 실제 내 심정과 근접하면 근접할수록 더욱더 나 자신의 것이 되어버리고, 따라서 타인들에게 전달하기란 점점 더 불가능해진다. 어차피 전달되지 않는 것이라면 감성을 글로 옮기는 것보다는 느끼는 편이 훨씬 더 용이하면서도 의미 있는 일이다.

하지만 내가 내 느낌을 타인에게 반드시 전달하고 싶은 경우를 가정해보자. 더 정확히 말하면, 감성의 예술을 하고 싶은 경우 말이다. 예술이란 우리도 그들과 똑같은 감정을 느낀다는 것을 타인들에게 알리는 하나의 양식이다. 이러한 동질성이 있어야만 감정 전달도 가능하고, 전달하고 싶다는 욕구도 생길 수 있다. 이 경우 나는 인간의 보편적인 감성 중에서 내가 어떤 순간 느끼는 심정의 색조, 전형 그리고 형태에 부합하는 것을 찾아본다. 왜 내가 피곤에 지친 리스본의 회계원으로 지루하기 짝이 없는 삶을 사는 것인지, 그것에 관한 초인간적이면서도 동시에 개인적인 이유를 찾아본다. 마침내 나는, 내가 느끼는 감성 그대로 일반적인 영혼도 느끼고 또 사람들 사이에 그만큼 보편적으로 퍼져 있는 것은, 잃어버린 어린 시절에 대한 그리움이라는 결론에 도달한다.

이렇게 되면 주제로 진입할 수 있는 열쇠를 얻은 것이다. 나는 잃어버린 어린 시절을 묘사하고, 그 시기가 사라져버렸음을 애통해한다. 시골에 있던 낡은 우리 집의 모든 가구와 거기 살던 모든 사람들을 하나하나 언급하면서 애수에 젖은 글을 이어간다. 나는 생각하고 느끼는 법을 알지 못하기 때문에 의무도 없고 권리도 없이 자유로울 수 있다는 행복감을 글로 표현한다. 이것이 적절한 말과 이미지로 가공되기만 한다면, 내 글을 읽는 독자는 내가 느꼈던 바로 그 감정을, 내 어린 시절과는 사실상 아무 관련이 없는 그것을 그대로 느낄 수 있다.

내가 거짓말을 하고 있는가? 아니다. 나는 이해를 한 것이다. 거짓말이란, 아이들의 거짓말처럼 소망을 엉겁결에 드러내는 즉흥적인 것을 제외하고는, 타인의 실체를 인정하는 일이며 타인의 존재를, 그들과 화합이 원래는 불가능한 우리 존재와 화합하려는 욕구를 인정하는 것이다. 거짓말은 순수하게 영혼의 이상적인 언어다. 우리는 어휘를, 즉 불합리하게 발성되는 소리를 사용하여 가장 은밀하고 가장 섬세한 기분과 생각의 미세한 변화를 실제 언어로 번역하는데, 이것은 어휘 하나만으로는 아무리 해도 불가능한 일이다. 그래서 우리는 거짓말과 허구를 수단으로 하여 우리들 간의 이해를 구축하는 것이다. 이것은 우리 개인이 가진 전달 불가한 자신만의 진실을 수단으로 해서는 결코 이룰 수 없는 성과다.

예술은 거짓말을 한다. 예술은 사회적이기 때문이다. 예술에는 오직 두 가지 커다란 유형이 있다. 둘 다 우리 영혼과 관련이 있지만 한 가지는 영혼의 깊이를, 다른 한 가지는 영혼의 집중력을 중시한다. 첫 번째는 시이고, 두 번째 예술은 소설이다. 첫 번째 예술은 그 기질에 따라서 거짓말을 하고 두 번째는 그 의도에 따라서 거짓말을 한다. 첫 번째는, 시학을 엄격하게 준수하는 시구를 통해 진실을 보여주는 척 하는데, 사실 그 시학은 언어의 천성에 반하는 거짓말이다. 두 번째는 현실의 모습을 통해 진실을 전달하는 척하는데, 그 현실이란 것이 사실상 절대 존재하지 않음을 우리 모두는 잘 알고 있다.

속인다는 것은 사랑하는 것이다. 어떤 아름다운 미소나 의미심장한 눈길을 만날 때마다 나는 즉시 생각하게 된다. 우리에게 미소를 보내거나 그윽한 시선을 던지는 저 얼굴은 그것이 누구든 간에, 영혼 깊숙한 곳의 정체는 오직 우리를 구매하려고 하는 정치가이며, 우리가 자신을 구매하기를 바라는 창녀라고. 그러나 우리를 구매하려고 하는 정치가는 최소한 자신의 구매 행위에서 기쁨을 느낀다. 그리고 창녀도 우리가 그들을 구매하면 기쁨을 느낀다. 원하든 원하지 않든, 우리는 우주적 형제애라는 거대한 틀을 빠져나올 수가 없다. 우리는 서로 사랑한다. 거짓말은 우리가 나누는 입맞춤이다.

261

호감이란 나에게 항상 피상적인 감정이다. 하지만 솔직한 것이기도 하다. 나는 언제나 배우였다. 그것도 아주 뛰어난 배우였다. 사랑을 할 때마다, 나는 마치 사랑을 하듯이 사랑했다. 나 자신이 그 대상일 때도 마찬가지였다.

262
1931년 12월 1일

오늘 나는 매우 불합리하지만 그럼에도 불구하고 분명 진실된 어떤 것을 깨달았다. 번개처럼 나를 관통하고 지나간 그것은, 나는 아무것도 아니라는 인식이었다. 아무것도, 절대적으로 아무것도 아니다. 번개가 번쩍하고 섬광을 밝힌 순간, 내가 그동안 도시라고 생각하고 있던 곳에는 빈 평원이 펼쳐졌다. 나에게 나를 보여주었던 음울한 빛은, 평원 위에 드리운 하늘의 모습을 보여주지는 않았다. 세상이 탄생하기도 전에 그들은 내게서 존재의 가능성을 앗아가버렸다. 내가 인간이 되어야 한다면, 그것은 오직 나 없이, 나라는 자아 없이만 가능할 것이다.

나는 존재하지 않는 도시의 교외이고, 결코 쓰이지 않은 책에 대한 장황한 해설이다. 나는 아무도 아니며, 아무것도 아니다. 나는 느낄 수도 없고, 생각할 수도 없고, 원할 수도 없다. 나는 완성되지 않은 소설 속의 등장인물이다. 나를 완성시킬 줄 모르는 어떤 자의 한 조각 꿈이 되어, 존재했었다는 과거도 없이 바람 속으로 날아가버린다.

나는 항상 생각하고, 항상 느낀다. 그러나 내가 생각하는 것에는 생각이 들어 있지 않고, 내가 느끼는 삶에는 느낌이 들어 있지 않다. 저 위에 있는 천장의 문으로부터 떨어진 나는 무한한 공간의 바닥까지 추락한다. 방향도 없이 까마득한 텅 빈 허공을 무한히 반복하면서 추락한다. 내 영혼은 검은 급류이고, 허무의 가장자리를 둘러싼 광대한 현기증이고, 무의 구멍을, 물의 구멍을, 아니 물이라기보다는 내가 세상에서 보고 들었던 것을 모조리 집어삼키고 있는 소용돌이의 구멍을 둘러싼 끝없는 대양의 움직임이다. 집과 얼굴과 책과 상자와 음악의 흔적, 목소리의 음절들이 끝을 알 수 없는 음침한 회오리 속에서 한꺼번에 미친 듯이 휘몰아친다.

그 한가운데에 내가 있다. 정말로 나인, 심연의 기하학에서만 유일하게 존재하는 중심이. 나는 무다. 단지 소용돌이치기 위해서 존재하는 소용돌이에 둘러싸여, 모든 소용돌이는 중심이 있어야 한다는 그 이유 때문에 존재하는 한가운데의 무. 나, 정말로 나인 나는, 벽이 없는 우물이다. 그러나 마치 우물의 벽처럼 미끈거리는, 무를 둘러싼 모든 것의 중심이다.

그가 내 안에 있다. 단순히 인간의 내면에서 웃는 악마가 아니라 지옥의 웃음 그 자체의 모습으로. 그르렁거리는 죽은 우주의 광기, 육체의 공간을 빙글빙글 회전하는 시체, 형체도 없이, 시간도 없이, 자신을 창조한 신도 없이, 자기 자신조차 없이, 바람 속에서 검게 표류하는, 그 어떤 암흑보다 더한 암흑 속을 표류하는, 모든 세상의 종말이. 오직 하나이며 모든 것인, 불가능한 상태로.

생각할 수 있다면! 느낄 수가 있다면!

내 어머니는 너무도 이른 나이에 죽었으므로, 나는 그녀를 전혀 알지 못한다. …

263
1931년 12월 1일

　지루함에 그토록 마음이 끌림에도 불구하고, 그 본질이 무엇인지에 대해 아직까지 한번도 의문을 갖지 않았다니 이상한 일이다. 오늘 내 영혼은 정말로 삶도 그 무엇도 전혀 마음에 들지 않는 오직 멍한 상태에 있다. 그런데 갑자기, 이런 지루함의 원인에 대해서 한번도 깊이 생각해보지 않았음이 떠올랐다. 그래서 내가 받은 인상과 사색으로 지루함을 분석해보기로 마음먹었다. 비록 지금 내 눈앞으로 어른거리는 그 분석이란 것이 어느 정도 예술적 성격을 띠기는 하겠지만 말이다.

　지루하다는 것이 단지 시간이나 좀먹고 아무것도 하지 않으며 게으르게 졸기나 하는 정신 상태에 해당하는지, 아니면 그런 소극성보다는 좀 더 고상한 것인지 나는 알지 못한다. 지루함은 내가 흔하게 겪는 증상이지만, 내가 아는 한 거기에는 그 어떤 정해진 규칙도 없다. 나른한 일요일을 아무런 지루함 없이 하루 종일 보낼 수가 있고, 정신을 집중해서 일을 하는 도중에 검은 먹구름처럼 몰려오는 갑작스러운 지루함을 느낄 때도 있다. 그것은 신체 상태와는 아무런 관련이 없고, 바로 그 순간 나로 인한, 내 안에서 발생한 어떤 일이나 생각과도 무관하다.

　그것이 위장된 형이상학적 공포이고, 알려지지 않은 깊은 환멸이고, 창가에서 생명을 향해 피어나는 지루한 영혼의 목소리 없는 시라고 말한다면, 그와 유사한 것이라고 말한다면, 나는 그림을 그리는 아이처럼 윤곽을 덧칠하거나 지우면서 지루함에 그럴듯한 색채를 부여할 수도 있을 것이다. 하지만 그 모두는 나에게, 생각의 지하실에서 메아리로 울리는 말소리일 뿐이다.

　지루함… 생각하지 않는 생각이지만 생각 때문에 피곤해지는 것. 느끼지 않는 느낌이지만, 불안의 느낌인 것. 원하지 않는 소망, 그러나 인간을 원하게 만드는 역겨움인 것. 이 모두가 지루함이 아닌 채로 지루함 속에 들어 있다. 이것들은 지루함의 부연설명이며 지루함의 은유다. 이들은 즉각적인 감각 속에 있지만 영혼의 성곽을 둘러싼 해자 위에 도개교가 높이 열려 있는 것과 마찬가지여서, 우리는 이런 주변의 땅을 눈으로만 바라볼 뿐 결코 그 땅으로 걸어 들어갈 수가 없다. 우리 안의 무엇인가가 우리를 우리 자신으로부터 분리하는데, 이 분리하는 요소는 우리와 마찬가지로 가만히 정지하고 있는 어떤 것, 우리의 인식을 둘러싸고 흐르는 해자의 더러운 구정물이다.

지루함… 고통 없는 고통, 의지 없는 소망이자 생각이 없는 생각… 부정적인 악마에게 사로잡힌 상태, 무의 마법에 걸린 상태다. 마법사는 우리의 모습을 본뜬 모형을 학대하며, 별들의 위치를 옮김으로써 그 학대의 일부를 우리에게 직접 가할 수도 있다고 전해진다. 이러한 모형 이미지를 차용해보면, 지루함이란 동화 속 악마가 내 모형이 아니라 모형의 그림자에 발휘한 마법의 불길한 반사와도 같다. 내 내면의 그림자, 내 영혼의 내면의 외면에는 쪽지가 붙어 있거나 온통 바늘 투성이다. 나는 그림자를 판 사나이[39])와 같다. 혹은 더 정확히는, 그것을 판 사나이의 그림자와도 같다.

지루함… 나는 많은 일을 했다. 나는 행동하는 도덕주의자들이 사회적 의무라고 말할 만한 것들을 전부 완수했다. 나에게 주어진 숙명적 의무를 특별하게 힘들이지 않고, 현저하게 무능력하지도 않게 이행했다. 그렇지만 종종 한창 일을 하고 있을 때, 또는 이미 언급한 도덕주의자들의 기준에서 합당하므로 반갑게도 나에게 허용된 그런 휴식시간에, 내 영혼은 차오르는 무위의 쓴맛을 느낀다. 나는 피곤하다. 일 때문도 아니고 휴식 때문도 아니다. 나 자신 때문에 나는 피곤하다.

나 때문에 피곤하다니, 나를 생각한 것도 아닌데 왜 그런 것인가? 내가 아무것도 생각하지 않았다면, 나 자신말고 다른 누구 때문에 피곤해야 하는가? 내가 작성하는 회계장부나 의자에 축 늘어진 내 자세 위로 우주의 비밀이 펼쳐지기 때문에? 일반적인 삶의 고통이 갑작스럽게 심령의 기술을 발휘하여 내 영혼을 건드린 것인가? 아무도 누군지 모르는 그런 무명의 인간을 왜 굳이 고귀하게 만들어야 하는가? 지루함은 공허다. 식욕이 없는 배고픔이고, 담배를 지나치게 피웠거나 소화가 안 될 때 두뇌나 위장의 감각만큼이나 고상하다. 지루함… 어쩌면 그것은 우리가 영혼을 신뢰하지 않기 때문에 영혼이 느끼는 지독한 불만일지도 모른다. 우리가 신의 장난감을 사주지 않아서 슬픔에 잠겨 있는 우리 내면의 우울한 아이일지도 모른다. 어쩌면 그것은 이끌어줄 손이 필요한 자의 불확실함, 깊고 까마득한 감각의 어두운 길 위에서 오직 아무것도-느낄 수-없음이라는 텅 빈 거리와 아무것도-생각할 수-없음이라는 고요한 밤만을 느끼는 자의 불확실함일지도 모른다. …

지루함… 신들을 가진 자는 절대 지루함을 느끼지 않는다. 지루함은 신화의 부족에 기인한다. 믿음이 없는 자는 의심조차 불가능하다. 심지어는 그의 회의주의조차 의심할 만한 힘을 갖고 있지 못하다. 그렇다, 이것이 바로 지루함이다. 환상을 그려낼 영혼의 능력을 상실하는 것, 확실하고 안전하게 진실로 올라갈 수 있는 존재하지 않는 사다리가 생각 속에 부재하는 것이다.

264

은유적으로 말해서 나는 포식했을 때의 그 느낌을 알고 있다. 내 위장을 통해서가 아니라 내 감각을 통해서 안다. 내 안에 있는 무엇인가가 포식을 하는 날이 있다. 그러면 내 육체는 무거워지고 움직이기가 곤란해지며, 자리에서 꼼짝도 하기가 싫어진다.

하지만 그런 경우에도 내 소진된 상상력의 찌꺼기는, 포식으로 손상되지 않은 몽롱함으로부터 고개를 쳐들곤 한다. 나는 무지의 토대로부터 계획을 짜고 가설의 기초 위에 사물을 구축하고, 결코 일어나지 않을 일에 매혹된다.

그러한 기이한 순간에, 단지 물질적인 삶뿐 아니라 도덕적인 삶까지도 나라는 존재의 단순한 부속품이 되어버린다. 나는 의무에 관한 생각을 게을리한다. 그러나 존재 혹은 우주 전체에 관한 생각도 이제는 육체적으로 피곤할 뿐이다. 나는 내가 알고 있는 것을 잠잔다. 그리고 계속해서 너무도 강렬하게 꿈을 꾸는 바람에, 눈동자에 통증이 느껴질 정도다. 그렇다, 이러한 순간에 나는 나 자신을 그 어떤 때보다 더욱 많이 안다. 홀로인 나는 그 누구도 아닌 자가 주인인 농장 나무 아래 누워 있는 모든 거지들의 모든 낮잠이다.

265

내가 아닌 다른 누군가를 유혹하고 싶다는 생각 대신, 여행의 상상이 나를 유혹한다. 드넓게 펼쳐진 세상의 풍경이 화려한 색채의 지루함처럼 내 마음속을 스치고 지나간다. 나는 손가락 하나 움직이기 싫은 사람이 되어 욕망의 밑그림을 그린다. 여행 중에 내가 보게 될 자연 풍경이 피곤을 미리 불러일으키며, 거친 바람이 되어 내 시든 심장의 한 송이 꽃을 쓰러뜨린다.

여행은 책과 같고, 그리고 책은 나머지 모든 것과 같다. … 나는 고대인들과 현대인이 고요히 공존하는 지적인 삶을 꿈꾼다. 그 안에서 낯선 감성을 통해 내 감성을 새롭게 하고 서로 모순되는 사상들로, 사상가들과 유사사상가들 그리고 많은 작가들이 보여주는 모순으로 나를 가득 채운다. 그러나 내가 탁자에서 책을 집어 들자마자, 읽고 싶은 생각은 사라져버린다. 힘들게 독서를 할 생각을 하니, 책에 대한 욕망이 읽기도 전에 지겨움으로 바뀐다. … 여행에 대해서도 마찬가지다. 여행의 출발지가 될 어떤 장소로 다가가기가 무섭게 위와 같은 생각이 엄습하고 만다. 그리하여 나는 아무런 의미도 없는 두 가지 일로, 마찬가지로 아무런 의미도 없는 존재인 내가 잘 알고 있는 그 일로 되돌아오고 만다. 알려지지 않은 채 지나가고 있는 자의 일상으로, 그리고 잠들지 못하는 자의 꿈으로.

그리고 책은 나머지 모든 것과 같다. … 고요하게 흘러가는 내 일상을 정말로 깨뜨릴 만한 꿈을 꿀 수 있게 되자마자, 나는 격렬한 저항의 눈길로 나의 실프를 올려다본다. 노래하는 법만 배웠더라면 세이렌이 되었을 그 가엾은 존재를.

266
1931년 12월 3일

리스본으로 온 초창기에 우리 윗집에서는 끊이지 않고 피아노 치는 소리가 들려왔다. 얼굴을 한번도 본 적이 없는 어린 여자아이가 기초 음계 연습을 하는 단조로운 소리였다. 분명히 장담하지만 지금이라도 내 영혼의 지하실 문이 열린다면, 알려지지 않은 모종의 침윤작용 덕분에, 나는 아직도 소녀가 피아노 건반을 두드리며 음계를 치는 소리를 들을 수 있다. 비록 소녀는 이미 한참 전부터 소녀가 아닌 여인일 것이고, 혹은 이미 죽어서 어두운 사이프러스 나무들이 숲을 이루는 어느 하얀 미지의 장소에 갇혀 있을지도 모르지만.

나 또한 더 이상 당시와 같은 아이가 아니다. 하지만 뚱땅거리는 피아노 소리는 여전히 내 기억 속에 당시 그대로 고스란히 남아 있어서, 잠든 척하는 바로 그 지점에서 다시금 울려오는 그 소리는 그때와 똑같이 느린 손가락의 움직임, 똑같이 단조로운 리듬을 반복한다. 그 소리를 느끼고 그 소리에 대해서 생각하고 있으면 희미하고도 두려운, 나 혼자만의 것인 그런 슬픔이 엄습한다.

나는 지나가버린 어린 시절 때문에 울지 않는다. 나는 어린 시절을 포함하여 사라져버린 모든 것 때문에 운다. 내가 직접 겪은 구체적인 세월이 아니라 시간의 추상적 흐름이 실제로 내 뇌에 육체적인 아픔을 준다. 위층에서 쉬지 않고 들려오며, 비자발적으로 끊임없이 반복하는 피아노의 음계, 충격적일만큼 아득히 멀고 익명인 그것이 나를 아프게 한다. 지속되는 것은 아무것도 없다고, 거대한 비밀을 두드려대고 반복한다. 음악으로 발전하지 못한 채 내 기억의 부조리한 밑바닥에서 그리움으로 고여 있는 어떤 것이.

갑자기 상상 속에서 작은 살롱의 모습이 나타난다. 한번도 본 적이 없는 살롱이다. 그곳에서 내가 모르는 여자 교습생이 손가락을 신중하게 움직이면서, 똑같은 음계 연습을, 이미 오래전에 사라져버린 바로 그 옛날식 연습을 하고 있다. 나는 그것을 바라본다. 오래오래 바라본다. 바라보면서 그것을 재구성한다. 그러자 내 마음의 눈앞에 놀랍게도, 지금 내가 막연한 그리움으로 회상하는, 하지만 어제만 해도 전혀 생각하지 않고 있던 당시 우리 위층 집의 내부가 고스란히 나타난다.

하지만 여기서 내가 느끼는 그리움은 정말로 나 자신이 실감하는 것이 아니며, 그렇다고 완전히 추상적인 것도 아니고, 우연히 포착된 어떤 제3자의 감성에 해당하는 간접적 성격이라고 나는 추측한다. 비에이라 식으로 말하자면 내 안의 문학적 감성이 그 제3자에게는 문자적으로 존재하는 것이다. 그러므로 내 것이라고 추측하는 이 감정이 나를 아프고 두렵게 하며, 내 상상력과 "이질성"이 창조해낸 그리움을 느끼면서 내 눈에 눈물이 고이는 것이다.

피아노 교습생의 음계 소리는 세상의 깊숙한 밑바닥에서부터 올라오는 형이상학적 끈질김을 갖고, 내 기억의 척수 속에서 영원히 반복해서 울리고 있다. 그것은 다른 사람들이 걷고 있는 오래전의 거리다. 같은 거리이지만 지금과는 다르게 보이는 거리. 그것은 투명한 부재 너머에서 내게 말을 걸어오는 죽은 자들, 행한 일들과 행하지 않은 일들로 인한 죄책감, 밤에 들리는 시냇물 소리, 고요한 집의 아래쪽에서 들려오는 소음이다.

나는 머릿속으로 비명을 지르고 싶다. 그 소리를 멈추게 하고, 부수어버리고, 뭉개버리고 싶다. 나에게 속한 것도 아니면서 내 안에서 그칠 줄 모르고 돌아가는 불가능의 축음기판이 나를 고문한다. 나는 그 어떤 일도 할 수 없다. 낯선 승객을 실은 내 영혼의 마차는 멈추어 서서, 나를 내리게 하고, 다시 멀리 떠나가야 한다. 나는 이 들어야-함 이라는 정거장에서 미쳐버리고 말리라. 그렇지만 마침내, 증오스러울 만큼 예민한 뇌로, 투명하고 얇은 피부와 무감각한 신경으로, 나는 건 반을 건드리며 음계를 치고 있는 사람이 된다. 오 경악스러워라, 우리 기억 속 원초적 개인인 피아노여!

　끊이지 않고, 끊이지 않고, 내 뇌의 일부분을 구성하고 말겠다는 듯 이, 음계 소리는 내가 살았던 리스본 최초의 집 위층에서, 아래층에서 울리고 있다.

네모 선장이 최후의 죽음을 맞는다. 나 또한 곧 죽게 된다.

그 순간 모든 지속가능한 세계에서 내 전체 어린 시절이 박탈당했다.

268

후각은 독특한 유형의 시각이다. 후각은 돌연한 잠재의식의 밑그림을 그릴 수 있으므로, 그로 인해 감정의 풍경을 불러낼 줄 안다. 나는 몇 번이나 그런 체험을 했다. 거리를 걸어간다. 나는 아무것도 보지 않는다. 정확히 말하면 나는 모든 것을 보지만, 다른 사람들이 보는 방식대로 본다는 의미다. 나는 내가 거리를 걸어가고 있음을 모른다. 나는 양쪽에 다양한 모양의, 인간이 지어놓은 집들이 늘어서 있는 거리가 과연 존재하는지 알지 못한다. 나는 거리를 걷는다. 빵집에서 달콤하면서도 구역질 나는 빵 냄새가 흘러나온다. 내 어린 시절이 도시의 머나먼 구역에서 솟아오르며, 우리가 한때 가졌으나 지금은 죽어버린 것들의 총체인 그곳 요정의 나라에서 또 다른 빵집이 나타난다. 나는 거리를 걷는다. 갑자기 과일 냄새가 난다. 작고 좁은 가게의 비스듬한 좌판 위에 과일들이 놓여 있다. 언젠가 어디에선가 보낸 내 짧은 전원 생활이, 명백하게 아이의 것인 내 심장에 나무와 안식을 심어놓는다. 나는 거리를 걷는다. 상자 만드는 사람의 집에서 풍기는 나무상자 냄새가 나를 깜짝 놀라고 당황스럽게 한다. 나의 세자리우 베르드,[40] 당신의 모습이 나타난다. 마침내 나는 행복을 얻는다. 기억을 통하여 유일한 진실인 문학의 품으로 되돌아왔으므로.

나는 이미 《피크위크 페이퍼스》를 읽었는데 그것은 내 인생 최대의
비극 중 하나다. (나는 그 책을 두 번 다시는 최초로 읽을 수가 없기 때
문이다.)

270

예술을 통해 우리는 존재의 고통으로부터 해방된다는 환상을 얻는다. 우리가 덴마크 왕자 햄릿의 고통과 수치심을 느끼는 한은, 우리는 우리의 고통과 수치심을 느끼지 못한다. 그것이 우리 자신의 것이기 때문에 혐오스럽고, 그것이 혐오스럽기 때문에 더욱 혐오스럽다.

사랑, 잠, 약물, 환각제는 예술의 기초적 형태다. 달리 표현하면, 그것들은 예술과 같은 효과를 낸다. 하지만 사랑, 잠, 약물은 각성 또한 알고 있다. 사랑은 우리를 고통스럽게 하지만 실망시키기도 한다. 우리는 잠에서 깨어나는데, 잠이 든 동안은 삶을 살았던 것이 아니다. 약물은 육체에 자극을 주지만 그 대가로 육체를 황폐화시킨다. 하지만 예술은 각성을 모른다. 예술은 아예 처음부터 환상을 포함한 것이기 때문이다. 우리는 예술에서 깨어날 수는 없다. 예술 속에서 꿈을 꿀 수는 있지만, 그 안에서 잠을 자지는 않기 때문이다. 예술은 우리를 즐겁게 해주지만 그 대가로 우리에게서 포상이나 벌을 강요하지 않는다.

예술이 우리에게 베푸는 쾌락은, 어떤 의미로는 우리의 소유가 아니기 때문에 우리는 돈을 지불할 필요도, 나중에 후회할 필요도 없다.

예술이란 이름에서 우리는 모든 종류의 매혹을 상상한다. 그 매혹이 우리의 것이 아니라도 좋다. 남겨진 흔적, 우리가 아닌 타인을 향한 미소, 석양, 한 편의 시 그리고 객관적 우주.

소유는 곧 상실이다. 소유하지 않고 느끼는 것은 내면에 간직된다. 그것은 사물의 정수를 이해한 것이기 때문이다.

271

얻을 만한 가치는 사랑이 아니라 사랑의 환경에 있다. …
억눌린 사랑은 이루어진 사랑보다 더욱 환하게 사랑의 자연을 밝힌
다. 순결은 더욱 깊은 이해를 위한 열쇠다. 행동은 보상을 주지만, 혼
란도 함께 준다. 소유는 사로잡힘이고, 그러므로 결국 자신을 잃게 된
다. 오직 상상만이, 그 어떤 손상도 없이, 진실한 인식에 가닿는다.

그리스도는 감성의 한 형태다.

판테온에는 서로 밀쳐내는 모든 신들을 위한 자리가 마련되어 있다. 모든 신들은 왕관을 받고, 모두가 권능을 가진다. 각각의 신들 하나하나가 전체가 될 수 있다. 그곳에는 경계가 없기 때문이다. 논리적인 경계도 존재하지 않는다. 몇몇 불멸의 현존을 통해서 우리는 여러 다양한 무한과 저마다 다른 영원들의 동시성을 즐길 수 있다.

역사는 확실성을 부인한다. 모든 것이 저열하게 머무는 질서의 시대와 모든 것이 비범한 무질서의 시대가 있다. 몰락의 시대에는 정신의 대담성이 풍부하고, 강력함의 시대에는 허약한 지성이 만발한다. 모든 것이 뒤섞이고 서로 교차한다. 진실은 오직 추측으로만 존재한다.

수많은 숭고한 이상들이 거름 더미로 추락했다. 수많은 건실한 노력들이 도랑에 처박혀버렸다!

불확실한 운명에 갇혀 절망적으로 허우적거리기는 신들도 인간이나 다를 바가 없어 보인다. 이 익명의 사각형 공간에서 내 꿈속을 부유하는 신들, 그들은 자신의 신자들에게 해주는 것 이상의 의미를 내게 보여주지 못한다. 뭔가에 깜짝 놀란 듯 크게 벌어진 눈동자를 한 아프리카의 우상, 원시인들의 짐승 우상, 인물의 형상을 한 이집트 상형문자, 명석한 그리스의 신들, 경직된 로마의 신들, 감성과 태양의 신 미트라스, 박애와 절도의 신 예수, 그리스도의 다양한 버전들, 새로운 도시의 새로운 성스러운 신들, 이 모두가 지나간다. 모두가 환각과 오류의 슬픈 행렬을 이루어(순례길을 떠나는 것인지 아니면 장례의 행렬인지). 그들은 모두 간다. 꿈을 따라서, 아무것도 없이 텅 빈 그림자를 따라서 간다. 형편없는 몽상가라면 이들이 비옥한 토양에 뿌려졌다고 말할 것이다. 앙상하고 흉하며 영혼이라곤 없는 개념들, 자유, 인류, 행복, 미래의 광휘, 사회과학, 이들이 발을 질질 끌며 어두운 고독을 헤치고 앞으로 나간다. 거지가 훔쳐가는 왕의 의상이 땅바닥에 끌릴 때, 함께 쓸려가는 이파리들처럼.

274

혁명가들이 말하는 시민과 인민의 차이, 귀족과 인민의 차이, 또는 통치자와 통치받는 자 사이의 차이란 안타깝게도 기막힌 착각일 뿐이다. 실제로는 오직 적응한 자와 적응하지 못한 자 사이의 차이만 있을 뿐이다. 나머지 다른 모두는 오직 문학인데, 그것도 형편없는 문학일 뿐이다. 어떤 거지가 적응을 했다면, 그는 다음날은 왕이 될 수도 있다. 하지만 그는 거지가 될 수 있는 능력을 그 대가로 치러야 한다. 그는 경계를 넘었고, 국적을 상실해버렸다.

이 좁은 사무실에 앉아서 위안의 생각에 잠긴다. 더러운 유리창 밖으로는 기쁨 없는 거리가 내다보인다. 생각은 나를 위로한다. 나를 세계의식의 창조자들과 형제로 만들어준다. 성질 급한 극작가 윌리엄 셰익스피어, 교장선생인 존 밀턴, 방랑자 단테 알리기에리(…), 그렇다, 심지어 이런 비유가 허용되기만 한다면, 이 세상에서는 아무것도 아닌 존재였으므로 역사에 의해서 실체를 의심받기도 했던 인물 예수 그리스도와도 형제가 된다. 그 밖에 다른 부류의 인간들도 있다. 고위 공직자였던 요한 볼프강 폰 괴테, 참사의원 빅토르 위고, 당수였던 레닌, 총통 무솔리니(…)

우리, 그늘의 인간인 우리 짐꾼이며 이발사들이 인류를 구성한다 (…)

한편에는 권세를 지닌 왕과 명예를 입은 황제, 광휘를 두른 천재와 빛 속에 잠긴 성인, 영도력을 가진 인민의 지도자, 창녀와 예언자, 그리고 부자들이 있다. … 다른 편에는 우리가 서 있다. 거리 모퉁이의 짐꾼, 성미 급한 극작가 셰익스피어, 손님에게 농담을 건네는 이발사, 교장인 존 밀턴, 상점에서 일하는 견습생, 방랑자 단테 알리기에리, 죽음이 잊거나 축성해주는 자들, 그리고 삶이 함부로 망각해버린 자들이.

275

세계의 통치는 우리 내면에서부터 시작된다. 세계는 정직한 자가 통치하지 않는다. 하지만 정직하지 않은 자가 통치하는 것도 아니다. 자신 안에서 인공적·기계적으로 진짜 정직함을 창조해내는 자가 세계를 통치한다. 이 정직함이 그들을 강하게 만들고, 다른 이들이 가진 덜 허위인 정직함 위로 환한 빛을 비춘다. 효과적인 자기기만의 능력이야말로 정치가가 되기 위한 기본전제다. 시인과 철학자만이 세계를 본모습 그대로 바라볼 줄 안다. 오직 그들만이 환상 없이 살 능력을 갖추었기 때문이다. 똑똑하게 본다는 것은 행동하지 않음을 의미한다.

276

하나의 견해를 갖는다는 것은 조야하다. 설사 그것이 정직한 것일
지라도.

모든 정직함은 편협함이다. 정직한 자유사상가는 없다. 이 말은 옳
을 수밖에 없다. 자유사상가 자체가 존재하지 않기 때문이다.

그곳의 모든 것은 망가졌고 이름이 없으며 뭔가 맞지 않는 듯하다. 나는 그곳에서 가엾고 슬픈 영혼들이 속마음을 드러내는 듯한 한없는 온정을 경험했다. 그러나 그 온정은 말해지는 그 순간보다 더 길게는 결코 지속되지 않는다는 것, 그리고 과묵하고 예리한 눈길로 자주 관찰했듯이, 사실상 동정심과 다름이 없으며(새로운 변화를 새롭게 인지하는 찰나의 감각처럼 지극히 빨리 지나가버리는), 종종 자비심 많은 사람이 베푸는 저녁식사의 포도주잔과 같은 그 무엇과 마찬가지의 근거를 가짐을 알아차렸다. 인간미 넘치는 인상과 브랜디 사이의 관계는 언제나 변함없이 단번에 드러나고 만다. 그리하여 수많은 위대한 행동들이 한 잔의 술 혹은 동어반복적인 갈증으로 인하여 심하게 훼손되고 말았다.

그런 인간들은 영혼을 몽땅 지옥 밑바닥의 게을러터지고 비열한 악마에게 팔아넘겼다. 그들은 건들거리면서 허영만 좇아 살다가 말의 베개 사이에서 지친 나머지 독전갈처럼 납작 짜부라진 채로 죽었다.

그런 인간들에게서 가장 기이한 특징은, 어떤 측면에서 보아도 완벽한 그들의 무의미함이다. 몇몇은 주요 신문에 글을 쓰기도 하면서 존재하지 않음을 이룩했다. 몇몇은 공직에 앉았으며 연감의 가장 윗줄에 이름을 올리면서 삶에서 아무것도 표현하지 않음을 이룩했다. 몇몇은 심지어 이름난 시인이기도 했다. 하지만 그들의 멍청한 얼굴은 그것과 똑같은 빛깔인 회잿빛의 먼지 아래서 퇴색되었고, 멍한 미라처럼 보이는 그들은 똑바로 서서, 한 손을 어깨에 올린 채, 살아 있는 사람의 자세를 취하고 있었다.

재능 있는 정신들의 이런 망명지에서 지냈던 짧은 시기, 그중 몇몇 순간은 선하고 진실되며 즐겁기도 했지만, 훨씬 더 많은 단조롭고 슬픈 순간들이 있었다. 무로부터 불쑥 돌출된 유형의 인간들, 우연히 눈에 들어온, 시중드는 웨이트리스의 것으로 보이는 손짓들, 그 모두가 구역질 나는 권태이자 이러한 혹은 저러한 뼈 있는 농담의 기억으로 남아 있다.

그 사이사이에, 텅 빈 방들처럼, 구닥다리 농담을 늘어놓는 바람에 다른 사람들과 마찬가지로 자신들 스스로를 한심하게 만드는 나이 지긋한 남자 몇 명. 동종의 인간들을 겨냥한 비꼬는 농담.

그나마 가진 초라한 명성 때문에 이런 작자들에게서 시기와 비방을 당하는 하층 저명인사들에게, 나는 처음으로 크나큰 공감을 느꼈다. 나는 왜 위대한 천민들이 승전의 나팔을 높이 울릴 수 있는지 이해했다. 그들의 승리는 이런 인간들에 대한 승리였지 인류에 대한 승리가 아니었다.

가엾은 인간, 영원한 걸신. 명성을 구하려고 발버둥치며, 생의 점심 식사를 얻으려고, 혹은 후식을 얻으려고 발버둥친다. 그들의 아우성 소리를 듣기만 하고 목격하지는 못한 사람은 그들이 나폴레옹의 스승이나 셰익스피어의 가정교사라도 된다고 믿을 것이다.

어떤 이들은 사랑에서 승리를 거두었고, 어떤 이들은 정치에서, 또 다른 어떤 이들은 예술에서 승리를 거두었다. 첫 번째 부류는 이야기를 꾸며낼 수 있다는 장점을 얻는다. 실제 세상에서 일어나는 일을 특별히 알지 못해도 사랑에 관해서만은 완전히 장담할 수 있기 때문이다. 그런데 이런 사람이 자신의 성적인 행각을 늘어놓으면, 일곱 번째로 처녀를 정복한 성공담이 나올 때쯤 우리는 희미한 불신에 휩싸이게 된다. 귀족이나 권세가 부인들의 애인이라는 자들이(거의 모두가 여기에 해당한다) 귀부인들을 얼마나 많이 해치웠는지, 그들 정복의 통계수치만을 보면 우리 시대의 작위를 가진 여인들만으로는 모자라 그녀들의 증조할머니 대까지 거슬러올라가서 미덕과 품위를 망가뜨려야만 될 정도다.

어떤 이들은 육체적인 분쟁에 특히 소질이 있어서, 어느 여흥의 밤 시아두[41]의 거리 모퉁이에서 모든 유럽 챔피언들은 때려눕혔다. 어떤 이들은 고위층 중 고위층에게 막강한 영향력이 있는데, 이들은 가장 덜 의심스러운 부류인 듯하다. 왜냐하면 사람들이 당장 그 자리에서 이들의 말을 믿어버리기 때문이다.

어떤 이들은 대단한 사디스트다. 어떤 이들은 대단한 남색가다. 또 어떤 이들은 슬프게, 하지만 자랑스럽게 고백하기를, 여자에게 폭력을 쓴다고 한다. 그들은 여자를 채찍질하여 삶의 길을 전진하도록 재촉한다. 그리고 그들은 자신이 마신 커피 한 잔 값도 지불하지 않는다.

어떤 이들은 시인이다. 어떤 이들은 (…)

나는 이런 어두운 그늘들을 잔뜩 목격한 다음의 해독제로, 인간 일상의 삶을 직접적으로 응시하는 것보다 더 나은 방법을 모른다. 예를 들자면 도라도레스 거리 내가 일하는 사무실에서 벌어지는 상업거래의 현실이라는 일상. 마침내 내가 마리오네트 인형들이 움직이는 정신병원에서 나와 내 상사인 모레이라가 실재하는 이곳 사무실로 되돌아왔을 때 얼마나 마음이 편했는지 모른다. 진짜이며 유능한 회계원, 형편없는 옷차림에 형편없는 대우를 받는, 그렇지만 그곳에 있던 그 누구도 감히 흉내 낼 수 없는 그런 한 인간인 모레이라가.

278

대개의 사람들은 즉흥적으로 꾸며낸, 낯설고 가상인 삶을 산다. 대개의 사람들은 타인들이다.[42] 하고 오스카 와일드가 말했는데 그건 정말로 적절한 표현이었다. 어떤 이들은 자신들이 원하지 않는 것을 찾아 헤매면서 생을 탕진한다. 어떤 이들은 비록 원하기는 하나 자신들에게 아무런 소용이 없는 것을 찾아 헤맨다. 또 어떤 이들은 (…)

그럼에도 불구하고 대개의 사람들은 행복하며, 특별한 이유도 없이 삶을 즐긴다. 보편적으로 인간은 잘 울지 않는다. 인간이 뭔가에 불만을 가지면, 그것은 문학이 된다. 민주적 형태의 비관주의는 성공할 가능성이 거의 없다. 세상의 불행에 우는 자는 고독하다. 그는 자신의 불행을 슬퍼하며 울 뿐이다. 레오파르디나 안테루[43]가 한 명의 애인도 한 명의 정부도 없다면? 우주는 재앙이 된다. 비니가 단 한번도 합당한 사랑을 받지 못한다면? 세상은 지하감옥이 된다. 샤토브리앙이 가능한 것 이상을 꿈꾸었다면? 인간의 삶은 권태가 된다. 욥이 문둥병에 걸린다면? 대지는 문둥병을 앓는다. 슬픔에 잠긴 자의 티눈을 누른다면? 발이 아프면, 태양들도 별들도 모두 아프다!

모든 것을 개의치 않고, 인류는 싫증 내는 법도 없이 계속해서 소화하고 계속해서 사랑한다. 단지 눈물을 흘려야 하는 일에는 눈물을 흘리면서, 하지만 그 눈물의 시간은 결코 길지 않게. 한 아들의 죽음을 내내 까맣게 잊어버리고 있다가, 그의 생일이 돌아올 때만 비로소 기억해내고는 운다. 잃어버린 돈 때문에 운다. 하지만 새로운 돈이 들어오거나 돈이 없다는 상실의 상태를 받아들이게 되면 즉시 눈물을 멈춘다.

삶의 활력이 돌아온다. 삶이 되살아난다. 망자들은 무덤 속에 묻혀 있다. 상실은 여전히 상실로 남아 있다.

279
1931년 12월 16일

오늘 사무실의 배달원이던 그가 영영 고향으로 떠났다. 이곳 인간 집단의 한 부분으로 여겨왔고, 따라서 나 자신의 일부, 내 세계의 일부이기도 했던 그가 오늘 우리를 떠났다. 나는 소식을 듣고 깜짝 놀라 작별 인사를 하려고 마음먹고 있었는데, 우연히 그와 복도에서 마주치게 되었다. 나는 그를 껴안았다. 그러자 그는 수줍게 마주 안았다. 내 마음의 뜨거운 눈에서는 금방이라도 눈물이 솟구칠 것 같았으나, 나는 억지로 꾹 참았다.

한번이라도 우리에게 속했던 것들은, 비록 그것이 순전한 우연에 의해 우리의 일상이나 우리의 시선에 들어왔던 것이라 할지라도 어쨌든 우리의 것이었기 때문에, 계속해서 우리의 일부로 남는다. 오늘 내가 알지 못하는 갈리시아의 고향 마을로 떠나버린 것은, 나에게는 단순한 사무실의 배달원만은 아니었다. 내 삶의 실체를 이루는 일부, 눈에 보이는 내 존재의 한 부분이었다. 오늘 나는 줄어들었다. 나는 더이상 옛날의 내가 아니다. 사무실의 배달원이 떠났다.

우리의 주변에서 일어나는 모든 일들은 우리 안에서도 그대로 일어난다. 우리의 눈에 보이는 영역에서 중단되는 것들은 우리 안에서 그대로 중단되어버린다. 한때 있었던 모든 것들, 그리하여 우리가 존재를 목격한 것들은, 사라짐과 함께 우리의 내부에서 거두어진다. 사무실의 배달원이 떠났다.

더욱 둔해지고, 몇 년이나 더 늙고, 더욱 흥해진 채로, 나는 높다란 작업대 앞으로 가 앉는다. 그리고 어제 하던 장부 정리를 계속한다. 하지만 오늘 일어난 불분명한 비극이 자꾸만 내 생각 속으로 파고들어온다. 나는 기계적으로, 하지만 실수하지 않고 숫자를 적어 나가기 위해 안간힘을 써서 나를 통제해야 한다. 나는 오직 일을 할 수 있을 뿐이다. 부지런한 게으름에 갇힌 나는, 스스로의 노예가 될 수 있을 뿐이니까. 사무실의 배달원이 떠났다.

그렇다. 내일이나 아니면 그 어느 미래의 날, 죽음과 떠남의 종소리가 소리 없이 울려 퍼질 때, 나 또한 더 이상 이곳에, 이 자리에 없는 그 누군가가 될 것이다. 낡은 등사기처럼, 층계참 아래의 서랍 속으로 처박힐 것이다. 그렇다. 내일이나 아니면 운명이 권능의 말을 선언하는 어느 날, 내 안에서 나를 사칭하던 것은 종말을 맞을 것이다. 그러면 나는 고향으로 돌아가는 것인가? 나는 알지 못한다. 오늘 일어난 비극은 누군가 없기 때문에 눈에 보인다. 느껴질 만큼 큰일이 아니기 때문에 느껴지는 것이다. 신이여, 사무실의 배달원이 우리를 떠났다.

　오 밤이여, 별들이 거짓의 빛을 반짝인다. 우주처럼 광대한 유일한
존재여. 내 몸과 영혼을 네 육신의 일부로 만들어 달라, 그리하여 내가
나를 잊고, 오직 어둠이 될 수 있도록. 그리고 밤이 될 수 있도록, 별처
럼 내 안에 박혀 있는 꿈 없이, 미래에서 비치는 태양빛에 대한 희망도
없이.

처음에 그것은 하나의 소음으로, 사물의 텅 빈 어둠 속에서 새로운 소음을 만들어낸다. 그리고 희미한 울부짖음이 되고, 도로 표지판들이 흔들리며 덜컹거리는 소리를 동반한다. 그러다 갑자기, 공간의 목소리가 날카롭게 울리고, 미친 듯이 울부짖다가, 모든 것이 몸을 떨면서 흔들림을 멈춘다. 모든 것에 대한 두려움 속에 침묵이 자리 잡는다. 이미 휘발되어버린 또 다른 공포를 알아차린 둔중한 공포처럼.

그리고 바람이 몰아친다. 오직 바람뿐이다. 문고리가 덜컹거리고 창문의 유리가 바람을 맞아 부르르 떨리는 것을 잠에 취한 상태로 나는 듣는다.

나는 잠든 것이 아니다. 나는 중간으로 존재한다. 의식의 흔적이 남아 있다. 잠이 나를 누른다. 하지만 그 안에 무의식의 무게는 없다. … 나는 없다. 바람… 나는 잠에서 깨어난다. 그리고 다시 잠이 들지만, 여전히 잠을 자는 것은 아니다. 불분명하고 커다란 소리로 이루어진 풍경, 내가 나에게 낯선 것이 되는 저 너머. 나는 조심스럽게, 잠들 수 있는 가능성을 즐긴다. 정말로 나는 잠이 든다. 하지만 내가 잠을 자고 있는지는 알지 못한다. 우리가 잠이라고 부르는 상태 속에서, 모든 사물이 종말을 맞는 소리가, 어둠 속에 휘몰아치는 바람 소리가 여전히 들려오고 있다. 그리고 나는 내 폐와 심장의 소리까지도, 더욱 또렷하게 들을 수 있다.

282

아침이 밝아오는 하늘, 빛을 잃은 마지막 별이 아무것도 아닌 무로 변해버리고, 낮게 흐르는 구름 위로 아주 희미한 오렌지빛이 섞인 노란빛이 나타날 때 미풍은 선선함을 잃었다. 뜬눈으로 지샌 나는 밤새 우주를 그려보던 침대에서 아무것도 하지 않았기에 지쳐버린 몸을 일으킬 수가 있었다.

잠을 자지 못해 충혈된 눈으로 창가로 다가갔다. 촘촘하게 몰려 있는 지붕들 위로 창백한 노란 햇살이 반사되고 있었다. 불면 때문에 압도적인 멍함에서 깨어나지 못한 채, 나는 이 모든 풍경을 지켜보았다. 높은 집들의 파사드를 비추는 노란빛은 영묘하고도 비현실적이었다. 내 위치에서 보이는 서쪽 저 아래편 수평선의 초록은 이미 흰빛으로 잠식당했다.

오늘 하루는 하나의 이해할-수-없음이 되어 나를 짓누를 것이다. 내가 오늘 행할 행동들은 내가 자지 못한 잠 때문에 생긴 피곤의 결과가 아니라, 나를 괴롭히는 불면의 결과일 것이다. 내 몽유병적 증세는 오늘 더욱 두드러질 것이며, 더욱 생생하게 드러날 것이다. 단지 내가 잠을 자지 않았기 때문만이 아니라, 잠을 잘 수 없었기 때문이다.

철학자의 통찰과 같은, 그런 날들이 있다. 삶의 의미를 밝혀주는 날, 우리의 우주적 운명의 책 여백에 가득 적힌 놀라운 비판의 주석들과 같은 날. 나는 오늘이 바로 그런 날이 될 것임을 인식한다. 그리하여 내 무거운 눈꺼풀과 공허한 뇌가 부조리의 연필로 이 심오하고도 무용한 말들을 한 자 한 자 적어가고 있다는 부조리한 느낌이 든다.

283

자유란 고립에의 가능성이다. 만약 네가 다른 인간들과 거리를 유지할 수 있다면, 네가 그들을 가까이 해야만 할 이유가 하나도 없다면, 돈이나 군중심리, 사랑, 명예, 호기심 등 침묵과 고독 속에서는 도저히 살아갈 수 없는 요소들을 갖고 있지 않다면 너는 자유다. 홀로 사는 것이 불가능하다면, 너는 노예로 태어난 것이다. 모든 정신적이고 영적인 위대함을 소유할 수는 있지만, 그럼에도 불구하고 노예다. 고상하고 영리한 인간일 수는 있지만, 자유로운 인간은 아니다. 네가 이것을 비극으로 받아들이지 않는다면 너의 태어남 자체가 운명의 비극이다. 슬퍼하라, 삶의 강요로 인해 노예가 될 수밖에 없다면. 슬퍼하라, 자유롭게 태어났고 홀로 살아갈 능력이 충분함에도 불구하고 곤궁한 상황이 너를 타인들과의 삶으로 몰아넣는다면. 이것이 바로 너의 비극이다. 비극은 일생 동안 너의 뒤를 밟는다.

자유롭게 태어난 인간은 숭고함을 부여받는다. 숭고함은 하층계급의 은둔자를 왕보다, 심지어는 신들보다 더 높은 자리로 올려놓는다. 왕이나 신들은 자기 스스로의 힘을 만족스러워만 하고 그것을 경멸할 줄을 모르기 때문이다.

죽음은 해방이다. 죽은 자는 다른 그 누구도 더 이상 필요하지 않기 때문이다. 그제서야 비참한 노예는 기쁨으로부터, 근심으로부터, 그토록 열망하면서도 변화 없이 흘러가던 삶으로부터 강제로 놓여난다. 마찬가지로 왕도 생전에 결코 손에서 놓을 생각이 없던 자신의 소유물로부터 놓여난다. 유혹의 여인들도 자신들이 무슨 수를 써서라도 쟁취하려고 했던 그 승리로부터 놓여난다. 승자들은 자신이 일생을 바쳤던 그 승리로부터 놓여난다.

죽음은 고귀하게 한다. 초라하고 부조리한 몸을 우리가 한번도 입지 못한 축제의 의복으로 감싼다. 죽음 안에서 인간은 자유다. 설사 한 번도 자유를 원하지 않았던 인간이라도 마찬가지다. 죽음 안에서 그는 더 이상 노예가 아니다. 설사 노예 됨에서 놓여나는 순간 그가 슬피 울었다 할지라도 마찬가지다. 자신이 가진 화려한 보석으로 왕위를 입증하는 왕이 설사 인간으로는 하찮을지라도 왕으로서 비범할 수 있듯이, 마찬가지로 망자 또한 겉모습은 볼품없어졌겠지만 죽음이 그를 해방시켰으므로 비범함을 획득한다.

피곤해진 나는 창의 덧문을 닫는다. 세상을 밖으로 몰아낸 나는 잠시 동안 자유가 된다. 내일이면 나는 다시 노예일 것이다. 하지만 지금 당장, 혼자이며, 그 누구도 필요로 하지 않고, 오직 어떤 낯선 목소리나 낯선 이의 존재가 나를 방해할 것이 두려울 뿐인 지금, 나는 내 조그만 자유를 누린다. 내 지극한 순간을 누린다.

의자 등받이에 몸을 기대고, 나는 나를 노예로 부리는 삶을 잊는다. 삶은 더 이상 나를 고통스럽게 하지 않는다. 단지 삶이 나에게 고통을 주었다는 그 사실이 고통스러울 뿐이다.

284

삶을 건드리지 말자. 손가락 끝으로라도 건드리지 말자!

단지 사랑하지 말자, 생각만으로라도 사랑하지 말자!

여자의 입맞춤을 느끼고 싶은가? 아니다! 꿈속에서라도 원하지 말자!

허약함의 장인인 우리는, 환상을 포기하는 법을 가르치는 장인이 된다! 삶의 호기심이 가득한 우리는 모든 담장 뒤에서 귀를 기울이지만, 그럼으로써 우리가 그 어떤 새로움도 그 어떤 아름다움도 알아낼 수 없으리라는 것을 알기에, 듣기도 전에 미리 지쳐버린다.

희망 없음의 직조인인 우리는, 오직 수의만을 짜는데, 우리가 한번도 꾸지 못했던 꿈을 위한 흰색 수의와, 우리가 죽는 날을 위한 검은색 수의, 우리가 오직 꿈꾸기만 하던 행동을 위한 회색 수의, 그리고 우리의 무용한 감각을 위한 황제의 보라색 수의를 짠다!

떡갈나무숲에서, 계곡에서, 늪지를 (…) 따라서, 사냥꾼은 늑대와 노루(…) 그리고 야생오리를 사냥한다. 사냥꾼을 증오하자! 그들이 사냥을 하기 때문이 아니라, 그들이 사냥을(우리는 그렇지 않은데) 즐기기 때문이다!

우리의 얼굴은, 마치 금방 눈물을 터뜨리려는 사람처럼 창백한 미소를 띠고 있을 것이다. 우리는 보지 않으려는 사람처럼 회피하는 시선을 갖고 있으며, 삶을 경멸하는 사람처럼, 오직 삶을 경멸하기 위해서 살아가는 사람처럼 우리 얼굴의 모든 표정에서 경멸이 드러날 것이다!

그리고 우리의 경멸은 아마도 모든 일하는 자들과 투쟁하는 자들에게 향할 것이고, 우리의 증오는 희망하는 자들과 신뢰하는 자들 모두를 향할 것이다!

285
1931년 12월 20일

나는 단 한번도 깨어 있었던 적이 없다고, 나는 거의 확신한다. 내 삶이 곧 내 꿈인지, 혹은 내 꿈이 곧 삶인지, 나는 알지 못한다. 어쩌면 나에게 삶과 꿈은, 서로가 서로에게 교차하고 뒤섞이며 서로가 서로의 내부로 침투하여 내 의식의 성분을 형성하는 두 요소인지도 모른다.

다른 이들과 마찬가지로 나 자신에 대한 선명한 의식을 갖고 한창 활기 있게 살아가는 도중에, 종종 아주 기이한 의심이 나를 덮칠 때가 있다. 내가 과연 실제로 존재하는 인간인지, 어쩌면 내 삶은 다른 사람이 꾸는 꿈에 불과한 것은 아닌지, 하는 의혹. 이런 상상은 거의 육체적인 감각으로 나를 장악한다. 나는 소설의 등장인물이고, 스타일의 드넓은 파도 속에서, 심오한 이야기의 다층적인 진실 속에서 움직이고 있다고.

나는 특정 허구의 인물들은 우리에게 남다른 역할을 해줄 수 있음을 몇 번이나 알아차린 적이 있다. 우리의 지인이나 친구들, 눈에 보이는 실제의 삶에서 우리와 대화를 나누고 우리의 말을 들어주는 사람들은 결코 하지 못하는 역할이다. 그래서 나는, 이 세상에서 벌어지는 분주함의 정체란 결국 꿈과 소설이 서로 연결되는 진행이 아닐까, 그것들이 마치 상자처럼 큰 것 속에 작은 것이 서로 차곡차곡 포개지면서 끊임없이 계속되고 있고, 전체를 아우르는 큰 틀은《천일야화》처럼 순수하게 이야기들로 이루어진 하나의 큰 이야기인데 아무도 알아차리지 못하지만 사실은 결코 끝나지 않는 어느 하룻밤 사이에 모두 일어나고 있는 것은 아닐까 하고 곰곰이 생각해보게 되었다.

생각을 해보면 모든 것이 부조리하게 보인다. 느낌을 가지면 모든 것이 낯설게 보인다. 내가 무언가를 원하면 내 안의 누군가는 아무것도 원하지 않는다. 내 안에서 무언가가 행동할 때마다 나는 그것이 내가 아니라는 인식을 갖곤 한다. 내가 꿈을 꾸면 그것은 마치 다른 누군가가 나를 글로 쓰고 있는 것 같다. 내가 어떤 감정을 느끼면 누군가가 나를 그림으로 그리고 있는 것 같다. 내가 무언가를 원하는 것은 누군가가 나를 물건처럼 마차 짐칸에 올리고 거리로 싣고 나가는 일과 같다. 나는 마차의 움직임과 함께 어딘가로 운반되면서 나 스스로가 움직이고 있다고 생각한다. 나는 마차가 향하는 곳으로 가기를 원하지 않는다. 마차가 목적지에 나를 내려놓기 전까지는.

이 얼마나 혼돈스러운가! 생각하는 것보다는 보는 것이, 쓰는 것보다는 읽는 것이 얼마나 간단한가! 내가 보는 것이 나를 속일 수는 있지만, 나는 그것을 나 자신의 것이라고는 간주하지 않는다. 내가 읽는 것이 마음을 우울하게 할 수는 있지만, 내가 그것을 썼다는 근심에 시달릴 필요는 없다. 우리가 의식적 사색자로서 사색한다면, 우리가 알고 있음을 알게 되는 그런 두 번째 단계의 의식에 도달한 관조적 인간이라면, 이 모두는 얼마나 고통스러울 것인가! 참으로 아름다운 날이지만, 나는 생각하기를 멈출 수가 없다. … 생각, 혹은 느낌, 혹은 치워버린 무대장식들 사이 어딘가에 있는 뭔가 다른 제3의 것? 황혼과 혼돈의 권태로움, 접힌 부채, 그리고 살아갔어야만 했다는 피곤…

286

아직 젊은 시절, 우리는 불분명하게 술렁이는 숲 속 높은 나무들 아래를 걸었다. 정처 없이 돌아다니던 중, 갑자기 눈앞에 개활지가 나타나면 우리는 문득 멈추어 섰다. 달빛 아래 환하게 드러난 개활지는 호수가 되었다. 나뭇가지들의 그림자가 어지러운 호수의 가장자리는 밤 자체보다 더욱 어두웠다. 거대한 숲에서 불어오는 불명확한 바람이 나무들의 가장 높은 곳을 건드리며 호흡하는 소리가 들렸다. 우리는 불가능한 것들에 대해서 이야기했다. 우리의 목소리조차 밤의 일부분이었다. 달빛의 일부분이자 숲의 일부분이었다. 우리는 마치 타인의 목소리를 듣듯이 우리의 목소리에 귀 기울였다.

불확실한 숲이라고 하여 길이 없는 것은 아니다. 우리의 발걸음은 본능에 따라 미지의 길로 접어들며, 단단하고 차가운 달빛의 불규칙적인 어른거림과 얼룩진 그림자들 사이를 이리저리 걸어갔다. 우리는 불가능한 것들에 대해서 이야기했으며, 실제의 모든 풍경 전체가 그처럼 불가능했다.

우리는 완벽함을 우상화한다. 우리에게는 도달할 수 없는 경지이기 때문이다. 우리가 완벽함에 도달했을 때, 우리는 스스로 완벽함을 거부해버렸다. 완벽한 것은 비인간적이다. 인간은 완벽하지 못한 존재이기 때문이다.

우리는 낙원에 대해 막연한 증오를 갖지만, 가난하고 불쌍한 자들이 갈망하듯이 천국에 있는 목가적 전원에 대한 희망 또한 버리지 못한다. 느낌을 가진 영혼을 사로잡는 것은 관념적인 희열도, 절대자의 기적도 아니기 때문이다. 그보다는 산비탈의 오두막집이, 푸른 바다에 떠 있는 초록빛 섬들이, 나무들 아래로 난 오솔길이, 오래된 농장에서 보내는 한가로운 긴 시간들이, 설사 우리가 실제로는 영영 갖지 못할 것들이라고 해도 우리를 훨씬 더 감동시킨다. 천국에 그런 것들을 위한 영토가 없다면, 천국은 아예 없는 편이 낫다. 그러면 모든 것이 무일 테니까. 줄거리 없는 소설이 마침내 끝날 테니까.

완벽함에 도달하기 위해서는 인간적이지 않은 냉정함이 필요하다. 그러나 그 냉정함은 완벽함을 사랑할 수 있는 인간의 심장을 얼어붙게 만들어버린다.

우리는 완벽함을 추구하는 위대한 예술가의 작업 앞에서 경건하게 감탄한다. 우리는 완벽함에 근접한 그의 업적을 사랑한다. 그것이 오직 근접함이기 때문에.

288

인간의 능력이 완벽할 수 있다고 믿지 못함은 얼마나 큰 비극인가!
그러나 그것을 믿는 것은 또 얼마나 큰 비극인가!

내가 〈리어 왕〉을 쓴 작가라면, 여생 동안 내내 후회만 하면서 살았을 것이다. 이 작품은 참으로 위대한 나머지, 특정 장면들 사이에 있는 소소한 요소들, 그리고 그것들이 암시하는 완벽함 속에서도 기막히게 엄청난 결핍이 만천하에 드러나기 때문이다. 이것은 태양의 흑점 정도가 아니라 산산이 파열한 그리스 조각상이라고 할 만하다. 작품 전체가 실수투성이이고, 관점의 빈약, 무지로 가득하며, 수준의 형편없음과 허술함, 부주의함을 암시한다. 위대하고 완벽한 대작을 비범하게 완성하는 것, 그런 신적인 능력을 부여받은 행운의 인간은 아무도 없다. 단번에 이루어지지 못한 것은 우리 정신의 불충분함을 드러낼 수밖에 없다.

이것을 생각하면 내 상상력은 끝없는 슬픔을 느낀다. 나는 결코 훌륭한 작품을 창조할 수도 없고, 아름다움을 위해 아무런 역할도 할 수 없으리라는 아픈 확신에 휩싸인다. 완벽함에 도달하는 방법이란 없다. 있다고 한다면 인간은 신이리라. 우리가 완벽을 위해서 애를 쓰고 노력하는 사이 시간이 흘러간다. 그동안 우리는 여러 다양한 영혼의 상태를 통과하게 되며, 저마다 다른 독자성을 가지고 서로 개별적인 각각의 상태를 지날 때마다 작품의 고유한 개성은 훼손당하는 것이다. 우리는 글을 쓸 때, 오직 형편없이 쓰고 있다는 사실 하나만을 확신할 수 있다. 우리가 결코 실현을 꿈꾸지 않은 그 작품만이, 위대하고도 완벽한 것이 된다.

머물러라, 들어라, 그리고 동정하라! 듣고 나에게 말해다오, 과연 꿈이 삶보다 더 나은 것인지. 노동은 아무것도 가져다주지 않는다. 노력은 아무런 성과도 보여주지 않는다. 자기억제만이 유일하게 숭고하며 비범한 태도다. 오직 그것만이, 실현은 언제나 의도 뒤에 잔류하며 창조된 작품은 꿈꾸던 것의 그로테스크한 그림자에 불과함을 아는 행위이기 때문이다.

사람들이 소리 내어 읽고 청취하기에 적당한 말로 내 상상의 드라마 속 인물들의 대화를 종이에 옮길 수만 있다면! 이 드라마의 줄거리는 완벽하게 흘러간다. 도중에 걸리는 부분이 없다. 대화는 조화롭다. 하지만 내 내면에서 진행되는 그 줄거리는 전체가 한꺼번에 드러나는 것이 아니라서 글로 옮겨 적을 수가 없고, 더구나 그들이 사용하는 언어는 내가 듣고 글로 받아 쓸 수 있는 그런 어휘가 아니다.

내가 사랑하는 몇몇 시인들이 있다. 그들은 서사를 꾸미지도, 희곡을 쓰지도 않았다. 그들은 어떤 감정이나 꿈의 순간을 번역하는 것 이상의 글쓰기는 잘못임을 직관으로 알았기 때문이다. 인간이 무의식적으로 쓰는 글은 완벽함의 가능성을 포함한다. 셰익스피어의 드라마가 하이네의 시를 따라갈 수 없는 것은 그 때문이다. 하이네의 서정시는 완벽하다. 희곡은 셰익스피어의 것이든 누구의 것이든 간에 모두 불완전하다. 인간이 어떤 하나의 전체를 지어 올릴 수만 있다면, 인간의 육신에 근접한 어떤 것을 구성할 수만 있다면, 모든 부분들이 완벽한 조화를 이루고, 생명으로 가득한, 하나의 생명과 같은 것, 통일과 일치 위에 건설된 것, 모든 부분들의 저마다 다른 특성을 하나로 통합한 것을!

내 말을 듣고는 있지만 귀를 기울이지는 않는 당신은 이것이 얼마나 슬픈 비극인지 상상도 할 수 없을 것이다! 아버지와 어머니를 잃고, 명예도 행복도 얻지 못하고, 한 명의 친구도 없고 사랑하는 이도 없는 이 모든 부재의 삶을 인간은 견뎌낼 수가 있다. 그러나 아름다움을 꿈꾸면서 그것을 실현할 수도, 글로 쓸 수도 없는 삶은 견뎌내지 못한다.

완벽한 노동은 어떤 작품의 창조를 완수했다는 만족감을 동반한다. 이 만족감을 품고 고요한 한여름 나무 그늘 아래 누우면, 그때의 잠은 얼마나 부드러울 것인가!

290

등받이에 몸을 기대고, 오직 멀리서만 삶에 속한 채, 게으름으로 인해 내가 영영 쓰지 않을 문장들을 물 흐르듯 구술하고, 내가 영영 묘사할 수 없을 생각의 풍경들을 상세히 묘사한다. 나는 한 단어 한 단어씩 완벽한 문장을 만들어 나가며 머릿속으로 전체 드라마를 완성한다. 장시의 구절과 모든 어휘가 규칙성을 완벽하게 충족하는 것을 느낀다. 벅찬 감격이 보이지 않는 노예처럼 어둑한 그늘 속으로 나를 따라온다. 하지만 거의 실현 가능한 것으로 보이는 이 느낌에 사로잡힌 내가 그것을 글로 쓰려고 소파에서 몸을 일으켜 책상 쪽으로 한 걸음 다가가자마자 글자들은 휘발되어버리고, 드라마는 죽고 만다. 운율을 갖춘 중얼거림에 형체를 부여해보려는 생생한 노력만이 막연하고 아득한 그리움이 되어 남는다. 멀리 떨어진 산 위로 저물어가는 마지막 햇살, 인적 없는 집 앞에서 바람에 휘날리는 나뭇잎, 영영 정체가 밝혀지지 않았던 친척들, 타인들의 무절제, 여자들, 우리는 그녀들이 우리를 향해 몸을 돌린다고 생각하지만, 실제로는 결코 존재하지 않을 그런 여자들.

계획들, 나는 모든 계획을 상상해보았다! 내가 구상한《일리아드》는 호메로스가 이루지 못했던 논리적인 구조와 서사시의 유기적 연결성을 구비했다. 내가 쓰지 않은 시의 치밀하게 구상된 완벽함에 비하면 베르길리우스의 엄밀함, 밀턴의 힘은 둘 다 옹색하게 보일 뿐이다. 내 비유와 풍자는 완벽한 계획하에 모든 세부요소가 서로 치밀하게 연결되었으므로 상징적 정확성 면에서 스위프트를 뛰어넘는다. 내 안에는 얼마나 많은 베를렌이 들어 있었는가!

내가 소파에서 생각한 것들은 단순한 몽상만이 아니었다. 하지만 내가 소파에서 일어설 때마다 그것들은 완벽한 영점으로, 아무것도 아닌 것으로 돌아가버렸다. 나는 이중의 비극을 체험했다. 그들이 사라져버렸고, 그런데도 나는 그들이 오직 백일몽은 아니었음을, 그들이 내 생각 속 추상의 문지방을 지날 때 자신들의 일부를 남겨놓았음을 잘 알고 있기 때문이다.

나는 천재였다. 꿈속에서 나는 삶에서보다 더욱 천재였다. 이것이 나의 비극이다. 나는 선두로 달리다가 결승점 바로 앞에서 넘어진 육상 선수다.

예술 작품을 별도로 완벽화하는 직업이 있다면, 나는 예술가로서의
한 역할을 담당할 수 있으리라. …

오직 다른 예술가가 만들어놓은 작품을 완벽화하는 그런 일… 아마
도 그런 작업에서 《일리아드》가 탄생했을 것이다.

단지 최초의 창작자가 되지 않기 위하여!

소설을 쓰는 작가들을 얼마나 나는 부러워하는가. 그들은 쓰기 시
작한다, 계속해서 쓴다, 그리고 완성한다! 나는 소설을 상상해볼 수가
있다. 한 장 한 장, 때로는 대화까지도, 그리고 대화와 대화 사이에 나
오는 지문까지도. 그럼에도 불구하고 나는 영영 이러한 꿈을 종이에
옮길 능력이 없다(…)

전쟁터에서의 행동이든, 생각 속에서의 행동이든, 모든 행동은 허위다. 마찬가지로 모든 포기 또한 허위다. 인간이란 원래 행동할 수도 없고 행동을 포기할 수도 없다는 것을 내가 알았더라면! 그랬다면 그것은 내 명예를 위한 꿈의 왕관이자 내 위대함을 위한 침묵의 왕홀이 되었을 것이다.

내 고통은 한번이 아니다. 세상의 모든 것을 향한 내 경멸은 참으로 지독하므로 나는 나 자신마저 경멸하며, 타인의 고통을 경멸하므로 나 자신의 고통까지도 경멸한다. 그렇게 나는, 스스로의 경멸로, 나 자신의 고통을 짓밟는다.
그럼에도 불구하고 나는 더욱 고통을 느낀다. ··· 자신의 고통에 가치를 부여하는 자는, 자존심의 태양빛으로 그것을 도금한다. 고통을 심하게 앓는 자는, 자신이 고통에 의해 선택되었다는 환상 속에서 스스로를 달랜다. 그리하여 (···)

고통의 막간극

오랫동안 (…) 한 뒤 책에서 시선을 들어 그늘 한 점 없이 뜨겁고 환하게 빛나는 태양을 두 눈에 정면으로 받은 사람처럼, 때때로 나 자신으로부터 시선을 들어 외부의 삶을 바라볼 때 타인들의 존재와 장소, 공간이 참으로 맑고 선명하게 나와는 무관한 채 서로 조화로운 화합을 이루고 흘러가고 있음을 발견하면 내 마음은 고통으로 터질 듯이 이글거린다. 나는 타인들이 갖는 실제의 감정에 걸려서 비틀거린다. 그들과 내 심리의 대립이 나를 방해하여 나를 비틀거리게 만든다. 나는 미끄러지면서, 그들의 소리 한가운데로, 내가 이해할 수 없는 낯선 말들의 한가운데로, 이 대지를 밟고 가는 그들의 확실하고 분명한 발걸음 한가운데로, 그들의 실제 몸짓, 다른 이로 존재하는 그들의 다양하고도 다층적인, 하지만 오직 나와 같은 변종만은 찾아볼 수 없는, 온갖 유형 한가운데로 곤두박질친다.

내가 곤두박질친 이들의 영혼 사이에서 나는 마치 죽은 사람이 된 듯 무방비로 텅 비어버린 느낌이다. 나는 창백하게 고통을 앓는 존재로, 단 한번의 미풍에 바닥으로 쓰러지는 그림자, 단 한번의 건드림에 먼지로 화해버리는 그림자로 살아왔다.

나는 자문한다. 스스로를 고립시켜 비범하게 만들려는 내 모든 수고와 노력이 과연 그럴 만한 가치가 있는지, 십자가형의 명예를 위해 나 스스로가 삶의 방향으로 잡은 느린 고통의 길이 정말로 그럴 만한 가치가 있는지? 설사 가치가 있는 일임을 내가 안다고 해도, 이 순간만큼은 그것이 전혀 가치가 없으며, 결코 그 어떤 성과도 얻지 못하리라는 느낌에 나는 엄습당한다.

294

돈, 아이 (광인) (…)

절대로 부유함을 질투하면 안 된다. 플라토닉한 질투만을 제외하고
는. 부유함은 자유이므로.

돈은 아름답다. 돈은 자유를 준다.

북경에서 죽고 싶다는 욕망과 그것의 실행 불가능함은 이제 곧 도래할 재앙이 되어 나를 짓누르는 것의 일부다.

소용없는 물건을 구입하는 자는 스스로의 짐작보다 더욱 영리하다. 그들은 조그만 꿈을 사는 것이기 때문이다. 물건을 사는 순간 그들은 아이가 된다. 소용이 없는 자질구레한 물건의 매혹에 돈을 지불한 사람들은, 그것을 가짐으로써 해변에서 조개껍질을 모으는 아이처럼 큰 행복감을 얻는다. 어린아이의 행복감을 다른 어떤 그림보다도 더욱 잘 보여주는 장면이다. 해변의 조개껍질을 주워 모은다! 그 어떤 조개껍질도 아이에게는 똑같지가 않다! 아이는 제일 예쁜 조개껍질 두 개를 양손에 하나씩 쥐고 잠이 든다. 그것들을 잃어버리거나 누가 가져가버리기라도 하면, 이 얼마나 참혹한 범죄인지! 눈에 보이는 아이의 영혼을 빼앗는 것이다! 아이의 꿈에 손을 대는 것이다! 그러면 아이는 막 창조해놓은 우주를 빼앗긴 신과 같이 운다.

부조리와 모순을 추구하는 것은 슬픔에 잠긴 자들의 동물적인 기쁨이다. 평범한 인간이 삶의 즐거움을 위해 헛소리를 떠드는 것처럼, 과도하게 신이 나서 다른 사람의 어깨를 두드리는 것처럼, 감동과 환희에 겨운 무능력자가 지성의 재주넘기를 한다. 자신만의 방식으로, 삶의 움직임을 실행한다.

부조리로 환원되다Reductio ad absurdum는 내가 가장 사랑하는 음료 중
의 하나다.

298

모든 것은 부조리하다. 어떤 자는 일생 동안 돈을 벌어 그 돈을 아끼지만, 재산을 물려줄 자식도 없고. 그렇다고 하늘이 그를 위해 대단한 액수의 보상을 준비해두고 있으리라는 희망도 없다. 다른 어떤 자는 사후의 명성을 얻으려고 애를 쓰면서도 나중에 그 명성의 소식을 전해들을 자신의 영생은 믿지 않는다. 또 다른 자는 자신이 진정으로 원하지는 않는 일들을 찾아다니느라 삶을 소비한다. (…)

어떤 자는 배우기 위해 읽는다. 헛된 일이다. 다른 자는 살기 위해서 즐긴다. 역시 헛된 일이다.

전차를 타고 가면서 나는 늘 하던 습관대로 조용히, 내 눈에 들어오는 사람들의 세부적인 면을 관찰한다. 내가 말하는 세부적인 면이란 사물들, 목소리 그리고 말이다. 내 앞에 앉은 소녀의 원피스를 여러 가지 관점에서 관찰한다. 원피스를 만든 옷감, 그 원피스를 짓기 위해 투입된 노동—나는 그것을 단순한 옷감이 아니라 한 벌의 옷으로 보기 때문에—그리고 목덜미 부분을 장식한 섬세한 자수에 쓰인 비단실과 수를 놓느라 들인 공을 본다. 그러자 바로 그 자리에서, 마치 경제학 입문서를 펼친 것처럼 공장의 작업 모습이 눈앞에 나타난다. 옷감이 생산되는 공장, 원피스의 목둘레를 소용돌이 모양으로 장식한 검은색 비단실이 직조되는 공장을 본다. 공장의 각 작업실 내부와 기계들, 노동자들, 재봉사들, 내부로 향한 내 시선은 사무실 안까지 들여다본다. 점잖으려고 애쓰는 관리자들과 장부에 기록된 전체 회계내역을 살펴본다. 이뿐이 아니다. 공장과 사무실에서 보내는 그들의 사회적 삶을 넘어, 그들의 가정생활까지도 내 눈앞에 나타난다. … 전 세계가 내 눈에 보인다. 단지 내 맞은편에 갈색 목덜미를 가진 내가 모르는 한 얼굴이, 짙은 초록빛 테두리 장식이 규칙적으로 불규칙하게 들어간 연한 초록색 원피스를 입고 앉아 있는 것을 보았기 때문에.

사회의 삶 전체가 내 눈앞에 나타난다.

그것을 넘어서, 내 앞자리에 앉아 있는 소녀의 유한한 인간의 목둘레에 연한 초록색 천 위로 짙은 초록의 비단실이 진부함의 무늬를 복잡하게 짜넣을 수 있도록, 그것을 위해서 일을 했던 모든 이들의 사랑을, 그들의 비밀을(sic), 그들의 영혼까지도 나는 감지한다.

현기증이 난다. 질긴 밀짚을 촘촘하게 꼬아 만든 전차의 좌석은 나를 먼 지역으로 실어 나르면서, 스스로 산업지구와 노동자들, 노동자 거주지, 삶의 여정, 현실들, 모든 것으로 모습을 바꾼다.

지쳐버린 나는 기계적으로 전차에서 내린다. 나는 방금 인생 전체를 모두 살아버렸다.

299

나는 여행을 할 때마다, 심오하게 여행한다. 카스카이스로 가는 기차여행은 나를 힘들게 한다. 그 짧은 시간 동안 네다섯 나라의 풍경을 모두 지나쳐간 것만 같다.

내가 지나쳐가는 모든 건물, 모든 빌라, 석회와 침묵으로 하얗게 홀로 서 있는 모든 외로운 농가들에서 나는 잠시 동안 한번씩의 생을 보낸다. 처음에는 행복하게, 다음에는 지루하게, 그리고 가장 마지막에는 피곤하게. 그러나 내가 매번 그 집들을 떠날 때마다, 그곳에서 보냈던 생에 대한 강렬한 그리움이 밀려온다. 그리하여 내 모든 여행은 아픔으로 가득 찬 행복이 된다. 커다란 기쁨이자 육중한 권태이며 상상으로 수없이 만들어낸 그리운 추억이다. 빌라와 농가, 집들을 지나칠 때마다 나는 그 안에 살고 있는 모든 거주자들이 되어 그들의 삶을 산다. 그들 모두의 생활을 동시에 산다. 나는 아버지이고 어머니이며, 아이이고 사촌, 하녀이자 하녀의 사촌이다. 나는 이 모두를 동시에 체험할 수 있다. 동시에 서로 다른 여러 일들을 인식하고, 외적으로 보면서 동시에 내적으로 느끼며, 다양한 사람들의 다양한 삶을 동시에 체험할 수 있는 특별한 능력이 있기 때문이다.

나는 내 안에서 여러 개성을 창조해냈다. 나는 계속해서 다양한 개성들을 창조하고 있다. 내가 꿈을 꿀 때마다 모든 꿈이 하나하나 육신을 입고 서로 다른 사람으로 태어난다. 그렇게 태어난 꿈들은 나를 대신하여 계속해서 꿈을 꾼다.

창조할 수 있기 위하여 나는 나를 파괴했다. 나는 내 안에서 스스로를 지극히 피상적인 것으로 만들었고, 그리하여 내 안에서 오직 피상적으로만 존재하게 되었다. 나는 여러 명의 배우들이 여러 편의 연극을 동시에 공연하고 있는, 텅 빈 무대다.

300
삼각형의 꿈

갑판 위에 있는 꿈을 꾸다가 깜짝 놀라서 깨어났다. 어떤 차가운 예감이 먼 왕국의 왕자인 내 영혼을 관통했다.

커다랗고 위협적인 침묵이 조그만 방의 눈에 보이는 대기 속을 흐릿한 바람처럼 휘몰아쳤다.

이 모두는 대양을 비추는 불안한 달빛, 잔잔히 가라앉혀주는 것이 아니라 놀라 소스라치게 만드는 과도한 달빛의 번득임 때문이다. 아직은 아무 소리도 듣지 못했지만, 왕자의 궁전 인근에 사이프러스 나무들이 서 있다는 것은 명백했다.

최초의 번개는 희미한 검이 되어 피안을 선회했다. … 대양의 달빛은 번개의 빛깔을 띤다. 이 모두는, 오직 폐허만이 남아 있으며, 단 한 번도 내가 아니었던 왕자의 궁전이 머나먼 과거가 되어버렸다는 의미다. …

침울한 소리와 함께 파도 사이를 헤치며 배가 다가오는 동안, 조그만 방 안은 침침하게 흐리며 어두워진다. 아니다, 그는 죽지 않았다, 단지 어딘가에서 포로가 된 것뿐이다. 하지만 이후에 왕자인 그가 어떻게 되었는지 나는 알지 못한다. 어떤 혹독한 운명을 짊어진 채 가고 있는지 알지 못한다. …

301

새로운 감각을 갖고 싶다면 새로운 영혼을 만들어야 한다. 다르게 느끼지는 않으면서 다른 느낌을 갖기를 원한다면 아무리 노력해도 소용이 없다. 영혼을 변화시키지 않으면 다르게 느낄 수가 없다. 우리가 사물에게서 느끼는 그것이 사물 자체다. 얼마나 오래 당신은 그것을 모르는 채로 알고 있었는가? 새로운 것을 얻고 새로운 것을 감각하고 싶다면, 당신은 새로운 것을 새롭게 감각해야 한다.

영혼을 변화시키라고? 어떻게? 그건 스스로 방법을 찾아야만 한다!

태어나는 순간부터 죽는 순간까지 우리의 영혼과 육체는 서서히 변화하고 있다. 그러니 이 변화의 속도를 높이는 수단을 찾아내면 된다. 예를 들어 병에 걸렸거나 회복될 때 육체가 평소보다 더 빠른 속도로 변화하듯이 말이다.

자신을 낮게 끌어내려, 뭔가 말을 해버리면 안 된다. 그러면 사람들은 우리가 어떤 의견을 갖고 있다고 생각하고, 우리를 끌어내려 청중들과 말을 하도록 시킬 것이다. 우리에게 진정 흥미를 갖는 자라면 오직 우리의 글을 읽는 것으로 충분하다.

말하는 자는 배우를 닮는다. 모든 진지한 예술가가 경멸하는 예술의 하수인.

302

내가 항상 두 가지 일을 동시에 집중해서 생각한다고 말했는데, 모든 인간은 어느 정도 그런 경향이 있다. 간혹 너무도 희미하여 당장은 의식하지 못하다가 한참 시간이 지난 다음에야 기억을 되살리면서 알게 되는 그런 인상들이 있다. 내 생각에는 그런 인상들이 모든 인간의 이중적인 집중력의 한 부분—아마도 핵심에 해당할—을 형성하는 듯하다. 내 경우에는 내가 집중하는 두 가지 현실이 동일한 비중을 지닌다. 그것이 내 독창성이다. 그리고 아마도 내 비극과 희극이기도 할 것이다.

장부 위로 몸을 기울인 채 나는 집중해서 칸을 채워 나간다. 내가 써넣는 숫자와 항목은 어느 알려지지 않은 회사의 아무 쓸모없는 이야기를 구성한다. 동시에 내 생각은 조금도 덜하지 않은 집중력을 가지고 어느 존재하지 않는 배의 항로를 따라 존재하지 않는 동양의 풍경을 향해한다. 나는 동시에 이 두 가지를 눈앞에서 똑같이 선명하게 본다. 종이에 쳐진 줄 위로 나는 바스케스 회사의 상업 서사시를 한 구절 한 구절 신중하게 적어넣는다. 그러면서 동시에 배의 선판 사이 이음매의 반듯한 타르칠 줄무늬 너머 길게 줄지어 있는 일광욕 의자들과 의자에서 쉬는 여행자들의 뻗은 다리를 주의 깊게 관찰한다.

(어린아이의 자전거가 나와 충돌한다면, 그 자전거는 내 삶의 이야기의 일부를 이룰 것이다.)

그 사이에는 갑판실이 불쑥 튀어나와서 내 시야를 가린다. 그래서 사람들의 다리밖에 보이지 않는 것이다.

나는 펜을 잉크병에 담근다. 갑판실 문이 열리면서, 내가 있다고 느끼는 그 자리 바로 곁으로, 어떤 낯선 이의 형체가 걸어 나온다. 그는

나에게 등을 돌린 자세로 다른 사람들에게 다가간다. 그의 걸음걸이
는 느리고 뒷모습은 특이한 것이 없었다. 그는 영국인이다. 나는 계속
해서 장부에 내용을 기입해 나간다. 어디서 틀렸는지를 파악하려고
애쓴다. 마르케스 씨의 액수가 수입이 아니라 지출 항목에 적혀 있다.
(그의 모습이 눈앞에 나타난다. 살집이 있고, 친절하고, 농담을 잘하
는 사람. 그 순간 배가 사라진다.)

303

1932년 1월 17일

세계는 느끼지 않는 자들에게 속한다. 실용적인 인간이 되기 위한 기본전제는 감수성의 부족이다. 실용적 삶을 위한 최고의 전제조건은 행동을 위한 추진력이고, 그것은 바로 의지다. 그러나 행동을 방해하는 두 가지 요소가 있다. 그것은 감수성과 분석적 사고인데, 분석적 사고는 곧 감수성으로 사고하는 것이기도 하다. 모든 행동은 본질상 외부세계에 자신의 개성을 투사하는 일이다. 그런데 외부세계는 인간 본성을 주성분으로 이루어지므로, 그 결과 개성의 투사는 다른 인간들을 가로막는 행위이며, 우리가 취하는 행위의 유형에 따라 다른 인간을 방해하거나 상처 입히거나 혹은 억누르게 되는 것이다.

따라서 행동에는, 타인의 개성과 고통, 기쁨을 상상하지 못하는 무능력이 포함되어 있다. 공감을 느끼는 인간은 앞으로 진행하지 못한다. 반면에 행위의 인간은 외부세계를 오직 비활성물질의 조합이라고만 생각한다. 그가 훌쩍 뛰어넘어버리거나 옆으로 치워버릴 수 있는 돌처럼 그 자체로 비활성인 사물. 혹은 인간이라고 해도 그에게 아무런 저항을 할 수 없다면 결국에는 돌이나 다를 바가 없으므로, 그런 인간은 마찬가지로 훌쩍 뛰어넘어버리거나 옆으로 치워버릴 수가 있다.

실용적인 인간의 가장 좋은 예는 전략가다. 그런 인간은 최고의 행위 집중력과 최대의 효과가 합쳐진 결과물이다. 인생 전체가 전쟁이다. 삶의 통합이 전투다. 전략가는 체스 선수가 체스말로 게임을 벌이듯이 인간의 삶으로 게임을 벌인다. 만약 전략가가, 자신이 말을 한번 움직일 때마다 수천의 가족들에게 밤이 다가오고, 그 세 배나 되는 마음에는 고통이 들어찬다는 것을 생각한다면 어떻게 될까? 우리가 정녕 인간적이라면 세상은 어떻게 될까? 인간이 진실로 느낄 수 있게 된다면, 그땐 문명은 존재하지 않으리라. 예술은 행동에 의해서 불가피하게 망각된 감수성에게 피난처를 제공한다. 예술은 그래야만 하기 때문에 집에 있을 수밖에 없는 신데렐라다.

모든 행위의 인간은 본성상 활기차며 낙천적이다. 원래 느끼지 못하는 인간은 행복하기 때문이다. 어떤 사람이 늘 기분이 명랑하면, 그는 행위의 인간이다. 기분이 울적한데도 일을 열심히 하면 그는 행위의 하수인이다. 그는 삶의 거대한 보편성 안에 안주하며 회계원으로 살아가는 것을 좋아한다. 마치 내가 나만의 특별한 보편성 안에서 그러듯이. 그런 사람은 인간과 사물의 지배자가 될 수 없다. 지배의 속성은 무감정이다. 그러므로 유쾌한 자가 지배한다. 감정을 느끼는 사람은 우울해지기 때문이다.

바스케스 사장은 오늘 사업상 계약 하나를 체결했고, 그 결과 한 명의 병든 남자와 남자의 가족을 파멸로 몰아넣었다. 그 일을 하는 동안 바스케스는 자신의 앞에 있는 것이 한 인간이라는 사실을 완전히 잊었다. 그가 보고 있는 것은 오직 상업적인 적수일 뿐이었다. 절차가 끝난 뒤에야 비로소 바스케스는 감수성을 되찾았다. 만약 계약 도중에 감수성이 그를 엄습했더라면 그 계약은 당연히 이루어질 수 없었으리라. "저 사람 참 안됐어." 하고 사장은 나에게 말했다. "이제 얼마 버티지도 못할 텐데." 그런 다음 사장은 담배를 입에 물고 덧붙였다. "어쨌든 저 사람이 나중에라도 뭔가 내 도움을 필요로 한다면"—이것은 적선을 의미한다—"내가 그 덕분에 좋은 거래를 할 수 있었고 몇만 이스쿠두(유로화 도입 이전의 포르투갈 화폐 단위)나 이득을 보았다는 사실을 잊지 말아야지."

바스케스 사장은 결코 나쁜 인간이 아니다. 그는 행위의 인간인 것이다. 이런 게임에서 항상 나쁜 패를 뽑는 자는, 정말로 나중에 그의 적선을 기대해볼 수가 있다. 사장은 마음이 아주 너그럽기 때문이다.

모든 행위의 인간들은 바스케스 사장과 같다. 산업과 상업의 소유주들, 정치가, 군인, 종교계와 사회의 이상주의자들, 이름난 시인과 예술가들, 자신이 하고 싶은 것만 하려 드는 아름다운 여인과 아이들. 느끼지 않는 자들이 명령을 내린다. 승리를 위해 필요한 것만 생각하는 자들이 승리한다. 나머지 모든 불특정한 보통의 일반 인간들, 볼품없고, 감성적이고, 상상력으로 충만하고, 허약한 이들은 단지 마리오네트 연극이 끝날 때까지 배우들의 연기를 돋보이게 해주는 무대 뒤편의 커튼에 불과하다. 체스말들이 서 있기 위한 정사각형의 체스판에 불과하다. 이중인격이라는 책략으로 자기 자신과 즐겁게 게임을 벌이는 위대한 체스 선수가 마침내 상대를 물리치고 말들을 가져가버릴 때까지.

304

믿음이란 모든 행동이 가진 본능이다.

305

내 삶의 중요한 습관은 아무것도 믿지 않는 것이다. 특히 본능적인 것은 결코 믿지 않는다. 정직하지 않은 내 천성은, 그에 걸맞게 행동하는 데 방해가 되는 모든 장애물을 거부한다.

원칙적으로 나는 다른 이들을 수단으로 하여 내 꿈을 형성했다. 그들의 의견을 받아들이고, 그것을 내 이성과 직관으로 나 자신의 것으로 만들었다(나는 의견 자체를 갖고 있지 않으므로 그 어떤 낯선 의견이라도 수용할 수가 있다). 타인들의 의견을 임의로 변형하여 타인의 개성으로부터 내 꿈과 관련된 어떤 것을 조형해내기도 했다.

나는 그런 식으로, 언어적 환경에서 (다른 수단은 갖고 있지 못하므로) 계속해서 꿈을 꿀 수 있도록, 내 무형의 개성이 유동하는 상태에서 낯선 이들의 의견과 감정을 통해 내가 존속할 수 있도록, 내 꿈을 삶의 앞으로 가져다놓는다.

타인이란 대양의 바닷물이 임의로 흘러들 수 있는 수로이며 물길이다. 햇빛을 받은 수면의 광채는 구불구불 흐르는 사고의 경로를 마른 강바닥이 할 수 있는 것보다 훨씬 더 효과적으로 보여준다.

급하게 분석을 하다 보니 마치 내가 타인들에게 달라붙은 기생충같이 보인다. 실제로 나는 앞으로 도래할 격앙된 감정을 위해 기생충이 될 필요가 있다. 나는 타인들의 개성이란 틀 안에서 거주하며 살고 있다. 나는 그들의 발걸음을 내 정신에 새기고 내 의식에 깊숙이 받아들여서, 마침내는 나 자신이 그 발걸음을 내디딘 자가, 그 길을 걸어간 자가 되어버린다.

나를 분할하여 동시에 두 가지 이상의 생각을 추적하는 습관이 있는 나는, 타인들의 느낌의 유형을 극도로 선명한 상태로 내게 이관시킴으로써, 내가 모르는 그들의 영혼 상태를 분석하고 그들의 존재와 생각을 순수하게 객관적으로 분석할 수가 있다. 그렇게 꿈과 꿈 사이에서, 내 꿈의 진행은 단 한순간도 멈출 필요가 없이, 나는 그들 안에서 지금껏 말라죽어 있던 감성의 진수를 직접 살아낼 뿐 아니라 그들 영혼의 밑바닥에 깊이 잠들어 있는 갖가지 정신력의 내적 논리까지도 구축하고 정돈한다.

이 모든 것이 진행되는 동안 그들의 외양, 의상이나 행동도 내 시야를 벗어나지 않는다. 나는 그들의 꿈을 체험하고 그들의 육체와 충동적 본성, 행동양식을 모두 동시에 체험한다. 거대하게 통합된 분열의 형태로 나는 그들 내부 어디에나 동시에 있게 된다. 우리들 대화의 매 순간 나는 의식적이고 무의식적인, 분석적이면서 분석된 본질의 다양함을 창조하고, 동시에 활짝 펼쳐진 부채로 다시 합쳐지는 그 다양함 자체가 된다.

306

나는 기독교신앙에 대한 불신을 상속받았으며, 모든 종류의 신앙에 맞서는 불신을 자기 안에서 스스로 만들어낸 세대에 속한다. 우리의 부모는 신앙의 욕구를 갖고는 있었지만, 그 대상을 기독교에서 다른 형태의 환상으로 전이시켰다. 어떤 이는 사회적 평등의 열성적인 옹호자였고 어떤 이는 오직 아름다움에만 빠져들었고, 어떤 이는 과학과 그 이점에만, 또 다른 이는 기독교에 더욱 강하게 붙잡혀서, 단순히 살아 있다는 사실만 제외하면 오직 공허하게 텅 비었을 뿐인 자신들의 자의식을 채워줄 동서양의 온갖 종교들을 찾아 헤매고 다녔다.

우리는 이 모두를 잃었다. 우리는 이 모든 위로가 없는 상태로 세상에 태어났다. 문명은 그 문명이 대표하는 어느 한 종교의 내적 규범을 따라서 형성된다. 그러므로 다른 종교로 전환한다는 것은 자신의 종교뿐 아니라 그로 인하여 종교 전체를 잃는다는 의미다.

우리는 하나의 종교를 잃었다. 그 결과 마침내 모든 종교를 잃게 되었다.

우리 각자는 모두 삶이라는 황량한 현실에 홀로 남겨졌다. 한 척의 배는 항해를 위해 태어난 사물처럼 보인다. 하지만 배는 항해를 위해서가 아니라 항구로 들어오기 위하여 태어났다. 우리는 망망대해에 홀로 떠 있다. 안전한 피난처가 되어줄 항구가 어디에 있는지 알지도 못한 채. 그렇게 우리는 아픔과 슬픔을 안고 아르고 전사들의 모험을 반복하고 있는 것이다. 이것은 항해이지 삶은 아니다.

환상이 없는 우리는 오직 꿈을 통해서 삶을 산다. 꿈은 아무런 환상도 가질 수 없는 자들의 환상이다. 우리 자신을 재료로 하여 살면서, 우리는 우리의 가치를 감소시킨다. 완벽한 인간이란 스스로를 모르는 인간이기 때문이다. 믿음이 없으면 희망이 없고, 희망이 없으면 진정한 삶을 살 수가 없다. 미래를 상상하지 못하면 오늘을 상상할 수 없다. 행동하는 자에게 오늘이란 단지 미래의 서막에 불과하기 때문이다. 우리의 투지는 사산되었다. 우리는 투지 없이 태어난 것이다.

우리 중 어떤 이들은 일상이나 정복하면서 맥 빠진 생을 살다 갔다. 매일매일 일용할 빵이나 구하며 속되고 비루하게 살았다. 땀 흘리며 노동해야 한다는 생각 없이, 노력해야 한다는 의식 없이, 성취의 고귀함도 모른 채.

다르게 태어난 우리, 더 나은 종족인 우리는 국가와 사회를 멀리했다. 아무것도 욕망하지 않고 아무것도 바라지 않고 대신 우리의 벌거벗은 존재의 십자가를 망각의 골고다로 끌고 가려고 했다. 그것은 자신 안에서, 십자가를 지고 간 그 사람처럼, 그 어떤 신적인 근원도 느끼지 못하는 자들의 절망적인 노고다.

다른 이들은 바깥으로 눈을 돌려 혼돈과 소음에 일생을 바쳤다. 자신의 소리를 직접 듣는 것만이 삶이라고 여겼으며, 사랑의 외적 특징과 충돌했을 경우에만 그것을 사랑이라고 믿었다. 우리가 살아 있다는 것을 알았기에, 우리는 삶이 괴로웠다. 죽음은 우리를 두렵게 하지 못했다. 죽음에 대한 일반적인 표상을 우리가 망각했기 때문이다.

하지만 또 다른 이들, 종말의 종족이며 죽음의 시간과 영적 경계를 형성하는 이들은, 거부할 용기도, 망명을 떠날 용기도 없었다. 그들의 삶은 부인과 불만과 불운 속에서 흘러갔다. 그러나 우리는 그것을 행동 없이, 내면으로 체험한다. 우리 방의 사면의 벽과 행동할 줄 모름이라는 사면 담장에 둘러싸인 채—최소한 우리가 살아가는 외향상으로는—영원한 죄수가 되어.

307
낙담의 미학

우리는 삶으로부터 어떤 아름다움도 얻어낼 수 없으므로, 최소한 우리의 무능력에서라도 아름다움을 얻으려고 노력해야 한다. 우리의 좌절을 승리로, 긍정적인 것으로, 지주支柱와 위엄과 우리 자신의 동의를 획득한 고귀한 것으로 변화시켜야 한다!

삶이 우리에게 감옥 이외에는 (아무것도) 아닐지라도, 우리는 그것을 장식하기 위해 노력해야 한다. 비록 가진 것이 꿈의 그림자뿐일지라도, 그것으로 색색의 그림을 그리며, 고요히 서 있는 담장의 외면에 우리의 망각을 새겨넣으면서.

모든 몽상가들이 그렇듯이, 나는 창조를 위해서 태어난 사람이라고 느끼고 있다. 나는 기를 쓰고 노력할 능력이 없고 어떤 계획을 실행에 옮길 능력도 없다. 나에게 창조란 꿈꾸고, 원하고, 그리워하는 것과 같은 의미이고, 행동이란 내가 간절히 하고 싶은 행동을 꿈꾸는 것과 같은 의미다.

308

나는 내 삶의 무능력을 천재성이라 부른다. 내 비겁함을 완벽함이라고 부르면서 징벌한다. 나는 스스로를, 가짜 금으로 도금한 신과 함께, 대리석처럼 색칠한 마분지 제단에 올렸다.

그렇지만 나는 나를 속일 수가 없고, 내 자기기만의 (…)도 속일 수가 없다.

309

자화자찬의 기쁨…

─────

빗속의 풍경
빗속에서는 냉기의 냄새가 난다. 근심의 냄새, 모든 불가능한 길의
냄새, 누군가 꿈꾸었던 모든 불가능한 이상의 냄새가 난다.

─────

오늘의 여자들은 외모와 교태를 지나치게 과시하기 때문에, 돌이킬
수 없는 허망함을 온몸으로 표현하는 셈이다. …
그녀들의 (…) 화려하게 치장함으로써, 살과 피로 이루어진 생명이
라기보다는 단순한 장식물처럼 보인다. 띠 모양의 벽장식이나 회화처
럼, 현실적으로 관찰하면 그들은 단지…
단순한 숄을 어깨에 두르는데도 오늘날은 효과를 고려하여 예전과
는 비교할 수 없을 만큼 많은 신경을 써야 한다. 과거에 숄은 그냥 의
복의 일부였다. 오늘날은 순수하게 미적인 향유를 위한 직관으로 창
안된 액세서리다.
우리는 모든 예술이 탐욕스럽게 활약하는 시대를 살고 있다. 모두
가 달려들어 의식의 꽃잎을 잡아 뜯는다. 모두가 희열의 전투에 (…)
몰입하고 있다.
그려지지 않은 그림으로부터 튀어나온 듯한, 이 모든 여자들의 형
체… 어떤 여자들은 지나치게 세분화되었다. … 심지어 어떤 옆모습
들은 일부러 비현실적으로 보이고 싶은 듯이 과도하게 날카로워서,
배경에서 유리되어 나온 순수한 윤곽선처럼 보인다.

310

내 영혼은 숨겨진 오케스트라다. 바이올린, 하프, 팀파니와 북, 어떤 악기가 내 안에서 둥둥 울리고 소리를 내는지 알지 못한다. 나는 오직 내가 교향곡이라는 것만 알 뿐이다.

―――

모든 노력은 범죄다. 모든 행위가 죽은 꿈이기 때문이다.

―――

당신의 손은 붙잡힌 비둘기다. 당신의 입술은 말 못하는 비둘기다 (지금 내 눈앞에 날아와서 구구거리는 비둘기들).

당신의 모든 행위는 한 마리 새다. 당신이 자리에 앉을 때는 한 마리 제비, 당신이 나를 바라볼 때면 한 마리 콘도르, 냉담하고 오만한 당신이 일순 무언가에 사로잡혀 넋을 잃으면, 당신은 한 마리 독수리다. 당신을 바라볼 때, 내 눈앞에는 호수의 흔들리는 물결이 펼쳐진다.

새처럼 날아오를 것만 같은 당신(…)

―――

비가 내린다. 비가 내린다. 비가 내린다. …

끊임없이 비가 내린다. 눈물을 흘리듯(…)

내 육신은 내 영혼을 냉기에 떨게 만든다. … 차가운 공기의 냉기가 아니라 비를 바라볼 때 느껴지는 냉기다. …

―――

모든 쾌락은 악덕이다. 살아 있는 것 모두가 쾌락을 추구하기 때문이다. 유일하게 진정으로 혐오스러운 악덕은 모두가 행하는 것을 행하는 일이다.

311

기대하지도 않았고 기대할 필요도 없는데, 종종 평범한 생활의 숨 막히는 답답함이 내 목을 조여온다. 그럴 때면 나는 함께 일하는 사람들의 목소리와 몸짓에서 실제로 구토가 날 듯한 역겨움을 느낀다. 즉 각적인 구토감, 머리와 위장에서 동시에 와락 느껴지는, 깨어 있는 감수성의 한심한 기적… 나에게 말을 거는 사람이 누구든, 나를 바라보는 얼굴이 누구든, 그것은 비열한 모욕이 되어 나를 덮친다. 모든 것이 두렵고 공포스러워 숨을 쉴 수가 없다. 이 모두를 느끼는 감각이 나를 현기증 나게 만든다.

내 위장이 절망적으로 비틀어지는 이런 순간, 거의 매번 내 앞에는 한 남자가, 혹은 한 여자나 한 아이가 나를 괴롭히는 진부함의 상징으로 나타난다. 그들은 주관적이고 심사숙고한 내 감정의 입장에서가 아니라, 내 마음속 느낌의 표면에 해당하는 객관적인 진실에서, 마법적인 비유를 통해 내가 세운 법칙의 실례를 나에게 전달하는 객관적 진실의 입장에서 진부함을 대표한다.

312

이런 날들이 있다. 내가 마주치는 사람들이, 그리고 불가피하게 교류할 수밖에 없는 사람들이 모두 상징으로 보이는 날. 그들 각자가, 혹은 그들이 서로 연결되어서 내 어두운 삶의 기록인 신비한 예언의 글자를 형성하는 듯한 날. 사무실은 인간이라는 어휘로 이루어진 하나의 페이지가 된다. 거리는 한 권의 책이다. 내가 아는 사람과 혹은 모르는 사람과 나누는 말들은 모두 내가 가진 사전에는 없는 어구들이긴 하지만, 완전히 알아듣지 못하는 말도 아니다. 그들은 말하고 무엇인가를 표현하지만, 그들 자신에 대해서는 아무것도 말하거나 표현하지 않는다. 이미 말했듯이 그들은 아무것도 나타내지 않는 어휘들이며, 그들의 몸은 투명하게 비쳐 보인다. 그러나 나는 어슴푸레한 환각의 빛 속에서 사물의 표면에 갑작스럽게 나타나는 유리창을 통해, 그들이 은폐하거나 드러내는 내면의 것을 불분명하게 감지할 수 있다. 나는 색채에 대한 말을 들은 장님처럼, 지식 없이 직관으로 이해한다.

간혹 거리를 걷고 있으면, 은밀한 대화의 일부가 귀에 들어올 때가 있다. 거의 모두가 다른 여자, 다른 남자, 누군가가 사귀는 젊은 남자, 혹은 또 다른 누군가의 애인들에 관련한 내용이다. …

대다수의 의식적인 인간들이 삶을 소모하면서 열중하는 이런 일들, 인간의 그늘진 대화들을 듣고 있노라면, 혐오감과 따분함이 몰려오면서, 거미줄 아래로 유배당한 두려움, 실제 인간들에 의해 깔아뭉개지고 있다는 생각이 든다. 집주인과 다른 세입자들이 나에게 이 구역 전체 거주자와 똑같은 이웃이 되는 형벌을 내린 느낌이다. 그리하여 나는 창고 뒤 환기구의 쇠창살 사이로, 빗물에 떠내려온 타인들의 구역질 나는 쓰레기를 바라보고 있다. 쓰레기가 쌓여 있는 뒷마당이 바로 내 삶이다.

313

스스로 불행하다는 사실을 모르고 있는 자들의 행복이 나를 화나게 한다. 그들의 삶은 진정한 감수성으로 관찰한다면 공포의 연속일 뿐이다. 그러나 그들의 삶은 사실 식물적이므로, 고통은 그들의 영혼을 건드리지 않은 채 존재를 관통해서 지나갈 뿐이다. 그들은 치통을 앓으면서도 행복을 느끼는 인간에 비유할 수 있다. 의식하지 못하는 채로 꾸밈없는 행복을 누리는 삶, 그것은 신들이 우리에게 베풀어준 최고의 선물이다. 그렇게 함으로써 우리가 신들과 마찬가지로(비록 다른 방식이라고 해도), 기쁨과 고통에 연연하지 않을 수 있기 때문이다.

그러므로 나는 그들을, 비록 화가 나기는 하지만, 내 사랑스러운 식물성 인종을 사랑할 수밖에 없다!

314

나는 현대사회의 최고 지성인들이 아무것도 하지 말아야 한다는 요지의 법령을 공표할 수 있었으면 하고 소망했다.

감성적인 자도 지적인 자도 없는 사회는 제 스스로 알아서 굴러갈 것이다. 그런 자들이야말로 사회의 유일한 저해요소다. 원시사회는 행복했다. 어느 정도는 위와 같은 모델에 들어맞았기 때문이다.

그러나 유감스럽게도 지성인들이 사회에서 축출되면, 그들은 아마도 죽음을 맞을 것이다. 그들은 노동하는 법을 모르기 때문이다. 어쩌면 단순히 지루함 때문에 죽어버릴지도 모른다. 그들에게는 멍청함이 들어설 자리가 없기 때문이다. 하지만 지금 나의 관심사는 그들의 행복이 아니라 인간의 보편행복이다.

사회에서 인정을 받은 지성인들은, 지성인의 섬으로 추방된다. 지성인들은 마치 우리에 든 동물처럼 평균사회가 가져다주는 양식으로 연명한다.

인류의 불행을 지적해온 지성인이 없다면, 인류는 불행을 의식하지 못할 것이다. 모든 것에 고통스러워하는 민감한 감성의 인간들은 타인들도 덩달아 고통에 빠지게 만든다. 그들에 대한 동정심 때문에.

우리 모두는 동일한 하나의 사회에 살고 있으므로, 지성인들에게는 일단 단 한 가지 의무가 부여된다. 종족의 삶에 최소한으로만 참여하는 것이다. 그 어떤 신문도 읽으면 안 된다. 특히 하찮고 시시한 사건에 대해서 알아서는 안 된다. 내가 지방의 소소한 사건 기사를 얼마나 재미있게 읽는지 아무도 상상하지 못할 것이다. 그 이름만 들어도 공허로 향하는 문이 활짝 열리는 느낌이 든다.

최고 지성인들에게는 국가 최고 권력자의 이름이 무엇인지 모르고, 자신의 나라가 공화제인지 군주제인지 모르는 것보다 더 숭고한 명예는 없다.

 지성인은 그 어떤 사건에도, 그 어떤 일에도 흔들리지 않도록 자신의 영혼을 다스리는 데 모든 노력을 기울여야 할 것이다. 그렇지 않으면 그는 자기 자신으로 있기 위해서 다른 이의 일에 관여해야만 하는 처지가 된다.

315

시간을 낭비하는 일에는 미학적인 요소가 깃들어 있다. 감각을 연마하는 이들은 모든 종류의 광휘로 인도하는 느림의 교본을 갖고 있다. 사회적 유용성이라는 모범에 대항하고 우리의 본능적 충동과 감정의 요구에 대항하는 전략을 세우기 위해서는 연구가 필요한데, 탐미주의자라고 해서 모두 쉽사리 할 수 있는 그런 연구는 아니다. 우리가 느끼는 심리적 불편함의 병인病因을 엄중하게 분석하여, 정상이라고 인정하는 아이러니한 진단을 내려야 한다. 그 밖에도 우리는 삶의 전장에서 자신을 보호해야 한다. 신중한 (…)은 타인의 의견과 부딪치는 우리의 민감성을 무장시킨다. 마찬가지로 벨벳처럼 부드러운 침착함은 타인과의 공존으로 인한 둔중한 타격에 맞설 수 있도록 우리 영혼에 완충작용을 한다.

316

미학적 신비주의로 무장하여, 삶과 사람들이 우리에게 가하는 모욕
과 멸시가 감수성의 하찮은 가장자리 이상으로 침투하지 못하게 한
다. 의식적인 영혼의 가장 먼 테두리에서만 머물게 한다.

우리 모두는 추악한 면을 갖고 있다. 우리는 누구나 내면에 범죄를
품는다. 이미 저지른 범죄 혹은 영혼이 요구하고 있는 범죄를.

317

1932년 1월 26일

나로서는 좀처럼 이해하기 힘들고 아무리 질문을 해도 해답을 발견할 수 없는 일은, 타인들은 어떻게 존재하는가, 내 것이 아닌 영혼이 어떤 방식으로 있을 수 있는가, 그리고 내 것이 아닌 의식이란 도대체 무엇인가 하는 의문이다. 나에게 의식이란, 오직 한 가지만이 존재 가능한 것처럼 생각되기 때문이다. 내 앞에 서서, 내가 사용하는 것과 동일한 듯한 언어로 나에게 말을 하고, 나처럼, 마치 내가 하는 듯한 그런 몸짓을 취하는 사람이 어떤 의미로는 나와 다를 바가 없는 인간이라는 것을 안다. 하지만 역시 마찬가지로 내 상상 속 인물, 혹은 소설에 등장하는 인물일 수도 있고, 연극 공연에서 배우가 연기하는 인물과 내가 말을 나누고 있는 것이기도 하다.

추측하건대 그 누구도 타인에게 진정한 실제를 부여하지 못한다. 타인이 살아 있는 인간이라고, 자신과 마찬가지로 감정과 생각을 가진 인간이라고 인정해줄 수는 있다. 하지만 그 인정에는 나와 다른 질료적이며 이름 없는 그 무엇이라는 차별적 전제가 들어 있다. 그에 비하면 과거에서 온 형상들, 책에서 읽은 정신적 이미지는 우리가 실제로 상점 탁자 너머로 대화를 나누거나 우연히 전차에서 눈이 마주친 구체화된 무관심보다, 혹은 거리를 지나가다가 아무 의미 없이 옷깃을 스친 죽은 우연보다 훨씬 더 중요한 것이 사실이다. 타인들은 나에게 무대를 꾸미는 장치 이상의 의미가 없으며, 그 대부분은 잘 아는 거리의 보이지 않는 배경을 이룬다.

문학의 주인공들과 회화에서 나타난 인물은, 소위 말하는 현실의 인간들보다 나에게 더욱 가깝고 친근하며, 신뢰감을 준다. 현실의 인간들은 살과 피라고 불리는 형이상학적인 무용지물이다. 그런데 이

"살과 피"는 그들을 가장 잘 묘사해주는 말이다. 그들은 조각조각 잘라서 정육점 대리석 진열대에 내놓은 고깃덩이, 살아 있는 것처럼 피를 흘리는 죽은 생명체, 운명의 갈비이며 뒷다리살이다.

이런 생각이 든다고 해도 나는 부끄럽지 않다. 이미 우리 모두가 그렇게 생각하고 있음을 알기 때문이다. 인간들 사이에 분명 만연해 있는 비하와 냉담은, 자신이 살인한다는 것을 느끼지 못하는 살인자처럼, 혹은 자신의 하는 행동에 대해 생각할 줄을 모르는 군인처럼 살인을 허용하고 있다. 세상에서 벌어지는 혼란은 그 누구도 타인들 역시 사람이라는 사실을 고려하지 않기 때문에 발생하는 현상이다.

어떤 날에, 어떤 순간에, 어디에선가 내가 알지 못하는 미풍이 불어오고, 내가 알지 못하는 어떤 문이 열릴 때, 길모퉁이 식료품점 주인이 정신적 존재임을, 그리고 상점 입구에서 막 허리를 굽히고 감자 자루를 들여다보고 있는 점원이 실제로 마음의 고통을 느낄 수 있음을, 나는 불현듯 알게 된다.

어제 담배가게 점원이 자살했다는 말을 들었을 때, 나는 그것이 거짓말처럼 들렸다. 가엾은 인간, 그런 그도 한때는 존재했었던 것이다! 그를 알고 있었던 우리 모두는, 그를 전혀 몰랐던 다른 이들과 마찬가지로 그의 존재 사실을 까맣게 잊고 있었다. 그리고 내일이면 그를 더욱 쉽게 잊어버릴 것이다. 그러나 그도 영혼을 갖고 있었음은 확실하다. 스스로 목숨을 끊었기 때문이다. 열정? 공포? 분명 갖고 있었으리라. … 하지만 다른 모든 사람들에게 그렇듯이 내 기억에 남아 있는 것은, 알록달록한 무늬가 들어가고 어깨가 삐뚤어진 지저분한 재킷 위로 보이던 그의 어벙한 미소뿐이다. 그것이 너무도 강렬한 감정을 가졌기 때문에 스스로 목숨을 끊어버린 누군가로부터 내가 받았던 인상의 전부다. 그 외의 다른 이유 때문에 자살을 하는 사람은 없을 것이다. … 언젠가 그에게서 담배를 살 때 그가 곧 대머리가 될 것 같다는 느낌을 받은 적이 있었다. 그런데 그는 그럴 시간을 갖지 못했다. 이것이 그에 관한 내 기억이다. 달리 무슨 기억을 가질 수 있겠는가? 그에 관한 기억이란 근본적으로 그와는 무관하고 나 자신의 생각에만 관련되어 있는 것이다. 갑자기 그의 시체가 보인다. 시체가 누운 관과, 관이 들어앉은 낯선 무덤도 나타난다. 나는 불현듯 알아차린다. 어깨가 삐뚤어진 재킷을 입은 담배가게 점원은, 어떤 의미로는 인류 전체였다는 것을.

번개처럼 스쳐 지나가는 생각일 뿐이다. 하지만 오늘, 이 자리에서, 나라는 인간은 그가 죽었음을 분명히 깨닫는다. 그것이 전부다.

그렇다, 타인은 존재하지 않는다. … 저 석양의 가혹하고도 쓸쓸한 색조는 오직 나만을 위해서 무거운 날개를 접은 채 저기 머물러 있는 것이다. 나는 여기서 강물의 흐름을 볼 수가 없다. 하지만 저 커다란 강은 저물어가는 태양빛 아래서 오직 나만을 위해 영롱하게 잔물결친다. 강변의 커다란 광장은 오직 나만을 위해서 만들어졌다. 강물의 수위가 높아진다. 오늘 담배가게 점원이 땅에 묻혔던가? 오늘의 석양은 그를 위한 것이 아니다. 그러나 내가 이런 생각을 했으므로 이제 석양은, 내 의지와는 상관없이, 더 이상 나를 위한 것도 아니다. …

318

… 한밤에 서로 스쳐 지나가는 배들은 서로 인사를 나누지도 않으며 서로 모르는 사이로 남는다.

319

오늘 나는 깨닫는다. 내가 실패했다는 것을. 단지 놀라운 점은 그동안 내가 내 실패를 전혀 예상하지 못했다는 것이다. 내 안의 무엇이 승리를 예견하게 만들었단 말인가? 승자의 맹목적인 힘도 광인의 확신에 찬 시선도 나는 갖고 있지 못한데… 나는 어느 추운 하루처럼 맑고 슬펐다.

선명한 윤곽의 사물들은 위안을 준다. 햇살이 가득 스며든 투명한 사물들은 위안을 준다. 푸른 하늘 아래를 지나가는 생명을 보고 있노라면 많은 상처를 잊을 수 있다. 나는 끝없이 잊는다. 나는 기억한 것보다 더 많이 잊는다. 내 투명한 공기의 심장은 사물의 충만함으로 가득 차고 사물의 응시가 나를 부드럽게 만족시킨다. 영혼도 육체도 없는 단순한 응시, 나는 단 한번도 그 이상이 아니었다. 오직 스쳐 지나가면서 응시하는 한 줌의 공기였을 뿐이다.

나는 어느 정도 보헤미안의 정신을 갖고 있다. 삶을 마치 손가락 사이로 흘러내리는 물질인 양 가만히 지나가도록 버려두는 그런 정신. 그것을 붙잡고자 하는 충동은, 머리에 떠오르는 동시에 사라져버린다. 그러나 어디에도 매이지 않은 예술가적 정신을 어떤 보상으로 받아들이는 태도, 변덕스러운 감성과 희희낙락 어울리는 태도는 낯설게만 느껴왔다. 나는 언제나 고독한 보헤미안이었다. 불합리한 어떤 존재, 혹은 불가해한 보헤미안이었다. 불가능한 어떤 것이었다.
나는 자연을, 영혼을 응시하며 유예의 순간들을 살아왔다. 부드럽고 은밀한 고독으로 형성해온 그 순간들이 내 안에서 영원히 깊게 아로새겨질 것이다. 그런 순간 나는 생의 모든 의도를, 생의 모든 목적을 잊었다. 거대한 정신의 안식이 내 노고의 푸른 무릎 위로 떨어져 나에게 무가 될 수 있도록 허락하였으므로, 나는 기뻤다. 그러나 실패와 몰락의 느낌이라곤 기색조차 없는, 순수하고 결백한 순간을 기뻐한 적은 아마도 없으리라. 내 모든 해방의 순간에도 고통은 은은하게 빛을 발했으며, 낯선 정원의 그늘 속, 내 의식의 담장 뒤편에서 꽃을 피우고 있었다. 하지만 그 슬픈 꽃의 향기와 색채는 직관으로 담장을 투과했다. 장미가 피어 있는 정원의 다른 쪽은 존재의 어슴푸레한 비밀 속에 남아 있었으며, 내 삶의 몽롱함 속에서 파리하게 퇴색해버린, 나와 가까운 어떤 장소였다.

내 생의 강물은 마음속 바다에서 끝이 난다. 꿈속의 농장을 둘러싼 나무들이 가을을 입었다. 원처럼 둥그런 이 풍경은 내 영혼의 가시관이다. 삶의 행복한 순간들은 꿈이었으며, 슬픔의 꿈이었고, 그 안의 호수에서 나는 눈먼 나르시스처럼 나 자신을 목격했고 차가운 물의 감촉에 기뻐했다. 나르시스의 추상적 감성은 밤의 환영의 속삭임을 들었고, 비밀스러운 환상 속에서 무한히 칭송된 자신의 그림자에 기뻐했다.

모조 진주를 꿴 당신의 목걸이는 나와 함께 내 최고의 시간들을 사랑했다. 아마도 우리에게 가장 아름다운 꽃은 카네이션이었을 것이다. 그것이 가장 단순한 꽃이기 때문에. 당신의 입술은 자신의 미소에 깃든 냉소를 은연중에 찬미한다. 당신은 진정으로 당신의 운명을 이해하고 있었는가? 당신은 이해 없이도 이해할 수 있다. 그래서 당신의 슬픈 눈동자 속 비밀은 체념을 말하는 당신의 입술에 그늘을 드리우는 것이다. 우리의 조국은 장미가 피기에는 너무도 먼 땅이었다. 우리 정원의 폭포에는 물줄기 사이로 침묵이 가물거린다. 바위에 새겨진 작은 물길을 따라 우리들 어린 시절의 비밀이, 폭포의 바위 위에 군인들의 열병식에 맞추어 세워놓은 장난감 납병정들의 크기만 한 꿈이 숨겨져 있다. 우리의 꿈에는 아무것도 부재하지 않는다. 아무것도 우리의 환상을 방해하지 않는다.

나는 안다, 내가 실패했다는 것을. 나는 실패한 자의 불확실한 욕구를 즐긴다. 마치 자신을 사로잡아 지치게 만드는 열병 없이는 살 수 없는 사람처럼…

나는 친구를 사귀는 데 모종의 재능이 있었다. 그럼에도 불구하고 친구를 한 명도 갖지 못했다. 그들이 아예 존재하지 않거나 아니면 내가 친구라고 생각하는 인간관계의 형태가 단지 꿈속의 몽상이었을지도 모른다. 나는 늘 고독하게 살았다. 고독하면 고독할수록, 나는 나자신을 더욱 잘 들여다볼 수 있었다.

320

여름의 마지막 태양빛이 희미해지면서 이글거리는 열기가 서서히 잦아들고 나자, 하늘은 마치 더 이상 미소 짓기를 거부하는 듯했다. 끝없고 불분명한 슬픔의 가벼운 흔적과 함께 이른 가을이 시작되었다. 하늘의 푸른빛은 어느 순간 밝은 색이다가 어느 순간은 초록으로 변하는데, 두 색채 모두 공기의 성분에는 존재하지 않는 것이다. 그것은 여러 가지 농담의 흐릿한 보랏빛 구름이 피워 올리는 망각과 같았다. 그러다가 구름이 평화로운 고독을 뒤덮으면, 고요는 지루함으로 바뀌었다.

진짜 가을은 대기 중의 싸늘하지-않음 속에 스민 싸늘함과 함께 시작되었다. 아직 색이 바래지 않은 색채의 색바램과 함께 시작되었다. 풍경의 색조로부터 물러나 그늘지는 것들과 함께, 사물에 드리우는 먼 시선과 함께 시작되었다. 그러나 아직은 아무것도 죽지 않았다. 모든 것이, 아직은 부재하는 미소를 띠고, 그리움에 가득 차서 삶을 돌아보고 있었다.

그러다 드디어 완연한 가을이 왔다. 바람이 차가워졌다. 아직은 완전히 마르지 않은 나뭇잎이 마른 소리를 내며 흔들렸다. 대지는 안개에 젖은 늪처럼 규정할 수 없는 색채와 형태로 어른거렸다. 마지막 미소마저 무거운 눈꺼풀과 냉정한 몸짓에 실려 희미해졌다. 그리하여 느낌을 가진 것, 느낌을 가졌다고 우리가 생각하는 것들이 자신과의 작별을 마음에 품었다. 다른 존재에 대한 우리의 의식을 관통하며, 마당에 돌풍이 불어닥쳤다. 누구나 이 순간 삶을 진실하게 느끼기 위하여 건강을 회복하고 싶다는 마음이 그득할 것이다.

첫 번째 겨울비가 내렸다. 가을의 한가운데서. 비는 희미하게 남아 있는 색채들을 말끔히 씻어내버렸다. 거센 바람이 울부짖는다. 바람은 땅에 단단하게 서 있는 모든 것을 뒤흔들고 매달린 것들을 요동치게 한다. 움직이는 것들을 휩쓸고 간다. 바람은 제멋대로 퍼붓는 빗속으로, 익명으로 항거하는 말 아닌 말을, 영혼 없는 절망이 내지르는 슬프고도 거의 광포한 비명을 토했다.

이윽고 춥고 음울한 가을이 끝났다. 그 이후에 도래한 것은 겨울 같은 가을이며 모든 사물의 먼지가 남긴 더러움이다. 하지만 겨울의 추위는 뭔가 좋은 소식도 품고 있다. 모진 여름이 지나갔고, 이제 봄이 올 것이다. 가을이 겨울에게 자리를 내주었으므로. 높은 하늘의 흐릿한 색조는 더 이상 뜨거운 열기나 슬픔을 상기시키지 않았다. 이제 모든 것은 영원한 명상의 밤에 어울렸다.

내가 이것을 생각하기도 전에 이 모두가 나에게 그대로 다가왔다. 오늘 나는 이것을 기억했으므로, 글로 쓰고 있다. 내가 사는 이 가을은 내가 잃어버린 가을이다.

321

하나의 기회는 돈과 같으며, 돈은 다시 하나의 기회에 불과하다. 행동하는 인간에게 기회는 의지의 질문이며, 의지는 나의 관심사가 아니다. 나와 같은 행동하지 않는 인간에게 기회는 존재하지 않는 세이렌의 노래다. 하나의 기회는 경시되어야 하고 손 닿지 않는 구석으로 밀어내져야 한다.

기회를 가질 때… 바로 그 자리에 체념의 조각상을 세워야 한다.

오, 햇살이 그윽하게 퍼진 한없이 너른 들판이여. 한 명의 관조자를 위하여 너희는 살고 있구나. 관조자가 그늘 속에서 너희를 지켜본다.

위대한 말, 긴 문장이 지닌 알코올은 파도처럼 리듬의 호흡을 타고 자라나, 미소 짓는 거품의 뱀이 되어 자신들의 냉소를 넘쳐흐른다. 어른어른 빛나는 그늘 속 슬픔의 광채에 잠긴 채.

322

모든 행위는, 비록 단순할지라도 정신의 비밀을 손상시킨다. 모든 행위는 혁명적인 도발이다. 아마도 그것은 우리의 의도가 지닌 실제 천성으로부터 추방당한 상태일 것이다.

행동은 생각의 질병이다. 상상력이 비대해진 종양이다. 행동이란 자신을 추방시키는 것이다. 모든 행동은 불충분하며 불완전하다. 내가 어떤 시를 꿈꾸기만 하고 종이에 옮겨 쓸 생각은 하지 않을 때 시는 완벽하다. 이미 예수의 신화에서도 나오지 않던가. 인간이 된 신은 오직 순교자로 끝날 수 있었다. 가장 숭고한 몽상가는 아들이 되는 가장 숭고한 순교를 이룬다.

잎사귀의 구멍투성이 그림자, 새들의 금속성 노래, 강물의 긴 팔, 햇빛을 받아 차갑게 빛나는 강물의 광채, 초록빛 풀과 양귀비 그리고 감각의 단순함들, 이 모두를 느끼는 동안 나는 그것들을 그리워한다. 그것들을 느끼면서도 마치 느끼지 못하는 것처럼.

황혼의 거리를 지나가는 수레와 같이 시간은 내 생각의 그늘을 통과하여 삐걱거리며 되돌아온다. 내가 생각으로부터 시선을 들어 위를 보면 세상의 연극이 내 눈을 불태운다.

꿈을 실현하려는 자는 꿈을 잊어야 한다. 꿈으로부터 신경을 거두어야 한다. 그러므로 실현은 더 이상 실현이 아니게 된다. 삶은 가시투성이 장미처럼 모순으로 가득하다.

나는 새로운 모순을 신격화하여, 영혼의 새로운 무정부 상태로 이루어진 부정의 체제를 창립하고 싶다. 나는 항상 내 꿈의 축약본이 인류를 위해 어떤 점에서든 유용할 것이라는 생각이 들었다. 그래서 그 일을 한번도 시도하지 않았다. 이익이 되는 일을 할 수 있다는 생각만으로도 나는 우울해지면서 기운이 빠진다.

나는 삶의 교외에 토지를 소유하고 있다. 행동이라는 도시를 빠져나온 나는 꿈의 나무와 꽃들에게로 돌아간다. 그곳 피난처에는 행동의 삶으로부터 그 어떤 메아리도 들려오지 않는다. 끝없는 행렬과 같은 기억이 밀려오면서 나는 졸음을 느낀다. 나는 명상의 잔으로 노란 황금빛 포도주의 미소를 마신다. 나는 눈을 감고 마신다. 삶이 먼 바다의 배처럼 지나간다.

햇살이 화창한 날은 내가 갖지 못한 것의 맛이 난다. 푸른 하늘, 흰 구름, 나무, 이 자리에 없는 피리 소리, 불규칙적인 나뭇가지들 사이로 불완전하게 들리는 목동의 노래… 이 모두는 내가 손가락으로 가볍게 스치고 있는 침묵의 하프다.

말 없는 식물들의 고귀한 학교… 당신의 이름은 양귀비꽃처럼 들린다. … 저수지… 나의 귀환… 미사 도중에 이성을 잃어버린 혼돈의 성직자. 내 꿈에 속하는 기억들… 나는 눈을 감지 않는다. 하지만 그래도 아무것도 보이지 않는다. … 내가 보는 사물들은 이 자리에 없다. … 물…

절망적인 혼돈 속에서 나무들의 초록은 내 피의 일부를 이룬다. 머나면 내 심장이 생명으로 뛰고 있다. 나는 현실을 위해 있는 존재가 아니다. 그런데도 삶이 나에게로 왔고, 나를 발견해버렸다.

고난의 운명이여! 아마도 나는 내일 죽을 것이다! 어쩌면 오늘 끔찍한 재앙이 내 영혼에 닥칠 것이다! ⋯ 그것을 생각할 때마다 나는 우리를 강제로 앞으로 전진시키는 폭군이 두려워 떤다. 지금 내가 가고 있는 이 길이 어디로 향하는지 나는 알지 못한다.

… 비는 여전히 구슬프게 내리고 있었다. 하지만 우주의 피곤을 느낀 듯, 조금 약해지기는 했다. 번개는 없었다. 단지 간혹 아주 멀리서 짧고 거친 천둥소리가 구르듯이 들려왔을 뿐이다. 천둥 역시 지쳐버린 나머지 활동을 중단한 듯했다. 불현듯 빗줄기가 급작스럽게 더욱 약해졌다. 직원 한 명이 도라도레스 거리로 난 창문을 열었다. 뜨거운 열기를 단숨에 식히는 서늘한 공기가 넓은 사무실로 밀려들었다. 사장실에서는 수화기를 든 바스케스 사장의 목소리가 들려왔다. "뭐야, 아직도 통화 중이라고?" 그리고 이어서, 그 누구를 향하는 것도 아닌 어떤 메마른 말이 울렸다. 그것은 멀리 있는 어느 여인을 향하는, (아마도) 음란한 단어다.

324

꿈을 원하는 자는 결코 환상 속에서 위안을 얻으면 안 된다.

그러면 그는 꿈을 꾸면서 금욕의 절정에 도달해버린다. 관능은 서로 하나로 녹아들고 감정은 부글거리며 넘쳐흐르고 상상이 아우성치며 몰려든다. 색채와 음조가 서로 같은 맛이 나며 증오는 사랑의 맛이 난다. 구체적인 사물은 추상의 맛이 나고 추상적 사물은 구체의 맛이 난다. 모든 것을 하나로 연결하면서 동시에 모든 것을 따로 떼어놓으며 분리하기도 하는 끈이 끊어진다. 모든 것이 용해한다. 모든 것이 한꺼번에 녹아 흐른다.

325

막간극의 허구.[44] 그들은 우리 내면 깊이 가라앉은 불신의 허약함과 게으름을 화려한 색으로 은폐한다.

326

나는 살아가는 것보다 더 많이 꿈꾸지는 않는다. 나는 삶을 꿈꾼다. 모든 배들은 우리가 그들을 꿈꿀 능력이 있는 한 모두 꿈의 배다. 꿈꾸는 자를 죽이면 그는 꿈꾸면서 살지 못한다. 행동의 인간을 해치면 그는 살면서 꿈꾸지 못한다. 나는 꿈의 아름다움과 삶의 현실이 단 하나뿐인 유일한 행복의 색으로 녹아들게 했다. 하나의 꿈은 전적으로 우리에게 속한 것이지만, 주머니 속의 손수건이나 예를 들자면 우리의 육신처럼 소유할 수는 없다. 아무리 의기양양하고 대단한 삶을 산다고 해도 우리는 타인과의 접촉이나 아주 사소한 방해에 의해서도 충격을 받으며, 흘러가는 시간의 느낌으로부터도 자유롭지 못할 것이다.

꿈을 죽이는 것은 우리 자신을 죽이는 것이다. 그것은 우리의 영혼을 불구로 만든다. 꿈은 진실로 우리 모두가 가진 것이면서, 불가해하고, 정복 불가능한 그 무엇이다.

그것이 환상이든 현실이든, 우주와 삶은 우리 모두의 공유물이다. 내가 보는 것을 모두가 볼 수 있고, 내가 가진 것을 모두가 가질 수 있다. 혹은 최소한 그것을 볼 수 있다고, 가질 수 있다고 상상할 수 있다. 그것은 (…)

그러나 내가 꿈꾸는 것은 오직 나만이 볼 수 있고 다른 누구도 보지 못한다. 내 꿈은 오직 나만의 것이며 다른 누구의 것도 아니다. 외부 세계를 바라보는 내 시각이 다른 이들의 시각과 다르다면, 그것은 내가 꿈속에서 눈과 귀로 보고 들은 것을 무의식중에 수용했기 때문이다.

이처럼 맑고 청명한 날, 낮게 가라앉은 소음조차도 황금빛이다. 모
든 일이 잔잔하기만 하다. 누군가 나에게 지금 전쟁이 났다고 한다면,
나는 아니라고 그건 불가능하다고 대답할 것이다. 이런 날은 모든 사
건에 깃든 잔잔함을 훼손하는 그 무엇도 일어날 수가 없다.

두 손을 모아서 내 손바닥 사이에 놓고, 내 말을 들어다오, 내 사랑.

당신에게 거의 자장가처럼 부드러운 목소리로, 보속을 전하는 고해 신부처럼 말하겠다. 우리가 가닿고자 원하는 곳이 얼마나 먼지, 우리가 있는 곳에서 얼마나 많이 떨어져 있는지를.

당신과 함께 기도하겠다. 내 목소리로, 그리고 거기에 귀 기울이는 당신의 주의력으로. 절망의 연도煉禱를 올리겠다.

그 어떤 예술가의 작품도 아닌, 더 이상 완벽할 수는 없을 듯한 그런 예술 작품. 아무리 위대한 시라도 한 줄 한 줄 읽다 보면 더 나아질 수 있고 더 감동적일 수 있는 구절이 발견된다. 그 어떤 시도 전체가 모두 더 이상 완벽해질 수 없을 정도로 완벽할 수는 없다.

이 사실을 깨달은 예술가들은 슬퍼하라! 언젠가 이 사실을 알게 될 예술가들은 슬퍼하라! 이제 그는 자신의 작업에 결코 만족하지 못한다. 이제 그의 잠은 더 이상 안식을 가져다주지 못한다. 그는 이제 젊음 없이 젊으며 불만을 품은 채 늙어갈 것이다.

목소리는 무엇 때문에 주어졌는가? 아무리 적게 말을 한다고 해도, 모두 입 밖에 꺼내지 않는 편이 더 나았을 말일 뿐인데.

체념의 아름다움에 대해서 나 자신을 설득할 수만 있다면, 그러면 나는 앞으로 영영 얼마나 고통스럽게 행복할 것인가!

당신은 내가 귀로 하고 있는 말이 마음에 들지 않는다. 나는 내 귀로, 말해진 것을 말하는 내 소리를 듣는다. 내가 소리 내어 말하는 것을 내가 들을 때, 내가 소리 내어 말하는 것을 듣는 내 귀는, 내가 속으로 생각하는 말을 듣는 내면의 귀와는 다른 방식으로 나에게 귀를 기울인다. 내가 내 소리를 듣고 잘못 이해하여 나 자신조차도 원래 무엇을 말하려 했는지 몰라 자꾸만 스스로 질문을 해야 한다면, 어떻게 다른 사람들이 나를 이해할 수가 있겠는가!

우리가 타인을 이해한다는 것은 얼마나 다층적인 오해로 이루어졌는가!

타인에게 이해받는다는 환희는, 이해받고자 원하는 자에게는 불가능하다. 다층적인 자, 오해받는 자들이 거기에 속한다. 하지만 그와 다른 자들, 단순한 심성을 가졌기에 전 세계가 모두 이해할 수 있는 자들은, 이해받기를 갈망하지 않는다.

329

오 타인들이여, 당신들은 한번이라도 생각해보았는가, 우리가 얼마나 보이지 않는 방식으로 서로를 위하고 있는지를? 그러면서도 우리가 얼마나 서로에 대해서 모르고 있는지를 곰곰이 생각해본 적이 있는가? 우리는 서로를 보지만, 서로를 보고 있지 않다. 우리는 서로의 말을 듣지만, 각자 자신의 내면에서 울리는 어떤 목소리를 듣고 있을 뿐이다.

타인의 말은 우리가 듣는 오해이며, 이해의 난파선이다. 그러나 우리는 타인의 말을 이해하고 있다고 얼마나 굳게 확신하는가. 타인이 말에 실어 보내는 욕망에는 죽음의 맛이 난다. 타인이 특별한 의도 없이 무심히 입술에 올리는 것에서 우리는 욕망과 삶을 읽는다.

순수한 해설자로서 당신이 번역하는 시냇물의 목소리, 나무의 목소리, 우리가 온갖 의미를 부여하는 이파리의 술렁임, 아, 내가 모르는 내 사랑이여, 이 모두는, 우리 독방의 쇠창살 사이로 날아가버리는 이 모든 환상의 재는, 얼마나 분명히 우리 자신인가!

330

세상의 모든 것이 전부 거짓은 아니겠으니, 내 사랑이여, 그 무엇도 절정에 가까운 거짓의 쾌락에서 우리를 구원하지 않기를.

최고의 세련됨이여! 최고의 도착倒錯이여! 부조리한 거짓말이야말로 모든 도착된 자극을 가지고 있다. 거기다 더해서 더더욱 큰 최후의 자극인 결백함마저도. 결백함을 의식하는 도착, 그 누가 (…) 고도의 세련됨에서 이것을 능가할 수가 있단 말인가? 우리에게 욕망을 불러일으키려 하지 않고, 우리에게 고통을 부과하는 격렬함이 없는 도착. 마치 어른의 손에 쥐어진 하찮은 장난감처럼 아무런 소용도 없이, 부조리하게 욕망과 고통 사이로 추락한다.

필요 없는 물건을 과도하게 사들이는 즐거움에 대해서 사랑스러운 이여, 당신은 알지 못하는가? 우리가 아무것도 모르는 길로 헤매고 다니면서 얼마나 큰 기쁨을 느꼈는지 당신은 알지 못하는가? 인간의 어떤 행동이 스스로의 본성을 위장하고 스스로의 의도를 거스르는 (…) 모방만큼 다채로운 영롱함을 줄 수가 있는가?

활용해야 할 삶을 낭비하는 것만큼 고귀한 일이 어디 있는가. 아름답고 훌륭하게 될 그 어떤 작품도 완성하지 않고, 승리로 가는 확실한 도정에서 뒤돌아와버리는 것만큼 고귀한 일이!

아 사랑하는 이여, 우리가 잃어버렸으며 두 번 다시 발견하지 못할 작품의 광채, 이제는 단지 제목만이 남아 있는 논문들, 불타버린 도서관, 부숴진 석상들의 광채여!

위대한 작품을 불태워버렸던 부조리의 예술가는 얼마나 큰 축복인가. 혹은 완벽한 작품을 완성할 능력이 있음에도 불구하고 신중하게도 불완전한 작품을 창조한 예술가, 혹은 심지어 대작을 쓸 자신의 능력을 알지만 결국 아무것도 쓰지 않기로 결정함으로써 자신의 능력에 스스로 영예를 부여할 줄 알았던 위대한 침묵의 시인들! (만약 그의 작품이 완벽하지 않다 해도, 어차피 결과는 마찬가지다!)

우리가 〈모나리자〉를 볼 수 없다면, 얼마나 더 좋았겠는가! 누군가 그 그림을 훔쳐서 불태워버린다면, 그러면 그가 어떤 예술가든지 간에, 〈모나리자〉를 그린 화가보다는 더욱 위대할 것이다! 예술이 왜 아름다운가? 예술은 목적이 없기 때문이다. 왜 삶은 흉한가? 삶은 목적과 목표와 의지가 넘치기 때문이다. 삶의 모든 길은 우리를 한 지점에서 다른 지점으로 이끈다. 아무도 출발하지 않고 아무도 도달하지 않는 그런 지점을 이어주는 길이 있다면!

폐허의 아름다움? 그-어떤-것을-위해서도-유용하게-되지-않기.

과거의 신비? 우리의 과거를-기억함 자체, 과거를 기억한다는 것은 과거를 현존하게 만드는 것이다. 실제로 현존하지 않으며 그럴 수도 없는 과거, 부조리, 사랑하는 이여, 모두 부조리한 것이다. …

그리고 지금 이것을 말하는 나, 나는 그러면 왜 이것을 쓰고 있단 말인가? 내 글의 불완전함을 알기 위해서다. 꿈을 꿀 때는 전부 완벽하다고 생각하지만, 글로 써놓으면 불완전함이 겉으로 드러난다. 그렇기 때문에 나는 이 글을 쓴다.

그러나 나 자신 목적 없는 것들의, 부조리한 것들의 옹호자이므로, (…) 나는 나를 기만하기 위하여, 스스로의 이론을 배반하기 위하여 이 글을 쓴다.

모든 고귀함 중에서도 가장 고귀한 것은, 사랑하는 이여, 이 모두가 진실이 아닐 것이며, 나는 이 모두를 한번도 진실로 여기지 않았다는 바로 그 생각이다.

거짓말이 시작되고 우리가 즐거움을 느낀다면, 이제 우리는 진실을 말함으로써 거짓말을 기만하도록 하자! 거짓말이 우리를 두렵게 만든 다면, 그 자리에 멈추도록 하자. 고통이 도착적인 쾌락으로 타락하지 않도록…

331

1932년 2월 5일

나는 머리의 통증과, 세상의 고통을 앓는다. 도덕적 통증보다 더욱 강렬하게 감지되는 육체의 통증은 그대로 정신에 침전되어 쌓이고 그 안에서 자신들도 모르는 낯선 비극을 만들어낸다. 그것은 모든 사물에 대한 광범위한 조바심을 유발하며 별들조차 그로부터 자유롭지 못하다.

우리의 영혼은 뇌라고 불리는 질료적 사물의 결과이며, 뇌는 또다시 두개골이라고 불리는 질료적 사물 내부에 들어 있다는 부당한 해석이 있다. 나는 그 해석을 공유할 수 없다. 한번도 공유해본 적이 없으며 앞으로도 결코 공유하지 못할 것이다. 나는 사람들이 의미하는 그런 물질주의자는 결코 될 수가 없다. 눈에 보이는 회색 혹은 다른 어떤 색깔의 덩어리와, 내 시선의 뒤에서 하늘을 바라보며 생각에 잠기는, 그리고 존재하지 않는 하늘을 상상하는 그 무엇 사이의 분명한, 더욱 정확히는 가시적인 연관성을 발견할 수 없기 때문이다. 나는 두 개의 사물이, 예를 들어 벽과 벽에 비친 내 그림자처럼 한자리에 있다는 그 이유만으로 한 사물이 다른 사물로 취급될 수 있다는 견해를 받아들이지 않는다. 혹은 영혼의 존재가 뇌에 종속되는 경향이, 마차를 타고 이동하는 내 존재가 마차에 종속되는 경향보다 더욱 크다고 주장하는 이론을 받아들이지 않는다. 그러나 그것을 받아들여 심연으로 굴러 떨어지는 사태는 피한다 할지라도, 나는 우리 내부에서 순수하게 오직 정신적인 성분과 육체의 정신적 성분 사이에 사회적인 관계가 형성되며, 이로 인하여 종종 분쟁이 벌어질 수 있다는 생각은 한다. 두 개의 인성 사이에 분쟁이 벌어질 때 먼저 시작하는 쪽은 둘 중 대개는 더욱 보편적인 인성이다.

오늘 나는 두통이 있다. 아마도 위장 때문에 발생한 듯하다. 통증이 위장에서 머리로 올라가면, 생각하고 있는 두뇌의 뒤편에서 내가 쌓아가던 생각이 중단되어버린다. 누가 내 눈동자를 가리면 그는 나를 눈멀게 하는 건 아니지만 나를 볼 수 없게 만들어버린다. 나는 지금 두통이 있으므로, 이 부조리하고도 단조로운 순간에 외부가 펼쳐 보이는 이 연극, 내가 세계의 모습으로 인정하고 싶지는 않은 이 연극에서 아무것도 가치가 있거나 소중하다고 느끼지 않는다. 나는 두통이 있다. 그것은 질료적인 것이 나를 모욕했음을 내가 안다는 의미다. 늘 그렇듯이 누군가 나를 모욕하면 나는 분개한다. 오래 지나지 않아 나는 가장 가까운 사이이며 따라서 나를 전혀 모욕하지 않은 사람들을 포함한 모두와 마찰을 일으키기 시작한다.

나는 죽고 싶다. 적어도 잠시 동안만이라도 죽고 싶다. 그러나 이미 말했듯이 모두 두통 때문이다. 그런데 지금 이 순간 문득 생각이 떠올랐다. 위대한 산문가라면 이것을 얼마나 더 고상하게 말할까. 그는 한 문장 한 문장 이름 없는 세계의 고통에 이름을 붙일 것이다. 명상에 잠긴 그의 눈동자는 이 세계의 다양한 인간 드라마를 한 구절 한 구절 생각해내고 있을 것이다. 그리하여 관자놀이에 열정의 맥박이 세차게 뛸 때, 종이에는 불행의 형이상학이 파노라마처럼 넓게 펼쳐질 것이다. 그러나 나에게는 문체의 귀족주의가 없다. 나는 두통이 있다. 머리가 나를 아프게 하기 때문이다. 나는 세상의 고통을 앓는다. 머리가 나에게 고통을 주기 때문이다. 그러나 나를 정말로 아프게 하는 장본인인 세상은, 존재하는 실제의 세상이 아니다. 실제의 세상은 내 존재를 알지 못한다. 나를 아프게 하는 것은 오직 나에게만 속한 또 다른 세상, 손으로 머리카락을 쓸어 넘기는 순간 오직 나의 고통을 위해서 내 머리카락의 고통이 있음을 내가 느끼게 만드는 그런 세상이다.

332

영혼을 괴롭히는 나 자신의 능력은 놀라울 정도다. 비록 본성상 절대로 형이상학자가 아닌 나지만, 형이상학적·종교적인 문제들을 비틀고 돌리느라 쓰라린 육체의 괴로움까지 겪은 나날들이 있었다. … 그러다 나는 금세 알아차렸다. 내가 종교적 문제의 해법이라고 생각하는 것이, 단지 감정적 문제의 합리화에 불과함을.

333
1916년 7월 18일

해법이 있는 문제는 없다. 우리 중 누구도 고르디우스의 매듭을 풀지 못한다. 포기하거나, 한가운데를 잘라버릴 뿐이다. 우리는 지성의 문제를 두서없는 감정으로 풀어낸다. 우리가 생각에 지쳐서, 결론을 내기가 두려워서, 불합리하게도 지지를 필요로 하기 때문이거나 혹은 군중심리로 인해 타인들과 삶에게로 되돌아가고 싶기 때문이다.

우리는 어떤 질문에 대한 모든 요소를 전부 알 수가 없으므로, 따라서 그 질문의 해답도 영영 알아낼 수 없다.

우리는 진실에 도달하기 위해 요구되는 자료와 그 자료를 철저히 해석할 수 있는 지적인 기술이 부족하다.

334

마지막으로 글을 쓴 지 몇 달이나 지났다. 내 이성은 잠들어 있었고 그동안 나는 타인이 되어 살았다. 어디에선가 전이되어온 행복감이 종종 나와 동행했다. 나는 존재하지 않았고 대신 어느 다른 사람이 거기 있었다. 나는 아무것도 생각하지 않고 살았다.

오늘, 나 자신인 내가, 혹은 내가 꿈꾸고 있는 내가 갑자기 되돌아왔다. 무의미한 일을 마친 후 몹시 지쳐 있을 때였다. 나는 팔꿈치를 비스듬히 경사진 높은 작업대에 올린 채 두 손으로 머리를 감쌌다. 그 상태로 눈을 감자 다시 정신이 맑아졌다.

아득하고 머나먼 가상의 잠 속에서, 나는 한때 존재했던 모든 것들을 떠올렸다. 실제 눈앞에서 보는 것처럼 선명하게 어느 전원 풍경이 나타나더니, 갑자기 눈앞에 낡은 농가의 널찍한 담이 서 있었다. 농가의 텅 빈 탈곡마당이 내 시야의 한가운데를 차지했다.

그 즉시 나는 인생의 무상함을 느꼈다. 보고, 느끼고, 기억하고, 망각하기. 이 모두가 근처 거리에서 들려오는 웅얼거리는 소음과 사무실 사람들이 일하는 나직한 소리와 어우러지며, 팔꿈치의 희미한 통증이란 형태로 내 안에서 하나로 용해되었다.

작업대 위에 손을 올린 채, 죽은 세계의 피곤으로 가득 찬 눈앞의 광경으로 시선을 주자, 가장 먼저 발견한 것은 잉크병 위의 한 마리 금파리였다. (그러면 그 나직한 웅웅거림은 사무실의 소음이 아니었단 말인가!) 나는 또렷한 정신을 가진 익명이 되어, 깊은 심연의 밑바닥으로부터 시선을 들어 파리를 바라보았다. 파리는 초록빛이 섞인 검푸른색 몸에 구역질이 일 정도로 번쩍거리며 광채가 났지만 흉하게 보이지는 않았다. 이것이 삶이다!

진실의 신 혹은 진실의 악마가 드리운 그늘 속에서 길을 잃고 방황

560

하는 우리는 누구인가. 한 마리 번쩍거리는 금파리인 나는 그 궁극의 권력자의 눈앞에 잠시 동안 앉아 있다가 가는 것은 아닌가? 진부한 말인가? 오래전부터 수없이 반복된 닳고 닳은 관찰인가? 깊이 없는 사고일 뿐인가? 그 누가 판단하겠는가. 하지만 나는 생각하지 않았다. 나는 느꼈을 뿐이다. 육체로, 직접적으로, 깊고 음침한 으스스함에 떨며 나는 이런 우스운 비교를 해보았다. 나를 파리에 비유했을 때, 나는 한 마리 파리였다. 내가 나 자신을 파리로 느낀다는 것을 받아들였을 때, 나는 나를 파리로 느꼈다. 나는 스스로를 날아다니는 영혼으로 느끼고, 나는 파리가 되어 잠을 자고, 나는 스스로를 파리처럼 갇혀 있다고 느꼈다. 가장 충격적인 것은 그러면서도 나는 동시에 나를 나 자신이라고 느꼈다는 사실이다. 반사적으로 나는 천장을 올려다보았다. 지금 내가 눈앞의 이 파리를 후려칠 수 있듯이, 어떤 궁극의 파리채가 그렇게 나를 후려쳐서 납작 짜부라지게 할 수도 있으니 말이다. 내가 다시 시선을 아래로 향했을 때 파리는 다행히 소리도 없이 사라진 다음이었다. 자유의지를 잃은 사무실은 다시 철학 없는 상태로 되돌아왔다.

"느낌은 부담스럽다!" 잠시 동안의 잡담 중 한 테이블에 있던 어떤 사람이 우연히 내뱉은 이 말은 번쩍하는 빛처럼 내 기억에 깊은 각인을 남겼다. 조야한 표현법이 문장에 양념을 친다.

나는 종종 이런 의문이 든다. 인간으로 가득한 텅 빈 거리를 한번이라도 적절한 관심을 갖고 관찰해본 사람이 얼마나 될까. 이 말은 표현에서부터 어딘지 좀 익숙하지 않은 방식을 추구하는 듯하며, 실제로도 그렇다. 텅 빈 거리란 아무도 지나다니지 않는 거리가 아니라 마치 텅 빈 거리인 듯이 사람들이 지나가고 있는 거리를 말한다. 실제로 그런 거리를 본 적이 있는 사람이라면 이것을 납득하기는 그리 어렵지 않다. 당나귀만 아는 사람이라면 얼룩말을 상상하기란 불가능하겠지만.

우리의 감각은 우리 이해력의 정도와 방식에 맞게 변화한다. 이해하는 특정한 방식은 이해되는 특정한 방식을 요구한다.

내 머리에서, 그리고 동시에 발 아래 땅바닥에서, 지루함이, 고통이, 삶의 공포가 치밀어 오르는 날들이 있다. 내가 그것들을 참을 수 없다고 느끼지 않는 것은 오직, 내가 그것들을 실제로 참아내고 있다는 그 이유 때문이다. 내 안의 모든 생명이 질식한다. 땀구멍 하나하나마다 다른 인간이 되라고 나에게 요구한다. 나는 짧게 스쳐 지나가는 종말의 맛을 미리 느낀다.

무엇보다도 나는 극심하게 피곤하다. 그리고 오직 존재를 위해서만 존재하는 피곤이 쌍둥이 자매로 동반하는 불안 역시 나를 놓아주지 않는다. 내가 암시해야 할 모든 몸짓들 앞에서 깊은 두려움을 느끼고, 내가 말하게 될 말들 앞에서 지적으로 위축된다. 모든 것이 일어나기도 전에 내 안에서 미리 실패를 겪는다.

이 모든 얼굴들에 대한 참을 수 없는 혐오감, 지성이 있거나 혹은 없기 때문에 어리석고, 행복 혹은 불행 때문에 구역질 나게 괴상한, 무엇보다도, 나와는 아무런 상관없는 살아 있는 사물들이, 오직 그것들이 있기 때문에 한꺼번에 밀려오는 이 낯선 느낌…

338

종종 어떤 순간에 우리는 자기 스스로를 별개의 개인으로, 다른 사람이 바라보는 다른 사람으로 거리를 두고 인식하게 되는데, 그럴 때마다 나는 매일 만나고 이야기를 나누는 동료들이나 우연히 마주치는 사람들에게 과연 어떤 육체적·윤리적 인상을 주는지 궁금한 생각이 든다.

우리 모두는 자신을 정신적 존재로 우선시하고, 타인들은 육체적 실체로 대하는 경향이 있다. 우리는 스스로의 육체성을 막연하게만 느끼며, 우리가 다른 이들에게 어떻게 보이는지도 역시 막연하게만 인식할 뿐이다. 마찬가지로 정신적 실체로서 타인은 우리에게 막연한 존재다. 단지 사랑에 빠졌을 때 혹은 논쟁을 벌일 때 우리는 타인들도 우리처럼 영혼을 갖고 있음을 의식한다.

그런 이유로 나는 때때로 아무런 목적 없는 허망한 생각에 잠기며 나를 망각한다. 나를 보는 사람들은 나를 어떤 유형의 인간으로 구분할까, 내 목소리는 그들에게 어떻게 들릴까, 나는 다른 사람들의 무의식적인 기억에 어떤 이미지로 남을까. 내 행동과 내 말, 겉으로 보이는 내 삶은 낯선 이들의 망막에 어떻게 해석되고 각인되는가. 나는 나를 외부의 시선으로 볼 능력이 없다. 우리 자신을 외부의 시각으로 보여주는 거울은 없다. 그러기 위해서는 다른 종류의 영혼, 시각과 생각의 다른 법칙이 필요할 것이다. 내가 영화배우이거나 내 목소리가 음반에 녹음되는 입장이라 해도, 역시 나는 외부에서 본 내가 어떠한지를 알 수 없다는 사실만을 알게 될 것이다. 내가 원하든 원하지 않든, 그리고 타인들이 내게서 무엇을 원하든 나는 오직 한자리에, 내 안에 있을 뿐이니까. 나 자신이라는 의식의 안뜰 높은 담장에 둘러싸인 채.

다른 사람들도 나와 같은지는 알 수 없다. 과연 자신을 낯선 것으로 만들어서 그러한 소외를 제2의 천성으로 삼고 자의식의 이방인으로서 살아가야만 정녕 삶의 인식을 얻는 것인지도 알 수 없다. 혹은 나보다 더욱 내성적인 타인들이야말로 진실로 대담한 자들이어서 자기 자신으로 굳건히 존재할 수 있는지도 모른다. 그들의 힘은 자연의 기적과도 같다. 꿀벌들이 그 어떤 나라보다도 더욱 훌륭한 사회를 구성하고 개미들이 조그만 안테나로 서로 의사소통을 이루며, 그 안테나의 언어는 우리가 가진 복잡한 의사소통의 문제들을 단번에 해결해버린다는 기적 말이다.

우리 자의식의 지형도는 극도로 다양한 모양의 해안과 산맥들 그리고 호수로 이루어진다. 그 모습을 오랫동안 곰곰이 생각해보면, 페 듀탕드르[45] 식의, 혹은《걸리버 여행기》에 나오는 지도처럼 더 높은 존재의 재미를 위해 소설의 풍자와 환상에 도입된 주도면밀한 놀이의 일종처럼 느껴진다. 어디에 그런 나라들이 실제로 존재하는지를 아는 그런 높은 존재 말이다.

생각하는 자에게는 이 세계 전체가 복잡할 뿐이다. 그가 생각을 하면서 갖는 쾌락은 생각을 더욱 복잡하게 만드는 주범이 확실하다. 하지만 생각하는 자는 자신의 체념을 광범위한 지성의 프로그램으로 정당화할 필요가 있다. 지성은 거짓말쟁이의 변명처럼 모든 세부적인 사항이 과도하게 갖추어져 있지만, 누군가 표면의 흙을 살짝만 털어내면 거기 감추어진 거짓의 뿌리가 드러나게 된다.

모든 것이 복잡하다. 그렇지 않으면, 단지 내가 복잡한 것이다. 사실이 무엇이든 간에, 그것은 해석을 요하지 않는다. 왜냐하면, 사실이 무엇이든 간에, 아무것도 중요하지 않기 때문이다. 생각의 대로에서 이탈해버린 이 모든 상념은, 추방당한 신들의 뒷마당 벽에서 이탈한

담쟁이덩굴처럼 자라난다. 서로 연관이 없는 상념들이 흘러가는 이 밤, 나는 거대한 운명적 이유로 인해 별들이 태어나기도 전부터 고아인 한 인간의 영혼에서 이런 생각을 솟아나게 만드는 삶의 장난스러움에 미소를 보낸다.

　내 피곤의 수면에는 영롱하게 어른거리다가 햇살이 지나가버리고 나면 사라지는 금빛과도 같은 무엇이 움직인다. 나는 상상 속의 호수를 바라보듯이 나 자신을 바라본다. 그 호수 속에는 내가 있다. 이런 장면, 혹은 이런 상징을 명확하게 설명하기란 불가능하다. 나 자신의 모습을 보면서 말로 묘사하고 있는 이런 나를. 그러나 분명한 것은, 내가 마치 실제의 태양을 보듯이 산 뒤로 저물어가면서 마지막 햇살을 호수 위로 비추는 태양을 본다는 사실이다. 햇빛은 호수의 표면에서 검은빛을 띤 금색으로 빛난다.

　생각의 불행은, 생각하는 중에 본다는 것이다. 이성으로 생각하는 자는 생각이 없으며, 느낌으로 생각하는 자는 잠들어 있고, 의지로 생각하는 자는 죽어 있다. 하지만 나는 상상력으로 생각한다. 나에게 이성이고 고뇌이자 자극이 될 만한 모든 사물이 하찮은 것으로, 마치 최후의 햇살이 막 사라지고 있는 이 생명 없는 호수처럼 멀리 있는 것으로 변한다.

　나는 가만히 멈추었다. 수면에는 잔잔한 물결이 일었고 태양은 모습을 감추었다. 나는 느리고 나른한 눈을 감는다. 마음속에 오직 호수의 풍경만이 펼쳐진다. 더 이상 밤이 아닌 낮의 풍경이다. 수면이 서서히 어두운 갈색으로 흔들리면서, 해초들이 위로 떠오른다.

　나는 글을 썼다. 나는 아무것도 말하지 않았다. 존재하는 것은 어딘가 다른 곳, 멀리 산 너머의 일일 뿐이며 그곳에는 기나긴 여행이 우리를 기다리고 있다는 느낌을 받는다. 단 우리가 여행을 시작할 마음을 갖고 있기만 하다면.

　나는 내 풍경 속의 태양처럼 빛이 꺼진다. 모든 말해진 것, 목격된 것 중에서 오직 깊은 밤만이, 생명 없는 호수의 광채로 가득한 채 남는다. 들오리가 없는 들판이다. 죽은, 흐르는, 축축한 그리고 음울한.

나는 풍경을 믿지 않는다. 당연하다. 나는 그것을 말하지 않는다. "모든 풍경은 영혼의 상태다"라는 아미엘의 말을 믿기 때문이다. 그의 참을 수 없는 내면화의 심취가 만들어낸 것 중 그나마 좀 나은 문장들 중 하나다. 이것을 나는 말한다. 왜냐하면 나는 믿지 않기 때문이다.

341

수치스러울 만큼 깊숙한 마음속에 나는 내 의식의 외적 성분을 구성하는 매일의 인상들을 기록한다. 글로 쓰자마자 순식간에 나를 떠나 이미지의 산비탈과 이미지의 풀밭을 넘어, 관념의 오솔길을 지나고 혼돈의 터널을 통과하여 자신의 갈 길로 가버리는 불안한 말을 이용해서, 나는 인상들을 붙잡는다. 이런 일을 해봐야 나에게 아무런 소용이 없다. 나에게는 그 무엇도 소용이 없기 때문이다. 하지만 글쓰기는 나를 안정시킨다. 그것은 호흡곤란환자에게 공기를 들이마실 수 있음을 증명해주는 것과 같다.

어떤 사람들은 책받침의 압지에 여기저기 줄을 긋고 조리에 맞지 않는 이름들을 낙서처럼 휘갈겨놓는다. 여기 있는 이 종이들은 내 무의식적 지성의 그런 낙서장이다. 나는 몽롱한 상태로 글을 쓴다. 햇빛을 쬐고 있는 고양이처럼, 내가 쓴 글을 중간중간 살짝 놀라는 마음으로 읽어본다. 마치 오랫동안 잊고 있던 어떤 일을 갑자기 기억해낸 사람처럼.

글을 쓸 때, 나는 나를 엄숙하게 방문한다. 나는 특별한 방들을 갖고 있다. 내가 아닌 다른 누군가가 내 상상의 여백에서 그 방들을 기억한다. 그곳에서 나는 내가 느끼지 않는 것을 분석하면서 놀고, 어두운 구석의 그림을 찬찬히 들여다보듯이 그렇게 나 자신을 들여다본다.

세상에 태어나기도 전에 나는 내 오래된 성을 잃었다. 내가 있기도 전에 사람들은 내 조상의 궁전에서 태피스트리를 꺼내다 팔았다. 내가 태어나기도 전에 내 저택이 무너졌다. 내 안의 달이 강변의 갈대를 은은하게 비추며 떠오르는 아주 드문 순간에만 나는 그 장소를 그리워하며 떤다. 무너진 성벽의 잔해가 검푸른 밤하늘을 배경으로 시커먼 윤곽을 드러내며, 우유처럼 연한 노란색의 흔적으로 밤의 대기가 살짝 흐릿해지는 그곳을.

 나는 스핑크스처럼 스스로를 인식한다. 내가 상실한 여왕의 무릎에서 내 영혼의 잃어버린 실뭉치가 무의미한 바느질감에서 빠져나온 하찮은 재앙이 되어 굴러 떨어진다. 그것은 상감세공의 장롱 아래로 굴러가고, 내 안의 무엇인가도 시선으로 그것을 따른다. 마침내 시야에서 완전히 사라질 때까지, 심오하고도 치명적인 경악의 눈빛으로 그것을 좇는다.

342
1932년 5월 2일

나는 결코 잠을 자는 것이 아니다. 나는 살면서 꿈을 꾼다. 아니 살면서 잠 속에서 꿈을 꾼다. 잠은 삶이다. 내 의식은 중단이 없다. 잠을 자지 않는 한 혹은 잠이 깊이 들지 않는 한 나는 주변에서 벌어지는 모든 것을 감지한다. 그리고 정말로 잠이 들자마자 꿈을 꾸기 시작한다. 그렇게 나는, 서로 연관되어 있거나 연관되지 않은 채로 영원히 펼쳐지는 그림이다. 그림들은 항상 외부세계에 속하는 척한다. 내가 깨어 있을 때 어떤 그림들은 인간과 빛 사이에 자리 잡고, 내가 잠들었을 때 어떤 그림들은 환영과 가시적인 어둠 사이로 가서 자리 잡는다. 그런 상태를 어떻게 구분해야 할지, 나 자신도 알 수가 없다. 내가 깨어 있을 때 정말로 잠을 자는 것이 아니라고 장담할 수 없고, 내가 잠이 드는 순간이 깨어나는 순간이 아니라고도 확실히 말할 수 없다.

삶은 누군가가 헝클어놓은 실타래다. 잘 정돈해서 감아놓거나 길이에 맞게 가지런히 풀어놓아야만 의미가 있는 것이다. 하지만 우리가 알다시피, 삶은 시작도 끝도 없는 문제이고 답이 없는 혼란 그 자체일 뿐이다.

나중에 글로 쓰게 될 어떤 것을 느끼는 동안, 나는 이미 내가 쓸 문장을 만들고 있으며, 반쯤 잠이 든 상태의 어둠을 통과하는 희미한 꿈의 풍경을, 그보다 더욱 희미한 빗소리를 느낀다. 심원의 빛으로 은은하게 반짝이는 공허의 수수께끼, 그것을 관통하며 허무하게 흘러내리는 빗소리는 외부에서 울리는 탄식이며, 지치지 않고 반복되는 청각적 풍경의 세부사항이다. 희망? 그런 건 없다. 보이지 않는 하늘로부터 물이 구슬픈 소리를 내며 떨어진다. 바람이 채찍처럼 울린다. 나는 계속해서 잠을 잔다.

삶의 원천이 되는 비극은 분명 어느 공원의 가로수길에서 발생했을 것이다. 그들은 둘이었고, 아름다웠으며, 다른 것이 되기를 원했다. 미래를 향한 혐오 속에서 사랑은 아직 오지 않았으며, 앞으로 도래할 것을 그리워하는 마음은 그들이 경험하지 못한 사랑의 결과가 되었다. 그렇게 그들은 손에 손을 잡고 소망도 희망도 없이, 가까운 숲과 버려진 가로수길의 공허함, 흐릿해진 달빛 속을 걸어갔다. 그들은 실제로 어린아이가 아니었으므로, 완전한 어린아이 그 자체였다. 가로수길에서 가로수길로, 나무들 사이의 실루엣이 되어, 그들은 아무도 없는 무대에서 오려낸 종이그림들처럼 움직였다. 그렇게 그들은 점점 더 하나가 되면서, 점점 더 서로 멀어지면서 분수 근처에서 모습을 감추었고, 거의 그친 가녀린 빗소리는 이제 그들이 사라져버린 분수의 물소리로 바뀌었다. 나는 그들이 체험한 사랑이다. 그래서 나는 내 불면의 밤에 그들의 목소리를 들을 수 있고, 불행 속에서도 살 수 있다.

343
하루(지그재그)

하렘의 여자로 살았었다면! 그런 운명이 나에게 닥치지 않았다니 얼마나 안타까운가!

오늘이 남기는 것, 어제가 남긴 것 그리고 내일이 남길 것. 도저히 진정시킬 수 없는 무한한 욕구, 항상 같은 사람이 되고자 하는, 동시에 다른 사람으로 있고자 하는 욕구.

너의 비현실로부터 내려오라. 내 꿈과 피곤의 계단을 밟고 이리로 내려오라. 세계를 대신하라.

344
볼모의 찬양

어느 날 내가 지상의 여인들 중에서 아내를 한 명 선택해야 한다면, 나를 위해 기도해다오. 그 여인이 임신할 수 없는 몸이기를. 당신이 정녕 나를 위해서 간청을 올린다면, 그 가상의 여인을 내가 아내로 삼는 일은 끝내 일어나지 않기를 기도해다오.

오직 볼모성만이 고귀하고 존엄하다. 존재하지 않았던 것을 죽이는 것만이 숭고하다. 도착이며 부조리다.

345

나는 당신을 소유하기를 꿈꾸지 않는다. 왜 그래야 하는가? 나는 내 꿈을 경멸할 것이다. 하나의 육체를 소유하는 것은 진부해진다는 의미다. 어떤 육체를 소유하고자 꿈꾸는 것은, 그것이 가능하다는 전제 하에서, 아마도 그보다 더욱 나쁠 것이다. 그것은 진부함을 꿈꾸는 것이며, 따라서 소름 끼치게 혐오스러울 뿐이다.

우리는 생산성을 원하지 않으므로, 금욕을 지키도록 하자. 자연의 생산성을 포기하는 것보다, 그리고 우리의 포기가 가져다주는 쾌락에 음흉하게 집착하는 것보다 더욱 흉측하고 비천한 일은 없으므로. 고결한 태도에는 중도가 없다.

그러니 은둔자처럼 금욕하자. 마치 꿈의 육체처럼 머물자. 다른 것이 아님에 만족하자. 바보스러운 여신도들처럼…

우리의 사랑이 기도라면… 당신의 시선으로 내 몸에 향유를 부어다오. 나는 당신을 꿈꾸는 순간 장미화관으로 변할 것이다. 내 지루함은 주기도문으로, 내 불안은 아베마리아로 바뀐다. …

우리 영원의 시간이 다 흐를 때까지 이렇게 머물도록 하자. 한 교회당의 창문에서 한 남자의 형상이 다른 교회당 창문의 한 여자의 형상과 얼굴을 마주한다. … 우리 사이에는 그늘이, 차갑게 울리는 발자국들이, 지나가는 인간 군상들이… 웅얼거리는 기도 소리, 비밀인 것들(…) 때때로 제단의 향 냄새가 공기 중에 실려온다. 그러다 다시 조각상에 성수의 물방울이 흩뿌려진다. … 그리고 우리, 교회당의 창문에선 우리는, 변함없는 모습으로, 태양빛이 우리를 비출 때면 색채 속에서, 밤이 찾아오면 오직 윤곽만으로… 수백 년의 세월도 우리를 감싼 침묵의 유리를 건드릴 수 없으리라. … 바깥으로는 문명이 지나갈 것이고, 혁명이 발생할 것이다. 축제의 소음이 들끓을 것이며 평화롭고 일상적인 종족들이 줄지어 갈 것이다. … 그리고 우리, 내 비현실의 사랑은 항상 똑같은 허무한 동작만을 반복하고 있으리라. 항상 똑같은 가짜 존재로, 항상 똑같은 (…)

그날이 올 때까지 수백 년의 세월이, 제국들이 지나가리라, 교회당은 무너지고 모든 것이 종말을 맞으리라. …

그러나 우리는, 그 모든 것에 대해서 알지 못한 채, 계속해서 있을 것이다. 어째서 그럴 수 있는지는 모른다. 어느 공간에, 얼마나 오랫동안 그렇게 있을지 그것도 알지 못한다. 단지 우리는 교회당의 스테인드글라스가 되어, 이미 오래전에 고딕식 무덤 아래 잠들어 있는 어느 화가의 소박한 윤곽선과 붓자국의 시간으로 계속해서 있게 되리라. 무덤의 대리석 상판 위에는 양손을 모은 두 천사가 죽음의 표상을 영구한 것으로 만들어놓는다.

346

우리가 꿈꾸는 사물은 하나의 면만을 갖는다. … 우리는 사물의 둘레를 볼 수가 없다. … 그러므로 다른 면을 영영 알지 못한다. 삶의 사물들이 지니는 한심한 점은, 우리가 그 모든 면을 전부 볼 수 있다는 것이다. … 우리가 꿈꾸는 사물은 우리의 영혼과 마찬가지로 오직 우리가 바라보는 그 하나의 면만을 갖는다.

347
보내지 않을 편지

내가 마음으로 그리는 당신의 이미지에 부합하기, 이제 당신에게서 그 일을 면제해드리겠습니다.

당신의 삶(…)

내 사랑? 아닙니다! 당신의 삶입니다. 다른 아무것도 아닙니다.

저녁노을과 달빛을 사랑하듯이 당신을 사랑합니다. 오직 그 순간이 영속했으면 하는 소망뿐, 그 이상 더 많은 것을 붙잡고 싶지는 않습니다. …

348
1932년 5월 15일

타인의 애정만큼 부담스러운 것도 없다. 그것은 타인의 증오보다 더욱 부담스럽다. 왜냐하면 증오는 애정만큼 의존적이지 않기 때문이다. 또한 증오는 불쾌한 감정적 충동이므로, 증오를 느끼는 사람은 무의식중에 증오를 억제하려는 경향이 있기 때문이다. 하지만 증오 역시 애정과 마찬가지로 우리를 우울하게 하는 것은 사실이다. 둘 다 우리를 쫓아다니며, 우리를 엄습하고, 우리를 혼자 놓아두지 않는다.

모든 일들을 소설의 내용인 듯 체험하면서 삶을 휴식하는 것이 내 생각에는 이상적이다. 내 마음의 격정을 책처럼 읽고, 그것에 대한 내 경멸을 살아가는 것이다. 풍부한 상상력을 가진 사람에게 소설 주인공의 온갖 모험은 그 자체로 충분히 흥분되는 일이며 심지어 그 이상이기도 하다. 그것은 주인공의 모험인 동시에 우리들 자신이 겪는 모험이기도 하므로. 진짜 맥베스 부인과 실제 사랑을 나누는 것보다 더 큰 모험은 없다. 그런 사랑을 체험한 자는 이 삶에서 더 이상 아무도 사랑하고 싶지 않고, 오직 휴식을 취하고만 싶을 것이다.

광활한 전체 우주의 어울림, 그 안에서 두 개의 밤 사이에 놓인 시간으로 여행하도록 강요당했지만, 나는 그 여행에서 아무런 의미를 찾지 못한다. 그렇지만 독서를 통해서 다른 생각의 세계로 떠날 수가 있다. 모든 종류의 여행을 편안하게 마치기에는 독서가 가장 손쉬운 방법처럼 보인다. 내 느낌은 내가 읽는 책 속에서 살아간다. 이따금 나는 책에서 눈을 들어, 주변을 스쳐가는 풍경을 낯선 이방인의 시선으로 바라본다. 들판과 도시, 남자와 여자, 애착과 동경, 이 모두는 내 고요한 휴식을 동반하는 그림일 뿐이다. 그것은 안온한 기분 전환이며, 지나친 독서로 피곤해진 눈동자가 쉬어가는 휴양지이다.

우리의 진실한 모습은 오직 우리가 꿈꾸는 것뿐이다. 나머지는 현실이라는 여분으로, 우리가 아닌 이 세상과 사람들에게 속한다. 내가 꿈을 이룬다면 꿈은 아무런 저항 없이 기꺼이 현실에 동화되면서 나를 배반하고 떠나가버릴 것이고, 나는 질투에 휩싸일 것이다. 누군가, 나는 꿈꾸는 모든 것을 다 이루었다, 라고 말한다면 그것은 나약한 자의 거짓말이다. 삶이 그를 통해서 이루어낸 모든 것을 그 자신이 예언자처럼 미리 꿈꾸었다고 하는 편이 진실에 부합한다. 우리는 아무것도 이루지 못한다. 삶은 우리를 돌멩이처럼 허공으로 던져버렸는데, 날아가면서 우리가 말하는 것이다. "봐, 내가 내 힘으로 나가고 있잖아."

한낮 태양의 탐조등과 밤하늘 별들의 싸구려 광채 아래 펼쳐지는 이 막간극이 무엇을 의미하든 간에, 그것이 막간극에 불과함을 안다고 해서 나쁠 것은 없다. 극장 문 뒤에 숨어 도사린 것이 만약 삶이라면, 우리는 삶을 살게 된다. 만약 그것이 죽음이라면, 그러면 우리는 죽을 것이다. 막간극은 아무래도 상관이 없다.

나는 그래서, 비록 거의 가본 적은 없지만, 극장에 가거나 서커스를 구경할 때 비로소 삶의 진실에 가까이 다가선 느낌, 그 비밀에 속해 있다는 느낌을 가장 강렬하게 경험한다. 그곳에서 나는 완벽에 가까운 삶의 모사에 참여하며, 그곳에서 광대와 마술사는 이 세계의 해와 달, 사랑과 죽음, 페스트, 기아 그리고 인간의 전쟁처럼 중요하면서도 무익한 존재다. 모든 것은 연극이다. 아니, 내가 진실로 진실을 원하고는 있단 말인가? 다시 내가 읽던 소설로 돌아간다. ···

349

모든 욕구 가운데서도 저열함의 밑바닥을 보여주는 것은 비밀을 털어놓으려는, 고백하려는 욕구다. 스스로를 공공연하게 만들려는 영혼의 욕구다.

그렇다, 고백해라, 그러나 네가 느끼지 않는 것만을! 그렇다, 네 영혼을 비밀의 무거움에서 해방시켜라, 비밀을 털어놓아라. 네가 털어놓는 그 비밀을 한번도 가진 적이 없다면, 너는 행운아다. 진실을 말하기보다는 네 자신을 먼저 속이도록 하라! 자기표현은 그 어떤 경우에도 실수다. 항상 의식하라, 무엇인가를 입 밖으로 꺼내 말하는 것은, 곧 너에게는 거짓말과 동의어라고.

350
1932년 5월 23일

나는 시간이 무엇인지 모른다. 시간의 실제 측정기준이 무엇인지 모른다. 그런 기준이 있다면 말이다. 시時라는 단위가 거짓임을 나는 안다. 그것은 시간을 공간에서, 즉 외부에서 측정한다. 인간이 느끼는 시간은 거짓이다. 그것은 시간 자체가 아니라 시간을 느끼는 우리의 느낌일 뿐이다. 우리가 꿈꾸는 시간 역시 거짓이다. 꿈에서 우리는 같은 시간을 어떨 때는 더 길게, 어떨 때는 더 짧게 스쳐가기 때문이며, 그동안 우리가 경험하는 내용도 각각의 진행에 따라서 어떨 때는 더 느리고 어떨 때는 더 빠르게 일어난다. 나는 그 흐름을 붙잡을 수 없다.

종종 나는 모든 것이 거짓이고, 시간은 그저 외부의 사물을 둘러싸는 틀일 뿐이라고 생각한다. 지난날을 회상할 때 시간은 부조리한 차원과 평면에 배열되어 있고, 장엄하기만 하던 내 열다섯 무렵이 장난감에 둘러싸인 유년 시절보다 더 아득하게 느껴지기도 한다.

이런 생각에 잠기다 보면 혼란에 빠진다. 뭔가 잘못 생각하고 있는데 어디부터가 문제인지 모르겠다. 마술사의 손놀림을 지켜보면서 분명 내가 속고 있음을 확신하지만, 도대체 어디서 어떤 기술과 메커니즘이 그렇게 만드는지는 전혀 알아차릴 수가 없는 기분이다.

그리고 이어서 부조리한 생각이 나를 엄습한다. 부조리하긴 하지만 완전히 부조리한 것으로 치부하고 떨쳐버릴 수는 없는 생각이. 정신 없는 속도로 빠르게 달리는 차 안에서 천천히 생각하고 있는 인간은, 빠르게 전진하는 것인가 혹은 느리게 전진하는 것인가 하는 의문. 스스로 목숨을 끊을 목적으로 바다에 뛰어든 사람의 추락과 실수로 테라스에서 떨어진 사람의 자유낙하는, 비록 동일한 빠르기로 발생한다고 해도 과연 실제로 같은 것인지. 내 담배에서 피어오르는 연기와 지금 이 구절을 쓰고 있는 행위와 내 머릿속을 떠도는 어두운 상념은, 비록 동일한 시간을 요구하는 것이기는 하지만 과연 실제로도 동시에 일어나고 있는지.

하나의 축에 달린 두 개의 바퀴 중 한쪽이, 수천분의 1밀리미터만큼이라도 다른 바퀴보다 항상 앞서가고 있다는 것을 상상해볼 수 있다. 현미경은 이 미세한 차이를 도저히 실제라고는 생각할 수 없을 정도로 엄청난 격차로 확대할 수 있다. 그렇다면 현미경보다 인간의 형편없는 시력을 더 신뢰해야 할 이유가 어디 있겠는가? 쓸데없는 상상이라고? 하긴 그렇다. 말도 안 되는 공상이라고? 부인하지 않겠다. 하지만 정작 그 자신은 측정이 불가함에도 우리 삶을 측정하고, 자신은 실제로 있지도 않으면서 우리를 죽음으로 몰아넣는 이 시간이란 존재는 도대체 무엇인가? 지금 이 순간, 시간이라는 것이 정말로 있기는 한지 여전히 알지 못하는 이 순간에도 나는 시간을 마치 한 명의 어떤 인물인 듯이 느끼고 있으며, 그리고 잠들기를 원한다.

351
솔리테어 게임

석유램프가 불을 밝힌 시골의 저녁, 누군가의 숙모들은 텅 빈 저택에서 솔리테어 게임(혼자서 하는 카드놀이)을 하며 시간을 보냈다. 하녀는 끓는 찻주전자 곁에서 졸고 있다. 내 자리를 차지하고 있는 내 안의 누군가는 이런 무력한 평화를 그리워한다. 차가 나오고, 낡은 카드는 거두어져 상 모서리에 가지런히 놓인다. 커다란 찬장은 그렇지 않아도 침침한 식당의 어둠에 더욱 짙은 그림자를 드리운다. 일을 빨리 끝마치려 느리게 서두르는 하녀의 얼굴이 피곤에 지쳐 땀을 흘린다. 나는 이 모든 광경을 내 안에서 본다. 그 무엇과도 관련이 없는 삶의 공포와 그리움을 느끼면서. 무의식중에 나는 묻는다. 누군가가 솔리테어 게임을 하게 되는 마음의 상태란 과연 어떤 것인지.

352
1932년 5월 31일

내가 봄의 도래를 알아차리는 것은, 탁 트인 들판이나 넓은 정원이 아니다. 그것은 앙상한 나무들이 몇 그루 서 있는 도시의 작은 광장이다. 연둣빛이 선물처럼 그곳에 솟아난다. 그리하여 다정한 슬픔으로 다가오며 마음을 기쁘게 한다.

한적한 도로변에 자리 잡았으며, 도로 자체보다도 인적이 더욱 드문 이런 작은 광장들을 나는 사랑한다. 아득히 들려오는 소란스러움으로부터 멀리 떨어진 이곳의 아무 쓰임 없는 공터와 사물은 무언가를 기다리는 중이다. 이곳은 도시 한가운데에 숨겨진 시골이다.

나는 그런 광장 중 하나를 가로질러, 그곳으로 이어지는 길을 따라 걸어 올라가다가 다시 내려와 광장으로 되돌아온다. 반대 방향에서 다가간 광장은 다르게 보이지만, 저물어가는 노을 속에서 마찬가지로 황금빛 평화에 잠긴 그 모습은 불현듯 그리움을 자아낸다. 처음에는 느끼지 못했던 일면이다.

모든 것은 무의미하며, 내 느낌도 그렇다. 내가 경험한 일들은 마치 우연히 한번 들었던 파편적인 내용처럼 내 의식으로부터 떨어져 나간다. 앞으로 내가 될 존재 역시, 내가 이미 경험한 다음 망각해버린 것들과 마찬가지로 내 안에서 아무런 감정도 불러일으키지 못한다.

부드러운 회한의 석양이 나를 에워싼다. 모든 것이 더욱 싸늘해지는데, 그것은 대기의 차가움 때문이 아니다. 결코 아니다. 내가 광장을 등 뒤에 남겨둔 채로 좁다란 거리로 접어들었기 때문이다.

353

도시의 외곽 경사면, 점점이 자리한 집들 사이로 춥지도 덥지도 않은 아침이 피어올랐다. 잠에서 깨어난 옅은 안개는 나른한 언덕 위에서 형체 없이 사방으로 흩어졌다. (차가운 것은 공기가 아니라, 삶을 계속해야 한다는 강박이었다.) 이슬처럼 신선하고 활기찬 이 아침은 그가 한번도 느껴보지 못한 명랑함으로 가득 찬 듯했다.

전차가 서서히 거리로 미끄러져 내려와 아베니다 역 방향으로 향했다. 집들이 점점 더 촘촘하게 밀집한 지역으로 다가감에 따라 그는 막연한 상실감에 사로잡혔다. 인간 세상의 리얼리티가 점점 더 많이 눈에 보이게 되었다.

이 이른 아침, 지난밤의 그림자는 이미 날아가버렸지만 그림자의 가벼운 무게만큼은 아직 지상에 머물러 있는 이 순간, 점령당한 마음은 아침이 어서 도착하기를, 옛날의 항구에 햇살이 가득해지기를 갈망한다. 자연의 장엄한 풍경이나 강물에 비친 평화로운 달빛에 감탄할 때처럼 순간이 정지하기를 바라는 마음은 희박해졌다. 그보다는 어떤 다른 삶을 꿈꾸는 소망이 더욱 강했다. 그리하여 이 순간이 그와 관련이 있는 어떤 다른 색채로 물들기를 바라는 소망.

희미한 안개가 더욱더 옅어졌다. 태양은 점점 더 사물의 형체를 포착해갔다. 삶의 소리가 사방에서 점점 또렷하게 들려왔다.

이런 순간에는, 우리 삶의 운명인 인간의 현실이 영영 도래하지 않기를 바라게 된다. 움직임이 넘치는 실제 삶에서, 정신이 아니라 정신이 깃든 몸으로, 안개와 아침 사이의 공간을 측정할 수 없는 무게로 부유하기. 이것이야말로 피난처를 찾으려는 우리의 갈망을 가장 완전하게 만족시켜주리라. 설사 그럴 만한 이유가 없다 해도 말이다.

모든 미묘한 감각은 우리를 둔감하게 한다. 우리가 도달할 수 없는 세계여서만은 아니다. 우리 영혼이 아직 너무 미숙하기 때문이다. 깊은 감각에 어울리는 행동, 그리고 다른 일들을 구현하느라 사라져버린 열정과 감성을 이해하기에는.

아베니다 거리에 줄지어 선 나무는 이 모든 것과 무관하게 남았다.

도시의 아침은 이제 종말을 맞았다. 마치 배가 강에 접안할 때 강 반대편 비탈이 시야에서 종말을 맞듯이. 강을 건너는 동안 내내 배의 난간에서 보이던 강 반대편은, 선창의 소음이 들려오면서 갑자기 자취를 감추어버렸다. 바짓단을 무릎 위까지 말아 올린 인부가 닻줄을 건다. 인부의 동작에는 뭔가 자연스럽고 단호하며 결정적인 어떤 기운이 있었고, 그것은 형이상학적인 형태로 내 영혼으로 흘러 들어와, 내가 더 이상 의심스러운 삶의 공포를 행복해할 수 없게 만들었다. 부두의 아이들은 늘 배에서 내리는 승객과 다를 바 없다는 듯 우리를 무심하게 바라보았다. 오직 필요에 따라 행해지는 항만 활동들을 보면서 이런 부적절한 느낌에 젖는 보통 승객은 단 한 명도 없을 것임에도 불구하고.

354

열기. 보이지 않는 옷처럼 벗어버리고 싶게 만든다.

355

이미 나는 불안을 느끼기 시작했다. 아무런 경고 없이 정적의 호흡이 멈추었다.

순간, 어느 무한의 날⁴⁶⁾이 강철처럼 쾅하고 쪼개졌다. 아무 소용없는 앞발인 양 두 손을 편평한 작업대 상판에 찰싹 붙인 채, 나는 한 마리 동물이 되어 책상 위로 바싹 엎드렸다. 무자비한 빛이 모든 후미진 곳과 모든 영혼을 쓸고 지나가고, 가까이 있는 어떤 산이 무너져 내리는 커다란 굉음이 심연 위로 덮인 두터운 베일을 찢어발긴다. 내 심장이 멎었다. 나는 마른침을 삼킨다. 내 의식은 종이 위에 떨어진 잉크 얼룩밖에 보지 못했다.

356
1932년 6월 11일

열기가 가라앉고 가볍게 시작된 빗줄기가 제법 굵어져 점점 크게 들리게 되자, 공기가 달궈졌을 때는 없던 평온함이, 물이 자신의 기운을 불어넣어 발생시킨 새로운 평화가 모습을 드러냈다. 비가 가져다주는 기쁨은 짙은 어둠의 폭풍과는 달리 참으로 환하여, 레인코트도 우산도 없는 이들조차(거의 대부분이 그랬다) 빗물에 젖은 거리에서 발걸음을 서두르면서도 명랑하게 이야기를 나눌 정도였다.

한가한 시간을 이용해 나는 사무실의 열린 창으로—뜨거운 열기 때문에 열어놓았으나 비가 내린다고 하여 닫지는 않은—다가가서는, 방금 내가 보기도 전에 정확하게 묘사해낸 풍경을, 늘 그렇듯이 강렬하게 냉담한 주위를 기울여 바라보았다. 그랬다. 진부한 두 영혼이 서로 짝을 이루어, 가는 빗줄기 속에서 신이 나서 이야기하며 기쁘게 웃고 있었다. 서두른다기보다는 씩씩하게 빠른 걸음으로, 비구름으로 흐렸음에도 불구하고 투명하게 빛나는 하루를 걸어간다.

그런데 별안간, 초라한 행색이지만 심술궂고 건방진 얼굴을 한 늙은이가 거리 모퉁이에서 불쑥 튀어나와, 참을성 없는 몸짓으로 뜸해진 비 사이를 성큼성큼 걸어가는 모습이 내 시야에 들어왔다. 특별한 목적지가 없는 것이 분명한 그는 확실히 초조해 보였다. 나는 그를 유심히, 더 이상 사물에 던지는 무심한 시선이 아니라 상징을 파악해보려는 그런 시선으로 관찰했다. 그는 보잘것없는 사람의 상징이었고, 그 때문에 서둘고 있었다. 그는 결코 그 무엇도 아니었던 사람의 상징이었고, 그 때문에 고통받고 있었다. 그는 비가 주는 불편한 기쁨을 웃으면서 즐기는 무리가 아니라, 비 그 자체에 속했다. 그는 의식하지 못한 채로 살아가므로, 그만큼 강렬하게 현실을 느끼는 것이다.

하지만 이런 이야기를 하려던 건 아니다. 행인을 관찰하는 행동(어찌 되었건 나는 그를 시야에서 놓치고 말았다, 더 이상 그를 쳐다보지 않았기 때문이다)과 관찰의 취합 사이로 부주의함이라는 비밀, 영혼의 위험한 순간이 틈입하여 내 상념을 중단시키고 말았다. 나는 내 부재의 한가운데서, 사무실 뒤쪽 물류창고가 시작되는 곳 포장부서 직원들의 목소리를 듣지 않으면서 듣는다. 뒷마당으로 나 있는 창가 탁자 위에서 그들이 우편물의 소포 끈을 두 번 돌려 감는 것을, 가위들 사이로 농담을 나누면서 회색 소포의 끈을 두 번 매듭짓는 것을, 보지 않으면서 본다.

본다는 것은 이미 보았다는 것을 의미한다.

357

누구에게나 배울 수 있고 배워야 한다는 것이 삶의 규칙이다. 사기꾼이나 도둑놈에게서도 진지하고 중요한 깨달음을 얻는가 하면, 바보들이 가르쳐줄 수 있는 철학도 있다. 예상하지 못한 우연과 그 우연의 결과 굳건함과 정의라는 교훈을 얻을 수도 있다. 모든 것이 모든 것 안에 있다.

깊은 사색 도중에 문득 찾아오는 특정한 통찰의 순간. 예를 들어 어느 이른 오후 방랑하는 관찰자인 내가 거리를 돌아다니고 있으면 모든 행인이 새로운 소식을 전해주고 모든 건물이 새로운 가르침을 주며, 모든 플래카드에는 나에게 전하는 메시지가 적혀 있다.

나의 말 없는 산책은 끊임없는 대화다. 우리, 인간과 건물, 돌과 플래카드, 그리고 하늘을 포함한 모두는 운명의 장대한 행렬 속에서 우정의 덩어리를 이룬 채 언어로써 서로를 밀치며 나아간다.

나는 어제 위대한 사람을 보고 그의 이야기를 들었다. 그는 명망이 높다고 칭송만 받는 사람이 아니라, 실제로 그 자신이 대단함을 갖추었다. 이 세상에 진가라는 것이 정말 있다면 그는 진가를 가진 사람이었다. 사람들은 그에게서 진가를 알아보고, 그 역시 사람들이 자신의 진가를 알아본다는 사실을 안다. 그런 점에서 그는 내가 위대한 사람이라고 부를 만한 모든 조건을 갖춘 셈이다. 그리고 그는 정말로 위대하다.

겉으로 봐서 그는 피곤에 찌든 장사치처럼 생겼다. 그의 얼굴에는 피로의 그늘이 드리워 있는데 생각을 너무 많이 해서 그런 것일 수도 있고 아니면 그저 건강을 해치는 생활습관 탓일 수도 있다. 그의 행동은 평범하다. 그의 눈빛에는 특유의 반짝임이 있다. 그것은 근시가 아니므로 가질 수 있는 특권이다. 그의 목소리는 살짝 쉰 편인데, 마치 막 시작되는 전신마비 때문에 영혼의 자기표현이 방해받고 있는 듯한 인상을 준다. 그리고 그렇게 표현된 그의 영혼은, 정당정치에 대해, 에스쿠도의 평가절하에 대해, 그리고 그의 높으신 친구분들이 가진 편협함에 대해서 논하는 것이다.

내가 만약 그 사람이 누군지 모르는 상태라면, 그의 생김새만을 보고는 결코 그를 알아차리지 못할 것이다. 나는 위대한 인물들이 영웅적인 외모를 가졌으리라는 소박한 기대는 하지 말아야 함을 깨닫는다. 그런 기대대로라면 위대한 시인은 아폴론 같은 육체를 가져야 하며 나폴레옹과 같은 기운을 발산하고 게다가 매우 표정이 풍부한 얼굴로 인해 보통 사람들과는 확연히 구분될 것이다. 그런 기대는 물론 자연스럽고 인간적이겠으나, 동시에 부조리한 것도 사실이다. 전적으로 혹은 거의 전적으로는 기대하지 않는다 해도, 그래도 사람이라면 약간은 기대감이 생기는 것이 보통이다. 보통 눈으로 보이는 형상에서 말하는 영혼을 유추하게 되므로, 영웅적 외모를 가진 인간이라면 활기나 열정은 아니더라도 어느 정도의 지성과 아주 미량의 비범함 정도는 구비하고 있으리라고 기대하지 않겠는가.

이 전부가, 인간에 대한 이런 실망들이, 우리로 하여금 질문할 수밖에 없게 만든다. 인간이 일반적으로 갖고 있는 영감의 개념이 과연 무엇인지. 장사치의 용모와 교양인의 영혼, 이 두 요소만을 본다면 그것은 외적이면서도 내적인 무언가를 신비하게도 부여받은 것이다. 그 요소들이 말하는 게 아니라 그 안에 있는 어떤 음성이 그들을 통해서 말한다. 똑같은 것을 육체나 영혼이 직접 입 밖에 낸다면, 그것은 거짓이 될 것이다.

이것은 우연하게 떠오른 생각이며 쓸데없는 추측이다. 이런 생각에 빠져 있었던 것이 거의 후회스러울 정도다. 이런 생각은 그 남자의 가치를 낮추는 것도 아니고, 그렇다고 그의 육체가 갖는 표현을 증가시키는 것도 아니다. 그러나 어차피 이 세상의 그 무엇도 변화를 일으키지는 못한다. 우리의 말과 행동은, 사물들이 깊이 잠든 계곡의 저 위에서 산봉오리를 스치며 지나가는 바람일 뿐이다.

누구도 타인을 이해하지 못한다. 어느 시인이 말했던 것처럼, 우리는 인생의 바다에 떠 있는 섬이다. 우리를 서로 떼어놓는 바다가 우리들 사이를 흐르며 우리를 규정한다. 한 영혼이 다른 영혼을 알고자 아무리 노력해도, 말이 전달해주는 것, 이해의 대지에 드리운 불분명한 그림자밖에는 알 수가 없다.

나는 표현들을 아주 좋아하는데, 그것들이 표현하는 내용을 알지 못하기 때문이다. 나는 성녀 마르타의 스승처럼 내게 주어진 것에 만족한다. 나는 본다, 그리고 그것으로 충분하다. 누가 무엇을 이해할 수가 있겠는가?

아마도 이해에 대한 이런 회의적인 생각 때문에, 나는 나무와 얼굴을, 포스터와 미소를 똑같은 방식으로 쳐다보는 것이리라(모든 것은 자연스럽다, 모든 것은 인공적이다, 모든 것은 똑같다). 동틀 무렵 백록색으로 물들어가는 짙은 푸른색 하늘이든, 사랑하는 이의 임종을 다른 이들과 함께 지키고 있는 사람의 일그러진 얼굴이든 구별 없이, 내가 보는 모든 것은 나에게 단지 보이는 것에 불과하다.

꼭두각시, 일러스트, 훑어보고 넘겨버리는 페이지들. 그런 것에 내 마음은 매달리지 않으며, 내 주의력은 더더욱 그러지 않는다. 파리가 종잇장 위를 날아가듯, 그렇게 힐끗 한번의 눈길만 주고 말 뿐이다.

내가 느끼는지, 내가 생각하는지, 내가 존재하는지를 과연 나는 알고 있는가? 나는 아무것도 모른다. 내가 아는 것이라곤 단지 색채와 형태라는 표현의 객관적인 틀뿐이다. 그리고 나 자신은 팔려고 내놓은, 그것들의 쓸모없이 흔들리는 거울이라는 사실뿐이다.

하나의 목표를 향해 당연하고도 자연스럽게 삶의 길을 곧장 걸어가는 평범하고 현실적인 사람들과 비교하면, 여기 이 카페의 군상들이 보여주는 태도는 꿈에서 튀어나온 요괴의 그것이라고, 그렇게밖에는 묘사할 수가 없다. 크게 두렵거나 공포스러운 것은 아니지만 잠에서 깨어날 때 떠올리면 설명하기 힘든 불쾌한 기분을 느끼게 되는 요괴. 그들이 직접 자아낸다고는 말할 수 없지만 그래도 분명 그들과 관련이 있는 어떤 특성에 대한 역겨움.

나는 세상의 진정한 천재들과 정복자들이, 위대한 영웅과 약소한 영웅 모두가 사물의 밤을 항해하는 것을 본다. 그들은 자신들의 자랑스러운 뱃머리가 포장용 지푸라기와 코르크 부스러기로 이루어진 사르가수 해를 지나간다는 사실을 알지 못한다.

그곳에는 모든 것이 모여 있다. 내 사무실 건물 뒤편의 안뜰처럼 말이다. 물류창고 환기구에 달린 창살 때문에, 그곳은 오물을 가두는 감옥처럼 보인다.

361

진리의 추구는, 자기 확신의 주관적 진실이든, 현실의 객관적 진실이든, 혹은 돈과 권력의 사회적 진실이든 상관없이, 성실히 그것을 도모한 자에게 진리란 없는 것이라는 궁극의 깨달음을 마땅히 수여한다. 삶의 최대 행운은 어쩌다 한번 저질러본 사람들에게만 돌아간다.

예술의 가치는 우리를 지금 여기에서 구출해내는 데 있다.

상위 도덕률에 충실한 나머지 일반적 도덕법칙을 지키지 못한다면 그건 정당한 일이다. 굶주림 때문에 한 덩이 빵을 도둑질했다면 용서될 수 없다. 하지만 예술가가 2년 동안 다른 근심 없이 창작에만 전념하기 위하여 1만 에스쿠도를 훔친다면, 그의 작품이 인류 문명에 기여할 목적을 갖는다는 전제하에서는 용서될 수 있다. 하지만 작품이 오직 미학적인 의도만을 가진다면, 이 주장은 더 이상 유효하지 않다.

363

내 아들아, 우리는 사랑할 수가 없다. 사랑은 모든 환각 중에서도 가장 육체적인 환각이다. 그러니 들어라, 사랑은 곧 소유다. 그렇다면 사랑하는 이는 무엇을 소유하는가? 육체? 육체를 소유하려면 우리는 그 본질을 획득하고, 섭취하여, 내 몸으로 만들어야 하지 않는가. … 불가능한 이 일이 설사 가능하다 해도, 지속적으로 가능할 수는 없다. 우리 육체 자체가 변화하고 사라지기 때문이다. 그렇다, 우리는 자신의 육체조차도 소유할 수 없다. 단지 육체의 감각만이 우리에게 속할 뿐이다. 사랑하는 이의 육체를 소유하게 되면, 그것은 더 이상 상대방이 아니라 우리 자신이 되어버린다. 그래서 사랑 역시 마찬가지로, 상대의 사라짐과 함께 자취를 감추는 것이다. …

우리는 영혼을 소유하는가? 들어라 그리고 침묵하라. 우리는 영혼을 소유할 수 없다. 우리 자신의 영혼조차도 우리 것이 아니다. 영혼이 과연 소유할 수 있는 것이기는 한가? 두 영혼 사이에는 통행이 불가능한 균열이 존재한다. 두 영혼은 결국 둘인 것이다.

우리는 과연 무엇을 소유할 수 있는가? 무엇인가? 무엇이 우리를 사랑에 빠지게 만드는가? 아름다움? 우리가 사랑에 빠지면 그 아름다움이 우리 것이 되는가? 우리가 하나의 육체를 완전히, 온전하게, 몽땅 소유한다고 하면, 그러면 우리는 무엇을 갖게 되는가? 육체도 아니며 영혼도 아니고 아름다움 역시 아니다. 아름다운 몸을 소유한다고 하지만 우리는 그 아름다움이 아닌 살덩이와 세포조직과 지방을 끌어안을 뿐이다. 키스는 입술의 아름다움에 가닿는 게 아니라 축축한 피부 점막과 예약된 부패에 접촉하는 것이다. 성관계 역시 분명 친밀한 접촉이며 피부에 밀착하는 행위임에는 틀림이 없으나, 그것이 진정한 의미의 관통이라 할 수 있는 건 아니며, 하나의 몸 안에 다른 몸 자체가 들어가는 건 더욱 아니다. 자 그러니, 우리가 무엇을 소유하는가?
과연 무엇인가?

결국 우리의 느낌뿐인가? 적어도 사랑은 우리의 느낌 안에서 우리
자신을 소유하려는 수단은 되지 않는가? 적어도 사랑은 우리의 존재
를 생생하게, 그리하여 더욱 명예롭게 꿈꾸는 하나의 방법이지 않는
가? 그리하여 느낌이 사라져도 기억만은 남아, 우리는 실제로⋯

하지만 모두 거짓이다! 우리는 우리의 느낌조차도 소유할 수 없다.
절대로 아니다, 더 이상 말이 필요없다! 기억은 그저 과거에 대한 느
낌에 지나지 않는다. ⋯ 그리고 모든 느낌은 환영이다. ⋯

계속해서 주의 깊게 들어야 한다, 들어라! 내 말에 귀 기울이고 창
밖에 보이는 부드럽고 평편한 강기슭은 쳐다보지 마라. 지는 황혼에
도(⋯), 멀리 허공에서 들려오는 기차의 기적 소리에도 (⋯) 내 말을
들어라, 그리고 침묵하라. ⋯

우리는 우리 느낌을 소유할 수 없다. ⋯ 우리는 느낌으로 우리 자신
을 소유하는 것이 아니다.

(황혼의 기울어진 항아리로부터 〔⋯〕 우리의 머리 위로 기름이 쏟
아지는데, 그 안에는 시간이 마치 장미꽃잎처럼 흩어져 떠다닌다.)

내가 내 몸을 소유하지 못하는데 어떻게 내 몸으로 무언가를 소유할 수가 있는가? 내가 내 영혼을 갖지 못하는데 어떻게 내 영혼으로 무언가를 가질 수가 있는가? 내가 내 마음을 이해하지 못하는데 어떻게 내 마음으로 무언가를 이해할 수 있는가?

우리는 그 어떤 육체나 진실, 심지어는 환상조차 갖지 못한다. 우리는 거짓으로 이루어진 망령, 환상의 그림자이며 우리의 삶은 겉과 안 모두 텅 비어 있다.

스스로가 가진 영혼의 경계를 알아서 '나는 나'라고 말할 수 있는 사람이 과연 있는가?

하지만 나는 내가 느끼는 것을 그대로 느끼는 자다. 나는 그것을 안다.

만일 누군가 내 몸을 갖게 되면, 그는 내 안에 있는 것을 나와 똑같이, 내가 갖는 것처럼 갖게 될까? 아니다. 그는 다른 감각을 갖는 것이다.

우리가 정말로 무엇인가를 갖는다는 것이 사실일까? 우리 스스로 우리가 누구인지 모른다면, 우리가 무엇을 갖고 있는지는 어떻게 알 수 있는가?

먹는 것을 예로 들어보자. 음식을 먹고 '내 것이 되었다'고 하는데, 이해 못하는 바는 아니다. 당신은 분명 음식물을 집어삼키고, 당신의 몸으로, 당신의 일부로 바꾸어놓았다. 그러니 그 음식물이 당신 안에 있고 당신에게 속했다고 느끼는 것이다. 하지만 당신이 "소유"를 말할 때 그것은 먹는 행위를 의미한 것은 아니다. 당신은 소유를 무엇이라고 정의하는가?

365

긍정이라 불리는 착각, 믿음이라 불리는 질병, 행복이라 불리는 비천함. 이 모두에서 세상이라는 악취가 풍기며 지상이라고 불리는 어떤 슬픔의 맛이 난다.

관심을 접어두자. 저녁의 석양과 아침의 여명을 사랑하도록 하자. 그런 것을 사랑함은 당신 자신에게 그 어떤 이익도 가져다주지 않으므로. 장미가 만개한 오월 아침 하늘의 새하얀 구름과 하렘 처녀들의 미소 속에 폐위되는 왕처럼, 저물어가는 오후의 황금빛 햇살로 당신의 존재를 치장하라. 당신의 바람은 은매화 속에 사멸하고 권태가 타마린드 나무 사이로 사라지게 하라. 이 모든 것을 물소리가 동행하게 하라. 머나먼 대양을 향해 흘러가는 것만이 존재의 전 의미인 강물을 강변의 석양이 동행하는 것처럼. 그 밖의 나머지는 우리를 남겨두고 떠나는 삶에 지나지 않으며, 우리의 눈동자 속에서 스러져가는 광채이며, 걸치지도 않았는데 닳아버린 가운의 보랏빛이며, 우리의 적막을 비추는 달빛이며, 우리 환멸의 시간 위로 고요함을 흩뿌리는 별들이다. 항상 열렬한, 우리의 가슴을 사랑스럽게 짓누르는, 황폐하면서도 친숙한 슬픔이다.

몰락은 내 운명이다.

한때 나는 계곡 깊숙한 곳에 소유지를 갖고 있었다. 내 꿈 사이를 졸졸 흐르는 물소리의 음악은 단 한번도 피로 얼룩지지 않았다. 삶을 잊어버린 나뭇잎은 나의 망각 속에서 언제나 푸르렀다. 바위 틈새로 흘러드는 물처럼 달빛이 그곳으로 흘러들었다. 하지만 사랑은 단 한번도 흘러들지 않았고, 그래서 그곳의 삶은 행복했다. 사랑도, 꿈도, 사원의 신들도 없었다. 나뉘지 않는 시간 속을 부드러운 모래를 밟으며 나는 걸었다. 황홀하고 은밀한 믿음을 그리워하지도 않으면서.

366

중국식 찻잔에 그려진 무의미한 풍경, 한쪽 손잡이에서 시작되어 반대편 손잡이에서 갑작스럽게 끝나버리는 무늬. 찻잔은 언제나 너무 작다. … 이 풍경은 어디로, 어떤 다른 도자기 그릇으로 (…) 이어질 것인가, 과연 그것은 찻잔의 손잡이를 넘어설 수는 있을 것인가?

어떤 영혼들은 중국식 부채에 그려진 풍경이 3차원이 아니라는 사실에 진심으로 깊은 슬픔을 느낀다.

367

… 그리고 정원의 국화가 시들며 느리게 죽어가는 모습은, 그 자체로 그늘이다.

… 가로와 세로만으로 시야가 제한된, 일본풍의 현란함.

… 반투명의 일본 찻잔에 화려한 색채의 인물들.

정갈하게 차려진 찻상. 아무 내용도 없는 무익한 대화를 주고받기 위한 구실에 지나지 않지만 내게는 마치 인간적인 성격을 지닌 어떤 것, 영혼을 가진 어떤 개성처럼 느껴진다. 마치 하나의 종합적인 온전한 유기체처럼, 부분들의 단순한 집합 이상을 만들어낸다!

그렇다면 그 환상의 정원에서 주고받은 대화는, 그곳에 있던 찻잔 주변만을 영원히 맴도는 것일까? 찻주전자를 마주하고 앉아 있는 두 인물은 서로 어떤 고매한 대화를 나누고 있는가! 그들의 대화를 엿들을 귀가 없는 나는, 총천연색 인간 세상의 한가운데서 죽어 있다!

참으로 아름답구나, 영원으로 직조된, 진실로 정적인 사물의 심리학이여! 가시적인 영원의 정점에 머무는 그림 속 인물들은, 마음의 창가에서 서성이지도 못하고 몸짓의 문턱에서 머뭇거리지도 못하는 우리의 덧없는 불안을 멸시한다.

알록달록한 벽지의 무늬에서 벌어지는 분주함을 상상해보라! 2차원적 기하학의 정숙함으로 수놓인 인물들의 사랑은 안하무인인 심리학자들에게 눈요깃거리가 되어줄 정도다.

우리는 사랑할 수 없으며, 다만 그런 시늉을 할 뿐이다. 진짜 사랑, 불멸이자 무익한 사랑은, 원래 운명적으로 아무런 움직임도 변화도 타고나지 않은 벽지 속 정적인 인물들에게나 속하는 일이다. 내가 찻주전자의 볼록한 표면에 그려진 일본인을 처음 본 이후 지금까지, 그는 그 어떤 변화도 보여주지 않는다. … 절대로 닿지 않는 거리에 놓인 반대쪽 여인의 손을 그는 결코 잡아보지 못했다. 모든 것을 쏟아놓고 텅 빈 태양처럼 꺼져버린 색채가 산의 경사면을 영원한 비현실로 물들인다. 그리고 이 풍경 전체는 어느 하나의 펜이 지나가면서 만든 짧은 획으로 이루어진다. 그 펜은, 쇠약한 내 슬픔의 시간을 채우려고 허무하게 애쓰는 이 펜보다 더욱 충직하다.

야만이 이끄는 이 금속의 시대에 꿈꾸고 분석하고 매혹하는 능력을 극도의 체계성을 갖고 연마하기, 그것만이 우리의 개성을 소진으로부터, 혹은 타인들의 개성에 녹아 들어갈 위험으로부터 보호해준다.

우리 감각에서 실제인 것은, 바로 우리 자신만의 것이 아닌 감각이다. 우리 모두가 공통적으로 갖는 감각이 실제를 구성한다. 감각에 들어 있는 개인적인 성분은 그것이 무엇이든 간에 실제와는 부합하지 않는다. 어느 날 내가 진홍색의 태양을 보게 된다면, 그 얼마나 행복하겠는가! 내가 발견한 그 태양은, 오직 나만의 것일 테니까!

나는 내 느낌에게 내가 무엇을 느낄 예정인지 한번도 미리 암시해준 적이 없다. ⋯ 죽도록 따분한 공주가 무자비하고 몸집이 크면서도 애교가 넘치는 고양이와 장난을 치듯이, 나도 내 감각과 장난을 친다. ⋯ 특정 감각들이 현실로 달아나려 하면, 나는 갑자기 내 안의 문들을 모두 닫아버린다. 그들을 특정한 행동으로 유혹할 수 있는 모든 정신의 사물들을 서둘러 치워버린다.

짧고 무의미한 진술이, 우리가 지금 하고 있다고 생각하는 그 대화 속에 끼어 들어왔다. 부조리한 주장, 다른 이들이 한 말의 찌꺼기를 긁어모은 것인데, 원래 다른 이들의 말 자체도 부조리했다. ⋯

– 당신의 눈빛이 선상船上에서 연주하는 음악을 연상시킵니다. 배는 신비의 강 한가운데를 항해하는데, 강 한편 기슭에는 나무들이 우거져 있습니다. ⋯

= 달 밝은 밤인데 춥다는 말은 하지 마세요. ⋯ 나는 달밤이라면 질색이니까. ⋯ 그런 밤에도 음악을 연주하는 사람이 있기는 하지만요.

– 그건 가능한 일입니다. ⋯ 유감스럽게도 아주 확실하지요. ⋯ 하지만 당신의 눈빛은 무언가를 그리워하는 갈망으로 가득 차 있군요. ⋯ 그런데 그 안에는 눈빛이 표현하고 있는 바로 그것이 빠져 있어요. ⋯ 당신 눈빛이 지닌 그런 오류를 보니 한때 내 것이었던 허상들이 떠오릅니다.

= 종종 난 내가 말하고 있는 것을 느끼곤 해요. 비록 난 한 명의 여자이지만, 또한 내가 눈빛으로 말하는 것 자체이기도 해요. ⋯

– 그건 지나치게 단호한 태도가 아닐까요? 생각해보세요, 우리가 느낀다고 생각하는 것을 우리가 실제로 느끼는 걸까요? 예를 들어서

지금의 이 대화가, 현실과 조금이라도 관련이 있다고 믿는단 말인가요? 아무 관련이 없습니다. 그런 건 소설에서 용인되지 않습니다.

= 그것도 무리는 아니군요. … 그래요, 지금 내가 당신과 실제로 이야기를 하고 있는지조차 확신할 수가 없으니까요. … 난 비록 여자이지만, 정신 나간 화가의 스케치북 속 그림이 되기로 작정했어요. … 그런데 나에 대한 몇몇 사항은 과도하게 상세하군요. … 그래서 내 모습이, 나조차도 거북할 만큼 과장돼 보여요. 게다가 부자연스러울 정도로 실제적이기도 하고요.… 모사품으로 존재하는 것만큼 현시대의 여성에게 적합한 일은 없다고 생각해요. 어린 시절에 나는 카드 그림 속 여왕이 되고 싶었어요. 우리 집에 있던 바로 그 카드에 그려진 것과 똑같은 색깔의 여왕 말이죠. … 왕실의 임무란 진정한 공감을 요구하는 것이라고 생각했답니다. … 아이들은 종종 그런 도덕적인 기대가 있으니까요. … 그러다 나중에, 우리가 비도덕적인 기대를 품는 날이 오면, 그때서야 우리는 다시 한번 더 진지하게 이 문제를 생각해보게되지요. …

- 한번도 아이들과 이야기를 나누어본 적이 없지만, 그래도 나는 아이들이 가진 예술적인 본능을 믿습니다. … 지금 이렇게 이야기를 나누는 중에도 나는 당신이 이야기한 일들의 의미를 파악하려 하고 있어요. … 양해해주시겠지요?

= 무조건 다는 아니에요. … 우리는 절대로 다른 사람이 나타내 보이는 감정을 파악하려고 해서는 안 돼요. 감정은 늘 너무나 개인적이니까요. … 이렇게 친밀하게 속마음을 전달하는 일은 나에겐 결코 쉽지 않다는 것을 당신도 알고 있어야 해요. 설사 거짓된 내용이라고 해도, 남루하게 찢어진 내 영혼의 진실을 드러낸다는 점에서는 다를 바

가 없으니까요. … 우리 존재의 가장 큰 고통은, 우리가 실제가 아니라는 거예요. 그리고 우리의 가장 큰 비극은, 우리가 우리 자신을 소유한다고 믿는 상상에서 출발하는 거예요.

- 맞는 말입니다만. … 그런 이야기를 굳이 꺼낼 필요가 있을까요? 당신은 나에게 상처를 준 겁니다. 무엇 때문에 우리의 대화에 깃든 한결같은 비현실성을 갑자기 앗아가버리는 겁니까? 그러다 보면 이 대화는, 예를 들자면 차 테이블을 앞에 두고 두 명의 아름다운 여인과 그 사이에 앉은, 감각을 상상하는 몽상가의 대화로 흘러가버릴 겁니다. …

= 그렇군요. … 이번에는 제가 사과를 해야겠군요. … 잠시 정신이 산만해진 사이에 나도 모르게 진실을 이야기해버렸어요. … 그만 다른 이야기로 넘어가지요. … 항상 이렇게 사고를 저지른 다음에야 후회하다니! … 언짢게 생각하지 마세요. … 방금 한 얘기는 그저 별 뜻 없이 한 말이니까요.

- 사과할 필요는 없습니다. 그리고 지금 우리가 나누는 이야기 내용에 너무 신경을 쓰지는 마세요. … 원래 훌륭한 대화란, 두 사람이 주고받는 독백이니까요. … 그러다 보면 최종적으로는 과연 내가 다른 사람과 이야기를 한 것인지 아니면 그저 혼자 대화를 나누는 상상에 빠진 것인지 분간할 수 없는 경지에 이르게 되지요. … 가장 개성을 잘 드러내면서, 특히 도덕적인 설교가 최소한으로 들어 있는 최고의 대화는 역시 소설가가 작품 속의 두 인물의 입을 통해서 이끌어가는 대화지요. … 예를 들자면 …

= 아 제발! 도대체 얼마나 많은 예를 들려고 그러세요. … 그런 건 문법책에나 나오는 것 아닌가요. 게다가 당신도 알겠지만, 문법책은

아무도 안 읽어요.

　- 문법책을 정말 한번도 읽은 적이 없습니까?

　= 당연하죠. 한번도 읽은 적이 없어요. 그리고 문법에 맞춰 올바르
게 말하는 규칙 따위를 알고 싶어한 적도 없어요. … 문법책에서 그나
마 괜찮은 부분이 있다면 예외와 동어반복뿐이에요. … 규칙을 무시
하고 아무 뜻 없는 소리나 늘어놓는 것이 이 시대의 전형적 태도니까
요. 이렇게 말할 수 있지 않을까요? …

　- 그렇죠. … 문법에서도 특히 거슬리는 부분(우리가 이 문제를 논
의하기가 놀라울 만큼 불가능하다는 사실을 알아차리고 있나요?)은
참을수 없이 거슬리는 부분은 동사예요. … 동사가 문장의 의미를 규
정하기 때문이지요. … 정직한 문장이라면 어떤 경우라도 여러 해석
이 가능해야 합니다. … 그런데 동사라니! … 제 친구 하나가 스스로
목숨을 끊었습니다. 나는 매번 긴 대화를 이어갈 때마다, 이렇게 한 친
구가 자살을 하게 만든답니다. 하여간 그 친구는, 동사의 폐지를 위해
자신의 생명을 희생하기로 결심을 한 거죠. …

　= 그런데 왜 자살을 해야 했을까요?

　- 글쎄요, 저도 잘 모르겠습니다. … 친구는 남들은 알아차리지 못
하게 하면서 불완전한 문장으로 말하는 방법을 찾고 있었습니다. 친
구는 항상 말하곤 했습니다. 자신의 일은 의미의 미생물을 찾는 것이
라고 … 그러다 어느 날, 자신이 얼마나 엄청난 책무를 스스로 떠맡아
버렸는지를 깨닫고는, 그래요, 두 번 생각할 여지도 없이 그만 자살하
고 말았습니다. … 너무도 압도적인 문제였으니, 그만 정신이 나간 거
지요. … 그래서 권총으로…

　= 잠깐만요! 그건 앞뒤가 맞지 않네요. … 그 상황에 권총이라니

이상하지 않나요? 그런 사람은 절대로 자기 머리에 총을 쏘거나 하지 않을 텐데요. … 실제로 있지도 않은 친구에 대해서 너무 모르시는군요. … 허술해도 너무 허술하네요. … 나와 제일 친한 여자친구는, 내가 만들어낸 아주 예쁜 젊은 남자인데(sic)…

- 그 친구랑 많이 친합니까?

= 아주 친해요. … 하지만 친구는 … 당신은 이해 못할 거예요.

(…)

　차 테이블을 앞에 두고 나란히 앉은 두 사람은, 분명 이 대화를 나누지 않았다. 그렇지만 그토록 매혹적이고 우아하게 성장盛粧을 하고도 이런 이야기를 주고받지 못했다니 안타까운 마음이 들 정도다. … 그래서 나는 두 신사숙녀의 입에 이 대화를 실어준 것이다. … 그들의 태도, 그들의 몸짓, 그들의 격식을 차린 의례적인 태도, 그들 눈빛의 천진난만함, 그들의 미소까지. 그리고 대화 사이사이 이처럼 짧은 공백까지 끼어든다면, 우리는 우리 자신의 존재를 더 이상 느낄 수가 없다. 이런 모든 요소가, 내가 사실 그대로 전달하는 척하고 있는 이 내용을 명확하게 표현해준다. …

　만약 이 두 남녀가 어느 날 결혼을 한다면, 그것도 각자 다른 상대와 결혼한다면—그들은 서로가 서로의 배우자가 되기에는 생각하는 방식이 너무도 유사하다—그래서 어느 날 우연히 이 페이지를 읽게 된다면, 내 생각에 그들은 자신들이 결코 하지 않았던 이 대화를 기억해낼 것이다. 그리고 나에게 감사할 것이다. 내가 그들의 존재를 충실하게 기록했을 뿐만 아니라, 그들이 결코 되고자 원하지 않았던, 그리고 알지도 못했던 실체까지도 정확히 말로 옮겨준 것에 대하여…

　그들이 내 글을 읽는다면 여기 있는 대화가 실제로 행해졌다고 믿어버릴 것이다. 있었던 것처럼 보이는 이 대화에는, 많은 것들이 이야기되지 않은 채 남아 있다. (…) 시간의 냄새, 차의 은은한 향, 이날의 만남을 위해 여인이 특별히 앞가슴에 단 조그만 코르사주의 의미 같은 것 말이다. … 그 모두가 대화의 일부였으나, 그들은 그것에 대해 이야기하기를 잊었다. … 그렇지만 그것들은 그 자리에 있었다. 그러므로 내 작업은 작가의 것이 아니라 역사가의 것이다. 나는 복원하고 빠진 조각을 채워넣는다. … 그들이 말을 했으나 사실은 하고 싶지 않았을 말까지 전부 주의 깊게 엿들은 것은, 내가 그들에게 사과해야 할 부분이다.

371

나는 진지하게 말한다, 나는 우울하다고. 이것은 기쁨을 느낄 구실이 되지 못한다. 몽상의 즐거움은 모순과 흐릿함에 있으며, 독특하고 불가해한 방식으로만 향유되기 때문이다.

나는 가끔씩 매혹적이지만 부조리한 것들을 놓고 마음속으로 선입견 없이 관찰을 한다. 그런 것들은 시각의 논리를 따르지 않으므로 내 눈으로는 볼 방도가 없다. 어디에서도 어디로도 연결되지 않는 다리, 시작도 끝도 없는 길, 거꾸로 물구나무를 선 풍경(…), 불합리하고, 비논리적이며, 모순적인 것, 우리를 현실로부터 분리하고, 실용적 사고나 인간적 감정, 유용하고 쓸모 있는 행동에 대한 욕구 등 현실의 추상적 결과로부터 멀리 떼어놓는 모든 것. 이런 부조리함은 꿈속에서 달콤한 도취를 불러오는 그런 영혼의 상태가 권태롭게 변하는 것을 막아준다.

어떻게 그럴 수 있는지 방법은 나 자신도 모르지만, 나는 이 부조리한 것들을 바라볼 줄 아는 능력이 있다. 설명할 수는 없는 일이다. 그렇지만 나는 우리의 시각이 보지 못하는 그것들을 본다.

372
부조리에 바치는 찬사

동쪽에서 서쪽까지, 우리는 삶을 부조리화한다.

373
1932년 6월 23일

인생은 우리가 좋든 싫든 떠나게 되는 여행이며 실험이다. 여행을 하는 당사자는 정신이며, 인간은 정신으로 사물의 세계를 통과한다. 그렇기 때문에 대개 관조의 영혼들이 외면을 중시하는 영혼보다 더욱 강렬하게, 더욱 포괄적으로, 그리고 더욱 격정적으로 삶을 살아왔다. 중요한 것은 오직 최종의 결과다. 느낌이 결국 삶의 내용이다. 꿈꾸는 일도 육체노동만큼이나 힘들 수 있다. 풍부한 사색의 삶처럼 치열한 것은 없다.

댄스홀 구석에 서 있는 남자는 모든 사람들과 춤을 추는 것이다. 그는 모든 것을 바라보는데, 그가 모든 것을 바라보기 때문에 그는 그 모두를 살아가는 것이다. 이 세계 전체는 결국 우리가 느끼는 하나의 감각이나 느낌이므로, 실제로 누구와 신체 접촉을 하거나 누군가를 바라보거나 혹은 그저 슬쩍 떠올리는 것이나 모두 차이 없이 동일한 선에 놓인다. 그래서 나는 춤을 봄으로써 춤을 춘다. 풀밭에 누워 멀리서 추수하는 세 농부를 바라보면서 "네 번째 농부도 풀을 베고 있다, 네 번째, 나 말이다"[47]라고 말한 어느 영국 시인처럼, 나는 그렇게 춤춘다.

느낌 그대로를 적어나간 이 글은, 오늘 별다른 이유도 없어 보이는데 갑작스럽게 나를 덮친 극심한 피로감 탓이다. 나는 피로할 뿐만 아니라 울적하기도 한데 그 또한 이유를 알 수 없다. 불안한 마음에 눈물이 나려고 한다. 밖으로 흘리는 눈물이 아니라 억누르는 눈물, 물리적 고통이 아니라 영혼의 질병 때문에 솟아나는 눈물이다.

전혀 살지 않은 생을 나는 얼마나 많이 살았는가! 전혀 생각하지 않은 생각을 나는 얼마나 많이 생각했는가! 움직임 없는 격정의 세계가,

움직임 없이 체험한 모험이 나를 짓눌러 힘들게 한다. 나는 한번도 갖지 않았던 것, 앞으로도 영영 가질 일이 없는 것에 싫증이 났다. 앞으로 도래할 모든 신들에게 이미 지겨움을 느낀다. 내가 나가 싸우지 않은 모든 전투에서 입은 부상으로 나는 상처투성이가 되었다. 온몸의 근육은 꿈에서도 시도하지 않았던 무리한 움직임 때문에 욱신거린다.

흐릿하고, 말 없는, 공허한 … 창공은 죽은 여름이 남긴 오점이다. 나는 거기 하늘이 없는 것처럼 하늘을 올려다본다. 나는 내가 생각하는 것을 잠들며, 걸으면서 누워 있다. 나는 아무런 통증도 없는 아픔을 앓는다. 내 그리움의 욕구는 아무것도 그리워하지 않으며, 내가 아닌 내가 응시하는, 내가 보지 않는 창공처럼 아무것도 아니다.

374
1932년 7월 2일

완벽하고 눈부신 한낮이지만 햇볕이 가득 장악한 대기는 그 어떤 움직임도 없이 무겁다. 다가올 폭풍을 암시하는 짓누르는 듯한 기운도 없고 의지가 빠져나간 육체의 불쾌감도 없으며 실제로 새파란 하늘에 살짝이라도 그늘이 깃든 것 또한 아니다. 단지 모든 의욕을 사라지게 하는 무기력한 느낌, 깃털처럼 가볍게 피곤한 얼굴을 스쳐가는 어떤 느낌뿐이다. 여름은 절정에 도달했다. 심지어 자연을 좋아하지 않는 사람들조차 자연의 유혹에 끌리는 시기다.

만일 내가 다른 사람이었다면, 이런 날 나는 아주 행복할 것이다. 이 날을 생각하지 않고 오직 느끼기만 할 테니까. 그러면 나는, 매일매일 비정상적일 만큼 단조롭게 보이는 업무를 기쁜 마음으로 중단하고, 친구들과 만나서 전차를 타고 함께 벤피카로 갈 것이다. 우리는 야외 레스토랑에 앉아 지는 해를 바라보면서 저녁을 먹을 것이다. 그 순간에 우리가 느끼는 기쁨은 풍경의 일부를 이루며, 우리를 보는 모든 이들은 그 사실을 알아차릴 것이다.

하지만 나는 나 자신이기 때문에, 내가 아닌 다른 사람이 되어 누리는 즐거움을 그야말로 약간만 즐길 수 있다. 그렇다, 이제 그이자 나인 사람은 곧 포도덩굴이나 나무 아래에 앉아 내가 먹을 수 있는 것의 두 배를 먹고, 내가 마실 수 있는 것의 두 배를 마신다. 그리고 내가 웃음을 터뜨린다고 예상되는 부분에서 두 번씩의 웃음을 터뜨린다. 처음에는 그가, 그리고 나중에는 내가. 그렇다, 잠시 동안 분명 나는 나 아닌 어떤 다른 사람이었다. 나는 어떤 타인의 몸 안에서, 셔츠를 걸친 인간이라는 이유로 즐거워하는 동물적인 단순한 희열을 보았고, 경험했다. 이런 꿈까지 가능하게 해주다니 오늘은 정말로 위대한 날이 아닌가! 푸르고 늠름한 모습으로 하늘은 저 높은 창공에 펼쳐져 있다. 하루 일과를 성공적으로 마친 원기 왕성한 외판원이 되고 싶은 내 덧없는 꿈처럼.

375

자연이란 우리가 없는 곳이다. 오직 그곳에만 진짜 그림자와 진짜 나무가 있다.

인생은 감탄문과 의문문 중간에 선 망설임이다. 의혹은 마침표에 의해 종식된다.

기적은 신의 게으름이다. 혹은 우리가 기적을 만들어내고서 신에게 게으르다는 낙인을 찍는다.

신들은 우리가 결코 될 수 없는 것의 현현이다.

모든 가설의 무료함…

376

미열로 인한 경미한 몽롱함, 머리부터 발끝까지 사지를 파고드는 멍하고 냉랭한 통증, 맥박 뛰는 관자놀이 아래 뜨거운 눈동자의 불쾌함. 나는 마치 노예가 폭군에게 종속되듯이 이 불쾌한 상태에 종속되어 있다. 그것은 나에게 파열된, 떨리는 수동성을 부여하며, 일시적인 환각이 내 생각의 주변을 맴돈다. 나는 과격하게 분출하는 느낌들 속에서 길을 잃고 만다.

사고와 감정, 욕구가 하나로 복잡하게 얽힌다. 확신, 감각, 꿈과 실제의 사물들이 헤어 나올 수 없는 혼돈으로 한꺼번에 치닫는다. 마치 서랍을 뒤집었을 때 바닥에 쏟아지는 무수한 내용물들처럼.

건강이 회복되는 느낌 속에는 모종의 구슬픈 들뜸이 존재하는데, 이미 병이 지나가버려 신경이 거의 감지하지 못하는 단계라면 더욱 그렇다. 그것은 우리 감정과 생각에 일종의 가을처럼 작용한다. 아니, 사실은 막 시작되는 이른 봄에 더 가깝다. 봄에는 가을처럼 허공을 낙하하는 낙엽이 없지만 충분한 가을 분위기가 나니 말이다.

무기력함은 맛이 좋다. 원래 맛이 좋은 것은 항상 약간의 맛만을 가진다. 설사 삶의 한가운데에 있을 때라도 우리는 삶에서부터 살짝 비껴나 있다는 느낌을 갖는다. 마치 삶이라는 공연이 펼쳐지는 집의 발코니 위에 있는 듯한 느낌. 우리는 생각하지 않으면서 사색에 잠긴다. 우리는 특별한 느낌도 없이 느낀다. 우리의 의지는 가만히 멈추어 있다. 전혀 사용할 필요가 없기 때문에.

그때 어떤 특정한 기억이 온다. 특정한 희망, 특정한 욕망이 우리 의식의 산비탈을 서서히 기어 올라온다. 산꼭대기에서 내려다보면 분간할 수 없이 희미한 형상인 산책자들처럼. 아무 의미 없는 일에 대한 기억, 충족되지 않았으나 그것이 별로 문제가 되지도 않는 희망, 성격상으로도 형태상으로도 전혀 격렬하지 않은 욕망, 단순히 존재하는 것조차도 욕망할 능력이 없는 욕망.

이런 느낌의 오늘 같은 날, 비록 여름이지만 절반쯤 흐리고 절반쯤 푸른빛인 하늘, 따뜻하기는커녕 도리어 차가운 바람이 살짝 부는 날은, 우리가 생각하고 느끼고 경험하게 만드는 영혼의 상태가 더욱 강렬해진다. 우리의 기억이나 희망, 욕망 자체는 조금도 명료해지지 않지만 우리는 그것들에 더 많이 젖어들고, 우리의 심장에 얹힌 그것들의 불특정한 총합은, 부조리하게도 아주 살짝만 무게가 나갈 뿐이다.

이 순간 기이하게도 내 안의 무엇인가는 아득히 멀리 있다. 지금 나는 실제로 삶의 발코니에 서 있다. 하지만 그것이 반드시 이번 삶의 발코니인 것은 아니다. 나는 그 위에서 아래를 굽어보고 있는 중이다. 내 눈앞에는 산비탈과 계단식 경작지를 따라 다양한 형태의 풍경이 펼쳐지며, 저 아래 골짜기 마을 하얀 집들 위로는 연기가 피어오른다. 그것은 내가 보는 풍경이 아니기 때문에, 눈을 감아도 사라지지 않는다. 내가 그 풍경을 보지 않았으므로, 눈을 뜨면 더 이상 아무것도 보이지 않는다. 나는 오직 막연한 그리움일 뿐이다. 과거도, 미래도 아닌, 오직 현재를 향한 그리움. 익명의, 그칠 줄 모르는, 이해받지 못한 그리움.

378
1932년 7월 25일

사물을 분류하는 이들, 즉 분류학이라는 과학을 전문으로 하는 과학자들 대부분은 분류 가능한 것이 무한하므로 결국 분류는 불가능하다는 것을 모른다. 하지만 특히 나를 놀라게 하는 것은, 그들이 분류 가능한 미지의 존재, 지식의 중간지대에서 일어나는 영혼과 의식의 사건들을 무시한다는 것이다.

아마도 내가 너무 많이 생각하고 꿈을 꾸는 탓인지, 나는 현존하는 실제와 현존하지 않는 실제인 꿈 사이의 차이를 발견할 수가 없다. 그래서 나는 이 하늘과 땅의 관찰자이면서 동시에 태양빛으로 반짝거리지 않고 손으로 잡을 수 없는 사물을 그 안에 첨가하는 것이다. 상상력이 만들어낸 설명하기 힘든 경이로운 산물들을.

나는 상상의 금빛 석양으로 나를 물들인다. 내가 상상한 것은 상상속에서 살아 있다. 나는 상상의 산들바람을 맞으며 행복해한다. 상상은 누군가 그것을 상상할 때 살아 있게 된다. 여러 가지 다양한 가설에 의하면 나는 영혼을 갖는다. 그러나 정확히는 그 가설들 각자가 영혼을 갖고 있으며, 그들이 나에게 영혼을 선사하는 것이다.

유일한 문제는 현실의 문제다. 그것은 살아 있으며, 해결이 불가능하다. 한 그루의 나무와 하나의 꿈의 차이에 대해서 내가 무엇을 알겠는가? 나무는 만질 수 있다. 나는 내가 꿈을 꾼다는 것을 안다. 이 사실이 무엇을 의미하는가?

하지만 그것이 무슨 문제인가? 인적 없는 사무실에 홀로 있는다 해도 나는 정신이 이상해지는 법 없이 오직 공상과 더불어 살아갈 수 있다. 내 사색은 주인 없는 책상과 갈색 소포나 포장지, 포장용 끈뭉치 등에 의해 아무런 방해를 받지 않는다. 나는 등받이 없는 내 작업의자

대신 푹신한 모레이라의 팔걸이 의자에서 등을 뒤로 기대고 앉는다.
마치 승진을 앞당겨 만끽하는 것처럼. 이것은 아마도 방심함의 축복
을 내려주는 장소의 영향인 듯하다. 맹렬한 더위는 사람을 지치게 만
든다. 나는 완전히 맥이 빠져 잠들지 않는 잠이 든다. 그리하여 이런
생각이 탄생한다.

379
고통의 막간극

서서히 나는 길에 싫증이 난다. 아니다, 길은 나를 싫증 나게 하지 않는다. 삶의 모든 것이 길이다. 내 어깨 너머 오른편을 바라보면, 길 건너편에는 술집이 있고 어깨 너머 왼편으로는 상자들이 쌓여 있는 것이 보인다. 그리고 가운데, 내가 완전히 돌아서야만 볼 수 있는 곳은 아프리카 상사란 회사의 사무실 입구인데, 그곳에는 구두장이가 앉아 단조로운 망치 소리를 내고 있다. 건물 위쪽으로는 무엇이 있는지 나는 모른다. 4층에는 여인숙이 있는데 사람들 말로는 질이 안 좋은 곳이라고 한다. 그렇지만 이 모두가 어우러진 것이 삶의 모습이다.

길에 싫증이 난다고? 아니다, 생각이 나를 싫증 나게 한다. 거리를 보거나 느낄 때면 나는 생각을 접어둔다. 나는 이 구역 가장 밑바닥 자리에서, 커다란 내적 평온으로 장부정리 일을 하는 무명인이다. 나는 영혼이 없는데, 여기서는 아무도 영혼을 갖고 있지 않다. 이 큰 건물에 들어 있는 모든 것은 오직 노동뿐이다. 백만장자들이 삶을 즐기는 장소는 항상 외국 어딘가인데, 그곳에도 노동이 있으며 영혼은 없다. 결국 세상에 남는 것은 이 시인 아니면 저 시인이다. 내가 쓴 것 중에서 단 하나의 문장이 살아남는다면, 사람들이 그것을 읽고 딱 들어맞네! 라고 감탄할 수 있는 그런 문장일 것이다. 인생이라는 책에 내가 한 장 한 장 기입하고 옮겨 적은 숫자들처럼.

나는 평생 직물회사의 보조회계원으로 남을 것이다. 온 마음을 다해 뜨겁게 바라건대, 절대로 수석회계원으로 승진하는 일이 없기를.

380
1932년 9월 28일

꽤 오랫동안, 그게 며칠인지 몇 달인지도 모르겠지만, 아무 느낌도 기록하지 않았다. 나는 생각하지 않는다, 고로 존재하지 않는다. 나는 내가 누구인지 잊었다. 내가 존재할 수 없기 때문에 나는 쓰는 것 또한 할 수 없다. 기이하고 모호한 잠 속에서 나는 다른 누구였다. 내가 기억하지 못한다고 확신한다는 것은, 곧 깨어났다는 뜻이다.

나는 삶의 일정 기간을 무의식 속에서 보냈다. 나는 내가 무엇이었는지 기억하지 못한 채 나 자신으로 돌아왔다. 그동안의 내 존재에 대한 기억은 상실되었다. 나는 미지의 인물로 살았던 그 시간을 막연히 상상할 뿐이며, 내 기억 일부는 그 미지의 인물을 찾아내 보려고 헛되이 노력하고 있다. 나는 나 자신과 다시금 연결될 능력이 없다. 예전에 내가 살아 있었다고 한다면, 지금 나는 그 사실을 인지하는 법을 잊은 것이다.

공기 중에 처음으로 신선함 이상의 추위가 흐르며 죽은 여름의 시신에 약해진 햇빛을 입히는 이 최초의 가을날은, 서늘한 명료함으로 내 안에 좌절된 계획의 느낌 혹은 잘못된 의지의 느낌을 불러일으키지 않는다. 잃어버린 사물들의 막간극은 허무한 기억의 그림자조차 불러일으키지 않는다. 기억할 수 없는 것을 기억해내려는 권태, 내가 모르는 강변의 갈대와 수초 사이에서 잃어버린 내 의식에 대한 슬픔은 그 무엇보다도 고통스럽다.

오늘같이 깨끗하고 고요한 날, 실제인 하늘의 푸른색은 짙푸름보다 살짝 덜 청명하다. 태양은 평소보다는 조금 덜 황금빛을 띠지만, 벽과 창문을 촉촉한 광채로 물들이고 있다. 미지의 인물에 대한 기억을 되살린 다음 그를 부인해버릴 한 줄기의 바람도 미풍도 불어오지 않지만, 그럼에도 불구하고 나는 깨어 있는 어떤 신선함이 불특정한 도시에서 잠들어 있음을 안다. 나는 생각하지도 원하지도 않고 이 모든 것을 안다. 나는 전혀 피곤하지가 않은데, 내가 피곤하다면 그건 단지 피곤함을 기억해내기 때문이다. 나는 아무것도 그리워하지 않는데, 만약 내가 뭔가를 그리워한다면 그건 불안하기 때문이다.

나는 내가 전혀 앓지도 않은 병으로부터 메마르고도 아득하게 회복되는 중이다. 정신이 맑아진 나는 내가 행할 자신이 없는 일을 위한 준비를 마친다. 어떤 잠이 나를 잠들지 못하게 했는가? 대체 어떤 밀어蜜語가 나에게 말을 걸지 않으려 했는가? 맹렬한 봄의 찬 공기를 가슴 깊이 들이마시는 어떤 다른 이가 된다면 얼마나 좋을까! 멀리서, 다시 살아오는 기억 속에서, 바람의 기미도 없는데 갈대들이 청록색 강물 위로 물결친다면, 그리고 그 장면을 최소한 마음에 그려볼 수만 있다면, 그것만으로도 삶 자체보다 훨씬 더 큰 행복감을 느낄 텐데!

내가 아니었던 누군가를 기억할 때마다 나는 스스로를 젊은이로 생각하고, 그리고 나머지 모두는 망각해버린다! 내가 본 적이 없는 실제의 풍경은 얼마나 달랐는지, 그리고 내가 실제로 보았던 비현실의 풍경은 내게 얼마나 새로운지. 무슨 상관인가? 우연은 나를 사물들 사이의 공간으로 이끌었고, 그곳에서 나는 종말을 맞았다. 하루의 신선함이 태양 자체의 신선함으로 머무는 동안 강가의 검은 갈대는, 내가 바라보고 있는 존재하지 않는 황혼 아래서 차가운 잠에 빠진다.

381
1932년 9월 28일

권태를 한번도 느껴보지 못한 사람도 이해할 수 있는 언어로 정의된 권태를 나는 알지 못한다. 어떤 사람에게 권태는 오직 지루함이다. 어떤 사람에게 권태는 단순한 불쾌감이지만 어떤 사람은 권태를 일종의 피곤으로 본다. 그러나 비록 권태가 피곤이나 불쾌함, 지루함과 연관이 있더라도, 그 연관은 물과 물의 화학성분인 수소 혹은 산소와의 연관성에 지나지 않는다. 물은 그런 성분들로 구성되지만 성격상 완전히 별개의 물질인 것이다.

몇몇 이들은 권태에 대해서 불충분하고 제한적인 개념을 갖고 있는 반면, 어떤 이들은 권태에 분명 과도한 의미를 부여한다. 즉 이 세계의 복합성과 불확실성에 대한 심오한 정신적 반감을 권태라는 단어를 사용하여 표현하는 것이다. 우리가 지루함이라 부르는 하품 나오는 것들, 한시도 가만히 있을 수 없게 만드는 불쾌함, 우리에게서 열정을 빼앗아버리는 피곤함, 이 중 어떤 것도 권태가 아니다. 하지만 그렇다고 해서 사물의 바닥 없는 공허함에 대한 통렬한 느낌 또한, 좌절한 야망을 위로해주고 실의에 빠진 욕망을 들어 올리거나 신비주의자 혹은 성인이 탄생할 영혼의 씨앗은 될지언정, 권태의 정체는 아니다.

권태란 분명 세상에 대한 지루함이다. 삶의 불쾌함이며 살아감의 피곤이 맞다. 권태는 사실상 사물의 거대한 공허를 향한 육체적인 지각이다. 하지만 권태는 또한 그 이상의 것으로, 다른 세계에 대한 지루함이기도 하다. 현실의 세상이든 환상의 세상이든 구별 없이 말이다. 설사 다른 사람으로 다른 세상에서 다른 방식으로 산다고 해도, 살아야 한다는 사실 자체는 변함없이 불쾌한 일이다. 어제오늘의 삶만이 피곤한 것이 아니라 내일의 삶 그리고 영원의 삶마저도 피곤하다. 영원이라는 것이 있다면 말이다. 물론 무의 삶도 피곤하기는 마찬가지다. 무가 영원이라면 말이다. 권태에 시달리는 영혼을 괴롭히는 것은 사물과 생명의 공허함만이 아니다. 어떤 다른 종류의 공허, 사물이나 생명과 무관한 공허도 있다. 영혼 자체의 공허도 이 공허를 감지하고 스스로를 공허하게 느끼며, 그리하여 이 공허 속에서 스스로에게 혐오와 역겨움을 느끼게 된다.

권태는 혼돈의 육체적인 감지다. 그것은 세상만물에 해당하는 혼돈이다. 지루한 자, 불쾌한 자, 피곤한 자는 자신을 좁은 감옥에 갇힌 죄수처럼 느낀다. 삶의 협소함이 질색이라서 떨쳐버리려 하는 자는 좀 더 큰 감옥에 수감되어 있는 것이다. 그러나 권태로 고통받는 자는 끝없이 넓은 감옥에 갇혀 아무 의미도 없는 자유를 누리는 기분이다. 지루한 자, 불쾌한 자, 피곤한 자는 좁은 감방 벽이 무너져 내려 매몰되어버릴 수도 있다. 세상의 협소함에 치를 떠는 자는 족쇄가 풀려서 탈출 기회가 생길지도 모른다. 혹은 족쇄를 풀어버릴 수 없다는 사실이 고통스러운 나머지 그 고통 덕분으로 도리어 삶의 혐오감은 잊은 채 살아갈지도 모른다. 그러나 무한히 넓은 감옥의 벽은 붕괴되어 우리를 파묻을 일이 없다. 무한한 감옥은 애초에 벽이 없기 때문이다. 마찬가지로 족쇄의 고통이 우리를 소생시킬 가능성도 없다. 그 누구도 우리에게 족쇄를 채우지 않았기 때문이다.

소멸하는 불멸의 이 오후, 고요한 아름다움 앞에서 나는 이것을 느낀다. 나는 높고 청명한 하늘을 바라본다. 하늘에는 불분명하고 불가해한 솜털 구름의 장밋빛 그림자가 날개 달린 머나먼 생인 양 흘러간다. 나는 강물을 내려다본다. 미세하게 반짝이는 물결은 깊은 하늘이 반사되어 푸른빛을 띠고 있다. 다시 시선을 들어 하늘을 보니, 거기 눈에 보이지 않는 허공의 불분명한 색채 사이에 서리처럼 차가운 흐릿한 백색이 조금의 흩어짐도 없이 견고하게 자리 잡았다. 그 모습은 드높고 희박한 사물의 대기권 저 상층부에 자리한 어떤 것이 질료적 권태를 앓는 것처럼, 스스로의 존재 불가능성을 앓는 것처럼 보였다. 불안과 슬픔으로 이루어진 측정할 수 없는 육신인 자기 자신이란 불가능성을.

하지만 그래서 어쨌단 말인가? 높이 뜬 하늘에는 단지 허공에 불과한 높은 하늘 말고 뭐가 있단 말인가? 하늘에는 그 자신의 것이 아닌 색채 말고 또 다른 무엇이 있단 말인가? 이미 구름으로서의 존재성이 의심스러울 만큼 흩어진 솜털 조각들은, 기운이 빠진 채 사실상 몰락 중인 태양의 빈약한 반사광 이상의 무엇이란 말인가? 나 자신이 없다면 이 모두가 다 무엇이란 말인가? 아, 그러나 다만 있는 것은 권태, 그뿐이다. 모든 것 안에, 저 하늘, 이 땅, 이 세계에, 이 모두 안에 내가 있다!

382

나는 권태가 사람이 되는 경지에 이르렀다. 나와 공존하는 내 존재
의 허구적 구현.

383

외부세계는 무대 위의 배우처럼 행동한다. 배우는 그가 표현하지 않는 다른 무엇이다.

384

… 그리고 모든 것은 치유할 수 없는 질병이다.

게으름의 느낌, 아무것도 할 수 없는 강요된 무능력의 권태, (…)처럼 행동할 수 없음.

385

안개인가 연기인가? 땅에서 솟아났는가 아니면 하늘에서 내려온 것인가? 확실하게 판단할 수가 없었다. 아래를 향해 내리덮이거나 공중으로 올라가는 것이라기보다는, 차라리 대기의 어떤 질병에 가까워 보인다. 혹은 자연현상이 아니라 눈의 질병으로 인한 현상 같기도 했다.

그게 무엇이든, 풍경은 불안과 망각 그리고 쇠락의 기운으로 흐려졌다. 빈사 상태인 태양의 침묵이 어떤 불완전한 육신으로 형체를 이룬 듯했다. 무슨 일이 발생할 것만 같은 모호한 예감의 베일이 가시적인 세계를 흐릿하게 뒤덮었다.

하늘을 가득 채운 것이 구름인지 안개인지 말하기란 어려웠다. 무기력함, 혼몽함, 사방은 색채의 제국, 노랑의 기색이 들어 있는 회갯빛의 천지였다. 오직 조각조각 부서진 회갯빛이 허위의 핑크색으로 녹아들거나, 창백한 파랑이 단단히 자리 잡고 있어서 그것이 하늘 자체의 색인지 아니면 어떤 다른 종류의 파랑이 회갯빛 하늘 위를 덮고 있는 것인지 판단할 수 없는 곳만을 제외하고는.

모든 것이 명확하지 않았다. 불명확하다는 것조차도 명확하지 않았다. 그러니 사람들은 안개를 연기라고 명명하려 했던 것이다. 안개가 안개처럼 보이지 않았으니까. 아니면 영원히 질문을 하고 있어야 한다. 저것이 안개인지 연기인지. 결코 답이 내려질 수 없는 질문을. 심지어는 공기의 따뜻한 성분마저도 이런 불확실성을 가중시켰다. 그것은 따뜻하지도 않고 차갑지도 않고 선선하지도 않았다. 따스함과는 아무 상관없는 성분들이 조합된 것 같았다. 눈동자로는 차갑게 보이고 건드리면 따뜻한 이것은, 마치 건드림과 시선이 동일한 감각의 서로 다른 느낌인 듯이 생각하게 만들었다. 이런 것이라면 정말로 안개라고 불려야만 했을 것 같다.

나무의 윤곽들과 건물 모퉁이조차 선이나 모양이 와해되는 현상이 없었다. 진짜 안개가 자리 잡을 때라면, 또는 진짜 자연스러운 연기라면 반쯤 모습이 드러나고 반쯤은 은폐된 상태로 나타날 텐데. 모든 사물이 모든 방향으로 흐릿한 낮의 그림자를 드리운 듯이 보였다. 그 어디서도 그림자의 원인이 되어줄 빛은 보이지 않는데, 그 어디에도 그림자가 투사될 만한 공간이 없는데도 불구하고.

그것은 눈에 잘 보이지 않았다. 이제 막 가시적이 되어가는 어떤 상태처럼 보일 뿐이다. 자신을 드러내고 있는 어떤 것의 여전히 주저하는 망설임의 기색이, 천지에 동일한 방식으로 가득했다.

그리고 무슨 감정을 느꼈나? 느낌의 불가능성, 마음은 이성으로 인해 산산이 부서지고, 혼란스럽게 뒤섞인 감정들이 각성된 존재를 마비시키니 청각이 예리해진다. 그러나 그것은 영혼의 청각이다. 마치 진실처럼 계속해서 자신을 보여주려고 하고, 마치 진실처럼 항상 남아 있는 공허한 궁극의 누설을 이해하기 위한 청각. 계속해서 끊임없이, 마치 결코 나타나지 않는 것의 쌍둥이 자매인 진실처럼.

마음이 기억해낸 잠의 욕구조차도 사라진다. 하품 한번을 하는 것도 지독히 힘이 든다. 심지어는 더-이상-바라보지-않기조차 눈을 아프게 한다. 색채를 완전히 잃어버린 금욕의 영혼은 오직 외부 멀리서 들려오는 소리로 여전히 존재하는 불가능한 세계를 감지할 뿐이다.

아, 다른 세계, 다른 사물, 그것을 느낄 수 있는 다른 영혼, 그 영혼을 볼 수 있는 다른 깨달음을 갖는다면! 모든 것이, 심지어 권태조차도 상관없다. 단지 영혼과 사물 전체로 퍼져 나가는 이 보편성의 안개, 단지 천지에 깃든 불확실성의 푸르스름한 슬픔만이 아니라면!

따로 그리고 함께 우리는 숲 속의 굽이진 오솔길을 걸었다. 노랗고 또 반쯤은 연둣빛인 낙엽이 울퉁불퉁한 땅 위를 덮고 있는데, 기이하게도 우리의 발걸음은 파삭파삭한 낙엽의 푹신함 위에서 하나로 울린다. 그러나 우리는 또한 홀로 걸었다. 우리가 두 개의 사색이기 때문이다. 우리는 우리가 아닌 것으로만 함께였으며, 같은 바닥을 디딜 때 우리의 귀로 들려오는 발걸음 소리에서만 함께였다.

가을이 이미 시작되었다. 우리가 걷고 있는 곳 혹은 이미 지나온 곳에는, 발 아래서 바스락거리는 낙엽뿐만 아니라 거친 바람 속에 끊임없이 떨어져 내리거나 흩날리는 나뭇잎 소리가 들렸다. 숲은 유일한 풍경을 이루었다. 숲은 다른 모든 풍경을 은폐했다. 그렇지만 어느 하나의 장소로서 숲은 우리 같은 인간에게는 더할 나위가 없었다. 시들어가는 대지를 딛는 하나이자 별개인 발걸음이 삶의 전부인 인간. 지금 내 기억에 의하면 때는 언제인지 알 수 없는 날의 해질녘이었다. 혹은 그것은 모든 날들의 해질녘이었을 수도 있다. 모든 가을 중 어느 한 가을, 상징적인 실제의 어느 숲 속에서.

두고 온 고향과 의무 그리고 사랑, 그것에 대해서 우리는 아무 말도 하지 못했을 것이다. 오직 두 명의 방랑자인 우리는 그 순간 잊음과 알지 못함 사이의 방랑자였으며, 걸어가는 말 탄 기수, 포기한 이상을 지키는 기사에 지나지 않았다. 거기, 변함없이 들리는 낙엽 밟는 소리와 쉬지 않고 불어대는 불확실한 거친 바람이 전달하는 것이 우리가 떠나온 이유와 우리가 되돌아갈 이유의 전부였다. 우리 스스로는 우리의 떠남이 어떤 형태였는지, 왜 떠난 것인지를 몰랐을 뿐만 아니라, 우리가 떠난 것인지 돌아온 것인지조차 알지 못했기 때문이다. 우리 주위에서 흩날리는 낙엽들, 하지만 떨어지는 모습을 우리가 볼 수도 없고 어디로 떨어지는지 알 수도 없는 낙엽의 슬픈 낙하 소리가 숲 전체를 잠으로 몰아넣었다.

아무도 상대편의 말을 듣고자 원하지 않았다. 하지만 상대편 없이는 아무도 혼자 앞으로 나가지는 않았으리라. 우리는 잠 속에서처럼 서로가 서로와 함께였다. 하나로 일치하여 동일하게 울리는 발소리가 서로 상대편을 의식하지 않도록 도왔다. 만약 우리 중 누군가의 발소리가 홀로 고독하게 울렸다면 우리는 당장 잠에서 깨어났으리라. 숲은 거짓 개활지들의 연속이었다. 마치 숲 자체가 거짓이거나 아예 끝나버린 듯이 보였지만, 숲도 거짓도 끝난 것이 아니었다. 우리는 완벽하게 일치하는 발걸음으로 계속 걸어갔고, 우리 발밑에서 바스락거리는 나뭇잎 소리 주변으로, 숲에서 떨어지는 나뭇잎들의 어떤 불명확한 소리가 들려왔다. 마치 우주 전체처럼 모든 것이 되어버린 숲에서.

우리는 누구였을까? 두 사람 혹은 한 사람의 두 형체? 우리는 알지 못했으며, 우리는 묻지 않았다. 숲 속은 어둡지 않았으니 아마도 흐릿한 태양빛이 비춰들고 있었으리라. 우리는 길을 가고 있었으니 아마도 막연한 목적지가 있었으리라. 숲이 있었으니 아마도 어떤 세계가 있었으리라. 하지만 그게 무엇이었든, 무엇일 수 있든, 시든 낙엽 위를 영원히, 하나의 발걸음으로 걷고 있는 이름 없는 방랑자이며 떨어지는 낙엽의 불가능한 익명의 청취자인 우리 두 사람에게는 낯설기만 하다. 그뿐이다. 한번은 거칠었다가 한번은 온화하게 들리는 알려지지 않은 숲의 술렁임, 한번은 크고 한번은 나직한 떨어지지 않은 잎새의 살랑거림, 흔적, 의혹, 사멸해버린 목표, 존재하지 않았던 환상, 숲, 두 명의 방랑자, 그리고 나, 둘 중의 누가 나인지 알지 못하며, 둘 다 나인지 혹은 둘 다 내가 아닌지조차 알 수 없는 나. 비극의 종말을 보지 않고도 나는 비극의 끝까지 함께했다. 비극은 말한다. 가을과 숲, 언제나 거칠고 불확실한 바람, 항상 떨어졌거나 떨어지고 있는 잎새가 존재할 뿐 그 외에는 전부 무라는 것을. 그리하여 마치 저 바깥세상에는 틀림없이 태양과 하루가 있다는 듯이, 숲의 떠들썩한 침묵 속에서 아무 곳에도 없는 숲의 끝을 계속해서 분명히 바라보았다.

내 생각에 나는 사람들이 데카당이라 부르는 부류에 속한다. 불안하고 위태로운 영혼이 예상하지 못한 언어로 표출되며, 그런 인위적인 낯선 언행에 드리운 슬픈 광채로 인해 그들의 정신이 외적으로 규정되어버리는 데카당. 그게 바로 내 이야기이고, 내가 그렇게 부조리한 인간임을 나는 느낀다. 그래서 나는 고전주의 작가들의 가설을 모방해서, 최소한 나의 대체영혼인 현란한 감각만은 풍부한 수사력을 구비한 수학적 형태로 표현하려고 노력한다. 항상 글을 쓰다 보면 반드시 사색의 어느 지점에 이르러서, 내 사고의 중점이 어디에 있는지 더 이상 알 수 없는 상태에 빠지곤 한다. 본 적도 없는 양탄자를 묘사하듯이 내가 묘사하려 하는 산만한 감각 속인지, 아니면 묘사의 행위 자체를 묘사하려는 욕망으로 내가 나를 직조해넣고, 그 안에서 길을 잃고, 또한 그런 방식으로 다른 사물들을 관찰하는 언어 속인지. 아이디어와 이미지, 단어들의 명쾌하면서 모호한 조합으로 나는 내가 느끼는 것을, 내가 느낀다고 생각하는 것을 말한다. 그리고 더 이상 영혼이 하는 말과 영혼 때문에 바닥에 떨어진 이미지가 바닥에서 꽃피운 것을 구분하지 않는다. 어떤 단어의 원시적인 어감 혹은 첨가된 문장의 리듬이 원래 모호한 성격인 주제로부터, 그리고 이미 익숙해진 감각으로부터 나를 벗어나게 하는지 알아차리지를 못한다. 그리하여 정신을 다른 곳으로 돌리기 위하여 떠나는 여행처럼 나를 모든 생각과 말에서 해방시켜버리는지도 짐작할 수가 없다. 이 모두는, 여기 이렇게 기록되는 사이, 공허와 좌절, 번민의 감정을 일으키는데 그것은 내게 황금 날개를 달아주는 셈이다. 내가 이미지에 대해 말을 하자마자 내 안에서 이미지들이 피어난다. 아마도 이미지를 남발해서는 안 되겠다는 말을 하려던 참이기 때문에 그럴 것이다. 느끼지 않은 무엇을 배척해야겠다고 자신을 다잡기가 무섭게 바로 그 배척하려던 것을 느끼는가 하면, 심지어는 나의 배척마저도 레이스장식이 달린 감정으로 바뀌어버린다. 노력에 대한 자신감을 잃고 스스로를 아무렇게나 굴러가게 놓아두자고 마음먹자마자, 어떤 고전적인 개념 혹은 선명하고 구체적인 형용사가 별안간 마치 태양의 번쩍임처럼 내 앞에 놓인 지리멸렬한 페이지를 환히 비추는 바람에, 잉크로 적은 글자들이 마법의 기호로 표기된 부조리한 지도로 변한다. 나는 펜처럼 옆으로 누워 망토로 몸을 감싼다. 등을 쭉 편다. 홀로, 멀리서, 두 세계 사이의 패배자로. 난파선에 타고 있는 나는 침몰의 순간 시야에 들어온 그림같은 섬들을 보고 있다. 그리고 금빛으로 빛나는 제비꽃색의 푸른 바다 한가운데서 깊이 가라앉는다. 머나먼 침상에 누운 조난자는 실제로 이것을 꿈꾸었다.

우리 감각의 예민한 감수성을 문학으로 만든다. 그 사이 감성이 불평을 터뜨리면서 튀어나오려 하면, 그것을 눈에 보이는 질료로 바꾸어서 유려하게 번쩍이는 언어의 조각상을 세운다.

'무관심의 창시자', 오늘의 내 정신에 부여하고 싶은 모토다. 나는 무엇보다도 내 생애의 작업을 통해서 다른 사람들 스스로가 점점 더 많이 자신을 느끼고, 집단의 역동적인 규율에는 점점 덜 적합해지도록 영향을 미치고 싶다. … 그들에게 정신의 무균 상태를 전수하여 그 덕분에 통속성에 대한 면역을 갖게 하는 것이, 내면의 훈육을 기꺼이 담당하는 교육자로서 내가 부여받은 최고의 운명이라는 생각이다. 내 책을 읽는 독자는 누구나, 주제를 점차 이해하게 될수록, 타인의 의견과 시선에 신경 쓰지 않는 법을 배우게 되리라. 그것은 내 삶의 관념적 비활동성을 충분히 보상해줄 것이다.

나의 행동장애는 형이상학적인 병인病因을 갖는다. 모든 종류의 행동은 내가 외계의 사물을 느끼는 데 항상 방해가 되었고 균열만 일으켰다. 모든 움직임은 저 하늘의 별들이 닿지 않는 곳에 변함없이 머물러 있다는 이 자연의 사실을 교란시킬 것만 같았다. 그래서 내게는 이미 오래전부터 극히 사소한 몸짓 하나라도 엄청나게 커다란 형이상학적 의미를 가진 것으로 보였다. 내 행동은 불가피하게 선험적 정직의 단계에 도달했는데, 이 정직성은 나의 의식 안으로 들어온 이후부터 내가 합리적 이해의 세계와 더 깊은 관계를 맺는 것을 금지해버렸다.

390

미신에 빠질 줄 아는 능력은, 옛날이나 지금이나 훌륭하게 발휘되기만 한다면 탁월한 인간의 징표인 그런 예술에 속한다.

391
1932년 12월 13일

언제인지는 기억할 수 없지만 사색과 관찰을 처음 시작한 이후로 나는 인간들이 진리를 모르며, 삶에서 무엇이 정말로 중요하며 삶의 가치를 좌우하는 것이 무엇인지 전혀 합의를 이루지 못하고 있음을 깨달았다. 가장 정확한 과학은 완벽하게 격리된 자신의 수도원에서 스스로 정한 법과 질서에 따라 살아가는 수학이다. 그런데 수학은 과학을 명쾌하게 해주지만, 단지 과학이 발견한 내용을 설명할 뿐 발견 자체에 도움을 주지는 못한다. 과학에서 확실하게 증명되는 것들은 모두 삶의 궁극적 목적에 비추어 보면 하등 쓸모없는 것뿐이다. 물리학은 철의 열팽창계수는 알지만 우주 생성의 진짜 메커니즘은 알지 못한다. 우리가 알고자 하는 지식의 영역에 깊이 들어가면 갈수록 우리가 아는 지식 속으로 굴러 떨어질 뿐이다. 삶과 진리의 최고 단계에 유일하게 관심을 가진다는 점에서 우리에게 궁극의 실마리가 되어줄 수 있는 형이상학은 과학적 이론과는 거리가 먼 벽돌 더미에 불과하며, 거기에 함부로 달려든 이 사람 저 사람의 손이 회반죽도 바르지 않은 채 엉성한 벽돌집을 쌓아 올린다.

마찬가지로 나는 알아차렸다. 인간과 동물의 유일한 차이는 자기기만과 삶의 무지를 고집하는 방식임을. 동물은 그들이 행하는 것을 모른다. 동물은 태어나고, 자라고, 살다가 죽는다. 사색하고 반성하고 예상하는 법도 없이. 하지만 인간이라고 해서 동물과 완전히 다르게 사는 경우가 얼마나 많겠는가? 우리 모두는 똑같이 잠들어 있으며, 유일한 차이란 우리가 꾸는 꿈 그리고 꿈의 강도와 질뿐이다. 그러면 죽음이 우리를 잠에서 깨우게 될 것인가. 하지만 그 질문에 우리는 대답할 수가 없다. 만약 대답을 한다면 그것은 믿으면 갖게 된다는 믿음,

소망하면 소유하게 된다는 희망, 그리고 주면 곧 받을 것이라는 박애 정신 때문일 것이다.

춥고 음울한 겨울날 오후, 비가 내리고 있다. 마치 세상이 창조되던 첫날부터 지금까지 변함없이 내리는 비처럼. 비가 내린다. 마치 비 때문인듯 내 감정은 앞으로 수그리며 기울어진다. 감정의 협소한 시선은 도시의 바닥을, 빗물이 흐르는 거리를, 아무것에도 양분을 주지 않고 아무것도 씻어내지 않고 아무것도 기쁘게 하지 않는 대지를 내려다본다. 비가 내린다. 갑자기 나는 무한한 음울에 잠긴 한 마리 동물인 것만 같다. 자신이 무엇인지 모르는 동물, 자신의 생각과 감정을 꿈꾸기 위해 존재의 공간이라는 동굴로 기어 들어가, 그 안의 미약한 온기를 마치 불변의 진리인듯이 만족해하며 즐기고 있다.

대중은 착실한 하수인이다.

대중은 결코 인도적이지 않다. 이 '대중'이라는 무리의 가장 큰 특징은 개인의 이익에만 심하게 집착하며 타인의 이익은 신중하게 차단해 버리는 점이다.

대중이 전통을 버린다면 그것은 곧 사회적 결속의 파괴를 의미한다. 그리고 사회적 결속이 파괴되면 대중과 (대중과는 차이가 있는) 소수집단 사이의 결속 역시 파괴된다. 대중과 소수집단 간의 단절은 예술과 순수과학의 죽음을 의미하며, 문명의 존속에 반드시 필요한 동력이 소멸함을 뜻한다.

존재는 곧 부인否認이다. 오늘을 사는 지금의 나는, 어제의 나였던 인간, 어제의 나였던 그 무엇의 부인이 아니라면 도대체 무엇이겠는가? 존재는 자신에 대한 철회다. 어제 보도했던 내용을 오늘 철회하는 신문기사만큼 인생을 상징적으로 보여주는 것도 없다.

원한다는 것은 이룰 수 없다는 의미다. 자신이 원한 바를 이룬 자는 이미 그 일을 이룰 능력을 갖춘 뒤에야 그것을 원한 것이다. 먼저 원하는 자는 영원히 이룰 수 없다. 원하는 행위로 인해 자기 자신을 잃기 때문이다. 나는 이것이 근본 원칙이라고 본다.

… 정말로 노력하지도 않으면서 삶의 목표를 유지하고 있다는 것은 비루하다.

전부는 아닐지라도 대부분의 사람은 비루한 인생을 산다. 비루한 기쁨을 기뻐하고, 고통도 대부분 비루하게 앓는다. 단, 죽음과 관련된 것은 예외인데, 여기에는 신비가 개입되기 때문이다.

무심함이란 필터를 통과하여 외부에서 내 귀로 밀려오는, 유동적이면서 산발적인 우연한 소리의 파도, 마치 다른 세계의 소리처럼 들린다. 야채와 같은 천연의 산물부터 복권처럼 사회적인 산물까지 온갖 것을 내놓고 파는 상인들의 고함 소리, 서둘러 갈 길을 재촉하는 수레나 마차바퀴의 삐걱거림, 모터가 돌아가는 소리보다 더욱 시끄러운 자동차들 소리, 어딘가의 창문에서 뭔가를 털어대는 펄럭거림, 꼬마의 휘파람 소리, 위층의 웃음소리, 이웃 거리에서 들리는 전차의 금속성 마찰음, 교차로에서 발생한 알아들을 수 없는 무질서한 소음, 시끄럽고, 조용하며, 침묵하는 것들의 뒤섞임, 차량들의 둔중한 소리, 때때로 섞여드는 발소리, 목소리들, 이제 막 대화에 등장했거나, 계속 등장 중이거나, 대화를 마무리 짓고 썰물처럼 밀려가는 목소리들, 하나의 돌멩이가 풀밭에 누워 자신이 속하지 않은 세상을 관찰하듯이, 그렇게 침대에 누워 이 모두를 생각하는 나를 위해서, 이 모두가 존재한다.

벽 너머에서는 집안의 소음이 다른 소리에 섞여 들려온다. 발걸음 소리, 접시가 달그락거리는 소리, 빗질 소리, 갑작스럽게 끊어진 노랫소리(파두인가?), 발코니에서의 저녁 밀회, 식탁에 뭔가가 빠졌다고 언짢아하는 소리, 장롱 위에 있는 담배 좀 가져오라는 주문, 이 모두는 현실이다. 내 환상 안으로 밀고 들어올 능력이 없는 무감동의 현실.

가벼운 발걸음 소리, 젊은 하녀의 것이다. 나는 그녀가 신은 슬리퍼를 머릿속에서 보고 있다. 검정과 빨강 레이스가 달린 슬리퍼. 그것을 보고 있는 동안, 검정과 빨강 레이스가 달린 어떤 것의 소리가 실제로 들려온다. 그리고 장화를 신은 발소리가 더 분명하고 확실히 들려온다. 그 집 아들이 밖으로 나가면서 "다녀올게요"라고 커다랗게 인사하는데, 쾅하고 닫히는 문소리 때문에 "다녀"와 "올게요"는 집 안과 밖으로 분리된다. 그리고 쥐 죽은 듯 흐르는 정적. 마치 여기 5층의 세계가 일순 멈추어버린 것처럼. 설거지하려고 식기를 주방으로 나르는 소리, 그리고 흐르기 시작하는 물소리. "내가 혹시 그 얘기 했던가…?" 강에서 뱃고동 소리가 높이 울리는데, 침묵은 자리를 떠날 줄을 모른다.

  그리고 나는 살짝 잠든 상태로, 생각하고 소화를 시킨다. 내 시간은 공감각 사이에 존재한다. 불현듯 놀라운 생각이 떠오른다. 만약 지금 당장 이 짧은 한평생 동안 가장 원하는 것이 무엇이냐고 누군가 묻는다면, 느리게 흘러가는 이 시간, 사고도 감정도 행위도, 심지어는 감각 자체도 휘발되어버리고 방탕한 욕망의 사산아조차도 보이지 않는 지금의 현 상태를 가장 원한다고 대답하리라. 그리고 생각하지 않는 나는, 이런 생각이 든다. 전부는 아닐지라도 대다수의 사람들이, 고귀하건 비천하건, 움직이고 있건 아니면 머물러 있건 한결같이, 궁극의 목표에 대해서는 똑같이 태만하고 개인의 목표는 똑같이 포기해버린 상태로 다들 똑같이 밋밋한 삶을 살고 있구나. 따스한 햇빛을 받으며 조는 고양이를 볼 때마다 나는 인간을 생각한다. 누군가 잠든 모습을 볼 때마다 나는 모든 것이 잠이라는 생각이 든다. 누군가 내게 와서 어떤 꿈을 꾸었다고 말할 때마다 드는 생각은 단 한 가지, 어째서 이 사람은 자신이 일생 동안 오직 꿈꾸는 것 말고는 아무것도 하지 않았음을 모르고 있단 말인가. 어디선가 문이 열리는지 거리의 소음이 더욱 커지더니, 초인종 소리가 들린다.

아무 일도 아니었다. 문은 다시 닫힌다. 발소리는 복도 끝까지 가서는 자취를 감춘다. 설거지 중인 식기들이 물과 접시의 반향으로 목소리를 높인다. (…)

화물차가 한 대 지나가자 건물 뒤쪽 전체가 진동한다. 만사는 끝이 있으므로, 나는 내 생각으로부터 몸을 일으킨다.

그리하여 나는, 내가 원할 경우, 꿈을 꾸는 것과 마찬가지로 사색한
다. 그것은 또 다른 방식의 꿈꾸기가 된다.

오 찬란한 날의 왕자여, 나는 한때 당신의 아내였습니다. 우리는 다
른 종류의 사랑을 나누었고, 지금 그 기억이 나를 아프게 합니다.

참으로 온화하고, 참으로 영묘하니, 시간은 기도를 위한 제단과도 같았다. 우리 만남의 별자리는 상서로운 조합이었음이 틀림없다. 우리의 의식과 느낌에 섞여 들어간 어렴풋한 꿈의 불명확한 성분은 놀랍도록 미묘하고 비단처럼 부드러웠다. 삶이 덧없다는 쓰디쓴 확신은, 또 한번 여름이 지나가듯 그렇게 완전히 끝이 났다. 그리하여 이제, 비록 궤변이기는 하지만, 우리가 알고 있다고 상상했던 그 봄이 부활했다. 나무들 아래 물웅덩이나 그늘 없는 화단의 장미 그리고 막연한 삶의 멜로디도, 우리와 흡사한 남루한 방식으로, 무책임하게 탄식했다.

지식과 예감은 소용이 없다. 미래란 우리를 감싼 안개와 같아서, 설사 내일을 슬쩍 본다고 해도 그것은 곧 오늘의 맛이 나버리게 된다. 내 운명은 유랑극단에서 버림받은 광대와도 같다. 달빛이 비치지만 시골길보다 더 밝지 않은 곳, 사방은 나뭇잎을 흔들며 지나가는 산들바람, 시간의 불확실성, 그리고 우리가 들었다고 믿는 나뭇잎의 우수수거림뿐이다. 아득한 자줏빛, 스쳐가는 그림자, 한번도 끝까지 꾸어보지 못했던 꿈, 그리고 죽음만이 꿈을 종결지을 수 있으리란 의혹, 죽어가는 한 줄기 태양빛, 산비탈 집의 가물거리는 불빛, 밤, 불안, 책들 사이에 풍기는 죽음의 냄새. 바깥에는 삶이 있는데, 밤의 저 멀리까지, 언덕 저편 별이 반짝이는 밤하늘 아래 서 있는 나무들은 녹색의 싱그러운 향기를 발산한다. 그리하여 당신의 고뇌는 자비로운 동맹군을 얻었다. 빈약한 당신의 어휘는, 그 어떤 배도, 심지어 현실의 배조차 임무를 마치고 귀환하지 못했던 이 항해에 왕의 위엄을 부여했다. 삶의 연기가 모든 사물에게서 형체를 빼앗고 오직 그림자와 껍데기만 남겨놓았다. 저 멀리 회양목 문 사이로 재앙의 호수에 고인 슬픔의 물이 보이는데, 바토(프랑스의 로코코 미술의 대표 화가)를 연상시키는 그것은 극심한 불안과 함께 두 번 다시 떠올리고 싶지 않음 그 자체다. 수천 년의 세월, 오직 당신이 오는 그 세월, 그러나 당신의 길은 구부러짐을 모르니, 당신은 영원히 도착할 수가 없으리라. 피할 수 없는 독배의 잔, 당신의 삶뿐 아니라, 모든 것의 삶 앞에 놓인 독배의 잔. 거리의 가로등도, 비밀스러운 외딴 구석도, 우리에게는 오직 듣는 것만이 허용된 희미한 날갯짓 소리도, 잠 못 이루고 숨 막히는 이 밤. 우리의 생각은 서서히 비상하며, 그 자신의 불안을 떨쳐버린다. 노랑, 검정과 녹색, 사랑의 푸른색으로. 모든 것이 죽었으니 나의 사랑하는 유모여, 모든 것이 죽었다. 그 어떤 배도 결코 돛을 올릴 수 없다! 나를 위해 기도하라. 당신의 기도가 나를 위한 것이라면, 어쩌면 신은 존재할지도 모른다. 조용히, 아주 조용히 멀리서 들려오는 분수의 물소리. 분수에서 물소리가 들려온다. 삶은 불확실하고, 어둠이 덮인 마을 위로 연기가 차츰 흩어지며 사라지는데, 내 기억은 너무도 흐릿한데다, 강은 한참이나 멀리 떨어져 있구나. … 나를 잠들게 하라, 나를 망각하게 하라, 불확실한 운명의 여주인이여, 자기 자신과 결코 하나가 될 수 없는, 모든 애정과 축복의 어머니여…

396
1932년 12월 30일

마지막 빗방울이 지상을 향해 출발한 뒤, 하늘은 말끔하게 개고 빗물에 젖은 땅은 거울처럼 세상을 반사했다. 인생의 반짝이는 명료함이 저 높은 창공의 푸른빛과 함께 돌아와 여기 우리의 지상에서 비 온 뒤의 상쾌함을 기뻐했으며, 자신의 하늘을 우리 영혼에, 자신의 신선함을 우리 마음에 되돌려주었다.

원하든 원하지 않든 우리는 시간의 노예이며, 시간의 색채와 형상에 복종할 수밖에 없고, 하늘과 땅의 신하에 지나지 않는다. 설사 아주 이른 시기부터 외부세계를 경멸하며 오직 자신 안으로만 침잠하는 은둔의 삶을 선택한 자라도, 비가 내리면 맑은 날과는 다른 마음이 되는 것이 보통이다. 이런 모호한 변화는 아마도 추상적 감각의 저 깊숙한 곳에서 감지될 터인데, 비가 내리거나 혹은 비가 멈춘 직후에 일어난다. 이때 느끼지 않고도 자연스럽게 느껴지는 이유는, 굳이 우리가 그것을 느끼지 않아도 날씨는 우리로 하여금 날씨를 느끼게 하기 때문이다.

우리 한 사람 한 사람은 몇몇의, 다수의, 과잉의 자기 자신들이다. 그러니 자신의 주변을 경멸하는 자신은 주변 때문에 행복해하는 자신 혹은 주변으로 인해 고통받는 자신과 동일인이라고 할 수 없다. 우리 존재의 광범위한 식민지에는 갖가지 다양한 방식으로 생각하는 수많은 인간군상이 있다. 일이 아주 많지는 않은 오늘 잠시 쉴 수 있는 틈을 타 내 빈약한 느낌들을 노트에 기록하고 있는 나는, 주의를 기울여 기록하는 자이며, 일단 지금 당장은 일하지 않아도 되기 때문에 속으로 신이 난 자이며, 여기 내 자리에서는 보이지 않는 바깥의 하늘을 바라보는 자이며, 이 모든 걸 생각하는 자이며, 육신의 상태가 만족스러

운 자이며, 아직도 손은 약간 뻣뻣하다고 느끼는 자다. 서로 낯선 인물
들이 모인 내 영혼의 세계는, 수많은 인간이 서로 촘촘하게 달라붙어
있는 것처럼 오직 한 사람의 그림자만을 만든다. 그것은 말 없이 글을
쓰고 있는 육신의 그림자다. 지금 그 육신은 나와 더불어 보르게스 씨
의 작업대에 몸을 기대고 있는데, 내가 그에게 빌려준 지우개를 찾고
있기 때문이다.

397

끝없이 늘어선 건물들 사이로 빛과 그림자가 교차되면서, 더욱 정확한 표현으로는 빛과 그리고 좀 더 희박한 빛이 교차되면서, 도시의 아침이 열린다. 빛은 태양으로부터 오는 것이 아니라 높은 담벼락과 지붕들이 자발적으로 뿜어내는, 도시 자체가 발산하는 성격이다. 물리적인 광선을 받았기 때문이 아니라 빛이 원래 거기 있기 때문에 사물들이 빛나는 듯이 보인다.

그것을 인지하는 순간 내 안에서는 모종의 희망이 솟아나는데, 솔직히 고백하자면 이런 희망 또한 문학의 일부다. 아침, 봄, 희망, 이들은 동일한 의도의 멜로디로 서로 연결되어 음악을 이루며, 동일한 의도의 기억으로 서로 연결되어 영혼을 이룬다. 아니 그렇지 않다, 내가 도시를 관찰하듯이 나 자신의 속마음을 관찰해보면, 내게 남은 유일한 희망은 단지 이 하루 또한 다른 하루와 마찬가지로 종말을 맞으리라는 사실, 그것뿐이다. 내 이성 역시 아침놀을 본다. 그것에 어떤 희망을 덧입힌다고 해도, 결국 그것은 내가 아니라 순간을 사는 자들의 희망인 것이다. 나는 지금 전혀 원하지 않는데도 불구하고 그들을 대신하여 그들의 피상적 인식을 구현하고 있을 뿐이다.

희망? 내가 왜 뭔가를 희망해야 하는가? 하루는 나에게 그 하루 이상을 약속해주지 않는다. 하루는 앞으로 진행하고 그리고 종말을 맞으리라는 것을, 나는 이미 알고 있다. 빛은 나에게 활력을 부여하지만 그것이 내 마음을 더 가볍게 만들지는 않는다. 나는 내가 이곳에 온 것과 같은 방식으로 여기서 떠나가고 있기 때문이다. 매 시간 늙어가면서, 어떤 감각은 더 밝아지고 어떤 사고는 더 우울해지면서. 모든 종류의 탄생 속에서 우리는 탄생뿐 아니라 죽어감 또한 감지할 수가 있다. 지금, 햇빛이 이미 꽤 높은 창공으로 상승한 시간, 도시의 풍경은 건물들로 이루어진 바다와 같다. 자연 그 자체이고, 드넓고, 조화 속에 잠겨 있다. 그러나 이 순간 나는 내가 존재함을 잊을 수가 있는가? 이 도시에 대한 내 의식, 그것의 한가운데는 나 자신이라는 의식이 자리 잡고 있다.

갑작스럽게 어린 시절의 기억이 떠오른다. 어린 시절의 어느 날 나는 도시 위로 떠오르는 아침을 바라보았다. 그 시절 아침은 나를 위해서가 아니라 삶을 위해서 밝아왔다. 당시 나는 삶을 의식하고 있지 않았고, 따라서 삶 자체였기 때문이다. 나는 아침을 보았고, 기쁨을 느꼈다. 오늘 나는 아침을 보지만, 기쁨과 동시에 슬픔을 느낀다. 그 시절의 아이는 여전히 여기 있으나, 이제는 침묵할 뿐이다. 나는 여전히 그 시절과 마찬가지로 보고 있지만, 지금 내 눈동자 뒤에는 보고 있는 나를 바라보는 또 다른 내가 있다. 그것만으로도 충분하다. 태양은 그늘로 바뀌며, 나무의 초록은 바래버리고, 피지도 않은 꽃들은 시들어 간다. 그렇다, 한때 이곳은 내 집이었다. 오늘 나는 모든 종류의 풍경 앞에 서 있다. 비록 이방인이고, 손님이며, 순례자, 모든 것으로부터 소외당한 존재로 여기 있는 나에게는 전체 풍경이 신선하고 새롭긴 하지만, 그럼에도 불구하고 보고 듣는 것 모두 한없이 오래되고 낡았다는 느낌이 든다.

나는 모든 것을 보았다. 한번도 보지 못했고 앞으로도 영영 볼 일이 없는 것까지도 모두 보았다. 내 혈관 속에는 극히 미세하지만 이미 미래의 풍경이 흐르고 있으며, 새롭게 보아야 하는 것에 대한 두려움 속에는 이미 지루함이 예견된 상태다.

창턱에 기대어 몸을 창밖으로 내밀고 이 하루를 즐긴다. 다채롭게 펼쳐진 전체 도시의 공간을 내려다보는 내 영혼은 오직 한 가지 생각만으로 가득하다. 죽고 싶다, 끝내고 싶다, 도시의 지붕 위에서 반짝이는 찬란한 빛을 다시는 보고 싶지 않다, 생각하고 싶지 않다, 느끼고 싶지 않다, 태양의 운행을 포장지처럼 벗겨내어 뒤로 던져버리고 싶다. 단 한번도 원치 않았던 존재라는 거추장스러운 짐을, 무거운 양복처럼 침대 곁에 벗어던지고 싶다.

398

나는 직관적으로 확신한다. 어떤 물질적 환경도 나와 같은 인간에게는 행복을 가져다줄 수 없고 그 어떤 삶의 상황도 내게는 유리하게 작용하지 않으리란 것을. 나는 삶을 버릴 만한 다른 이유들이 이미 있지만, 위의 것들은 거기에 더해지는 또 다른 추가적인 이유다. 평범한 인간들이라면 당연히 성공할 수밖에 없는 조건들이라 해도 내가 같은 상황에 놓이면 전혀 예상치 못하게 불리하게 작용하며, 확률적으로도 희박한 나쁜 결과가 초래되고 만다.

이런 일을 자주 겪다 보니, 매우 씁쓸하지만 신이 내게 적개심을 가졌다고 생각할 수밖에 없다. 사실들이 의도적으로 항상 나에게 해로운 방향으로 움직이는 듯이 보인다. 그리고 단지 그 이유 때문에 내 삶에는 결정적인 불운이 자꾸만 일어나는 것이다.

그 결과 나는 그 무엇을 위해서도 큰 노력을 기울이지 않는 사람이 되었다. 행운이 그럴 마음만 있다면 내가 애쓰지 않아도 자기 발로 올 테니까. 다른 사람이라면 노력으로 얻을 수 있는 것이라 해도, 내 경우에는 애를 쓰면 쓸수록 더더욱 성공에서 멀어지기만 한다는 것을 나는 너무도 잘 알고 있다. 그래서 나는, 아예 큰 기대도 없이, 운명에게 나를 송두리째 맡겨버렸다. 그러면 안 될 이유가 무엇인가? 내가 금욕주의적 태도를 취하는 데는 이렇듯 불가피한 이유가 있었던 것이다. 삶에 맞서서 나 자신을 무장한다는 이유. 사실 냉정하게 따져 보면 모든 금욕주의는 결국 엄격한 쾌락주의가 아니던가. 그러므로 나는 할 수 있는 한 최대로 내 불운을 즐기고 싶다. 이것이 어느 정도까지 가능할지는 알 수 없다. 아니, 일단 그런 일 자체가 가능한지도 나는 확신하지 못한다. …

다른 사람이라면 큰 노력 없이도 사물의 불가피한 흐름상 당연히 성공하게 되는 그런 지점이 있다. 하지만 내 경우라면 사물의 불가피한 흐름도 나 자신의 노력도 둘 다 아무 소용이 없을 것이다.

나는 아마도, 정신적인 면을 볼 때, 해가 짧은 겨울날에 태어났을 것이다. 그리하여 내 존재의 밤은 이른 순간에 찾아왔다. 나는 오직 좌절과 고독 속에서만 살아갈 수 있다.

하지만 진실로 금욕적인 것은 하나도 없다. 내 고통의 고귀함은 언어 속에 있을 때만 알아볼 수 있다. 나는 병든 하녀처럼 우는 소리를 한다. 나는 가정주부처럼 신경질적이다. 내 인생은 철저하게 쓸모없고 황량하다.

399

디오게네스가 알렉산드로스 대왕에게 한 주문을, 나는 삶에게 했다. 햇볕 좀 가리지 말아주시오. 나는 소망했지만, 그것을 소망하게 된 이유는 박탈당했다. 내가 발견한 것을 실제 삶에서 발견하기만 했다면, 그것은 더욱 큰 가치를 지녔을 것이다. 꿈은(…)

* * *

밖에서 산책하는 동안 완벽한 문장들을 많이도 떠올렸는데, 집에 오니 더 이상 기억이 나지 않는다. 그래서 지금 쓰는 이 문장들의 말할 수 없이 아름다운 시정詩情이, 순수하게 원래 떠오른 형태 그대로인지 아니면 원래 모습과는 상관없는 형태인지 나는 알지 못한다.

나는 무엇에든 망설이게 되는데, 대개는 그 이유조차 모른다. 그렇지만 나는 내 나름 적절한 방식으로 두 개의 점을 가장 덜 가깝게 잇는 직선을 찾아내려 하고, 그 직선을 내 정신의 이상으로 삼고 있다. 나는 한번도 실생활이란 것을 이해하지 못했다. 아무도 틀리지 않는 일들을 나는 항상 틀려왔다. 다른 사람들은 전혀 힘들지 않게 하는 일인데도 나는 항상 죽어라 노력을 기울여야만 했다. 다른 사람들은 바라지도 않는데 쉽게 얻는 일들을, 나는 눈물로 소원하면서 살았다. 나와 삶 사이에는 언제나 혼탁한 유리창이 가로놓였다. 나는 삶을 눈으로 본 것도 아니고 손으로 만져서 알아차린 것도 아니다. 나는 삶을 산 것도, 삶의 설계도를 산 것도 아니다. 나는 언제나 내가 되고자 원했던 것의 몽상이었고, 내 꿈은 의지에서 출발했으나 그것의 종착지는 언제나 한번도 내가 아니었던 어떤 것에 대한 최초의 상상이었다.

내 감성이 나의 지적 능력에 비해 과도했던 것인지, 나의 지적 능력이 내 감성에 비해 과도했던 것인지, 나는 알 수 없었다. 나는 항상 늦었다. 감성이 늦는 것인지 지적 능력이 늦는 것인지는 알 수 없다. 아마도 둘 다일 것이다. 그도 아니라면, 늦는 것은 바로 제3의 어떤 것이리라.

이상(?)에 사로잡힌 사람들, 사회주의자, 이타주의자, 온갖 종류의 인도주의자들, 그들을 생각하면 실제로 구역질이 나려 한다. 그들은 이상 없는 이상주의자이며, 생각 없는 사색가에 불과하다. 그들이 원하는 것은 삶의 피상이다. 그들은 물 위를 둥둥 떠다니는 쓰레기에나 관심을 갖도록 태어났으며, 거기 섞여 함께 부유하는 텅 빈 조개껍데기 때문에 쓰레기 역시 아름답다고 생각한다.

400

지그시 눈을 감고 값비싼 시가 연기를 빨아들인다. 이것이 바로 부유함이다.

유년 시절을 보냈던 장소를 다시 찾는 사람처럼, 싸구려 담배 한 개비만 있으면 나는 즉시 한때 그런 담배를 피우던 장소로 돌아갈 수가 있다. 담배 연기의 부드러운 향 속에서 내 과거가 다시금 새롭게 살아난다.

어떤 특정한 달콤함이 그것을 대신하기도 한다. 초콜릿 한 조각에도 온 신경이 소용돌이치며 기억이 한꺼번에 거대한 파도로 밀려온다. 그래, 유년 시절이! 검고 부드러운 덩어리를 이빨로 천천히 씹으면, 나는 장난감 납병정들의 전우가 되고, 갈대줄기만 보면 말이라고 올라타고 다니는 기사로 변한다. 그렇게 어린 시절의 소박한 행운을 마음껏 맛보는 것이다. 눈물이 고인다. 초콜릿과 함께 지나간 시간의 행복을, 잃어버린 어린 시절을 느긋하게 음미하며 고통의 달콤함에 나를 맡긴다.

이러한 미각의 의례가 지극히 단순할 수는 있지만, 그렇다고 하여 장중한 엄숙함이 없는 것은 결코 아니다.

하지만 지나간 시간을 그토록 강렬하게 되살리는데는 역시 담배 연기를 따를 만한 것이 없다. 담배 연기는 내 미각의 의식을 살짝 스치기만 함으로써, 내가 죽고 새로운 인간으로 태어났던 그 순간의 기억을 더더욱 강렬하고 밀도 높게 환기시킨다. 담배 연기는 아주 오래전인 그 시간을 현재로 불러오며, 나를 에워싼 그 시간을 안개로 만들며, 내가 그것에게 형체를 주는 즉시 정신으로 승화시켜버린다. 한 개비의 박하담배, 한 대의 싸구려 시가 연기가 이 달콤한 순간을 구름처럼 부드럽게 감싼다. 이토록 절묘한 맛과 향의 어우러짐이 내 죽은 장면들에게 생명을 부여하고 과거의 화려한 색채로 복원하니, 항상 지루하고 사악한 거리를 유지하는 18세기와도 같구나, 절대로 변함없는 상실에 잠긴 중세와도 같구나!

401

나는 불명예에 광채를 부여했고, 고통과 쇠락에 나를 내맡겼다. 나는 고통으로 시를 쓰지는 않았지만 고통으로 장엄한 행렬을 만들어내기는 했다. 창밖으로 시선을 돌린 나는, 붉은빛과 진홍빛으로 저무는 석양을, 이유 없는 고통의 여명을 경이의 눈길로 지켜본다. 삶에 대한 내 태생적 무능이 태만이라는 짐을 지고 착란의 의례 속을 행진해간다. 그 무엇으로도 죽지 않는 내 안의 아이는 여전히 알록달록한 레이스 옷을 입고 있으며, 내가 나에게 보여주는 이 서커스를 관람하며 즐거워한다. 서커스에만 있는 그런 광대가 나오면 웃음을 터뜨리고, 넋을 잃고는 마술사와 곡예사를 응시한다. 마치 그들이 인생 자체라도 되는 양. 그리하여 인간 영혼에 넘치도록 가득한 갑작스런 고난과 신으로부터 버림받은 절망이, 기쁨 없이 하지만 불만도 없이, 벽지가 흉하게 떨어져 나간 내 방 사방의 벽 사이에서 죄 없는 상태로 잠이 든다.

나는 거리를 걷는 것이 아니라 슬픔 속을 걷는다. 길가에 늘어선 집들은 내 영혼을 압박하는 거대한 몰이해의 정체다. (…) 포도 위에서 울리는 내 발소리는 한밤을 깨우는 우스꽝스러운 조종이며, 영수증이나 무덤처럼, 최종적인 어떤 것이다.

나는 나로부터 떨어져 나와, 우물의 밑바닥이 된 나를 본다.

한번도 나였던 적이 없는 사람이 죽었다. 나였어야 했던 그 사람은 신으로부터 버림받았다. 나는 공허한 간주곡이다.

내가 음악가라면, 나는 내 장례식을 위한 장송곡을 썼을 것이다. 그건 내가 정말로 잘 할 수 있는 일이 아닌가!

402

돌멩이나 먼지 알갱이로 다시 태어나고 싶다는 간절한 소망이 내 안에서 영혼의 눈물을 흘린다.

나는 점점 모든 미각을 잃어간다. 심지어는 아무런 맛을 느낄 수 없는 미각마저도.

403

나는 아무런 의미가 없다. … 삶이 무겁다. … 모든 감성은 나에게 과잉이다. … 내 마음은 오직 신이 장악하고 있다. …

지나가버린 어느 축제의 행렬이 내 안에서 망각된 광채를 불러내고, 그리하여 광채의 권태로 하여금 내 애수를 달래려 하는가?

어떤 차양이? 어떤 별자리들이? 어떤 백합이? 어떤 깃발이? 어떤 스테인드글라스가?

이 세계의 사이프러스와 회양목과 그리고 강물을 그토록 생생하게 회상하는 우리의 가장 아름다운 꿈, 그러나 축제 행렬을 위한 차양을 갖지 못했던 꿈은, 그 어디에서 체념의 결실로 영글었는가, 어떤 신비로운 그늘진 길을 택해 행진해갔는가?

만화경

말하지 말아 달라. … 당신은 너무도 자주 나타난다. … 당신을 보지 않을 수만 있다면! 언제쯤에나 당신은 그리운 추억으로만 남을 것인가? 그렇게 되기까지 몇 번이나 더 내 눈앞에 나타날 생각인가? 당신은 더 이상 아무도 지나가지 않는 낡은 다리라고, 얼마나 더 오래 생각하고 있어야 하는가. … 그것이 삶이다. 다른 사람들은 노를 물에 빠뜨리고 말았다. … 보병대는 해이해졌다. … 기사들은 새벽녘에 길을 떠났고, 그들과 함께 창 부딪치는 소리도 사라졌다. … 당신의 성은 다시 텅 비기를 열망했다. … 바람은 산 위에 줄지어 선 나무들을 한시도 가만히 두지 않았다. 텅 빈 주랑柱廊에는 식기들이, 예언의 암시인 양 덩그러니 놓여 있다. 이 모두는 몰락한 사원에 내리는 황혼의 일부일 뿐 지금 현재 우리 만남의 일부는 아니다. 보리수 나무는 그늘을 드리워

줄 이유가 없기 때문이다. 오직 당신의 손가락과 그 손가락의 뒤늦은 손짓만이…

　머나먼 영토를 확인시켜주는 더 많은 근거들 … 스테인드글라스 속 왕들이 맺은 조약 … 성화聖畵 속의 백합 … 수행원들은 누구를 기다리고 있는가. … 길 잃은 독수리는 어디를 향해서 비상하는가?

404

세계를 우리의 손가락에 감는다. 창가에 서서 생각에 잠긴 여인이 손가락에 실이나 리본을 감듯이.

모든 것은 권태의 괴로움을 둔화시키는 방향으로 흘러간다.

한꺼번에 두 명의 왕으로 존재한다면 흥미진진할 것이다. 똑같은 하나의 영혼을 공유하는 왕이 아니라, 각각 다른 영혼을 가진 두 명의 왕.

405
1933년 3월 23일

대부분의 경우 인생은 고행인데, 사람들은 이것을 알아차리지 못한 채 견디고 있다. 도중에 잠깐씩 재미있는 막간극이 펼쳐지기도 하는 음울한 비극, 장례식에서 밤을 지새우는 사람들이 졸지 말라고 우스운 에피소드를 중간중간 섞어 들려주는 이야기 같은 것이다. 삶이 눈물의 계곡이라는 생각을 좀 한심하게 여겨온 나지만, 그래도 눈물의 계곡인 것이 맞다. 하지만 거기서 눈물을 흘리는 사람은 거의 없다. 하이네는 말했다. 위대한 비극 작품을 보고 나서는 눈물을 흘리는 대신 코를 풀어야 한다고.[48] 유대인으로서 그리고 보편 정신으로서, 그는 인류의 보편적 본성을 명확하게 통찰한 것이다.

우리가 삶을 분명히 의식하고 산다면 끝까지 견디어낼 수는 없을 것이다. 다행히 우리는 의식하지 못한다. 우리는 의식 없이 앞으로 살아갈 뿐이다. 동물처럼 무의미하게, 맹목적으로. 우리는 죽음을 미리 앞당겨 선택할 수 있는데(이것은 추측컨대 동물들에게는 일어나지 않는 일이겠지만 그래도 정확한 사실은 알 수 없다) 이때 너무 산만하게 망각과 치환을 통해서 죽음을 선취해버리므로 우리가 과연 그것을 잘 인식하고 행하는지는 조금 의심스러운 상황이다.

우리의 삶이 이렇다. 그러므로 우리의 삶이 동물보다 우월하다고 여길 만한 근거는 희박하다. 우리가 동물과 구별되는 점이라곤, 말하고 쓴다는 단순한 외적인 특성, 구체적 세계로부터 우리를 분리시키는 추상적 사고능력, 그리고 불가능한 것을 상상할 줄 아는 능력이 유일하다. 그러나 여기 언급된 전부는 우리의 유기체적 본질에 속하는 것뿐이다. 말하고 쓰기는 우리의 자연적 본성과 무의식적 삶에 아무런 영향을 미치지 못한다. 추상적인 사고능력은 동물이라면 햇볕 아래 드러눕는 것으로 해결해버릴 일을 위해서 복잡한 체계나 기타 유사 체계를 만들어내느라 고심하는 것이다. 그리고 불가능한 것을 상상하는 능력, 그것은 우리만 가진 능력이 아닐지도 모른다. 언젠가 나는 달을 바라보고 있는 고양이들을 본 적이 있다. 그들이 정말로 달을 갖고 싶어했는지 누가 알겠는가?

이 세계 전체와 우리의 삶 전체는, 개개인의 의식을 관통하며 형성되는 거대한 무의식의 광대한 체계다. 두 종류의 기체에 전류를 흘려 물을 만들어내는 것처럼, 우리의 구체적이고 추상적 존재라는 두 종류의 의식이 세계와 삶을 통과하면서 더욱 차원이 높은 무의식으로 변화하는 것이다.

생각하지 않는 자는 행복하다. 우리가 복잡한 단계를 거쳐서 힘들게, 우리의 피와 살이 아닌 사회적인 관련을 통해서만 실현할 수 있는 것을 그들은 생명 본연의 특성으로 즉각 본능적으로 실현하기 때문이다. 동물을 닮은 자는 행복하다. 우리는 죽도록 힘들게 살지만 그들은 편하기 때문이다. 우리는 상상의 길을 한참 돌아서 헤매지만, 그들은 집으로 곧장 가는 길을 알기 때문이다. 그들은 한 그루 나무처럼 대지에 단단히 뿌리내리고 있으며 그로 인해 풍경의 일부, 아름다움의 일부를 이룬다. 그러나 우리는 단지 임시변통의 신화일 뿐이다. 삶의 분장을 하고 살아감을 연기하는 허무와 망각의 단역배우일 뿐이다.

406

동물의 행복이란 것을 나는 그다지 신뢰하지 않는다. 어떤 특정 감각을 부각시키는 틀로 활용할 때를 제외하고는 말이다. 행복해지려면 본인이 행복하다는 것을 알아야 한다. 꿈 없는 잠이 우리에게 선사하는 유일한 행복은, 잠에서 깨어나는 순간 꿈 없는 잠을 잤음을 알아차리는 것이다. 행복은 행복의 외부에 있다.

알지 못하는 행복이란 있을 수 없다. 하지만 행복을 안다는 것은 곧 불행의 시작이 된다. 행복을 아는 자는 마찬가지로 알고 있다. 행복은 시간이며, 시간이란 사라져버린다는 것을. 그러므로 안다는 것은, 행복이든 뭐든 간에 죽여버리는 행위다. 그러나 알지 못한다는 것은 곧 존재하지 않는 것이다.

오직 헤겔의 절대성만이 동시에 두 가지가 될 수 있다. 물론 이론으로서만. 존재와 비-존재는 서로 섞이지 못하며, 삶의 감각에도 삶의 원천에도 녹아들지 못한다. 통합의 역반응을 일으키듯이 그들은 서로 배타적이다.

무엇을 해야 하나? 순간을 하나의 사물처럼 고립시켜야 한다. 우리가 행복을 느끼는 그 순간 우리의 감각 말고는 아무것도 생각하지 않고, 다른 모든 것을 철저하게 배제한다. 그리고 생각을 감각 속에 가두어버린다. (…)

이것은 내가 오늘 오후 믿고 있는 생각이다. 내일 아침이면 생각이 좀 달라질 수 있다. 내일 아침에 나는 또 다른 사람이 되기 때문이다. 내일은 어떤 생각을 하게 될까? 나는 모른다. 내일의 일을 알기 위해서는 일단 내일의 존재가 돼 봐야 하기 때문이다. 오늘 내가 믿고 있는 영원한 신조차도, 내일의 나에 대해서는 오늘과 마찬가지로 내일이 되어도 역시 알지 못한다. 왜냐하면 오늘 나는 오직 오늘의 나이고, 내

일이면 신은 이미 존재하지 않았던 존재가 되어버릴 것이기 때문이다.

신은 나를 어린아이로 창조했고, 오랜 세월 동안 어린아이로 지내
도록 하였다. 그런데 어째서 삶이 나를 두들겨 패고, 내 장난감을 빼앗
고, 쉬는 시간에도 혼자 외롭게 만드는 것을 허용하는가. 그리하여 내
고사리 손이 눈물 젖은 파란 아동용 앞치마를 움켜쥐게 만드는가? 내
가 사랑과 보살핌 없이 살 수 없게 태어났는데도 왜 내 운명은 사랑과
보살핌을 발로 짓밟아버린 것인가? 아, 간혹 길바닥에서 혼자 버려진
채 울고 있는 아이를 볼 때마다 내 지친 마음은 그 광경 앞에서 끔찍한
충격에 휩싸이며, 아이 자신보다도 더욱 큰 슬픔을 느끼게 된다. 나는
머리부터 발끝까지 삶의 통증에 관통당하는 듯하다. 놀이용 앞치마
자락을 움켜쥐는 것은 내 손이다. 실제로 울음을 터뜨리며 일그러지
는 것도 내 입이고, 허약함과 고독 또한 다름 아닌 나의 것이다. 성인
으로 자라난 삶의 웃음소리가 나를 스치고 지나가며, 내 마음의 예민
한 조직을 긁어 일으킨 성냥불처럼 나를 태운다.

벨벳처럼 부드러운 목소리로 그가 머나먼 나라의 노래를 불렀다. 음악 덕분에 낯선 언어가 친근하게 들렸다. 꼭 영혼이 파두를 부르는 것 같았다. 하지만 그 노래는 파두와 조금도 비슷하지 않다.

베일에 싸인 언어와 서정적인 멜로디는 모든 이들의 마음에 있으나 그 누구도 알지 못하는 것을 노래한다. 길 한가운데 서서 환각에 빠진 듯 무아지경으로 노래하는 남자의 시선은 청중을 완전히 잊었다.

모여든 사람들은 조롱의 기색이라곤 전혀 없이 몰입해서 그의 노래를 들었다. 그것은 모두의 노래가 되었고, 그 언어는 우리에게 실제로 말을 걸어왔다. 동방의 사라진 부족이 가진 비밀처럼. 도시의 소음은 여전히 들려왔지만, 우리는 더 이상 도시의 소음을 듣고 있지 않았다. 마차들이 어찌나 가까이 지나가는지 한 대는 아예 내 코트를 살짝 스치기까지 했다. 나는 그것을 감지하기는 했으나 마차가 지나가는 소리는 전혀 듣지 못했다. 이방인의 노래 속에는 우리의 몽상과 좌절을 어루만지는 깊은 체념이 들어 있었다. 사람들이 점점 더 모여들어 인파를 이루었다. 그런데 저 멀리서 경찰관 한 명이 천천히 길모퉁이를 돌아 이쪽으로 다가오고 있었다. 경찰관은 한동안 우산 행상인의 뒤쪽에 가만히 서 있었다. 뭔가 불쾌한 것이 눈에 들어가기라도 한 사람처럼. 그때 노랫소리가 뚝 끊어졌다. 사람들은 모두 침묵했다. 그때 경찰관이 입을 열어 말하기 시작했다.

409

무슨 일이 생겼는지는 알 수 없지만, 나는 지금 사무실에 혼자 있다. 갑작스럽기는 하지만 막연히 예상한 일이기는 하다. 내 의식의 한구석에 있는 어느 타인의 폐가, 커다란 안도감으로 깊이 숨을 내쉰다.

우연한 만남과 부재가 불러오는 기이한 감각 중 하나는 이처럼 보통 때라면 북적거리고 소란스러운 공간에, 혹은 아주 낯선 공간에 혼자 있는 것이다. 우리는 갑작스럽게, 절대적 소유를 느낀다. 힘들이지 않고 막강한 권력과 광대한 대지를 차지한 느낌, 그리고 이미 말했듯이 안도감과 평온을 느낀다.

완전히 혼자 있는 기분이란 얼마나 좋은가. 크게 혼잣말을 해도 괜찮고 눈치 볼 필요 없이 사방을 돌아다녀도 되고 마음 푹 놓고 의자 뒤로 기대서 몽상에 잠길 수도 있다. 건물 전체가 내 눈앞에 탁 트인 벌판 같고, 어느 사무실이건 농장만큼 넓어 보인다.

평범하던 소리도 모두 낯설고 이상하게 들린다. 마치 가까운 데 있으면서도 독립된 별개의 우주로부터 들려오는 것 같다. 마침내 우리가 왕이다. 바로 이것을 우리는 그토록 열망해오지 않았던가. 가장 소박한 인민이 가짜 황금의 주인보다 어떤 경우 더욱 강한 열망을 갖는 법. 잠시 동안이나마 우리는 우주의 연금 수혜자가 되어, 규칙적으로 꼬박꼬박 들어오는 연금 덕분에 곤궁도 걱정도 없다.

아, 그런데 층계를 오르는 발소리가 들린다. 누구의 것인지는 알 수 없으나 내 평안한 고독을 방해하기 위해 사무실로 다가오는 소리. 내 무언의 제국이 야만인의 위협 앞에 놓여 있다. 발소리는 주인이 누군지 알 수 없다. 유심히 들어보지만 내가 아는 그 어떤 발소리도 아니다. 하지만 내 영혼의 막연한 본능은 말한다. 지금 당장은 계단의 발소리에 불과하지만, 곧 어떤 사람이 이곳으로, 바로 내가 있는 사무실로 들어올 거라고. 계단을 밟고 올라오는 그 사람을 생각하고 있자니 갑자기 계단이 내 감각의 중요한 자리를 차지한다. 그렇다, 예감은 적중했다. 직원 중 한 명이다. 그는 걸음을 멈추고, 문을 열더니, 안으로 들어온다. 이제 그의 모습 전체가 보인다. 사무실로 들어서는 그는 나에게 말을 건넨다. "혼자 계세요, 소아레스 씨?" 내가 대답한다. "네, 한참 동안이나요." 그는 겉옷을 벗으면서, 자신의 낡은 여벌 겉옷이 걸린 옷걸이를 응시한다. "여기 혼자 있었다니 정말 지루했겠어요, 소아레스 씨, 게다가…" "맞습니다, 정말 지루했어요." 나는 얼른 그에게 동조한다. "지루해서 졸음이 올겁니다." 어느새 낡은 겉옷으로 갈아입은 그가 책상으로 향하며 말한다. "맞습니다." 나는 웃으면서 대답한다. 그리곤 잊었던 펜을 향해 손을 뻗으며, 평범한 삶이라는 익명의 건전성을 향해 온몸으로 재돌입한다.

410

그들은 할 수만 있다면 항상 거울을 마주 보고 앉는다. 우리에게 이야기하는 와중에도 무아지경의 눈빛으로 자신들의 모습을 바라본다. 사랑에 빠진 사람들이 종종 그렇듯이 이들도 가끔씩 대화의 끈을 놓친다. 이들은 언제나 나를 좋아했는데, 내가 나의 외모를 극심히 혐오하여 마주치는 거울마다 자동적으로 고개를 돌려버리곤 했기 때문이다. 그런가 하면 그들은 내게 꽤 잘해주기도 했는데, 내가 이야기를 잘 들어줄 뿐만 아니라 그들이 자기 자랑을 계속 떠벌린다고 해도 도중에 끼어들거나 핀잔을 주지 않는다는 것을 직감적으로 눈치챘기 때문이다.

전체적으로 볼 때 그들은 무난한 편이었다. 그렇지만 한 명 한 명 따져 보면 다들 이런 면 저런 면이 있었다. 모든 인간의 평균치를 기준으로 놓고 본다면 그들의 관대함과 친절함은 놀라울 정도로 엄청나지만, 또 한편으로는 일반적인 보통 인간에게는 상상하기조차 어려운 한심함과 못된 기질을 드러내기도 한다. 비열함, 시기심, 제멋대로인 망상벽, 이것은 그들 자신의 특성일 뿐만 아니라 그들 주변에 조성되는 분위기와 환경이기도 하다. 원래 뛰어난 자질을 가졌음에도 불구하고 종종 이런 커피하우스의 수렁에 빠져들고 마는 위대한 작가들의 작품에까지 그런 성격들이 흘러 들어가 영향을 미치곤 한다. (피알류⁴⁹)의 작품에는 적나라한 시기심과 거친 상스러움이 공공연하고 게다가 우아함의 결여는 거의 구역질이 날 정도다. ⋯)

어떤 사람들은 위트가 있고, 어떤 사람들은 위트만 있으며, 그리고 또 어떤 사람들은 아직 오지 않았다. 커피하우스 위트란 자리에 없는 사람에 대한 비웃음과 자리에 있는 사람들의 뻔뻔함으로 구성된다. 결국 혼자 똑똑한 척하는 이런 유의 행위는 사람들이 보통 그냥 천박이라고 부르는 것이다. 다른 사람을 제물로 삼아서 자신의 위트를 과시하는 행위보다 더 황폐한 정신은 없다.

나는 도착했다. 나는 보았다. 그리고 그들과는 반대로 나는 승리했다. 내 승리는 오직 본다는 점에 있었다. 나는 그들 모두가 저열한 사회 집단과 하등 다를 바 없음을 보았다. 내가 사는 셋집 건물에도 여기 커피하우스에서 마주치는 것 같은 수준의 한심한 영혼들이 살고 있다. 단지 차이라면 여기 인간들은 언젠가 파리에서 성공할 수 있으리라는 허황된—이 점에서는 정말로 신에게 감사하는데—상상에 빠져 있다는 사실뿐. 내가 세 든 집의 주인 여자가 품고 있는 제일 야심찬 꿈이라고 해야 화려하게 단장한 리스본의 새 구역으로 이사가는 것 정도이고, 외국에 대해서는 아예 허황된 생각 자체를 품지 않는다. 그 점이 내 마음을 살짝 감동시켰다.

이 경험과 관련하여 나는 불쾌한 지루함과 몇 개의 재치 있는 농담의 기억을 인간의 의지의 무덤에 추가하게 되었다.

그들은 무덤으로 향하는데, 가는 도중에 이미 그들은 순식간에 조용해진다. 마치 그들의 과거를 모두 카페에 잊고 온 것처럼.

… 그리고 후세는 영원히 알지 못하리라, 치열한 말싸움으로 쟁취한 수많은 우승기 더미가 시커멓게 썩어가는데, 그 아래 파묻힌 채 영원히 시야에서 사라진 사람들이 있다는 것을.

411

　자부심은 스스로의 위대함에 대한 감성적 확신이다. 허영심은 타인들이 우리에게서 그 위대함을 느낀다는 감성적 확신이다. 이러한 두 감정은 반드시 서로 일치하지는 않지만, 그렇다고 해서 반드시 서로 별개의 성질이라고는 말할 수 없다. 이 둘은 분명 차이가 있지만, 서로 부합하는 면도 많다.

　허영심이 없는 자부심은 수줍음으로 귀결된다. 스스로를 대단하게 여기는데 남들이 그것을 알아준다는 느낌이 없으면, 스스로의 자기평가를 당연한 듯이 타인들에게 들이밀기에는 겁이 나기 때문이다.

　자부심이 없는 허영심이란 아주 드물지만 그렇다고 불가능하지는 않는데, 뻔뻔함의 형태를 띤다. 남들이 자기를 높이 평가한다는 것을 조금도 의심하지 않는 사람은 타인을 두려워하지 않기 때문이다. 육체적·도덕적 용기는 허영심 없이 가능하지만 뻔뻔함은 그렇지 않다. 내 생각에 뻔뻔함이란 자신의 결단력에 대한 확신이다. 뻔뻔하기 위해서 육체적·도덕적 용기가 필요한 건 아니다. 그들은 기질상 뻔뻔함과는 완전히 무관하다.

·

412
슬픔의 막간

나는 자부심에서 위안을 구할 수조차 없다. 내가 스스로의 창조자가 아닌데 무슨 자부심을 가질 수가 있겠는가? 설사 뭔가 자랑거리를 갖고 있다고 해도, 수치스러운 면은 그에 비해서 얼마나 많은가.

나는 삶이라는 무덤에 누워 있다. 일어서려는 몸짓은 꿈속에서조차 취하지 않는다. 그렇게 나는 영혼 깊숙한 곳까지 오직 무능력하여 그 어떤 수고를 도모할 자신도 없다.

형이상학적 체계와 (…) 심리학적 해석의 창안자는 고통이라는 것의 초보적인 단계만 알고 있었다. (…) 구축이 없다면, 체계화하고 해석하는 것이 무엇이란 말인가? 수고를 기울이지 않는다면, 배열하고 분류하고 조직하는 이 모두가 다 무엇이란 말인가? 삶이 이토록이나 비참한 충격이라니!

아니다, 나는 비관론자가 아니다. 자신의 고통을 우주적 보편성으로 끌어올릴 수 있는 자는 행복하다. 하지만 나는 세상이 슬픔의 장소인지, 아니면 단순히 임의의 사건인지 알지 못하며 그 문제에 관심조차 없다. 타인의 고통은 거추장스러운데다가 지루할 뿐이다. 그들이 울거나 신음하지 않는 이상, 그래 봤자 나에게는 불편하고 기분 나쁠 뿐이지만, 그들의 고통이 아무리 크다고 해도 나는 어깨 한번 으쓱하지 않는다. 그들을 향한 나의 경멸은 그 정도로 뿌리 깊다.

나는 인생을 절반은 밝게 절반은 어둡게 보고 있다. 나는 비관론자가 아니다. 나는 인생의 잔혹함에 대해 불평하지 않는다. 나는 내 인생의 잔혹함에 불평한다. 나에게 중요하고도 유일한 사실은, 내가 존재하고 고통을 받으며 그런 고통의 느낌으로부터 벗어나는 꿈조차 꿀 수 없다는 것이다. 비관론자들은 행복한 몽상가다. 그들은 자신의 이미지대로 세상을 바라보기 때문에 항상 집에 있는 듯 편안함을 느낀다. 나를 가장 비참하게 만드는 것은 행복으로 법석을 떠는 세상과 나만의 침울함, 기운 빠진 내 침묵 사이의 불균형이다.

삶과 동행하며 삶을 살아내면서 인지하는 사람에게 삶의 고통과 두려움과 동요는 아름답고 기쁜 사건들임에 틀림없다. 마치 좋은 일행과 함께 오래된 역마차를 타고 가는 여행길처럼 말이다.

나는 내가 겪는 고통이 위대함의 징후라고 가정할 수 없다. 확신이 없기 때문이다. 나는 참으로 하찮은 것에 고통을 겪으며 진부한 것들에 상처받기 때문에, 내가 그 가설을 세우는 즉시, 내가 천재일지도 모른다는 다른 가설을 모욕하는 결과가 될 것이다.

찬란한 석양의 아름다움이 그 아름다움으로 나를 슬프게 한다. 그런 순간 나는 늘 스스로에게 말한다. 행복한 사람에게는 이 순간의 장관이 그 얼마나 황홀할 것인가!

이 책은 비탄의 노래다. 이것이 씌어진 이상 《홀로》[50]는 더 이상 포르투갈에서 가장 슬픈 책이 아니게 된다.

나의 고통에 비하면 다른 모든 고통은 하찮고도 의심스러울 뿐이다. 그것들은 전부 행복한 사람의 고통이거나 혹은 인생을 살아내면서도 불평하는 사람들의 고통이다. 그러나 나의 고통은 인생으로부터 잘려져 나와 외딴곳에 격리된 인간의 것이다. …

인생과 나 사이…

그리하여 나는, 모든 고뇌의 원천을 본다. 그러나 그 무엇도 기쁨을 불러일으키지는 않는다. 나는 고통을 느끼기보다는 고통을 보기로, 기쁨을 보기보다는 기쁨을 느끼기로 결심했다. 보거나 생각하지 않는 자는 어떤 만족감에 도달할 수 있다. 신비주의자나 보헤미안 아니면 사기꾼들이 그렇듯이. 하지만 고통은 생각의 문과 관찰의 창을 통해서 결국 우리 모두의 집 안으로 들어오고 만다.

413

꿈의 순간처럼 어떤 생각도 의도도 없이, 우주를 분해하고 다시 조립하면서, 꿈에 의해, 꿈을 위해 산다. 그리고 무익함의 의식적 의식으로 (…) 이것을 행한다. 온몸으로 삶을 무시하고 모든 감각을 동원하여 현실감각을 잃어버리고 온 영혼을 다해 사랑을 거부한다. 물 뜨러 가져간 항아리에 쓸모없는 모래만 그득 채우고 쏟아버린다. 채우고 버리기를 반복한다. 아무 의미 없이, 더더욱 아무 의미 없이, 가장 아무 의미 없이.

화관花冠을 엮는다. 완성하고 나면 다시 풀어버린다. 완전히, 철저하게, 아무것도 안 남도록.

그림 그릴 캔버스도 없는 상태로 물감을 팔레트에 푼다. 조각가도 아니면서 조각할 석재를 주문한다. 조각할 정도 없으면서 정으로 조각상을 만든다. 모든 것으로부터 부조리를 창조해낸다. 우리의 무익한 시간을 순수한 무로 완성한다. 살아간다는 우리의 의식과 숨바꼭질을 한다.

우리가 기쁨에 찬, 불신의 미소를 띤 존재라고 말하는 시간의 소리를 듣는다. 시간이 세상을 그려내는 것을 본다. 그리고 그 그림을 진실이 아닌 것, 완전히 텅 빈 껍데기에 불과한 것으로 간주한다.

모순의 문장으로 사고하면서 소리가 아닌 소리로, 색채가 아닌 색채로 말한다. 우리가 의식을 갖지 않을 의식을 갖고 있다고 말한다. 지금 우리인 것은 우리가 아니라고 말한다. 그러면서 이해가 불가능한 그 내용을 이해한다. 그 역시 어차피 불가능한 일이다. 이 모두를 사물의 영적인 측면, 아마도 우리가 알고 있는 것과는 다른 어떤 차원에 숨겨진 역설의 의미로 해명한다. 하지만 그 해명에 지나친 믿음을 부여하여 해명 자체를 포기해버리지는 않는다. …

모든 말의 꿈을 허망한 침묵 속에 조각한다. 어떤 행동에 대한 모든 생각이 무기력 속에 굳어버리도록 둔다.

그리고 이 모두의 위 저 멀리에는, 맑고 푸르른 하늘처럼, 삶의 경악이 떠 있게 된다.

414

우리가 꿈꾸는 풍경은 우리가 보았던 풍경의 안개에 지나지 않는다. 그런 꿈을 꾸는 것은 세상을 바라보는 권태만큼이나 권태롭다.

415

상상 속의 인물은 현실의 인물보다 더욱 명확하며 더욱 진실하다.

상상의 세계는 늘 나에게 유일한 진실의 세계였다. 내가 스스로 창
조한 인물과의 사랑만큼 진실하고, 들뜨고, 강렬하면서 활기 넘치는
사랑을 나는 체험해보지 못했다. 세상에 그런 사랑이 있다니! 나는 그
리움에 젖어 그 사랑을 회상한다. 다른 모든 사랑과 마찬가지로, 상상
의 사랑 또한 지나가버리기 때문이다. …

416

상상의 날개에 실려 훨훨 날아가는 어느 날 오후, 희미한 빛이 넘실대는 상상의 살롱에서는 느릿느릿한 환담이 이루어지며, 나 자신과 나누는 대화 도중 사이사이 잠시 침묵이 자리 잡는다. 타인이라기보다는 나 자신에 가까운 대화 파트너와 단 둘만이 존재하는 그런 순간, 나는 종종 스스로에게 질문하곤 한다. 우리가 살아가는 과학의 시대가 어째서 인공의 것이나 무생물을 향해서는 그 이해의 폭을 넓히려고 하지 않는지. 그리고 마찬가지로 내가 지치도록 매달리는 질문 중 하나는, 인간이나 인간 이하 종을 연구하는 통상적인 심리학과 더불어 인공 인간, 즉 양탄자나 회화 속에서 삶을 펼쳐 보이는 인물들에 대한 심리학은(분명히 그들도 심리가 있을 텐데 말이다) 왜 개척하지 않는가 하는 점이다. 영혼이 유기체에만 국한되고 조각상이나 자수문양에는 없다고 보는 시각은 현실의 안타까운 일면이다. 형체가 있는 곳에, 영혼도 있다.

이러한 개인적인 사색은, 다른 사색들과 마찬가지로 과학적인 추론으로 얻어낸 생각이지, 한가하게 빈둥거리다가 문득 떠오른 가벼운 생각이 아니다. 그런 의미로 나는 해답을 찾기 전에, 혹은 과연 해답을 찾을 수 있을지 알기 전에, 어쨌든 해답의 가능성이 이미 존재하고 있다고 간주한다. 그리하여 내면의 철저한 분석과 고도의 집중력의 도움을 받아, 이렇게 말로 구현된 미해결의 문제가 어떤 대답을 낳는지 예측해본다. 이 생각을 시작하자마자 내 마음의 눈앞에는 그림 위로 몸을 숙이고 살펴보는 과학자들이 나타난다. 그들은 분명 그림이 살아 있음을 알고 있다. 양탄자의 조직에서는 현미경 분석가들이 나오고, 넓은 나선형 문양이 일렁이는 테두리 부분에서는 물리학자가, 그림 속 형상이나 색채의 표상에서는 화학자가, 그리사이유(주로 무채색을 사용한 단색화법 회화) 속 지층에서는 지질학자가 나타난다. 그리고 끝으로, (가장 중요한) 심리학자가 있다. 그들 심리학자는 모든 조각상이 조금이라도 느낄 가능성이 있다 싶은 느낌, 화폭이나 스테인드글라스 속 인물의 흐릿한 영혼을 슬쩍이라도 건드릴 가능성이 있는 단상, 짜릿한 충동, 방종한 열정, 경우에 다른 동정과 경우에 따른 증오 (…) 등을 관찰하고, 침묵과 정지를 특징으로 하는 이 특수한 우주에서 그것들이 발휘되는 양상을 하나하나 취합, 기록하는 자들이다. 부조로 새겨진 영원한 제스처이든 화폭 속의 인물이 가진 불멸의 의식이든 상관없이.

문학과 음악은 다른 예술 분야보다도 심리학자의 섬세한 감각이 활동하기에 좋은 영역이다. 소설 속 주인공은 모두가 알다시피 실제 인간과 다를 바 없이 진짜다. 소리의 어느 특정 표지는 영혼을 갖는데 그것은 비록 일시적으로 부유하는 형태이긴 하지만 심리학자와 사회학자가 덤벼들기에는 충분하다. 모든 무지한 자는 이것을 알아야 한다. 색채나 소리, 문장 속에는 전체 사회가 존재하므로, 체제나 혁명, 정부, 그리고 정치 (…) 역시 찾아볼 수 있다. 수사적인 의미만이 아니라 실질적으로 그렇다는 뜻이다. 악기의 조화가 만들어내는 심포니 속에, 소설의 완결된 구조 속에, 한 폭의 다층적인 그림이 담긴 제곱미터의 세계 속에, 전사들, 연인들 혹은 상징적인 인물들이 기쁨과 고통으로 어우러지며 다양하고 화려한 감정에 열중하고 있는 곳, 그 모든 곳에.

내가 가진 일본제 찻잔 하나가 산산조각 나면, 나는 그 원인이 가정부의 부주의한 손이 아니라 그 도자기(…) 곡면에 살던 사람들의 불안이라고 생각한다. 그들은 자살을 택하기로 음울한 결정을 내렸는데, 나는 그것이 전혀 놀랍지 않다. 우리가 총으로 우리를 쏘는 것처럼 그들 역시 가정부를 이용하는 것이다. 이 사실을 안다는 것은(게다가 나처럼 정확하게 안다는 것은) 현대 과학의 경계 너머로 나가는 것이다.

417

나는 독서만한 즐거움을 알지 못한다. 그럼에도 불구하고 책을 거의 읽지 못한다. 책은 꿈의 개론인데, 자연스럽게 그리고 얼마든지 꿈과 대화를 나누는 사람에게 개론은 필요가 없다. 독서란 나에게는 자신을 망각하는 일인데, 책을 읽고 있으면 내 이성이나 상상력이 논평을 다는 통에 책의 흐름이 자꾸만 방해받곤 했다. 그래서 몇 분을 읽다 보면 어느새 나 자신이 책을 쓰는 형국이 되었다. 그리고 그렇게 내가 쓴 것들은 책의 어디에도 나와 있지 않았다.

내가 사랑하는 독서는 늘 침대 머리맡에 두고 읽으면서 함께 잠이 드는 무미건조한 책들이다. 그중에서도 특히 손에서 놓지 않는 것이 두 권 있다. 피게이레두 신부의 《수사학》,[51] 그리고 프레이르 신부의 《포르투갈어에 대한 고찰》[52]이다. 나는 매번 즐거운 마음으로 이 책들을 다시 읽어보곤 하는데, 여러 차례 읽은 것도 사실이지만 처음부터 끝까지 한번에 읽지는 않은 것 또한 사실이다. 나는 이 책들 덕분에 혼자서는 이루지 못했을 수련을 쌓았다. 합리적인 이성에 따른 객관적 글쓰기라는 가르침을 얻은 것이다.

상투적이고 건조한 수도원 스타일인 피게이레두 신부의 문체는 내 이해력을 최고 단계로 연마시켰다. 그런가 하면 절도라곤 전혀 없는 프레이르 신부의 장황한 만연체를 대하면 나는 지치는 법 없이 늘 즐겁기만 하다. 그것은 불안한 고뇌의 길을 통하지 않고도 나를 훌륭하게 가르친다. 그들은 너무도 사려 깊고 뛰어난 지성들이므로, 나는 그들과 같은 사람이 되려는 욕심을 감히 부릴 수도 없다.

나는 읽다가 포기해버린다. 독서가 아니라 나 자신을 말이다. 나는 읽다가 잠이 든다. 그리고 꿈속에서 피게이레두 신부의 웅변적 인물들의 묘사를 따라간다. 또한 신비한 숲 속에서 프레이르 신부가 연설하는 것을 듣는다. 그는 말한다. "막달레나"라고 말해야 한다고, 오직 무지한 인간들만이 그녀를 "마달레나"라고 부르므로.

읽기가 싫다. 처음 보는 페이지는 생각만 해도 지겹다. 이미 아는 것만 읽을 수가 있다. 나의 베갯머리책은 피게이레두 신부의 《수사학》이다. 나는 이미 천 번은 읽은 이 책을 매일밤 천한 번째로 펼쳐든다. 정확하고 무결한 수도사적인 포르투갈어, 연설조인 여러 다양한 등장인물들. 천 번도 넘게 읽었지만 나는 등장인물들의 이름을 외우지 못한다. 그렇지만 그의 언어는 마음을 차분하게 가라앉히는 효과가 있고 (…) c가 표기된 예수회 어휘[53]가 나오지 않으면, 나는 불안하게 잠이 든다.

특히 나는 피게이레두 신부의 책에서, 그의 과장된 순수주의가 아니라, 내가 가능한 한 최대로 언어에 적용하고 있는 상대적인 신중함을 배웠다. 그것으로 나를 표현하며(…).

그리고 나는 읽는다.
(피게이레두 신부의 글에서)
"야단스럽고, [공허하며?] 냉정하다."
이 부분, 삶의 관심사를 넘어서는 데 도움이 된다.

혹은
(연설하는 인물에 관한 부분),
서문에서도 나온다.

조금의 과장도 없이, 나는 내가 말하는 것 자체를 그대로 느낀다.
다른 사람들이 《성경》을 읽듯이, 나는 이 《수사학》 책을 읽는다. 이 책의 장점은 내면의 평정 그리고 독실함의 결여다.

삶의 비루함과 진부함, 평범한 일상의 무의미성, 창백하고 그로테
스크하게 내 존재의 흉함과 저열함에 밑줄을 긋는 먼지. 눈앞에 펼쳐
진 현금출납부의 내면은 동방에 대한 꿈으로 불탄다. 사장의 악의 없
는 농담 한마디가 온 우주를 모욕한다. 바스케스 씨에게 전화 받으라
고 전해주시겠어요, 사장의 애인인 미스 아무개가 말한다. 그것도 하
필이면, 지금 막 미학과 지적인 이론의 무성적인 특성에 몰두하고 있
는 이 순간에…

그리고 몇몇 친구들이 있는데, 이들은 사람 좋고, 함께 어울려서 점
심이나 저녁을 먹으며 대화를 나누면 정말이지 즐겁다. 하지만 그럼
에도 불구하고, 뭐라고 표현해야 할지, 하여튼 삶의 모든 것이 앙상하
고, 보잘것없으며, 남루하다. 이런 삶은 설사 회사 밖에서 행하는 일
조차도 변함없이 직물회사의 권역을 벗어나지 못하며, 설사 외국에
있다 할지라도 변함없이 현금출납부를 들여다보아야 하고, 설사 이미
영원의 세계로 건너갔다 해도 변함없이 상사와 함께인 것이다.

어느 누구나 부적절한 농담을 좋아하는 상사가 있고, 어느 누구나
일상의 우주를 벗어난 영혼이 있다. 어느 누구나 상사가 있으며 상사
의 애인이 있어서, 어스름이 신비롭게 깔린 어느 저녁, 그 부적절한 시
각에 전화벨이 울리고 상사의 애인이 예의 바르게 뭔가를 사과하거나
(?) 혹은 그보다 더욱 빈번하게는 그녀의 남자친구 때문에 다른 사람
이 사과를 대신해야 하는 사태를 만들기도 한다. 사무실의 모두는 지
금 상사가 좋은 데로 차 마시러 갔다는 것을 알고 있다.

하지만 꿈꾸는 자들은, 리스본 저지대 사무실에서 현금출납부를 들
여다보면서 꿈꾸는 건 아니라 해도, 그들 모두는 눈앞에 현금출납부
를 펼쳐놓고 있다. 그들의 아내든지, 그들이 물려받은 미래의 경영이

라든지, 혹은 그 무엇의 형태라 해도, 어쨌든 현금출납부는 실제로 존재하기는 존재하는 것이다.

우리, 꿈꾸는 자이며 생각하는 자 모두는 어느 직물회사에서, 혹은 도시 저지대의 다른 회사에서 근무하는 보조회계원이다. 우리는 출납부를 기록하며 손실을 잃는다. 합산을 하고 페이지를 넘긴다. 우리는 총계를 낸다. 눈에 보이지 않는 부채가 언제나 우리를 압박한다.

나는 글을 쓰면서 미소를 짓는다. 그러나 내 마음은 이미 부서진 것이나 같다. 산산조각 난 사물처럼 박살이 나서, 파편과 부스러기로 변한다. 쓰레기 수거인은 단 한번의 동작으로, 어깨에 멘 쓰레기통을 모든 시의회의 영구적인 쓰레기수레로 쏟아버린다.

모든 것이 근사하게 단장하고 기대에 부풀어, 다가오는 왕의 행차를 기다린다. 서서히 깨어나는 동녘에서 수행원들의 먼지 구름이 피어난다. 저 멀리서 기병의 창이 아침 햇살을 받아 번쩍이는 것이 보인다.

420
장례식의 행렬

미지의 위계에 따른 다양한 신분의 사람들이 복도에서 줄지어 당신을 기다리고 있다. 사환들, 상냥하게 생긴 금발의 젊은 남자들 (…) 햇빛 속에 드러난 칼날은 쏟아지는 광선을 쪼개버리고, 자랑스러운 예복과 헬멧 위에서 태양이 번쩍거리다가 사라진다. 희미한 황금빛이 어둡게 어른거리니 마치 비단천과 같은 광택이 난다.

상상이 병들게 하는 모든 것, 어둡게 가라앉은 암울함의 기운이 예식의 화려함을 뒤덮고 우리의 승리감을 짓누른다. 허무의 신비주의, 완전한 부정으로 도달하는 금욕.

푸른 잔디 위로 따스한 태양빛이 비치는데, 그 아래 우리의 감은 눈 꺼풀을 덮는 것은 일곱 뼘도 채 되지 않는 흙이 아니라, 우리의 삶을 능가하는, 삶 자신이기도 한 죽음이다. 어떤 하나의 신, 내 신들의 종교이기도 한 알려지지 않은 신 안에 있는 죽은 현존.

도라도레스 거리에도 갠지스 강이 흐른다. 이 비좁은 방에 온갖 시대가 한꺼번에 모여 공존한다. 풍습과 문화를 보여주는 색색의 행진, 각양각색의 다양한 민족들, 세계 각국의 무한한 특색이 펼쳐지며 (…) 뒤섞인다.

그래서 나는 지금 바로 이 거리에서, 깊은 환희에 떨면서 죽음을 기다린다. 성벽의 총안銃眼과 칼날 사이에서 맞게 될 죽음을.

421
마음속의 여행

5층의 내 방 창밖으로 무한의 전망이 펼쳐진다. 창가에 선 나는 막 시작되는 친밀한 저녁빛 속에서 하나둘 떠오르는 별들을 바라본다. 풍경 속에서 자신을 열어젖히는 아득히 먼 거리와 리드미컬한 조화를 이루며, 나의 꿈은 알려지지 않은 상상의 나라, 혹은 전혀 존재하지 않는 나라로 날아간다.

422

동쪽 하늘에서 황금색 달의 금발머리가 반짝인다. 넓은 강 위로 달의 흔적이 지나간다. 그리하여 물과 함께 굽이치며 바다로 흘러 들어간다.

이국적인 깃발이 양옆으로 늘어선 대로, 사치스런 공단천과 현란한 자주색으로 치장하고 값비싼 차양을 드리운 여유로운 자리에 높다랗게 앉은 제국은 죽음을 향해 나아갔다. 차양과 차양이 줄을 지어 지나갔다. 속속 도착한 화려한 축제의 행렬 앞에 음울하고도 투명한 거리가 모습을 드러냈다. 고통스러울 정도로 느린 행진의 대열 속에서 무기들만이 차가운 빛을 반짝였다. 교외의 공원들은 잊혀졌고, 분수대의 물은 모든 상실의 재현일 뿐이다. 환한 기억 속 웃음소리가 아득히 멀리서 들려왔다. 아니다, 길가의 조각상들은 입을 다물고 있었고, 노란 색채의 행렬도 무덤가를 아름답게 장식한 가을의 색조를 퇴색시킬 수 없었다. 암녹색, 옅은 보라색, 심홍색 가운 차림의 병사들이 미늘창을 들고 찬란한 시대의 결연함을 과시한다. 너무도 많은 도피의 무리, 텅 빈 광장이 그 뒤에 남았다. 우리가 걷고 있는 이 꽃길 위로, 고가수로의 그림자는 다시 드리워지지 않는다.

북이, 천둥처럼, 겁먹은 시간을 찢는다.

424

세상에는 우리가 아는 그 어떤 법칙으로도 설명되지 않는 일들이 매일 일어난다. 그들은 매일같이 진술되고 망각되는데, 그들을 데려온 불가사의가 그들을 다시 데려가 비밀을 망각으로 바꾸어버린다. 설명될 수 없는 사물은 반드시 망각으로 귀결된다는, 바로 그 법칙이다. 눈에 보이는 세계는 태양빛 아래서 순환한다. 하지만 그 안에 숨어 있는 어떤 낯선 것이 그늘 속에서 우리를 응시한다.

425

꿈꾸는 일은 형벌이 되었다. 나는 꿈속에서 모든 꿈의 사물을 실제의 것으로 보는 명료함을 터득했다. 그로 인하여 그것들 본래의 가치는 사라지고 말았다.

나는 명성을 얻기를 꿈꾸는가? 그 즉시 나는 명성과 함께 불가피하게 따라오는 대중에의 노출을, 사생활과 익명성의 상실을 느낀다. 그리고 명성으로 인한 괴로움에 시달린다.

426
1933년 4월 5일

우리의 가장 큰 공포조차 대수롭지 않게 생각하는 것. 이 우주적 삶에서뿐 아니라 우리 자신의 영혼을 마주하고도 그런 자세를 유지하는 것이 지혜의 시작이라고 할 수 있다. 공포의 한가운데에 있을 때 이것을 실행할 수 있는 자라면 진정 지혜로운 사람이다. 우리가 실제로 고통 중에 있을 때 인간의 고통은 무한의 영역에 가닿은 것처럼 보인다. 그러나 어느 인간도 무한의 삶을 살지 못하므로 인간의 그 무엇도 무한할 수 없고, 우리의 고통 또한 우리가 감각할 수 있는 정도 이상의 것은 되지 못한다.

광기와 종이 한 장 차이인 권태, 혹은 그보다 극심한 불안에 시달린 나머지 도저히 참지 못하고 발광해버리기 직전, 얼마나 자주 나는 멈칫거렸나. 나를 신으로 추앙해버리는 단계 바로 직전까지 갔다가 망설이며 멈추어 서기가 몇 번이던가. 세상의 비밀을 깨닫지 못한 고통, 사랑받지 못한 고통, 부당한 대우를 받는 고통, 삶에 질식당한 고통, 꽁꽁 결박당한 채 억압받는 고통, 치통을 수반하는 고통, 꽉 죄는 신발의 고통, 이 모든 고통 가운데 어떤 것이 가장 고통스럽다고 누가 말할 수 있는가? 그 자신에게 가장 고통스러운 것이 다른 사람에게도 마찬가지로 가장 고통스럽고, 다수의 다른 인간들에게도 역시 그러하다고 어떻게 확신할 수 있는가?

나와 이야기를 나눈 몇몇 사람은 나를 둔감한 인간으로 여기곤 한다. 하지만 나는 절대다수의 사람들보다 훨씬 민감한 편이다. 나는 내가 누군지 알 정도로 민감하고, 따라서 민감함이 무엇인지도 잘 알고 있다.

아, 그렇다. 삶이 고통이라는 것은 진실이 아니다. 그리고 삶을 생각하는 것 역시 고통이 아니다. 진실은 이렇다. 우리가 고통을 진짜 괴로

운 것으로 생각할 때만 고통은 진짜 괴로운 것이 된다. 그저 가만히 내
버려둔다면, 어느 날 고통은 우리를 찾아왔던 것처럼 그렇게 슬쩍 우
리를 떠나버릴 것이다. 생겨났을 때와 마찬가지로 그렇게 사라져버릴
것이다. 모든 것은 결국 아무것도 아니다. 고통 역시 마찬가지다.

　나는 지금 권태 때문에 할 수 없이 이 글을 쓴다. 내 안에서 적당한
자리를 찾지 못한 권태는 내 영혼보다 더 큰 공간을 요구할 만큼 팽창
했다. 모든 사람과 모든 사물의 권태가 내 숨통을 조이고 나를 미치게
만든다. 오해받는 느낌이 실제로 내 육체를 사로잡아 나를 망가뜨리
고 압도해버린다. 그렇지만 나는 푸른 하늘을 향해 고개를 들고는, 무
의식의 신선한 바람을 얼굴에 한껏 맞는다. 풍경을 본 다음 눈꺼풀을
닫고, 바람을 느낀 다음 내 얼굴을 잊는다. 기분이 나아지지는 않는
다. 하지만 달라진다. 나를 보는 것은 나를 나로부터 해방시키는 일이
다. 나는 거의 미소를 지을 뻔한다. 나 스스로를 이해해서가 아니라,
아예 다른 사람이 되어버린 나는 더 이상 나 자신을 이해할 수 없기 때
문이다. 가시화된 무처럼 텅 비고 드넓은 창공에, 전체 우주로부터 남
겨진 작은 구름 한 점이 떠 있다.

나의 꿈: 꿈에서 나는 친구들을 만들어내어 어울려 다녔다. 그들의 불완전성은 그들이 가진 고유한 특성이다.

순수하게 남아 있어라. 고고해지거나 강해지기 위해서가 아니라, 다만 자기 자신이기 위해서. 사랑을 준다는 것은 사랑의 상실을 의미한다.

당신 자신으로부터 물러나야 하는 일이 생기지 않도록 삶에서 물러나버려라.

여인은 꿈의 훌륭한 원천이다. 그러니 손대지 마라.

욕정에 대한 생각과 쾌락에 대한 생각을 구분하는 법을 배워라. 모든 것을 사물 자체가 아니라 그로 인해 환기되는 생각이나 꿈으로 음미하는 법을 배워라(그 어떤 것도 그 자신일 수는 없으나 꿈만큼은 언제나 꿈 그 자체다). 이를 달성하기 위해서는 간직하고 싶은 그 어떤 것에도 손을 대면 안 된다. 꿈에 손을 대는 순간, 꿈은 죽는다. 그리고 건드려진 대상이 당신의 감각을 사로잡아버릴 것이다.

삶에서 고귀한 행위는 보는 것과 듣는 것이 유일하다. 기타 감각은 천박하고 육체적이다. 손대지 않는 것만이 유일하게 귀족적인 감각이다. 가까이 다가가지 않는 것, 이것이 귀족의 고상함을 입증한다.

428
무관심의 미학

몽상가는 개개의 사물을 대할 때, 그 사물의 특징이 그에게 분명한 무관심을 불러일으킨다는 것을 느낄 줄 알아야 한다.

각각의 사물 또는 사건에서 그때그때 즉흥적으로 꿈에서 얘기될 만한 것을 추출해내면, 사물의 실제성은 모두 죽은 질료가 되어 외부세계에 남겨진다. 현명한 자라면 이런 능력을 연마할 필요가 있다.

자신의 감정에 충실하게 느끼는 것이 아니라, 자신의 포부나 동경 그리고 욕망에 무관심으로 일관하는 방식으로 창백한 승리를 체험한다. 기쁨과 불안조차 마치 아무 의미 없는 것인 양 그렇게 통과해간다.

자기절제가 최고 수준에 이르면 스스로에게 무관심해진다. 이때 몸과 영혼을 짐이나 땅 정도로 여기게 된다. 운명에 의해서 부여받은 삶의 터전과 다를 바 없이 말이다. 우리의 꿈과 비밀스러운 욕망과 오만한 자세로 조우한다. 높은 신분의 귀인이 되어 그들을 예의 바르고 세련되게 무시해버린다. 우리 자신이 동석하는 그런 자리에서 결코 함부로 행동해서는 안 된다. 우리는 한순간도 혼자일 수 없으며 늘 우리 자신이라는 목격자에게 주시당하므로, 우리 자신에게조차 낯선 타인에게 하듯이 굴어야 한다. 능숙하고 그늘 없는 거동을 유지한다. 고상하기에 거리감이 있고, 거리감이 있기에 냉담한 그런 태도.

우리가 스스로에게 신용을 잃지 않으려면 포부와 열정, 욕망과 희망, 강박과 내적인 불안과 작별하는 것으로 충분하다. 우리 자신이 항상 우리와 동석하고 있으므로 우리는 절대 혼자가 아니며 혼자 남겨질 일도 없다고 의식하는 것만으로도 충분하다. 이런 마음 자세라면 우리는 열정이나 포부를 막아낼 수가 있다. 열정이나 포부는 우리를 취약하게 만들 뿐이다. 또한 우리는 욕망이나 희망을 품지 않을 것이

다. 욕망이나 희망은 원래 저열하고 투박한 것이니까. 마찬가지로 강
박이나 내적 불안에도 굽히지 않을 것이다. 강박적인 움직임은 다른
사람들 눈에는 서툰 행동일 뿐이고 초조함이 드러나는 모습은 언제
봐도 조악하기 짝이 없기 때문이다.

귀족이란 자신이 결코 혼자가 아님을 한순간도 잊지 않는 사람이
다. 품위와 예의범절은 상류층의 핏속을 흐르는 요소다. 그런 귀족을
내면화한다. 귀족을 살롱과 정원에서 데리고 나와 우리의 영혼 속, 우
리 존재의 의식 속으로 옮겨놓는다. 그리고 항상 우리 자신에게 신경
을 쓴다. 늘 외양과 태도를 가다듬어서 품위와 예의범절을 지킨다.

우리 한 사람 한 사람은 모두 각자가 하나의 동네, 신비의 도시를 이
룬다. 그러므로 우리는 이 구역의 삶을 섬세하고 고상하게 가꾸어서,
최소한 우리 감각의 향연만은 한껏 위엄 있게 만들고, 우리들 사상의
만찬에서 우아하고도 꾸밈이 지나치지 않은 예의범절을 유지해야 한
다. 다른 영혼들이 우리 주변에 지저분하고 가난한 거주지를 형성해
버리지 못하도록 우리 구역의 경계를 확실하게 지켜야 한다. 우리의
감정이 담긴 파사드부터 우리 수줍음이 머무는 구석방에 이르기까지,
모든 것이 고결하고 청명해야 한다. 차분하면서도 허세와는 거리가
먼 소박함을 바탕으로 조각되어야 한다.

모든 감각을 명료하게 구현하는 방식과 유형을 알아내야 한다. 사
랑을 사랑의 꿈이 드리우는 그늘이 될 때까지 옅게 환원시키고, 달빛
을 받아 반짝이는 잔물결의 주름과 주름이 창백하게 떨리며 진동하는
순간 자체로까지 축소시킨다. 욕망을 무용하고 무해한 것으로 바꾸어
서, 우리 영혼이 혼자 지어 보이는 부드러운 미소와도 같은 무엇이 되
게 한다. 자신을 구현하거나 심지어 표현할 생각조차 하지 않는 무언

가를 만들어본다. 증오를 잘 달래서 사로잡은 뱀처럼 잠에 빠지게 한다. 그리고 공포에게는, 모든 표현 중에서 눈동자에 담긴 번민의 눈빛만을 허용한다. 우리 영혼의 눈에는 이러한 태도만이 미학적이기 때문이다.

429
1917년 9월 18일

삶의 모든 영역에서, 모든 상황에서, 다른 사람과 함께 있을 때 그들은 나를 침입자처럼 바라보았다. 최소한 낯선 이방인처럼 대하곤 했다. 친척들이나 지인들 역시 마찬가지로 나를 아웃사이더 취급했다. 그 사람들이 결코 의도적으로 그런 것은 아니다. 그보다는 내 주위에서 발생하는 낯선 기운에 그들이 즉흥적으로 반응했다고 말하는 편이 옳다.

그들 모두는 항상 나에게 친절했다. 소리를 지르거나 이맛살을 찌푸리고 싸움을 걸려는 상대를 일생 동안 나처럼 드물게 만난 사람도 없을 것 같다. 그러나 내가 경험한 친절함은 단 한번도 진심 어린 애정이 아니었다. 기질상 나와 가장 가까웠던 이들에게조차 나는 항상 손님이었다. 손님으로 좋은 대접을 받았고 낯선 사람으로 주목을 받았던 것이지 마음으로 끌리는 애정은 아니었다. 낯선 침입자에게 하는 행동으로는 지극히 당연하다.

주변인들의 이런 태도는, 대부분 나 자신의 태도와 모호하게나마 관련이 있는 것 같다고 생각한다. 믿는다. 아마도 나는 다른 이들과 함께 있을 때 모종의 냉담한 분위기를 발산하게 되고, 그래서 다른 이들은 무의식중에 나의 차가운 느낌에 대해서 의아심을 갖고 자신도 모르게 생각에 잠기게 되는 것이다.

나는 원래 사람들과 쉽게 사귀는 편이다. 모르는 사람들과도 금방 친해진다. 하지만 거기에 애정 어린 마음은 없다. 나는 헌신이란 것을 경험해보지 못했다. 누군가로부터 사랑을 받는 일은 아예 생각할 수조차 없다. 처음 보는 사람이 대뜸 반말로 내 이름을 부르는 것만큼이나 불가능하다.

모르겠다. 그래서 내가 슬픈 것인지, 아니면 어차피 피할 수 없는 운명이니 괴로워할 것도 즐거워할 것도 없이 그냥 담담하게 받아들이고 있는지.

나는 항상 다른 이의 마음에 들고 싶었다. 타인들이 나에게 거리를 둘 때마다 괴로웠던 것도 사실이다. 운명의 고아인 나는 다른 모든 고아들처럼 타인에게 애정의 대상이 되기를 갈망했다. 갈망은 영영 채워지지 않는 굶주림이었다. 그리하여 나는 영영 면할 길 없는 굶주림에 익숙해진 나머지, 정말로 뭔가가 먹고 싶은 상태인지 아닌지 스스로 판단할 수도 없는 지경에 이르렀다.

어느 쪽이든 무슨 상관이 있겠는가. 오직 삶이 내 마음을 저민다.

사람들은 보통, 완전하게 자신의 사람이라고 할 수 있는 누군가를 갖고 있다. 하지만 나는 그렇지 못하다. 오직 나만을 위해서 산다는, 그런 생각을 꿈에서라도 하는 사람을 하나도 갖지 못했다. 다들 자신의 사람을 위해서는 무엇이든 한다. 하지만 내게는 그저 친절할 뿐이다.

나는 타인들의 존중을 불러일으킬 만한 자질이 있다. 하지만 애정을 불러일으키지는 못한다. 불행히도 나는 내 첫인상이 야기하는 존중심을 지속시키기 위한 그 어떤 행동도 하지 않았다. 그래서 처음에 나를 높이 평가하던 사람도 그 감정이 진심 어린 존경으로 발전하는 경우란 한번도 없다.

종종 나는 이런 생각이 든다. 나는 혹시 고통을 쾌락으로 느끼는 건 아닌지. 그러나 고통 말고 다른 종류의 쾌락이 더 좋은 것은 사실이다. 나는 무리를 이끄는 수장의 자질을 타고나지 못했고 그런 수장을 따라가는 무리의 자질 또한 갖추지 못했다. 심지어 다른 재능이 전혀 없는 상황에서도 나름 뛰어난 가치를 발휘하는 재능, 즉 만족할 줄 아는 재능조차 없다.

다른 사람, 나보다 이해력이 덜한 사람들이 나보다 강하다.

그들은 사람들 사이에서 살아가는 방식에서 훨씬 더 능숙하다. 그들은 자신들의 지혜를 효과적으로 운영한다. 반면에 나는 영향력을 발휘할 수 있는 모든 조건을 갖추었으나 단 두 가지, 그 조건들을 실행에 옮기는 기술과 그것을 하고자 하는 욕망이 결여되어 있다.

설사 내가 사랑에 빠진다 할지라도, 그 사랑은 보답받지 못하리라.

내가 무엇인가를 욕망하는 즉시, 그 대상은 시들어 소멸하고 만다. 하지만 내 운명 자체는 크게 치명적이지 않다. 다만 뭐든지 나와 관련되기만 하면 치명적으로 변하는, 이 약점이 문제다.

430

정신 나간 인간들이 참으로 명료하고 논리정연하게 그들의 미친 생각을 자기 자신과 타인들에게 그럴듯하게 정당화시키는 것을 목격한 뒤로, 나는 내 정신의 명료함과 논리성을 더 이상 확신할 수 없게 되었다.

431

내 인생의 가장 큰 비극 중 하나는, 음지에서 일어나는 것처럼 은밀한 형태이기는 하나, 그 무엇도 있는 그대로 자연스럽게 느낄 수가 없다는 점이다. 나는 다른 사람들과 마찬가지로 사랑하고 미워할 줄 알며, 다른 사람들처럼 두려움을 느끼거나 감동에 사로잡히기도 한다. 그러나 나의 사랑도 미움도, 나의 두려움도 감동도, 원래 모습과는 다르다. 어떤 특정 성분이 결여되었거나, 혹은 애초에 그것들에 속하지 않는 어떤 특정 성분이 들어가 있다. 어느 모로 보나 틀림없이 뭔가 다르고, 실제로 내가 가진 느낌 역시 삶 자체와 자연스럽게 어울리지 않는다.

소위 계산적이라는 성향이 있다. 매우 적절한 표현인 이것은, 손익을 확실하게 따져서 자기에게 이익이 되도록 만사를 고려하는 것이며 이런 사람의 느낌은 진짜 느낌이 아니라 계산된 결과물이다. 그런가 하면 용의주도한 성격이 있다. 이들 역시 자연적 본능을 변형한다는 점에서는 마찬가지다. 내 감각능력도 마찬가지로 문제가 있지만, 그래도 나는 계산적이지도 않고 용의주도하지도 않다. 내가 남들처럼 느끼지 않는 것에 대해서 변명할 마음은 없다. 나는 본능적으로 내 본능의 천성을 박탈한다. 원하지도 않으면서, 나는 잘못된 길로 접어들기를 원한다.

432

나는 외적인 환경의 노예이자 내 기질의 노예다. 인간들의 무감동
에 모욕당하고 그들이 나라고 생각하는 인물에게 보이는 애정에 모욕
당한다. …

인간을 이용하여 운명은 나에게 모욕을 안긴다.

433
1933년 4월 7일

그들 한가운데서 나는 이방인이었는데 그걸 알아차린 사람은 아무도 없었다. 나는 그들 사이에서 첩자로 살아왔는데 어느 누구도, 심지어 나 자신조차 그런 의심은 떠올리지도 않는다. 그들 모두 나를 친척으로 알고 있다. 출생 당시 아기가 바뀌었다고는 아무도 생각지 않는 것이다. 그리하여 나는 그들과 전혀 닮지 않았음에도 그들과 똑같이 되었고, 한집안 핏줄도 아니면서 그들 모두의 형제가 되었다.

내 고향은 삶보다 더 아름다운 풍경의 나라였다. 그러나 나는 그 나라에 대해서 아무에게도 말하지 않았다. 오직 한 사람, 나에게만 말했을 뿐이다. 내가 꿈에서 본 그곳의 풍경 역시 아무에게도 묘사하지 않았다. 내가 걷는 발소리는 그들의 것과 마찬가지로 마룻바닥이나 포석 위에서 울렸고 심장의 고동도 가까이서 들렸으나, 실제로 내 가슴은 저 멀리 있었으며, 나는 추방당한 낯선 몸의 가짜 주인이었다.

그들과 똑같이 생긴 가면 아래 내 진짜 얼굴을 알아보는 이는 아무도 없었다. 내가 가면을 쓰고 있다는 것을 아는 사람도 없었다. 세상에 가면을 쓴 사람들이 존재함을 아예 몰랐기 때문이다. 내 곁에는 항상 다른 누군가가 서 있으며, 그 누군가가 바로 나라는 사실을 아무도 짐작조차 하지 못했다. 그들은 언제나 내가 바로 나라고 생각했다.

그들의 집은 나에게 숙소가 되어주었고, 그들은 내 손을 잡고 악수를 했다. 그들은 내가 거리를 따라 내려가는 모습을, 마치 내가 정말로 거기 있기라도 한 것처럼 바라보았다. 그러나 나는 결코 그들의 거실에 있는 바로 그 나인 적이 없었고, 내가 사는 그 삶을 살지 않았으며, 그들과 악수를 나눈 손을 가졌던 적도 없다. 내가 나라고 알고 있는 나는 어떤 거리도 따라 내려가지 않는다. 만약 그랬다면, 그것은 세상의 모든 거리일 것이다. 다른 사람들은 거리에서 내 모습을 보지 못한다. 만약 그랬다면, 나 자신이 바로 다른 모든 사람들일 것이다.

우리 모두는 멀리 떨어져서 익명으로 살아간다. 변장한 채 우리는 알려지지 않은 삶을 앓는다. 그러나 어떤 이들에게는 이 존재와 저 존재 사이의 거리가 결코 분명히 드러나지 않는다. 어떤 이들에게는 그 거리가, 마치 번개의 번득이는 섬광 속에서처럼, 공포와 고뇌를 동반하며 때때로 환하게 드러나곤 한다. 그리고 또 어떤 이들에게는 그것이 삶의 한 부분, 고통의 일상이 된다.

우리의 존재는 우리의 수중에 있지 않다. 우리의 생각과 느낌은 단순한 번역에 불과하며, 우리의 열망은 우리가 열망한 것이 아니다. 아마 그 누구도 열망하지 않았으리라. 이 모든 사실을 알아차리고 매 순간 의식하고 느낌의 순간마다 모두 느끼는 일은, 자신의 영혼 속에서 이방인이 되고, 자신의 감각 속에서 추방당함을 의미하는 것 아닐까?

그러나 사육제의 마지막 밤, 내가 물끄러미 바라보고 있던 그 가면은 길모퉁이에서 가면을 쓰지 않은 한 남자와 이야기를 나누다가, 웃으며 손을 내밀고 잘 가라고 작별 인사를 나누었다. 가면을 쓰지 않은 남자는 왼쪽 방향으로 걸었고, 내가 서 있던 모퉁이를 지나쳐 갔다. 두건을 걸친 시시한 인간인 가면도 자리를 떴고, 빛과 그림자가 교차하는 길을 따라서 멀어져 갔다. 그리고 내 생각과는 무관한 어떤 결정적인 작별의 순간과 함께 다시는 보이지 않게 되었다. 그제서야 나는 깨달았다. 거리를 밝히는 것은 가로등 불빛만이 아님을. 가로등 불빛이 닿지 않는 곳에서 희미하게 넘실대는 것은 아련한 달빛이다. 비밀스럽게, 말이 없이, 마치 삶과도 같은 무의미로 충만한 달빛이…

434
달빛

… 생기 없는 갈색으로 축축하게 더럽혀진.

… 겹겹이 늘어선 지붕들의 선명한 경사 위로 회잿빛의 백색이 펼쳐진다. 생기 없는 갈색으로 축축하게 더럽혀진 채.

435

… 차곡차곡 쌓인 그들의 농담濃淡. 한쪽 면이 백색으로 허물어지자
드러나는, 푸르스름하고 차가운 자갯빛 얼룩무늬.

436

(비)

마침내, 반짝이는 지붕의 어둠 위로, 미지근한 아침의 차가운 빛이 종말의 고통처럼 엄습해온다. 다시 한번 점점 환해지는 광활한 밤이 밝아온다. 다시 한번 평소와 같은 공포가 찾아온다. 하루, 삶, 거짓 목적, 불치의 행위. 다시 한번 나의 육체적·가시적·사회적인 인격이, 의미 없는 말로 소통되고 타인의 의식과 행동에 의해 이용당한다. 다시 한번 나는, 내가 아닌 것처럼 내가 된다. 어둠 속에서 막 시작된 빛이 유리창 덧문 틈새로 잿빛의 의혹을 쏟아붓고 있으니(안타깝게도 덧문은 봉쇄의 역할을 전혀 하지 못한다!), 침대라는 이 피난처에서 더는 머물 수 없으리란 것을 나는 차츰 깨닫는다. 나는 침대에 누워 있기는 하나 잠을 자는 것은 아니다. 그러나 무엇이 현실이고 실제인지 알지는 못하는 채로, 깨끗한 시트의 온기와 나 자신의—지금의 이 기분 좋은 아늑함만을 제외하고는—아무것도 감지되지 않는 육체 사이에서, 잠이 들거나 꿈을 꿀 수는 있는 상태. 나는 어둑함이 주는 특혜가 사라지는 것을 느낀다. 흐릿하게 어른거리는 속눈썹 한 올 한 올 아래로 강물이 천천히 흘러간다. 폭포의 물소리가 들린다. 그러나 내 귓속을 느리게 관통하는 혈액과 줄기차게 내리는 가랑비의 소음에 묻혀 소리들이 길을 잃고 흩어진다. 나 역시 살아남기 위해서 나를 잃고 흩어진다.

내가 잠이 든 것인지, 아니면 잠들었다고 느끼는 것인지 알지 못한다. 실제로 꿈을 꾸는 것은 아니고 그보다는 잠 없는 잠으로부터 깨어나는 것 같다. 저 아래 아득한 어딘가, 신이 만들어놓은 거리로부터 도시가 하루를 시작하는 소음이 밀물이 차오르듯 내 방을 향해서 솟구쳐 올라온다. 비의 슬픔으로 걸러진 그 소리는 밝고 유쾌하게 들렸다.

빗소리가 안 들리는 것으로 보아 아마도 비는 그 사이에 그친 듯했다. 오직 멀리서부터 창문 틈새로 스며든 과도한 회색빛만이, 이른 아침의 이 시간치고는, 얼마나 이른 시간인지는 정확히 알 수 없으나, 너무도 흐릿하고 어슴푸레한 빛 속으로 파고들 뿐이다. … 청아하게 울리는 산발적인 소리들이 마치 시험이나 처형의 때를 알리는 것처럼 내 영혼을 아프게 한다. 매번 새로운 하루가 시작되는 이 순간, 아무것도 모르는 채로 침대에 누워 그런 하루가 열리는 소리를 듣고 있는 이 순간이 나에게는 의미심장한 느낌으로 다가오곤 하여, 나는 감히 그 속으로 걸어 들어갈 용기가 나지 않는다. 매일 새로이 시작되는 하루, 그림자 침대에서 몸을 일으킨 하루가 거리와 골목길로 시트를 질질 끌고 다니는 것을 느끼는 그 순간, 나는 법정으로 불려 나가는 것이다. 매일 새로이 시작되는 오늘마다 나는 처형될 것이다. 그리고 내 안의, 영원한 유죄판결을 받은 자는, 잃어버린 어머니에게 매달리듯이 침대에 매달리며, 베개를 쓰다듬어야 하는 운명이다. 마치 그러면 유모가 와서 사람들로부터 그를 구출해주기라도 할 것처럼.

　나무 그늘 아래서 단잠에 빠진 거대한 짐승, 무성한 풀밭에 드러누운 넝마주이의 기분 좋은 피로, 나른하고 아득한 오후 흑인남자를 덮친 달콤한 무기력감, 무거운 눈꺼풀을 더 무겁게 하는 하품의 행복감, 다 잊어버리고 한잠 잘 수 있게 도와주는 이 모든 것들, 우리 영혼의 창에 조용하게 덧문을 내려주는 마음의 평화, 부드럽게 애무하는 잠의 이름 없는 손길.

　잠들기, 의식하지 못한 채 머나먼 곳으로 떠나기, 자신의 몸을 잊어버리고 사지를 뻗은 채 누워 있기, 무의식의 자유를 누리기, 고요한 망각의 호수로 숨어들기, 드넓은 숲 속 나무들 사이에서 가만히 침묵하기.

숨쉬는 공허, 우리가 생생한 그리움을 안고 깨어나게 되는 가벼운 죽음, 영혼의 근육을 마사지하여 부드럽게 굴복시키는 망각.

아, 다시금 내 귀에는, 도저히 확신을 갖지 못하는 사람이 또다시 반항을 하듯이, 밝아온 세상에 갑작스레 쏟아지는 요란한 빗소리가 들려온다. 겁이라도 먹은 것처럼 나는 뼛속까지 스며드는 냉기에 떤다. 하찮음 속으로 몸을 움츠린 혼자인 한 인간, 그렇게 내 곁에 남은 희미한 어둠에 기대어 나는 운다. 나는 운다, 나는 고독과 삶을 운다. 내 쓸모없는 고뇌가 망각의 배설물에 빠진 바퀴 없는 수레처럼 현실의 가장자리에 널브러져 있다. 나는 모든 것을 운다. 잃어버린 어머니의 무릎을, 나에게 내밀어준 손의 죽음을, 결코 나를 포옹하지 않았던 팔을, 한번도 내가 기대지 못했던 어깨를… 완전하게 밝아온 하루, 벌거벗은 진실처럼 내 안에 엄습하는 깊은 슬픔, 내가 꿈꾸었던 것, 생각한 것, 망각한 것, 이 모두가 그림자와 허구, 죄책감을 섞어 반죽한 혼합물처럼, 세상이 지나가며 남긴 흔적에 섞여 들고 삶의 사물들 아래로 떨어진다. 개구쟁이들이 길모퉁이 으슥한 곳에서 먹고 버린, 훔친 포도 찌꺼기처럼.

인간의 하루가 양산하는 소음이 갑작스럽게 증폭하여 호출하는 벨소리처럼 들린다. 건물 안 누군가의 집에서 첫 번째 걸쇠가 부드럽게 달각거리며 삶을 향해 열리는 소리가 들린다. 내 마음에까지 이어진 부조리한 복도에 슬리퍼 소리가 울린다. 나는 단 한번의 몸짓으로, 마침내 자살을 성사시키는 사람처럼, 이불을 벗겨버린다. 뻣뻣한 내 몸을 보호해주던 부드럽고 쾌적한 이불을. 이제 잠은 완전히 깼다. 빗소리가 잦아들며 더 높은 불분명한 외계로 이동한다. 기분이 나아진다. 나는 뭔가를 이루었는데, 그것이 무엇인지는 나도 모른다. 자리에서 일어나 창으로 가서는 대담하게 덧창을 열어젖혔다. 투명하게 빛나는 비의 하루가 부드러운 빛과 함께 내 눈으로 쏟아진다. 나는 창문을 연다. 시원한 바람이 나의 뜨끈한 피부를 촉촉하게 적신다. 비가 내린다. 그렇다, 아직도 비가 내린다. 하지만 생각보다 훨씬 약하게 내린다! 나는 상쾌함을 느끼고 싶다. 살고 싶다. 그렇게 나는 삶을 향하여 고개를 내민다. 거대한 멍에 속으로 고개를 밀어넣듯이.

437
1933년 8월 29일

간혹 리스본에도 시골의 한적임이 찾아올 때가 있다. 특히 여름 한 낮이 그러한데, 한 줄기 바람처럼 전원의 기운이 환한 빛의 도시로 밀려드는 것이다. 그러면 심지어 이곳 도라도레스 거리까지도 평화로운 잠에 빠져든다.

높이 뜬 고요한 태양 아래 짚단을 가득 실은 짐마차들, 포장이 끝나지 않은 상자들, 갑자기 시골마을처럼 느껴지는 도시의 느긋한 행인들을 말 없이 지켜보면 마음이 얼마나 벅차고 기분이 좋은지! 혼자 있는 사무실에서 창밖으로 그 풍경을 바라보고 있으면, 나는 마치 어느 다른 장소에 있는 듯하다. 한적한 시골의 작은 마을이나 알려지지 않은 촌락에서, 내가 모르는 다른 사람이 된 것 같은 기분에 나는 즐겁다.

나는 알고 있다. 눈을 조금만 들어 올리면 맞은편에 우중충하게 늘어선 건물들과, 시내 저지대 사무실의 더러운 유리창, 사람들이 살고 있는 건물 위층의 부조리한 창문들, 그리고 가장 꼭대기층 볕이 내리쬐는 박공지붕 사이 화분과 식물들 틈에 영원히 펄럭이며 널려 있는 빨래들과 마주하게 된다는 것을. 그것을 알고는 있지만, 모든 사물을 황금색으로 반짝이게 하는 빛이 무척이나 부드럽고, 나를 둘러싼 잔잔한 공기는 너무도 느낌이 없으므로, 나는 내 작은 가상의 촌락을 포기해야 할 "가시적인" 이유를 발견하지 못한다. 이 마을의 특산품은 순도 높은 평온함이다.

그래, 나도 잘 안다. … 사실 지금은 점심시간, 쉬거나 멍하게 있어도 되는 시간이다. 삶의 표면 위에서 모든 것이 매끄럽게 움직인다. 마치 낯선 풍광을 지나치며 항해하는 선박 난간에 기대어 있듯이 내 몸을 발코니에 기대고 있기는 하지만, 사실 나는 잠들어 있다. 마치 시골에라도 와 있는 것처럼, 나는 스스로 생각에게 휴식을 허용한다. 그런데 갑자기 내가 아닌 다른 무언가가 불쑥 솟아나 나를 칭칭 감싸버리고는 내게 명령을 내린다. 그리하여 나는 작은 마을의 한낮 뒤편에서, 이 작은 도시의 모든 삶을 본다. 가족생활의 위대하고 아둔한 행복을, 시골 생활의 위대하고 아둔한 행복을, 추악함의 한가운데서 느끼는 위대하고 아둔한 행복을 본다. 내 눈에 그것들이 보이기 때문에, 나는 본다. 그러나 나는 아무것도 보지 못한 채로 깨어난다. 주변을 둘러보며 미소를 짓고는, 제일 먼저 내 검은 웃옷 팔꿈치에서, 더러운 발코니 난간에서 묻어온 먼지를 털어낸다. 난간은 한번도 청소하지 않은 것이 분명하다. 어느 날엔가 이 난간이, 비록 단 한순간만이라도, 영원한 크루즈에 나선 유람선의 먼지 한톨 없이 말간 난간이 되어줄 것임을 나는 알지 못한다.

438

밤의 초록빛 속에 창백하게 녹아든 푸른빛을 배경으로, 테두리가 노르스름한 회색빛으로 둘러싸인 건물들의 차가운 불규칙성이 어두운 갈색의 형상으로 두드러진다.

한때 우리는 물리적인 대양을 지배했고 보편 문명을 창조했다. 오늘 우리는 심리의 대양, 감성의 대양, 모성적 기질을 지배하며 정신적 문명을 창조한다.

439

··· 나의 감각이 너무도 강렬하여 쾌감조차도 고통스럽다. 나의 감각이 너무도 강렬하여 슬픔마저도 행복하다.

글을 쓰고 있는 지금은 일요일이다. 아침이 한창 밝아와 날은 부드러운 빛으로 가득한데, 고요한 도시의 지붕 위로 언제 봐도 새것인 하늘의 푸르름이 비밀스런 별의 존재를 망각으로 밀폐시킨다.

내 안에도 일요일이 온다. ···

나의 마음 역시 어디 있는지 모르는 교회로 향한다. 마음은 아동용 우단옷을 걸쳤다. 생애 최초의 감명으로 발그레해진 얼굴이다. 너무 큰 옷깃 위로 미소 짓는 두 눈에는 슬픈 기색이라곤 없다.

영원히 끝나지 않을 듯한 여름날의 하늘은 매일 아침 흐릿한 청록색으로 깨어났지만, 곧 잔잔한 흰빛이 스며들면서 잿빛으로 물들었다. 그러나 서쪽 끄트머리에서 하늘은, 우리가 보통 하늘의 색으로 알고 있는 그 색채를 유지했다.

진실을 말하고, 추구하고, 발견하기. 모든 환상을 거부하기. 설사 발 아래서 땅이 사라져버리는 그런 순간에조차 이 방식을 고집하는 사람이 얼마나 될 것인가? 마치 지도 위에 적힌 글자처럼 대문자로 커다랗게 적힌 저명한 이름들은, 우리가 읽은 진지하고 분별력 있는 페이지들의 총명함을 얼마나 심하게 더럽히고 마는가!

결코 일어날 수 없었을 일이 당장 내일 일어난다면, 사물의 파노라마가 펼쳐지리라. 전혀 무관한 감성들이 모여 청금석의 오묘한 무늬를 그려낸다! 얼마나 많은 기억들이 그 속에 잘못된 추측을, 순전한 상상을 품고 있는지 아는가? 애매한 확신으로 유발된 무아지경, 모든 정원의 물들이 가볍고 짧게, 그리고 부드럽게 목소리를 내기 시작한다. 내 의식 깊은 곳에서 솟아나는 감성의 물소리. 낡은 벤치는 비어 있고, 벤치가 있는 가로수길은 텅 빈 거리의 애수를 멀리 실어 나른다.

헬리오폴리스(고대 이집트 도시이며 그리스어로 '태양의 도시'라는 뜻)의 밤! 헬리오폴리스의 밤! 헬리오폴리스의 밤! 이 무용한 단어를 내게 말해 줄 이는 누구인가? 피로써 그리고 우유부단함으로써, 나를 변상할 이는 누구인가?

441

1933년 9월 8일

밤의 고독 속에서 어느 창 뒤편 익명의 등불이 타오른다. 도시의 나머지는 어둠에 싸여 있다. 단지 거리에 내린 달빛이 희미하게 반사하면서, 창백한 유령처럼 도시의 이곳저곳을 부유하고 있을 뿐이다. 검은 밤, 집들과 집들의 색채, 그들의 색감은 거의 구별되지 않는다. 아마도 추상적일 것이 분명한 모호한 차이들만이, 이 견고하고도 일관적인 어둠의 겹을 깨뜨리고 드러날 뿐이다.

보이지 않는 끈이 이름 없는 등불의 주인과 나를 연결한다. 우리 두 사람 모두 똑같이 깨어 있는 상황이라고는 말할 수 없다. 내 창이 어두워서 등불의 주인은 내 얼굴을 결코 볼 수 없을 것이므로, 우리가 처한 입장이 동등하지도 않다. 우리 사이에는 차이가 있다. 뭔가 다른 것, 나에게만 영향을 끼치는 어떤 것, 내 고독감과 약간은 관련된 어떤 것이 있다. 밤의 고요와 함께 엄습하는 고독이, 이 순간 유일하게 존재하는 저 등불을 마음의 지지대로 삼은 것이다. 등불이 빛나기 때문에, 밤은 어둡다. 내가 깨어 있고, 어둠 속에서 꿈을 꾸고 있기 때문에, 등불을 저렇게 환한 것이다.

존재하는 모든 사물은, 아마도 다른 것들이 존재하기 때문에 존재하는 것이리라. 무라는 것은 모든 것의 공존을 의미한다. 아마도 그것이 현실의 존립 방식일 것이다. 나는 지금 이 순간 내가 존재하지 않음을 느낀다. 적어도 이 순간 현존하는 나 자신의 의식으로는 존재하지 않는다고 느낀다. 의식은 의식이자 곧 현존이기도 하므로, 이 순간의 의식이 바로 완전한 나 자신인 것이다. 저 등불이 빛나지 않는다면, 저곳 어디엔가 있는 등대는 그 누구의 길도 밝혀주지 않으면서 단지 높은 곳에 있다는 허상의 장점만을 뽐낼 것이다. 나는 아무것도 느끼지 않으므로 이것을 느낀다. 이것이 아무것도 아니므로, 나는 이것을 생각할 수 있다. 아무것도, 아무것도 아니다. 나는 밤과 고요의 일부, 그리고 내가 그들과 마찬가지로 아무것도 아니며 부정이고 여백이라는 사실의 일부다. 나는 나와 나 사이에 있는, 신이 망각한 빈 공간이다. …

442

잠 없는 잠의 상태에서는 지성을 전혀 발휘하지 않고도 지성적으로 즐길 수가 있다. 이럴 때 나는, 무작위적 인상들을 합산한 형태가 될 내 책의 몇 페이지를 훌훌 넘겨본다. 그러면 페이지들은, 내게는 익숙한 냄새와도 같은 황량하고 무미건조한 기운을 발산한다. 비록 나 스스로는 매번 다르다고 말하지만 그래도 실제로는 항상 똑같은 말을 하고 있음을 느끼고, 내가 나 자신과 닮아 있음을, 스스로에게 인정할 수 있는 것보다 더 많이 닮아 있음을 느낀다. 그리하여 계산을 끝마칠 즈음에 다다르면, 이익을 창출했다는 기쁨도 손해를 보았다는 충격도 경험하지 못한다. 나는 나 자신이라는 잔액의 부재이며 자연적 균형의 결여다. 이것이 나를 취약하게 만들고 나를 깊은 우울에 잠기게 한다.

내가 쓴 모든 글은 전부 다 잿빛이다. 사람들은 말하리라. 내 인생, 심지어 내 정신적인 삶까지도 온통 우중충하고 어둑어둑하며, 그 어떤 사건도 일어나지 않고 오직 비만 추적추적 내리고 있었다고. 내 삶은 전부가 무의미한 특권, 잊힌 목적 같기만 했다고. 누더기가 된 비단옷을 걸친 나는 고뇌한다. 빛 속에서도 권태 속에서도 나는 나 자신을 알아보지 못한다.

최소한 내가 누구인지라도 말해보려고 마치 신경기계처럼 초정밀의 주관적 의식을 갖고 내 삶의 극미세한 인상까지도 기록으로 남기려 비루한 노력을 기울인다. 엎질러진 양동이처럼 쏟아져 나온 이 모든 내용물이 물처럼 바닥에 홍수를 이룬다. 나는 허위의 색으로 나를 창조하며, 그 결과 다락방을 제국이라고 부르는 지경에 이르고 만다. 내가 참으로 오래전에 심혈을 기울여 쓴 사색의 산문들을 오늘날 다른 영혼으로 다시 읽어 보면, 본능적으로 혹은 정해진 대로만 작동하는 단순한 사고를 기록해놓은 듯하다. 시골 농장의 물펌프처럼 기계적이다. 파도도 없는 잔잔한 바다에서 나는 좌초했다. 심지어 서 있어도 될 만큼 깊지도 않은 바다에서.

그리하여 나는, 존재하지 않는 사물들 사이 일련의 복잡한 간극 속에서 아직 남아 있는 한 줌의 의식에게 질문한다. 무엇을 위해 나는 이 수많은 페이지들을 내가 내 것이라고 생각한 문장들로, 내가 생각이라고 여긴 느낌들로 가득 채우고 군대의 깃발과 휘장으로 펄럭이게 만들었는가. 결국은 뒷골목 거지의 어린 딸이 침으로 붙여놓는 종잇조각에 지나지 않게 될 것들을.

파괴된 나의 잔해에게 묻는다. 폐기되고 산산이 흩어질 미래를 앞에 둔, 누군가 갈기갈기 찢어버리기도 전에 이미 어딘가로 실종되어버릴 운명인 이 가망 없는 페이지들의 의미가 도대체 무엇인지.

나는 질문하고 또 질문한다. 나는 질문을 기록하고, 질문에 새로운 문장을 입히며, 새로운 감성을 벗겨낸다. 내일 나는 내 한심스런 책을 계속해서 쓰게 될 것이다. 확신도 없는 내 일상의 느낌을 차가운 펜으로 종이에 옮길 것이다.

그냥 이대로, 계속되라고 하자. 도미노게임이 한 판 끝나면 이겼든 졌든 판을 뒤집는다. 끝난 게임은 흑자인 것이다.

443

내 안에 얼마나 많은 지옥과 연옥과 천국이 들끓는가! 하지만 내가 한번이라도 삶을 거스르는 행동을 하는 것을 본 자가 과연 있겠는 가. … 이렇게 차분하고 평온한 내가?

나는 포르투갈어로 쓰지 않는다. 나는 온전히 나 자신으로 쓴다.

444

삶을 제외한 그 어떤 것도 더 이상 참을 수 없는 지경에 이르렀다. 사무실도, 내 집도, 거리도 그리고 심지어는 그들의 역逆조차도—실제로 그런 것이 있다면—나를 질리게 하고 내 마음을 짓누른다. 오직 전체성만이 내 마음을 편안하게 한다. 그렇다, 전체적인 어떤 성질만이 내 마음에 충분한 위안을 준다. 이미 죽어버린 사무실 안을 끝없이 비추는 햇살, 내 방 창으로 바쁘게 날아드는 상인들의 반복적인 외침, 사람들이 있다는 사실, 기후와 날씨가 변한다는 사실, 마음을 뒤흔드는 이 세상의 객관성…

태양 광선이, 그것을 목격한 나를 향해 순식간에 사무실로 난입했다. … 거의 아무런 색채도 없는, 비수처럼 날카로운 광선은 낡아빠진 못이 박힌 검은 마룻바닥 위를 난도질하면서 미끄러지고, 하얗지 않은 바탕 위에 검은 선처럼 그어진 바닥의 널빤지 틈새를 삶으로 채워나간다.

몇 분 동안 나는 고요한 사무실에 침투한 태양이 일으키는, 눈에 보이지 않는 효력을 관찰하고 있었다. … 이것은 감옥에 갇힌 자의 오락이 아닌가! 마치 개미 떼의 이동을 관찰하듯이 햇빛의 이동을 뚫어져라 관찰하는 것은, 오직 수감자들뿐이다.

445

1933년 9월 18일

흔히들 권태를 게으름의 병이라 한다. 아니면 할 일 없는 사람들이나 걸리는 것쯤으로 안다. 그런데 이 영혼의 앓이에는 사실 좀 묘한 구석이 있다. 걸려들 만한 사람들만을 엄습하며, 대체로 게으름을 실천하는 사람들보다는 근면하거나 혹은 그런 시늉을 하는 사람들(이 경우에 한해서 두 그룹 사이에 특별한 차이는 없다)이 감염을 면하기 어렵다.

내면은 자연스러운 인도들Indias과 그 밖의 미지의 나라를 소유하며 그 풍경이 발산하는 자연스러운 광채로 언제나 눈부시고, 외부의 일상적 삶은 추하고—비록 실제의 더러움은 아니라 할지라도—더럽다. 이 둘 사이의 대비만큼 삶을 흉측하게 만드는 요소는 없다. 게으름을 용인해줄 만한 명분이 없다면 권태는 더욱 심각해진다. 힘들게 일하는 사람에게 닥친 권태는 가장 끔찍하다.

권태는 할 일이 없어서 병적인 분노가 치솟는 것과는 또 다른 상황이다. 그보다 훨씬 더 질환적인 상태, 뭔가를 해봤자 아무런 소용이 없으리라는 감정이다. 이것은 곧, 할 일이 많으면 많을수록 권태도 따라서 지독해진다는 의미다.

장부 정리에 열중해 있다가 고개를 들 때마다, 세계가 송두리째 내 머릿속에서 빠져나가버린 일이 얼마나 자주였던가! 나는 차라리 수동적으로 살고 싶다, 아무것도 하지 않으면서, 아무것도 할 필요가 없이. 적어도 그런 감정은, 설사 그것이 진짜 권태라 할지라도, 내가 최소한 즐길 수는 있는 그 무엇이니까. 나에게 달라붙은 현재진행형인 이 권태는 그 어떤 휴식도, 그 어떤 고결함도, 그 어떤 아늑함도 없으며 모든 것이 오직 불쾌할 뿐이다. 이것은 내가 행한 일의 광범위한 말

살이지, 내가 결코 하지 않을 일에서 유래한 그런 상상할 수 있는 피로
감이 아니다.

446
오마르 하이얌[54]

하이얌의 권태는 무엇을 해야 할지 모르는 인간의 권태가 아니다. 왜냐하면 그런 인간은 사실 아무것도 행할 줄을 모르거나, 혹은 행함 자체가 무엇인지를 모르기 때문이다. 그런 권태는 아예 죽은 채로 태어난 사람, 그래서 모르핀이나 코카인에 손을 대도 이상할 것이 없는 사람에게나 해당된다. 이 페르시아 현자의 권태는 훨씬 더 심오하고 고결하다. 명철한 사고와 응시를 통해 모든 것이 어둠 속에 있음을 간파한 사람의 권태, 모든 종교와 철학에 대한 사색을 마친 후에 솔로몬처럼 "모든 것이 정신의 허영과 유혹이었노라…"라고 말하는 사람의 권태다. 혹은 황제 셉티미우스 세베루스와 같은 지배자는 권력과 세상을 향해 이런 고별사를 남겼다. "나는 모든 것이었다. 그 무엇도 수고할 가치가 없었노라."

타르드[55]에 따르면 삶은 무익함을 수단으로 불가능한 것을 추구한다. 이것은 정말로 오마르 하이얌이 했을 법한 말이다.

그래서 페르시아인 오마르는 와인에 탐닉했다. "마시자! 마시자!" 그의 전체 철학의 실천 덕목은 이 구호에 모두 들어 있다. 이런 음주는 행복한 나머지 더욱 행복해지기 위해서, 행복 자체를 넘어서기 위해 마시는 행위라고는 할 수 없다. 마찬가지로 절망에 빠져서, 마시고 잊어버리기 위해서, 절망을 줄여보려고 마시는 행위도 아니다. 행복은 와인에 충동과 사랑을 불어넣는다. 그러나 우리는 하이얌이 에너지나 사랑 운운하는 것을 한번도 듣지 못했다.《루바이야트》에 간간이(정말로 드물게!) 등장하는 가녀린 몸매의 여인 사키는, 고작 "술시중을 드는 소녀"라는 설명밖에는 없다. 시인은 술이 든 단지의 날렵한 곡선을 칭찬하는 것으로 사키의 날씬하고 우아한 몸매를 음미할 뿐이다.

행복은 와인을 말한다. 알드리치 학장[56])이 그랬듯이.

나는 생각한다, 사람들에게는,
술을 마셔야 하는 다섯 가지 이유가 있다고.
건배의 말 때문에, 친구 때문에, 혹은
메마른 입 때문에, 그 밖에도 이런 이유와
저런 이유 때문에.

하이얌의 실용철학은 쾌감을 추구하는 욕망이 희미하게 비쳐 보이
는, 기본적으로는 수위를 낮춰놓은 쾌락주의다. 장미를 바라보고 술
을 한잔 마시는 것, 그것만으로도 충분하다. 가벼운 산들바람, 목적도
의도도 없는 대화, 와인 한 잔, 화사한 꽃들, 오직 그것들만이 페르시
아 현자가 가진 욕망의 최대치다. 사랑은 휘저어놓고 시들어버리며,
행동은 온갖 것을 잡아먹고도 아무런 성과가 없는데 어느 누구 하나
이유를 아는 이가 없고, 생각이란 다만 모든 것을 탁하게 흐릴 뿐이다.
욕망이나 희망, 세상에 대해 뭘 좀 안다는 듯한 쓸데없는 겉멋, 세상을
지배하거나 개량하려는 어리석은 야심은 그만두는 것이 좋다. 모든
것이 허사이며, 혹은《그리스 사화집》에 나오는 대로, "모든 존재하는
것은 비합리적이다." 이 말을 한 것은 어느 그리스인[57])이다. 어느 합
리적인 정신의 그리스인의 말이다.

　모든 종교와 철학에 담겨 있는 진실 혹은 거짓에, 우리가 과학이라 부르는 증명 가능한 쓸모없는 가설에 우리는 궁극적으로 관심이 없다. 이른바 인류의 운명도 내심 전혀 걱정되지가 않고, 인류라는 집단이 고통 속에 있는지 그렇지 않은지 별로 신경이 쓰이지 않는다. 박애, 그렇다, 복음서에 나오는 대로 우리는 "이웃들"에게 박애를 베풀어야 한다. 하지만 복음서에 나와 있지 않은 존재에게는 아무것도 할 필요가 없다. 우리는 다들 어느 정도는 이런 식으로 생각하고 있다. 우리들 가운데 가장 고귀한 영혼을 가진 이라 한들 중국에서 벌어진 대학살의 참상에 얼마나 마음 아파할 것인가? 뛰어난 상상력을 가진 이라고 해도 그보다는 별 이유 없이 길에서 뺨을 얻어맞는 아이를 더욱 안타깝게 여길 것이다.

　모두에게 박애를 베푼다, 하지만 친밀함은 아니다. 하이얌의 영어 번역가인 피츠제럴드는 하이얌의 윤리가 가진 일면을 이렇게 주석으로 남겼다.

　복음서는 이웃을 사랑하라고 우리에게 권한다. 인간이나 인류에 대해서는 아무런 말이 없다. 사실상 아무도 그들을 도울 수 없기 때문이다.

　어떤 이는 내가 하이얌의 철학을 정말 내 것으로 받아들인 것인지, 그래서 여기서 이렇게 해석과 함께—내 생각으로는 정확하게—펼쳐 보이는 것인지 궁금해 할 것이다. 거기에 대한 대답은 나도 모르겠다, 이다. 어떤 날은 하이얌의 철학이 최고라는 생각이 든다. 심지어는 모든 실용철학 중에서 유일하게 가치 있는 것처럼 보인다. 그런가 하면 다른 날은 텅 빈 유리병처럼 공허하고 생명이 없으며 아무런 효용이 없다는 인상을 받는다. 나는 생각하기 때문에, 나를 모른다. 그러므로 내가 진실로 무엇을 생각하는지도 알 수 없다. 만일 나에게 믿음이 있다면 나는 달라졌을 것이다. 그러나 내가 미쳤다 해도, 역시 나는 달라졌을 것이다. 그렇다, 내가 다른 누군가라면, 나는 달라졌을 것이다.

물론 세속적인 가르침 외에도 소수에게만 전해 내려오는 은밀한 가르침이 있다. 비밀에 부쳐지는 공공연한 신비이며, 공개적인 의례에서 의미를 드러내는 베일에 싸인 밀교의 의식이 그것이다. 심지어 세계적으로 널리 알려진 가톨릭 의례인 로마 교회의 마리아 숭배, 프리메이슨의 영혼의식에도 전적으로든 다소간이든, 어느 정도 심령적 성질이 있다.

그러나 밀교의 가입자가, 설사 미스터리의 밀실에 정통하다고 해도, 환상의 새로운 면모에 눈이 먼 욕망의 제물만은 아니라고 누가 자신 있게 말할 것인가? 어떤 미치광이가 그의 광기를 그 자신보다 더욱 잘 알고 있다면 그렇다면 그의 확신이란 무엇인가? 스펜서는 우리의 지식을 구에 비유했다. 구가 팽창할수록 우리의 지식은 우리의 무지와 점점 더 많이 접촉하게 된다. 비밀결사와 관련한 이 글을 쓰면서 나는 어느 위대한 마법사의 끔찍한 말이 뇌리를 떠나지 않는다. "나는 이시스(고대 이집트 신화의 여신으로 출생과 재생, 마법과 죽음을 상징한다)를 보았고 이시스를 만지기까지 했지만, 이시스가 존재하는지는 알지 못한다."

448
오마르 하이얌

    오마르에게는 개성이 있었다. 반면에 나는, 다행인지 불행인지 개성이 없다. 한번은 이런 성격이었다가, 다음 번에는 또 다른 성격으로 바뀐다. 내일이면 나는 오늘의 나를 잊는다. 오마르와 같은 사람은 오마르 자신이며, 하나의 유일한 세계, 외부의 세계를 산다. 그와는 종류가 다른 나와 같은 사람은, 외부의 세계를 살 뿐 아니라, 다층적이고 변화무쌍한 내면의 세계도 함께 살아간다. 나 같은 사람이 아무리 애를 써봤자 절대로 오마르와 같은 철학을 구축할 수 없다. 그래서 나는, 거절당한 영혼처럼, 내가 비판하는 바로 그런 철학을 내 안에 지니고 다닌다. 오마르라면 그것들을 단번에 집어던져버리겠지. 모두 다 그에게는 외적인 것이니까. 하지만 나는 그럴 수 없다. 그것들이 바로 나이기 때문이다.

449
1933년 11월 2일

내면의 고통이 있는데 그것이 너무도 미묘하고 흐릿하여 우리는 그 고통이 몸에 속하는 것인지 그렇지 않으면 우리 영혼에 속하는 것인지, 또는 삶의 덧없음 때문에 느끼는 불안인지 아니면 위장이나 간 또는 뇌 같은 우리 몸속 신체기관의 심연에서 솟아나는 불쾌한 기분 탓인지 구별할 수가 없다. 불안하게 침체되어 있던 마음속 앙금이 한번씩 휘저어질 때마다 나의 정상적인 인식은 너무나도 탁하게 변해버린다! 존재해야 한다는 모호한 메스꺼움이 치밀 때마다 지독하게 괴롭지만, 그것이 단순한 권태인지 아니면 정말로 구토가 시작된다고 신체가 경고하는 것인지 알 수가 없다! 너무도 자주…

오늘 내 영혼의 슬픔은 뼛속까지 아프게 파고든다. 내 자아 전체가, 내 기억, 내 눈과 팔이 모두 아픔을 느낀다. 나의 온 존재가 류머티즘에 시달리는 것 같다. 환하고 투명한 한낮, 커다랗고 순수하고 푸른 하늘에도, 홍수처럼 쏟아진 채 가만히 머물러 있는 희미한 빛의 폭포에도 내 존재는 아무런 감동을 받지 않는다. 가을의 기운이 담겨 있지만 여름의 기억을 지워버리지는 않은 가볍고도 신선한 미풍 덕에 공기는 개성을 부여받았지만 내 마음을 밝아지지 않는다. 그 무엇도 의미가 없다. 나는 슬프다. 그러나 내 슬픔은 특정한 슬픔이 아니고, 불특정한 슬픔은 더더구나 아니다. 나는 슬프다. 궤짝들이 아무렇게나 버려져 있는 저 바깥 거리에서, 나는 슬프다.

이러한 표현들도 내 느낌을 정확하게 옮겨주지 못한다. 어떤 느낌을 그대로 재현하는 표현이란 존재하지 않기 때문이다. 하지만 나는 내가 받은 인상의 일부만이라도 전달해보려고 한다. 내가 분석할 수 없는 내적인 방식으로 보고 있다는 그 이유만으로 나에게 속하며 나의 일부가 되어버린 이국의 거리와 다양한 자아의 혼합이라는 형태로.

나는 멀리 떨어진 나라에서 여러 유형의 다른 인간이 되어, 지금과는 다른 삶을 살기를 바랐다. 알지 못하는 나라의 깃발 아래서 누군가 다른 사람으로 죽기를 바랐다. 단지 오늘이 아니라는 이유로 훨씬 더 나아 보이는 어떤 다른 시대에, 제국의 황제로 선포되고 싶었다. 영롱하게 빛나는 화려한 시대, 한번도 보지 못한 진기한 스핑크스의 시대에. 나 자신인 자를 우스꽝스럽게 만들 수 있는 것이라면 무엇이든지 원했을 것이다. 나 자신인 자를 우스꽝스럽게 만드는 것이라는 그 이유 하나만으로. 나는 원했을 것이다, 나는 원했을 것이다. … 그러나 햇빛이 비치면 하늘에는 언제나 태양이 떠 있고, 어둠이 내리면 언제나 밤이다. 우리의 마음이 근심으로 무거우면 거기에는 근심이 있고, 꿈이 우리를 잠재울 때 거기에는 항상 꿈이 있다. 반드시 존재하는 것이 거기에 있을 뿐, 거기에 있어야만 할 것이 존재하는 법은 없다. 그편이 더 좋아서 혹은 나빠서가 아니라, 그냥 다르기 때문이다. 언제나 그런 식으로(…)

인부들이 궤짝을 길 밖으로 운반한다. 웃고 떠들면서 궤짝들을 하나씩 마차에 옮겨 싣는다. 위쪽 사무실 창에서 나는 그들을 내려다본다. 졸음이 가득한 무겁고 느린 눈동자로. 미묘하고 알 수 없는 무언가가, 내가 느끼는 것과 저 아래 짐꾼들의 적재작업을 이어준다. 알 수 없는 어떤 기이한 감각이 내 모든 권태, 불안, 혹은 메스꺼움을 하나의 궤짝으로 변신시켜, 그것을 지금 큰 소리로 농담을 떠들어대는 누군가의 어깨에 얹어서 존재하지 않는 마차에 올려놓게 한다. 한낮의 환한 빛이, 비좁은 골목길 탓에 늘 그렇듯이, 궤짝들 위로 비스듬하게 떨어진다. 하지만 햇빛은 그늘에 있는 궤짝이 아니라, 그보다 한참 뒤쪽, 아무것도 하지 않느라 분주한 배달부 소년들이 있는 곳, 그리고 예측할 수 없는 어떤 시간을 겨냥한다.

450

암울한 전망과도 같은 어떤 조짐이 대기에 가득하여 비조차도 겁을 집어먹은 듯했다. 소리 없는 어둠은 주변에 대해서 끝까지 침묵을 지켰다. 갑자기, 날카로운 비명처럼, 놀라운 하루가 파열했다. 얼어붙은 지옥의 빛이 모든 사물을 관통하고 최후의 틈새를 찾아 뇌 속으로 파고들었다. 모든 것이 정지했다. 그러다 천둥소리가 울리고 나자, 모두들 안도의 한숨을 푹 내쉬었다. 단조롭고 거칠게 쏟아지는 빗소리가 기쁨으로 들렸다. 심장이 저 혼자서 뛰는 것이 느껴지고, 생각은 멍하게 마비되어버렸다. 사무실 안에는 어떤 막연한 종교가 탄생한다. 그 누구도 자기 자신이 아니었다. 바스케스 사장이 뭔가 할 말이 있다는 듯이 사장실 문 밖으로 모습을 드러냈다. 모레이라는 미소를 짓지만, 갑작스러운 공포로 노래진 안색만은 바뀌지 않았다. 그의 미소는 분명 다음 번 천둥이 이미 멀리서 무서운 속도로 다가오고 있음을 누설하고 있었다. 서둘러 지나가는 요란한 마차소리가 거리의 일상적인 소음을 장악해버렸다. 정적을 깨고 전화벨이 미친 듯이 울렸다. 바스케스 사장은 사장실로 들어가지 않고, 사무실 전화기를 향해 다가갔다. 잠시 동안 정적이 흘렀다. 정적, 그리고 악몽처럼 쏟아지는 빗소리뿐이었다. 어느새 전화벨 소리는 그쳤고, 바스케스 사장은 전화를 잊었다. 사무실 뒤편에서는 사환아이가, 뭔가 불편한 가구와 같은 모양새로 움직이고 있었다.

마음 가득 해방과 평화로움이 밀려드는 바람에 우리는 당황스러울 지경이었다. 약간 얼떨떨한 상태로 각자 하던 일로 돌아갔고, 자연스러움과 화목함이 넘치면서 사무실은 금새 화기애애해졌다. 누가 시키지도 않았는데 사환아이가 창문을 힘껏 열어젖혔다. 사무실 안으로 이루 말할 수 없는 상쾌함을 그득 머금은 습기 찬 공기가 밀려들었다.

이제 빗줄기는 기세가 많이 꺾여 훨씬 부드러워졌다. 거리의 소음은 여전했으나 뭔가 달랐다. 마부들이 떠드는 소리가 들렸는데, 그건 정말로 사람들의 목소리였다. 인근 거리에서 울리는 전차의 벨소리조차도 우리와의 소통을 모색하는 듯했다. 갑작스럽게 터져 나오는 어느 외로운 아이의 웃음소리가 카나리아의 노래처럼 청명한 대기에 울려 퍼졌다. 빗줄기는 점점 더 가늘어지고 있었다.

6시였다. 사무실의 일은 끝났다. 반쯤 열린 문 틈으로 바스케스 사장이 소리쳤다. "퇴근들 하세요." 마치 상업계의 은총과도 같은 그 소리. 즉시 자리에서 일어선 나는 장부를 덮고 제자리에 챙겨둔다. 펜을 잉크스탠드에 잘 보이도록 꽂고 모레이라 쪽으로 걸어가며 희망찬 목소리로 "내일 봐요"라고 인사한다. 모레이라가 큰 부탁이라도 들어준 것처럼, 그의 손을 잡고 굳게 악수를 나눈다.

여행? 존재 자체가 이미 여행이다. 나는 매일같이 내 몸이라는 운명의 기차를 타고 이 역에서 저 역으로 향한다. 혹은 거리와 광장에서 사람들의 얼굴에서 얼굴로 여행한다. 마치 차창 밖의 풍경처럼 항상 똑같으면서 항상 다르기도 한 그것들을 바라본다.

내가 상상하는 것을, 나는 눈앞에서 본다. 여행을 떠나면 그것과 무슨 차이가 생긴단 말인가? 상상력이 끔찍하게 빈곤한 경우에나 실제로 뭔가를 느끼기 위해 장소의 이동이 필요한 법이다.

"어느 길이라도, 심지어 엔테풀 거리조차 당신을 세상 끝으로 데려가준다."[58] 그런데 세상을 한 바퀴 돌고 나면, 다시 처음의 출발지인 엔테풀 거리로 돌아올 것이 아닌가. 실제로 세상의 끝은, 세상의 시작과 마찬가지로, 우리가 상상할 수 있는 그런 곳일 뿐이다. 우리 안에 존재하는 풍경이 바로 세상의 풍경이다. 그래서 나는 상상으로 풍경을 만들어낸다. 내가 만들어내면 풍경은 그 자리에 있게 된다. 풍경이 있으면, 나는 다른 사람들과 마찬가지로 풍경을 보고 감상한다. 그러니 여행이 왜 필요한가? 마드리드, 베를린, 페르시아, 중국, 혹은 북극이나 남극, 그런 장소들이 내가 실제로 느끼는 내 마음속이 아니라면 어디에 있단 말인가?

삶은 우리가 창조하는 인상이다. 여행자는 곧 여행이다. 우리는 우리가 보는 것이 아니라 우리 자신을 본다.

452

나는 단 한 명의 진정한 여행자를 본 적이 있는데 그는 내가 예전에 근무했던 회사의 사환아이였다. 그 소년은 도시별, 국가별, 운송회사별 판촉용 브로슈어를 모았으며 신문에서 찢어내고 여기저기서 얻은 온갖 지도도 갖고 있었다. 풍경을 담은 일러스트, 이국적인 의상이 나온 판화, 증기선 등의 배 사진을 잡지에서 오려냈다. 그는 여행사를 찾아가서는 상상으로 만들어냈거나 아니면 실제하는 회사 이름을 대면서, 심부름으로 왔다고 이탈리아와 인도 관광책자, 포르투갈과 오스트레일리아 간 선박연결시간표 등을 요구했다.

그는 내가 아는 사람 중 가장 정통적으로 여행하는 자이므로 가장 위대한 여행자일 뿐만 아니라, 내가 만나볼 수 있었던 가장 행복한 인간이기도 했다. 그가 지금 어떻게 살고 있는지 알지 못하니 아쉽다. 아니 그보다는 아쉬워해야 할 것 같다고 말해야겠다. 사실 그와는 짧은 시간 동안 한 회사에서 근무했고 그 이후로 십 년 이상의 세월 동안 두 번 다시 만나지 못했기 때문이다. 분명 소년은 그새 다 자란 어른이 되어 대충 둔한 의무감으로 삶을 살아갈 것이고, 아마 결혼도 해서 누군가를 위한 사회적인 받침대 노릇이나 해주고 있을 것이다. 한마디로 말해서, 삶의 한가운데서 죽은 채로 살아가는 시체 말이다. 게다가 어쩌면 그는 실제로 여행을 다녔을지도 모른다. 예전에는 그토록 놀랍게도 영혼의 여행을 떠날 줄 알던 인간이 말이다.

지금 막 생각난다. 그 소년은 파리에서 부쿠레슈티로 가는 정확한 철도편을 다 알고 있었고 영국 전역의 철도편까지 섭렵하고 있었다. 외국의 지명들을 읽는 그의 엉성한 발음 덕분에 그의 영혼의 광채는 더욱 눈부신 확신으로 빛났다. 아마도 그는 지금 어딘가에서 죽은 남자로 살고 있겠지. 하지만 그래도 언젠가 자신의 지난날을 기억하면서 회상할 것이다. 보르도를 꿈꾸는 것이 보르도 역에서 기차를 내리는 것보다 더 나을 뿐만 아니라, 더 진실에 가깝기도 하다는 것을.

어쩌면 사실은 내 생각과는 아주 달랐을지도 모른다. 아마도 소년은 그냥 누군가를 흉내 내었던 것일지도 모른다. 혹은 … 그래, 아이의 지성과 어른의 아둔함 사이에 놀라우리만치 뚜렷한 격차가 있는 것을 보면, 유년 시절 우리에게는 수호천사가 항상 동행하고 있다는 생각이 든다. 그 천사는 별의 반짝임과 같은 자신의 지성을 우리에게 빌려주지만, 시간이 흐르면 안타깝게도 더 높은 법칙에 의해 동물이 다 자란 새끼를 떠나보내듯이, 그렇게 우리를 우리 운명의 손에 넘겨주는 것이다. 살찐 돼지의 운명에게 말이다.

453

여기 카페하우스의 테라스에서 나는 가물거리는 인생을 바라본다. 이 아래 광장에 한꺼번에 엉켜 있는 삶의 폭넓은 다양성은 거의 보이지 않지만, 내 삶의 모습만은 분명히 볼 수 있다. 취기가 막 오르는 것처럼 약간 몽롱해질 때, 사물의 영혼이 베일을 벗는다. 행인들의 발걸음 소리와 통제된 과격함의 몸짓들. 삶이 내 외부에서 그렇듯 가시적이며 일관된 모습으로 지나가고 있다. 바로 이 순간 내 감각은 마비되고 사물이 다르게 보인다. 내 느낌은 잘못되었다. 혼돈이면서도 명료하다. 나는 상상의 콘도르처럼 나른하게 날개를 펼친다.

내가 이상적인 인간이라면, 아마 나는 여기 이 자리에 이 탁자에 이 커피하우스에 앉아 있는 것 이외의 다른 일을 위해서는 더 이상 그 어떤 노력도 기울이지 않으리라.

불길이 꺼져버린 재를 휘젓는 것처럼, 모든 것이 헛되다. 동트기 직전의 희뿌연 공기처럼, 모든 것이 아득하다.

완전하고도 환한 빛이 사물에 내리쬐니 슬프게 미소짓는 현실이 눈부신 황금색으로 반짝인다! 이 세상 전체의 신비가 나에게 쏟아진다. 그리하여 내 눈앞에서 거리의 진부함이란 형체를 입는다.

아, 일상과 비밀은 어떻게 하여 그토록 피부를 맞대고 있는가! 바로 이곳, 햇볕을 받아 반짝이는 우리의 복잡한 삶의 표면에서 시간이 모호한 신비의 미소를 띠고 있구나! 이 모두가 얼마나 현대적으로 들리는가! 그런데도 사실은 참으로 유구한 비밀에 싸여 있구나! 지금 환하게 드러난 이 표면의 세계와는, 너무도 아득히 다른 의미를 지니는구나!

454

신문을 읽는 것은 항상 불쾌한 독서에 속한다. 미적 관점에서뿐만 아니라 드물지 않게 도덕적 관점에서도 역시 불쾌하다. 심지어 도덕에 특별히 신경을 쓰지 않는 사람에게조차 그렇다.

전쟁이나 혁명, 이런 기사는 최소한 하나는 눈에 띄게 마련인데, 우리에게 전율이 아니라 권태를 불러일으킨다. 사망자나 부상자의 처참함, 싸우다가 죽은 자나 싸우지도 못한 채 죽어가거나 죽어버린 자들의 희생이 아니라, 그보다는 생명과 재산을 그토록 무익한 것을 위해 바치는 인간의 아둔함이 우리의 마음을 무겁게 짓누른다. 모든 이념과 권력의 추구는 좀스러운 인간들이나 꿈꾸는 남성성의 환상이다. 그 어떤 위대한 제국도 한 아이의 인형을 짓밟아놓을 만큼 가치롭지는 못하다. 그 어떤 이념도 아이에게 장난감 기차를 빼앗아야 할 만큼 중요하지는 않다. 어떤 제국이 우리에게 도움을 주었단 말인가? 어떤 이념이 우리에게 이득이 되었는가? 모두 인간의 욕심일 뿐이다. 인간의 본성은 변화무쌍하지만 개선의 여지가 없고 변덕스럽지만 반동적이다. 세상은 무자비하게 앞으로 진행하는데 우리에게 주어진 삶이 어떻게 진행될지 우리는 알지 못하며, 삶이 언제 우리로부터 거두어질 것인지도 우리는 알지 못한다. 삶은 타인들과, 또는 타인들에 대항해서 벌이는 무한하고도 종잡을 수 없는 게임인데, 결코 실현되지 않을 일들이 자꾸만 반복해서 눈앞에 허망하게 나타나며 우리를 권태에 빠뜨린다. (…) 이 모두에 대해 현명한 사람이 할 수 있는 일은 오직 한 가지, 은퇴를 청하는 것, 그리고 삶에 대해서 더 이상 생각하지 않는 것이다. 산다는 것은 다만 양지바른 곳에 조그맣게 자리 잡고 신선한 공기를 즐기는 것으로 족하다. 그리고 저 산 너머에 평화가 있으리라고, 그런 최소한의 환상을 품는 것만으로도 충분하다.

455
1933년 12월 23일

바보같이 굴거나 어쩔 줄을 모르거나 혹은 뭔가를 잘 이해하지 못하거나, 인생을 살면서 그런 불운한 경우들을 만날 때마다 우리는 내면의 낙천적인 빛을 발휘하여 그것이 불행이 아니라 일종의 여행병이라고 받아들여야 한다. 우리는 이 세계의 여행자다. 자발적이든 비자발적이든 우리는 무와 무 사이를 혹은 전체와 전체 사이를 여행하고 있다. 우리는 어차피 길 위에 있는 것이니 도중에 만나게 되는 이런저런 불편, 혹은 고르지 않은 길바닥에 대해서 너무 신경 쓰지 말아야 한다. 이런 생각을 하면 나는 마음이 편안해진다. 생각 자체가 마음을 편하게 해주는 일이기도 하지만 그저 나 자신이 의도적으로 그렇게 생각함으로써 스스로를 위로하는 것이기도 하다. 그렇다 한들 마음이 편하면 되는 것이다. 나는 너무 따지지 않는다.

위로를 주는 요소는 정말로 많다! 맑고 청명하며, 언제 봐도 구름 한두 점이 흘러가고 있는 저 멀리 푸른 하늘, 숲 속에서는 단단한 나뭇가지를 흔들고 도시에서는 5, 6층에 널린 빨래들을 펄럭이게 하는 가벼운 바람, 날이 따뜻하면 따뜻함이, 날이 선선해지면 선선함이 우리를 위로한다. 항상 어딘가의 창가에 서 있는 그리움의 기억이, 희망의 기억이, 신비한 미소의 기억이, 그리고 우리 존재의 문 앞에서 걸인처럼, 그리스도처럼 문을 두드리는 것들이 우리를 위로한다.

456
1934년 3월 31일

얼마나 오랫동안 글을 쓰지 않았는지! 지난 며칠 동안 불명확한 체념의 수세기를 보낸 것만 같다. 나는 존재하지 않는 풍경 한가운데 버려진 호수처럼 깊이 침체되어 있었다.

매일매일 항상 같은 시간이 결코 동일하지 않게 이어졌고, 그 가운데서 다채로운 단조로움을 즐기고 있었다. 그것은 삶이다. 그러므로 나는 삶을 즐겼던 것이다. 그동안 내가 잠들어 있었다 한들 삶은 조금도 다르게 흘러가지 않았으리라. 나는 버려진 풍경 한가운데 존재하지 않는 호수처럼 깊이 침체되어 있었다.

자신을 아는 여느 사람들처럼 나는 종종 나 자신을 모른다. … 나는 가면 뒤에서 살아가고 있는 내 모습을 똑똑히 본다. 어떤 변화가 일어나도 변하지 않는 것, 어떤 행위가 있다 해도 모든 것이, 다른 말로 하면 무가 내게 남는다.

나의 내면 저 멀리에서, 마치 아득한 여행을 떠난 듯한 느낌이 솟구친다. 시골의 호젓한 그 집이 자아내는 단조로움, 오늘날 내가 느끼는 단조로움과는 너무나도 다른 종류인 단조로움이… 그곳에서 나는 어린 시절을 보냈다. 하지만 그 시절이 지금보다 더 행복했는지 불행했는지는, 설사 말하고 싶다 해도 말할 수가 없다. 그곳에서 살던 당시의 나는 지금과는 다른 나였다. 서로 다른 두 개의, 비교할 수 없는 별개의 삶이다. 그 둘을 외적으로 연결해주는 동일한 단조로움은, 내적으로는 분명 서로 다르게 작용하고 있다. 그들은 단순히 두 가지의 단조로움이 아니라, 두 개의 삶이다.

무엇 때문에 이것을 기억하는가?

나는 피곤하다. 기억은 휴식이다. 기억하는 자는 행동하지 않기 때문이다. 더욱 쾌적한 휴식을 취하기 위해서, 나는 결코 존재하지 않았던 일도 기억해낸다. 나는 내가 살았던 장소를 기억해내지만, 그 기억은 선명하지도 않고 그리움의 애수에 잠겨 있는 것도 아니다. 한때 사람들이 살았던 커다란 방과 삐걱거리는 복도의 마룻바닥을 나는 걷는다. 내가 한번도 살지 않았던 내 과거의 집을 나는 돌아다닌다.

나는 너무도 심하게 나 자신의 허구가 되어버렸으므로, 내가 가질 수 있는 그 어떤 자연스러운 감정도 발생과 동시에 즉각적으로 상상의 감정으로 변환된다. 기억은 꿈으로 바뀌고, 꿈은 꿈의 망각으로 바뀌고, 모든 자기인식은 나에 대해서 더 이상 생각하지 않음으로 바뀐다.

내가 너무도 심하게 나 자신을 벗어버렸으므로, 존재는 나에게 오히려 의상을 걸치는 일이 되었다. 나는 오직 위장한 나 자신이다. 모든 알려지지 않은 태양들이 나를 둘러싸고 저물어간다. 내가 결코 보지 못할 풍경이 황금빛으로 물든다.

현대적인 사물은 (1) 거울, (2) 옷장.

우리는 몸과 영혼에 옷을 걸치는 존재로 진화해왔다.

영혼은 육체의 모양과 부합하므로 영혼을 위한 의상이란 것이 생겨났고, 그 이후로 우리 영혼의 주된 부위는 늘 옷을 걸치고 있다. 육체를 가진 인간으로서 우리 자신은 옷 입는 동물이란 종에 속한다.

의복이 우리에게 필수적인 요소가 되었을 뿐만 아니라 의복의 복잡성과 독특한 성질이 우리 몸과 몸의 움직임이 갖는 자연스러운 우아함을 거의 저해하지 않기 때문이다.

누군가 나에게 내 영혼의 상태를 설명할 수 있는 사회적 근거를 들어보라고 한다면, 나는 말 없이 거울을, 옷걸이를, 그리고 만년필을 가리키겠다.

458

이른 봄날 아침의 옅은 안개 속에서 도시 저지대가 잠에 취한 채 눈을 뜬다. 태양은 원래 동작이 굼뜬 것처럼 느리게 솟아오른다. 약간 서늘한 공기 속에는 잔잔한 기쁨이 있었다. 불어온다고도 할 수 없을 정도로 부드러운 바람 속에서, 지나가버린 추위에 삶이 몸을 떤다. 추위라기보다는 추위에의 기억에 떤다. 오늘의 날씨 때문이 아니라, 다가오고 있는 여름과 비교하면서.

커피하우스와 유제품 가게를 제외하고 다른 상점들은 아직 문을 열기 전이다. 그러나 지금의 고요함에는 일요일처럼 뻣뻣하게 굳은 느낌이 없다. 그저 고요할 뿐이다. 금빛의 옅은 색조가 점점 환해지는 대기에 줄무늬를 그려놓는다. 흩어지는 안개를 뚫고 푸르름이 살짝 홍조를 띤다. 거리에는 하루의 첫 번째 움직임이 나타나기 시작했다. 행인들 하나하나의 모습이 선명하게 눈에 들어온다. 그리고 저 위쪽, 열려 있는 몇몇 창문으로는 흐릿한 아침의 형상들이 분주히 움직인다. 안개 속에서 전차의 노란색 숫자표지가 어른거리며 달려가고 있다. 매 순간 거리는 눈에 띄게 활기를 되찾는다.

나는 오직 감각만을 지닌 의식이 되어, 생각이나 감정 없이 표류 중이다. 나는 일찍 일어나 아무런 계획 없이 거리로 나왔다. 나는 몽상에 빠진 듯 모든 것을 관찰한다. 나는 깊은 생각에 잠긴 듯 바라본다. 그러자 내 안에서 부드러운 감정의 안개가 기이하게 피어올랐다. 외부의 안개가 서서히 내 안으로 스며든 듯했다.

내가 방금 내 삶에 대해서 생각하고 있었음을, 나는 무의식적으로 느꼈다. 내가 그것을 알아차린 것은 아니라, 그냥 느낌이 든 것이다. 한가로이 산책을 즐기는 나는, 오직 보고 듣기만 한다고 생각했다. 나 자신이 눈에 들어오는 이미지의 반사막, 현실이 그림자 대신 색채와 빛을 비추는 백색의 병풍에 지나지 않는다고 생각했다. 그러나 알지 못하는 사이 나는 그 이상이 되어 있었다. 나는 자기부정의 영혼이었으며, 나의 추상적인 관찰마저도 하나의 부정이었다.

안개가 옅어짐에 따라 공기가 어두워지면서 희미한 빛으로 물들어, 안개가 사라지는 것이 아니라 공기 중에 섞여버린 듯이 보였다. 문득 거리의 소음이 훨씬 커졌음을 알아차리고 보니 행인들의 숫자도 부쩍 늘어나 있었다. 행인들이 늘어날수록 발걸음은 서두르는 기색이 줄어든다. 그런데 그때, 사람들이 걸음을 점점 천천히 하는 사이로 생선 파는 여인들이 분주하게 등장한다. 빵가게 소년들이 엄청나게 커다란 빵 바구니를 흔들흔들 머리에 이고 걸어오며, 각양각색의 행상인 여자들은 저마다 다른 유사한 형체로 나타나는데, 그들의 단조로움을 깨뜨리는 것은 다만 실물보다 더 다양한 색으로 무장한 바구니 안의 물건들뿐이다. 우유행상들이 들고 있는 갖가지 깡통들이 서로 부딪히며 속 빈 이상한 열쇠뭉치처럼 절그럭거린다. 경찰관들은 교차로에서 꼼짝 않고 서 있다. 밝아오는 하루의 보이지 않는 움직임 속에서 (제복차림으로 문명의 부정이 되어).

이 순간 이런 모든 것을 오직 자신의 눈으로 바라볼 수 있는 누군가가 된다면 얼마나 좋겠는가. 이 모든 것을 오늘에야 처음으로 삶의 표면에 당도한 성인 여행자의 눈길로 응시할 수만 있다면! 태어난 이후 아무것도 배우지 않았고, 이 모든 것에 미리 정해진 의미를 부여할 줄을 모르고, 사물들에게 부여된 기존의 표현이 아닌 사물 스스로의 의지로 나타내는 자기표현을 체험할 수 있는 여행자. 생선 파는 여인에게서 생선 파는 여인이라는 명칭과 행상인이라는 개념과는 무관한 한 인간의 실체를 파악하기. 마치 신이 경찰관을 바라보듯 경찰관을 바라보기. 모든 것을 생전 처음인 듯이 감각하기. 인생의 신비를 종말론적으로 공표하는 것이 아니라, 현실이라는 꽃잎을 직접 만지며 감각하기.

종소리인지 혹은 대형시계인지가 시각을 알린다. 세어 보지는 않았으나 아마 8시일 것이다. 시간의 진부한 현존을 각성한 덕분에 나는 나 자신에게서 깨어난다. 사회적 삶이 시간의 연속성에 부과한 경계, 추상의 국경이자 미지에 그어놓은 분할선. 나는 나 자신에게서 깨어난다. 내가 모든 것을 관찰하던 동안에 삶 전체는 인간들로 가득해졌다. 그 사이 안개는 하늘에서 완전히 물러났다. 단지 푸른빛 속을 떠돌고 있는 저 푸른빛 가까운 어떤 기운만이 안개의 여운을 머금고 있다. 그러나 나는 그 사이 안개가 정말로 내 영혼으로 들어와버렸음을, 그리고 동시에 내 영혼을 건드리는 모든 사물의 핵심 또한 뚫고 침투했음을 알아차린다. 나는 내가 본 것의 이미지를 상실했다. 내 눈은 보고 있으나 나는 눈먼 사람이다. 나는 이미 알고 있는 것들의 진부함을 통해서만 느낄 뿐이다. 지금 이것은 더 이상 실제가 아니다. 이것이 바로 삶이다.

… 그렇다, 그 삶에 내가 속해 있고, 삶 또한 나에게 속해 있다. 그것은 더 이상 실제가 아니다. 실제, 오직 신과 그 자신에게만 속하며, 비밀도 진실도 담고 있지 않은, 실제이거나 실제처럼 보이기 때문에 어딘가에서 변함없이 존재하는, 유한함이나 영원함으로부터 자유로운, 순수하게 외적인 영혼의 이념이자 절대의 그림인 실제. 삶은 더 이상 그것이 아니다.

나는 돌아서서 천천히, 그러나 생각했던 것보다는 빠르게, 나를 셋방으로 올려 보내게 될 문을 향해 걷기 시작한다. 그러나 들어가지는 않는다. 주저한다. 문을 지나쳐 계속 걷는다. 피게이라 광장, 잔뜩 널린 색색의 상품들과 북적대는 사람들로 가득하여 내 시야의 지평선은 행상인들의 차지가 되어버린다. 나는 죽은 것처럼 축 늘어져서 천천히 앞으로 나아간다. 내가 보는 방식은 더 이상 나의 것이 아니며 더 이상 그 무엇도 아니다. 그것은 그리스의 문화, 로마의 질서, 기독교의 윤리, 그 밖의 문명과 내 느낌의 토대를 이루는 모든 환상을 원하지도 않았는데 물려받게 된 인간이라는 동물이 갖는 시야에 지나지 않는다.

살아 있는 자들은 어디에 있는가?

459

도시에서 즐겁게 지낼 수 있도록 나는 시골에 있고 싶다. 나는 원래 도시생활을 좋아하지만, 시골에 있다 하면 도시생활이 두 배로 즐거울 것이다.

460

우리의 감수성은 예민하고 섬세할수록 점점 더 부조리하게 작동하며, 사소한 일에도 부들부들 떨게 된다. 오늘처럼 이렇게 완전히 흐린 날에는 불안을 느끼는 데 비상한 지성이 필요하다. 인간은 기본적으로 둔해서 날씨 때문에 불안해하거나 하지 않는다. 날씨는 항상 있는 것이니까 머리에 빗방울이 떨어지기 전까지 인간은 비를 느끼지도 못한다.

흐리고 무기력한 날은 후덥지근하게 푹푹 찐다. 사무실에 혼자 있으며 나는 내 인생을 돌아보는데, 생각나는 것이라곤 오늘 날씨처럼 나를 짓누르고 괴롭히는 일들뿐이다. 나는 스스로를 만사에 만족하는 아이로, 별이라도 딸 것처럼 야심만만한 십대로, 기쁨도 야망도 없는 성인으로 보게 된다. 그 모든 게 흐릿하고 무기력한 가운데 일어났다. 그것들을 보거나 기억하게 만들었던 이 날씨처럼.

누구인가? 돌아가지 못할 길을 뒤돌아보며 그 길이 올바른 길이었노라고 말할 수 있는 사람이?

한없이 사소하고도 사소한 종류인데도 쉽게 나를 괴롭힐 수 있는 것들이 있다. 그래서 나는 의도적으로 그런 일과의 접촉을 최대한 피한다. 태양을 가리며 지나가는 구름 때문에도 마음이 괴로워지는 나 같은 사람이, 영원한 먹구름으로 뒤덮인 어두운 날의 음울을 어떻게 견디어내겠는가? 더구나 그것이 그 자신의 삶의 모습이라면?

나의 고립은 행복을 도모하기 위함이 아니며, 내 영혼의 능력은 행복에 도달하는 방법을 모른다. 나의 고립은 안식을 발견하기 위함도 아니며, 그 어떤 인간도 진정 안식을 발견하지는 못한다. 안식을 발견할 수 있는 것은 결코 안식을 상실하지 않은 인간뿐이다. 나의 고립은 오직 잠을 위한 것이다. 소멸을, 겸손한 체념을 위한 것이다.

나의 초라한 방 사면의 벽은 나에게 감옥인 동시에 황야이며 침상인 동시에 관이다. 내 가장 행복한 순간은 그 속에서 아무것도 생각하지 않고, 아무것도 바라지 않고, 꿈조차 꾸지 않고, 불행한 식물처럼 가만히 움직이지 않고 있는 것이다. 오직 이끼만이, 삶의 표면에 달라붙은 채 자라날 것이다. 아무것으로도 존재하지 않는 부조리한 의식을, 죽음과 소멸의 전조를, 나는 가만히 음미한다.

"스승"이라고 부를 만한 사람을 나는 단 한번도 갖지 못했다. 그리스도는 나를 위해 죽지 않았다. 부처는 나에게 길을 가르쳐주지 않았다. 나의 가장 고귀한 꿈에서조차 아폴론과 아테나가 나타나서 내 영혼을 깨우쳐준 적이 없다.

462

삶의 그 어떤 목적을 향해서도 정진하지 않는 것을 의무로 삼았고, 일생 동안 사물과의 관계를 단절하려고 노력했는데, 그 결과 나는 내가 벗어나려고 했던 바로 그것에 도착하고 말았다. 나는 인생을 느끼고 싶지 않았고 어떤 사물도 만지고 싶지 않았는데, 세상과 소통하는 경험을 통해 자연스럽게 얻은 깨달음에 의하면 삶의 감각은 항상 고통과 연결되어 있었기 때문이다. 하지만 그렇게 접촉을 피하여 스스로를 외딴 곳으로 고립시키는 과정에서 이미 주체할 수 없을 정도로 민감한 내 감수성은 더욱 예민해지고 말았다. 사물과의 모든 관계를 완벽하게 차단하는 것이 가능했다면 내 감수성은 큰 해를 입지는 않았을 것이다. 하지만 그 어떤 접촉도 없는 완벽한 고립 상태를 유지하기란 불가능했다. 아무것도 안 한다고 해도 호흡을 해야 하며, 아무런 행동을 하지 않는다 해도 팔다리는 움직여야 하니까. 고립으로 인해 내 감수성이 더욱 증폭하였으므로, 마침내 그전에는 전혀 내 신경을 거스르지 않던 극히 무의미한 일조차 이제는 재앙처럼 느껴졌다. 나는 잘못된 탈출로를 택한 것이다. 불편하게 우회하는 경로를 통해 탈주를 감행하였으나 결국 원래의 출발점에 도달하고 말았다. 그곳에서 계속 살아가야 한다는 절망적인 경악과 함께, 먼 길을 돌아오느라 기력을 소진하여 심신의 쇠약까지 얻고 말았다. 하지만 나는 자살을 해결책으로 생각한 적은 없다. 삶에 대한 나의 증오는 삶에 대한 사랑에서 비롯되기 때문이다. 이런 한심한 실수를 껴안고 살아간다는 것을 깨닫기까지 참으로 오랜 시간이 걸렸으며, 일단 깨닫고 나자 깊은 좌절감에 시달렸다. 나는 무언가를 깨달을 때면 언제나 그런 식으로 좌절감을 느끼곤 하는데, 깨달음은 곧 환상의 상실이기 때문이다.

내 의지를 분석함으로써 나는 의지가 죽어버리게 만들었다. 분석하

지 않았던 어린 시절로 돌아갈 수만 있다면 얼마나 좋을까, 설사 의지
조차 없던 시절이라 할지라도!

　나의 정원은 죽은 듯이 잠들어 있다. 연못의 수면은 한낮의 태양 아
래서 빛으로 일렁인다. 벌레들의 잉잉거림이 천지를 가득 채울 때, 삶
이 나를 깊은 우울의 구덩이로 몰아넣는다. 우울은 비애의 감정이 아
니라 물리적인 통증이 되어 나와 함께 머문다.

　머나먼 궁전, 몽환의 공원, 저 멀리서 소실되는 가로수길의 전경, 이
제는 아무도 앉지 않는 석조벤치의 죽은 아름다움, 스러진 장려함, 훼
손된 우아함, 잃어버린 반짝임. 오 사라져가는 나의 갈망이여, 너를
꿈꾸게 했던 깊은 슬픔을 다시 찾을 수만 있다면!

463

마침내 평화. 마치 그런 건 원래 있지도 않았다는 듯이 모든 쓰레기와 찌꺼기들이 내 영혼에서 떨어져 나갔다. 나 홀로 고요히 있다. 심지어 신앙이라도 받아들일 수 있을 듯한 순간이다. 그러나 천상의 그 무엇도 나의 관심을 끌지 못하고, 발 아래의 것은 두말할 필요도 없다. 나는 존재하기를 멈춘 듯하고, 그 사실을 선명하게 인식하는 듯하다. 그래서 나는 자유를 느낀다.

평화, 그렇다, 평화를 찾았다. 가슴 벅찬 위대한 평온함이 아무 의도도 없이 부드럽게 내 존재 깊숙이 내려앉는다. 내가 읽은 페이지들, 내가 끝마친 업무들, 삶의 과정과 우연들, 이 모두가 흐릿하게 그늘진, 내가 알지 못하는 어떤 평온의 주변을 거의 보이지 않게 둘러싼 빛무리가 되었다. 간혹 영혼을 망각하게 만드는 노력, 간혹 행동을 망각하게 만드는 깊은 생각, 이 두 가지가 감정 없는 부드러움, 비루하고 텅 빈 연민이 되어 내게로 돌아온다.

온화하고 나른하면서 구름이 하늘 가득히 느리게 흘러가는 날은 아니다. 가만히 정지해 있을 뿐 미약한 움직임조차 느껴지지 않고 바람도 거의 불지 않는 이런 공기는 아니다. 여기저기 창백한 푸른색 얼룩이 얼룩덜룩한 하늘의 이름 없는 색채도 아니다. 아니다. 이런 것은 아니다. 여기 있는 그 어떤 것도 나는 느끼지 못한다. 보고자 하는 열망도 없이, 오직 무력하게 나는 본다. 열리지 않는 공연에 나는 집중하여 참여한다. 나는 영혼을 느끼지 못하며, 오직 평화롭기만 하다. 외부의 사물은 뚜렷하고 선명하며 움직이고 있을 때라도 정지한 상태로 보인다. 천하를 얻을 수 있다고 유혹하면서 사탄이 그리스도에게 보여주었던 바로 그 세상처럼. 아무것도 아니다. 그러므로 나는 그리스도가 왜 유혹에 넘어가지 않았는지 이해할 수 있다. 아무것도 아니다. 나는 노련한 유혹자인 사탄이 어째서 그런 것들로 그리스도를 유혹할 수 있으리라 생각했는지 이해할 수 없다.

버려진 나무 아래 소리 없이 흐르는 강물, 느껴지지 않은 삶이여, 그렇게 마냥 흘러가버려라! 무겁게 드리운 나뭇가지 너머 보이지 않는 나직한 중얼거림, 알지 못하는 영혼이여, 그렇게 유순하게 가버려라! 이유도 없이, 허무를 의식하는 의식으로, 잎새들 사이로 비쳐드는 멀고 아득한 불빛처럼, 어디서 와서 어디로 가는지 모르는 채로 아무 생각 없이 헛되이 흘러가라! 가거라, 가버려라, 그리고 나를 잊어라!

결코 살 용기를 낼 수 없었던 것의 가녀린 숨결, 느끼는 데 실패한 것의 희미한 탄식, 생각을 원치 않았던 것의 쓸모없는 중얼거림, 천천히 가라, 한가롭게 가라, 도저히 피할 수 없게 부과된 소용돌이와 경사를 지나, 그림자 혹은 빛 속으로 가라, 세상의 형제여, 천국이든 지옥이든 상관없이 가라. 카오스의 아들과 밤의 아들이여, 그러나 은밀하게 기억하라, 신들도 그대의 뒤를 따를 것이며 그들 역시 그대와 마찬가지로 사라지리라는 것을.

누구든 이 책의 책장을 넘겨본 이라면 지금쯤 틀림없이 나를 몽상가로 결론 지었으리라. 하지만 그것은 잘못된 판단이다. 나는 몽상가로 살기 위한 돈이 없다.

위대한 멜랑콜리와 슬픔과 권태는 쾌적하고 호사스러운 환경에서나 가능하다. E. A. 포의 이게이어스59)가 몇 시간이고 자신이 좋아하는 병적인 관조와 사색에 빠질 수 있었던 것은, 조상 대대로 내려온 대저택의 커다란 홀 문 뒤편에서 보이지 않는 집사가 집안일과 식사 준비를 하며 생활을 도맡았기 때문이다.

위대한 꿈은 특별한 사회적 상황을 필요로 한다. 어느 날, 나는 내가 쓴 글의 가슴 아픈 운율에 취한 나머지 문득 샤토브리앙을 떠올리게 되었지만, 내가 자작子爵은 고사하고 브르타뉴 사람조차 아님을 기억해내는 데는 그리 오랜 시간이 걸리지 않았다. 또 다른 경우에는 위에서 말한 것과 비슷한 맥락에서 내가 루소와 유사성이 있다는 느낌이 든 적이 있었지만, 내가 귀족도 대저택의 주인도 아닐 뿐더러 스위스인도 아니고 방랑자도 아니라는 사실을 금세 자각할 수 있었다.

하지만 다행히도 도라도레스 거리에도 역시 하나의 세계가 있다. 신은 이곳에도 삶의 신비를 내려주었다. 비록 내 꿈이란 것이 짐수레와 궤짝으로 이루어진 보잘것없는 풍경이고 바퀴와 판자 조각들에서 추출한 것이긴 하지만, 그래도 그것들은 내가 가진 전부이며 가질 수 있는 전부이기도 하다.

틀림없이 어디에선가는 저녁노을이 지속적으로 실제할 것이다. 그러나 여기 도시의 5층에서도 무한을 응시하는 것이 가능하다. 1층의 창고와 공존하는 무한, 하지만 창공의 별들 역시 존재하지 않는가. … 하루가 저무는 이 순간 창가에 서 있는 나는 이런 생각이 든다. 그리고 저 위쪽, 내가 속하지 않은 시민계층의 불만족과, 내가 결코 되지 못할 시인의 슬픔을 느낀다.

465
1934년 6월 9일

여름이 도래하면 나는 슬퍼진다. 원래는 한여름의 작렬하는 태양이 환하게 비치면 자신이 누군지 모르는 사람이라도 위안을 얻는 것이 보통이다. 하지만 나에게는 전혀 위로가 되지 않는다. 생각하지도 느끼지도 못하는 상태로 생각하고 느끼는 내 감각의 영원히 묻히지 못한 시신들과, 외부에서 거품처럼 부글거리며 넘쳐나는 삶들 간의 대비가 너무도 날카롭다. 이것은 우주라고 알려진 국경 없는 조국에서, 비록 내가 직접 탄압을 받는 건 아니지만 영혼의 비밀스러운 신념이 모욕당하는 그런 폭정 아래 살아가는 느낌이다. 그리하여 나는 서서히, 미래의 불가능한 망명을 막연히 그리워하게 된다.

내 그리움의 가장 큰 대상은 잠이다. 하지만 그것은 일반적인 잠처럼 때가 되면 당연히 찾아오거나, 설사 질병으로 인한 것이라도 결국은 신체에게 평온이라는 특권을 누리게 해주는 잠이 아니다. 삶을 잊게 해주고 꿈을 선사한다는 이유로 궁극의 체념이라는 평온한 지참물을 들고 우리의 영혼으로 다가오는 그런 잠이 아니다. 아니다. 그 잠은 잘 수 없는 잠, 눈꺼풀을 닫지는 않으면서 무겁게만 만드는 잠이며, 불신의 입술을 쓸쓸하게 비틀면서 혐오스러운 인상을 지어 보이게 하는 잠일 뿐이다. 그것은 영혼의 오랜 불면 상태에서 육체에 헛되이 가해지는, 그런 잠일 뿐이다.

오직 밤이 찾아올 때만, 나는 기쁨까지는 아니라도 확실히 편안한 이완을 느낀다. 보통 때 긴장이 풀리면 기분이 좋기 때문에, 그 경험으로 유추하여 그것이 기분 좋고 편안하다고 느끼는 것이다. 그러면 잠은 달아나버리고, 잠의 결핍으로 유발된 혼돈스럽고 몽롱한 상태까지도 함께 와해되면서, 정신이 또렷해지고 거의 환하게 밝아지기까지

한다. 잠시 동안은 다른 것들에 대한 희망이 솟아난다. 그러나 희망은 오래가지 못한다. 뒤를 잇는 것은 절망, 피곤과 권태, 잠을 자지 못한 채 깨어버린 한 인간의 언짢음이다. 내 방의 창문을 통해 지친 육체를 안고 있는 불운한 영혼의 별들을 본다. 수없이 많은 별, 아무것도 아닌, 오직 수없이 많은 무언가에 지나지 않는 별들을…

466

사람은 자기 얼굴을 볼 수 있어서는 안 된다. 그보다 더 불길한 일은 없다. 인간이 자신의 얼굴을 볼 수 없고, 자신의 눈을 들여다볼 수 없는 건 자연이 내린 선물이다.

오직 강물이나 연못을 통해 인간은 자신의 얼굴을 볼 수 있다. 그러기 위해 인간이 취해야 하는 자세는 상징적이다. 자신을 보는 굴욕을 행하기 위해, 인간은 허리를 굽히고 몸을 숙여야 한다.

거울을 만든 사람은 인간의 영혼에 독을 풀었다.

그는 내가 시를 낭독하는 것을 들었다. 나는 긴장하지 않았기 때문에 상당히 잘할 수 있었다. 그러자 그가 내게 말했다. 마치 절대의 자연법칙을 설명하듯이. "지금과 똑같이만 한다면, 단 얼굴 표정은 좀 다르게 해서, 그러면 엄청나게 인기 있을 텐데." "얼굴"이란 단어가, 그것이 품고 있는 원래의 의미 이상으로, 내 무지의 목덜미를 확 사로잡아버렸다. 내 방에서 거울을 들여다보았다 그 안에는 불쌍하지 않은 걸인의 불쌍한 얼굴이 있었다. 거울을 한 바퀴 돌리자, 열반에 든 우편배달부처럼 내 눈앞에 도라도레스 거리의 전경이 펼쳐졌다.

내 감각의 예리함은 나에게는 낯선 질병과 같다. 다른 누군가, 그의 병적인 일부가 나에 해당하는 누군가는 그 날카로움 때문에 아프다. 실제로 나는 더욱 큰 감각체에 속해 있다는 느낌을 갖기 때문이다. 나는 유기체를 이루는 하나의 특별한 조직이다. 혹은 하나의 세포다. 전체 유기체를 유지하는 모든 책임이 그 안에 다 실려 있다.

내가 생각을 하는 것은 내가 표류하기 때문이다. 내가 꿈을 꾸는 것은 내가 깨어 있기 때문이다. 내 안의 모든 것이 나와 얽힌 채 나로 머문다. 내 안의 그 무엇도 그 이상이 될 줄을 모른다.

468
1934년 6월 19일

우리가 지속적으로 추상 속에서 살아갈 때, 관념적 생각이건 상상해낸 감각이건 할 것 없이 모든 현실의 일들은 곧 허상의 신기루가 되어버린다. 우리가 원하지도 않고 그렇게 느끼지도 않았는데 말이다. 심지어는 우리와 심정적으로 강하게 결속되어 있고 따라서 유난히 강렬하게 느낄 수밖에 없는 그런 일들도 마찬가지다.

내가 누군가와 아무리 가깝고 신실한 친구 사이라 해도, 그 사람이 병들었거나 죽었다는 소식은 내 안에서 막연하고 그저그런, 희미한 인상밖에는 남기지 못한다. 그리고 나는 그 사실에 부끄러워하게 된다. 오직 직접 목격한 장면만이, 실제적인 접촉만이 내 감정을 움직일 수 있다. 우리가 지속적으로 상상 속을 살아갈 때, 상상력은 언젠가 고갈되어버린다. 특히 실제와 관련된 상상력은 더욱 그렇다. 존재하지 않고 존재할 수도 없는 것을 마음에 품고 사는 자는, 마침내는 실제로 존재할 수 있는 것을 상상해낼 능력을 상실하고 만다.

오늘 나는 한참 동안이나 만나지 못했으나 솔직히 고백하자면 그동안 늘 마음속으로는 그리워하고 있었던 오랜 친구가 병원에 입원하여 수술을 앞두고 있다는 말을 들었다. 이 소식을 듣고 내 안에서 또렷하고 명백하게 일어난 감정은, 싫든 좋든 그의 병문안을 가야만 한다는 짜증스러움이었다. 그 대안으로는, 병문안을 가지 않고 죄책감을 선택하는 것이 있다. 그게 전부이고 다른 길은 없다. … 나는 항상 그림자와 교류를 하며 살다 보니 나 스스로가 그림자가 되고 말았다. 내가 생각하고 느끼는 것의 그림자. 내가 한번도 되어보지 못한 보통의 평범한 인간에 대한 사무치는 그리움이 내 마음 깊숙이 파고들었다. 그런데 그것이 내 느낌의 전부였다. 수술을 받게 된 친구를 위해서 정말로 안타깝다는 생각은 들지 않았다. 그 친구뿐 아니라 수술을 앞두고 있는 이 세상의 모든 사람들, 육체와 영혼의 병을 앓고 있는 환자들에게도 아무런 느낌이 없었다. 내 마음을 아프게 하는 것은 오직 한 가지, 내가 이런 상황에서 마음이 아플 수 있는 보통 사람이 아니라는 사실, 그것뿐이었다.

그리고 나는 매 순간 무엇인지 모를 힘에 떠밀려 항시 다른 것을 생각하게 된다. 마치 몽롱한 환각에 빠진 것처럼, 한번도 느껴보지 못한 것, 한번도 되어보지 못한 것들이, 바람에 흔들리는 나뭇잎, 찰싹거리는 연못의 물소리와 같은 존재하지 않는 농장의 소리에 뒤섞여버린다. … 나는 느끼려고 애를 쓰지만, 어떻게 하면 느낄 수 있는지 더 이상 알지 못한다. 나는 나 자신의 그림자가 되어버렸고, 나는 내 존재를 그림자에게 내어주었다. 독일의 페터 슐레밀 이야기[60]와는 달리, 나는 나의 그림자가 아닌 나의 실체를 악마에게 팔아넘겼다. 나는 고통스럽지 않기 때문에, 고통을 느낄 수 없기 때문에 고통스럽다. 나는 살아 있는가 아니면 그저 살아 있는 척하는 것인가? 나는 잠들어 있는가 아니면 깨어 있는가? 한낮의 열기 속에서 시원스레 불어오는 가벼운 미풍에 나는 모든 질문을 잊는다. 눈꺼풀이 나른하게 감겨온다. … 내가 그곳에 없으며 있고 싶지도 않은 광야 위로 태양이 비친다. … 도시의 소음으로부터 적막한 침묵이 피어오른다. … 얼마나 감미로운가! 그러나 내가 그것을 느낄 수만 있다면, 얼마나 더 감미로울 것인가! …

글쓰기마저 나를 매혹시키지 못한다. 감성에 표현을 불어넣고 문장을 흠잡을 데 없이 다듬는 것도 진부하기만 하다. 먹고 마시는 행위와 마찬가지로 이럭저럭 홍미로울 뿐, 마음을 사로잡는 감동은 느껴지지 않고 불같은 열정은 더더구나 없다.

470

말하는 것은 타인에게 과도한 관심을 선사하는 일이다. 물고기와 오스카 와일드는, 입을 벌렸다 하면 죽음으로 직행하게 된다. …

471
1934년 6월 21일

우리가 세상을 환상과 환영으로 볼 능력이 생긴다면, 우리에게 일어나는 모든 일을 꿈으로, 우리가 잠들어 있는 동안 실제처럼 마주치는 장면으로 간주할 수 있게 된다. 그러면 우리는 삶의 모든 부당함과 재앙에 대해 예리하고도 심오한 무관심을 유지할 수 있을 것이다. 그러면 죽어가던 사람은 모퉁이를 돌아 사라져버리고, 우리는 그를 더 이상 보지 않는다. 고통받는 이는 우리가 느낄 경우 악몽처럼 우리의 앞을 지나가고, 우리가 생각할 경우 불쾌한 백일몽이 되어 지나간다. 심지어 우리 자신의 고통마저도 그러한 허무 이상의 것은 되지 못한다. 우리는 왼쪽으로 누워 자면서 이 세계를 겪고, 깊은 꿈속에서조차 억눌린 심장의 힘겨운 고동소리를 듣는다.

그것뿐이다. ⋯ 약간의 태양, 한 줌의 산들바람, 멀리서 시야의 경계를 만들어주는 몇 그루의 나무, 행복해지려는 욕망, 흘러가버리는 시간에 대한 고뇌, 언제나 불확실한 과학과 언제나 밝혀지기를 기다리는 진리⋯ 그것뿐이다. 다른 것은 없다. ⋯ 그렇다, 다른 것은 없다. ⋯

472

어떤 조건도 없이 신비한 구원을 체험하기, 아무런 신도 섬기지 않는 무아지경의 추종자가 되기, 입회의 시험을 치르지 않고 이폽트[61)에 가입하기, 믿지도 않는 천국을 명상하며 세월을 보내기. 이런 행위는 알지-못함이 무엇인지 아는 영혼에게 희열을 선사한다.

그림자의 몸인 내 머리 위 저 높은 곳에는 고요한 구름이 흘러간다. 몸에 유폐된 영혼인 내 머리 위 저 높은 곳에서 알려지지 않은 진리가 흘러간다. … 모든 것이 저 높은 곳에서 흘러간다. … 모든 것이 높은 곳에서 그리고 낮은 곳에서 흘러간다. 비 이상의 것을 내리고 가는 구름이 없고, 슬픔 이상의 것을 남기고 가는 진리도 없다. … 그렇다, 모든 고귀한 것은 저 높은 곳에서 흘러가고, 갈망한 만한 것들도 모두 아득히 멀리서 더욱 먼 곳으로 흘러가버린다. … 그렇다, 모든 것이 유혹적이고, 모든 것이 낯설고, 모든 것이 흘러가버린다.

흐린 날이든 맑은 날이든, 몸으로든 영혼으로든, 나 또한 그렇게 흘러가버릴 터, 그것을 안다고 한들 무슨 소용이 있단 말인가? 무슨 의미가 있단 말인가? 어차피 모든 것이 허무이며, 따라서 허무가 모든 것이기를 희망하는 일 이외에 다른 무엇을 할 수 있겠는가?

473

1934년 7월 26일

모든 건강한 정신은 신의 존재를 믿는다. 하지만 어떤 하나의 구체적인 신이 존재한다고 믿는 건강한 정신은 없다. 실제로 존재하면서도 동시에 불가능한 그런 존재가 모든 것을 좌우한다. 그것의 인격은 (그 존재가 인격을 갖고 있다면) 정의될 수 없고, 그것의 의도는(그 존재가 의도를 갖고 있다면) 결코 파악될 수 없는 그런 존재. 그 존재를 신이라고 부름으로써 우리는 모든 것을 설명한다. 신이라는 어휘는 특별한 의미를 갖지 않고 따라서 아무것도 말해주지 않지만 우리는 그 어휘로 신을 확정할 수 있다. 우리가 신에게 부여한 무한하고 영원하고 전능하고 공명정대하고 대자대비한 속성은, 모든 불필요한 수식어들이 그렇듯, 명사 하나만 제대로 되어 있다면 저절로 떨어져나갈 것들이다. 그리고 "그" 또한 부정형indefinite이므로 속성을 가질 수 없고, 마찬가지 이유로 독립명사다.

영혼의 생존에도 동일한 확실성과 동일한 모호성이 달라붙어 있다. 우리 모두는 우리가 죽을 것임을 안다. 동시에 우리 모두는 우리가 죽지 않으리라고 느낀다. 죽음이 오해일지도 모른다는 막연한 예감은 어떤 욕망이나 희망으로 인해 우리 안에서 싹트는 것은 아니다. 그보다는 우리의 마음과 생각에 깊이 자리 잡은 거부가(⋯)

474
어느 하루

살기 위해서 어쩔 수 없이 나를 맡겨야 하는 불가피한 일상 행위인 점심식사를 포기하고 나는 테주 강변으로 나갔다. 하지만 거리를 거슬러 되돌아오는 길에도 강 구경이 내 영혼에 그 어떤 도움이 되었으리라고는 전혀 생각하지 않았다. 그러나 그렇다고 한들…

삶은 살 만한 가치가 없다. 오직 보는 것만이 의미 있다. 살지 않고도 볼 수 있다면 얼마나 행복하겠는가! 하지만 그것은, 우리가 꿈꾸는 일이 다 그렇듯이, 불가능하다. 살아야 할 필요만 없다면, 삶은 그 얼마나 황홀하겠는가! …

새로운 염세주의, 새로운 부정주의를 만들어내도 좋을 것이다. 최소한 뭔가를 하나 남기게 된다는—그것이 반드시 좋은 건 아닐지라도—환상은 충족시킬 수 있지 않은가!

"아니, 뭐가 그리 우스운 겁니까?" 서가 뒤편에서 순진한 호기심을 드러내는 모레이라의 목소리가 높이 위치한 내 작업대를 향해 들려온다.

"이름을 혼동해서요," 대답하면서 내 웃음도 함께 잦아든다.

"아." 모레이라의 짧은 한마디와 함께 다시금 사무실 위로 그리고 내 위로, 침묵의 먼지가 내려앉는다.

여기서 회계장부를 작성하는데 샤토브리앙 자작이라니! 왕좌처럼 높은 키다리의자에 앉아 있는데 아미엘 교수라니! 그란델라 백화점의 대금영수증에 알프레드 드 비니 백작이라니! 도라도레스 거리에 세낭쿠르[62]라니!

엘리베이터 없는 건물만큼이나 짜증 나는 저자인 저 불쌍한 폴 부르제[63]도 그러지는 않는다. … 나는 창문을 향해 몸을 돌리고 창밖을 내다본다. 나의 생제르맹 가를 한번 더 보고 싶어서다. 그런데 바로 그 순간, 옆 창문에서 목장주의 파트너가 바깥으로 침을 뱉는다.

이런저런 생각이 아무런 연관 없이 떠오르는 가운데 담배를 피운다, 마음속 웃음이 담배연기와 함께 만나는 바람에, 목구멍에 걸려 있던 웃음발작이 큰소리로 밖으로 튀어나온다.

476

다만 나를 위해 썼을 뿐인 이 일기를 사람들은 몹시 부자연스럽다고 생각할 것이다. 그러나 부자연스러움이 바로 나의 자연스러움이다. 정신의 생애를 세밀하게 기록으로 남겨두는 것 외에 내가 스스로에게 줄 수 있는 기쁨이 또 뭐가 있단 말인가? 게다가 그 일을 하기 위해 그리 큰 정성을 기울일 필요도 없다. 특별한 순서로 글을 배치하는 것도 아니고, 스타일을 특별하게 가다듬는 것도 아니다. 이 글의 언어는 지극히 당연하게도 평소의 내가 생각할 때 구사하는 그런 언어다.

나는 외부세계가 곧 내적 실제인 인간에 속한다. 나는 이것을 형이상학적인 사변이 아니라 우리가 실제 일상생활에서 느끼는 그런 감각으로 인지한다.

어제의 경박함은 오늘 내 인생을 갉아먹는 그리움이다.

이 순간 안에 수도원이 있다. 우리들의 탈출구 위로 하루의 빛이 꺼져간다. 연못의 푸른 눈동자 속 최후의 절망이 태양의 죽음을 반사한다. 우리는 오래된 공원의 갖가지 사물이었다. 조각상의 형태 속에, 오솔길의 영국식 배치 속에 우리는 그토록 감각적으로 표현되어 있다. 의상들, 플뢰레 검(펜싱 검의 일종), 장식용 가발, 우아한 몸짓과 행렬들이 우리 영혼의 주요한 성분을 이루었다. 그런데 '우리'란 누구를 말하는 것인가? 버려진 공원의 분수에서 경쾌하게 솟아나는 물줄기, 그 이상은 아니다. 공중으로 날아오르려고 슬프게 시도하는 물은, 무거운 몸짓으로 다시 아래로 떨어지고 만다.

477

… 머나먼 강변, 차갑고 엄숙하게 피어난 백합들, 실제의 대륙 한가운데 결코 끝나지 않는 하루의 저물녘에.

더 이상은 아무것도 없지만, 그래도 지극히 사실인.

478

(달의 풍경)

이 풍경 전체가 아무 곳에도 없다.

479

저 아래, 내가 서 있는 언덕에서 한참 가파르게 경사져 내려간 비탈에, 차가운 달빛 속에 도시가 잠들어 있다.

나 자신을 절망한다. 내 속에 영원히 갇히고 말리라는 깊은 불안이 나를 엄습하여, 내 안에 단단히 자리 잡는다. 나는 오직 연민이고, 공포이고, 고통이고, 슬픔일 뿐이다.

이해할 수 없이 과도하게 밀려오는 부조리한 고뇌, 사그라들지 않는 고통, 오직 홀로 외로이, 형이상학적인 나의(⋯)

480

그리움에 젖은 내 눈앞으로 침묵에 잠긴 도시가 희미하게 펼쳐진다. 제각기 다른 건물들은 고요한 덩어리를 형성하며 모여 있고, 흐릿하게 얼룩진 달빛은 차갑고 스산한 광채를 번득거린다. 지붕과 그림자들이, 창문들이, 그리고 중세가 거기 있다. 교외에 어울릴 만한 장소는 하나도 보이지 않는다. 모든 눈에 보이는 것들 뒤편으로, 아득한 저 먼 곳이 어른거린다. 내가 서 있는 자리 위로 검은 가지들이 뻗어 있고, 도시의 모든 잠이 낙담한 내 마음을 채운다. 달빛 속에 잠긴 리스본이여, 나의 내일은 벌써 피곤을 느끼는구나!

하지만 얼마나 아름다운 밤인가! 세상의 사소한 사물들을 창조한 이가 누구인지는 모르겠지만, 내가 나 스스로를 알면서도 알아보지 못하는 이 달밤의 고독한 안온함을, 이 아름다운 멜로디를 그도 좋아했던 것이다.

그 어떤 산들바람도, 그 어떤 인간도 내가 생각하지 않는 것을 방해하지 않는다. 나는 기운이 넘치며, 나는 피곤하다. 단지 내 눈꺼풀만이 뭔가에 눌리는 듯한 무거움을 느낀다. 나는 나의 호흡을 듣는다. 나는 잠들어 있는가, 아니면 깨어 있는가?

집을 향해 질질 끌고가는 발걸음이 납덩이처럼 무겁다. 소멸의 달콤함, 무익함의 선물인 꽃, 한번도 소리 내어 불리지 않은 나의 이름, 강둑 사이를 흐르는 나의 불안, 양도된 의무의 특권. 고대 공원에서 최후의 모퉁이를 돌자, 장미정원처럼 화사한 새로운 세기가 모습을 드러낸다.

익숙한 장소를 방문할 때면 늘 그렇듯이, 나는 언제나처럼 즐거운 마음으로 주저 없이 이발소 안으로 쓱 들어갔다. 나는 낯선 것 앞에서는 몹시 망설이는 편이지만 이미 아는 장소에서만은 평온을 느낀다.

이발소 의자에 앉은 나는, 어깨에 청결하고 시원한 이발용 가운을 둘러주는 젊은 이발사에게 지나가는 말로 물었다. 오른쪽 이발 의자에서 일하던 나이 많고 농담 잘하는 늙수그레한 이발사는 몸이 아프다더니 이제는 좀 나았느냐고. 예의상 물은 것이 아니라, 그 자리와 그 순간이 그를 기억하게 만들었기 때문이다. "그는 어제 죽었답니다." 내 목덜미와 칼라 사이에 가운 자락을 집어넣은 후 손가락을 막 떼어내고 있던 젊은 이발사의 감정이 실리지 않은 목소리가 내 어깨 바로 뒤편에서 들려왔다. 이유 없이 기분 좋게 들떠 있던 마음은 돌연 사라져버렸다. 영원히 자리를 비우게 된 옆자리의 이발사처럼. 내 생각은 얼어붙었다. 나는 아무 말도 할 수 없었다.

그리움! 나에게 아무 의미가 없는 것들에게조차 나는 아련한 그리움을 느낀다. 사라지는 시간에 대한 공포 때문에, 그리고 삶의 비밀이라 불리는 일종의 병 때문이다. 흔히 마주치는 거리의 평범한 얼굴들이 눈에 보이지 않는다면 나는 슬픔을 느낄 것이다. 하지만 그들은 나에게 아무것도 아니다. 그들은 나에게 오직 삶의 상징에 불과하다.

아침 9시 30분쯤 길에서 자주 마주쳤던, 더러운 각반을 찬 별 특징 없는 노인은? 한번도 대꾸를 하지 않았음에도 불구하고 내가 지나갈 때마다 귀찮게 달라붙던 절름발이 복권장수는? 담배가게 앞에서 시가를 태우던 둥근 얼굴의 혈색 좋은 노인은? 얼굴이 해쓱한 담배가게 주인은? 항상 규칙적으로 마주치곤 했기 때문에 내 인생의 일부였던 그들은 지금 어떻게 되었나? 내일이면 나 또한 프라타 거리에서, 도라도레스 거리에서, 판케이루스 거리에서 사라져버릴 것이다. 내일이면 나 또한, 생각하고 느끼는 이 영혼, 나에게는 우주 자체나 다름없는 나 자신도, 내일이면 이들 거리에서 더 이상 볼 수 없는 사람이 되어버릴 것이다. 그러면 누군가는 "그 사람이 요즘 왜 안 보이는 거지?" 하고 문득 떠올릴 것이다. 내가 한 모든 일, 내가 느낀 모든 것, 내가 산 모든 삶은, 어느 도시의 어느 거리를 매일 지나다니던 행인 하나가 줄어든 사건으로 요약되고 말 것이다.

주석

1. 《오르페우-*Orpheu*》. 포르투갈의 모더니즘 문학잡지로, 1915년 페소아가 창간했다. 비록 단 2회 발행으로 그쳤지만 이 잡지는 20세기 포르투갈 문학의 선구자적 역할을 했다.
2. 이외의 나머지 부분에서는 항상 하나의 방으로만 명시된다.
3. 페소아 자신도 더반과 리스본에서 잠시 대학을 다녔다. 하지만 학업을 마치지는 않았다.
4. 세자리우 베르드Cesário Verde(1855~1886). 시인이면서 상사직원으로 일했다. 보들레르의 영향을 받은 새로운 형식의 스타일로 대도시의 일상과 사회적 비판을 19세기 포르투갈 시문학에 도입했다. 텍스트 268 참조.
5. 이외의 나머지 부분에서는 5층으로 나온다. 작가의 착각으로 보인다.
6. 안토니우 비에이라Antônio Vieira(1608~1697). 예수회 선교사이며 외교관. 생애의 많은 부분을 브라질에서 보냈다. 포르투갈 산문문학의 대표 작가 중 하나. 텍스트 36과 83 참조.
7. 페소아도 서른일곱 살 때 그의 어머니가 죽었다. 이른 시기에 과부가 된 어머니는 그가 일곱 살 때 재혼을 했고, 그 일로 페소아가 상실감을 느꼈을 가능성이 있다.
8. 그들 가족이 살던 리스본에서 아버지가 결핵으로 죽었을 때 페소아는 다섯 살이었다.
9. 프레이 루이스 드 소자Frei Luís de Sousa(1555~1632). 도미니코회 수도사이자 역사기록자, 성인전기 저자. 유난히 우아한 문체로 유명하다. 텍스트 83 참조.
10. 페소아의 헤테로님Heteronym, 異名이며 동시에 그의 다른 모든 헤테로님의 "스승".
11. 페르난두 페소아, 《알베르투 카에이루*Alberto Caeiro*》, 암만 출판사, 2004.
12. 리스본의 가장 아름다운 풍경을 바라볼 수 있는 두 장소.
13. 앙리 프레데릭 아미엘Henri-Frédéric Amiel(1821~1881). 1920년대에 포르투갈에서 많이 읽힌 스위스의 작가이자 철학자. 그의 사후에 출간된 일기는 냉철한 자기분석의 기록이다.
14. 여기서 언급된 전기는 프레이 바르톨로메우 두스 마르티레스Frei Bartolomeu dos Mártires 포르투갈 대주교의 것이다. 텍스트 36 참조.
15. 텍스트 3 참조.
16. 테헤이루 두 파수Terreiro do Paço(궁궐광장)라는 이름은 16세기부터 1755년 대지진이 있기까지 왕궁이 서 있었기 때문에 붙여진 것이다. 테주 강변에 있는 크고 우아한 이 광장은 18세기에 재건되었고 상업광장(Praça do Comércio)으로 이름이 바뀌었다.

17. 이 두 줄의 시를 쓴 작가는 조제 드 이스프세다José de Espronceda(1808~1842)다. 시의 출처는 대서사시《살라망카의 학생*El Estudiante de Salamanca*》이며 페소아는 원문 그대로를 인용했다. "languidez, mareo/ y angustioso afán". 페소아의 유고에서 이 시의 영문 번역이 불완전한 형태로 발견되었다. 제목은 '살라망카의 학생Student of Salamanca'. 역자는 페소아의 헤테로님이자 알렉산더 서치의 형제인 찰스 제임스 서치로 되어 있었다.

18. 텍스트 72 참조.

19. 에드몬트 세레르Edmond Scherer(1815~1889). 프랑스의 문학비평가. 아미엘의 친구이며 아미엘의 유작인《내면의 일기 단편*Fragments d'un Journal intime*》의 서문을 썼다. 페소아는 이 부분에서 착오를 일으켜 잘못된 인용을 했다. 아미엘의 일기로 추측하건대 세레르는 아미엘과의 대화 도중 intelligence de la conscience라고 말했으며 아미엘 자신도 intelligence de la conscience라고 했다.

20. 항해왕자 엔히크를 의미한다.

21. 출처는 토머스 칼라일의 작품인 허구 인물의 전기《의상철학: 토이펠스드뢰크 씨의 생애와 견해*Sartor Resartus: The Life and Opinions of Herr Teufelsdröckh*》다.

22. 이 부분은 1746년 발표된 에티엔 드 콩디야크Etienne de Condillac(1715~1780)의 《인간 지식의 기원에 관한 연구*Essai sur l'origine des connaissance humaines*》의 한 구절을 의역한 것이다.

23. 아마도 여기서 페소아는 일곱 구역을 포함하는 바빌론의 세계관을 암시한 듯하다.

24. 프란시스쿠 산체스Francisco Sanches(1551~1623). 포르투갈의 의사이며 철학자.

25. 그의 세 번째 송시집 중 세 번째 송가에서.

26. 리스본의 교외. 오늘날은 리스본 시내로 편입되었다.

27. Avenida da Liberdade. 리스본 중심의 번화가를 말하는 듯하다.

28. 텍스트 235 참조.

29. 요하네스 스코투스 에리게나스Johannes Scotus Eriugenas(810?~877). 아일랜드의 철학자. 다섯 권으로 된 대표작 *Da divisione naturae*에서 그는, 신플라톤학파의 정신을 계승하여, 세계를 신의 자기발현으로 묘사한다.

30. 카밀루 페산냐Camilo Pessanha(1876~1926). 포르투갈의 대표적인 상징주의 시인 중 하나.

31. 이것은 1885년 황금 사자Leão d'Ouro란 이름으로 문을 연 레스토랑이며 오늘날에도 있다.

32. 리스본과 테주 강을 사이에 두고 있는 인근 도시.

33. 테헤이루 두 파수. 텍스트 107 참조.

34. 가브리엘 타르드Gabriel Tarde(1843~1904). 프랑스의 사회학자이자 범죄학자, 철학교수. 인간관계를 규정하는 요소를 개인간의 모방으로 본 기계적 사회동화론의 대표자였다.

35. 1915~1930년의 파편적 텍스트인 이것을 페소아가 정해놓은 제목으로 리처드 제니스가 함께 묶었다.

36. 조제 발렌틴 피알류 드 알메이다José Valentin Fialho de Almeida(1851~1911). 자연주의 작가로 시대와 사회비판적 작품을 주로 썼으며 소박하고 가난한 사람들의 삶을 주제로 삼았다.

37. 20세기 초 포르투갈에서는 맞춤법 개정이 있었다.

38. 페소아는 자신의 글에서, 포르투갈어 맞춤법 개정안에 의해 없어지게 된 철자 Y를 일생 동안 유지했다.

39. 텍스트 468 참조.

40. 페소아는 수많은 작품으로 도시 리스본을 노래한 시인 세자리우 베르드에게 깊은 결속감을 갖고 있었다. 텍스트 3 참조.

41. 서점과 상점들, 카페로 유명한 리스본의 중심구역. 페소아가 살던 시절에는 이곳이 지식인과 작가들의 만남의 장소 역할을 했다.

42. 출처는 De Profundis. 페소아가 인용한 구절은 다음과 같이 이어진다. "그들의 생각은 타인의 의견이고, 그들의 삶은 타인의 모방이며, 그들의 열정은 타인의 인용이다."

43. 안테루 드 켄탈Antero de Quental(1842~1891). 포르투갈 낭만주의 문학의 위대한 시인 중 하나. 페소아는 그의 작품을 좋아하여 여러 번 인용했다.

44. 페소아가 헤테로님으로 출간하려고 계획한, 여러 권으로 된 시리즈의 제목. '막간극의 허구Ficções do Interlúdio'는 원래 1917년 페소아의 이름으로 발표된, 다섯 편의 시가 들어 있는 소책자의 제목이었다. Assírio & Alvim에서 출간된 전집 안에는 같은 제목으로 페소아가 생전에 그 자신의 이름과 헤테로님인 캄푸스, 헤이스, 카에이루의 이름으로 발표한 시들이, Mensagem 한 가지만을 제외하고 모두 수록되어 있다.

45. Pays du Tendre. 마들렌 드 스퀴데리Madeleine de Scudéry(1607~1701)의 10권 분량의 소설 《클레리Clélie》 제1권에 나오는 우화적인 지도.

46. "모든 지옥의 불빛으로"도 번역 가능하다.

47. 영국 시인 에드먼드 고스Edmund Gosse(1849~1928)의 작품 〈풀밭에 누워Lying in the Grass〉에서 인용.

48. 하인리히 하이네, 《귀향》.

49. 텍스트 259 참조.

50. 1900년 서른세 살의 나이로 죽은 시인 안토니우 노브르António Nobre의 시집《홀로*Só*》를 암시한다. 그의 시집은 많은 독자를 가졌고 "포르투갈의 가장 슬픈 책"으로 불린다.

51. 안토니우 카르도주 보르게스 드 피게이레두António Cardoso Borges de Figueiredo (1792~1878). 수많은 수업용 교재를 집필한 저자. 오늘날까지 존속하는 페소아의 서재에는 피게이레두의 《수사학*Rhetoric*》이 있다. 그 책의 속지에는 페소아가 직접 펜으로 쓴 몇 개의 주석과 시가 적혀 있다.

52. 프란시스쿠 조제 프레이르Francisco José Freire(1719~1793). 아르카디아 루시타나 파의 이론가. 칸디드 루스타누Cândide Lustano라는 이름으로 알려졌다.

53. 여기서 페소아는 분명 예수회의 맞춤법 규칙을 암시하고 있다. 그 규칙은 18세기의 철자법을 그대로 유지하여 많은 어휘들에—무음이었으므로 나중에 s 혹은 ss로 교체된—철자 c를 그대로 사용했다.

54. 오마르 하이얌Omar Khayyám(1048~1131). 페르시아의 수학자, 점성술사, 시인.

55. 텍스트 238 참조.

56. 헨리 알드리치Henry Aldrich(1647~1710). 옥스퍼드 크라이스트 처치의 학장, 신학자, 고전 연구가, 건축가. 페소아가 이 글을 썼을 때 그는 알드리치의 에피그램인 'Reasons for Drinking'의 본문을 기억해내지는 않았지만 분명 나중에 이 시를 직접 번역하여 여러 글에 임의로 삽입할 의도를 갖고는 있었다. 이 시는 여러 종이에 산발적으로 번역된 상태로 그의 유작 원고 중에 들어 있었다.

57. 글리콘Glykon.

58. 토머스 칼라일, 《의상철학》. 텍스트 138 참조.

59. 산문 〈베레니체(Berenice)〉 중에서.

60. 아델베르트 폰 샤미소, 《페터 슐레밀의 놀라운 이야기》.

61. 엘레우시스 신비교의 입문자. 여신 데메테르와 페르세포네에게 다산성을 기원하는 이 컬트 종교에는 그리스 전역의 신비주의 전문가들이 참여한다.

62. 에티엔 피베르 드 세낭쿠르Étienne Pivert de Sénancour(1770~1846). 프랑스의 작가. 그의 서간체 소설인 《오베르만》은 유럽 낭만주의 문학의 대표작에 속한다. 각각 다른 인물에게 보내진 90여 통에 이르는 주인공의 편지는 고독하고 좌절한 자아를 반영하는 독백이다. 루소의 영향을 받은 에세이와 철학서를 쓰기도 했다.

63. 폴 부르제Paul Bourget(1852~1935). 프랑스의 소설가이자 극작가.

옮긴이의 글

이름은 하나의 징후다

Nomen est omen

"나는 내 안에서 여러 개성을 창조해냈다. 나는 계속해서 다양한 개성들을 창조하고 있다. 내가 꿈을 꿀 때마다 모든 꿈이 하나하나 육신을 입고 서로 다른 사람으로 태어난다. 그렇게 태어난 꿈들은 나를 대신하여 계속해서 꿈을 꾼다."(텍스트 299)

《불안의 서》의 작가 페르난두 페소아를 지칭할 수 있는 가장 우선적인 수식은, 헤테로님Heteronym, 異名의 작가라는 것이다. 그와 그의 문학을 헤테로님과 분리해서 생각하는 것은 불가능하다. 그는 글을 쓰기 시작한 초창기부터 헤테로님을 적극 활용했고, 일생 동안 사용한 헤테로님을 모두 합하면 일흔 가지가 넘는다. 페소아에게 헤테로님이란 거의 글쓰기 자체의 역사와 일치한다. 이미 여섯 살 때 페소아는 세발리에르 드 파스라고 하는 가공의 인물이 자신에게 보내는 편지를 썼다.

우리가 흔히 알고 있는 작가의 필명과 페소아의 헤테로님은 분명한 차이가 있다. 필명은 대개 작가가 본명을 드러내지 않기 위해 지어낸 다른 이름으로 작품을 발표하는 것으로 결국 작가 자신의 일부이지만, 페소아의 헤테로님은 전적으로 페소아의 외부에서 왔기 때문이다. 그는 마치 소설 주인공을 창조하듯이 독자적인 개성을 지닌 여러 헤테로님을 창조했고, 그렇게 창조된 헤테로님들 스스로가 각자의 삶과 성격과 세계관의 바탕 위에서 스스로의 목소리로 작품을 썼다. 어떤 경우에는 페소아가 "의도적으로" 헤테로님을 창조한 것이 아니라,

스스로 통제할 수 없는 어떤 강박에 사로잡힌 채 자신의 헤테로님으로 분열해버린 듯이 보이기도 한다. 그가 남긴 편지 등의 기록에 의하면 헤테로님을 만들어낸 과정이 창작을 위한 계산된 기교나 전술이라기보다는, 모종의 사로잡힘의 산물이라는 느낌이 들기 때문이다.

"예를 들어서 나는 동시에, 각각 별개이며 뒤섞이지 않는 방식으로, 어느 강변에서 산책하고 있는 남자이자 동시에 그와 동행하는 여자가 되는 것을 꿈꾼다. 동시에, 똑같은 선명함으로, 똑같은 방식으로, 따로따로 개별적으로 있는 나를 보기 원한다. 두 개의 존재에 똑같이 감정이입할 수 있기를 원한다. 남쪽 바다를 항해하는 의식을 지닌 배이자 동시에 어느 책의 한 페이지가 되기를 원한다. 얼마나 부조리할 것인가! 그러나 이 세상의 모든 것이 부조리하다. 그 꿈은 차라리 가장 덜 부조리한 종류에 속하리라."(텍스트 157)

그의 헤테로님들은 놀라울 만큼 다양한 스펙트럼을 지닌다. 그들은 포르투갈어뿐 아니라 영어와 프랑스어로 글을 쓰는 작가, 소설가, 시인, 번역가, 철학자, 비평가, 점성술사, 그리고 자살한 귀족이며 심지어 불구인 여성이기도 하다. 그들은 서로 다른 관점과 세계관을 갖고 토론을 벌이기도 한다(그들의 토론에서 창조자인 자신의 의지는 개입하지 않는다고 페소아는 썼다). 또한 그들 각자에게 이름과 신분뿐 아니라 외모, 개별적인 생애와 이력과 가족과 연애관계, 개성과 특별한 문체와 별자리까지 부여했는데, 이는 유사한 예를 찾아볼 수 없는 페소아만의 매우 독특한 글쓰기 방식이다. 액자 형식으로 볼 수 있는 이 책 《불안의 서》의 저자로 책정되는 베르나르두 소아레스는 그의 준헤테로님에 속한다.

　페소아가 가장 인상적인 작품의 저자로 활용한 대표적 헤테로님 중의 하나인 알베르투 카에이루를 예로 들자면, 그는 1889년 4월 16일 출생한 목가적 엘레지의 시인인데 페소아의 또 다른 주요 헤토로님인 알바루 드 캄푸스와 히카르두 헤이스, 그리고 페소아 자신의 스승이기도 하다. 그는 어린 시절에 양친을 잃었고 건강상의 이유로 생애의 대부분을 한 나이든 친척 아주머니와 함께 시골에서 살았다. 따라서 그의 시들은 대부분 전원생활에서 탄생한 것이다. 그는 친구나 아는 사람이 없고, 사랑한 경험도 없이 은둔자로 살다가 페소아의 아버지처럼 1915년 리스본에서 결핵으로 사망한다. 하지만 그는 죽은 이후에도 최소한 1930년까지는 계속해서 페소아의 시에서 저자로 등장한다. (역시 마찬가지로 헤테로님인) 히카르두 헤이스는 카에이루에 대해서 이렇게 말한다. "카에이루는 자신의 사적인 삶에 관해서 그 어떤 언급도 하지 않았다. 그는 이렇게 말했을 뿐이다. '만약 내가 죽은 후 너희가 내 전기를 쓰려 한다면, 그건 세상에서 가장 쉬운 일일 것이다. 전기에 들어갈 내용은 단 두 개의 날짜가 전부일 테니까. 태어난 날과 그리고 죽은 날. 그 사이의 날들은 오직 나에게만 속한다.'"

　그리스 고전주의자이며 에피큐리언, 포르투갈어로 글을 쓰는 라틴 시인 호라티우스라고 묘사되는 히카르두 헤이스는 1887년 9월 19일 포르투에서 태어난 의사였지만 실제로 의사라는 직업으로 일한 적이 있는지는 분명하지 않다. 군주제 옹호자인 그는 1919년 포르투갈이 공화제 선언을 하자 브라질로 망명했다. 포르투갈 작가 조제 사라마구의 소설《히카르두 헤이스가 죽은 해》는 이 헤이스가 페소아의 부고 訃告를 접하고 급하게 망명지 브라질에서 포르투갈로 되돌아와서, 살라자르 독재정권하의 리스본 거리를 유령이 되어 나타난 페소아와 토론하면서 방황한다는 이야기다.

1890년 10월 15일 타비라에서 태어나 1935년 11월 30일 (페소아와 함께) 사망하는 캄푸스는 유대계 포르투갈인이다. 그는 미래파적 열정을 지닌 아방가르드이며 글래스고 대학에서 선박 엔지니어링을 공부했다. 대학 졸업 이후 동양으로 여행길에 올랐고 수에즈 운하에서 쓴 여행시를 남긴다. 런던과 리스본을 오가면서 생활하는 그는 아편을 피우고 압생트주를 마신다. 두 명의 여인과 관계가 있었지만 동성애적 경향의 시를 발표하기도 한다. 〈아편굴〉이란 시를 페소아가 창간한 잡지 《오르페우》에 실어서 스캔들을 불러일으킨 일도 있다. 그는 아마도 페소아의 헤테로님 중 가장 현실감이 있는 인물일 것이다. 그 자신이 페소아와 더불어 《오르페우》의 동인이었으며 심지어 페소아가 그의 유일한 연인이었던 오펠리아 케이로스와 결별하는 데 캄푸스가 모종의 영향을 미쳤다고 분석하는 연구자도 있다. 잠재적 동성애 기질을 갖고 있던 페소아가 헤테로님인 캄푸스를 자신의 연애에 의도적인 방해요소로 설정했으며, 시간이 흐르면서 점차 자발적인 의지와 동력을 얻게 된 캄푸스의 영향력에 저항할 수 없게 되었다는 이론이다.

1928년에야 구상된 테이브 남작은 베르나르두 소아레스와 많은 면에서 유사하며, 소아레스와 마찬가지로 페소아 자신의 본래 성향에 변형과 왜곡을 가한 준헤테로님에 속한다. 그는 페소아의 귀족적인 자부심을 반영하며, 페소아와 마찬가지로 자신의 글을 끝내 완성하지 못한다. 철저하게 합리주의자이고 이성주의자인 그는 자신의 철학을 완성시키는 최종 단계로 자살을 선택한다. 그가 남긴 유일한 원고는

〈스토아학파의 교육〉이었으며 페소아 자신이 이 원고의 발견자다.

헤테로님이 페소아에게, 궁극적으로 페소아의 글쓰기에 어떤 영향을 미치며 어떻게 작용했는지는 페소아가 직접 남긴 여러 글에 잘 설명되어 있다.

"보조회계원인 베르나르두 소아레스와 테이브 남작, 내가 아닌 이 두 인물은 매우 흡사한 스타일로 글을 쓴다. 활용하는 문법도 같고 글의 성격도 같다. 한마디로 해서 그들이 쓰는 스타일은, 좋건 나쁘건 바로 나 자신의 스타일이다. 그 두 명을 비교하는 것은 그들이 모두 동일한 하나의 현상을 몸으로 실현하고 있기 때문이다. 실제의 삶에 대한 부적응이라는 현상, 그것도 같은 동인으로 인해서. 비록 테이브 남작과 베르나르두 소아레스가 같은 포르투갈어를 사용하기는 하지만, 그들의 스타일은 약간의 차이가 있다. 귀족 출신인 자는 지적이면서, 그 어떤 이미지도 없이 약간은, 뭐라고 표현하면 좋을까, 경직되고 고루한 편이다. 그에 비해서 소시민인 다른 자는 훨씬 더 유연하게 음악과 그림을 받아들이지만, 덜 체계적인 구조를 가졌다. 귀족은 생각이나 글이 명쾌하면서 자신의 감정 표현에서 주도권을 장악하지만, 감정 자체의 주인은 아니다. 보조회계원은 감정 표현의 주도권도 없고 자기 감정의 주인도 아니지만, 그의 사고 자체는 감정의 인도를 받는 편이다.

베르나르두 소아레스와 알바루 드 캄푸스도 주목할 만한 유사점을 지녔다. 그런데 알바루 드 캄푸스에게는 그의 부주의한 포르투갈어와 비일관적인 이미지가 당장 눈에 드러난다. 또한 그는 소아레스보다 본능에 충실하면서 덜 의도적이다."

― 〈막간극의 허구〉에 대한 미완성 서문에서

"이 세 개의 이름으로 내가 글을 쓰는 방식을 말해드릴까요? 카에이루는 순수한 영감의 이름입니다. 영감이 나를 그대로 덮치는 거죠. 나는 글을 쓰게 되리라는 것을 예견할 수도 없고, 알지도 못합니다. 히카르두 헤이스라는 이름으로는 잠시 관념적인 사색에 잠겨야만 합니다. 그러면 송가의 어느 부분에서 갑작스럽게 구체적인 표현이 떠오를 수가 있습니다. 캄푸스는, 내가 불현듯 글을 쓰고 싶다는 충동을 느끼긴 하지만 무엇을 써야 할지는 모르고 있을 때의 이름입니다. (나의 준헤테로님인 베르나루두 소아레스는, 많은 면에서 알바루 드 캄푸스와 유사합니다. 그리고 항상 내가 지치고 피곤할 때, 그래서 자기억제력이나 사고력이 어느 정도 느슨해진 순간에 나타나지요. 이 경우의 산문은 모두 지속적인 몽상입니다. 소아레스는 비록 나 자신은 아니지만 그 개성이 나의 개성과 본질적으로 다르지 않고, 하지만 아마도 어떤 부분에서 많이 감축시킨 요소가 있다는 점에서 볼 때 절반의 헤테로님에 해당합니다. 소아레스는 바로 나입니다. 그런데 내가 가진 사고력과 감성적 기질은 지니지 못한 인물이죠. 그의 산문은 내가 쓴 글과 같습니다. 내 이성이 글쓰기에 부과해놓은 어떤 외형적 한계만을 제외하면 말이죠. 우리가 사용하는 포르투갈어도 차이가 없습니다. 그에 반해서 카에이루는 형편없는 포르투갈어를 사용하고, 캄포스는 어느 정도 수준이 있긴 하지만 종종 실수가 눈에 띄며, 헤이스의 언어는 내 것보다 더 뛰어납니다. 그의 언어적 완벽주의가 좀 심하다는 생각은 들지만 말이죠. …)"

—시인이자 평론가인 아돌푸 카사이스 몬테이루에게 보낸 편지, 1935년 1월 13일

그렇다면 이제 우리의 호기심과 의문은, 문학사적으로 그 무엇과도

비교하기 힘든 작품, 저자 아닌 저자의 작품이자 책 아닌 책, 일기 아닌 일기인《불안의 서》로 향하게 된다. 그렇다면, 마치 영원한 가면의 겹과도 같은 이것은 과연 무엇인가. 이것은 어디에서 왔는가. 이것은 누가 쓴 것인가. 그리고 도대체, 페소아는 누구인가.

1935년, 페소아는 고향인 리스본에서 죽었다. 그의 죽음 후 친구들은 그의 방에서 커다란 궤짝을 발견했는데, 그 안에는 페소아가 일평생 포르투갈어, 영어, 프랑스어로 써놓은 텍스트 초고와 단상 27,543매가 들어 있었다. 시와 산문, 희곡, 철학, 평론, 언어학, 정치론 그리고 점성술 등 광범위한 분야의 다양한 텍스트와 단상이 공책과 낱장 종이, 편지지, 혹은 광고지나 전단지의 뒷면, 자신이 일했던 회사와 자주 가는 카페의 사무용 메모지와 봉투와 종잇조각에 적혀 있었고 심지어는 이미 써놓은 원고의 여백을 재활용하기도 했다. 생전에 페소아는 무명의 작가였다. 몇몇 잡지에 산문을 발표한 적이 있지만 그중 다수는 그가 직간접으로 운영에 관여한 출판사들이었고, 역시 자신이 운영하는 출판사에서 자비로 출간한 영어 시집 소책자 몇 권과 죽기 얼마 전에 나온 유일한 포르투갈어 시집《메시지*Mensagem*》가 전부였다. 그렇듯 그는 소수의 포르투갈 지성인들을 제외한 일반 독자들에게는 거의 알려지지 않은 작가였다. 책 출간을 결코 서두르지는 않았던 페소아지만 그래도 이미 최소한 1914년 이전부터《불안의 서》라고 하는 작품을 출간할 계획을 갖고 있었고, 그가 죽는 1935년까지 계속 준비 중이었던 것은 확실하다.

그가 생전에《불안의 서》를 완성하지 못한 이유가 무엇인지는 여러 가지로 추측 가능하지만, 그중 유력한 한 가지 이유는 아마도《불안의 서》의 저자가 기이하기도 여러 번 바뀐 때문일지도 모른다.

우리가 지금 읽는 책은 페소아의 준혜테로님인 보조회계원 베르나르두 소아레스가 쓴 것이긴 하나 처음부터 그랬던 것은 아니다. 페소아는 처음에는 자신이 저자인 산문시의 형태로《불안의 서》를 계획했다가, 이후에 헤테로님인 비센트 게데스, 그리고 짧은 시기 동안은 테이브 남작을 저자로 생각하기도 했지만 결국 포기하고 작품은 한동안 주인 없이 바다 위를 표류하는 듯 보였다. 그러다 1920년대 후반에 와서야 베르나르두 소아레스라는 인물이 등장한다. 분명하지는 않지만 아마도 1929년 이후의 일로 추정된다. 소아레스에게 저자의 위치를 부여한 뒤, 페소아는 그때까지 써둔 초고를 소아레스의 심리에 맞춰서 다시 쓰려고 계획한 것 같지만 결국 실현하지 못했다. 그는 생전에 주로 1929년부터 1931년 사이에 문예지에 한 편씩 발표한 12편의 텍스트 외에, 자신이 직접《불안의 서》라고 적어놓은 대형봉투 5개에 든 약 350편의 초고와 단상을 남겨놓았다. 그의 사후 페소아 연구자들은 이외에도 유고 더미에서《불안의 서》에 속한다고 판단할 수 있는 텍스트를 약 150개 추가로 찾아냈다. 원고는 타이프로 차분하게 친 것도 있고 알아보기 힘들게 휘갈겨 쓴 것도 있다. 따라서《불안의 서》는 저자뿐 아니라 구성이나 내용에서도 상식적인 차원의 책에서 기대할 수 있는 연속성과 일관성이 매우 회박하다.

기나긴 연구작업 끝에, 마침내 페소아 사후 거의 50년이 흐른 1982년에야 최초로 포르투갈에서《불안의 서》가 세상에 모습을 드러냈다. 이미 언급했듯이《불안의 서》는 페소아가 한 권의 책으로 완성한 글이 아니다. 20여 년 동안 마치 살아 있는 하나의 인간처럼 이름과 성격을 바꾸며 성장해온 형체 없는 책이다. 사실 이 책이 어디에서 시작하여 어디에서 끝나는지 우리는 정확히 알 수 없다. 그가 쓰면 쓸수록 책은 완성과 멀어졌으므로 어쩌면 페소아 자신도 분명하게는 모르고 있었을 가능성이 있다. 책은 끝나지 않았고, 끝나지 않을 것이다. 순서나 구성에 대한 기준이 없는 수백 개의 일기 형식의 단상들은 대개의 경우 날짜조차 들어 있지 않아 연대순으로 배열할 수도 없다. 또한 어떤 원고를 추가할 것인가 말 것인가에 대한 의견도 달라지므로, 결국 페소아의 《불안의 서》는 이후 여러 번 재출간될 때마다 연구자들과 발행인에 따라서 매번 약간씩 다른 모습을 띨 수밖에 없었다. 우리가 지금 앞에 두고 있는 이 책 《불안의 서》는, 다른 모든 판본들과 마찬가지로, 페소아가 구상했으리라고 여겨지는 상상의 형체와 순서에 의존하고 있다.

페르난두 안토니우 노게이라 페소아 Fernando António Nogueira Pessoa는 1888년 6월 13일에 포르투갈의 수도 리스본에서 태어났다. 부친은 '귀족과 유대인'을 조상으로 두고 모친은 대서양 북부에 있는 포르투갈령 아소레스 제도 출신이었다. 결핵을 앓던 부친은 가족과 떨어져 살고 있었는데 페소아가 다섯 살 때 죽었고, 모친은 1895년 12월에 현재 남아프리카공화국 더반 주재 포르투갈 영사와 재혼했다. 이듬해 1월에 페소아는 모친과 함께 계부를 따라 더반으로 갔으며 1905년 포르투갈로 최종 귀국 때까지 10여 년 동안 그곳에서 영국계 교육을 받았다. 그 결과 포르투갈어 이상으로 자유롭게 영어로 시작詩作을 할 수 있게 되었다.

1905년 열일곱 살인 페소아는 혼자서 더반을 뒤로 하고 고국 포르투갈로 되돌아와서 친할머니의 집에서 살기 시작했다. 그는 이후 일생 동안 포르투갈을 떠난 적이 없고, 심지어는 리스본도 거의 떠나지 않으며 살았다. 1906년 리스본대학 문학부에 입학했지만 이듬해에 학업을 그만두었다. 1906년부터 리스본 무역회사에서 영어와 프랑스어로 비즈니스서류 작성 일을 시작했고, 1935년에 죽을 때까지 상업통신문 번역가로서 생계를 이어나갔다. 이 무렵 안토니우 비에이라(1608~79) 등 포르투갈 고전문학의 아름다움에 눈을 떴고, 프랑스 상징파 시인이나 세자리우 베르드(1855~86), 안테루 드 켄탈(1842~91), 카밀루 페산냐(1867~1926) 등 포르투갈 시인의 작품을 탐독했다. 또한, 이 무렵부터 월트 휘트먼의 작품을 접했다.

1912년 반反실증주의적이고 초월론적·신비주의적인 견해를 특징으로 하는 '포르투갈 르네상스' 운동의 기관지《독수리》에 새로운 포르투갈 시에 관한 논문을 발표해서 문학상을 수상했다. 이 시론〈사회학적으로 고찰한 새로운 포르투갈 시〉에서 페소아는 당시 시의 경향이나 사회 상황으로 보면 포르투갈의 시성詩聖이라고 할 만한 루이스 드 카몽이스(1531~80)조차 능가할 시인 '슈퍼 카몽이스'가 서서히 출현할 징후가 있다고 예언하고 있는데, 이것은 나중에 페소아가 자신을 염두에 두고 한 말이 아닌가 하는 논의가 벌어지기도 했다. 이 무렵부터 리스본의 카페에 모이는 지식인, 문인들과의 교류가 시작되고, 특히 시인 마리우 드 사 카르네이루(1890~1916)와 친교를 맺었다. 1915년에는 사 카르네이루 등과 잡지《오르페우》를 창간했다. 귀족주의와 엘리트주의를 표방하고 안티부르주아, 안티자연주의 색채를 가진 이 잡지는 당시 프랑스의 문화사조인 미래주의, 상징주의, 큐비즘, 다다이즘 등 유럽 전위예술에 동조하는 새로운 문학운동의 물결이 포르투갈에 일기를 기대하며 출발했으나 보수적 사회의 반발과 정치적인 오해를 불러일으키고는 단 2회 만에 발간이 중지되고 말았다.

시인 페소아의 입장에서 가장 중요한 해는 1914년이다. 이 해 3월 8
일에 그는 세 명의 주요한 헤테로님을 탄생시켰기 때문이다. 그날, 페
소아는 갑자기 광적인 상태에 빠졌고, 단숨에 30편의 시를 써서 그 작
가에게 알베르투 카에이루라는 이름을 붙였다. 그런 뒤 자기 자신으
로 되돌아와서 페르난두 페소아란 이름으로 6편의 시를 창작했으며,
이어서 카에이루의 제자인 히카르두 헤이스와 알바루 드 캄푸스가 출
현했고, 그들 각자로 하여금 저마다의 시를 쓰게 만들었다. 1916년에
는 문학의 벗이었던 사 카르네이루가 파리의 호텔에서 자살하는 사건
이 있었다. 큰 충격을 받은 페소아는 비이성의 영역에서 위안을 찾고
자 신비과학, 신지학, 장미십자가단 등의 연구에 매진했다. 이와 같은
오컬트적인 체험은 일련의 소네트로 발표되었다.《불안의 서》에도 신
비주의적 사상을 언급하거나 암시하는 대목이 종종 들어 있다. 특히
그는 당대의 유명 신비주의자인 알레이스터 크로울리와 친교를 맺었
는데, 그 영향으로 극단적인 반민주주의 정치관과 메시아주의적 정서
를 글 속에 표출하기도 했다.
　《불안의 서》의 주인공 소아레스는 단 한 번 사랑받은 적이 있다고
고백하고 있는데(텍스트 235), 페소아의 생애에도 단 한 번의 알려진 연
애가 있었다. 1920년, 일하고 있던 사무실에서 사귄 열아홉 살 부르주
아 여성 오펠리아 케이로스와의 사랑이다. 그 시기 양부가 죽고 나서
병을 얻은 모친이 아프리카에서 돌아와서 함께 살게 되었고, 페소아
의 연애도 결실 없이 끝났다.
　1934년, 살라자르 정권하에서 국가정보국이 주최하는 콩쿠르인 안
테루 드 켄탈 상에 포르투갈 역사를 상징적·오컬트적으로 해석한 44
편의 시로 이루어진《메시지》로 응모하였는데 작품의 분량이 응모 조

건에 충족되지 않는다는 이유로 2위로 밀렸다.《메시지》는 그의 생전에 정식 책으로 출간된 유일한 포르투갈어 작품이 되었다. 페소아는 이 시집의 출간 이후에 오랫동안 초고 상태로 작업하던《불안의 서》의 출간을 계획하고 있었으나 실현하지는 못했다. 애주가이며 애연가이기도 했던 그의 건강이 악화되어 이듬해 11월 30일 리스본의 병원에서 간경화로 사망했기 때문이다.

《불안의 서》의 저자인 베르나르두 소아레스는 페소아와 동일인물은 아니지만 페소아의 개성과 정체성을 상당 부분 반영하는 존재다. 페소아와 마찬가지로 소아레스도 리스본 바이샤 지구의 한 무역회사에서 직원으로 일하고, 어린 시절에 부모(아버지)를 잃었으며, 구시가지의 가구 딸린 셋방에 살면서 주변의 작은 식당에서 식사를 해결한다. 또한 페소아와 마찬가지로 얼마 안 되는 여가시간을 오직 글쓰는 일로만 보내지만, 여기서 그의 글은 시가 아니라 산문이다.

《불안의 서》는 베르나르두 소아레스 자신에 의해 '포르투갈에서 가장 슬픈 책'으로 명명된다(텍스트 412). 이 책은 그를 둘러싸고는 있으나 그의 내면으로는 침투해 들어오지 못하는 세계, 그리고 보조회계원으로서의 피상적 일상을 상세하게 관찰하고 관조적으로 기술한 외면이자 내면의 일기다. 때로는 길고 때로는 극히 짧은 메모와 회고, 인상, 사색과 명상 그리고 환상을 기록한 언어는 시적인 은유로 가득하다. 일기는 삶의 의미와 인간의 운명, 그리고 영혼의 비밀을 묻는 비탄의 노래처럼 들린다. 리스본의 장소들, 리스본의 풍경들이 많은 경우 그의 관찰과 관조의 대상이 된다. 대표적으로 금 세공사들의 거리인 도라도레스는 소아레스가 사는 곳이면서 동시에 전 세계이자 삶 전체를 상징한다.

"우리, 꿈꾸는 자이며 생각하는 자 모두는 어느 직물회사에서, 혹은 도시 저지대의 다른 회사에서 근무하는 보조회계원들이다. 우리는 출납부를 기록하며 손실을 잃는다. 합산을 하고 페이지를 넘긴다. 우리는 총계를 낸다. 눈에 보이지 않는 부채가 언제나 우리를 압박한다."(텍스트 419)

저항하는 것은 작가의 여러 특징 중의 하나다. 작가는 무엇에 저항하는가? 그것은 어떤 특정한 정당도, 특정한 이념도, 구체적인 어떤 체제나 심지어 지상의 불의나 부조리조차도 아니다. 작가가 저항하는 것은 고독하게 태어난 인간의 운명이다.

노래하는 것은 작가의 여러 특징 중의 하나다. 작가는 무엇을 노래하는가? 작가는 행복이나 충만을 노래하지 않는다. 작가는 그것이 어디에 있는지 모르기 때문이다. 혹은 그것이 무엇인지 모르기 때문이다. 작가는 자아나 예술을 노래하지도 않는다. 작가는 그것이 무엇인지 모르기 때문이다. 혹은 그것을 어디에서 찾을 수 있는지 모르기 때문이다. 작가가 노래하는 것은 고독하게 태어난 인간의 운명이다.

페르난두 페소아. 한번이라도 그의 글을 읽었던 사람은 그 이름을 잊지 못한다. 나는 이 책을 읽고 번역하면서 종종 생각했다. 이 세상은 페소아를 읽은 자와 읽지 않은 자로 나뉠지도 모른다고. 페소아, 그 이름은 우리에게 어떤 성격을 환기시킨다. 그 무엇도 아닌 오직 페소아적인 감각과 페소아적인 꿈의 질감을. 단 한번도 똑같이 반복하는 법이 없는, 세상의 모든 다른 것과 구별되는 테주 강 위 구름의 색채를. 이미 존재하는 그 무엇과도 비교되지 않는 부조리한 시선을. 깊은 밤 비스듬히 내리는 빗줄기를. 수많은 색으로 해체되는 감각과 느낌들을. 그리고 그 모두를 아우르는, 영원히 알 수 없게 봉인된 삶이라는 현상의 비밀을.

"우리는 오직 우리의 감각만으로 '실제'를 느낀다. 하지만 우리의 감각은 '실제로는' 아무것도 의미하지 않으며, '의미한다'는 것 역시 아무것도 의미하지 않으며, '감각'이란 어휘 자체에도 아무런 의미가 들어 있지 않고, '의미가 들어 있다'는 말 역시 의미를 가진 그 어떤 것도 아니다. 모든 것은 하나의 동일한 비밀이다. 하지만 나는 모든 것이 뭔가를 의미할 수 없음을, 혹은 '비밀'이 어떤 의미를 가진 어휘가 될 수 없음을 느낀다."
　　―《불안의 서》에 관한 페소아의 메모 중에서

그는 우리가 다른 작가를 위해서는 한번도 사용하지 않았던 특별한 수사를 요구하는 작가다. 혹은 그렇지 않다면, 그 어떤 수사도 불필요해지는 작가다. 페소아는 다른 어떤 작가보다도 "읽어야만 하는" 작가에 속한다. 그는 평가되거나 언급되거나 해석되거나 비판되거나 혹은 칭송받기 위해 있는 작가가 아니다. 심지어는 사랑하기 위한 작가도 아니다. 그 누가 알지 못하는 비밀을 사랑할 수 있겠는가? 그는 어떤 문학 외적인 것의 대상도 아니며 그럴 필요나 이유가 없다. 마치 꿈이 '앎'의 대상이 아니며 오직 꾸어지기를 기다릴 뿐이듯이, 페소아는 오직 읽혀지기 위해서 거기 있는 작가다. 그 밖의 일은 사실 전부 불가능하기 때문이다. 그는 기존의 모든 감각의 영역 바깥으로 물러서서 꿈의 방식으로 존재하므로, 우리의 이성은 그를 검증하거나 분석할 수 없고 우리의 철학은 그를 모른다. 우리가 이 생에서 할 수 있는 일은 단지 그를 읽는 것뿐이다. 오직 이것을 이해하는 자만이 그의 "사실 없는 자서전"인 《불안의 서》안으로 들어갈 수가 있다.

그리고 이 책의 마지막 장을 덮을 무렵, 우리는 이미 "페소아"라는 이름에 모든 것이 들어 있음을 설명 없이 깨닫는다. 페소아는 페르소나이며, 가면이고 허구다. 즉 페소아는 모든 것이며 동시에 그로 인하여 그 누구도 아니다. 그는 우주 자체만큼이나 복수다. 페소아는 끊임없이 분열하고 와해되는 작가의 정신, 부조리하게 술렁이는 불가능의 숲을 향해 영원히 산란하는 작가의 영혼에 부여된 이름이다. 페소아는 거기에서 왔다. 고대 로마의 극작가 티투스 마키우스 플라우투스가 암시했듯이, 노멘 에스트 오멘Nomen est omen, 이름은 하나의 징후다.

불안의서書

초판1쇄 발행 2014년 3월 27일
초판30쇄 발행 2024년 10월 15일
지은이 페르난두 페소아
옮긴이 배수아

발행인 박지홍
발행처 봄날의책
등록 제311-2012-000076호(2012년 12월 26일)
주소 서울 종로구 창덕궁4길 4-1 401호 (원서동 4층)
전화 070-4090-2193
E-mail springdaysbook@gmail.com

기획·편집 박지홍
디자인 공미경
인쇄 한영문화사
제책 천일제책

ISBN 978-89-969979-6-2 03870

이 도서의 국립중앙도서관 출판시도서목록(CIP)은 서지정보유통지원시스템 홈페이지
(http://seoji.nl.go.kr)와 국가자료공동목록시스템(http://www.nl.go.kr/kolisnet)에서
이용하실 수 있습니다(CIP제어번호: CIP2014008302).